（明）仇英《竹林七贤图》

刘强——著

乱世风流

刘强精讲世说新语

中国出版集团　东方出版中心

图书在版编目(CIP)数据

乱世风流：刘强精讲世说新语 / 刘强著. -- 上海：
东方出版中心, 2025. 7. -- ISBN 978-7-5473-2731-9

Ⅰ. I242. 1

中国国家版本馆 CIP 数据核字第 2025ZR8281 号

乱世风流：刘强精讲世说新语

著　　者　刘　强
策　　划　刘佩英
责任编辑　冯　媛
封面设计　钟　颖

出 版 人　陈义望
出版发行　东方出版中心
地　　址　上海市仙霞路345号
邮政编码　200336
电　　话　021-62417400
印 刷 者　上海万卷印刷股份有限公司

开　　本　710mm×1000mm　1/16
印　　张　30.75
插　　页　1
字　　数　366 千字
版　　次　2025 年 8 月第 1 版
印　　次　2025 年 8 月第 1 次印刷
定　　价　98.00 元

目 录

《世说新语》是怎样炼成的（代序）

卷一　典故篇

卷二　　风俗篇

卷三　　人物篇

（代序）

《世说新语》是怎样炼成的

《世说新语》，南朝宋临川王刘义庆（403—444）编撰，梁刘孝标注，是一部脍炙人口的志人小说集，一向有"古今绝唱"（胡应麟）、"琐言第一"（王世贞）、"名士教科书"（鲁迅）、"风流宝鉴"（冯友兰）、"枕中秘宝"（傅雷）、"清谈全集"（陈寅恪），以及"中古时代的百科全书"等多种美誉，自其问世一千六百多年来，深受历代文人士大夫的喜爱，几乎成了一部中国读书人人人爱读的文化经典。

读过《世说新语》的读者都会有一个共同的感受，即这部文言小说集的编撰颇具匠心，"设计感"和"系统性"极强，乍一看像"丛残小语"的无序排列，仔细推敲，又能理出其线索和理路，并可领略到其纲举目张的整体结构和相对一致的文体风格——被称作"世说体"——这在中国古代的典籍中并不多见。

而且，无论从门类的安排，还是条目的次序，《世说新语》无不围

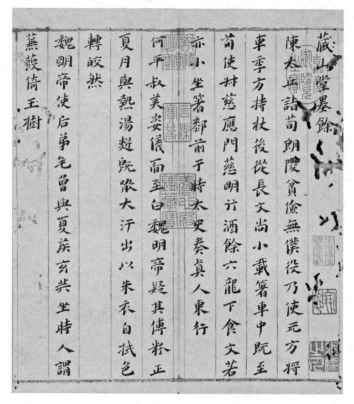

（明）王元懋《节书世说新语》册

绕着一个大写的"人"字展开，而在具体的故事呈现中，又总是流露出对"人"的别有意味的观赏和审视的目光。研究者普遍认为，这不仅是"志人小说"这一文体的显著特色，也是中国古代的"人物美学"逐渐走向成熟的标志。

不妨这么说：《世说新语》就是一部以人为本的"人之书"。这里的"以人为本"，不是仅仅以人物为中心这么简单，更主要的是指以"人"的发现与探索、展示与描述、追问与反思、精神观照与哲学思辨为其根本旨归——只有这样的作品，才配称得上是"以人为本"。我以为，《世说新语》之所以受到后世无数文人墨客的喜爱，大部分的秘密，或许就埋藏在这里。

本书是一部关于《世说新语》的普及读物，旨在通过典故、风俗、人物这三个方面来解读这部经典。在具体展开各部分的解读之前，让我们先来了解一下《世说新语》的编撰艺术和文体特色，看看这部传世经典究竟是怎样"炼成"的？

一 "人之书"与"分类学"

为什么会出现这样一部"人之书"呢？我们不妨扯远一点，来个追本溯源。

首先，可以追溯到孔子的"四科""三品"说。作为中国历史上最伟大的教育家，孔子非常重视人才的培养，曾经感叹"才难"（《论语·泰伯》)，也即"人才难得"之意。他发现，人的禀赋和才性各有不同，应该因材施教，因势利导。孔子施行教育，尤为重视德行、言语、政事、文学四个方面，是为"孔门四科"。《论语·先进》篇记载："德行：颜渊、闵子骞、冉伯牛、仲弓；言语：宰我、子贡；政事：冉有、季路；文学：子游、子夏。"这十位优秀的高足弟子，历史上被称作"孔门十哲"；而《世说新语》前四门的标题，正是来自这里的"孔门四科"。

在孔子朴素而又充满智慧的"人才学"理论中，"知人"是非常重要的一环。《论语·学而》开篇即说"人不知而不愠"，终章又说"不患人之不己知，患不知人也"，全书最后又以"不知言，无以知人也"（《论语·尧曰》)作结，以"知人"贯穿始终，足可说明儒家之学根本关切在人，故儒学亦不妨谓之"人学"。此外，孔子还总结出"知人之法"："视其所以，观其所由，察其所安，人焉廋哉！"（《论语·为政》)"廋"，是隐藏的意思，"知人"之难，关键就在于人人都会伪装和隐藏自己；所以要"听其言而观其行"（《论语·公冶长》)。

孔子的另外一个重大发现是："中人以上，可以语上也；中人以下，不可以语上也。"（《论语·雍也》)这分明是根据天赋的才能和根性，把人分成了上、中、下三品，是为著名的"三品论人"说。与此相类的还有一说："生而知之者，上也；学而知之者，次也；困而学之，又其次也；困而不学，民斯为下矣。"（《论语·季氏》）这看起来是把人分成了四种，实则依旧可以归为三等。不过，根据孔子"唯上知与下愚不移"（《论语·阳货》）的说法，他显然认为，"学而知之"和"困而学之"的"中人"，其实是可以通过努力向学改变自己的人生状态的，所谓"下学上达"；如果你拥有"中人"的禀赋和资质，却不思进取，"困而不学"，那就只能沦为冥顽不化的"下愚之人"了。

孔子的"三品论人"说启发了东汉大学者班固。在《汉书·古今人表》中，班固编订了一个"九品"人物表，对上古至秦代 1 954 位历史人物进行评价，其理论依据就是孔子"上智""中人""下愚"的"三品论人法"。班固在三品的基础上把人细分为"九品"，即上上、上中、上下；中上、中中、中下；下上、下中、下下。其中，"上上"之选是"圣人"，"上中"一等是"仁人"，"上下"一等是"智人"，"下下"之流是"愚人"——中间五品虽未具体标目，却给人留下了丰富的想象空间。

三国时期，曹魏的思想家刘劭撰有《人物志》一书，专门探讨人的性格与才能的关系问题，堪称中国最早的一部"精神现象学"著作。在此书的序文中，刘劭不仅提到孔子的"序门人以为四科，泛论众材以辨三等"，还说自己撰此书乃"敢依圣训，志序人物"（《人物志序》）；所以，刘劭此书既可视为受当时人物品藻中才性之学影响的产物，也可以看作是对孔子人才学理论的进一步发展。即使以今天的眼光看，刘劭的才性理论也称得上精密幽微，左右逢源。而他的方法论也不外乎就是"分类学"。他的"偏至之材，以材自名；兼材之人，以德为目；兼德之人，更为美号"（《九征》）云云，等于将人物分为"兼德""兼材""偏材"三类。而人的才性各有偏向，又可细分为"十二材"："有清节家，有法家，有术家，有国体，有器能，有臧否，有伎俩，有智意，有文章，有儒学，有口辨，有雄杰。"（《流业》）刘劭还认为，"材能既殊，任政亦异",不同才性的人,适合担任不同的官职。这样一种对人的才能和品性进行"内聚焦"式的擘肌分理的思路,应该对后来《世说新语》的"分类学"产生了影响。从某种程度上说,《人物志》就是"理论版"的《世说新语》,而《世说新语》则是"故事版"的《人物志》。

其次,还可以追溯到汉代的选官制度。一般而言,汉代的选官制度分为察举和征辟两种。当时虽没有科举考试,但已经有了"举尔所知,尔所不知,人其舍诸"(《论语·子路》)的"乡举里选",即根据人的德行表现进行自下而上的选拔和推举,是为察举。察举的科目有孝廉、茂才、贤良方正、文学、明经、明法、兵法、治剧、尤异等多种。与此同时,还有一种自上而下的征辟制度,就是皇帝和三公九卿亲自擢拔有德行名望的人才到朝廷或公府任职。当然,这种"唯德是举"的选拔也有弊端,一方面缺乏广泛而公平的选举机制,容易造成任人唯亲、官僚世袭的腐败局面,累世公卿的豪门大族因此形成;另一方面,只重德行不重才干,也容易形成追求虚名美誉的风气,为"道德先生"和"伪君子"开了方便之门。尤其是东汉末年,宦官把持用人大权,选官制度更加腐朽,以至竟有"举秀才,不知书;察孝廉,父别居"的荒唐乱象出现。后来,曹操统一北方,多次颁布求贤令,以"唯才是举"相标榜,从效果上看,也算是对症下药。不过话又说回来,无论哪一种选官制度,都需要对人才进行考察、评价和鉴定,于是,人物识鉴和品藻的风气大为流行,这就带动了人才学和分类学的发展。《世说新语》中"赏誉""识鉴""品藻""方正"诸门类就是这种风气的产物。

值得注意的是,班固的"九品论人法"很快在选官制度上结出了果实,曹丕代汉自立后,在汉代察举、征辟制度的基础上进行了改革,建立了"九品中正制"的选官制度。只不过,这种人物品评已经不是评骘"古人",而是品第"生人"了。

关于"九品中正制",各种记载不一。据学者研究梳理,大概有两种含义:一是将文武百官分为九个品级,如三司等为一品,太常、尚书令为三品,御史中丞为四品,太守为五品,县令六、七品,郡丞八品,县尉八或九品等。二是在各个要害部门设"中正"一职("中正"即中和公正之意),掌管品评人物,选拔人才。比如,各州均设有大中正,郡有郡中正,县、乡设有小中正等。唐人杜佑《通典·选举》中说:"州郡皆置中正,以定其选举州郡之贤,有鉴识者为之,区别人物,第其高下。"说明中正一职的主要工作就是"区别人物,第其高下"。而且,品第的结果不再是班固《古今人表》那样"盖棺论定"式的,而是随着人物表现的变化可以有所升降。

回到《世说新语》。丹麦语言学家奥托·叶斯柏森有句名言:"人是分类的动物。"从某种意义上说,一切学问无不自分类始。能够给一种事物进行分类,必是对这一事物的认识和理解发展到了相当的程度。如果说"七略""四库"是古代的图书"分类学",那么《世说新语》的自"德行"至"仇隙"的36个门类,就可以看作是"人"的分类学。

上卷:德行第一、言语第二、政事第三、文学第四

中卷:方正第五、雅量第六、识鉴第七、赏誉第八、品藻第九、规箴第十、捷悟第十一、夙惠第十二、豪爽第十三

下卷:容止第十四、自新第十五、企羡第十六、伤逝第十七、栖逸第十八、贤媛第十九、术解第二十、巧艺第二十一、宠礼第二十二、任诞第二十三、简傲第二十四、排调第二十五、轻诋第二十六、假谲第二十七、黜免第二十八、俭啬第二十九、汰侈第三十、忿狷第三十一、谗险第三十二、尤悔第三十三、纰漏第三十四、惑溺第三十五、仇隙第三十六

如果我们仔细观察一下《世说新语》的类目,应该不难发现,此书是以一种更加艺术化、形象化和诗意化的方式,细致观察和洞悉了人类的"共性"与"个性",并通过人物故事画廊一般的形式,为我们生动描画和展演了人世间的众生相。刘义庆"发明"的这种全方位、多角

度、立体式的对"人"的认知评价模式,有一个明显的好处,就是便于读者对"人之为人"的众多品性,加以全景式的、客观的观照,以及兼容式的、动态的欣赏。我们从《世说新语》的分类旨趣可以得出一个印象,就是作者对"人"的观察和理解是宽泛的、多元的、包容的,因而也是最为"人性化"的。

《世说新语》的36门分类,不仅具有"分类学"的价值,成为后世类书仿效的典范,而且还具有"人才学"甚至"人类学"的价值,它体现了魏晋时期人物美学的新成果和新发现,也浓缩了那个时代对于"人"或者说"人性"的全新的审美认知和价值判断。《世说新语》的这一体例创变,在我国人物美学发展史上的贡献可说是"划时代"的,充分体现了对人性理解的宽泛和深入。

有一点非常值得注意,这36个门类的标题,都是当时与人物品评和审美有关的文化关键词,分散来看,各有各的特色,合起来看,其实也可以理解为一个总体的"人"的众多品性及侧面。人的才性、情性、品性,甚至劣根性,都在观察范围之内。这些门类的标题,既有褒义,也有贬义,它所关注的既有人性的光明面,也有人性的幽暗面。同一个人物的不同故事,可以根据其性质而被置于不同的门类,体现了价值判断上的"品第"和"升降"。

从这个角度上说,《世说新语》既是一部展现众多人物言行轶事的"品人"之书,也是一部把"人"所可能具有的众多品性进行全面解析的"人品"之书。甚至可以说,《世说新语》是用36个门类和1 130则小故事,塑造了一个复杂而有趣的大写的"人"!

二 "关系网"与"故事链"

《世说新语》不同于其他笔记小说,由于作者具有比较鲜明的艺术立场和超前的文化品位,所以在编撰体例上呈现出一种开放式、立体化、空间性的文本结构。

具体地说,以时序为经、历史人物为纬,构成了《世说新语》文本的"隐在结构",而以36门(叙事单元)为纲、具体事件(人物言行)为目,则构成了《世说新语》的"显在结构"。这是一种双重的网状结构,这两种结构互相关合、彼此促动,使全书形成了一个无论在历史维度还是在文学维度都遥相呼应、气脉贯通的"张力场"。而不同的门类之间,都按照朝代先后顺序安排故事,人物被"编织"在相应的时空舞台上自行演出,随着时空的伸缩和节奏的张弛,你会看到一张铺天盖地、四通八达的人物"关系网"时隐时现,明灭可见。

借用一个物理学的术语,《世说新语》的这种结构具有一种极大地制约和影响阅读和审美经验的"结构力"。无论人们对哪一个具体故事进行单独的欣赏,都会在潜意识里调动对其他故事乃至整部书的信息"重组"与"整合"。《世说新语》所记录的人与事,虽然横跨了近三百年的历史时空,每个条目亦有相对的独立性,但在内在的精神实质与外在的文体风格上,却是水乳交融、不可分割的一个整体。

可以说,在《世说新语》中,36个"叙事单元"内部的"历时性"与全书整体上的"共时性",两者是交织互动、内在统一的。基于我们在阅读每一门时,历史时间又"被迫"重新来过,导致《世说新语》整体叙事时序显然具有伸缩、折叠、变化不定的特征——真实的历史时间就这样被颠覆乃至取消了。"瞻之在前,忽焉在后。"最先读到的往往不一定是最先发生的,《世说新语》文本"深层结构"上的空间性特征就这样被建构起来。那些被"并置"排列的"故事链"的因果联系也即情节因素被稀释了,它们之间看似没有关系,其实却存在着无穷无尽的可能性和四通八达的"链接"效果。就像某些昆虫的复眼,这种开放式结构形成了一种对人物和世态的全景式鸟瞰和微观透视效果。

我把这种类似于"无人机航拍"的文本视角称作"大观视角"。

这种"大观视角",类似于庄子在《逍遥游》中所营造的那种视接千里、心游万仞的视角。"大观"其实也就是"观大"。这和中国古典哲学"天人合一"的思维方式以及传统绘画"尺幅千里"的美学趣味是一脉相承的。《世说新语》之所以有那么多续书仿作,以至形成了"世说体"这种"有意味的形式",与这种开放性、程式化、可增损的空间结构及"大观视角"是分不开的。

我们看到,在门类与门类、条目与条目之间,显然"省略"或"删节"了不少内容,留下了许多历史的"空白"。这种"留白"的手法,不仅是绘画书法的技法,也是我国古代文言笔记小说最典型的文体特征。进而言之,《世说新语》的文体是颇具"现代性"的,很像西方文论所谓"空间形式小说",或者"活页式小说",又像戏剧或电影的分镜头脚本。书中每一个片段都是对历史的某一个局部事件的"抓拍"和"定格";合起来看,犹如阿根廷诗人、小说家博尔赫斯所谓的"沙之书";分开来看,每一粒沙子又具有单独欣赏的独立性和完整性。

问题是,这种"关系网"和"故事链"是怎样形成的呢?我们就以《德行》门为例来做一下分析。先看开篇的三条故事:

> 陈仲举言为士则,行为世范,登车揽辔,有澄清天下之志。为豫章太守,至,便问徐孺子所在,欲先看之。主簿白:"群情欲府君先入廨。"陈曰:"武王式商容之闾,席不暇暖。吾之礼贤,有何不可!"(《世说新语·德行》1。下引不再注书名,仅注篇目及序号)
>
> 周子居常云:"吾时月不见黄叔度,则鄙吝之心已复生矣。"(《德行》2)
>
> 郭林宗至汝南,造袁奉高,车不停轨,鸾不辍轭;诣黄叔度,乃弥日信宿。人问其故,林宗曰:"叔度汪汪如万顷之陂,澄之不清,扰之不浊,其器深广,难测量也。"(《德行》3)

这三条故事看似各自独立，互不相干，仅仅阅读故事的表层信息，也能获得某种审美的愉悦，但是恕我直言，这么"浅表式"的阅读还不够。如果你真想获得关于《世说新语》的"通识"，我建议还是深入故事的人物"关系网"中，去捕捉历史深处的信息，来一番"沉浸式"阅读。非如此，怕不能得其"三昧"。

比如，第一条故事"仲举礼贤"，堪称理解全书选材、性质、风格的一把钥匙。"言为士则，行为世范"八字，点明了《世说新语》乃记载"名士"言行轶事之书，根据整个故事的叙事重心落在"吾之礼贤，有何不可"，而省略了故事的最终结果这一点，我们又可得出一个印象，即《世说新语》虽然以记言与记行为中心，但两者之间又有侧重，大抵以记言为主，记行为辅。

通过第一则故事，我们认识了汉末著名政治家、士林偶像级人物陈仲举，按照一般"故事链"的规则，接下来应该是陈仲举的另一条"德行"故事才对，但是很奇怪，第二条"鄙吝复生"的故事，人物却变成了周子居和黄叔度。上一条还算是言行并举的"笔记体"，这一条则成了纯为记言的"语录体"。如果我们熟悉东汉末年的历史和人物，就会明白，这一条放在这里，其实起着"承上启下"的过渡作用。陈仲举虽然消失了，却并没有完全退场，因为这一条中的周子居和黄叔度不仅是陈仲举的同郡老乡，还是知交好友。据《后汉书》记载，陈仲举对黄叔度非常尊崇，在他位至三公时，曾临朝而叹："叔度若在，吾不敢先佩印绶矣！"所以，熟悉人物关系的读者读到周子居说"吾时月不见黄叔度，则鄙吝之心已复生"时，会觉得上一条的主人公陈仲举的"影响"还在。这就形成了一种隐性的故事链，给人的感觉是文尽意未断，藕断丝尚连。

接下来的第三条，又引出了另一位大名士郭林宗对黄叔度的评价，留下一个"叔度汪汪"的典故。读到这里，你会发现，周子居和郭林宗都是线索人物，他们的作用，就是烘托汉末最具盛名的"当世颜回"黄叔度。这两条记载,就构成了一个关于黄叔度的"故事链"。

再看《德行》门的6、7、8条:

陈太丘诣荀朗陵,贫俭无仆役,乃使元方将车季方持杖从后,长文尚小,载著车中。既至,荀使叔慈应门,慈明行酒,余六龙下食,文若亦小,坐著膝前。于时,太史奏:"真人东行。"(《德行》6)

客有问陈季方:"足下家君太丘,有何功德,而何天下重名?"季方曰:"吾家君譬如桂树生泰山之阿,上有万仞之高,下有不测之深;上为甘露所沾,下为渊泉所润。当斯之时,桂树焉知泰山之高,渊泉之深?不知有功德与无也。"(《德行》7)

陈元方子长文,有英才,各论其父功德,争之不能决。咨于太丘,太丘曰:"元方难为兄,季方难为弟。"(《德行》8)

这三条,又是以陈太丘、元方、季方父子三人为中心,也形成了一个环环相扣的"故事链"。再看10—13条:

华歆遇子弟甚整,虽闲室之内,俨若朝典。陈元方兄弟恣柔爱之道,而二门之里,两不失雍熙之轨焉。(《德行》10)

管宁、华歆共园中锄菜,见地有片金,管挥锄与瓦石不异,华捉而掷去之。又尝同席读书,有乘轩冕过门者,宁读如故,歆废书出看。宁割席分坐,曰:"子非吾友也!"(《德行》11)

王朗每以识度推华歆。尝集子侄燕饮,王亦学之。有人向张华说此事,张曰:"王之学华,皆是形骸之外,去之所以更远。"(《德行》12)

华歆、王朗俱乘船避难,有一人欲依附,歆辄难之。朗曰:"幸尚宽,何为不可?"后贼追至,王欲舍所携人。歆曰:"本所以

疑，正为此耳。既已纳其自托，宁可以急相弃邪？"遂携拯如初。世以此定华、王之优劣。(《德行》13)

这四条则以华歆为关键人物，分别涉及华歆与陈元方、管宁和王朗三人的优劣、高下之对比，又构成了一个层层递进的"故事链"。华歆的形象忽好忽坏，全看和谁对比，可谓"道高一尺，魔高一丈"。再看《德行》门第33—36条：

谢奕作剡令，有一老翁犯法，谢以醇酒罚之，乃至过醉，而尤未已。太傅(谢安)时年七八岁，著青布绔，在兄膝边坐，谏曰："阿兄，老翁可念，何可作此！"奕于是改容曰："阿奴欲放去邪？"遂遣之。(《德行》33)

谢太傅绝重褚公(裒)，常称"褚季野虽不言，而四时之气亦备"。(《德行》34)

刘尹(惔)在郡，临终绵惙，闻阁下祠神鼓舞，正色曰："莫得淫祀！"外请杀车中牛祭神，真长答曰："丘之祷久矣，勿复为烦！"(《德行》35)

谢公夫人教儿，问太傅："那得初不见君教儿？"答曰："我常自教儿。"(《德行》36)

这四条，第33、34、36三条写谢安(字安石，东晋名相，死后获赠太傅，故称谢太傅)，第35条穿插写刘尹(即刘惔，字真长，曾任丹阳尹，故称刘尹)，看似"旁逸斜出"，其实不然。因为谢公夫人正是刘惔的妹妹，谢安乃刘惔的妹夫，有了这一层"亲密关系"，则此四条依然处在同一条"故事链"。

关于《世说新语》的"故事链"，可以说遍布全书，俯拾皆是。同一门类的"故事链"因为前后相连，自然显而易见，而不同门类中同一人物的故事，其实也可以被我们串联起来，形成一种隐性的或者说广义的"故事链"。为什么读《世说新语》常常会有"形散而神不散"的感觉呢？关键就在于有这些"故事链"。

如果说，《世说新语》的1 130个条目是"初级叙事单位"，每一门类中的"故事链"则是"中级叙事单位"，而由故事链组成的36门算是"高级叙事单位"，相当于一个个"主题单元"。

有没有更高级的"叙事单位"呢？当然有。那就是被"分散"在不同门类中的"故事链"聚集在一起，而最终凸显出的叙事主体——"人"。这就要说到"立体志人法"了。

三 "立体志人法"

所谓"立体志人法"，大概包括两层意思。

其一，是《世说新语》对历史人物的描述和展现是相对客观、动态、冷静的，几乎每一个故事都有着"原生态"的"镜头感"，人物的言行似乎是"本色出演"，作者隐藏在幕后，很少对人物的善恶、美丑、优劣、雅俗做主观评价，任凭读者自己去判断。

以管宁"割席分坐"的故事为例：

> 管宁华歆共园中锄菜，见地有片金，管挥锄与瓦石不异，华捉而掷去之。又尝同席读书，有乘轩冕过门者，宁读如故，歆废书出看。宁割席分坐曰："子非吾友也。"（《德行》11）

这个故事只有短短61个字，比今天的微博还要短，体现了一种"极简主义"甚至是"自然主义"的叙事风格，简直就像是一篇"电报体小说"。两个片段性的小故事，全用白描，没有一句多余的废话，甚至只有动作刻画,全无心理描写,作者自始至终没有对管宁和华歆做任何评价,却瑕瑜立现,褒贬自出。管宁为什么要与华歆绝交呢?作者对此一点都不"剧透",他相信读者会用自己的思考,去填补故事背后的"空白"。不仅有场景动作的白描,还有人物对比——正是鲜明的对比,将那些"言外之意"呈现在我们面前。这则故事之所以耐读,就在于作者把判断权交给了读者,自己则隐藏在幕后作壁上观。这种"以少胜多""以言动写心理""计白当黑"的手法极为高妙,几乎可以说是一种"零度叙事"。

1932年,美国作家海明威在他的纪实性作品《午后之死》中说:"冰山运动之所以雄伟壮观,是因为它只有八分之一在水面上。"言下之意,作者写出来的只不过是冰山一角,而读者可以展开联想的却在海平面之下,那才是更大的冰山主体,至少也有八分之七!这就是所谓"冰山理论"。《世说新语》的编者刘义庆不一定知道"冰山理论",但不得不承认,他是这一叙事理论在中国古代最成功的实践者。

不过,仅仅如此还算不上"立体"。不要忘了,这个"割席分坐"的故事只是以华歆为中心的"故事链"的一环,尽管在和管宁的"PK"中,华歆显得捉襟见肘,黯然失色,但在后面与王朗的对比中,华歆又摇身一变,成了一个善于审时度势且言行一致的正人君子。这种不同故事之间的"张力",不仅展现了人物观察的不同面向,也体现了对一个具体的人的不无包容和体谅的解读和评判。

其二,《世说新语》并非全无作者的主观评价,只不过,这种评价是寄寓在门类标题本身所具有的价值判断中的。而且,同一人物在不同门类中的种种表现,在全书的阅读中又可以形成一个更大的"故事链"(也可叫"故事群")。金圣叹在论及《水浒传》与《史记》的渊源时曾说:"《水浒传》一个人出来,分明便是一篇列传。"其实,如果我们把《世说新语》中某一人物的全部故事"拼接"起来,也可以说,"分明便是一篇列传"。

反过来说，《世说新语》的36门中所呈现的，就是数百位历史人物的被"打散了的列传"！你只有通读完全书，把一个个不同人物的"列传"还原出来，才能真正把握这个人。后来唐代的史官们在修撰《晋书》时，之所以会大量采用《世说新语》中的"故事链"，深层原因就在于此。

在以历史人物为中心的"志人"特质上，《世说新语》与《史记》开创的纪传体确有承传关系；不过同样是"志人"，《世说新语》继承了史传的"互见"之法，却同时打破了"列传"之法——它将"列传"的内容拆解成若干"片断"性事件，"并置"于不同的叙事单元中，形成了某种"横看成岭侧成峰"的立体空间效果。

（明）刘仲贤《七贤图》

我们以"竹林七贤"之一的王戎为例，就会发现，王戎的形象（或曰"人设"）在不同的门类里穿梭互见，给人的观感是不断变化的，你很难以好坏或者雅俗来给他"定性"。比如，他首先在《德行》门里出场：

> 王安丰遭艰，至性过人。裴令往吊之，曰："若使一恸果能伤人，濬冲必不免灭性之讥。"（《德行》20）
> 王戎父浑，有令名，官至凉州刺史。浑薨，所历九郡义故，怀其德惠，相率致赗数百万，戎悉不受。（《德行》21）

这两条紧紧相连，构成了一个"故事链"。这里的王戎，俨然是位仁德孝悌的君子，完全符合"德行"一门的价值判断。到了《雅量》门，又仿佛"时光倒流","镜头闪回",我们看到了儿时的王戎：

> 王戎七岁，尝与诸小儿游。看道边李树多子折枝，诸儿竞走取之，唯戎不动。人问之，答曰："树在道边而多子，此必苦李。"取之，信然。（《雅量》4）

> 魏明帝于宣武场上断虎爪牙，纵百姓观之。王戎七岁，亦往看。虎承间攀栏而吼，其声震地，观者无不辟易颠仆，戎湛然不动，了无恐色。（《雅量》5）

这里记录了王戎七岁时的两个精彩故事，塑造了一个不同流俗、处变不惊的"神童"形象，让人过目难忘。而在《伤逝》门里，王戎仍不失为一位"性情中人"：

> 王濬冲（戎）为尚书令，著公服，乘轺车，经黄公酒垆下过。顾谓后车客："吾昔与嵇叔夜、阮嗣宗共酣饮于此垆。竹林之游，亦预其末。自嵇生夭、阮公亡以来，便为时所羁绁。今日视此虽近，邈若山河！"（《伤逝》2）

> 王戎丧儿万子，山简往省之，王悲不自胜。简曰："孩抱中物，何至于此？"王曰："圣人忘情，最下不及情。情之所钟，正在我辈。"（《伤逝》4）

这两个"伤逝"故事，前者关乎友谊，后者涉及亲情，王戎的重情重义不加雕饰，令人动容。但是到了《俭啬》门，王戎勉力维持的"人设"却发生了动摇，变换了另外一副嘴脸：

> 王戎俭吝，其从子婚，与一单衣，后更责之。（《俭啬》2）

> 司徒王戎既贵且富，区宅、僮牧、膏田、水碓之属，洛下无比。

契疏鞅掌,每与夫人烛下散筹算计。(《俭啬》3)

王戎有好李,卖之,恐人得其种,恒钻其核。(《俭啬》4)

王戎女适裴颜,贷钱数万。女归,戎色不悦,女遽还钱,乃释然。(《俭啬》5)

四条故事中,"钻核卖李"最为著名,这时的王戎哪里还像个"名士",简直是个贪婪成性、毫无人情味儿"吝啬鬼"和"守财奴"了! 但是且慢,在《惑溺》这个显然带有贬义和批评的门类里,我们还会有其他的发现:

王安丰妇,常卿安丰。安丰曰:"妇人卿婿,于礼为不敬,后勿复尔。"妇曰:"亲卿爱卿,是以卿卿。我不卿卿,谁当卿卿!"遂恒听之。(《惑溺》6)

王戎的夫妻对话令人忍俊不禁,"卿卿我我"的典故就由此而来。与"烛下散筹算计"的那条放在一起,又让我们看到了家庭生活中王戎的另一面。这样,王戎这个人物就不是通过时间的线性发展顺序,而是以空间的"并置"进入读者视野了。其形象亦庄亦谐、忽正忽反、或褒或贬,连贯起来看,颇有哈哈镜般的夸张变形效果。

王戎如此,《世说新语》中其他重要人物如谢安、王导、桓温、王羲之等人亦莫不如是。我们看到,同一人物,在甲条目中是主角,处于舞台的追光之下;而在相隔或远或近的乙条目中,他又成为配角,居于舞台的暗影里了——角度的变换使人的观感也参差变化,扑朔迷离。鲁迅在评价《红楼梦》的叙事艺术时曾说:

其要点在敢于如实描写,并无讳饰,和从前的小说叙好人完全是好,坏人完全是坏的,大不相同,所以其中所叙的人物,都是真的人物。总之自有《红楼梦》出来以后，传统的思想和写法都打破了。(《中国小说的历史的变迁》第六讲《清小说之四派及末流》)

而事实上，《世说新语》早就先于《红楼梦》一千多年，达到了"叙好人未必全好，写坏人未必全坏"的境界——因为它是分门别类地写人记事，而各个门类正好是对人的由正面到负面各种特点的多元化写照，所以，一个人物可以被编在正面的门类里予以表彰，也可能因为有这样或那样的缺点和错误，而被"发配"到负面的门类里予以批评——总之，就像一个多棱镜，可以折射出一个性格丰富而复杂的人物的整体形象来。

这种全方位、多角度、立体式的写人记事的方法，就是我所说的"立体志人法"。

四　"变史家为说家"

关于《世说新语》的文体性质，一向众说纷纭，有说它是历史的，也有说它是小说的，甚至还有以散文目之的，至今莫衷一是。这就涉及这本书的取材范围和改编特色了。

1. 取材范围

我们说过，《世说新语》并非原创性作品，而是采撷诸书编撰而成。鲁迅在《中国小说史略》中谓其"乃纂缉旧文，非由自造"，可谓一语中的。这里的"旧文"，就是指《世说新语》取材的前源文献。大体包括以下几种：

一是正史材料。《世说新语》成书之前，正史不外乎《史记》《汉书》和《三国志》三种(范晔的《后汉书》大体与《世说新语》同时，还算不上"前

源文献")。而考察下来,《世说新语》采纳正史的材料很少,总计不超过 10 条。这里仅举《贤媛》门一例:

> 汉成帝幸赵飞燕,飞燕谮班婕妤祝诅,于是考问。辞曰:"妾闻死生有命,富贵在天。修善尚不蒙福,为邪欲以何望? 若鬼神有知,不受邪佞之诉;若其无知,诉之何益? 故不为也。"(《贤媛》3)

此条出自《汉书·外戚传》,文繁不录。相比之下,《世说新语》更为简约明快。至于原因,我们下文再说。

二是杂史别传。这与汉晋之际私家修史的风气大有关系。我们从"杂""别"二字可以看出,这一类著作已渐渐偏离正史的撰述模式,而成为史传向小说蜕变的一个过渡环节。根据近人叶德辉《世说新语注引用书目》(共 484 种)及余嘉锡《世说新语笺疏》卷后《引书索引》,刘孝标引用魏晋时期各类杂史 40 余种,杂传 20 余种,别传 80 余种,地志载记及起居注 30 余种,家传世谱近 50 种,杂史别传的分量举足轻重。可想而知,当时私家修史的成果远不止这些。尽管刘孝标作注的目的并不在考据出处,但刘注所引的这些文献为《世说新语》的编撰提供了参考依据和灵感来源,应该是没有问题的。比如,《文学》门第 18 条:

> 阮宣子(脩)有令闻。太尉王夷甫(衍)见而问曰:"老庄与圣教同异?"对曰:"将无同?"太尉善其言,辟之为掾。世谓"三语掾"。卫玠嘲之曰:"一言可辟,何假于三!"宣子曰:"苟是天下人望,亦可无言而辟,复何假于一!"遂相与为友。(《文学》18)

根据《艺文类聚》和《太平御览》两部类书所引,这个故事极有可能取材于《卫玠别传》:

太尉王君(衍)见阮千里(瞻)而问曰:"老庄与圣教异同?"阮曰:"将无同?"太尉善其言,辟之为掾。世号阮瞻"三语掾"。王君(当作卫玠——引者注)见而嘲之曰:"一言可以辟,何假于三!"阮曰:"苟是天下民望,亦可无言而辟,复何假于一!"

对比这两条记载,尽管人物有异(一为阮脩、王衍,一为阮瞻、王衍),而内容及语感则几乎完全相同,两者的承传关系一目了然。

三是志人小说。魏晋之际,随着人才学和人物品藻的兴起,开始出现了专门记录"人间言动"或"言语应对之可称者"的志人小说,最著名的就是东晋裴启的《语林》和郭澄之的《郭子》二书。因为同属"志人小说",《世说新语》对二书的采用虽不是"照单全收",也差不多是"应收尽收"(请原谅我用了这个碍眼的词)。据统计,《语林》今存176条,又附录9条,计185条;其中,为《世说新语》所采用的多达64条,占《语林》现有条目数的三分之一还多。相对于《世说新语》全书1 130条来说,平均每18则条目中就有1条采自《语林》。而《郭子》的成书则晚于《语林》数十年,距《世说新语》成书更近。鲁迅《古小说钩沉》所辑录的《郭子》佚文,共有84条,其中,有74条为《世说新语》所采用,比例更是惊人。可见,刘义庆对"志人小说"的性质及宗旨有着清晰的自觉,对相关文献更是"青睐有加"。

四是诗赋杂文。在刘孝标的《世说注》引用书目中,还有题目赞论类著述10余种,诗赋杂文70余种,释道30余种。《世说新语》的不少条目,就是从这些文献材料中辑录而成,或原文照录,或略加剪裁,或对原材料进行较大的增删和加工。这就涉及《世说新语》的改编特色了。

2. 改编特色

《世说新语》到底是一部史书,还是一部小说? 这是古今学者一直聚讼纷纭的话题。我们姑且折中一点说吧，《世说新语》的取材近于"史家"，而经过改编后的文本面貌则又更靠近"说家"，此即所谓"变史家为说家"。

较早揭示这一点的是清初著名学者、诗人钱谦益。在为郑仲夔《兰畹居清言》所作的序文中，他说："余少读《世说新语》，辄欣然忘食，已而叹曰：'临川王，史家之巧人也。生于迁、固之后，变史法而为之者也。'"这里的"史家之巧人"和"变史法而为之"，一则指出了《世说新语》与史传的传承关系，一则又揭示出了其文体上的独特"新变"。

多年以后，钱谦益的族曾孙钱曾也说："晋人崇尚清谈，临川王变史家为说家，撮略一代人物于清言之中，使千载而下如闻謦欬，如睹须眉。"（《读书敏求记》卷三《杂家》）很显然，钱曾受了他的祖辈的影响，而"变史家为说家"的说法，特别强调了《世说新语》的"说家"特色，似乎更为切中肯綮。

《世说新语》对正史材料的采用相当吝啬，而且还进行了不少剪裁与加工，因而在文风和趣味上与正统的史传相去甚远。究其原因，应该与这种"变史家为说家"的编撰宗旨密切相关。以性质最为接近也被采录最多的《语林》和《郭子》为例，当能看出此中消息。

在论及《世说新语》与《语林》和《郭子》的关系时，鲁迅曾说："《世说》文字，间或与裴、郭二家书所记相同。"（《中国小说史略》）但是，这里的"所记相同"等于否定了《世说新语》的改编之功，显然与事实不符。事实是，《世说新语》在采录前源文献时，基本上贯彻着"变史家为说家"的撰述宗旨，故多少还是有"自造"的成分在——即使对《语林》和《郭子》这样的志人小说也不例外。

其主要改编特色有以下三点：

其一，删削历史人物的**背景信息**。即把史传特色明显的"乡、里、姓、字"等内容一概删去。如"满奋畏风"的故事最早见于《语林》，其文如下：

> 满奋字武秋，体羸，恶风，侍坐晋武帝，屡顾看云母幌，武帝笑之。或云：北窗琉璃屏风，实密似疏。奋有难色，答曰："臣为吴牛，见月而喘。"或曰是吴质侍魏明帝坐。

而在《世说新语·言语》门中，则做了如下"改编"：

> 满奋畏风。在晋武帝坐，北窗作琉璃屏，实密似疏，奋有难色。帝笑之，奋答曰："臣犹吴牛，见月而喘。"（《言语》20）

不仅满奋"字武秋，体羸，恶风"的背景介绍被删掉，还对"或云"的内容做了"择善而从"的处理，至于文末"或曰是吴质侍魏明帝坐"这样的"传闻异辞"，则干脆略去不提。这不是也有些"自造"的意思吗？

类似例子很多。如《语林》所载："杨修字德祖，魏初弘农华阴人也，为曹操主簿。曹公至江南，读曹娥碑文，背上别有八字……"云云，而在《世说新语·捷悟》门中，则径直改为："魏武尝过曹娥碑下，杨修从，碑背上见题作……"对于故事的叙述节奏而言，这样的改编显得斩截明快，直奔主题，因而增强了可读性。又如《语林》载："何晏字平叔，以主婿拜驸马都尉。美姿仪，面绝白……"《世说新语·容止》则作："何平叔美姿仪，面至白……"省略了人物的姓字背景，叙事节奏加快且不说，也使故事中的人物与读者的时空距离缩短了。

总之，如果把原始故事比作一棵枝繁叶茂的大树，《世说新语》显然做了类似园艺家的修剪工作——剪去了旁逸斜出的枝叶，保留了大树的虬干铁枝——虽然于通常所说的"历史真实"不无损失，但"艺术真实"上却得到了强化。

这种删繁就简的"二度创作"，使故事的情节内核得以凸显，人物形象也更为鲜明生动。这说明，处于志人小说草创阶段的《语林》，尚未完全摆脱史传的叙事模式和"实录"原则，而到了《世说新语》，这一历史包袱才算彻底甩掉。当一个历史上实有的人物脱去了"史传"的外衣，从历史的恢宏而又混沌的背景中"淡出""淡入"于我们的视野时，这个人物就容易给人以类似虚拟的"小说"印象，充满着这样或那样的未定点和意义空白，需要读者用自己的想象加以填补和具体化。这不正是"变史家为说家"的体现吗？

其二，虚化历史时间及重大历史事件。也即在具体故事的叙述上，《世说新语》自始至终排斥着史传"编年"体例的介入。"编年"叙事最容易给人以"陈年旧事"的直观印象，也更容易获得所谓"历史真实"感。即便《搜神记》这样的志怪小说，为了"发明神道之不诬"，也常用"晋献公二年""献帝初平中"之类的表述对历史时间加以确定，以强化故事的真实性。但在《世说新语》中，这一惯例却被打破了，你几乎看不到"某某元年"之类的时间符号，似乎时间已经完全被"吸附"于人物的言语和行动中了。以开篇第一条为例，"陈仲举言为士则，行为世范，登车揽辔，有澄清天下之志"数句，因为剔除了人物的背景介绍和故事发生的具体时间，反而给人一种"正在进行"的时态印象。这种"略远取近""瞬间定格"的叙事策略，在美学上的价值自然要比故作"史语"的《搜神记》高出一筹。

在《世说新语》中，史传叙事非常看重的时间已经被消解，历史纪年已不再具有独立的言说价值，只是作为人物言行的一部分才具有被叙述的意义，像"周处年少时""简文作抚军时""郗公值永嘉丧乱""顾荣在洛阳"等表述充满全书，我们只能通过有限的史识和大可怀疑的史实去连缀、重组那一堆若隐若现于人物言行背后的时间乱麻。——时间消失了，历史安在？《世说新语》的这种将历史时间附丽于人物具体言行之上的叙事手法，与现代小说颇有异曲同工之妙。美国意识流小说家威廉·福克纳曾说："我抛开(故事)时间的限制，随意调度书中的人物，结果非常成功，至少在我看来效果极好。我觉得这就证明了我的理论，即时间乃是一种流动的状态，除在个人身上有短暂的体现外，再无其他形式的存在。"由于对历史人物在特定情境中当下、瞬间、片段性行为的凸显，使《世说新语》形成了一种异代同时、异域同地的独立、自足的时空系统。这正是我们于"千载之下如闻謦欬，如睹须眉"的内在原因。

此外，《世说新语》对于史传所特别关注的重大历史事件，也采取虚化的处理方式。如《言语》门所载：

> 桓公入峡，绝壁天悬，腾波迅急。乃叹曰："既为忠臣，不得为孝子，如何？"（《言语》58）

刘孝标注引《晋阳秋》称："温以永和二年，率所领七千余人伐蜀，拜表辄行。"原来，"桓公入峡"四字，竟暗示着一个重大的军事行动。这里，历史事件虚化为叙事中心的一个模糊的背景，而人物一刹那的心灵悸动则成为叙事的焦点。无疑，这比平铺直叙桓温伐蜀的艰难险阻，更具时空的穿透力，也更能深入读者的心灵。

其三，淡化"历史真实"，强化"艺术真实"。删削历史背景和虚化历史时间及重大事件，是用"做减法"来达到这一目的，那么有没有"做加法"的情况呢？当然有。比如，"韩寿偷香"的故事最早见于《郭子》，其文如下：

> 贾公闾(充)女悦韩寿，问婢识否；一婢云是其故主，女内怀存想。婢乃往寿家说如此，寿乃令婢通己意，女大喜，遂与通。与韩寿通者乃是陈骞女。骞以韩寿为掾，每会，闻寿有异香气，是外国所贡，一著衣，历日不歇。骞计武帝唯赐己及贾充，他家理无此香；嫌寿与己女通，考问左右，婢具以实对，骞即以女妻寿。

未婚而女亡,寿因娶贾氏,故世因传是充女。

显然,这是一则传播渠道不同而内容稍异的传说,也即所谓"传闻异辞"。读这则材料时,因为"原生态"的历史事实过于错综复杂,我们难免会发出"生活比小说更精彩"的感叹。鲁迅从《太平御览》中辑录《郭子》的这条故事时,特别指出:"案,二说不同,盖前一说是世俗所传,后一说则郭氏论断也。"《郭子》的两说并存的做法显然对保护"历史真实"更有利,但在《世说新语·惑溺》中,故事却得到了极富小说意味的"坐实":

> 韩寿美姿容,贾充辟以为掾。充每聚会,贾女于青琐中看,见寿,说之,恒怀存想,发于吟咏。后婢往寿家,具述如此,并言女光丽。寿闻之心动,遂请婢潜修音问。及期往宿。寿跷捷绝人,逾墙而入,家中莫知。自是充觉女盛自拂拭,说畅有异于常。后会诸吏,闻寿有奇香之气,是外国所贡,一着人则历月不歇。充计武帝唯赐己及陈骞,余家无此香,疑寿与女通,而垣墙重密,门阁急峻,何由得尔?乃托言有盗,令人修墙。使反,曰:"其余无异,唯东北角如有人迹,而墙高非人所逾。"充乃取女左右婢考问。即以状对。充秘之,以女妻寿。(《惑溺》5)

相比《郭子》,《世说新语》显然更会"讲故事",不仅篇幅增加了,叙事的视角也在不断变换,人物的心理刻画细致入微,情节也可谓一波三折,完全是一篇现代意义的微型小说。可见,《世说新语》的作者虽然对《语林》《郭子》一类志人小说多有采录,但并非原样照搬,一方面对其中的史传痕迹做了大刀阔斧地删削,另一方面对那些机智的对答和有趣的故事,又尽可能地加以增饰和润色,使其更具"传奇"和"八卦"的小说特色。就这个"韩寿偷香"的故事来说,不是已经埋伏着《西厢记》中张生与崔莺莺爱情故事的诸多"桥段"了吗？

　　不仅如此，《世说新语》中不少精彩的故事，甚至是来自合理的杜撰与虚构，如果一味追求历史的"真实"，反倒显得吹毛求疵、不解风情了。事实证明，正是这种"变史家为说家"的精巧改编，为《世说新语》增添了迷人的光彩，成了其赢得后世万千读者的关键。

卷
一

典
故
篇

《世说新语》(以下简称《世说》)是中国古代语言的宝库,也是数以百计的成语、典故以及许多脍炙人口的人文故事与传说的渊薮,无论何时何地,只要你打开这部书,便仿佛走进了一座由人、事、物、语组成的流光溢彩的典雅园林,移步换景,美不胜收。以成语、典故和熟语为例,出自《世说》而广为流传的就有如下诸例:

三字例:七步诗、登龙门、三语掾、做生意、唾壶缺、咏絮才、洛生咏、阿堵物,等等。

四字例:登车揽辔、席不暇暖、鄙吝复生、叔度汪汪、深不可测、割席断交、难兄难弟、高自标置、别无长物、咄咄逼人、契若金兰、咄咄怪事、鹤立鸡群、掷果潘安、傅粉何郎、望梅止渴、渐入佳境、刘伶病酒、一往情深、卿卿我我、拾人牙慧、期期艾艾、吴牛喘月、胸中块垒、林下风气、颊上三毛、看杀卫玠、剪发待宾、黄娟幼妇、绝妙好辞、空洞无物、床头捉刀、目不暇接、管中窥豹、坦腹东床、芝兰玉树、自惭形秽、汗不敢出、千里一曲、传神阿堵、天壤王郎、雅人深致、人琴俱亡、击楫中流、雪夜访戴、兴尽而返、未能免俗、阮囊羞涩、玉山倾倒、布帆无恙、东山再起、东山高卧、新亭对泣、楚囚相对、百感交集、流芳百世、遗臭万年、粗服乱头、我见犹怜、枕石漱流、普天同庆、千岩万壑、拂袖而去、一木难支、倚马可待、胸无宿物、略见一斑、金印斗大、韩寿偷香、老生常谈、西风鲈鱼、栋梁之才、标新立异、登峰造极、引人入胜、固若金汤、壁立千仞、口若悬河、济河焚舟、广陵散绝、杀美劝酒、谢安围棋、周处斩蛟、云蒸霞蔚、兰摧玉折,后起之秀、名士风流、青州从事、龙跃凤鸣、牖中窥日、应接不暇、掷地有声、华亭鹤唳,等等。

七字例:何可一日无此君、酒正使人人自远、名教中自有乐地、不能言而能不言、会心处不必在远,等等。

八字例:澄之不清,扰之不浊;小时了了,大未必佳;木犹如此,人何以堪;情之所钟,正在我辈;举目见日,不见长安;沉者自沉,浮者自浮;能令公喜,能令公怒;飘如游云,矫若惊龙;清风明月,辄思玄度;清露晨流,新桐初引;林无静树,川无停流;鸟兽虫鱼,自来亲人;情生于文,文生于情;排沙简金,往往见宝;使君辈存,令此人死;穷猿奔林,岂暇择木;覆巢之下,安有完卵;卿用卿法,我用我法;等等。

九字例:我与我周旋久,宁作我;等等。

十字例:盲人骑瞎马,夜半临深池;闻所闻而来,见所见而去;处则为远志,出则为小草;今之视古,亦犹后之视今;以小人之虑,度君子之心(以小人之心,度君子之腹);等等。

十一字例:我不杀伯仁,伯仁因我而死;等等。

十二字例:宁为兰摧玉折,不作萧敷艾荣;人言我愦愦,后人当思此愦愦;等等。

以上还只是我的不完全统计,相信已经令人有眼花缭乱、应接不暇之感!那么,创造了这些佳言隽语、名通妙典的人物,又该有着怎样超尘拔俗的风采?穿越这葳蕤茂密的语词丛林,我们能够走进魏晋名士丰富多彩的心灵世界,触摸到他们的心跳,听闻到他们的呼吸吗?

让我们带着这些疑问,从12则最具特色的典故出发,开始新的阅读之旅。

仲举礼贤：秋波频传儒道间

一

　　如果把《世说》比作一出"乱纷纷你方唱罢我登场"的多幕剧，那么第一个出场的人物无疑很关键，这个人物是谁呢？就是汉末清流领袖陈仲举。

　　陈仲举名蕃(95?—168)，仲举是其字，汝南平舆(今河南平舆县)人。此人年轻时就胸有大志，闻名乡里。《后汉书·陈蕃传》记载了一件很有趣的事，说陈仲举十五岁时，独居一室，但不怎么喜欢搞卫生，房间里有点"脏乱差"。有一次，他父亲一位名叫薛勤的朋友来做客，看到这情景，就对他说："小朋友为何不洒扫房间以待宾客呢？"没想到陈仲举振振有词地说："大丈夫处世，应当扫除天下，怎么能只干打扫房间这样的小事呢？"薛勤这才知道，这孩子不同凡响。不过，有的"励志"型版本却说，薛勤听了陈仲举这话，还是马上反驳说："一屋不扫,何以扫天下?"[1]

这个典故很有名,现在学校里的老师,动员学生大扫除的时候,经常会用这句话:"一屋不扫,何以扫天下?"其实,谁打扫卫生的时候心里想着扫除天下呢? 就事论事地说,我以为,陈仲举说的其实没错,一个人如果拘泥小节,是很难干成大事的。屋子扫得再干净,也未必就能扫清天下;反过来,从不打扫屋子的人,也未必就不能扫清天下!

这个故事说明,陈蕃少年时就有澄清天下之志,鸡毛蒜皮的琐屑小事他一概看不上。后来陈蕃成为东汉末年举足轻重的大政治家、清议名士的领军人物,绝非偶然。

二

因为上述缘故,"仲举礼贤"这个故事开篇就说:

陈仲举言为士则,行为世范,登车揽辔,有澄清天下之志。

(《德行》1)

大意是:陈仲举的言论是读书人(士)的准则,行为是当世的模范。他刚刚踏上仕途,登车揽辔,就有志于澄清天下政治。这里的"言为士则,行为世范",结合陈仲举的政治履历可知,这句话用在他身上,可说是恰如其分。"登车揽辔"是个成语,登车,是坐上车子;揽辔,拿起缰绳。比喻踏上仕途,踌躇满志。

那么,是不是陈仲举刚刚踏上仕途的第一任,就是做豫章太守

1　《后汉书·陈蕃传》记此事云:"父友同郡薛勤来候之,谓蕃曰:'孺子何不洒扫以待宾客?'蕃曰:'大丈夫处世,当扫除天下,安事一室乎!'勤知其有清世志,甚奇之。"并无薛勤反驳之语,盖好事者为之矣。

呢？也不是。事实是，在做豫章太守之前，陈仲举曾举过孝廉，做过郎中，还曾做过至少和豫章太守差不多大的乐安(今属江西)太守，后来甚至官拜尚书，可谓官运亨通，仕途坦荡。而他到豫章(今江西南昌)任太守，并非升迁，而是因为触怒权贵被贬了官。刘孝标注引《海内先贤传》称："蕃为尚书，以忤正忤贵戚，不得在台，迁豫章太守。"

所以，"言为士则，行为世范，登车揽辔，有澄清天下之志"这几句，既可以理解为《世说》的作者对陈仲举其人的总体评价，所谓"盖棺论定"，也可以理解为，在贬到豫章做太守之前，陈仲举在政治上已经达到了这样的一种境界，获得了当世的广泛认同。

陈仲举在乐安太守任上，有两件事值得一提。

第一件，可看出其为人。陈仲举担任乐安太守时，另一位清议领袖李膺(字元礼，110—169)正好来做青州刺史(乐安属青州管辖)，刺史是朝廷派到各州监督官吏的官职，权力很大，因为李膺秉公执法，素有威名，那些心虚的下属官吏，都闻风而逃，只有陈仲举因为清正廉洁坦然留任。陈、李二人后来惺惺相惜，结成政治上的攻守同盟，传为佳话。

第二件，牵涉到对一起民事案件的处理。有个叫赵宣的人，父母亲死了，他安葬完后，却不封住墓道，竟然穿着孝服住在墓道里，长达二十年！一时孝子之名远播。有人把他推荐给陈仲举，陈就召见他，没想到，问到他的妻儿老小的情况时，竟然发现一个"惊天丑闻"：原来赵宣的五个孩子都是在他服孝的这二十年里所生！按照当时的丧礼，父母去世要守孝三年(实际上是25个月左右)，这三年里，孝子不能饮酒食肉，不能吹拉弹唱搞娱乐活动，甚至不能穿绫罗绸缎，锦衣秀裳，当然也不能近女色。这个所谓的孝子，如果按照一般丧俗守孝三年，也就罢了，偏偏要假惺惺地住在墓道中二十年，给人一种不食人间烟火的假象，其实呢，却该干啥干啥，孩子生了一大堆。陈仲举一听，大怒，骂其"诳时惑众，诬污鬼神"，下令将其逮捕法办，以正视听。史载，陈仲举"性方峻"，即方正峻烈之意，由这两件事可见一斑。

刚正不阿，敢说真话，且以天下清平为己任——这就是陈仲举。他所处的时代，正是东汉末年最黑暗、最腐败、外戚宦官先后专权乱政、史上臭名昭著的"桓、灵之世"。读陈仲举的传记，你会发现，他的一生几乎都在批评政治，鞭挞腐败，多次因言获罪，又因为名节高尚而多次东山再起，官越做越大，但嫉恶如仇的秉性，却是老而弥坚。陈仲举真正做到了孟子所说的"富贵不能淫，威武不能屈，贫贱不能移"，是一个真正的大丈夫！他的立身行事在当时具有极大的影响力，当时的人物品评中，他被尊为"三君"之一，什么是"君"呢？《后汉书·党锢列传》的解释是："君者，言一世之所宗也。"也就是"言为士则，行为世范"的意思。

这说明，搞不好个人卫生的人，未必就搞不好公共卫生。所以，《世说》才把陈仲举的故事放在开篇第一条，给予非常高的评价。

三

我们继续往下看：

> 为豫章太守，至，便问徐孺子所在，欲先看之。主簿白："群情欲府君先入廨。"陈曰："武王式商容之闾，席不暇暖。吾之礼贤，有何不可！"（《德行》1）

故事说，陈仲举出任豫章太守时（约公元147年），一到郡，便打听徐孺子的住处，想先去拜访他。主簿（主管文书簿籍的官，大概相当于今天的秘书）禀报说："大家的意思，是希望府君先进官署（廨）料理政务。"陈仲举则说："从前，周武王刚战胜殷，席子还没来得及暖热，就乘车去到贤人商容的家门口探望,见到商容,俯身凭轼(车上横木叫轼)而立,以示尊敬。人家武王敬贤礼士,连休息都顾不上,我礼敬贤人,不先进官署,又有什么不可以呢?"

故事写到这里戛然而止。读完这个故事,我们难免会生出一个疑问,陈仲举要拜访的这个徐孺子到底是何方神圣?竟然让陈仲举如此倾心仰慕,还搬出周武王礼敬商容的典故为自己壮胆儿?

徐孺子,就是当时著名的隐士徐稚(97—168)。他的字很怪,就叫孺子,孺子就是小孩,加上他的名,合起来就是"幼稚的小孩子"。这样古怪的名字大概寄寓了父辈的某种寄托,因为世道险恶,想要苟全性命于乱世,唯有"绝圣弃智",最好是永远长不大,永远处于幼稚懵懂的孩童状态。

徐孺子正是陈蕃要去做官的豫章地方的人,此人很有清名令誉,幼时便有"神童"之目。《世说·言语》篇载:

> 徐孺子年九岁,尝月下戏,人语之曰:"若令月中无物,当极明邪?"徐曰:"不然。譬如人眼中有瞳子,无此必不明。"(《言语》2)

说徐孺子九岁时,有一天晚上,在月光下游戏,有人指着月亮对他说:"小朋友你看,如果月亮里面什么都没有,应该比现在更明亮吧?"这话问得很有些天文学的价值,说明至少在那时候,古人已经注意到了月球上的天文现象,比如说那些我们今天叫作环形山的东西,是它们让月亮看起来有些斑斑驳驳,而不是光洁如明镜的。这样一个很像"脑筋急转弯"的问题,徐孺子回答得很妙,他说:"你说得不对,空洞无物未必就更明亮。"说到这里,还怕对方听不明白,就打了个比方说:"好比人的眼睛里有黑色的瞳仁,没有瞳仁,眼睛一定不明亮!"这么小的孩子,就能用"相对主义"的眼光看问题,真是了不起!

就是这个徐孺子,长大以后却成了很有名的隐士。他做隐士不是因为做不上官，而是不想做。史书记载，公府官家多次征召他出来做官，可他就是不出来，愣是要"将隐居进行到底"！这种隐居不仕的思想可以追溯到孔子。孔子说："邦有道则仕，邦无道则可卷而怀之。"（《论语·卫灵公》）这话是夸奖一个叫蘧伯玉的贤人的，孔子称赞他是君子，国家有道的时候就出来做官，国家无道的时候，又能把自己的才能收而藏之，达到全身避祸的目的。徐孺子不愿做官，很可能就是因为看透了当时政治的黑暗无道，所以不愿意趟浑水。

尽管不愿做官，徐孺子并非不近人情，对于赏识自己的伯乐，他一向知恩图报。有个"只鸡絮酒"的典故就与徐孺子有关。《后汉书·徐稚传》载，太尉黄琼(86—164)曾经征辟徐孺子出来做官，徐不就。等到黄琼去世，归乡安葬时，徐孺子非常伤心，一个人背着干粮，徒步赶到江夏(今属湖北武汉)去为黄琼送葬。因为家贫，没有什么贵重的礼物，就设"只鸡絮酒"这些微薄的祭品，哭泣祭奠一番就走人了，连姓名也不告诉人家。

何谓"只鸡絮酒"？根据谢承《后汉书》的描述，就是事先在家里把一只鸡烧烤加工好，再把一两棉絮浸渍在酒中，晒干以后，用来包裹那只熟鸡，这样便于携带。到了死者的墓地，再用水把那晒干的棉絮浸泡一下，沥出酒水来，再加上那只鸡，这样有酒有鸡，就算是祭品了。后来人们就以"只鸡絮酒"，代指以菲薄的祭品悼念亡友。

徐孺子因此获得美名，所以陈仲举到豫章做太守，走马上任，下车伊始，要做的第一件事，就是马不停蹄地去拜访这位无职无权的隐士。仔细想想，这是不是做"政治秀"呢？依我看，不是。要做政治秀，完全不必这么着急，新官上任，先到官衙里报个到，发表一通就职演说，和各大部门的下属官吏见个面，放在现在还要和媒体记者开个记者会什么的，声势造大之后，再去拜访某个社会贤达，这样效果岂不是更好？可陈仲举完全不搞这些俗套，一到郡，还没去官衙，就要先去拜访徐孺子，这样一份"求贤若渴"的样子是装不出来、也"秀"不到位的。而且,他引"武王式商容之闾"的典故,也是大有深意在焉。周武王是完成伐纣大业的圣王,商容则是个不问政事的隐士,圣王礼敬隐士,是很有象征意义的,体现的是一种海纳百川、有容乃大的气度和雅量。这说明陈仲举心里念念不忘的,还是复兴先王之道,扫除当时的政治阴霾,使天下太平,四海清一。

说完这句话,陈仲举是不是就去见徐孺子了呢?《世说》没有记载,留给我们一个很大的悬念。而根据《后汉书·徐稚传》的记载,陈仲举肯定去了徐孺子的家,而且还盛情邀请他出来做官,碍于面子,徐孺子到官署报了个到,就打道回府了,还是做他的隐士。但从此,两人成了好朋友。

根据袁宏《汉纪》记载,陈仲举为官清正,在豫章太守任上,从不接待宾客,唯独对徐孺子礼敬有加,特意在家为他设计了一张放在现在也很"时髦"的床榻,徐哪天来就哪天打开给他睡,人一走便把床榻悬挂于壁上,完全专床专用。这个发明放在今天,简直可以申请专利了!这件事在历史上也是佳话,"陈蕃悬榻""徐孺榻"因此成为一则风雅典故,被后世文人传唱不衰。徐孺子的老家,今江西南昌徐家坊的古地名,就叫"悬榻里"。其实,徐孺子并不是第一个享受"悬榻"待遇的人,早在乐安太守任上,陈仲举就对一个名叫周璆的高洁之士礼敬有加,这种特制的"悬榻"就是那时专为周璆发明的。

四

公元663年九月初九重阳节,十四岁的天才诗人王勃意气风发地写下了流芳千古的《滕王阁序》,其中两句:"物华天宝,龙光射牛斗之墟。人杰地灵,徐孺下陈蕃之榻。"就引用了"陈蕃悬榻"的典故。而"徐孺下陈蕃之榻"一句,又衍生了"下榻"这一熟语。现在我们称贵宾到哪里住宾馆,也叫"下榻"。不过,走遍全世界的宾馆,恐怕也找不到一张床是悬挂起来的吧。

总之,陈仲举对中国文化的贡献还真不小。陈仲举这个人,就像一个不断叮咬东汉王朝腐败躯体的牛虻,又像一个不遗余力要为天下清除芜秽的政治清道夫,他有一种唐·吉诃德大战风车的精神,用古语说,就是"知其不可而为之"。可以说,东汉末的政权在那样一种风雨飘摇之中能够苟延残喘近百年,正是有陈蕃这样的国家栋梁柱石之臣"铁肩担道义"的结果。陈蕃的死亡也是可歌可泣的。史载,七十多岁的他,实在不忍看到大汉政权被奸佞小人篡夺,就与大将军窦武谋划诛杀宦官曹节、王甫等人,不料事情很快泄露,这位白发苍苍的老翁,竟拔出宝剑作拼死反抗,最后下狱被害。

回到开头的那个话题。《世说》为什么要把"仲举礼贤"的故事放在开篇第一条呢?[1] 在我看来,这是一个不便明说的信号,这样一个故事,隐含的是士人对进退、仕隐、出处选择的一个拷问。陈仲举,作为传统儒家士大夫的优秀代表,他当然知道"邦有道则仕,无道则隐"这句话,在汉末的乱世,他的内心一定是很矛盾的。一方面,他要建功立业;另一方面,他也羡慕那些世外高人。这和孔子当年的心态很相似。孔子曾说过:"贤者辟(避)世,其次辟地,其次辟色,其次辟言。"(《论语·宪问》)他何尝不想彻底地摆脱对天下的牵挂,安贫乐道地度过一生呢?从他赞同曾点的"咏而归"(《论语·先进》),我们就知道,夫子心里也有归隐之志,只不过他宅心仁厚,无法放弃天下苍生罢了。所以,就像当初孔子拜访老子,向他问礼,陈仲举对徐孺子的礼敬,也完全可以理解为儒家向道家的一次靠近,一番回眸,一种亲

1　关于这个问题,前辈学者多有论述。如陈寅恪先生说:"《世说》,记录魏晋清谈之书也。其书上及汉代者,不过追述缘起,以期完备之意。惟其下迄东晋之末刘宋之初迄于谢灵运,固由其书作者只能述至其所生时代之大名士而止,然在吾国中古思想史,则殊有重大意义。盖起自汉末之清谈适至此时代而消灭,是临川康王不自觉中却于此建立一划分时代之界石及编完一部清谈之全集也。"(《金明馆丛稿初编·陶渊明之思想与清谈之关系》)

和。打开汉末的历史,你会发现,这种儒家向道家"暗送秋波"的倾向是越来越明显了。这,恐怕也是一种不以人的意志为转移的时代大势和社会潮流吧。

追本溯源,儒和道在最初的时候,并不是截然分开的,我们甚至可以说,就像一个硬币的两面,每个人的心里,都是既有儒,也有道。把这样一个记载放在"头版头条",足以说明《世说》在文化趣味和价值取向上的多元性和包容性。如果没有这种多元性和包容性,《世说》能否成为一部人见人爱的传世经典,怕是要打上一个问号的。

叔度汪汪：神龙见首不见尾

一

《世说》这部书，看似零散无章，从哪里看都差不多，其实内在却有一个非常完整的网状结构，每个门类主题相对集中，人物和故事环环相扣，可谓"形散而神不散"。譬如《德行》篇第 1 条是关于"仲举礼贤"的故事，紧接着，另一个人物出场了：

> 周子居常云："吾时月不见黄叔度，则鄙吝之心已复生矣。"
> （《德行》2）

有个叫周子居的名士经常说："我一段时间不见黄叔度，那种鄙陋贪吝的心思就又会萌生出来。"这里的"时月"，是指一段时间。在《论语·雍也》篇里，孔子夸奖颜回，曾说过："回也，其心三月不违仁，其余则日月至焉而已矣。"意思是，学生里面，只有颜回能够做到长时间不违背仁德，其他学生只是在短时间里至于仁德之境罢了。孔子说的"日月"，和这里的"时月"，意思一样，都是指短时间。

读者看到这一条，发现陈仲举突然不见了，换了个人说了一句话，引出了黄叔度。其实，熟悉这段历史和人物关系之后，就会明白，陈仲举并没有完全退场，这些人物跟他都有关系，不仅是同郡老乡，还是知交好友。我们姑且把这种编写方法，叫作"藕断丝连法"。

这个周子居，名叫周乘，汝南安城（今河南平舆西南）人。在《世说·赏誉》篇中，第一则就是陈仲举对周子居的称赏和赞誉：

> 陈仲举尝叹曰："若周子居者，真治国之器。譬诸宝剑，则世之干将。"（《赏誉》1）

陈仲举曾感叹地说："像周子居这样的人，真是治国安邦的宝器。拿宝剑来比方吧，他就好比宝剑中的干将！"众所周知，干将、莫邪是宝剑中的极品，所以这个评价是非常高的。后来周子居果然官拜泰山太守，为官清正，体恤民情，很有声誉。周是个很清高的人，《汝南先贤传》里说他"高峙岳立，非陈仲举、黄叔度之俦则不交也"。也就是说，他自视甚高，陈、黄之类的人他才会交往，一般人是入不了他"法眼"的。用现在的话说，这个人很"牛"，也很"酷"！

然而，这样一个又"牛"又"酷"的人，却说他一段时间不见黄叔度，就会又变得俗不可耐！那黄叔度该是个怎样的人物？而且，据《后汉书·黄宪传》记载，陈仲举对同乡的周举（可能是周乘之误）也说过的类似的话。后来陈仲举位至三公（东汉时以太尉、司徒、司空合称三公）的时候，还临朝而叹："叔度若在，吾不敢先佩印绶矣！"能让陈仲举如此自惭形秽，则黄叔度无与伦比的人格魅力可见一斑！

说到底，周子居不过是个线索人物，他出场的作用，就是抛砖引玉——隆重推出神秘人物黄叔度！这真是强中更有强中手，一山更比一山高,而《世说》的妙处正在这里。

二

黄叔度何许人也?现代人恐怕不甚了了。但他在汉代末年,却是个"骨灰级"的道德先生,当时及后世的读书人,无不仰慕他的大名,向往不已,以至竟有"叔度遗风"之说。

黄叔度名宪,以字行,汝南慎阳(今河南正阳)人。说起来,黄叔度还是我的正宗老乡,我就出生于河南正阳。敝乡是个小地方,没出过什么大人物,数来数去,也就只有这个黄叔度。黄叔度的墓址现在还在正阳县教育局的院内,属于"省级重点文物保护单位"。

我的这位"古书里的老乡",出身是很贫贱的,他的父亲是个牛医,也就是兽医。但就是这位牛医的儿子,竟然创造了汉末乱世的一个道德神话。这不能不说是个奇迹。参与黄叔度"道德神话"塑造的有三个重要人物,分别是:荀淑、戴良、郭泰。以下分别述之。

先说荀淑。荀淑(83—149),字季和,颍川颍阴(今河南许昌)人,据说他是荀况的第十一代孙,三国时曹操帐下谋士荀彧的祖父。荀淑少有高行,大名士李膺对他非常崇敬,称他是"清识难尚"(《德行》5),即"见识高明,很难企及"之意。得到李膺这么高的评价,可见荀淑的德行和声望。

据《后汉书·黄宪传》记载,荀淑有一次到慎阳,在一家旅店里碰上黄叔度,当时黄只有十四岁,用今天的话说,也就是个乳臭未干的初中男生。但就是这个初中男生,竟然风度超凡,言谈之间,让荀淑惊喜得挪不动步子。末了,荀淑心服口服地说:"子,吾之师表也。"然后,荀淑又去拜访慎阳的另一位名士袁阆(字奉高),一到袁的住所,就问:"你这地方有个当世颜回,你可知道?"袁阆马上说:"你一定是见过黄叔度了吧?"袁阆这话说明,十四岁的黄叔度在乡里早有当世颜回的名声。

我们知道,颜回是孔子最得意的门生,也是孔门弟子中最具道德偶像色彩的人物。读过《论语》的人会发现,颜回除了因为"一箪食,一瓢饮,在陋巷"弄得严重营养不良以外,几乎是孔子心目中最完美的弟子。一出场孔子就夸他:"吾与回言终日,不违如愚。退而省其私,亦足以发:回也不愚。"(《论语·为政》)后来孔子让他和子路"各言其志",子路说:"愿车马、衣裘与朋友共,敝之而无憾!"——我愿意把自己的车马衣裘和朋友共享,就是被朋友用坏了也毫不遗憾! 颜回则很低调,说:"愿无伐善,无施劳。"(《论语·公冶长》)就是希望自己能做到不夸耀自己的长处,不表白自己的功劳。有人问孔子:"哪个弟子最好学?"孔子还是首推颜回:"有颜回者好学,不迁怒,不贰过,不幸短命死矣,今也则亡。"(《论语·雍也》)这个"不迁怒,不贰过",真是一般人终生难以修为的品德。连他的同学曾参都夸他,说他能做到"以能问于不能,以多问于寡;有若无,实若虚,犯而不校"(《论语·泰伯》)。这个颜回,真是勤勉好学、安贫乐道的道德楷模! 难怪他英年早逝之后,孔子要悲痛欲绝地说:"天丧予! 天丧予!"(《论语·先进》)

但是且慢,我们说颜回是个道德神话是有"潜台词"的,但凡"神话",其最突出的特征就是不可思议、难以求证。比如说颜回吧,除了孔子在《论语》里对他的表扬和赞美之外,我们几乎找不到他有什么实在的才干,除了道德,还是道德! 所以子路对这个小师弟是很不服气的。有一次孔子又表扬颜回,说:"用之则行,舍之则藏,惟我与尔有是夫!"意思是:"被任用就施展抱负,不被任用又能巧妙地掩藏才能,能做到这一点的,大概只有我和你吧?"子路当时在场,马上说:"子行三军,则谁与?"言下之意,真要打仗,您会和颜回一道吗?[1] 其

1　事见《论语·述而》:"子谓颜渊曰:'用之则行,舍之则藏,惟我与尔有是夫!'子路曰:'子行三军,则谁与?'子曰:'暴虎冯河,死而无悔者,吾不与也。必也临事而惧,好谋而成者也。'"

实,连孔子也认识到颜回的局限,他曾说:"回也非助我者也,于吾言无所不说(悦)。"(《论语·先进》)说来说去,就是颜回太听话了,不能对老师有所启发,真正实现"教学相长"。但世上的事偏就这么奇怪:越是有这些事功上的局限,就越是能够成就颜回的道德塑造,在"立言""立功"方面他交了白卷,人们就会在"立德"方面给他加分,特别是他因为严重营养不良和学习太过卖力而不幸早夭后,关于颜回的道德神话就更有感染力了。

为什么要介绍颜回?因为黄叔度和颜回太像了。和颜回一样,黄叔度也是这样一个没有事功而又让人膜拜的道德偶像。他和颜回的确很相似:首先是家境贫寒,出身低贱;其次是德行高尚,安贫乐道;最后就是淡泊名利,虚心好学,做到了孔子所说的"隐居以求其志"(《论语·季氏》)。当大名士荀淑说他是"颜子复生"的时候,黄叔度的"道德神话"已经初具规模了。

三

再说戴良。戴良,字叔鸾,汝南慎阳人(也是我的老乡),《后汉书·逸民列传》有其传。说到戴良,顺便介绍一下他对中国文化和魏晋风度的一个贡献。史载,戴良年轻时任诞无节,却对母亲十分孝敬,他母亲喜欢听驴鸣(我们那地方至今还产驴),他就经常学驴叫逗母亲开心。这"驴鸣娱亲",和传说中的"老莱娱亲"真有异曲同工之妙!实事求是地说,驴鸣并不是很好听,但其声高亢嘹亮,不鸣则已,一鸣惊人,自有一种不管不顾的豁达韵味。从性质上说,驴鸣很有些像"原生态唱法",从效果上看,它又包括各种"共鸣腔",和美声唱法的发声原理很相似,举声一号,定能增强肺活量。更为重要的是,驴鸣的神态和音效很具视听感染力,有着让人忍俊不禁的喜剧色彩。

没想到，戴良发明的这种特殊的尽孝方式，后来竟开魏晋名士爱好驴鸣之风气，《世说·伤逝》篇里，就记载了两条关于驴鸣的故事。

一则说，"建安七子"之一的王粲死后（时在公元217年），在他的追悼会上，名流咸集，曹丕当时虽然未做皇帝，但已经是曹操的世子，地位极其尊贵。在这样庄严的场合，曹丕竟然对大家说："王粲生前最喜欢听驴鸣，我们大家不如每人学一声驴鸣，为这位好朋友送行吧？"说完，自己带头学了一声驴叫。有道是榜样的力量是无穷的，大家也都各学了一声驴叫表示哀悼。（《伤逝》1）曹丕虽然在历史上形象不太好，但他的通脱放达的个性对于魏晋士风的影响不容小觑。别的不说，在追悼会上学驴叫，今天的官员恐怕想也不敢想，梦都梦不到！

另一则也是发生在追悼会上的故事。西晋的名士孙楚（字子荆）和王济（字武子）是一对好朋友，孙才高气傲，很少佩服谁，唯独敬重王济。后来王济死了，办丧事的时候，天下名士都来吊丧。孙楚来得很晚，对着王济的尸体放声恸哭，众宾客见了也都陪着流泪。孙楚哭完，对着灵床说："你生前常喜欢听我学驴叫，现在我再为你学一声。"说完就学了一声驴鸣，声震屋宇，惟妙惟肖，众宾客都被他逗笑了，追悼会的庄严气氛也一扫而空。没想到孙楚却很生气，抬起头对众人说："使君辈存，令此人死！"（《伤逝》3）意思是：老天真是不公，竟让你们这帮家伙活着，却令这个人死掉了！看来孙楚学驴叫并不是为了搞笑，而是痛悼好友的真情流露。

魏晋名士喜欢驴鸣，就像喜欢长啸一样，都是个性张扬、放达不羁的表现，已经和戴良"驴鸣娱母"的孝子行为关系不大，但追溯起来，这种风气戴良还是始作俑者，"知识产权"应该在他这里。所以余嘉锡先生说："此可见一代风气，有开必先。虽一驴鸣之微，而魏、晋名士之嗜好，亦袭自后汉也。况名教礼法，大于此者乎？"（《世说新语笺疏》）

这个戴良，《后汉书》本传上说他"才高倨傲"，目空一切，曾自比仲尼、大禹，发出"独步天下，谁与为偶"的豪言。你看他把自己比作孔子和大禹，似乎比人称颜回的黄叔度要高明许多，但所有的自卖自夸都是不作数的，比不上众人的口碑。戴良每次见到黄叔度，"未尝不正容"，没有一次不是规规矩矩，肃然起敬的。回到家里常常惘然若有所失。有一次他垂头丧气地回来，母亲劈头就问他："你又到牛医儿那里了吧？"真是哪壶不开提哪壶！戴良倒也老实，回答说："我不见叔度，并不觉得自己不如他；等到见了他的人，就觉得他'瞻之在前，忽焉在后'，真是深不可测啊！"

戴良引用的这句"瞻之在前，忽焉在后"，恰好是颜回赞美孔子的话："仰之弥高，钻之弥坚，瞻之在前，忽焉在后。"（《论语·子罕》）意思是：孔子他老人家啊，越仰望越显得高远，越钻研越显得坚固，明明看他好像在前面，一忽儿又像在后面了，真是高深莫测。请注意，戴良本来是以孔子自比的，可他一见到黄叔度，就自动退居到孔子学生颜回的位置上去了。黄叔度这个人，似乎真具有无与伦比的魔力！

四

黄叔度道德神话的第三个接力者便是大名鼎鼎的郭泰。郭泰（128—169），字林宗，汉末太学生领袖，是和汝南许劭齐名的人物品评大师。"叔度汪汪"的典故，就是被他创造出来的。

> 郭林宗至汝南，造袁奉高，车不停轨，鸾不辍轭；诣黄叔度，乃弥日信宿。人问其故，林宗曰："叔度汪汪如万顷之陂，澄之不清，扰之不浊，其器深广，难测量也。"（《德行》3）

郭林宗到了汝南郡，先去拜访袁奉高（袁阆），见面一会儿就走了。

"车不停轨,鸾不辍轭",用现在的话说,就是车子都没熄火,一副急吼吼、随时准备走人的样子。去拜访黄叔度却连日整宿,流连忘返。别人问他何以厚此薄彼,他说:"黄叔度好比万顷的湖泊那样宽阔深邃,澄之不可能使其更清,搅之也不可能使其更浊,他的器量渊深广大,很难测量啊!"

郭林宗后来成了太学生的领袖,善于人伦识鉴,在汉末是个一言九鼎的人物。这大概是他年轻时第一次和黄叔度见面,一见之下,便为之倾倒不已,叹为观止,你说这黄叔度是不是神仙中人?从此,中国人的字典里,就有了"叔度汪汪""叔度陂湖"的典故。

关于黄叔度的这两条故事已如上述。读者一定会产生一个疑问:这个黄叔度到底怎么样,我们还是不知道啊?有这个感觉就对了,要不怎么叫"其器深广,难测量也"呢?当年孔子见了老子后,回去就对弟子说:"鸟,吾知其能飞;鱼,吾知其能游;兽,吾知其能走。走者可以为罔,游者可以为纶,飞者可以为矰。至于龙,吾不能知,其乘风云而上天。吾今日见老子,其犹龙邪!"(《史记·老子韩非列传》)——深不可测,妙不可言,神龙见首不见尾,藏而不露,这就是我们的黄叔度了!

要知道,汉语言文学有一个十分重要的描写方法,叫作侧面描写。你看,我们讲的这些故事,没有一个是正面描写黄叔度长得什么样、说过什么话、做过哪些事的,而是通过别人的印象反衬他的风神、气度和"磁场"般的人格魅力。尽管如此,叔度的优雅风度,深广器量,却已呼之欲出,让人心向神往。这种"窥斑测豹法",早在《论语》中已开端倪,到了《世说》又被发扬光大。这跟中国人对语言的有限性的理解是有关系的,在先秦道家哲学中,有个命题叫作"言意之辨",具体说就是认为"言不尽意",语言不能穷尽所要表达的意旨,所以古人追求"言约意丰""言近旨远""以少胜多",等等。这种"只可意会,不可言传"的手法,跟中国书画中的"留白"和"飞白"一样,给人留下了无穷的想象空间。

史载黄叔度直性高迈，屡征不仕，多次拒绝做官机会，所以他四十八岁去世时，天下号为"征君"。征君者，屡征不仕之君子也。被褐怀玉，甘居贫贱，这让许多利禄之辈自惭形秽，叔度在时人心目中品位极高，分量极重，原因正在于此。

对于黄叔度这样没有"立功""立言"而只是"立德"的人，现代人可能很难理解。正如钱穆先生所说："今天我们只看重得志成功和有表现的人，却忽略了那些不得志失败和无表现的人。……但历史的大命脉正在此等人身上。中国历史之伟大，正在其由大批若和历史不相干的人来负荷此历史。"又说："当知各人的成败，全视其'志''业'。但业是外在的，在我之身外，我们自难有把握要业必成。志则是内在的，只在我心，用我自己的心力便可掌握住。故对每一人，且莫问其事业，当先看其意志。"（《中国历史研究法》第六讲《如何研究历史人物》）黄叔度之所以令人敬仰，正在于他在那样一个污浊的世道，坚守住了自己的灵魂底线，张扬了自己的个人意志，活出了与众不同的自我！

在我看来，不管科技如何发展，社会如何进步，不懂得欣赏那些不得势、不成功、"无表现"却又有操守、有意志、有个性的边缘人物，恰恰是我们"今不如昔"的地方。

难兄难弟：有其父必有其子

一

中国人非常重视血缘关系和兄弟情义，即使没有血缘关系的人，如果关系好，也常常称兄道弟。我很喜欢的一句谚语就说："兄弟不一定是朋友，但朋友一定是兄弟。"特别是那些共过患难或都处于同样困境的人，往往被称作"难兄难弟"（nàn xiōng nàn dì）。其实，这个成语就出自《世说》，其最早的读音应该是"nán xiōng nán dì"。

> 陈元方子长文，有英才，与季方子孝先，各论其父功德，争之不能决。咨于太丘，太丘曰："元方难为兄，季方难为弟。"（《德行》8）

这个故事，说两个小孩子，一对堂兄弟，在玩一种我们小时候都玩的游戏，就是"比父亲"，用现在的话说，就是把父亲拿来PK。两人争执不下，就跑到爷爷那里请求裁决。爷爷也很为难，手心手背都是肉嘛,而且两个儿子确实都很优秀,只好和稀泥地说:"兄长难为兄,弟弟难为弟。"意思是,两兄弟都好,难分伯仲。这就是"难兄难弟"典故的由来。

这个故事的"内核"就是如此。但要理解深入一点,就必须对号入座,分别了解这个爷爷是谁,怎么养了这么厉害的两个儿子? 这两兄弟又是谁,到底有什么了不起?

这个爷爷,名叫陈寔(104—187),字仲弓,和孔子最有政治才干的弟子冉雍同字。颍川许(今河南许昌东)人。古代常以官名称人,因为陈寔曾任太丘的行政长官太丘长,故又称他陈太丘。陈寔任太丘长的时候,有两件事值得一提,都记录在《世说·政事》篇里。

第一件说,陈寔做太丘长时,下面有个官吏请假,谎称自己母亲病了。有道是没有不透风的墙,此事后来被发觉,陈寔就逮捕了那人,并下令杀掉他。手下的主簿觉得这个处罚有点重,就请求交付狱吏,拷问他还有没有其他罪行。言下之意,仅凭这一条就置他的死罪,理由显然不够充分。陈寔却说:"欺君不忠,病母不孝,不忠不孝,其罪莫大。你审查他的其他罪行,难道还有比这更严重的罪行吗?"(《政事》1)

第二件也是一个刑事案。当时有个地方发生了一起抢劫杀人案,被杀的是一个财主,罪犯已被抓捕归案。于是陈寔带人去审理此案。县长亲自出马到案发地点审问凶手,可见陈寔对这个案子的重视程度。但是,紧接着发生了一件事,竟然使陈寔改变了这次行动的方向。原来在还没到达案发现场的时候,突然接到另外一个报告,说有户人家竟然把刚生下的婴儿给溺死了! 陈寔一听,马上命令掉转车头,先去审理这起杀婴案。大概还是那个主簿,再一次建议说:"盗贼事大,情节更严重,应该先去审理。"没想到陈寔却说:"盗杀财主,何如骨肉相残?"(《政事》2)——强盗杀了财主,怎么比得上残杀自己的亲生骨肉更严重呢? 财主被杀,还有为富不仁、遭人仇恨的可能,可是，一个刚出生的婴儿，有什么罪过，竟被亲生父母所杀？俗话说"虎毒不食子"，这种行为简直是禽兽不如！

两个故事都没有交代最后结果，到底罪犯是否被处死，我们不得而知。这不是《世说》的作者卖关子，故意吊人胃口，而是《世说》偏重记言，它也试图让读者把注意力投注到主人公说的那些话上面，至于故事的结果，在作者看来，并不是最重要的。我们从这两个案子的处理可以看出，和陈仲举一样，陈太丘也是个眼里揉不进沙子的人，可以说是嫉恶如仇，尤其不能容忍的就是为子不孝、为"父"不仁这样的败坏儒家伦理纲常秩序的行为。故袁宏《汉纪》称："寔为太丘，其政不严而治，百姓敬之。"《后汉书》本传也说：陈寔在乡里，用心平正，为人表率。大家有什么争端，都来请陈寔裁决，经他判断的是非曲直，大家都心服口服。当时流行着这样一句话："宁为刑罚所加，不为陈君所短。"

著名的"梁上君子"的典故也与陈寔有关。有一年闹饥荒，百姓生计艰难。一天晚上，一个盗贼潜入陈家，爬到房屋的大梁上。陈寔看见了装作不知，而且起身穿戴整齐，把家里的孩子都召集过来，正色说："做人不能不好自勤勉。不善之人未必本来就是恶的，只不过是习惯成自然，养成了不善的脾性，比如这位梁上的君子就是！"盗贼一听，大惊失色，连忙从梁上跳下来，叩头认罪。陈寔开导他说："看你状貌，不似恶人，你这样做应该是由于贫困所致。"于是赠送给他两匹绢。从此全县再无盗贼出没。

二

不过，陈太丘给人印象最深的，还是教子有方。他养了六个儿子，个个都有出息，其中最负美名的就是那对"难兄难弟"——长子陈元方和少子陈季方。《世说》有《方正》一门，开篇便是"元方逐客"的故事：

> 陈太丘与友期行。期日中。过中不至，太丘舍去，去后乃至。元方时年七岁，门外戏。客问元方："尊君在否？"答曰："待君久不至，已去。"友人便怒曰："非人哉！与人期行，相委而去。"元方曰："君与家君期日中，日中不至，则是无信；对子骂父，则是无礼。"友人惭，下车引之，元方入门不顾。（《方正》1）

一次，陈太丘和朋友约好在中午碰头，一起出行。可是那位朋友不太守时，过了中午还没到。陈太丘就来了个"过时不候"，一个人先走了。他走后不久，朋友就来了。当时陈元方只有七岁，正在家门外玩耍嬉戏。朋友就问他："你父亲在家否？"陈元方答道："我父亲等您好久，您还不来，已经先走了。"朋友便很生气，说："这个老陈，真不是人！明明和人约好一块走，自己却抛下人家先走了！"元方一听，不满意了，说："您和我父亲约好在中午碰面，可您却姗姗来迟，这是不守信用；当着儿子的面骂他的父亲，这是不懂礼貌。"朋友很惭愧，就下车过来拉他，表示友好。陈元方呢，倒是人小志气大，压根不睬他，一个人跑回家里去了。

　　从这个故事可知，古代的家庭教育带给孩子的不仅是文化修养，还有一种价值判断。孔子说："父在，观其志；父没，观其行。三年无改于父之道，可谓孝矣。"（《论语·学而》）我们从陈元方身上，看到了他父亲陈太丘的影子。

　　还有一个故事记载在《夙慧》篇。夙慧，就是早慧。故事说：有一天陈家来了客人，并且要留宿在家，陈太丘就让两个儿子陈元方和陈季方烧饭款待客人。两个孩子领命去厨房干活，陈太丘自己便和客人一起高谈阔论。谈论的可能是一些比较高深的道理。元方、季方两兄弟有一搭没一搭地烧火,不时一起跑过去窃听,听得津津有味。结果呢?本来是要蒸饭的,两个小家伙却忘记放蒸饭的竹箅子,把饭煮成了一锅粥。开饭时,陈太丘发现了这个问题,就问哥俩怎么把饭做成粥了?元方、季方马上跪下来承认错误,说刚才您和客人谈话,我们忙着偷听,忘了放箅子,所以把饭做成粥了。太丘一听,就问:"你们是否记得住刚才我们说的内容呢?"两人说:"好像记着不少。"于是两个人你一言我一语,把谈话复述出来,居然原原本本,一字不差!陈太丘大喜过望,说:"既然如此,吃粥就吃粥吧,何必吃饭呢?"(《夙慧》1)

《夙慧》篇主要记录神童早慧的故事。看了这一条,不仅对元方、季方兄弟的聪明伶俐印象深刻,更值得注意的是陈太丘对儿子的态度。首先是让孩子干家务,绝不娇生惯养;其次,孩子煮饭不成,熬成了粥,照理是要批评的,但听到孩子们居然对自己和客人的谈话感兴趣,而且能够一字不漏地复述出来,便发自内心地高兴,赞许有加。

说到干家务,有一个更好的例子:

> 陈太丘诣荀朗陵,贫俭无仆役,乃使元方将车,季方持杖从后,长文尚小,载著车中。既至,荀使叔慈应门,慈明行酒,余六龙下食,文若亦小,坐著膝前。于时太史奏:"真人东行。"(《德行》6)

有一次,陈太丘去拜访朗陵侯相荀淑(就是夸奖黄叔度的那位),因为"贫俭无仆役"——家贫而俭朴,没有仆役侍候,就让长子元方驾车,小儿季方拿着手杖跟在车后。孙子陈长文(元方之子陈群)年纪还小,就坐在车上。一家祖孙三代就这样来到了荀家。到了荀家,荀淑让儿子叔慈迎接客人,让慈明劝酒,其余六个儿子负责上菜。孙子荀文若(就是后来成为曹操谋士的荀彧)也还小,荀淑就把他抱坐在膝上。

我以为,这故事的意味关键在于"贫俭"二字。对"贫俭"的态度,是这个故事被放在《德行》篇的重要原因。陈太丘显然是故事的主角。"贫俭"一词是个偏义副词,偏在"俭"上。陈的家境可能真的贫穷,也可能未必,就是说,即使他家并不穷,他也可能是俭的,至少不会摆阔炫富。现在有的父母对孩子,采取的是一种"穷家富养"的态度,经济上再拮据,也要让孩子感到要什么有什么,这是一种虚荣心在作怪。结果孩子长大后,不知体谅父母,不知为家庭分忧。有的人则相反,"富家穷养",很多大富豪十分节俭,对孩子尽量采取平民教育,让他受苦受累,学得一技之长。孔子说:"爱之,能勿劳乎?"(《论语·宪问》)爱一个人,能不叫他劳苦吗? 说的正是此意。

陈太丘去看荀朗陵,纯属私人交往,"贫俭无仆役",说明他并不是养不起仆役,而是不愿在这么一次私人性质的拜访中假公济私,虚张声势。陈太丘显然不是那种在乎别人眼光的俗人,轻车简从,自然随意,传达的是一种内在的自信。这让我想起孔子的弟子子路。在孔子眼里,子路是那种"衣敝缊袍,与衣狐貉者立,而不耻"(《论语·子罕》)的人。穿着破棉袍,和穿着狐皮大衣的人站在一起,而毫不觉得羞耻,这是一种难得的修为和境界! 夫子还说过,"士志于道而耻恶衣恶食者,未足与议也"(《论语·里仁》)。对物质条件的过分看重,会使人丧失对道义的执着。陈太丘的高明之处在于:第一,他贫俭但不以贫俭为耻,不搞排场,不慕虚荣,虽然做官,但绝不搞"公车私用"。第二,教子有方,儿子们驾车的驾车,殿后的殿后,不让他们有任何优越感,这正是行"不言之教",也就是"身教"。

有道是"物以类聚,人以群分"。只要看看荀淑的待客之道,就可以得出结论:他完全配得上做陈太丘的朋友。人通常是客随主便,荀淑来了个主随客变,你们父子不拘小节,我们做主人的,更应该从善如流。他把八个儿子全部调动起来,参与对客人的迎接和招待事宜。一个是轻车简从,心怀坦荡;一个是投桃报李,真心诚意,这才是真正的君子之交淡如水。可想而知,那样的聚会一定是其乐融融,如沐春风！"真人东行"四字，真是大有深意。

三

俗话说：有其父必有其子。就是这么一家人，祖孙三代都有美名。紧接着的一条记载说：

> 客有问陈季方："足下家君太丘，有何功德，而荷天下重名？"季方曰："吾（于）家君，譬如桂树生泰山之阿，上有万仞之高，下有不测之深；上为甘露所沾，下为渊泉所润。当斯之时，桂树焉知泰山之高，渊泉之深？不知有功德与无也。"（《德行》7）

有位客人问陈季方："令尊大人太丘长到底有什么功德，而在天下享有崇高的名声呢？"季方何等聪明，他避实就虚地说："我之于我的父亲，就好比一棵桂树生长于泰山的半山腰；往上看，是万丈高峰，往下看，是难测深谷；在上，我享受着雨露浇灌，在下，我又得深泉滋润。这种情况下，桂树怎么知道泰山有多高，深泉有多深呢？我不知道父亲有没有功德啊！"

陈季方说，父亲是泰山，而我就是泰山上的一株桂树，父亲在我眼里，高不可攀，深不可测。看起来是说他不知道父亲有没有功德，其实呢，却把父亲夸成了一朵花儿！我怀疑陈季方的夸父术，是"盗版"了子贡的夸师之语。子贡夸孔子，真是无所不用其极，有人说他比孔子要强，他不仅没有沾沾自喜，反而为老师据理力争，说："譬之宫墙，赐（子贡名端木赐）之墙也及肩，窥见室家之好。夫子之墙数仞，不得其门而入，不见宗庙之美、百官之富。得其门者或寡矣。"（《论语·子张》）他拿宫墙打比方，说自己的墙才刚到肩膀，站在墙外一看，就知道里面富丽堂皇,好处多多。可孔子的墙却有几十尺高,一般人找不到入口,所以看不到里面的"宗庙之美,百官之富"。有人背后诋毁孔子,子贡挺身而出,捍卫老师说:"仲尼是不可诋毁的。别人的贤德,好比丘陵,尚且可以逾越;而仲尼的贤德,就像天上的日月,是无法逾越的。"他还说:"夫子之不可及也,犹天之不可阶而升也。"(《论语·子张》)一句话,诋毁仲尼的人,都是自不量力,搬起石头砸自己的脚,得不偿失。

比较一下,陈季方把父亲太丘比作泰山,把自己比作泰山上的一棵桂树,真是很生动。他不知道父亲的功德不是因为父亲没有功德,而是"不识庐山真面目,只缘身在此山中"!

这是儿子评价老子。老子又是如何评价儿子的呢?这就要回到开头的那个故事了。在我们把具体人物落实之后,故事就清楚了:陈元方的儿子陈长文,也就是陈群,有杰出的才能,有一次,他和陈季方的儿子陈孝先,各自论述自己父亲的事功和品德,两人争执不下,便去问祖父太丘长陈寔。做祖父的说:"你们两个的父亲啊,旗鼓相当:元方很难当哥哥,季方也很难当弟弟啊!"

陈太丘这话可以从两个方面理解:其一,元方、季方兄弟俩,半斤八两,难分伯仲。其二,作为爷爷,面对两个如此崇拜父亲的孙子,——他们的父亲又是自己的儿子——陈寔也的确不太好评价,于是只好说:兄难为兄,弟难为弟。一个父亲这么夸奖儿子,颇有些遗传学方面沾沾自喜的味道,好像在说:看,我的遗传基因多好!

撇开这些微妙的人物关系不谈,单从语言的表达上看,这话说得实在很妙!我们知道,儒家讲求父慈子孝、兄友弟恭,父子、兄弟之间的伦理规定是相当分明的,一个父亲说出这样的话,事实上包含了某种试图超越伦理限制,转而单纯客观地评价一个人的意思,或许老头子愣了一个神儿,客观比较了一下,继而突然想起问话者、回答者以及比较的对象之间,这种"剪不断,理不乱"的血亲关系,所以才说了这么一句充满意味的话。言下之意,这两个人做兄弟实在有些"两难",如果只做朋友,一定是不相上下,难分轩轾!

"难兄难弟"的成语即由此而来。这两则放在《德行》篇里,是为了表彰陈氏父子的德业,和黄叔度的那两则一样,也是侧面烘托,对人物的具体事功则不置一词。这就是汉语系统的突出特点,我们中国人对语言本身的暗示性和想象空间的迷恋,常常超过了对语言所指对象的探寻。《世说》接续了《论语》的记言传统,一段看似故事的记载,总要以一句隽言妙语作结,以便造成"言有尽而意无穷"的观赏效果。

在这方面,还有一个故事堪称极品,就是我们下面要解读的——"管宁割席"。

管宁割席：阳关道与独木桥

一

　　"管宁割席"是中国第一流的笔记小说，也是最见风骨的绝交故事。中国文化十分看重友谊，在君臣、父子、夫妇、长幼（兄弟）和朋友这"五伦"关系中，朋友是十分重要的一伦。父子有亲、君臣有义、夫妇有别、长幼有序、朋友有信，这是五伦关系的基本原则。古语云："同门曰朋，同志曰友"。因为没有血缘关系作为纽带，维系友谊的只有相同的志向和彼此的诚信。《易传》说："二人同心，其利断金；同心之言，其臭如兰。"意思是朋友之间同心协力，其力量就像锋利的刀刃足以把坚硬的金属砍断；而同心同德的人发表一致的意见，说服力极强，就像嗅到芬芳的兰花香味，更让人容易接受。所以，形容朋友之间交情深厚，常常说是"契若金兰"。

　　友谊既然这么重要，人们对朋友的要求就难免严格甚至苛刻。相比之下，古人比今人更加耿直，故绝交之事时有发生，有的在我们看来简直匪夷所思,比如,"管宁割席"这个典故,乍一看就有些不近情理。

故事的主人公有两个:管宁和华歆。管宁在《世说》中就出现这么一次,却以少胜多,成为流芳千古的人物,不能不说是一个奇迹。

管宁(158—241),字幼安,北海朱虚(今山东临朐)人。据说是齐相管仲之后。《后汉书》本传说他身长八尺,相当于一米八几的大个儿,而且"美须眉",长得很是俊朗潇洒。年轻时他与平原人华歆、同县邴原相友,一同四处游学,而且三个人都很敬佩陈仲弓——就是前面讲过的陈太丘。根据刘孝标注引的《魏略》一书,当时人们称他们三人为一条龙:华歆是龙头,管宁是龙腹,邴原是龙尾。

管宁和邴原关系可能更好些,当时天下大乱,二人就一起跑到辽东避乱。辽东一带在公孙度(150—204)统治之下,相对比较安定,公孙度对二人更是虚席以待,礼敬有加。《世说·赏誉》篇有一条记载说:

> 公孙度目邴原:"所谓云中白鹤,非燕雀之网所能罗也。"

(《赏誉》4)

"目",在这里作动词,就是品评的意思,相当于"谓"。公孙度评价邴原说:"他就像传说中云中高飞的白鹤,不是捕捉燕子麻雀的网子所能网罗的。"后来,邴原果然不愿意终生隐居,而去做了官。有个故事说,一次魏王太子曹丕举办宴会,请来了一百几十位宾客,席间,曹丕问大家:"如果君主和父亲都得了重病,而你只有一粒救命的药丸,应当先救君主呢,还是父亲?"有说先救君的,也有说先救父的,众说纷纭。当时邴原也在座,却一言不发。曹丕就问他先救谁。没想到邴原一脸怒容,说:"当然先救父亲!"曹丕还算有雅量,对这个明显带有不恭色彩的回答也没有生气。(《三国志·邴原传》裴松之注引《邴原别传》)

这个故事说明，邴原的确是个挺有个性的人，给他机会拍马屁都不屑！但就是这样一个高人，在管宁、华歆的圈子里，也还只是"龙尾"。而《三国志·华歆传》裴松之注引的《魏略》，却说华歆为龙头，邴原为龙腹，管宁为龙尾。两个注家所引的乃是同一本书，略有出入，但华歆的"龙头老大"之位还是牢固的。这条龙的位置排列，裴松之很不满意，他说管宁德行这么好，邴原也不比华歆差，都不应该是龙尾。明代的何良俊一不做二不休，干脆说："笃而论之，当以管为龙头，邴为龙腹，华为龙尾。"[1] 我也同意这个安排，说穿了，大家对华歆的印象不大好，有意见。为什么呢？我们先来介绍一下华歆这个人。

二

华歆（158—232），字子鱼，平原高唐（今属山东）人，汉末时为尚书令，又曾投靠孙权，入魏后官至太尉。华歆是个很有争议的人物，可以说毁誉参半。对他比较正面的评价主要在《三国志》里。陈寿写《三国志》，十分简明扼要，对历史材料的取舍很严格，而且他是晋人，晋是从曹魏的手里得天下的，他自然要以魏为正统，华歆毕竟是曹魏政权的三朝元老，难免对他手下留情，所以本传中的华歆，基本上个德才兼备的人。

但到了《世说》，华歆的形象就不那么漂亮了，可以说是瑕瑜互见。说他好的，如《德行》篇有一条把他和陈元方、陈季方兄弟相比较：

> 华歆遇子弟甚整，虽闲室之内，俨若朝典。陈元方兄弟恣柔爱之道，而二门之里，两不失雍熙之轨焉。（《德行》10）

1　刘强：《世说新语会评》，凤凰出版传媒集团，2007 年 12 月，第 8 页。后引不详注。

说华歆对待子弟很严肃,即使是在家里,礼仪也像在朝廷上那样庄重严肃。而陈元方兄弟呢,却是尽量实行温和慈爱之道。不过这两种风格截然不同的家庭内部,都没有失掉和睦安乐的祥和氛围。也就是说,这一严一宽,两种不同的门风,都达到了儒家追求的"齐家"境界。

还有两条,把他和王朗进行比较,可以称作"华王优劣辨",华歆也告胜出。王朗(?—228),字景兴,东海郯(今山东郯城)人,是经学家王肃的父亲。汉末为会稽太守,入魏后官至司徒。善于治狱,因反对恢复肉刑,颇得美誉。但在《世说》中,王朗只是华歆的一个陪衬。

> 王朗每以识度推华歆。歆蜡日尝集子侄燕饮,王亦学之。有人向张华说此事,张曰:"王之学华,皆是形骸之外,去之所以更远。"(《德行》12)

王朗常常在识见和气度方面推崇华歆。华歆每逢蜡祭[1]那天,就把子侄聚到一起宴饮,王朗也学他的做法。西晋的时候,有人向当时的士林领袖张华(232—300)说及此事,张华一针见血地说:"王朗学华歆,都是学些表面的东西,因此距离华歆反而越来越远。"说明至少在西晋时,人们对华歆的评价还是很高的。

紧接着的一条还是拿王朗烘托华歆:

> 华歆、王朗俱乘船避难,有一人欲依附,歆辄难之。朗曰:"幸尚宽,何为不可?"后贼追至,王欲舍所携人。歆曰:"本所以疑,正为此耳。既已纳其自托,宁可以急相弃邪?"遂携拯如初。世以此定华、王之优劣。(《德行》13)

1　蜡祭:年终合祭百神。《礼记·郊特牲》:"蜡之祭也,主先啬而祭司啬也,祭百种,以报啬也。"

这个很著名的故事说,华歆、王朗一同乘船避难,有个人想搭他们的船,华歆开始不同意。王朗说:"好在船还宽,怎么不行呢?"于是就收留了他。后来强盗追来了,王朗态度陡变,想甩掉那个搭船人。华歆却说:"我当初犹豫,就是怕碰到这样的情况呀。既然已经答应了他的请求,怎么可以因为情况紧迫就抛弃他呢?"于是仍旧带着他逃命。世人就以此来判定华歆和王朗的优劣。章太炎先生以为这很可能是华歆后人的涂脂抹粉,因为这个故事最早记录在华峤的《谱叙》里,而华峤正是华歆的后代。

不过,撇开历史是非不论,这则故事中的华歆,前后表现的反差,的确给人以很好的观感,就事论事,前面的拒绝是审慎的态度,后来的不弃又是负责的表现。相比之下,王朗的始纳终弃,"闲时爱买好,急则不顾"(李贽评语),就有些让人齿冷了。所以明人钟惺评论说:"华歆一世虚名,惟此举差强人意。"

三

但是且慢,如果说王朗这人挺倒霉,似乎活着就是为了衬托华歆的美德的话,那么,华歆的运气也不是一直就那么好。在"管宁割席"这则故事中,华歆也没有逃过充当管宁陪衬的命运:

> 管宁、华歆共园中锄菜,见地有片金,管挥锄与瓦石不异,华捉而掷去之。又尝同席读书,有乘轩冕过门者,宁读如故,歆废书出看,宁割席分坐,曰:"子非吾友也!"(《德行》11)

这一则写了两个片段性的小故事,全用白描,没有一句废话,却瑕瑜立现,褒贬自出,叙事上达到了很高的艺术效果,读来如同嚼着一枚橄榄,韵味悠长,胜过千言万语。

故事一开始写管宁和华歆一同在菜园里锄地种菜,用了"锄""见""挥""捉""掷"一连串动词,历历在目。两人同时看见地上有一小片金子,表现则不同:管宁不理会,举锄锄去,跟锄掉瓦块石头一样;华歆却把金子捡起来,再扔出去。故事到这里就中止了,仿佛音乐中出现了一个休止符,画面中出现了一段空白。这个空白非常重要,它给读者预留了一个思考的空间。

紧接着又转入对另一事件的叙述:又有一次,两人同坐在一张席子上读书,有达官贵人乘坐的豪华车辇从门口经过,估计是吹吹打打,十分张扬。管宁两耳不闻窗外事,照旧读书;华歆却经不住诱惑,放下书本跑出去看热闹了。到了这里,两件事基本交代完毕,最后呈现的是这两件事导致的富有戏剧性的结果——管宁竟把席子割开了,和华歆分开坐,并且冲着后者说:"你不是我的朋友!"

这么一个绝交的故事,你静静读完,自然会把两件事做一个联系。你会用自己的思考,去填补作者留出的那个空白。你会发现,作者除了采用白描的手法,还用了对比的手法,正是鲜明的对比,将那些未写出的东西告诉我们了。

第一个片段中,管宁并非没看见金子,也并非不认得金子,只是在他的心里,压根儿没有金子之类的俗物而已。华歆虽然自作聪明地扔掉了那片金子,颇有些"拾金不昧"的意思,可是这一"捉"、一"掷",其实充满了作秀的成分,仿佛在说:我是看不上这劳什子的!然而,正是在这样的动作中,华歆一不小心暴露了自己并没有真正将金子"放下",因为心中有金,所以要用那样一个很矫情的动作"撇清自己",境界上就比管宁差了一大截儿!

这让我想起两个和尚背女子过河的故事。有一大一小两个和尚出行,遇到了一条河,河上的桥被大雨冲走了,但河水已退,可以涉水而过。这时,一个漂亮的妇人正好走到河边。她说有急事必须过河,但怕被河水冲走。于是,大和尚立刻背起妇人,涉水过河,把她安全送到对岸。小和尚跟着也顺利渡河。接下来的事情就好玩了:两个和尚默不作声地走了好几里路,小和尚突然对大和尚说:"我们和尚是绝对不能近女色的,刚才你为何犯戒背那妇人过河呢?"大和尚淡淡地回答:"阿弥陀佛!我一过完河就把她放下来了,可是我看你到现在还背着她呢!"

佛家还有条著名的偈语说:不是风动,不是幡动,仁者心动。从这个角度上说,华歆的动手"捉而掷去之",正是因为他曾经"心动"。是先动了心,接下来才动了手。这两件事都被罗贯中写入《三国演义》,为《三国》作评点的毛宗岗评华歆:"手虽掷下,心上好生舍不得。若非管宁看见,必然袖而藏之矣。"凌濛初也说:"既捉而掷之,便是华歆一生小样子。"

当然,也有为华歆鸣不平的,南宋刘辰翁就说:"捉、掷未害其真,强生优劣,其优劣不在此。"明人李贽也说:"挥锄不必,捉掷亦诈,果内志于怀,故无所不可。吾未见其孰优孰劣也。"一个想为华歆翻案,一个想对二人的行为来个"模糊处理"。其实,这都是"此地无银三百两",作者何尝说过孰优孰劣呢?产生优劣判断的还不是读者(包括翻案者)自己?这则故事之所以耐读,就在于作者把判断权交给了读者,自己则隐藏在幕后作壁上观!

这真是"不著一字,尽得风流"!中国小说乃至一切中国艺术的美学意味,几乎全浓缩在这短短的 61 个汉字里了!中国叙事学里这种"以少胜多""以言动写心理""计白当黑"的手法是非常高妙的,可以说是一种"零度叙事",这种技法,西方要到现代主义兴起以后才学会,只不过,人家一学会就开始在理论上总结了,美其名曰——"冰山理论"。意思是,作者写出来的只是冰山一角,而读者可以展开联想的却在海平面之下,那才是更大的冰山主体,至少有八分之七!

《世说》的高明之处有很多,但巧用人物性格的组合和对比,也是非常高明的一种叙事技巧。而且，作者犹如摄像师的镜头，只记录不评判，任后人叽叽喳喳，争论不休。每次读到这里，我都心悦诚服，什么叫"大音希声"？这就是了。

四

在这个惊心动魄的绝交故事里，还有一个没有被提及但绝对不可或缺的道具被我们忽略了。不是别的，就是那把用来割席的刀子或剪刀！正是这把刀具，在时间的暗处发着刺眼的光芒，晃得我们这些活得糊里糊涂的现代人睁不开眼。你一定会说：这个管宁也太小题大做了，一个名言不是说吗，"如果你想要没有缺点的朋友，那你就永远没有朋友"。对朋友何必这么苛刻？

但是，话又说回来，一个对朋友苛刻的人，可能对自己更苛刻。史载管宁避居辽东时，常戴白帽，坐卧一楼，足不履地，几十年如一日，终身不肯仕魏。当年伯夷、叔齐是"不食周粟"，管宁却来个"不践魏土"。所以，我要为管宁说句公道话：咱们不是管宁，怎知管宁的节操心理？我们又何必对管宁这么苛刻？他和华歆绝交，自有他的道理。你可以想象管宁在用利器"割席"的声音，以及他"割席"时心中所想，不是极端的忍无可忍的鄙弃，一个人是不会做出这种决绝的动作的。作者没有说过华歆一句坏话，可是，我们从这短短几十个字里，看到了胜过千言万语的口诛笔伐。这个绝交的故事，真是充满了无尽的诗意！

事实证明，管宁对华歆，还真没看走眼。历史上的华歆，先仕汉，又事孙权，后来又投靠曹魏，历经曹操、曹丕、曹叡三代，是个看风使舵、首鼠两端的人物。《三国演义》第六十六回《关云长单刀赴会　伏皇后为国捐生》，对华歆搜捕汉献帝伏皇后一事有入木三分的描写。当时伏皇后躲在墙壁里，华歆命人打破墙壁，居然身先士卒，上去一把揪住伏皇后的发髻，愣是把这个"第一夫人"生生揪了出来！这种大逆不道的行为给后人留下十分恶劣的印象。有诗云：

华歆当日逞凶谋，破壁生将母后收。助虐一朝添虎翼，骂名千载笑龙头！

说来也很奇怪，管宁很早就与华歆割席绝交，可华歆却一直把他当朋友对待，《三国志·华歆传》说，魏文帝曹丕黄初年间（220—226），政府下诏令，让公卿举荐独行君子，华歆就举荐了管宁。到明帝曹叡即位时，华歆官拜太尉，后来年事渐高，称病请求退休时，又要把自己的位置让给管宁。但是管宁却毫不领情，一概不受，照旧在乡间读书种地，不改其乐。

这些事很容易给人一种印象，就是华歆还是很够朋友的，一有好处就想到管宁。可是在我看来，华歆也许一直都对管宁耿耿于怀，因为在坚持操守、安贫乐道方面，自己永远被管宁比下去了。管宁的"割席断交"之举，深深地伤害了华歆的自尊，把他永远钉在了耻辱柱上，所以，他用官位拉管宁下水，未尝没有污人清白的意思。大概在他心里，老觉得管宁不是真的淡泊名利，而是像他对那片金子"捉而掷去之"一样，是搞旷日持久的"真人秀"，一有机会还是会出来做官的，而管宁只要一做官，也就和自己没什么两样了，他那个"割席断交"的举动也就会成为千古笑柄。

从这个角度看，华歆真的不配做管宁的朋友。两人对人生或者成功的理解，真的不在一个层面和档次上。《幼学琼林》有这么一条说得好：

伯牙绝弦失子期，更无知音之辈；管宁割席拒华歆，调非同志之人。

只可惜,现在像管宁那样有定力的人太少了。这可能和社会文化生态大有关系,管宁的时代,仕与隐虽然不是同一条路,但在人们心目中都是正面价值。所以,像徐孺子、黄叔度、管宁这样的人,给官不做,屡征不仕,非要"将隐居进行到底",没有人骂他们傻瓜、弱智,相反,那些做了官的人还要对他们礼敬有加,民间还会把他们奉为楷模,可以说,他们是"不成功,便成仁",在世人眼里,他们也是"成功人士"。不像如今,似乎只有那些有权而多金的利禄之徒,才是"成功人士","人"这个概念已经完全被金钱、权力等身外之物"挤兑"得干瘪而又猥琐了。

　　所以,比起古代来,我们的价值追求未必真的就像有些人所说的,实现了所谓"多元",当我们为挣钱太少、职位太低、房子太小而惶惶不可终日的时候,能说我们比古人生活得更有质量,我们的社会比古代社会更和谐吗?

小时了了：焉知来者不如今

一

　　"小时了了"的典故知名度颇高，流传甚广。故事的主人公我们比较熟悉，就是汉末的大名士、"建安七子"之首的孔融。

　　孔融（153—208），字文举，鲁国（今山东曲阜）人，是孔子的第二十代孙。他的这个出身在"独尊儒术"的汉代非常尊贵。不用说，他小时候受到的也是儒家传统教育，比如仁义礼智信、温良恭俭让之类。我们都知道"孔融让梨"的典故，《三字经》里就有"融四岁，能让梨，弟于长，宜先知"的句子。根据《孔融家传》记载，孔融兄弟七人，孔融排行第六，他四岁的时候，每次和兄长们一起吃梨子，总是拿小的吃。大人问其故，他说："我年纪最小，理当吃小的嘛！"因此家里人都觉得这孩子是个人才。

　　关于孔融与兄长的良好关系，除了"让梨"之外，还有一个故事可以作为证据。

孔融十六岁的时候，发生了一件事。当时有个宦官叫侯览，深受皇帝汉灵帝的宠信，狗仗人势，作恶多端。有一个名叫张俭（115—198）的名士很不满，就上书弹劾侯览，请求皇帝诛杀他。汉灵帝是个昏君，弹劾无效不说，还被侯览倒打一耙，诬陷张俭结党谋反，发出通缉令追捕，张俭得到消息，被迫逃亡。当时的人都敬佩张俭的为人。所以张俭在逃亡途中，看见人家就前往投宿，从不会吃"闭门羹"，大家都冒着灭门的危险收留他，因为收留他而被追究杀害的，前后有数十家之多，留下了一个"望门投止"的典故。后来"戊戌六君子"之一的谭嗣同在狱中写过一首绝命诗："望门投止思张俭，忍死须臾待杜根。我自横刀向天笑，去留肝胆两昆仑。"头一句写的就是张俭。

　　且说张俭在逃亡途中，走投无路，来到孔融家里，找他哥哥孔褒。事不凑巧，那天孔褒外出，家里只有孔融这个十几岁的孩子。张俭看他太小，就没告诉真相，想要立马走人。孔融看见张俭神色忧惧，就说："我哥哥虽然不在家，难道我就不能做主吗？"就把张俭留宿在家里，暂时躲过了一劫。后来这件事被官府知道，孔褒、孔融兄弟就被抓捕归案。接下来的事情十分感人：两兄弟都争着承担责任。孔融说，留宿张俭的是我，理当我来顶罪。孔褒则说，他来求的是我，与你无关，该我受死。前来抓捕的官吏没办法，就问他们的母亲，没想到母亲说："家事应由长辈负责，应该被抓的是我。"郡县官吏都不能决断，只好呈报朝廷，请求定案，后来皇帝亲自下诏，给孔褒定了罪。这种"一门争死"的义举，真可谓惊天地、泣鬼神！孔融从此名扬天下。

　　梨能让，死可争，孔融一家的烈烈国士门风，于此可见一斑。

二

　　"小时了了"的故事发生在孔融十岁的时候。《世说·言语》

篇载：

> 孔文举年十岁，随父到洛。时李元礼有盛名，为司隶校尉。诣门者，皆俊才清称及中表亲戚乃通。文举至门，谓吏曰："我是李府君亲。"既通，前坐。元礼问曰："君与仆有何亲？"对曰："昔先君仲尼与君先人伯阳有师资之尊，是仆与君奕世为通好也。"元礼及宾客莫不奇之。太中大夫陈韪后至，人以其语语之，韪曰："小时了了，大未必佳。"文举曰："想君小时，必当了了。"韪大踧踖。（《言语》3）

这一年，应该是公元 163 年，孔融随他的父亲孔宙到京都洛阳。具体干什么我们不得而知，可能是父亲去出公差，顺便带儿子见见世面。没想到，这个十岁的小男孩，竟背着他老爸，制造了一个轰动京城的事件！

种种迹象表明，孔融是离开父亲单独行动的。他竟跑到李膺家里请求接见。李膺字元礼，是东汉末年非常著名的清议领袖，和陈蕃（陈仲举）齐名，被誉为"天下楷模"。《世说·德行》篇先讲陈仲举、黄叔度，再接下来就是李膺：

> 李元礼风格秀整，高自标持，欲以天下名教是非为己任。后进之士，有升其堂者，皆以为"登龙门"。（《德行》4）

就是说，李元礼这个人风采出众，品格端正，而且自视甚高，把自己当作天下的尺度，还把树立儒家的纲常礼教，建立正确的道德是非标准，作为自己的责任和使命。这说明，他和陈蕃一样，都有"澄清天下之志"。李膺的声望和官位都很高，所以后生小子，如果有机会到他门下接受教诲，或者交上朋友，都会特别荣幸，以为自己是登了"龙门"！

孔融十岁时,李膺已经五十多岁,任司隶校尉,司隶校尉是掌管监察京师及所属各郡百官的监察官,位高权重。这样一个京城高官,自然是深孚众望,门庭若市。但是,李膺的门槛太高,能够到他家升堂入室的,要么是当世的才子名流,要么是中表亲戚,必须满足两个条件中的一个,否则门吏根本不会通报。小孔融了解到这个情况,就对掌门官说:"我是李府君的亲戚,请赶快给我通报吧。"

掌门官也搞不清真假,只好通报。李元礼一听,直纳闷:我哪有这么个小亲戚啊?于是请进。孔融大摇大摆地走进客厅,大大咧咧地落了座。李膺就问他出身来历。孔融说:"我是鲁国孔融孔文举,乃孔子第二十代孙也。"李膺一听,又问:"那么,你和我有什么亲戚关系呢?"这话其实内含锋芒,言下之意,如果你说不出和我有什么亲戚,那就等于是在撒谎了。

没想到,小孔融脆生生地回答道:"我的祖先是仲尼,曾经拜过您的祖先李伯阳(即老子)为师,如此这般,我和您当然就是几百年的老世交了。"这种套近乎的话从一个孩子嘴里说出来,是很有喜剧效果的,孔融是孔子二十代孙,史有明文,但李膺是否老子李耳的后代却没有任何证据,孔融这么一说,等于无形中提高了李膺的血统地位,李元礼和宾客们无不赞赏小孔融的聪明过人。

更好玩的还在后头。当时有个太中大夫陈韪也是李膺的座上客,这天他来得晚一些,进来后发现宾客中多了一个陌生的小朋友,很奇怪,别人就把刚才孔融和李膺的应对告诉他。陈韪听了,有些不以为然地说:"小时了了,大未必佳。"——小时候聪明伶俐,长大了未必就能出类拔萃!

没想到,孔融听了,应声说道:"想君小时,必当了了。"——想来您小时候,一定很聪明吧!言下之意,您现在可是不咋地!把个陈韪闹了个大红脸,尴尬不已。

这个故事不仅突出了孔融的能言善辩,聪明伶俐,也附带说明,在语言的交锋中,甚至在一切对抗中,看似不对等的双方很容易在瞬间发生攻守转换。孔子早就说过:"后生可畏,焉知来者之不如今也。"(《论语·子罕》)地位高的或者年长的,如果太过轻视地位低的或者年幼的,硬要跟他较真,很可能是搬着石头砸自己的脚,得不偿失。陈韪是个很平庸的官吏,因为这个故事,倒是在历史上留下了一笔。

三

其实,陈韪那句话,从逻辑上来看是站得住脚的。孔子早就说过:"苗而不秀者有矣夫,秀而不实者有矣夫!"(《论语·子罕》)意思是,禾苗成长后而不能吐穗开花的情况是有的啊,只吐穗开花而不结果实的情况也是有的啊!"小时了了"作为一个条件,不一定推出"大一定佳"的结果。就孔融而言,我们也完全可以问:他是"小时了了"的,是否"大一定佳"呢?

但这问题对孔融而言,就不成其为问题了。历史上的孔融成名虽早,却并没有为名所累,而是发奋读书,博通古今,文才盖世,加上他特殊的家世,使他很快就成为士大夫的领军人物,也就是李膺夸他所说的"伟器"(《后汉书·孔融传》)。有例为证。孔融任北海相时,一次被黄巾军围困,情急之下,他派太史慈向刘备求救,刘备竟然说:"孔北海乃复知天下有刘备邪?"当即遣兵三千救之。就是说,当刘备听说大名鼎鼎的孔融居然知道自己,竟有点受宠若惊!要知道,刘备可是自称皇叔的,如果没有这个身份,他不可能召集一班人马打天下,但在这一刹那,刘备说漏了嘴。这也从一个侧面说明,孔融在当时士林中的崇高地位。《后汉书·孔融传》说:

融闻人之善,若出诸己,言有可采,必演而成之,面告其短,而退称所长，荐达贤士，多所奖进，知而未言，以为己过，故海内英俊皆信服之。

由此可知，孔融是个特别豪爽的人，不仅豪爽，而且宽厚。他有一句名言说："坐上客常满，樽中酒不空，吾无忧矣。"这一点，和他祖先、号称"不为酒困"的孔子不一样。事实上，在孔融身上，保留着汉末清议名士的铮铮铁骨，这恐怕和他十岁就受到李膺的接见和赏识大有关系。但是，这种性格注定了他不能见容于当世，特别是他多次忤逆"宁我负人，勿人负我"的曹操，悬在头顶的那把暴政之剑，终于落在了他的脖颈。

导致孔融死亡的原因无外乎恃才傲物，轻视曹操，且以汉臣自居。他与"傀儡皇帝"汉献帝来往过于亲密，甚至经常越过曹操上疏，完全不把出身宦官之家的曹操放在眼里。

还有几件事，也让曹操很郁闷。当初，曹操打败袁绍进入邺城后，他儿子曹丕捷足先登，闯入袁府，见袁绍的二儿媳妇甄氏美貌绝伦，就纳之为妻。

> 魏甄后惠而有色，先为袁熙妻，甚获宠。曹公之屠邺也，令疾召甄，左右白："五官中郎已将去。"公曰："今年破贼正为奴！"
> （《惑溺》1）

就是说，曹操打袁绍，正是为了这个甄氏美女，没想到却被儿子先下手了，曹操再牛，也只能认栽。这本是人家曹操的家务事，可孔融却给曹操写了一封信，杜撰了一个"武王伐纣，以妲己赐周公"的假典故，曹操也是读过不少书的人，从没听说过周武王打败商纣后，把纣王的爱妃妲己赐给了弟弟周公。但他知道孔融学识渊博，没准儿还真有其事，就问他出自什么经典。孔融千不该万不该，不该在这个时候耍小聪明,竟然说:"以今度之,想当然耳。"这是讽刺曹操把自己喜欢的甄氏让给儿子曹丕,你说曹操气不气?

建安十二年(207),因为闹饥荒,又要兴兵打仗,曹操就颁布了《禁酒令》,孔融不买账,竟写了两篇《难曹公表制酒禁书》加以反对。他说:"尧非千钟,无以建太平;孔非百觚,无以堪上圣。"又说:"酒以成礼,不宜禁。"说酒是重要的礼乐工具,禁酒岂不就是禁礼?还说,"夏商亦以妇人而失天下,今令不断婚姻",鲁迅解释这句话:"说也有女人亡国的,何以不禁婚姻?"(《魏晋风度及文章与药及酒之关系》)总之是事事都要和曹操对着干!

碍于孔融的盛名,曹操一直隐忍不发。建安十三年(208),曹操统一了北方,大权在握,便容不下孔融这么一个"眼中钉、肉中刺"了。曹操手下有个叫郗虑的,是个小人,善于揣摩长官意志,他罗织孔融的罪名若干条,最后由另一小人路粹执笔上告。在这篇不满二百字的告状奏疏中,捏造的两大罪状是十分厉害的:

第一,说孔融在任北海相时,"招合徒众,欲规不轨",还扬言说:"我大圣之后,而见灭于宋,有天下者,何必卯金刀?"卯金刀就是正体字的"刘"字,这无疑是直接对大汉王朝的合法性提出质疑。

第二,说孔融和那个"击鼓骂曹"的狂生祢衡过从甚密,二人"跌宕放言",竟说"父之于子,当有何亲? 论其本意,实为情欲发耳。子之于母,亦复奚为? 譬如寄物缶中,出则离矣"。——父亲对于孩子有什么亲情呢? 当初也不过是情欲冲动罢了。孩子对于母亲,又有什么关系呢? 就像曾经寄存在坛子里的东西,出了娘胎也就永远离开了。这样的言论在"以孝治天下"的汉代,真是大逆不道、罪该万死的。

曹操杀孔融的时候,完全忘记了自己在"唯才是举"的求贤令里曾说过"负污辱之名,见笑之行,或不仁不孝而有治国用兵之术,其各举所知,勿有所遗"的话了。真是"此一时也,彼一时也"!

四

孔融被杀时年仅五十六岁。妻子儿女也都被株连杀害。《世说·言语》篇记完"小时了了"的典故，紧接着就是他和两个孩子收捕被杀的情景，读来真如"冰火两重天"：

> 孔融被收，中外惶怖。时融儿大者九岁，小者八岁，二儿故琢钉戏，了无遽容。融谓使者曰："冀罪止于身，二儿可得全不？"儿徐进曰："大人岂见覆巢之下，复有完卵乎？"寻亦收至。（《言语》5）

故事说，孔融被抓时，朝廷内外（"中外"，也可理解为中表亲戚）都很惶恐不安。他的两个儿子正在家门外玩"琢钉"的游戏，脸上却没有一丝惧容。孔融对使者说："希望只加罪于我，能否让我的两个儿子保全性命？"没想到，两个儿子也颇有豪侠之气，竟然说："您见过倾覆的鸟巢下面，还会有完整的鸟蛋吗？"言下之意，求他们干什么？早晚是死，不如父子一同赴死，黄泉路上也好做个伴儿！

孔融的死亡，给汉末的清议运动画上了一个令人悲哀的休止符，此后的魏晋士人，很难再有这样的铮铮铁骨了，他们也不是没有脊梁骨，但总的来说，在政治高压下出现了"病变"，要么是严重"缺钙"，要么是"骨质疏松"，有的甚至沦为"软骨症患者"。当然，这是后话了。

床头捉刀：假作真时真亦假

一

上一节我们讲的是孔融，这一节我们讲下令杀孔融的人——曹操。关于曹操，有许多脍炙人口的故事，我们打算围绕一个著名的典故展开，顺便谈一谈《世说》对曹操形象的塑造。这个典故就是——"床头捉刀"。

曹操是大家比较熟悉的历史人物，其"个人简历"如下：曹操（155—220），字孟德，小名阿瞒、吉利，沛国谯县（今安徽亳州）人。东汉末年杰出的政治家、军事家、文学家。

这个"简历"应该没有什么争议，因为它四平八稳，是典型的"辞典体"叙述。但它远远没有把曹操此人的丰富、复杂的人格及形象全方位、多角度、立体式地展现出来。没有争议是因为不值得争议，因为这种"盖棺论定"早已没有任何鲜活的信息，毫无个性可言，它甚至还不如小说、戏曲中的那个曹操，给人的印象更鲜明而深刻，所以——说了等于白说。

历史上的曹操到底如何呢？我以为，在这个问题上，没有谁是当然的权威。喜欢他的人把他捧上天，说他是不可一世的"英雄"。讨厌他的人又把他踩下地，说他是个心狠手辣、毫无仁德与操守的"奸雄"。折中一点的说法，认为他是"一代枭雄"，枭雄，是介于"英雄"和"奸雄"之间的一个称谓。总之是见仁见智，各取所需。

曹操出身于宦官家庭，父亲曹嵩是得宠宦官曹腾的养子，官至太尉。二十岁时，曹操凭借家庭的势力步入仕途，举孝廉为郎，任洛阳北部尉。他先是在汉末的大动乱中屯聚兵马，建立自己的军事力量。后因镇压黄巾起义有功，升任济南相。建安元年(196)，曹操率兵迎汉献帝于洛阳，迁都于许，"挟天子以令诸侯"，从此政权实际上归于曹氏。

生活中的曹操通脱简易，率性疏放，对于他欣赏的人和事，甚至还有一份恩深义重，侠骨柔情(比如对关羽)。特别是曹操落拓不羁、不拘小节的性格以及"唯才是举"的政治举措，上行下效，遂使当时的世风和士风均为之一变。如果没有曹操，所谓"建安风骨""魏晋风度"是很难想象的。

二

那么，《世说》对曹操是怎样评价的呢？通过一些故事，可以有一个基本的了解。应该说，《世说》对曹操是非常重视的，正面记载他的故事有 20 则，其中，如《识鉴》《假谲》《捷悟》《忿狷》等篇，开篇第一条就是关于曹操的。但是，《世说》的作者显然对曹操持一种贬斥的态度，如果在"英雄""奸雄""枭雄"之间做一个选择，《世说》显然更倾向于"奸雄"一说。

曹公少时见乔玄,玄谓曰:"天下方乱,群雄虎争,拨而理之,非君乎?然君实是乱世之英雄,治世之奸贼。恨吾老矣,不见君富贵,当以子孙相累。"(《识鉴》1)

乔玄(110—184),字公祖,梁国睢阳县(今河南省商丘市)人,东汉名臣,官至太尉,是当时有名的名士。曹操年轻时拜见乔玄,乔玄对他说:"现在天下正乱,群雄虎争狼斗,能够治理乱世的,恐怕就是你了。不过你是乱世的英雄,治世的奸贼。遗憾的是我老了,不能见到你荣华富贵那一天,我就把子孙托付给你了。"史载,乔玄"长于知人"(《续汉书》),也即擅长鉴别人才。他对曹操的评价是"乱世之英雄,治世之奸贼"。一般以为这个乔玄对曹操的评价比较正面,理由是他都打算把子孙托付给曹操了,显然是把曹操当作自己人看待。其实,把这个评价折中一下,就会发现,乔玄对曹操是有保留的——"英雄"和"奸贼",合起来不正好就是"奸雄"吗?

还有一个版本这样说:当年曹操请乔玄为自己做品题(也就是品评)时,乔玄并没有正面回答,而是告诉他:你现在尚未成名,可以找汝南的许子将。许子将就是当时的人物品评大师许劭。于是曹操就去找到许劭,问他:"你看我这个人怎么样?"许劭开始不想理他,后来被他缠不过,就说:"治世之能臣,乱世之奸雄。"曹操一听,"大说而去"(刘孝标注引孙盛《杂语》)[1]。不管这两种版本哪个更真实,至少都说明,在当时人的心目中,曹操就是一个"奸雄",而曹操本人对这个评价,不仅不以为忤,反而很高兴,这,也正是所谓"奸雄本色"吧!

《世说》有一个门类叫作《假谲》,假谲,即"虚伪欺诈"之意,这一篇的开头五则全是曹操的轶事:

1　按《后汉书·许劭传》亦载:"曹操微时,常卑辞厚礼,求为己目。劭鄙其人而不肯对,操乃伺隙胁劭,劭不得已,曰:'君清平之奸贼,乱世之英雄。'操大悦而去。"与孙盛《杂语》小异,当属传闻异辞。

魏武少时，尝与袁绍好为游侠。观人新婚，因潜入主人园中，夜叫呼云："有偷儿贼！"青庐中人皆出观，魏武乃入，抽刃劫新妇，与绍还出。失道，坠枳棘中，绍不能得动。复大叫云："偷儿在此！"绍遑迫自掷出，遂以俱免。（《假谲》1）

故事说，曹操年轻时，和袁绍是好朋友，两人喜欢游侠任气，飞鹰走狗，无所不为，属于那种"三天不打，上房揭瓦"的小混混。有一次两人去看人家结婚，乘机偷偷进入主人的园子里，到半夜婚礼进行得正热闹的时候，两人突然大喊大叫："有小偷！"青庐（也就是当时的洞房）里面的人，都跑出来察看，只留下新娘一人，曹操便闯进去，拔出刀来把新娘子劫持出来。接着和袁绍迅速跑出去，不想半路上迷了路，袁绍陷入了荆棘丛中，动弹不得。这时候，曹操急中生智，居然大喊一声："小偷在这里！"袁绍惶急之下，一跃而起，跳了出来，两人这才侥幸逃脱。曹操这个人，就是救人也要使"阴招"！

还有个"望梅止渴"的故事：

魏武行役，失汲道，三军皆渴，乃令曰："前有大梅林，饶子，甘酸可以解渴。"士卒闻之，口皆出水，乘此得及前源。（《假谲》2）

说曹操一次率领部队行军，一时找不到取水的路，全军将士都很口渴。曹操便传令说："前面有大片的梅树林子，梅子很多，味道又甜又酸，可以解渴。"士兵听了这番话，口水都流出来了。就是趁着这个机会，军队才得以赶到前面有水源的地方。你看，曹操多么会利用人的想象力和"条件反射"来达到自己的目的啊！后来，"望梅止渴"就成了和"画饼充饥"一样的成语，用以表达目的无法实现，只好用空想安慰自己的心理现象。

这两个故事还挺有喜剧色彩，下面三条都跟杀人有关，就有些恐怖了。第一则可谓"心动杀人"。

> 魏武常谓："人欲危己，己辄心动。"因语所亲小人曰："汝怀
> 刃密来我侧，我必说'心动'，执汝使行刑，汝但勿言其使，无他，
> 当厚相报。"执者信焉，不以为惧，遂斩之。此人至死不知也。左
> 右以为实，谋逆者挫气矣。(《假谲》3)

曹操经常对人说，他有个"特异功能"——"如果有人要害我，我立刻
就会心跳。"他怕别人不信，就告诉他身边亲近的侍从说："你揣着刀
偷偷地来到我身边，我一定说'心跳'。我就叫人逮捕你去行刑，你千
万别说是我指使你干的，放心，到时一定重重赏赐你!"那个侍从相信
了他的话，所以不觉得害怕，结果这出"双簧戏"演到最后，这个侍从
真的被拉出去杀了。这个人到死也不明白自己被曹操骗了。手下的
人都信以为真，从此以后，即使真有心谋反的人也都丧气了。

第二则可谓"梦中杀人"：

> 魏武常云："我眠中不可妄近，近便斫人，亦不自觉。左右宜
> 深慎此!"后阳眠，所幸一人，窃以被覆之，因便斫杀。自尔每眠，
> 左右莫敢近者。(《假谲》4)

曹操经常扬言："我睡觉的时候，你们千万不要冒冒失失靠近我，一旦
靠近我，我便会梦中砍人，其实我自己并不知道。"后来，有一次他假
装睡着了，他身边的一个很受宠幸的亲信，偷偷走过来为他盖被子，
说时迟，那时快，曹操爬起来便把这人给砍死了，砍完以后，他又假装
睡觉。从此以后，他睡觉的时候，身边的人再也不敢靠近。就这样，
曹操用一个亲信的性命，为自己买了一份"人身保险"。

第三则还是关于袁绍和曹操的：

> 袁绍年少时，曾遣人以剑掷魏武，少下，不著。魏武揆之，其后来必高。因帖卧床上，剑至果高。(《假谲》5)

说袁绍年少时，曾派人到曹操睡觉的地方，用剑掷曹操，第一下，剑投低了，没掷中。曹操其实没睡着，推测他第二下肯定会掷高，就紧贴着床榻卧着，第二剑果然高了。不管这事是真是假，至少说明，在魏晋之时，曹操的机智诡诈、胆大心细是出了名的。

> 魏武有一妓，声最清高，而情性酷恶。欲杀则爱才，欲置则不堪。于是选百人，一时俱教。少时，果有一人声及之，便杀恶性者。(《忿狷》1)

你看，曹操即便讨厌一个人，要杀他(她)，也要把他的全部能量榨干之后，或者找到足以取而代之的人才动手。这是曹操的"杀人经济学"。

三

言归正传。"床头捉刀"的故事大概发生在曹操打败袁绍父子，统一北方之后，这时他"挟天子以令诸侯"，位高权重，不可一世。北方少数民族政权纷纷前来示好，都想和曹操建立"战略伙伴关系"。《世说·容止》篇载：

> 魏武将见匈奴使，自以形陋，不足雄远国，使崔季珪代，帝自捉刀立床头。既毕，令间谍问曰："魏王何如？"匈奴使答曰："魏王雅望非常；然床头捉刀人，此乃英雄也！"魏武闻之，追杀此使。
> (《容止》1)

有一次，曹操要接见匈奴使者，但他认为自己形貌丑陋，没有足够的威仪震慑匈奴来使，就让手下的崔季珪代替他接见，自己则握刀站在坐榻旁边，扮作侍卫的样子。等到接见完了，他不放心，就派间谍去问匈奴使者："魏王这人怎么样？"这个"魏王"所指当然不是曹操本人，而是他的"替身"崔季珪。匈奴使者回答说："魏王的风度仪表，高雅稳重，不同寻常；但是魏王坐榻边上那个拿刀的人，才是真正的英雄啊！"[1] 曹操一听，居然被人家看出来了——这可是"国家机密"啊——就派杀手火速追赶，杀掉了那个使者。

"床头捉刀"的典故非常有名，后来它的意思发生了变化，通常把代替别人写文章或顶替别人做事叫作"捉刀"。其实在这个故事中，替人做事的恰恰并不是"床头捉刀人"，而是坐在那里的大帅哥崔季珪。汉语言的演变很有意思，一个词语在传播过程中既有"遗传"，也有"变异"。比如，我们上次讲过的"难兄难弟"（nán xiōng nán dì），现在一般就变成"难兄难弟"（nàn xiōng nàn dì）了。"捉刀"一词也是如此。

曹操为什么要请崔季珪来代替自己呢？故事中没有交代，我来补充一下。

崔季珪，名崔琰（163—216），清河东武城（今河北清河县东北，一说山东武城县西）人。他虽然只在《世说》出现过这么一次，但在东汉却是个很有才干和美名的人物。史载此人"声姿高畅，眉目疏朗，须长四尺，甚有威重"（《三国志·崔琰传》），和关羽一样，也是一位"美髯公"。不仅人长得漂亮，而且文武全才。文的方面，是他曾经拜汉末经学大家郑玄为师；武的方面，是他"少好击剑，尚武事"。而且，他还很有识鉴人才的能力，曾经在司马懿年轻时，就预言其以后必成大器。

1　《世说》刘孝标注引《魏氏春秋》云："操虽姿貌短小，而神明英姿。"

袁绍听说崔琰的名声,就征辟他来做官。历史上著名的官渡之战爆发前夕,也就是袁绍出兵黎阳要袭击许都的时候,崔琰凭借自己的军事敏感力,觉得此战必败,就加以谏阻,可是袁绍刚愎自用,不听。后来果然兵败于官渡,时在公元200年。袁绍死后,他的两个儿子袁谭、袁尚"窝里斗",都把崔琰当作宝贝,你争我夺。崔琰为避是非,只好称病推辞,竟因此被治罪。

曹操打败袁氏兄弟之后,就提拔崔琰做了别驾从事,出征并州时,又留崔琰在邺城(今河北省临漳县西),担任曹丕的老师。崔琰是个很正直的人,当时曹丕喜欢出去打猎,崔琰就直言劝谏。建安十五年(210),崔琰官拜尚书,进入曹魏集团的中高层。这一年,正好发生了曹丕与曹植争夺太子位的事件,虽然曹植是崔琰的侄女婿,可他还是秉承"立长不立幼"的古制,坚持原则,投了曹丕的赞成票。从此曹操更对他刮目相看,封他做了中尉一职,相当于京城的卫戍司令。

四

"床头捉刀"的故事如果真的发生过,大概应在建安十五年(210)至二十一年(216)之间。这几年,正好是崔琰担任"中尉",也就是京城卫戍司令的时候,曹操找他来顶替自己,窃以为原因有三:一是因为他长得帅,风度好;二是他的年龄与自己相仿,不至于露馅;三是崔琰负责京城的治安守卫工作,是自己信得过的人。曹操"床头捉刀",扮演的很可能不是一般的武士,而是崔琰担任的中尉一职。

当然,这是我个人的推测。唐代大史学家刘知幾(661—721)甚至怀疑"床头捉刀"这件事的真实性。他的理由有二:第一,认为曹操当时君临天下,接见外国使者,不可能干出"臣居君坐,君处臣位"这么不庄重的事;第二,当年汉王室对匈奴一向不敢得罪,曹操如果轻易地杀掉匈奴使者，而没有任何罪名，岂不要引起“国际争端”？[1]

那么，到底此事有无可能发生呢？余嘉锡先生认为，此事虽然像是“儿戏”之言，不可尽信，但刘知几的怀疑也站不住脚。因为东汉时匈奴已经俯首称臣，“事汉惟谨”，而且有两次单于被汉将所杀的记录，曹操杀区区一个使者，又何足挂齿？[2] 这是从历史角度的反驳，还有从小说艺术手法上分析的，如南宋的刘辰翁就说：“谓追杀此使，乃小说常情。”可见，他是把《世说》的这条记载当作“小说”来看的。小说嘛，当然要以情节离奇、引人入胜为上。

我以为，此事确有可能发生过，但这条记载虚虚实实，真假参半。说它虚，是因为“魏王何如”这句话。须知曹操是在建安二十一年（216）加封魏王的，而这一年，恰恰是崔琰的卒年。而且，崔琰正是因为反对曹操做魏王而被曹操下令赐死的[3]。即使崔琰为曹操演过这么一出“真人秀”，也应该是在曹操做丞相的时候。这个破绽足以说明，和《世说》中其他关于曹操的故事一样，这个记载也是不可尽信的“小说家言”。

说它实，是因为前面说过的让崔琰做“替身”的理由非常充分，而且，值得注意的是，曹操为什么要追杀匈奴使者呢？难道是因为“穿帮”了吗？事实上，匈奴来使并不知道魏王是崔琰假扮的呀？我以为，让曹操起杀心的原因无他，关键在于那个使者看出了“床头捉刀

---

1 刘知几《史通·暗惑》篇：“昔孟阳卧床，诈称齐后；纪信乘纛，矫号汉王。或主遘屯蒙，或朝罹兵革，故权以取济，事非获已。如崔琰本无此急，何得以臣代君？况魏武经纶霸业，南面受朝，而使臣居君坐，君处臣位，将何以使万国具瞻，百寮佥瞩也？又汉代之于匈奴，虽复赂以金帛，结以姻亲，犹恐虺毒不悛，狼心易扰。如辄杀其使者，不显罪名，何以怀四夷于外蕃，建五利于中国？”

2 余嘉锡指出：“此事近于儿戏，颇类委巷之言，不可尽信。然刘子玄之持论，亦复过当。考《后汉书·南匈奴传》：自光武建武二十五年以后，南单于奉藩称臣，入居西河，已夷为属国，事汉甚谨。顺帝时，中郎将陈龟迫单于休利自杀。灵帝时，中郎将张修遂擅斩单于呼征。其君长且俯首受屠割，纵杀一使者，曾何足言？且终东汉之世，未尝与匈奴结姻，北单于亦屡求和亲。虽复时有侵轶，辄为汉所击破。子玄张大其词，漫持西京之已事，例之建安之朝，不亦慎乎？”参见《世说新语笺疏》，上海古籍出版社，1993 年修订本，第 606 页。

3 陈寿《三国志·崔琰传》：“太祖性忌，有所不堪者，鲁国孔融，南阳许攸、娄圭，皆以恃旧不虔见诛。而琰最为世所痛惜，至今冤之。”

人"也就是自己，是一个真正的"英雄"！

这个识破，远比识破"双簧戏"更让他震惊。似乎无意之中，被人窥破了自己本以为掩藏得很好的真面真心。这是"一语道破心机"，堪称石破天惊！

《三国演义》中有一个非常精彩的故事——"青梅煮酒论英雄"。当时，刘备寄人篱下，羽翼未丰，不得不仰曹操之鼻息，所以，当曹操问他当今天下谁是英雄时，他只好装聋作哑，先是说自己肉眼凡胎，看不出谁是英雄，后来被问得架不住，只好抬出袁绍、袁术、孙权、刘表等人来搪塞，没想到曹操都大摇其头，嗤之以鼻。刘备只好又装傻，这时曹操兴致很高，意气风发地给"英雄"下了一个定义：

> 夫英雄者，胸怀大志，腹有良谋，有包藏宇宙之机，吞吐天地之志者也。

刘备就问："既然如此，谁能当之？"曹操以手指指刘备，又指指自己，说："今天下英雄，惟使君与操耳！"刘备闻言，吃了一惊，手中的筷子一下子掉落在地。这时正值天雨将至，雷声大作。刘备十分镇定从容俯首拾起筷子说："一震之威，乃至于此。"曹操笑道："丈夫也怕打雷吗？"刘备说："圣人迅雷风烈必变，安得不畏？"

我们可以想象，当曹操听说匈奴使节看出自己是英雄的那一刹那，和刘备听到曹操说自己是英雄的那一刹那，心情何其相似乃尔！联系到曹操这时已经大权独揽，位极人臣，可能正纠结着要不要把傀儡皇帝汉献帝从龙椅上赶下来的事实，他岂不就是汉献帝龙床旁边的"捉刀人"吗？也许，在曹操扮演捉刀人的时候，角色和自身一下子奇妙而又可怕地"重叠"了！——床榻上的崔琰在恍兮惚兮之间，多像是毫无实权、任人摆布的汉献帝啊！我们这样"精神分析"一下，就会明白，这件事的真实性要大于它的虚拟性，说不定曹操听说匈奴使者看出自己是"英雄",也像刘备一样如闻惊雷,大惊失色。所以,我以为,曹操不顾一切地去追杀匈奴使者,完全是有可能的,它符合曹操的猜忌残忍的个性。刘知幾的怀疑恰恰说明,舞文弄墨的文人大多"明于知礼义而陋于知人心",根本无法理解舞刀弄枪的"奸雄"真正的内心世界!

结合《三国演义》对曹操的形象塑造,可以发现,罗贯中深受《世说》的影响,《世说》中的一些条目,如我们来不及多谈的"杨修之死",《捷悟》篇中共四条,几乎都被他所采用,而这些条目,都为塑造曹操的"奸雄"形象作出了贡献。

顺便说一句,自古以来,对"英雄"的理解就有分歧。"英雄"之名,最早见于《韩诗外传》卷五:"夫鸟兽鱼犹知相假,而况万乘之主乎? 而独不知假此天下英雄俊士与之为伍,则岂不病哉?"又《淮南子·泰族训》亦云:"智过万人者谓之英,千人者谓之俊,百人者谓之豪,十人者谓之杰。"是为"英俊豪杰"。魏晋时代是个俊才纷起、英雄辈出的时代,对人才的内在规律的研究也方兴未艾。三国时魏国的学者刘劭,专门写了一部《人物志》,探讨人才的方方面面,其中就提到"英雄"和"枭雄"的区别:

聪明秀出,谓之英;胆力过人,谓之雄。(《人物志·英雄》)

这是英雄的定义。再看"枭雄":

胆力绝众,才略过人,是谓骁雄,白起、韩信是也。
骁雄之材,将帅之任也。(《人物志·体别》)

这里的"骁雄",也就是通常所说的"枭雄"。"枭"是一种凶猛的鸟,引申为勇猛难制服。枭雄,一般的理解是骁悍雄杰之辈,多指强横而有野心之人。依我看，对曹操而言，哪一种"雄"都不能概括他的全部，不如来个三合一：英雄、奸雄、枭雄，兼而有之。

总之，曹操其人，不仅对于魏晋士风的形成影响甚巨，而且也丰富了我们对于"英雄"这一称谓的理解。而这样的人物，可能几百年才会出一个。

契若金兰：向死而生的友谊

一

这是一个关于友谊的典故。"契若金兰"，指朋友之间志同道合，交情深厚。这个成语出自《世说·贤媛》篇，主人公则是"竹林七贤"中的山涛及其夫人韩氏。我们就从山涛说起吧。

山涛(205—283)，字巨源，河内怀县(今河南武陟西)人，是"竹林七贤"中最年长的一位。山涛自幼家境贫寒，但为人器量超群，成熟稳重，从善如流而又颇有大志。山涛是个很有先见之明的人，政治敏锐性很高。有件事特别能够看出他把握政治风向的能力。而要把这件事讲清楚，从而了解山涛在政治上的态度和作为，就必须从头说起，把曹操以后的政局做一个简要交代。

曹操虽然"挟天子以令诸侯"，但他终其一生，未敢推翻汉献帝，南面称孤。他晚年在《让县自明本志令》中说："设使国家无有孤，不知当几人称帝，几人称王。"这话在他死后很快得到验证。建安二十

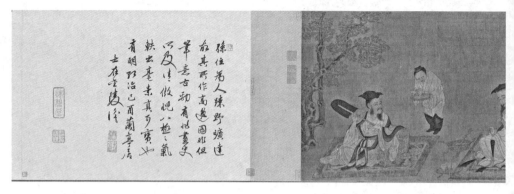

（唐）孙位《高逸图》，又名《竹林七

五年(220)曹操刚死，他的儿子曹丕就代汉自立，做了皇帝，史称魏文帝。曹丕在位7年，只用了一个年号——黄初，黄初七年(226)五月，曹丕病死。曹丕死后，他和甄氏所生的曹叡(205—239)即位，是为魏明帝。曹叡在位14年，公元239年病死。当时他的养子曹芳只有八岁，只好临终托孤，让司马懿和曹爽"夹辅"幼帝。曹芳的年号是正始。而正始年间(240—249)直到西晋建立，可以说是中国历史上最恐怖的一段时期。

事实证明，曹叡走了一步臭棋，他不仅所托非人，而且采用的是最易引起政局动荡的"夹辅"体制，最终把曹魏政权几十年的基业毁于一旦。大家知道，司马懿(179—251)是三国时智谋仅次于诸葛亮的人物，我们前面讲到的崔琰，他第一次见到司马懿，就对他的兄长司马朗说："君弟聪亮明允，刚断英特，非子所及也。"（《晋书·宣帝纪》）他在曹操、曹丕、曹叡手下，屡建战功，深受器重，积累了丰厚的政治资本，但此人素有狼子野心，史载他"有狼顾之相"（如狼之视物，形容凶狠而贪婪地企图攫取）、"猜忌多权变"。曹操晚年曾梦见"三马食槽（曹）"的景象，就对曹丕说："司马懿非人臣也，必预汝家事。"这样一个人物，把幼主交到他手里，无异于羊入虎口。

曹爽(?—249)是曹操的侄孙，此人才能平庸，虽在曹魏集团中步步高升，但并无实际才干，曹叡临终居然封其为大将军，让他掌管军

贤图》，现藏于上海博物馆

权，实在是任人唯亲。果然等到曹芳即位，曹爽位极人臣，便露出小人得志的嘴脸，不仅把持朝政，任用何晏、邓飏、李胜、丁谧等亲信党羽，委以高官，而且广置田产，花天酒地，一副暴发户和败家子的丑恶嘴脸！

让这两人辅佐小皇帝，不啻在权力中枢埋放了一枚定时炸弹，随时可能轰然引爆，炸一个灰飞烟灭！所以，正始这九年，在人们心目中似乎特别漫长，一方面，最高当轴尔虞我诈，党同伐异；另一方面，天下士人东倒西歪，不知所向。在曹爽和司马懿的权力争夺中，表面上看来，曹爽节节胜利，先是架空司马懿，让他做没有实权的太傅，接着又把自己的兄弟和党羽全部委以重任，几乎垄断了朝中大权。但豺狼焉可敌猛虎？后来的较量可以说是黑云压城城欲摧，形势急转直下！

正始八年(247)，曹爽集团与司马懿矛盾激化。是年五月，司马懿突然托病在家，不再过问朝政。曹爽开始不信，就派心腹、时任河南尹[1]的李胜前去打探，司马懿假装病重，让两个侍婢扶持自己，要拿衣服，拿不稳，掉在地上，还指着嘴说口渴。侍婢献上粥来，他用口去接，汤流满襟。李胜说自己要回老家(本州)荆州任职了，特来辞行，司

1　河南尹：东汉建都于河南郡洛阳县，为提高河南郡的地位，其长官不称太守而称尹，掌管洛阳附近的二十一县。

马懿又假装耳聋,故意打岔,再三把"本州"说成"并州",一副"老年痴呆"的样子(《晋书·宣帝纪》)。司马懿高超的演技骗过了李胜,后者信以为真,回去高兴地报告曹爽,说司马懿已经离死不远了,不足为虑。于是曹爽集团自以为高枕无忧,放松了警惕。

然而,这不过是司马懿欲擒故纵的麻痹战术罢了。嗣后,司马家便在暗中布置,并到处散布"何(晏)、邓(飏)、丁(谧),乱京城"的谣言,蛊惑人心。一霎时,朝野上下,乌云密布,杀机四伏。

嘉平元年(249)正月,少帝曹芳出洛阳城,要去祭扫魏明帝曹叡的陵墓高平陵,曹爽兄弟及主要党羽都浩浩荡荡地随行。司马懿见时机成熟,亲率兵马,以迅雷不及掩耳之势,关闭各城门发动政变。然后上疏永宁太后,罗列曹爽种种乱法不臣罪状,又假托太后的懿旨,免去曹爽兄弟及全部党羽的官职。曹爽等人手中无兵,自觉不是老奸巨猾的司马懿的对手,只好归罪请死。事情的结果,是曹爽兄弟及党羽全被处决,夷灭三族,也就是把父族、母族、妻族的人无论男女老幼,全部杀光! 这就是骇人听闻的"高平陵之变"。从此,曹魏的军政大权完全落入司马懿手中,为司马氏取代曹魏奠定了基础,曹魏政权进入了废立与杀戮轮流上演的"倒计时"阶段。

二

把这样一个"天下大势"交代清楚,有助于我们了解山涛其人。山涛这个人,少年时也喜读《老》《庄》,他有感于时局的黑暗,曾长期"隐身自晦"。但他对自己的政治才干始终很自信。有个很好玩的故事说,山涛布衣时,家里很穷,他曾半开玩笑地对妻子说:"暂且忍耐一下饥寒贫苦的日子吧,我以后一定能做上三公的大官,只是不知夫人你是否配做三公夫人呢?"这句话,除了说明山涛颇有些幽默细胞,和妻子感情不错以外,还表明山涛是个不甘布衣终生的人,他的政治抱负不是一般的远大,而是"相当远大"!

山涛生于 205 年,和魏明帝曹叡同年生,卒于 283 年,即西晋统一天下三年之后,经历了魏晋交替的全过程。他的政治选择和进退出处,在当时士大夫中具有相当的代表性。山涛对政治是什么态度呢?说好听点是"与时俯仰",即能够顺应时势,和光同尘;说难听点叫看风使舵,首鼠两端。正始初期,曹爽集团在与司马氏的权力斗争中占据优势。山涛于是应时顺势,出来做官。史载他四十岁时,也就是正始六年(245)出仕,历任郡主簿、功曹、上计掾等职。正始八年(247)前后,因为得举孝廉,升任河南从事一职。河南从事[1]正是刚才说的那位河南尹李胜的下属官吏。而这一年,正好是司马懿装病在家的那一年。

下面这个故事就有意思了。我们借此可以判断,在对待司马懿托病在家这件事上,山涛和他的顶头上司李胜,哪个更高明。

据史料记载,这年(247)五月底,也就是司马懿卧病在家之后,山涛和一位叫石鉴的朋友在倒换公文的驿站传舍(相当于今天的政府招待所)同榻而眠。睡到半夜,山涛竟一骨碌爬起来,伸腿蹬了蹬石鉴,十分紧张地说:"都什么时候了,你我还在睡着大头觉! 你可知道,太傅如今称病不朝,到底居心何在?"

石鉴很纳闷,就说:"宰相三天不上朝,大不了给他一张诏令回家养老,你有什么好担心的?"山涛听罢,长叹一声,道:"石鉴啊石鉴,你想得实在太简单了! 我们可不要在马蹄之下讨生活啊!"第二天,山涛便"投传而去",就是把自己做官的符信凭证上交,相当于递交了辞

1　从事:官名。汉以后三公及州郡长官皆自辟僚属,多以从事为称,如从事史、从事中郎、别驾从事、治从事之类。《晋书》本传作"河南从事",刘孝标注引虞预《晋书》则作"河内从事",曰:"(涛)好庄、老,与嵇康善。为河内从事,与石鉴共传舍,夜涛起蹴鉴曰:'今何等时而眠也! 知太傅卧何意?'鉴曰:'宰相三日不朝,与尺一令归第,君何虑焉?'涛曰:'咄! 石生,无事马蹄间也。'投传而去,果有曹爽事,遂隐身不交世务。"

呈,弃官回乡去了。过了一年多,司马懿果然大肆反扑,悍然发动"高平陵之变",天下名士,留不过半,李胜作为曹爽的党羽当然也被灭门。山涛以超人的见识得以全身远祸,于是就暂息功利之心,和林下诸贤把酒谈玄,挥洒人生去了。

顺便说一句,山涛的酒量估计是"七贤"中最大的一位,《晋书》本传上说他"饮酒至八斗方醉",而且十分有定力,有一次,晋武帝司马炎想要试探他到底能喝多少,就先拿出八斗酒让山涛喝,然后让人再偷偷地加酒,山涛虽然未必知道,但他喝满八斗之后,心里有数,再劝他就死活不喝了。

三

回到"契若金兰"的故事。我要说,这是个关于"偷窥"的故事,而且不是男人偷看女人,而是女人偷看男人。一位荷兰籍汉学家甚至就此一典故推测,被山涛妻子韩氏偷窥的嵇康和阮籍有着某种"暧昧关系"!对这位汉学家的驳斥,我已有专文发表,这里不赘[1]。我们还是先来看看这个典故:

> 山公与嵇、阮一面,契若金兰。山妻韩氏,觉公与二人异于常交,问公,公曰:"我当年可以为友者,唯此二生耳。"妻曰:"负羁之妻亦亲观狐、赵,意欲窥之,可乎?"他日,二人来,妻劝公止之宿,具酒肉。夜穿墉以视之,达旦忘反。公入曰:"二人何如?"妻曰:"君才殊不如,正当以识度相友耳。"公曰:"伊辈亦常以我度为胜。"(《贤媛》11)

1　参见拙文《高罗佩的旖思旎想———则关于"偷窥"的札记》,原载《社会学家茶座》第17辑,收录个人随笔评论集《有刺的书囊》,中国青年出版社,2010年版。

故事说，山涛和"竹林七贤"的领袖嵇康（224—263）、阮籍（210—263）见过一面以后，便成了莫逆之交，"契若金兰"。山涛的妻子韩氏很有"才识"，觉得丈夫和两人的关系非同一般，就问丈夫怎么回事。山涛就把阮籍和嵇康大肆宣扬了一番，然后说："我现在可以交朋友的，只有这两个人了！"

韩氏一听，大为惊诧：世上竟有这等人物！那我倒要见识见识。便说："妾身虽然不才，但知道春秋时曹国大夫僖负羁，他的妻子就曾见过晋国公子重耳的两个随从狐偃、赵衰[1]。听了您的话，我很想私下里看看您的这两位朋友，不知夫君您同不同意啊？"山涛见妻子言辞委婉，态度恳切，就答应了这个多少有些非分的请求。

不久，嵇康、阮籍二人果然应邀前来。韩氏早在私下里劝丈夫留他们在家住一宿，以便趁机一窥庐山真面。山涛依言行事。嵇康和阮籍本是性情中人，也不推辞，当晚便留下来饮酒食肉，纵谈古今。他们哪里知道，墙外正有一双眼睛在盯着他们看呢！"穿墉视之"，就是在土墙上凿个洞偷看。一般是"隔墙有耳"，韩氏来个"隔墙有目"。她看的效果也是惊人的，"达旦忘反"四字真把所有的惊叹和赞美都包容殆尽了！

事后，山涛问韩氏："我这两位朋友怎么样啊？"韩氏回想昨夜二人的风貌谈吐，感叹地说："以妾身愚见，夫君您在才情风致上，比他俩差了好多，不过，您在识鉴器度方面，却是有过之而无不及，所以您与他们为友，丝毫也不显得逊色！"山涛微微一笑，说："他们俩也认为我审时度势的才能是一流的。"

这个故事虽然叫"契若金兰"，但故事的主人公与其说是山涛和

1　《左传·僖公二十三年》载，晋公子重耳遭骊姬之谗，流亡在外："（重耳）及曹，曹共公闻其骈胁，欲观其裸。浴，薄而观之。僖负羁之妻曰：'吾观晋公子之从者，皆足以相国。若以相，夫子必反其国。反其国，必得志于诸侯。得志于诸侯，而诛无礼，曹其首也。子盍蚤自贰焉！'乃馈盘飧，寘璧焉。公子受飧反璧。"这里的"晋公子之从者"，即指晋国大夫狐偃和赵衰，二人尽心辅佐重耳成就霸业。山涛妻子韩氏借此故事是想说明，作为妻子，看看丈夫的朋友不算过分，希望得到丈夫的许可。

阮籍、嵇康，还不如说是山涛的妻子韩氏。故事记载在《世说》的《贤媛》篇里。"贤媛"，也就是贤德有才的女子之谓，用以表彰魏晋时期那些特别有才智见识的女性。当然，从这个"偷窥"的故事里，我们也可以想见嵇康和阮籍的风度及其无与伦比的人格魅力。

四

山涛对时局的判断和对自己的期望，最终都一一应验。特别是，山涛有一个非常重要的"裙带关系"，那就是司马懿的宣穆皇后张春华，正是山涛的祖姑山氏的女儿。这样一来，山涛就成了司马懿的表侄，而这个张春华，正好又是司马师（208—255）、司马昭（211—265）的生母，山涛和他们还是表兄弟，后来司马昭的儿子司马炎做了皇帝，山涛就成了皇叔了。凭借这样的关系，山涛在那样一个多事之秋，自然能在政治漩涡里摸爬滚打，如鱼得水，最终，他兑现了他在韩氏跟前的承诺，不仅多年担任吏部尚书，而且晚年拜为司徒，真的做上了"三公"！

后人对山涛的评价，多有微词。因为他所服务的司马氏，在历史上实在是臭名昭著。但实事求是地讲，山涛不是个坏人，他善于自保，但并不害人。而且他为官清廉，从不贪赃枉法。有个故事值得一提。陈郡有个叫袁毅的官吏，贪污腐化，喜欢行贿，在朝的高官几乎都被他贿赂过。他曾送给山涛一百斤好丝，山涛虽不想要，但又不想"异于时"——大家都拿了自己不拿等于违反了官场"潜规则"——只好收下，藏在阁楼上。后来袁毅丑事败露，押送司法部门法办，凡他贿赂的人都被牵连追查。轮到山涛，他就把那一百斤丝取出来，只见上面堆满了多年的灰尘，封印都完好如初。所以，山涛做官三十多年，名声和政绩都很好。他做吏部尚书多年，选拔的官吏一般都能胜任其职，他为人才写的"人事鉴定"非常有名，叫作《山公启事》。

"竹林七贤"中的另一个人物王戎称赞山涛:"如璞玉浑金,人皆钦其宝,莫知名其器。"(《赏誉》10)说山涛天然美质,不加修饰,人们都羡慕他的美德,但不知道该怎么形容他。可以说,山涛是个杰出的政治家,与其让那些心术不正的人做官,还不如让厚道持重的山涛来做,带来的祸害总要小得多。

遗憾的是,山涛和嵇康的友谊却因为政治立场和处世原则的分歧而中断。当时,山涛要升官离任,便向司马氏举荐嵇康接替自己的位置,其实也是为调和嵇康和司马氏集团的矛盾。但是,山涛实在太不了解嵇康了,嵇康是个嫉恶如仇的人,他怎么愿意投靠司马氏呢?于是嵇康写了一封《与山巨源绝交书》严词拒绝,表示了与司马氏决不妥协的政治立场。白纸黑字,天下流传,一对"契若金兰"的好朋友就此分道扬镳。

让人大跌眼镜的是,嵇康临刑前,竟然把十岁的儿子嵇绍托付给了山涛,并且对儿子说:"巨源在,汝不孤矣!"(《晋书·山涛传》)每次读到这里,总令我唏嘘不已。嵇康在生命的尽头,还是把山涛当作可以"托六尺之孤"的好朋友。这临终托孤的潜台词仿佛是:人生啊,不过就是一个舞台、一出戏,你演你的角色,我演我的角色,忠奸善恶一时明,是非成败转头空,天地之间,唯有人与人之间的情谊最值得回味,最值得纪念,最值得珍惜!

"绝交",不过是这出人生大戏的一个必需的情节,它成就了嵇康的伟岸形象和自由人格,却也让山涛背上了道义的"黑锅"——这并不是嵇康的本意。"托孤",正是用行动为这段"契若金兰"的友谊正名和"招魂",嵇康似乎在对山涛说:人生太过险恶,我生之时,不得不与你绝交;我死之日,乃你我友谊复生之时!

所以,对于嵇康和山涛来说,"契若金兰"真不是泛泛之交,而是一种"向死而生"的伟大友谊。

刘伶病酒：醉翁之意不在酒

一

这一节我们要讲的典故是——刘伶病酒。

刘伶，字伯伦，西晋沛郡（今安徽宿州）人。作为"竹林七贤"之一，刘伶在中国文化史上是个家喻户晓的人物。在民间，他甚至拥有比"竹林七贤"的领袖人物阮籍、嵇康更高的知名度。原因何在？我想，这与酒有关。民间不是有个传说吗，叫作"杜康卖酒刘伶醉"。说刘伶喝了杜康酿的酒，竟然一醉三年，连酒钱都没付。这当然不可信，但至少说明在人们心目中有两个认识：一是杜康酿的酒好；二是刘伶能喝酒，是酒的形象代言人。

在中国历史上，像刘伶这样几乎是靠喝酒爆得大名的人物，实在绝无仅有。阮籍、陶渊明、李白、苏东坡等虽然也都是酒中豪士，可他们的出名更多的还是由于写出了流芳千古的好诗妙文，他们过的是"诗酒人生"，诗是第一位的，酒倒在其次。没有人像刘伶，仅靠喝酒就喝出了文化精神，喝出了人格魅力！可以说，刘伶是中国酒文化中不可或缺的重镇，没有了他，中国酒文化将会黯然失色。现在有种酒的名字就叫"刘伶醉"（河北徐水县酒厂出品），还有一种酒叫"醉三秋"（安徽阜阳市酒厂出品）。后一种我喝过，味道不错，这些酒都是附会刘伶的故事打出的"品牌"，而且卖得挺好，把河南的杜康酒都比下去了。

关于刘伶，有一些好玩的故事不得不说。《世说·容止》篇记载：

刘伶身长六尺，貌甚丑悴，而悠悠忽忽，土木形骸。（《容止》13）

身高六尺，换算一下，不会超过今天的一米五。《论语·泰伯》里曾子说过一句话："可以托六尺之孤，可以寄百里之命，临大节而不可夺也：君子人与？君子人也。"也就是说，六尺的身高，大概和十来岁的小孩子差不多。长得矮小倒也罢了，偏偏容貌既丑陋又憔悴，这就有些祸不单行的味道。而且，估计刘伶也是很瘦的，据史书记载，有一次，刘伶喝醉了，和一个"俗人"发生了冲突，对方脾气很火爆，捋起袖子，挥起拳头就要来真格的，刘伶醉醺醺、慢悠悠地说："还是别打的好，我这鸡肋可挡不住您那大拳头。"[1]"鸡肋"，就是鸡的肋骨，可见刘伶又矮又瘦，一副形销骨立的样子。

不过且慢，这些生理上的"先天不足"，反倒让刘伶彻底地超越了常人对于形体外貌的重视和修饰，从而获得了某种"得天独厚"的对世界和人生的独特领悟。他每天"悠悠忽忽"，东游西荡，犹如闲云野鹤一般，自得其乐。"土木形骸"是个成语，也就是视形骸为土木，乱头粗服，不加修饰。用现在的话说，就是不修边幅，顺其自然。

---

[1] 《晋书·刘伶传》："（伶）尝醉与俗人相忤，其人攘袂奋拳而往。伶徐曰：'鸡肋不足以安尊拳。'其人笑而止。"又刘孝标注引戴逵《竹林七贤论》："伶处天地闲，悠悠荡荡，无所用心。尝与俗士相遘，其人攘袂而起，欲必筑之。伶和其色曰：'鸡肋岂足以当尊拳！'其人不觉废然而返。"

二

别看刘伶其貌不扬,形体矮小,他的内心世界和精神自我却是极其张扬的,可以说,他是一个精神上的"巨人",有着超凡脱俗的自我意识。史载,刘伶"自得一时,常以宇宙为狭"(梁祚《魏国统》),又说他"放情肆志,常以细宇宙、齐万物为心"(《晋书·刘伶传》)。也就是说,在刘伶眼里,宇宙太狭小了,狭小到根本容不下他那无限扩张的"精神自我"!

有两件事可以证明刘伶的"宇宙观"与众不同。第一件见于《世说·任诞》篇:

> 刘伶尝纵酒放达,或脱衣裸形在屋中。人见讥之,伶曰:"我以天地为栋宇,屋室为裈衣,诸君何为入我裈中!"(《任诞》6) [1]

这个刘伶,常常不加节制地喝酒,任性放纵,有时甚至脱光衣服在家里"裸奔"。有人撞见了,就责备他,大概是有伤风化之类的话。没想到刘伶振振有词地说:"我把天地当作房子,把屋子当作衣裤,我倒要问问,你们怎么跑进我的裤裆里来了!"

刘伶所著的唯一一篇传世之作《酒德颂》也是关于酒的,开篇说:

> 有大人先生者,以天地为一朝,万期为须臾,日月为扃牖,八荒为庭衢。行无辙迹,居无室庐,幕天席地,纵意所如。行则操卮执觚,动则挈榼提壶,唯酒是务,焉知其余? [2]

---

[1] 刘孝标注引邓粲《晋纪》曰:"客有诣伶,值其裸袒,伶笑曰:'吾以天地为宅舍,以屋宇为裈衣,诸君自不当入我裈中,何为恶乎?'其自任若是。"传闻异辞,可以参看。

[2] 《酒德颂》余下的内容如下:"……有贵介公子,缙绅处士,闻吾风声,议其所以。乃奋袂攘襟,怒目切齿,陈说礼法,是非锋起。先生于是方捧甖承槽,衔杯漱醪。奋髯箕踞,枕麴藉糟,无思无虑,其乐陶陶。兀然而醉,豁尔而醒。静听不闻雷霆之声,熟视不睹泰山之形,不觉寒暑之切肌,利欲之感情。俯观万物,扰扰焉,如江汉三载浮萍;二豪侍侧焉,如螺蠃之与螟蛉。"

在这篇绝世奇文中,刘伶塑造了一个"大人先生"(其实也就是他自己的写照),他把天长地久当作一天,把万年当作片刻——这是对时间的极端藐视;又把太阳当作门,月亮当作窗,把天地八方作为庭院中的通道——这是对空间的极度缩微。他出外行走没有一定轨迹,居住也没有像样的房屋——完全不按牌理出牌。又说他把天当作帐幕,把地当作席子,从心所欲,随遇而安——"幕天席地"后来成了一个成语。这个大人先生无论到哪里,都随身携带着饮酒的器具,酒壶酒杯,一应俱全。"唯酒是务,焉知其余",是说他只是沉湎于杯酒,把喝酒当作正事,不知道除了酒,还有什么东西值得追求!

读者可能会说,这个"大人先生"分明就是个酒鬼嘛!没准儿他觉得宇宙狭小,幕天席地,正是喝醉了以后的真实体会呢?如果这样想,就把刘伶"宇宙观"的深刻性给消解了。"宇宙",按照古人的理解,"上下四方曰宇,往古来今曰宙"(《尸子》),也就是我们身处的这个由空间和时间构成的现实世界。置身于这样一个"无始无终"的所在,刘伶竟然觉得狭小,可见他的"宇宙"不是"物理"的时空,而是"心理"的时空。

法国大文豪雨果有句名言:"世界上最宽广的是大海,比大海宽更广的是天空,比天空更宽广的是人的心胸。"一般人仰望星空,观察天地,常会感到个人的渺小,可是刘伶不,他反而感到了自我的博大、丰富,大到天地不能承载,宇宙不能限制。《尚书》中有个成语,叫"无远弗届",就是不管多远的地方,没有达不到的。你看,刘伶的自我就是"无远弗届"的,那该是何等的博大和宽广!千年之后,想到曾经有这么一个刘伶先生,难道不能激发起我们作为人类的自豪感吗?

什么是人?什么是我?什么是天地、宇宙?这些现代人不愿或很少思考的问题,却被刘伶想得很深,看得很透。没有这种"独与天地精神往来""万物皆备于我"的精神,让人心向神往的"魏晋风度"恐怕是要大打折扣的!

三

回到"刘伶病酒"的典故。"病"在这里作动词,即古语的"酲"字。据《说文解字》:"酲,病酒也。""病酒"也就是因饮酒过量而沉醉,甚至生病,比一般的"醉酒"程度更严重,相当于今天所谓的"酒精中毒"。这个故事同样记载在《世说·任诞》篇:

> 刘伶病酒,渴甚,从妇求酒。妇捐酒毁器,涕泣谏曰:"君饮太过,非摄生之道,必宜断之!"伶曰:"甚善。我不能自禁,唯当祝鬼神自誓断之耳!便可具酒肉。"妇曰:"敬闻命。"供酒肉于神前,请伶祝誓。伶跪而祝曰:"天生刘伶,以酒为名,一饮一斛,五斗解酲。妇人之言,慎不可听!"便引酒进肉,隗然已醉矣。(《任诞》3)

故事一开始就十分奇怪:刘伶因为喝醉了,口干舌燥,焦渴难耐,他不仅不去喝水,反而要向老婆讨酒喝,这是何故?原来古代有种说法,最好的解酒的方法还是喝酒[1],"酒病还须酒来医",所以刘伶的这个行为还是有"理论根据"的。

但他老婆可不管这套,"捐酒毁器",就是把酒都倒掉,酒壶酒杯全摔碎,来个釜底抽薪!接着她一边哭,一边劝谏说:"您喝酒喝得太过分了,这恐怕不是养生之道啊,一定要把酒戒掉!"照理说,刘伶这样一个嗜酒如命的酒徒本不该娶妻生子。他最好的配偶不是女人,而是酒。反过来说,嫁给刘伶对任何女人来说都是一场灾难,至于身后会不会留名,哪个女人会真正在乎呢?

1　如东汉的第五伦《上疏论窦宪》中就有"犹解酲当以酒也"之句,钱锺书先生引《世说》"刘伶病酒"解之云:"初意醉酒而复饮酒以醒酒,或由刘伶贪杯,借口自文,观此疏乃知其自用古法。西俗亦常以酒解酒恶,庾词曰:'为狗所啮,即取此狗之毛烧灰疗创。'"

刘伶一看妻子闹得比平常更厉害，就说："那好吧。要我戒酒可以，但是靠我的自觉是不可能的，必须当着鬼神的面发誓才行。而拜神祭祖必须要有酒肉，所以，老婆你还是去准备好酒好肉吧。"拿鬼神来说事，甚至来赌咒发誓，自然不可等闲视之。看他一本正经的样子，老婆也就信以为真，而且很有礼貌地说了三个字："敬闻命。"很快就准备了丰盛的酒肉，不是放在餐桌上，而是放在了神龛前的供桌上。

于是，醉醺醺的刘伶就跪在祖宗的牌位前，嘴里念念有词地说："天生刘伶，以酒为名。一饮一斛[1]，五斗解酲。妇人之言，慎不可听！"把这段祝词改成五言诗就是："天生我刘伶，以酒自命名。一次饮一斛，五斗方解酲。妇人所与言，千万不可听！"说完，刘伶又大口吃肉，大碗喝酒，直到烂醉如泥，瘫倒在地！

刘伶在前人"通过喝酒以解酒"的理论基础上，又有了新的开拓和"发明"，那就是发明了戒酒的两种新方法：一是通过向鬼神祈祷来戒酒——当然这是一个幌子；二是"通过喝酒以戒酒"——这是可以申请专利的！当然，这是玩笑。最后的结果是，老婆被他忽悠了，刘伶的酒瘾不仅没戒掉，反而愈演愈烈！

刘伶好酒，的确到了登峰造极的地步。酒，成了他的一张名片，无论到哪里，只要有刘伶在，一定有酒，真是"酒即是我，我即是酒"。还有一件奇事也值得一提。据袁宏的《名士传》记载，刘伶经常坐着一辆鹿车(古代一种简易小车)，"携一壶酒，使人荷锸随之"，并且说："死便掘地以埋。"——如果我死了，你就随便挖个坑，把我埋掉拉倒！这说明，把宇宙看得很狭小的刘伶，也把生死看得很淡，他的确达到了庄子"齐生死"的境界，什么名利啊、家产啊、礼法啊，统统不在话下！

1　斛，古代量器名，亦是容量单位，一斛本为十斗，后来改为五斗。

根据《文士传》的记载,刘伶经常和好朋友阮籍喝酒,有一次,阮籍听说"步兵厨中有酒三百石",便向司马昭请求做步兵校尉,一进官府的宿舍,便和刘伶酣饮。别人是朋友做官,自己来"帮忙"或者"帮闲",刘伶倒好,他是"帮着喝酒"!有的史料甚至说,两个人都是在步兵校尉的厨房里喝酒喝死的(戴逵《竹林七贤论》)。这当然不可信,因为阮籍死于景元四年(263),而刘伶倒是挺能活,直到晋武帝泰始年间(266—274)还健在。

四

那么,刘伶是不是一直没有做过官呢?也不是。史书记载,曹魏时,他曾做过建威参军这样的小官,没有什么具体的政绩,估计后来司马氏当权,他也就辞官不做了。等到司马炎篡权,建立了晋朝,泰始初年曾招天下名士入朝对策,也即回答皇帝所问关于治国的策略。刘伶也参加了这个考试,但他大谈"无为之化",就是老庄的"无为而治"的道理。结果不少名士都通过考试,做上了高官,只有刘伶因为"无用"而没有通过。

其实,"无用"就对了,庄子在《人间世》中塑造了一个百无一用的又丑又老的树,叫"散木",结果,好多树被砍伐之后,这棵"散木"倒因为"无用"而得以在天地之间独存。庄子最后说:"人皆知有用之用,而莫知无用之用也。"也就是说,"无用之用,是为大用"。刘伶的结局倒是和庄子所塑造的"散木"一样,最终因为"无用"而得以颐养天年,寿终正寝。他对当时的社会其实没有任何实质性的贡献,一个整天喝酒的人能创造出多少 GDP 呢?刘伶却用他独特的行为方式和思维方式,在人类的精神史和心灵史写下了浓重的一笔,也在中国文化史上留下了自己的名字。他的喝酒"心得"《酒德颂》,一不小心还成了传世之作,让后世文人称叹不已[1]。这就是所谓"无用之用"吧!

《晋书》本传说刘伶"澹默少言,不妄交游,与阮籍、嵇康相遇,欣然神解,携手入林"。这里的"欣然神解,携手入林",真是令人神往!也就是说,一向心比天高、不乱交朋友的刘伶,一见到阮籍、嵇康这样的英才俊彦,马上一见如故,携手走进竹林,开始了中国文化史上群星璀璨、辉映后世的"竹林之游"。

鲁迅曾说:"真的'隐君子'(指隐士)是没法看到的。古今著作,足以汗牛充栋,但我们可能找出樵夫渔父的著作来? 他们的著作是砍柴和打鱼。"(《且介亭杂文二集·隐士》)这话我并不同意,因为他混淆了隐士和一般庶民的关系,也取消了隐士之所以为"士"的精神价值和文化意义。不过,这话倒是可以拿来借用一下评价刘伶:他确实算得上是一位真正遗落世事的"隐士"——他的主要著作是喝酒。

1　如南朝宋代诗人颜延之《五君咏·刘参军》诗云:"刘伶善闭关,怀清灭闻见。鼓钟不足欢,荣色岂能眩? 韬精日沉饮,谁知非荒宴。颂酒虽短章,深衷自此见。"明曾棨《过刘伶宅》诗云:"旧宅无人住,荒墟有路歧。一生浑是醉,万古复何悲。白首衔杯处,青山荷锸时。最怜独醒者,高冢亦累累。"

情钟我辈：龙种跳蚤集一身

一

我们再解读一位比山涛还要有争议的人物——王戎。如果说，"竹林七贤"的其他人物，都有一种脱俗的气质的话，王戎则是个例外，他几乎是个"俗人"的代表，却阴差阳错地混进了竹林的雅人圈子，一下子就青史留名了——且不管是雅名还是俗名。

王戎这个人，不仅能够充分体现出人的复杂性、丰富性，同时，通过对王戎这个人物的看似前后矛盾的描写和记录，也特别能够看出《世说》这部书在叙事艺术上的杰出成就。我们知道，《红楼梦》里的人物，都是十分真实生动的。所以鲁迅说，《红楼梦》"其要点在敢于如实描写，并无讳饰，和从前的小说叙好人完全是好，坏人完全是坏的，大不相同，所以其中所叙的人物，都是真的人物。总之自有《红楼梦》出来以后，传统的思想和写法都打破了"。[1]

这个说法很有道理，但我要补充一点：事实上，《世说》早就先于《红楼梦》一千多年，达到了"叙好人未必全好，写坏人未必全坏"的境界，因为它是分门别类地写人记事，而各个门类正好是对人的由正面到负面的各种特点的多元化的写照，所以，一个人物可以被编在正面的门类里予以表彰，也可能因为有这样那样的缺点和错误，而被编在负面的门类里予以批评，总之，就像一个多棱镜，可以折射出一个人物的整体的形象来。我把《世说》这种全方位、多角度、立体式的写人记事的方法，称作"立体志人法"。

这方面，最突出的例子莫过于王戎。

二

王戎(233—305)，字濬冲，琅琊临沂(今属山东)人。官拜司徒、封安丰县侯，故又称王安丰。他是"竹林七贤"中年龄最小的一位，也是最晚离世的一位。在《世说》中，王戎是形象反差最大的人物，可以说是瑕瑜互见、雅俗兼有，一会儿他是让人肃然起敬的"龙种"，一会儿他又成了令人鄙夷的"跳蚤"。

王戎出身名门望族，他的父亲王浑，也是个颇有名气的名士，做过凉州刺史，封贞陵亭侯。王戎自幼聪慧，据说他有个"特异功能"——"视日不眩"，也就是能够直接看着太阳而不觉得头晕眼花。后来，和他年纪相仿的名士裴楷(237—291)见到王戎，就说："眼烂烂，如岩下电。"(《容止》6)就是说，王戎的眼睛很有神，精光四射，犹如山岩之下的闪电！

---

1 参见《中国小说的历史的变迁·清小说之四派及末流》，《鲁迅全集》第九卷，人民文学出版社，1981年版，第338页。

有个"道边苦李"的典故，说王戎七岁时，曾和一群孩子在路边玩耍，看见路边有一棵李树，结满了果实。于是大家一哄而上，争先恐后地上去采摘，只有王戎视而不见，若无其事。有人问他怎么不去，他说："这棵李树长在路边，却还有这么多果子，不用说，那李子一定是苦的。"大家拿来李子一尝，果然如此（《雅量》4）。从此，王戎就有了神童的美誉。

这个故事记载在《世说·雅量》篇，其实也是一个著名的神童"早慧"的故事[1]。"雅量"，是魏晋时评价人物的一个关键词，是指人的胸怀博大，气量宽宏，不以外在环境的变故，改变内在人格的稳定性。《雅量》篇里还有两则关于王戎的故事。

一则说，魏明帝曹叡曾在洛阳城里的宣武场上搞过一个"国家级"的动物观摩会。他命人把一只凶猛的老虎砍断牙齿和爪子，放在笼子里，让百姓前去观看。可想而知，当时看热闹的人挺多，大家围在护栏外指指点点，十分兴奋。"老虎不发威"，大家都把它当"病猫"了！王戎当时只有七岁，也跑去看热闹。没想到，大概是老虎被这样的人山人海的样子给惹毛了——老虎毕竟不是"专业演员"——它那"兽中之王"的自尊心终于演变成一声声震天地的咆哮，不仅咆哮，而且攀着护栏，做饿虎扑食状！这些看热闹的人无不哭爹叫娘，四散奔逃，摔倒的，踩踏的，不计其数。只有七岁的王戎，不慌不忙地站在原地，脸上没有一点恐惧之色（《雅量》5）。明帝在不远处的阁楼上望见这一幕，很惊奇，就派人问王戎的姓名由来，小王戎于是一举成名。不过要我看，这些记载或有其事，但也可能添油加醋，比如说，小孩子不怕老虎完全可能是由于心智尚未健全，所谓"无知者无畏"，跟"雅量"又有什么关系！要知道，王戎后来位至三公，拥趸甚多，写点传奇故事装点其门面也不是没有可能。

1　南宋刘辰翁评此条云："当入《凤惠》。"明人王世懋亦云："此自是'凤惠'，何关'雅量'？"参拙著《世说新语会评》，第208页。

王戎十五岁时，结识了比他年长 23 岁的阮籍。阮籍曾做过一段时间的尚书郎，与王戎的父亲王浑(也是尚书郎)有过交往。有一次，王戎随父亲去官舍上班，便认识了阮籍。两人一见之下，大为投缘。阮籍很爱王戎之才，每次到王浑家，与王浑说不了几句话，便去找王戎，两人总是谈论好久才散。阮籍对王浑说："你儿子清拔俊赏，不是你这种人可比的。和你说话，还不如和阿戎说话有意思。"能得到阮籍这么高的评价，少年王戎的才华见识之高，不难想见。他后来在仕途上能够平步青云，绝不是偶然的。

另一条"雅量"的故事说，王戎做上侍中(因侍从皇帝左右，出入宫廷，与闻朝政，逐渐变为亲信贵重之职。晋以后，曾相当于宰相)的高官之后，南郡太守刘肇曾向他行贿，送他一种名贵的筒中细布五端(古代布帛二端相向卷，合为一匹，一端为半匹，其长度相当于二丈)，王戎还算有定力，没有接受，但他还是写了封言辞恳切的信，表示感谢(《雅量》6)。当时对行贿受贿查得挺紧，这事很快被发现，司法机关看了王戎的信，都觉得王戎太矫情，但在《世说》的编者看来，王戎对行贿者的这种态度，倒是既"廉洁"，又有"雅量"的。

在《世说·德行》篇中，也有几则关于王戎的故事。其中一则说，王戎的父亲王浑，很有美名，官至凉州刺史。王浑去世以后，他以前所管辖地区的故旧亲友，都怀念他的恩惠，纷纷争着捐献财物办丧事，累计竟有数百万钱之多，但王戎一概不受(《德行》21)。王戎的名声因此更显赫了。

三

无论是不受贿赂，还是不受捐献，都说明王戎的德行还是不错的，可是，谁能想到，这样一个廉政官员，竟会成为中国古代最有名的吝啬鬼和守财奴呢？特别是他的贪婪吝啬，几乎到了病态的地步，这就不能不让人感叹人生无常，世事难料。《世说》有个门类叫《俭啬》，专记守财奴、吝啬鬼的事迹，共有九条，王戎一人就占了四条！

王戎俭吝，其从子婚，与一单衣，后更责之。（《俭啬》2）

王戎女适裴颜，贷钱数万。女归，戎色不说，女遽还钱，乃释然。（《俭啬》5）

王戎有好李，常卖之，恐人得其种，恒钻其核。（《俭啬》4）

司徒王戎既贵且富，区宅、僮牧，膏田水碓之属，洛下无比。契疏鞅掌，每与夫人烛下散筹算计。（《俭啬》3）

第一条说，王戎为人非常节俭吝啬，他的一个侄子要结婚，他只送给人家一件单衣作为礼物，这倒也罢了，礼轻情义重嘛，可就连这点东西王戎也舍不得，后来竟又找个机会要了回来！

这是对侄子，舍不得也还可以理解，对女儿怎样呢？王戎的女儿要出嫁了，嫁给了当时很有名的名士裴颜（267—300），临行时曾向一毛不拔的老爹借了一笔钱。后来女儿回娘家，没有及时还钱，王戎便鼻子不是鼻子、脸不是脸的。直到女儿还了钱，王戎的脸上才多云转晴，有了笑容。

对亲生女儿和侄子尚且如此，何况别人？"钻核卖李"的故事说，王戎家种了好多李树，结的李子很好吃。照理，自家人享用不是很好吗？可他偏要拿去卖钱！卖就卖吧，还唯恐人家得到完好的果核也去栽种，硬是在卖出之前，把每颗李子的核都用锥子钻破！这种"好李不让外人种"的法子，真是最有效的"知识产权保护"了，在"商战"中肯定会无往而不利，可是，如此处心积虑地破坏"良种"，实在不利于生产力的发展，只能授人以柄，贻讥后世。

王戎后来被封为安丰侯，良田千顷，食邑万户，可谓富甲一方，但他总不满足,最大的爱好,便是晚上在烛光下,把家里的债券、契约等类似今天存折、信用卡之类的东西全都摆出来,和老伴一起用象牙筹"盘点"家资。

总之,王戎后来的做派,和他年轻时实在判若两人,更与超然物外的竹林精神有天壤之别,让人提不起半点儿对他的景仰之心了。

其实,阮籍很早就说过王戎是个"俗物"。王戎被阮籍引荐后也加入竹林名士的聚会,相处了一段日子后,彼此都有了解,有一次王戎来晚了,阮籍就说:"这个俗物又来败坏咱们的兴致了。"王戎也很机智地笑着说:"这么说,你们这些人的兴致也是可以败坏的吗?"(《排调》4)可见,早在刚加入竹林沙龙的时候,王戎已经表现出和其他名士不太相同的气质来,就是鄙俗贪吝之气,这个气质在他晚年终于大爆发,而且一发不可收拾。

四

然而,任何一个人都不是平面的,如果说贪婪吝啬,聚敛无度,追名逐利,是王戎的人格劣根的话,那么,王戎也有他的人格优点——他还是一个重感情,尤其是重亲情和友情的人。王戎对情感的重视,在魏晋名士中具有典型的意义,因此特别能够代表魏晋风度中"主情""重情""有情"的时代风气。《世说·德行》篇中,有一个"生孝死孝"的故事说:

> 王戎、和峤同时遭大丧,俱以孝称。王鸡骨支床,和哭泣备礼。武帝谓刘仲雄(刘毅)曰:"卿数省王、和不?闻和哀苦过礼,使人忧之。"仲雄曰:"和峤虽备礼,神气不损;王戎虽不备礼,而哀毁骨立。臣以和峤生孝,王戎死孝。陛下不应忧峤,而应忧

戎。"(《德行》17)

王戎做豫州刺史时，母亲去世了，几乎同时，另一位名士和峤的父亲也去世了。两人都是著名的孝子，但在服丧期间的表现却很不一样：王戎是身体衰弱，瘦得像鸡骨头，动静都要支着床，甚至要拄着拐杖才能起身[1]。和峤呢？虽然也哭哭啼啼，但一招一式都能遵循丧礼。晋武帝司马炎听说此事后，就对大臣刘毅说："你经常去看王戎、和峤二人吗？听说和峤悲痛的程度超出了礼数，让人担心哪！"刘毅却说："和峤按照礼数痛苦，但元气未损；王戎虽然不拘礼法，饮酒食肉，但他却痛苦得过了头，瘦得只剩下皮包骨头了。陛下不应该担心和峤，而应该为王戎担心啊！"史载，王戎本来就有呕吐的毛病，居丧期间更严重了。司马炎就派御医亲自为他治病(《晋书·王戎传》)。

刘毅的观点并不是孤例，当时裴楷前去吊孝，见王戎这样子，感叹地说："若使一恸果能伤人，濬冲必不免灭性之讥。"(《德行》20)意思是，如果丧亲的悲痛真能伤人性命的话，那么王戎肯定免不了要受到以孝伤生的批评！因为按照儒家的丧葬之礼，不允许孝子因为悲痛而伤害身体。如《孝经》就说："身体发肤，受之父母，不敢毁伤。"还说："毁不灭性。"就是哀毁之情要有节制，不能危及自己的性命。如果一个人因为表达丧亲的悲痛，以至于把身体搞坏了，甚至把自己"从肉体上消灭"了，那才是真正的不孝，因为"不孝有三，无后为大"！像王戎这样，因为痛苦而忘记了应有的礼节，说明母亲的死对他的打击实在太大，以至于让他痛不欲生。

所以，王戎尽管不是慷慨豪爽的人，但至少是个有血有肉、极重感情的人。这就引出了我们要说的典故——"情钟我辈"。这个典故

1　刘孝标注引《晋阳秋》曰："戎为遭母忧，性至孝，不拘礼制，饮酒食肉，或观棋弈，而容貌毁悴，杖而后起。时汝南和峤，亦名士也，以礼法自持。处大忧，量米而食，然憔悴哀毁，不逮戎也。"

出自《世说·伤逝》篇，"伤逝"，就是伤悼逝去的人。鲁迅有一篇题为《伤逝》的小说，也许正是从《世说》这个门类获得的灵感。《伤逝》篇里的许多故事都体现了魏晋名士对于情感的重视。其中，王戎丧子的故事又为这一时代主题，做了一个最圆满的诠释：

> 王戎丧儿万子，山简往省之，王悲不自胜。简曰："孩抱中物，何至于此！"王曰："圣人忘情，最下不及情；情之所钟，正在我辈。"简服其言，更为之恸。（《伤逝》4）

王戎的儿子王绥（字万子）死了，为什么死呢？我估计是因为肥胖症。史载王绥很肥胖，王戎没办法，只好让他吃糠，没想到不仅没瘦身，反而更胖了。他死的时候只有十九岁，算是早夭。王戎特别喜欢这个儿子，"白发人送黑发人"，当然是不胜其悲。山涛的第五个儿子山简（253—312）前来探望他，看王戎悲伤得快要撑不住了，就说："为了一个怀抱中的孩子，至于悲痛到这个地步吗？"没想到王戎却说："修炼到极高境界的圣人，也许可以忘掉世俗之情；最下等的人，谈不上懂得什么感情；对感情最集中、最专注的，恰恰是我们这类人啊！"山简很敬佩他的话，转而为他感到悲痛了。

魏晋玄学有一个重要的命题——"圣人有情无情论"。正始名士何晏主张"圣人无情"论，天才玄学家王弼则倡导"圣人有情"论。王弼说："圣人茂于人者，神明也；同于人者，五情也。神明茂，故能体冲和以通无；五情同，应物而无累于物者也。今以其无累，便谓不复应物，失之多矣。"就是说，圣人和常人都是有着情感的，只不过圣人可以超越世俗之情，不受其羁绊，不能因为不受情感的羁绊，就认为他们没有情感。最终，王弼的"圣人有情"说占据了优势。后来，魏晋名士无不以"有情""钟情""深情""多情"自诩，王戎的"情之所钟，正在我辈"，无意之中，为一代士风做了一个精彩注脚。

对亲情如此,对友情亦然。《伤逝》篇还有一条也是记王戎的:

> 王濬冲为尚书令,著公服,乘轺(yáo)车,经黄公酒垆下过。顾谓后车客:"吾昔与嵇叔夜、阮嗣宗共酣饮于此垆。竹林之游,亦预其末。自嵇生天、阮公亡以来,便为时所羁绁。今日视此虽近,邈若山河!"(《伤逝》2)

故事说,王戎后来做了尚书令,曾穿着公服,乘坐轻便的小马车,经过郊外的黄公酒垆,触景伤情,对身后车上的客人说:"我从前曾和嵇叔夜(康)、阮嗣宗(籍)一起在这家酒店畅饮。竹林之游,我也曾忝列末位。可是自从嵇、阮二位亡故以来,我便被时务所羁绊。今天看到这家酒店,虽近在咫尺,却又物是人非,好像隔着千山万水一般!"大概意识到自己的一生是一个由大雅而大俗的尴尬的"滑坡"过程,晚年的王戎才特别留恋在竹林中度过的那些日子。可见,那片竹林实在具有一种神奇的魔力,使人一旦走入,便永远也挥之不去。据说王戎在做上司徒的高位时,经常在公务之余,身着便服,骑一匹小马,从府邸的便门悄悄溜出去,四处闲游;路人看见他,皆以为是寻常小老头一个,殊不知他已位至三公! 王戎的这种微服出游的举动,恐怕正是当初竹林生活的折射吧。这说明,他对当年竹林名士的友谊一直铭刻在心,难以忘怀!

王戎的夫妻感情也是融洽的,王戎的老婆经常用"卿"来称呼他,这个"卿"字,一般用于君对臣、上级对下级,或者平辈中关系很要好的人之间,妻子对丈夫一般应称"君",所以王戎委婉地劝谏老婆说:"老婆用'卿'称呼丈夫,就礼节而言是不敬的,以后不要这样了。"王戎的老婆大概是个古代的"女权主义者",她的理由很充分:"亲卿爱卿,是以卿卿;我不卿卿,谁当卿卿?"16个字,连用了八个"卿"字,不仅过足了嘴瘾,而且也表达了自己对丈夫的亲爱之情。王戎没法可想,也就只好听之任之(《惑溺》6)。"卿卿我我"这个成语即由此而来。大概从王戎以后,妻子对丈夫的称呼就亲切随便了,现在是直接可以呼来喝去,丈夫还甘之如饴。大概时代真的在进步吧?

　　总之,王戎这个人很好地体现了人的复杂性、矛盾性和多变性,人在顺应环境的能力上,可能并不比蜥蜴更迟钝,但是有一点,人之所以为人,恰恰因为人有着一般生物没有的"情"。如果王戎一俗到底,"穷得只剩下钱"了,而没有对于亲情、友情的重视,那他也就不值得我们评说了。一个人可以一无所有,但不能失掉人之为人的性情,有了性情,我们仍然可以说自己是富有的。

看杀卫玠：史上最美死亡事件

一

是人总归要死的，但死的方式有不同：有病死的，有老死的，这还属于正常死亡；也有被杀的，自杀的，遭意外而死的，这属于"非正常死亡"。有道是大千世界，无奇不有，《世说》中偏就记载了一个被"看"死的！这个被人"看杀"的名士，名叫卫玠。为什么会被"看杀"？因为他长得太漂亮了！世上的事就是这样，你太对得起观众，观众就只好对不起你了。

说起卫玠，不能不提一个人——他的祖父卫瓘。因为卫玠从他的祖父那里，继承了许多"遗传基因"。卫瓘（220—291），字伯玉，河东安邑（今山西夏县北）人。三国魏时曾任镇东将军，西晋时任司空、太保等职，惠帝即位后被贾后所杀。

说起卫瓘，也有一个非常著名的典故——"此坐可惜"。《世说》有一个门类专记规劝讽谏之事，叫作《规箴》篇，其中就记载了卫瓘劝谏晋武帝司马炎废立太子的故事：

> 晋武帝既不悟太子之愚，必有传后意，诸名臣亦多献直言。帝尝在陵云台上坐，卫瓘在侧，欲申其怀，因如醉跪帝前，以手抚床曰："此坐可惜！"帝虽悟，因笑曰："公醉邪？"（《规箴》7）

故事虽短，背后的潜台词却很复杂。公元265年，司马昭病死，他的儿子司马炎（236—290）模仿曹丕代汉的方式，逼迫魏元帝曹奂禅让，篡夺了曹魏的政权，建立西晋，他做了皇帝，史称晋武帝。泰始三年（267），司马炎立次子司马衷（259—306）为太子，这一年，司马衷只有八岁。但这个当朝太子，却是个不折不扣的傻瓜！他即位后，有一年，天下发生大饥荒，好多人都被饿死。司马衷听说后，大为诧异，一本正经地问身边的大臣："他们没饭吃，为什么不吃肉糜呢？"肉糜就是肉粥。问出这样的话来，足见其多么弱智！

还有一回，司马衷出外游玩，听到田间地头蛙鼓声声，很是好奇，便问："这些呱呱叫的东西，是官家的呢？还是私人的？"随从人员就顺着他的话说："在官家地里叫的，就是官家的；若在私家地里叫的，就是私人的。"

这样一个弱智太子偏偏早婚，泰始八年（272），司马衷不过十三岁就结了婚，他的太子妃不是别人，正是权臣贾充（217—282）的女儿贾南风（256—300）。第二年，贾充就升任司空，权倾朝野。有这样一个婚姻的背景，司马衷就是想不做皇帝也由不得他了。

对于太子的蠢笨，司马炎并非毫无觉察。他曾派大臣和峤做司马衷的老师，和峤深知太子是个什么货色，多次委婉地对司马炎说："现在世事尔虞我诈，而太子太过朴实轻信，实在不适合做四海之主。"司马炎不信，过了一段时间，又派另一位大臣荀勖跟和峤一起去考察太子是否有进步。荀勖是个马屁精，回来自然把太子夸赞一番，和峤却正色说道："太子和以前没有什么两样。不过这是陛下自家的事，臣不便多言。"

卫瓘是个正直的老臣，觉得国家大统交给这么一个"没有行为责任能力"的人实在太可怕，就利用一次司马炎在陵云台设宴款待大臣的机会，想要把话挑明。但他毕竟投鼠忌器，有所顾虑，只好假装喝醉，走到司马炎旁边，抚摩着御座的边缘，像打哑谜一样地说了四个字："此坐可惜！"此言一出，举座皆惊。谁也想不到卫瓘竟然以这种方式向皇帝进谏，震惊之余，都为他捏着一把汗。与此同时，大家也都觉得，这句"四两拨千斤"的话道出了他们的心声。司马炎虽然明白他说的意思，但当着众人的面，不便表态，当即打了个哈哈，笑着说："卫公，你喝醉了吧？"

过了几天，司马炎派人拿了一份尚书府的文书，让太子司马衷去斟酌处理，想借此看看他的办事能力。太子根本不知如何应对。还是贾妃找人代笔才算蒙混过关。司马炎叫来卫瓘，将太子的书呈交给他看，意思是说，看看，我儿子也不像你说的那么笨吧？卫瓘明知有人捉刀，却也无可奈何了[1]。

此事大约发生在 282 年之前，八年后的 290 年，司马炎死了，司马衷果然做了皇帝，是为晋惠帝。就是在这个白痴皇帝统治下，先是贾后乱政，接着是八王之乱，最后是五胡乱华，西晋王朝在风雨飘摇中一步步走向亡国之路。

卫瓘虽然只说了"此坐可惜"四个字，却为此付出了生命的代价。史载，此事传到贾充耳朵里，他毫不掩饰地对女儿贾南风说："卫瓘这个老奴才，几乎坏了你家的大事！"（《晋书·贾后传》）这个大事，当然是白痴丈夫做皇帝、贪残妻子做皇后、贾氏家族鸡犬升天的大事。仇恨

1　《晋书·贾后传》载："帝常疑太子不慧，且朝臣和峤等多以为言，故欲试之。尽召东宫大小官属，为设宴会，而密封疑事，使太子决之，停信待反。妃大惧，倩外人作答。答者多引古义。给使张泓曰：'太子不学，而答诏引义，必责作草主，更益谴负。不如直以意对。'妃大喜，语泓：'便为我好答，富贵与汝共之。'泓素有小才，具草，令太子自写。帝省之，甚悦。先示太子少傅卫瓘，瓘大踧，众人乃知瓘先有毁言，殿上皆称万岁。充密遣语妃云：'卫瓘老奴，几破汝家。'"

的种子就此埋下。太熙元年(290),司马衷即天子位。贾南风一坐上皇后宝座,便对政敌大肆报复,卫瓘自然也逃脱不了她的毒手,第二年就被杀害了。当时一同被害的还有卫瓘的三个儿子及孙子共九人,长子卫恒的两个儿子卫璪和卫玠,因为在医生家里治病而侥幸逃脱。

二

终于说到我们的主角卫玠了。卫玠(286—312),字叔宝。他是魏晋之际继何晏、王弼之后最著名的玄学家和清谈名士。史载,卫玠五岁时,就出落得粉雕玉琢,风神秀异。祖父卫瓘说他:"这个孩子与众不同,可惜我年纪老了,看不见他长大成人的那一天了!"没想到,这话竟被他不幸言中,正是这一年,卫瓘惨遭杀害。不过卫瓘很快又得以平反昭雪,卫玠兄弟这才保住了性命。

卫玠从他的祖父卫瓘那里继承了三样东西,其中一个就是美貌。卫瓘是不是个美男子,史书没有具体记载,但从晋武帝司马炎的一句话里可以约略推知一个大概。《晋书·贾后传》载:"初,武帝欲为太子取卫瓘女,元后纳贾郭亲党之说,欲婚贾氏。帝曰:'卫公女有五可,贾公女有五不可。卫家种贤而多子,美而长白;贾家种妒而少子,丑而短黑。'"从"卫家种贤而多子,美而长白"可以推知,卫瓘的容貌风度应该是很好的,他的遗传基因("种")当然也很优秀,他的孙子卫玠的美貌绝非"无源之水,无本之木"。

卫玠美到什么程度呢?史书记载,卫玠小时候,曾因为长得俊美而造成交通堵塞。一次,他乘坐一辆羊车来到洛阳城中的闹市区,看见他的人都认为自己碰见了"玉人",也有一种说法是"璧人"[1],

---

1　刘孝标注引《玠别传》:"玠在群伍之中,寔有异人之望。龆龀时,乘白羊车于洛阳市上,咸曰:'谁家璧人?'于是家门州党号为'璧人'。"

于是一传十，十传百，几乎全都城的都跑来围观。这个典故叫作"羊车入市"。

卫玠的舅舅骠骑将军王济（字武子），俊爽有风姿，也是个有名的美男，可他每次见到卫玠，就感叹地说："珠玉在侧，觉我形秽。"（《容止》14）成语"自惭形秽"就由此而来。王济还对人说："与卫玠一起游玩，感觉就像有颗明珠在身边一样，朗然照人！"可见卫玠的美，不是一般的美，那是极具轰动效应和杀伤力的美，他是真正的"阳光男孩"，让人不敢正视。

卫玠出身于书香门第，他长大后，好谈玄理，这大概也是受到卫瓘的影响[1]。卫瓘早年曾经和正始时期的玄学家何晏、邓飏等共同谈论过玄学的理论问题。后来，他见到西晋的清谈家乐广（？—304）时，赞叹不已，以为又听到了当年的"微言大义"，并且让自己的子弟都去拜访乐广，说："乐广这个人，就像人中的水镜一样光可照人，看到他，就像拨开云雾看见了蓝天！"（《赏誉》23）可见卫瓘对于玄学十分精通，对乐广这样的清谈家也是十分欣赏的。

卫玠记住了爷爷卫瓘的教导，果然去拜访过乐广。《世说·文学》篇记载了卫玠小时候向乐广求教的故事，可以称之为"梦的解析"：

> 卫玠总角时，问乐令"梦"，乐云"是想"。卫曰："形神所不接而梦，岂是想邪？"乐云："因也。未尝梦乘车入鼠穴、捣齑啖铁杵，皆无想无因故也。"卫思"因"，经日不得，遂成病。乐闻，故命驾为剖析之，卫即小差。乐叹曰："此儿胸中，当必无膏肓之疾！"（《文学》14）

故事说：卫玠小时，曾问乐广一个很抽象的问题："人为什么会做梦？"

---

[1] 王隐《晋书》："卫瓘有名理，及与何晏、邓飏等数共谈讲，见（乐）广奇之曰：'每见此人，则莹然犹廓云雾而睹青天。'"

乐广说:"是因为心有所想。"卫玠说:"身体和精神都不接触的事却能梦见,难道也是心有所想吗?"乐广说:"梦总是有因由的(与你经历过的事有关)。人们总不会梦见自己坐车钻进老鼠洞,或者捣碎姜蒜去喂一根铁杵吧,这都是因为没有想过,也没有因由经历的缘故。"卫玠便思索梦与因由的关系问题,成天思索也不得其解,竟然生了病。乐广听说后,马上命人驾车前去给他分析这个问题,卫玠的病情这才有了好转。乐广感慨地说:"这孩子心里,一定不会患上什么不治之症!"大概因为实在太喜欢这个孩子,乐广后来就把女儿嫁给了他[1]。

在家学的影响下,卫玠成了西晋首屈一指的清谈家。当时山东琅琊王氏也是英才辈出,其中王衍的弟弟王澄(字平子)也是大名鼎鼎,很少有他看得起的人,但他每次听卫玠谈论,都会叹息绝倒。所以当时人都说:"卫玠谈道,平子绝倒。""绝倒",有人说是"前仰后合地大笑",我以为,这个词更含有醍醐灌顶,让人佩服得五体投地之意。否则,卫玠就不是清谈家而是相声小品演员了。当时王家的子弟如王澄、王玄,还有王济都有盛名,但皆位于卫玠之后,因而又流传着这么一句谣谚:"王家三子,不如卫家一儿。"

三

《红楼梦》第二十三回里,贾宝玉和林黛玉开玩笑,说过一句话:"我就是个多愁多病身,你就是那倾国倾城貌。"这两句话用在卫玠身上,刚好合适。他是既有"多愁多病身",又有"倾国倾城貌"。如果

1　刘孝标注引《玠别传》:"玠颖识通达,天韵标令,陈郡谢幼舆敬以亚父之礼。论者以为出王眉子、平子、武子之右。世咸谓'诸王三子,不如卫家一儿'。娶乐广女。裴叔道曰:'妻父有冰清之姿,婿有璧润之望,所谓秦晋之匹也。'为太子洗马。永嘉四年(310),南至江夏(今湖北武昌),与兄别于梁里涧,语曰:'在三之义,人之所重,今日忠臣致身之道,可不勉乎?'行至豫章,乃卒。"

说,林黛玉是个病美女,卫玠就是个病美男。前面说过,他的爷爷及父亲被杀的那一天,他和哥哥正好在外就医,故而逃过一劫,可知他小时候固然是个"玉人",但同时也是个"病人",三天两头要求医问药。《晋书》本传说他"多病体羸,母恒禁其语"。据我考证,卫玠的"多病体羸"当是家族遗传。史载,卫玠的祖父卫瓘便有羸病,在出征西蜀时,正是靠着这一特点骗过了意欲谋反的钟会的那双贼眼[1]。卫玠的父亲卫恒身体状况如何,没有留下具体的材料,即便身体健壮,仍不能排除"隔代遗传"的可能。

关于这位美男的身体状况,《世说·容止》篇记载得很清楚:

王丞相见卫洗马,曰:"居然有羸形,虽复终日调畅,若不堪罗绮。"(《容止》16)

因为卫玠曾做过太子洗马[2],故又称卫洗马。丞相王导第一次看到卫玠,就说:"他的身体实在太羸弱了,尽管每天精神舒畅,还是一副体不胜衣的样子。"这副病蔫蔫的样子,让人想起曹雪芹对林黛玉的描写:"两弯似蹙非蹙罥烟眉,一双似喜非喜含情目。态生两靥之愁,娇袭一身之病……娴静时如姣花照水,行动处似弱柳扶风。"这是一种惹人怜爱的"病态美",在魏晋名士之中,有许多帅哥美男,有这种"病态美"的一个是何晏,一个就是卫玠。

貌美而多病,本已美中不足,可卫玠偏又是个特别喜欢研究抽象问题、辩论起来特别投入的清谈家,而清谈不仅对智力和口才要求极高,还需要充沛的精力和强健的体力,这样一来,这位美男

---

1 据《晋书·卫瓘传》:钟会让卫瓘出去劳军,"瓘便下殿。会悔遣之,使呼瓘。瓘辞眩疾动,诈仆地。比出阁,数十信追之。瓘至外解,服盐汤,大吐。瓘素羸,便似困笃。会遣所亲人及医视之,皆言不起,会由是无所惮。后来卫瓘宣告诸军,遂将钟会一网打尽。
2 洗马:官名。本作"先马"。汉沿秦置,为东宫官属,职如谒者,太子出则为前导。晋时改掌图籍。

便陷入了一个悖论和怪圈。他母亲很心疼他，总是禁止他清谈，只有在亲朋好友聚会的喜庆日子里，才允许他露一下脸，谈论几句，而只要他一开口，听众无不唏嘘感叹，心悦诚服，认为他的观点达到了精微玄妙的境界。这种盛况，现在的"脱口秀"节目主持人简直望尘莫及！

但这样的好日子其实很短暂。卫玠生活的时代，正好是西晋由盛转衰的惠帝（司马衷）、怀帝（司马炽，284—313）时期。惠帝的昏庸无能、贾后的乱政，最终导致了八王之乱。到了晋怀帝永嘉年间（307—313），少数民族先后入侵，兵荒马乱，民不聊生，历史上叫作"五胡乱华"。312年，洛阳被匈奴人刘曜等攻陷，怀帝被俘。317年，在长安被贾疋等拥立即位的晋愍帝司马邺（270—317）也被俘，西晋就此灭亡。由于战乱，北方的名门士族纷纷南迁，为保存门户，永嘉四年（310），卫玠携母亲举家南行，先到了江夏（今湖北武昌）。《世说》记载了卫玠当初渡江时的情景：

> 卫洗马初欲渡江，形神惨悴，语左右云："见此芒芒，不觉百端交集。苟未免有情，亦复谁能遣此！"（《言语》32）

国破家亡，颠沛流离，形体羸弱，容颜憔悴的美男卫玠，看着浩浩江水，不禁百感交集，他说了一句催人泪下的话："假使人不免要有感情，又有谁真能排遣这痛失家国的忧患！"

四

俗话说，"是金子，到哪儿都会发光"。渡江之后，卫玠投奔当时任青州刺史的王敦（266—324），发生了下面一幕：

王敦为大将军[1]，镇豫章，卫玠避乱，从洛投敦，相见欣然，谈话弥日。于时谢鲲为长史，敦谓鲲曰："不意永嘉之中，复闻正始之音。阿平若在，当复绝倒。"[2]（《赏誉》51）

王敦这个人不仅有"豪爽"之目，而且也喜欢清谈，他一见到风流倜傥的花样美男卫玠，当然十分高兴，整日清谈也不觉得疲倦。王敦还对另一位名士谢鲲（字幼舆）说："想不到在永嘉这样一个乱世，竟然又能听到正始之音，阿平如果在这儿，一定又会绝倒了！"阿平，就是王澄，看来王敦早知道"卫玠谈道，平子绝倒"的俗话，言下之意，我要是王澄啊，恐怕也要叹息绝倒了！

　　卫玠长途跋涉、千里迢迢投奔王敦，自然也很给他面子，估计和他谈论玄理的机会很多。有一个记载甚至说，卫玠竟是因为清谈谈得太劳累而一命呜呼的：

　　卫玠始度江，见王大将军。因夜坐，大将军命谢幼舆。玠见谢，甚说之，都不复顾王，遂达旦微言，王永夕不得豫。玠体素羸，恒为母所禁。尔昔忽极，于此病笃，遂不起。（《文学》20）

这个故事和前一个内容差不多，也提到了王敦把谢鲲叫来，而谢鲲在清谈和风度上高于王敦，卫玠和他相见恨晚，两个人谈得热火朝天，完全无视王敦的存在，其热烈的程度是空前的，王敦一整夜都插不上

1　按：此处称"王敦为大将军"有误。王敦做大将军是东晋建立也即317年以后，卫玠渡江在310年，西晋尚未亡国，王敦此时可能是在青州刺史任上，而豫章正好属于青州辖区。
2　按：此则刘孝标注引《玠别传》："玠至武昌见王敦，敦与之谈论，弥日信宿。敦顾谓僚属曰：'昔王辅嗣吐金声于中朝，此子今复玉振于江表，微言之绪，绝而复续。不悟永嘉之中，复闻正始之音。阿平若在，当复绝倒。'"《文学》20注引《玠别传》云："玠少有名理，善易、老，自抱羸疾，初不于外擅酬对。时友叹曰：'卫君不言，言必入真'。武昌见大将军王敦，敦与谈论，咨嗟不能自已。"又，《伤逝》6注引《永嘉流人名》曰："玠以六年六月二十日亡，葬南昌城许征墓东。玠之薨，谢幼舆发哀于武昌，感恸不自胜。人问：'子何恤而致哀如是？'答曰：'栋梁折矣，何得不哀？'"可知，卫玠见王敦与谢鲲，当在武昌。

嘴（"不得豫"），成了一个热心听众。卫玠雅好清谈，这次碰到对手，也就不顾母亲的禁令，放开谈了一晚。这一次清谈，竟然通宵达旦。这晚过后，这位本来就羸弱不堪的美男竟然病情加重，一病不起。"不起"，一般而言就是死亡。这是关于卫玠死因的另一个说法，可以称之为"谈杀卫玠"。

你看，《世说》的记载往往是有些传奇色彩的，用现在的话说，这能够"吸引眼球"。一个好端端的人，竟然因为一次通宵达旦的清谈辩论，体力严重透支，最后导致死亡，这是个放在现在也可以登上"热搜"头条的"爆炸性新闻"。难怪有人会把《世说》当作"新闻体笔记小说"，也难怪《世说》会这么引人入胜，用现在的话说，书中记载的很多都是"名人名言""名人行踪"和"名人死因"之类的内容，有些甚至很"搞笑"、很"八卦"，不由得你不爱看！

但我以为，一个人再虚弱，也不会死得这么快。史书上说，卫玠是 310 年渡江到武昌的，312 年 6 月 20 日才死去。死亡地点有两种说法，一说是在豫章（今江西南昌），一说是在下都（指建业，今南京），这中间有一年多的时间，足够一个病入膏肓的人缠绵病榻。

而且，《晋书·卫玠传》还记载了一件事，说在这样居无定所的流亡生活中，卫玠的妻子（乐广之女）先他而去。这时，担任征南将军的山涛之子山简结识了卫玠，就把自己的女儿嫁给了他。永嘉六年（312），卫玠又举家迁往豫章。

为什么要迁往豫章呢？原因大概有两个：一是卫玠发现了王敦的篡逆野心，以为此乃是非之人、是非之地，不可久留，故《晋书》本传说，"以王敦豪爽不群，而好居物上，恐非国之忠臣，求向建业"。第二个原因，估计跟上述清谈的结果有关，母亲看到儿子谈得这么玩命，当然不答应，加上又是新婚，山简的女儿也不可能让虚弱的丈夫这么劳累，必定加以规劝，这才有了第二次举家迁徙。目的地不是豫章，而是建业，豫章只是一个中转站。所以，"语不惊人死不休"的《世说》

又报道出一个更具"爆炸性"的"卫玠死因调查"：

> 卫玠从豫章至下都，人闻其名，观者如堵墙。玠先有羸疾，体不堪劳，遂成病而死，时人谓"看杀卫玠"。（《容止》19）

故事说：卫玠从豫章郡到京都建业[1]时，人们早已听到他的名声，前来看他的人围得像一堵墙，风雨不透，水泄不通。卫玠本来就有虚弱的病，哪里受得了这种劳累，终于成病而死。当时的人都说是"看杀卫玠"！

每次读这个惊心动魄的故事，我都会陷入真相与审美的矛盾之中，一方面明知这有可能是个"假新闻"，不可尽信；另一方面，又觉得这个记载背后传达的东西真是美极了！我们常说，"爱美之心，人皆有之"，可是，古今中外，有哪一部写美人的名著如此深刻地揭示出了"美的危险性"与"看的杀伤力"？我们的古人真是太有想象力了！就像中国的悲剧总有一个"大团圆"式的结尾一样，如梁祝化蝶、鹊桥相会等，在卫玠的死亡问题上，爱美的古人也来了一个"曲终奏雅"，从而使一个死亡故事充满了诗意！这时候，我们且不要去管什么"真相"到底如何了，只去领略那种无言的凄美就已足够。每当看到有人用史学家的犀利眼光揭穿这一故事的虚构性时[2]，我就觉得着急，何苦要去暴殄天物呢？须知这是一个"不必求其真，但须赏其美"的传说，我们不能因为其不够"真"，就说它看上去不够"美"，"真善美"在道德领域可能是"三位一体"的，可在审美领域，却可以各自分离而不损其价值。那些有考据癖的专家学者啊，何必要跟自己的心灵过不去呢？

1　即今江苏南京。建兴元年（313），因避愍帝司马邺讳，改称建康。

2　如刘孝标就誉此条后考证说："按《永嘉流人名》曰：'玠以永嘉六年五月六日至豫章，其年六月二十日卒。'此则玠之南度豫章四十五日，岂暇至下都而亡乎？且诸书皆云玠亡在豫章，而不云在下都也。"也许他的考证是正确的，但是，这么一篇美丽的故事也就被他颠覆了。

我在处理"卫玠之死"这样一个问题时,经常采取轻松一点的方式加以推理:估计卫玠先是通宵达旦地清谈,病情加重,很快又在闹市中被疯狂的追星族和粉丝们一通"猛看"——别以为被人这么"看"就不是重体力劳动——终于一病不起,香消玉殒! 也就是说,在这个问题上,"病死""谈杀"和"看杀"是三位一体、牵一发而动全身的。就像英国的黛安娜王妃,你说她是被车祸杀死的,还是被"狗仔队"的闪光灯给"闪死"的呢?

据说,听到卫玠死去的消息后,在武昌的谢鲲哭得死去活来,路人都被他感动了,有人问他为何这么伤心,他说:"栋梁折矣,何得不哀?"(《伤逝》6 注引《永嘉流人名》)后人对卫玠也是非常景仰,唐代诗人孙元晏在诗歌里写道:

> 叔宝羊车海内稀,山家女婿好风姿。
>
> 江东士女无端甚,看杀玉人浑不知。

卫玠死的时候,年仅二十七岁。有时候想想,老天也真够残忍,创造了那些美好的人和物,然后很快就后悔了,又把他们从我们身边夺走——这世上,天才早夭的悲剧大多如此!

值得一提的是,宋代大文豪苏轼在人生的终点,也享受了一次"看杀"的待遇。当时苏轼从海南重返中原,舟行至毗陵(今常州)时,"病暑,著小冠,披半臂,坐船中。夹运河岸,千万人随观之。东坡顾坐客曰:'莫看杀轼否?'其为人爱慕如此。"(《邵氏闻见录》卷二〇)这时的东坡已染沉疴,不久即溘然辞世。所以,卫玠也好,东坡也好,与其说他们是被"看杀",不如说是被"爱杀"——到此境界,生命的寿夭长短,反倒显得不那么重要了。

东床坦腹：婚姻的傲慢与偏见

一

关于"看杀卫玠"，还须补充一点大家可能不太了解的信息，就是卫氏家族是一个著名的文化家族，不仅擅长清谈，还是一个书法世家。卫瓘的父亲卫觊就是三国时著名的书法家。卫瓘本人擅长隶书、章草，继承了东汉大书法家、有"草圣"之称的张芝的书法传统，自称得张芝之"筋"。卫瓘与另一位著名书法家索靖同在尚书台任职，时称"一台二妙"[1]。卫瓘的儿子卫恒，即卫玠的父亲，也是一位著名的书法家，他的论文《四体书势》在中国书法理论史上有着重要地位。

更值得注意的是，卫氏家族还出了一位女书法家，卫瓘的一个堂侄女、卫恒的堂妹、卫玠的堂姑，就是书法史上大名鼎鼎的卫夫人（卫铄，272—349）。而这位著名的女书法家，正是东晋大书法家王羲之

1　《晋书·卫瓘传》称："汉末张芝善草书，论者谓：瓘得伯英（张芝）筋，靖得伯英肉。"卫瓘自称："我得伯英之筋，恒（其子卫恒）得其骨，靖得其肉。"

的老师！

我们后面要讲到的"雪夜访戴"，其主人公王子猷，就是王羲之的第五子。而王子猷之所以上演了一出"雪夜访戴"的好戏，为"魏晋风度"做了一个生动的诠释，跟他的父亲王羲之不无关系。早在王羲之二十岁的时候，就把"魏晋风度"推向了一个很高的境界，这个"东床坦腹"的典故，就是最有力的说明。

王羲之（303—361），字逸少，琅琊临沂（今属山东）人，东晋名相王导（276—339）的侄子，因为曾任右军将军，故又称"王右军"。王羲之是东晋著名的书法家，被唐太宗尊为"书圣"，其第七子王献之书法也很好，二人合称"二王"。王羲之的书法作品很多，其中最著名的就是行书《兰亭集序》，有"天下第一行书"之誉。而王羲之的隶书造诣也极高，被誉为古今之冠，论者称其笔势，"飘若游云，矫若惊龙"[1]，乃书法中之神品，也是"魏晋风度"在书法艺术上的最高体现。

王羲之出身名门，他的两个伯伯王导、王敦都是朝廷重臣，把持着当时东晋的军政大权，羲之幼时自然是养尊处优，得天独厚。不过他小时候不善言辞，人们没发现他有什么特别之处。等到长大成人，就变得能言善辩，滔滔不绝。不仅口才好，而且很机智，善于随机应变。《世说·假谲》篇记载了王羲之"虎口脱险"的经历：

> 王右军年减十岁时，大将军甚爱之，恒置帐中眠。大将军尝先出，右军犹未起，须臾钱凤入，屏人论事，都忘右军在帐中，便言逆节之谋。右军觉，既闻所论，知无活理，乃剔吐污头面被褥，诈孰眠。敦论事造半，方忆右军未起，相与大惊曰："不得不除之！"及开帐，乃见吐唾纵横，信其实孰眠，于是得全。于时称其有智。（《假谲》7）

---

[1]　按：此出《世说·容止》篇，而《晋书·王羲之传》作时人论其笔势语，今从之。

故事说：王羲之还不到十岁的时候，他的伯父、大将军王敦非常喜欢他，经常让他在自己的床帐中睡觉。一次王敦先起床，出了帐，王羲之还没起来。不一会儿，王敦手下一个叫钱凤的参军进来，两人就一起商量谋反之事。这时王羲之已经醒了，听到他们的密谋，心想这下完了，自己肯定活不成了，情急之下，只好假装睡得很死的样子，把口水弄得脸上被子上都是。王敦、钱凤商量到一半，突然想起床上还有个孩子，大惊失色，面面相觑了一会儿说："看来不得不除掉他了。"等打开床帐，看见小王羲之哈喇子纵横交错，一塌糊涂，以为他的确睡得很死，这才没有加害他。我估计，王敦实在也舍不得杀这个聪明伶俐的小侄子。总之，王羲之逃过了一劫，并由此获得了机智的美名[1]。

二

　　和其他魏晋名士一样，王羲之也有一些特别的嗜好。比如何晏喜欢喝药，嵇康喜欢打铁，阮遥集好屐，支道林好马，祖士少好财，杜预好《左传》，自称有"左传癖"，不一而足。王羲之呢？除了好书法，还有一个嗜好，就是好鹅。有两件事可见一斑。

　　一次，王羲之听说会稽(今浙江绍兴)有一个孤寡独居的老太太养有一鹅，叫声特别好听，王羲之就派人求购，老太太身无长物，自然不答应。于是王羲之带着一帮朋友，驾着车子去拜访老太太，想亲眼看看她的鹅。没想到，老太太听说大名士王羲之要来做客，非常高兴，为了款待王羲之，竟然把自己这只心爱的鹅给杀掉了，做成了一锅"烤鹅仔"！王羲之知道后，伤心叹惜了好多天。

　　又有一次，王羲之听说山阴有一个道士，养有几只好鹅，就兴冲

1　按：此事或以为是王允之，未知孰是，姑从《世说》所记。

冲地赶去观看，一见之下，非常喜欢，就强烈要求买下这些鹅。这道士大概很懂行情，知道王羲之的字比鹅更值钱，就说："你帮我写一篇《道德经》，我就把这一群鹅全部奉送。"要知道，《道德经》共五千字，整个抄一遍工作量可不小，但王羲之欣然应允，并且一气呵成，写完字，就用笼子装了这些鹅，满载而归，乐不可支。

王羲之为什么这么喜欢鹅？原因大概有三：其一，因为鹅这种动物脖颈颀长，转动伸展之时姿态多变，深合书法之道[1]；其二，鹅的毛色洁白，性情娴静，姿态雍容，鸣声悦耳，让人想起高飞天外的天鹅，能够陶冶人的性情；其三，大概与王羲之信奉"天师道"，有服食炼丹的习惯有关。这个推断是陈寅恪先生经过多重考证得出的，他以为王羲之养鹅，不过因为鹅有解五脏丹毒之效，"与服丹石人相宜"而已[2]。陈先生向以考证严密，发前人未发之覆著称，如此说可信，那么，王羲之的好鹅，怕也雅不到哪里去，不过把鹅当作盘中美味、解毒良药罢了。

（元）钱选《王羲之观鹅图》

---

1 按：此说古已有之，如宋代画家郭熙《画诀》就说："故说者谓王右军喜鹅，意在取其转项，如人之执笔转腕以结字。"北宋陈师道《后山谈丛》亦云："苏、黄两公皆喜书，不能悬手。逸少非好鹅，效其腕颈耳。正谓悬手转腕。而苏公论书，以手抵案，使腕不动为法，此其异也。"清人包世臣《艺舟双楫》说："其要在执笔，食指须高钩，大指加食指中指之间，使食指如鹅头昂曲者。中指内钩，小指贴无名指外距，如鹅之两掌拨水者。故右军爱鹅，玩其两掌行水之势也。"

2 陈寅恪先生说："医家与道家古代原不可分。故山阴道士之养鹅，与右军之好鹅，其旨趣实相契合，非右军高逸，而道士鄙俗也。道士之请右军书道经，及右军之为之写者，亦非道士仅为爱好书法，及右军喜鹅此觊觎之群有合于执笔之姿势也。实以道经非请能书者写之不可。写经又为宗教上之功德，故以此段故事适足表示道士与右军二人之行事皆有天师道信仰之关系存乎其间也。"参见陈寅恪：《天师道与海滨地域之关系》，载《金明馆丛稿初编》，上海古籍出版社，1980年版，第38页。

据《晋书》本传载,王羲之很有个性,"以骨鲠称"。"骨鲠",即像鱼骨头卡在喉咙一样,比喻生性刚直,脾气倔强,轻易不会买别人的账,即使是反目成仇也绝不后悔。他和王蓝田(王述曾做过蓝田侯,故称王蓝田)的故事就是典型的例子。

王蓝田的性情非常急躁。有一次吃鸡蛋,他用筷子去戳鸡蛋,没有戳进去,就大发脾气,拿起鸡蛋扔到了地上。鸡蛋在地上转个不停,他就下地用木屐齿去踩,又没有踩破。他气极了,从地上捡起来放进口里,咬破了,又吐出来。简直拿鸡蛋当仇敌了。王羲之本来就瞧不起王蓝田,听说此事,大笑起来,把王蓝田好好奚落了一番。(《忿狷》2)

王羲之为什么看不起王蓝田?首先是跟门第有关,王述是山西太原晋阳(今山西太原)人,太原王氏尽管也是大族,但南渡之后,不如山东琅琊王氏那么显赫。其次,王述这个人起初家境贫寒,后来变得贪得无厌,他做宛陵令的时候,受贿多达一千多起。丞相王导劝告他,说这样做不值得。王述却大言不惭地说:"足,自当止。"——等我捞够了,自然就会停止的。王羲之是王导的侄子,这些事不会不知,他瞧不起王蓝田,理由似乎很充分。

但就是这个王蓝田,却是和王羲之齐名的,而且,王蓝田越到晚年名声越好,官也越做越大,王羲之心里当然越来越不平衡,以至发展到势不两立,不共戴天:

> 蓝田于会稽丁艰,停山阴治丧。右军代为郡,屡言出吊,连日不果。后诣门自通,主人既哭,不前而去,以陵辱之。于是彼此嫌隙大构。后蓝田临扬州,右军尚在郡。初得消息,遣一参军诣朝廷,求分会稽为越州。使人受意失旨,大为时贤所笑。蓝田密令从事数其郡诸不法,以先有隙,令自为其宜。右军遂称疾去郡,以愤慨致终。(《仇隙》5)

有一次王蓝田在会稽办丧事，王羲之多次说会来吊孝，可就是一拖再拖，后来终于大驾光临了，按照当时丧礼，主人哭过几声之后，前来吊孝的客人也要哭几声还礼，没想到王蓝田及家人哭过之后，王羲之竟然扭身就走了，以此来羞辱王蓝田。有道是"不是冤家不聚头"，后来蓝田到扬州任职，王羲之所辖的会稽正好在王蓝田的辖区之内，成了他的顶头上司。王羲之听到这个消息，气都不打一处来，竟然派人上报朝廷，希望把会稽单独划出来，成立越州！这事当然不可能成功，反而引起当时贤达名士的耻笑。王蓝田又趁机派人察看王羲之郡中的不法行为，整他的"黑材料"，并且告诉他：你自己看着办吧。王羲之于是称病辞去郡守一职，发誓再也不做官了，朝廷因为他发的誓太重，也就不再起用他。最后，王羲之就在愤慨中抑郁而死。

王羲之的这种唯我独尊的性格，当时的另一位名士殷浩看得最清楚，他说："王逸少是那种清高而又尊贵的人，我对待他非常诚恳周到，时时处处以他为先，从来不敢怠慢。"（《赏誉》80）[1] 殷浩就是那位对桓温说过"我与我周旋久，宁作我"的清谈名士，连他都对王羲之如此恭敬，唯恐有所得罪，可见王羲之的性格简直是锋芒毕露犹如刺猬了。

三

不过话又说回来，也只有王羲之这样的个性，才会演出"东床坦腹"的好戏来。"东床坦腹"的主人公是王羲之，但行文却从郗太傅开始，遥遥写来，顾盼生姿，引人入胜：

> 郗太傅在京口，遣门生与王丞相书，求女婿。丞相语郗信：

1　按：此条刘孝标注引《文章志》曰："羲之高爽有风气，不类常流也。"

"君往东厢,任意选之。"门生归,白郗曰:"王家诸郎亦皆可嘉,闻来觅婿,咸自矜持,唯有一郎在东床上坦腹卧,如不闻。"郗公云:"正此好!"访之,乃是逸少,因嫁女与焉。(《雅量》19)

郗太傅就是郗鉴(269—339),字道徽,高平金乡(今属山东)人。郗鉴当时镇守在京口(今江苏镇江),派门生送信给丞相王导,想在他家挑个女婿。本来以郗鉴的门第,想跟王导攀亲并不容易,但因为王敦起兵造反,王导险些连坐被黜免,后来因为平叛有功才从司徒进位为太保,正处于政治上的低谷期。而郗鉴因为在平定王敦的叛乱中有功,所以深受朝廷器重,让他镇守京口这一军事重镇,政治上处于上升期。所以,王导对郗鉴的求婚当然也就慨然应允。因为在东晋门阀政治格局下,婚姻常常成为政治上结盟的一种途径。事实证明,王导的选择没错,后来郗鉴果然平步青云,位至三公,做上了司空,而且在他与政敌庾亮的斗争中,这个亲家公曾多次伸以援手。

且说王导告诉郗鉴的信使说:"您到东厢房,随意挑选吧。"门生挑选的过程,书上没有交代,紧接着,就写门生回去禀告郗鉴说:"王家的那些公子个个都是芝兰玉树,望去琳琅满目,令人赞叹,不过听说来挑女婿,就都拘谨起来,只有一位公子在东边床上袒胸露腹地躺着,好像没有听见一样。"《晋书》本传甚至说,王羲之不仅坦腹而卧,而且还在那儿旁若无人地吃东西[1]。没想到郗鉴说:"正是这个好!"一查访,原来是王逸少,于是便把女儿嫁给了他。

这个故事妙就妙在,王羲之具体如何表现,并没有正面描写,只能从门生的描述中了解一个大概。我们可以想象,王家的公子们一听说此事,都故作矜持,希望自己被选中,独有王羲之"如不闻",完全不把此事放在心上,袒胸露腹地躺在床上,表现出一种宠辱不惊的

---

[1] 《晋书·王羲之传》:"门生归,谓鉴曰:'王氏诸少并佳,然闻信至,咸自矜持。唯一人在东床坦腹食,独若不闻。'鉴曰:'正此佳婿邪!'记之,乃羲之也,遂以女妻之。"

"雅量"。结果呢,"有心栽花花不开,无心插柳柳成荫",最不当回事的王羲之,倒成了郗鉴的"东床快婿"!这故事不仅反映了晋人风度的一个侧面,也顺带说明了一个道理:有时候,不做姿态反而是一种最好的姿态。只可惜,这个简单的道理很多人都不明白。南宋刘辰翁评此条说:"晋人风致,著此故为第一,在古人中真不可无。"

但是,这个故事的"弦外之音"往往被忽略了。此事虽然记载在《雅量》篇里,但我以为,也可以放在《简傲》篇,因为,"东床坦腹"这件事除了能显示出王羲之的"雅量",更能看出他骨子里对门第低于王氏的郗家的一种"傲慢与偏见"。事实证明,这种"傲慢与偏见"后来也遗传给了他的儿子们。

根据文献记载,王羲之所娶的郗鉴之女,名叫郗璿,字子房[1]。郗子房虽然名不见经传,但她对王羲之家族乃至中国文化,都有间接贡献。因为她和王羲之共生有八子一女[2],其中王徽之(王子猷,338?—386)、王献之(王子敬,344—386),都是文化史上著名的人物。郗子房是个典型的贤妻良母,而且很有见识。有例为证:

> 王右军郗夫人谓二弟司空、中郎曰:"王家见二谢,倾筐倒庋;见汝辈来,平平尔。汝可无烦复往。"(《贤媛》25)

有一次,郗子房对她的两个弟弟郗愔和郗昙说:"王家看见谢氏的谢安和谢万,倾筐倒庋——把家里的东西都拿出来,热情周到,毫无保留——可是看见你来,平平淡淡,一副无所谓的样子。你们以后不必再来了。"这个故事除了说明郗子房善于察言观色,有着强烈的自尊心之外,还泄漏了一个政治家族的秘密:即相比郗家,王羲之更重

---

1 刘孝标注引《王氏谱》曰:"羲之妻,太傅郗鉴女,名璿,字子房也。"
2 一般史料都记载王羲之共有七子一女,依次是:玄之、凝之、涣之、肃之、徽之、操之、献之。但2006年发现的王羲之之妻郗璿的墓碑及墓志(约400字)称,还有一位"长子"因为早夭而没有留下姓名履历,玄之乃写作"次子"。见2006年2月9日《浙江日报》。

视跟谢氏的关系，因为谢氏家族当时蒸蒸日上，人才辈出，风流儒雅，冠绝一时。后来，王羲之的第三子王凝之娶了谢安的侄女谢道蕴，甚至让谢家的这位才女感到所嫁非人(《贤媛》26)。可见，在文化上，谢家此时已经超过王家，后来居上！所以像郗愔和郗昙这样才智平平的人，自然就受到怠慢了。这让郗子房很没面子，很伤自尊，于是就叫两个弟弟不要再来丢人现眼。

更不幸的是，王羲之的儿子们长大成人后，也继承了"乃父之风"，对母亲娘家人怀着比父辈有过之而无不及的"傲慢与偏见"。

四

在继承王羲之的高傲方面，王子猷堪称"得其真传"。当年他的舅舅郗愔官拜北府都将，王子猷到郗家去拜贺，说了一句："应变将略，非其所长。"这句话是要加引号的，因为他引用的是《三国志》的作者陈寿评价诸葛亮的一句话，意思是，带兵打仗，随机应变，不是他的长处。王子猷说了一遍不过瘾，还不断地重复这句话。郗愔的二儿子郗仓听见了，对他哥哥郗超说："父亲今日拜官，子猷竟如此出言不逊，实在忍无可忍！"郗超是郗家子弟中最有旷达之风的名士，他心态很平和地说："这句话是陈寿对诸葛亮的评语，人家把你父亲比作诸葛亮，咱们还有什么可说的！"(《排调》44)言下之意，这是抬举咱老爸啦！

《世说·简傲》篇共有十七条故事，其中关于王子猷、王子敬兄弟的就有五条，可见王氏家族的傲慢在东晋名士中很有代表性。而且，不是对外人傲慢，是对老舅傲慢：

> 王子敬兄弟见郗公，蹑履问讯，甚修外生礼。及嘉宾死，皆

著高屐,仪容轻慢。命坐,皆云:"有事,不暇坐。"既去,郗公慨然曰:"使嘉宾不死,鼠辈敢尔!"(《简傲》15)

王献之兄弟平时去见他们的舅舅郗愔,都穿着鞋子嘘寒问暖,比较恭敬,很注重做外甥的礼节。其实都是因为郗愔的儿子,也就是他们的表兄弟郗超当时很显贵,深得桓温宠信,等到郗超死后,王氏兄弟再去拜访老舅,就只穿着木屐,相当于现在的拖鞋——按照当时礼节,见长辈是不能如此随便的——而且仪态举止很是傲慢。郗愔让他们坐,他们都说:"有事,不暇坐。"用现在的话说:"忙着呢,哪有工夫坐!"等到他们走后,郗愔十分愤慨地说:"假使嘉宾(郗超字)不死的话,这帮鼠辈小子哪敢这样无礼?"

江南民间有句俗话:"天上老鹰大,地上娘舅大。"说明在南方的家庭关系中,母亲的娘家地位是很高的。"摇啊摇,摇到外婆桥",外婆常常是孩子成长的摇篮,而舅舅也常常成为孩子成长中的靠山。但在北方,这一点就要淡些。王羲之的家族毕竟是北方南迁的,故而对舅氏不够重视。加上郗家门第不高,子弟也不够风流倜傥,和当时挥麈谈玄的王谢家族"道不同不相为谋",对他们带有某种程度"傲慢与偏见"也就不难理解了。所以说,这个"东床快婿"自己可能是"快乐"的,对于老丈人和大舅子小舅子们来说,却着实构成了山一般沉重的压力。

大概正是为了平衡这种不平衡的关系,郗鉴的另一个儿子郗昙(郗愔之弟),也就是王氏兄弟的另一个舅舅,把自己的女儿郗道茂嫁给了王羲之最小的儿子,也就是"二王"之一的王子敬(献之)。没想到,两人最后还是离婚了,王子敬成了简文帝司马昱(320—372)之女余姚公主的驸马[1]。下面这条故事读来就让人难以平静:

---

[1] 按:此事应在 371 年 11 月至 372 年 7 月之间,时桓温拥立司马昱即位,八个月后,司马昱病死。

王子敬病笃，道家上章应首过，问子敬："由来有何异同得失？"子敬云："不觉有余事，惟忆与郗家离婚。"（《德行》39）

王子敬后来病重将死（386），王家都是道教徒，按照道家治病消灾的"上章"之法，要"首过"，就是"自首其过"，道士问他："有没有什么过失？"子敬说："回想起来，这辈子没有其他过错，只是想起和郗家离婚这件事。"人之将死，其言也善。说明在弥留之际，王子敬还是为他攀附皇室、与郗道茂离婚的事，感到深深的内疚和遗憾。

不禁想起简·奥斯丁的那部惊世骇俗的小说来。世俗婚姻本就充满了"傲慢与偏见"，更何况是政治婚姻？而且是门阀时期的政治婚姻？王羲之、王献之父子，结婚是为了政治，离婚也是为了政治，看来这"东床快婿"并非我们想象的那么潇洒风流。大概正是意识到了其中的荒诞性，年少风流的王羲之才会在"相亲"的那一刻，用他袒露的肚皮，痛快淋漓地宣泄他的骄傲和洒脱吧！

王羲之用他的行动告诉我们：越是在众目睽睽之下，越是要和自我友好相处，不受任何人的摆布，只听凭内心的召唤，独来独往，我行我素，哪怕只有那么短暂的一刻，你也是最美的！

雪夜访戴：一个人的乌托邦

一

"雪夜访戴"典出《世说·任诞》篇。"任诞"，顾名思义，即任达放诞之意，这一篇记载了许多魏晋名士的出格行为和奇谈怪论，是全书最具"看点"的一篇；而"雪夜访戴"又是这一系列琳琅珠玉般的典故中最耀眼的明珠。

这个典故的主人公，就是在中国文化史上大名鼎鼎的王子猷。

王子猷(338?—386)，名徽之，琅琊临沂(今属山东)人。东晋大书法家王羲之的第五子。此人既无绝世之才(这一点就不如他的七弟王献之)，亦无丰功伟绩，在品德方面更是乏善可陈，似乎古人所追求的"三不朽"——立德、立功、立言——他一个都沾不上边儿。但他也自有他的强项，那就是出身名门，血统高贵。唐代著名诗人刘禹锡《乌衣巷》诗云：

朱雀桥边野草花，乌衣巷口夕阳斜。

旧时王谢堂前燕,飞入寻常百姓家。

这里的"王谢",指的就是在东晋显赫无比的王导、谢安家族,而相比之下,河南陈郡的谢氏还是"新出门户"[1],远不如山东琅琊王氏根深叶茂。

东晋政治是典型的门阀政治,豪门大族轮流把持朝政,皇帝常常沦为傀儡[2]。所以当时流传有"王与马,共天下"(《晋书·王敦传》)的说法,意思是,以王导、王敦为首的山东琅琊王氏,能和司马氏皇族分庭抗礼,共同掌管天下。王子猷是丞相王导的侄孙,在"上品无寒门,下品无势族"(《晋书·刘毅传》)、"世胄蹑高位,英俊沉下僚"(左思《咏史其二》)的东晋,出身东晋第一豪门的他,真可谓要风得风,要雨得雨,无论物质生活还是文化生活,甚至仕途经济,都享受着常人享受不到的特权和优遇。

这样的贵族子弟,如果不学好,整天无所事事,不务正业,就会成为所谓"纨绔子弟"。《论语·子张》篇记载孔子的弟子子张说的一句话:"执德不弘,信道不笃,焉能为有? 焉能为无?"意思是:拥有仁德而不发扬,信仰道义而不忠诚,这样的人,有他、没他一个样。"有他、没他一个样",很像是西方文学中"多余人"[3]的形象。像王子猷这种出身名门却又胸无大志的人,正是他那个时代的一个"多余人"。

但是且慢,正是这个王子猷,却用他不同凡响的行为方式和生活方式,书写了一个人间神话。他的神话不属于道德,而关乎审美;无

1　《世说·简傲》9:"谢万在兄前,欲起索便器。于时阮思旷(裕)在坐,曰:'新出门户,笃而无礼。'"可见陈郡谢氏在东晋初年尚未显赫。

2　关于东晋门阀政治的历史流程和细节,可参看田余庆先生的《东晋门阀政治》,北京大学出版社,1989年版。该书以丰富的史料和周密的考证,对中国中古历史中的门阀政治问题作了深入的分析和探索,认为中外学者习称的魏晋南北朝门阀政治,实际上只存在于东晋一朝。门阀政治是皇权政治在特定历史条件下出现的变态,具有暂时性与过渡性,其存在形式是门阀士族与皇权的共治。

3　"多余人"的概念最早由俄国哲学家赫尔岑(1812—1870)在《往事与随想》中提出。指代的是19世纪俄国文学中所描绘的贵族知识分子的一种典型。他们出身贵族,生活优裕,受过良好的教育,不满现实但又无所作为,很具文学的典型价值。多余人的形象包括普希金笔下的叶甫盖尼·奥涅金、莱蒙托夫笔下的毕巧林、屠格涅夫笔下的罗亭、赫尔岑笔下的别尔托夫、冈察洛夫笔下的奥勃洛摩夫等。

关于政治，而与艺术相连。我们甚至可以说，王子猷是一个靠特立独行而爆得大名的"行为艺术家"。

二

用今天的眼光看来，王子猷是个彻头彻尾的怪人，他的许多行为都让人哭笑不得。比如，有一次，他偶然到别人的空宅院里暂住一段时间，人刚到宅子，便令家人种竹子。有人不解地问："暂住，何烦耳？"——只是暂时住住，何必这么麻烦呢？王子猷撮口轻啸歌吟了良久，才指着竹子说："何可一日无此君！"——怎么可以一天没有这位君子呢？（《世说·任诞》46）后来的文人大多有种竹的雅好，应该就是拜王子猷所赐，可以说，王子猷是竹子的古今第一"形象代言人"。北宋大史学家司马光有首《种竹斋》诗，前四句云：

> 吾爱王子猷，借斋也种竹。一日不可无，萧洒常在目。

大文豪苏轼也有一首《于潜僧绿筠轩》诗云：

> 宁可食无肉，不可居无竹。无肉令人瘦，无竹令人俗。人瘦尚可肥，士俗不可医。

关于竹子，王子猷还有件事也很"另类"。《世说》有一门名为《简傲》，即"简慢高傲"之意。其中一条记载说，王子猷某日出行经过吴中（今江苏吴县一带），看到一户士大夫人家庭院中种有好竹，便径自闯了进去，旁若无人地欣赏起来。主人素知王子猷爱竹，早已洒扫厅堂预备款待，不承想子猷赏竹完毕，竟招呼也不打就要扬长而去。主人也不含糊,当即命家人关好院门,实行"全家戒严",执意留客。本就落拓不羁的王子猷对主人的这一招很是欣赏,于是"乃留坐,尽欢而去"(《简傲》16)。

故事看似搞笑,其实大有深意,说明在王子猷眼里,对于自然物如修竹的纯粹的审美,其重要性远在世俗的人际关系之上。由此可见,王子猷爱竹,绝不是附庸风雅,而是爱到近乎痴迷的程度了。后来,唐代大诗人王维在一首诗中,化用此典说:"到门不敢题凡鸟,看竹何须问主人。"[1] 好一个"看竹何须问主人"!这是一种只有晋人才有的超然物外的自由精神!试想,竹子之为物,生于天地之间,本属于自然和造化,如果主人不懂得欣赏,竹子种得再多也形同虚设,反过来,如果路人懂得欣赏,路人岂不就是主人?

还有一次,王子猷应召赴都城建康(今江苏南京),所乘之船停泊在青溪码头,恰巧桓伊从岸上过,王与之并不相识,船上一位客人道:"此人就是桓野王。"桓伊,字叔夏,小字子野,一字野王。谯国铚县(今安徽濉溪县)人,桓景之子。淝水之战中,桓伊与谢玄、谢石带领北府兵迎战,大败前秦军队。桓伊以军功封为永修县侯(今属江西),进号右军将军。桓伊不仅会打仗,还是当时首屈一指的音乐家,尤其擅长吹笛。《世说·任诞》篇42载:"桓子野每闻清歌,辄唤:'奈何!'谢公闻之,曰:'子野可谓一往有深情。'"清歌,就是声调悲婉凄美的挽歌。桓伊每次听到清歌就大叫"怎么办啊",感伤到了极点,说明他不仅对音乐有着极高的领悟力,而且十分重情,所以谢安说他"一往有深情"。成语"一往情深"盖由此而来。

且说王子猷听说岸上之人竟是桓伊,便命人到岸上对桓说:"闻君善吹笛,试为我一奏。"桓伊此时已是高官显宦,但他素知子猷之名,对

---

1 此诗原题为《春日与裴迪过新昌里访吕逸人不遇》,全诗云:"桃源一向绝风尘,柳市南头访隐沦。到门不敢题凡鸟,看竹何须问主人。城上青山如屋里,东家流水入西邻。闭户著书多岁月,种松皆老作龙鳞。"

如此唐突的邀请也不在意,当即下车登船,坐在胡床上,拿出笛子就吹,笛声清越,高妙绝伦。据说他吹的曲子就是著名的《梅花三弄》。吹奏完毕,桓伊立即上车走人。整个过程,"客主未交一言"(《任诞》49)。用今天的话说,这两人的做派,简直"酷毙"了!他们不以世俗的繁文缛节为意,整个身心都沉浸在悠扬的笛声之中,这样的审美人生,怕也只有晋人才纯然独具!晚唐诗人杜牧《润州二首·其一》追缅此事云:

> 大抵南朝皆旷达,可怜东晋最风流。
> 月明更想桓伊在,一笛闻吹出塞愁。

还是在《简傲》篇,另有两条记载了王子猷的从政经历。其中一条说,王子猷曾在车骑将军桓冲(328—384)的幕府中担任骑兵参军一职。这个官主要是管理马匹的喂养、供给之事,有点像孙悟空曾做过的"弼马温"。但王子猷这个官实在做得潇洒,整天蓬首散带,游手好闲,不问正事。有一次,桓冲问他:"卿何署?"——你在哪个部门任职啊?

王回答:"不知何署。不过,时常看见有人牵马来,大概是马槽吧。"

桓冲又问:"那官府里有多少匹马呢?"

王子猷应声回答:"'不问马',何由知其数?"这个"不问马"是有出处的。《论语·乡党》篇载:"厩焚,子退朝曰:'伤人乎?'不问马。"说马厩失火,孔子赶回来问:"可有人受伤?"却不问马的死伤情况。这里,王子猷十分机智地引用这个典故,说:"不问马,怎么知道马有多少呢?"真是令人绝倒!

这个桓冲也真不识趣,又问:"马近来死了多少?"

这一回,王子猷回答得更妙,他说:"'未知生,焉知死?'"(《简傲》11)

这话出自《论语·先进》篇。有一次,子路问孔子,什么是"死",而一向关注现实、从不语"怪力乱神"的孔子就回答了这六个字,意思是:对生存的意义尚且不知,又怎么知道死亡呢?王子猷引用得恰到好处,不过意思发生了改变,变成:"活马有多少我尚且不知,又怎么知道死马的数目呢?"言下之意,你这个做领导的,真是"拎不清"!

大概桓冲对他这种"在其位而不谋其政"的态度很不满,又找了个机会提醒他说:"你在我的幕府很久了,近来也该为我料理事情了。"可王子猷呢?却充耳不闻,没事人似的,只是看着高高的远山,用手板拄着脸颊说:"西山的早晨,空气真是清爽啊!"(《简傲》13)这真是标准的"王顾左右而言他"了!

三

这就是王子猷。用尸位素餐、玩世不恭、目中无人来形容他,真是再合适不过了。尽管如此,王子猷还是做到了黄门侍郎,但他很快就辞官归隐了。"雪夜访戴"的故事可能就发生在他隐居山阴的时候。山阴,就是今天浙江的绍兴。这则故事语言很漂亮,不妨分开来读:

> 王子猷居山阴,夜大雪,眠觉,开室,命酌酒,四望皎然。(《任诞》23)

我们可以设想这样一幅画面:午夜的山阴,大雪纷飞,万籁俱寂,远山也好,近水也罢,一派银装素裹,景色真是美极了!那个叫王子猷的公子哥儿夜半醒来,再也无法入睡,百无聊赖之间,缓步踱到前庭,打开房门,一股寒风随即扑了进来。王子猷打了个激灵,信步穿过回廊,来到室外。站在雪地里,四望皎然,不禁意荡神摇。——书上写的是"开室,命酌酒,四望皎然",但我以为,事实上应该倒过来——"开室"之后,"四望皎然",心中一动,有了兴致,这才"命酌酒"。我们仿佛可以看到,王子猷深呼了一口夜气,朗声说道:"拿酒来!"

"命酌酒"三个字,其实不简单。它一上来就把"魏晋风度"和我们凡夫俗子的日常生活拉开了距离。什么是名士?根据晋人王孝伯(王恭)的说法:

> 名士不必须奇才,但使常得无事,痛饮酒,熟读《离骚》,便可称名士。(《任诞》53)

言下之意,名士不一定要有什么奇才,只要经常闲暇无事,能够痛饮酒,而且熟读《离骚》,便可以称得上"名士"了!换句话说,名士必须满足以下三个条件:有闲,有钱,还要有文化。如果这是个选择题,答案是全选,三选一或三选二,都算错。所以,后人羡慕晋人的风度,争相效法,却不免东施效颦之弊。为什么?就是不能同时满足这三个条件!比如说吧,"拿酒来"这句话,我们在饭店酒家经常听到,可你试试,三更半夜在家里也这么吆喝一嗓子,看看有什么效果?我敢说,不仅酒喝不成,没准儿还会招来一阵痛骂,老婆会说:你以为你谁啊!想喝酒,没门儿!

然而那是东晋,而且是在王子猷的家。我们今天做梦也不敢想的事,王子猷早已安之若素。不一会儿,上好的家酿——温得恰到好处——已经端上备好的小酒桌,小菜和点心想必也都错落有致地摆放完毕。仆人们打着呵欠下去了,苍穹之下,雪色之中,只剩下一个叫王子猷的人。再看接下来的一段:

> 因起彷徨,咏左思《招隐诗》。忽忆戴安道。时戴在剡,即便夜乘小舟就之。(《任诞》23)

我们继续想象:就着雪景,王子猷自斟自饮了几杯酒,越发觉得意兴飞扬，不可遏止。此情此景，宇宙恒有而人多不知，怎不令人发思古之幽情？望着山影之中那片空濛的水域，王子猷不由得站起身来，一边彷徨庭院，一边朗声吟诵起前朝诗人左思的《招隐诗》来。左思（250—305），字太冲，临淄（今山东淄博）人，西晋著名诗人，"洛阳纸贵"[1]的典故就与他有关。"招隐"这个主题最早见于《楚辞》中淮南小山的《招隐士》，主旨是山林险恶，希望隐居山谷的高士早点回到现实中来。但后来招隐诗的主旨却恰恰相反，变成了对山水自然的无限仰慕，表达的是一种远离仕宦、弃官归隐的情绪。左思的《招隐诗》正是后一种主旨的代表作[2]。

王子猷吟罢，不胜流连。突然，他想起一个人来。一想起这个人，便再也坐不住了，连忙让人准备船只，他要连夜起程，前往会稽剡县（今浙江嵊县）去拜访这位隐士。此人不是别人，就是当时著名的隐士、画家、古琴演奏家戴逵。戴逵（326?—396），字安道，谯郡（今安徽亳州）人，是曹操和嵇康的老乡。他仰慕竹林名士的风流，著有《竹林七贤论》。史载，戴逵"少博学，好谈论，善属文，能鼓琴，工书画，其余巧艺靡不毕综"。戴逵是个很有气节的人，《晋书》本传记载了一个"戴逵破琴"的故事，说武陵王司马晞听说戴逵擅长鼓琴，就派人请他到王府演奏，戴逵很生气，当着使者的面把琴摔碎，说："戴安道不为王门伶人！"遂隐居会稽剡县，屡征不仕（《晋书·隐逸传》）。不仅有气节，而且有雅量。《世说·雅量》34 载："戴公（逵）从东出，谢太傅（安）往看之。谢本轻戴，见，但与论琴书，戴既无吝色，而谈琴书愈妙。谢悠然知其量。"一次晤谈，就改变了谢安对他的偏见，戴逵的人格魅力可见一斑。这么一个富有传奇色彩的人物，难怪王子猷会对他悠然神往。

1　《晋书·左思传》载："左思欲赋三都，移家京师，诣著作郎张载，访岷邛之事。构思十年，赋成。皇甫谧为赋序，张载为注魏都，刘逵注吴、蜀而序之。张华见而叹曰：'班（固）、张（衡）之流也。'于是豪贵之家竞相传写，洛阳为之纸贵。"

2　王子猷吟诵的很可能是左思的《招隐诗二首·其一》："杖策招隐士，荒涂横古今。岩穴无结构，丘中有鸣琴。白云停阴冈，丹葩曜阳林。石泉漱琼瑶，纤鳞或浮沉。非必丝与竹，山水有清音。何事待啸歌？灌木自悲吟。秋菊兼糇粮，幽兰间重襟。踌躇足力烦，聊欲投吾簪。"

（明）周文靖《雪夜访戴图》

想念一个著名的隐士或朋友,当然不算奇怪,奇怪的是,在那样一个风雪载途的深夜,而且说走就走,毫不含糊。对我们现代人而言,打个电话就能解决相思之苦,可对古人来说就不同了,交通工具和通信工具都很落后,想念一个远方的朋友,恐怕只能是"不想白不想,想了也白想"。深更半夜,谁来助人为乐呢?但是,这样一件让人头大的事,放在王子猷这里就变成区区小事。他马上命人准备好船只,连夜向戴逵隐居的剡县进发。王子猷又一次让我们现代人大跌眼镜!

然而,更匪夷所思的还在后面——

> 经宿方至,造门不前而返。人问其故,王曰:"吾本乘兴而行,兴尽而返,何必见戴?"(《任诞》23)

由于崇尚"简约玄澹",《世说》的叙事速度极快,跳跃性极强,绝不拖沓枝蔓,而是一语中的,一剑封喉!事先毫无任何征兆,大张旗鼓地开始访友之旅的王子猷,突然间就在那样一个江南雪夜,来了一个令我们惊诧无比的"华丽转身"!每次读到这里,我都会愣住,良久无语,仿佛有人按了"静音"键,整个世界一片沉寂!后人对这一条故事也情有独钟,明人王世懋评点说:"大是佳境。"凌濛初也说:"读此飘飘欲飞。"也许有人会说,王子猷这不过是"作秀"罢了,可是,在尚不知"行为艺术"为何物的时代,这样一出"成本巨大"的"真人秀"真能换取世俗观众廉价的喝彩吗?我以为,王子猷在那一刻,心里只有一个无限放大的自我,而观众则只有一个——无所不在的天或上帝!

你能想象一个马拉松运动员,在他气喘吁吁地跑到梦寐以求的终点时,竟然放弃了用身体去撞击那根红线——这是胜利和荣誉的标志——而在万众因惊愕而瞪大的目光下,微笑着退出了比赛吗?……不用说,在现代的竞技场上,这样的马拉松运动员一定是子虚乌有,而东晋的名士王子猷,却着实对着芸芸众生"幽了一默"。有人问他,他掷地有声地说出了一番惊世骇俗的话:"乘兴而行,兴尽而返,何必见戴?"这十二个字脱口而出,却成千古不刊之论,句句都成了脍炙人口的成语。一个"兴"字背后,凸显的正是一个大写的"我"字。"万物皆备于我","除我之外皆非我","我与我周旋久,宁作我"——疯疯癫癫的王子猷在这一刻,用他那平凡的肉身超越了尘世的禁锢,飞升到了庄子所说的"无待""无功""无我"的逍遥境界。他凭借自己多年来养成的超越性人格,从"必然王国"跃升到了"自由王国"!

四

好的故事往往在高潮处奏响尾声。王子猷有没有敲响那扇隐士的柴扉,其实并不重要,重要的是,他在一个事件的结果处停住了脚步,从而赋予过程以一种非凡的价值和意义。这个故事之所以迷人,就在于它没有把我们的目光引向一个功利的圆满——所谓"相见尽欢",也没有把一种外在的客观环境的缺憾——如"寻隐者不遇"——作为美感的诱因,而是,通过人物主动的选择揭示和展现了自我心灵的无限丰富。

因为那"缺憾"是主观选择的结果,所以它就不再是一种"缺憾",而成了与世俗的功利价值观相对的一种超功利的"圆满",甚至成了对人为设置的一切目的和结果的微妙反讽!打个比方吧,假如你想请一个名人或偶像为你签名,当你穿过人群,好不容易挤到最前面,马上就可得偿心愿的时候,突然间觉得自己这样做很无聊,很没劲——难道名人真会把你当回事吗?或者说,难道自己真会把名人的签名当回事吗?答案当然是否定的。于是你决定中止这一行为,然后挤出人群,打道回府。也许只有在这一刻,当你在嘈杂的人群中终于决定和自己相处的这一刻,你才能真正理解王子猷!

——雪夜访戴,是王子猷一个人的乌托邦,可远观而不可亵玩也。

当然,王子猷也有不够潇洒的时候,和他的弟弟王献之(字子敬)相比,他又似乎有所不如。《世说·雅量》篇载:

> 王子猷、子敬曾俱坐一室,上忽发火,子猷遽走避,不惶取屐;子敬神色恬然,徐唤左右,扶凭而出,不异平常。世以此定二王神宇。(《雅量》36)

"雅量",是晋人非常推崇的一种人格气度,特别是在危急关头,一个人能够镇定从容,不改平常,最是难能可贵。王子猷、王子敬兄弟年纪相当,都有高名,人们很难评定二人优劣。有一次,两人共处一室,房顶上突然发生"火警",王子猷慌不择路,赶快逃命,情急之下,竟忘了穿上自己的木屐;子敬则不慌不忙,慢慢叫着自己的随从,在他们的保护下从容走出房子,神色和平常没有什么两样。就是这么一起突发事件,两兄弟截然不同的表现,给世人提供了一个判别二人器量高下的重要依据。

不过在我看来,王子猷"死里逃生"的惶急表现也算不上多么"掉份儿",那恰恰是他内心世界的真实袒露,雅量虽不足,真率颇有余,只要有这一份"真",我们谁都无权嘲笑他。

王子猷兄弟感情深厚,虽不同年同月同日生,死亡时间却是相差无几,而且,两兄弟即使在死亡前夕,也没忘了给中国文化"作贡献",用他们的兄弟真情和艺术痴情演绎了一段凄美的悼亡传奇。《世说·伤逝》篇载:

> 王子猷、子敬俱病笃,而子敬先亡。子猷问左右:"何以都不闻消息?此已丧矣!"语时了不悲。便索舆来奔丧,都不哭。子

敬素好琴，便径入坐灵床上，取子敬琴弹，弦既不调，掷地云："子
敬，子敬，人琴俱亡！"因恸绝良久。月余亦卒。(《伤逝》16)

这让我们想起伯牙和子期那段"高山流水"的"知音"故事。魏晋人悼
亡最重"情"的宣泄，而无视儒家丧葬礼俗。子敬生前喜欢弹琴，子猷
便不顾礼节取琴而弹，由于心情太过悲痛，竟然弹不成曲调，于是悲
从中来，把琴摔在地上，说："子敬啊子敬，你这一去，连你的琴也与你
一同亡故了！"从此，"人琴俱亡"就成了一则表达对亲友亡故悲悼之
情的著名典故，与"黍离之悲"的国破家亡之痛恰成映照。

子敬辞世一个月后，王子猷也在病痛中离开人世。一代风流名
士就此音消响绝，留给后世一个大大的惊叹号！

明朝文人张岱说过："人无癖不可与交，以其无深情也；人无疵不
可与交，以其无真气也。"(《陶庵梦忆》卷四)和许多东晋的名士一样，王
子猷身上到处都是缺点，但我们不得不承认，他真实地活出了自我。
在一些所谓的道德楷模身上，也许就很难找到如此让人心灵悸动的
地方——不真实的生命又怎么能够产生美感呢？

一个问题随之而来：为什么在东晋会出现王子猷这样的人物？
从汉末到魏晋，中国的政治、社会、文化到底发生了什么重大变故，竟
使以天下为己任的士大夫变得如此超然和洒脱，或者说如此不负责
任和无所作为呢？这里面埋藏着怎样的玄关密钥？这也是我们后面
试图和大家分享的话题。

卷
二

风
俗
篇

作为"中古时代的百科全书",《世说》包罗万象,涉笔成趣,语言简约玄澹、人物风流洒脱自不必说,而风俗之奇,名物之美,更让人喜闻乐见,叹为观止。"风俗篇"着重介绍的,正是流行于魏晋时期的奇风异俗。

中国文字中的"风"大有讲究,不拘何事何物,一旦成了"风",自不可等闲视之。孔子曾说:"君子之德,风。小人之德,草。草上之风,必偃。"(《论语·颜渊》)这话用成语来表达,就是上有所好,下必甚焉,所谓上行下效。"风德"二字从此成为一个可以互称的词。但事实上,两者还是大有区别的。范仲淹写《严子陵先生祠堂记》时,以"先生之德,山高水长"结尾。有人提议,不如将"德"字改成"风",范仲淹欣然从之。为什么呢?钱穆先生说,这是因为"德指其人之操守与人格,但此只属于私人的。风则可以影响他人,扩而至于历史后代,并可发生莫大影响与作用"(《中国历史研究法·如何研究中国历史人物》)。也就是说,"德"是静止的,而由"德"形成的"风",则是动态的。

有意味的是,在魏晋之际,很多风气的形成,似乎和"德"扯不上关系,有时候,他们只是人类的才情与智慧、欲望与享乐、痛苦与超越的产物,这就更值得我们用好奇和探寻的目光去打量。或许,透过"现象界"这些林林总总的"存在",我们可以窥探到某种"人的本质"。

美容之风:"神超形越"的梦

一

　　"美容之风"也可叫作"容止之风"。《世说》有一个门类,叫《容止》。容止,就是容貌举止。这个词现在很少用,但在古代却是个使用频率很高的词。史书中介绍传主的外貌时,总是会说"美容止",或"善容止"。《容止》一篇便记载了许多帅哥美男的故事,我们对"美容之风"的解读也就围绕他们展开。

　　俗话说:爱美之心,人皆有之。奇怪的是,早期的文献对于女性美的记载比较多,而在魏晋时期,对男性美的发现和欣赏仿佛一下子被唤醒了,男士爱美,成了这个时代的重大精神事件。其实,根据一些学者的说法,这种风气自汉代就已肇始,魏晋时终于流衍而成一种朝野相扇的风气了。和我们今天男士也用护肤品一样,汉末以来,在上层贵族和名士圈里,就有了"傅粉"的风习。傅粉,俗称搽粉。余嘉锡先生考证说:

古之男子，固有傅粉者。《汉书·佞幸传》云："孝惠时，郎侍中皆傅脂粉。"《后汉书·李固传》曰："梁冀猜专，每相忌疾。初，顺帝时，诸所除官，多不以次，固奏免百余人。此等既怨，又希望冀旨，遂共作飞章，虚诬固罪曰：'大行在殡，路人掩涕。固独胡粉饰貌，搔头弄姿'"云云。此虽诬善之词，然必当时有此风俗矣。《魏志·王粲传》附邯郸淳注引《魏略》曰："临淄侯(曹)植得(邯郸)淳甚喜，延入坐。时天暑热，植因呼常从取水，自澡讫，傅粉，遂科头拍袒胡舞"云云。何晏之粉白不去手，盖汉末贵公子习气如此，不足怪也。(《世说新语笺疏》)

在《世说·容止》篇中，第一条是曹操"床头捉刀"的故事，紧接着就是著名的"傅粉何郎"之典：

何平叔美姿仪，面至白。魏明帝(一说魏文帝)疑其傅粉，正夏月，与热汤饼。既啖，大汗出，以朱衣自拭，色转皎然。(《容止》2)

何晏(193?—249)字平叔，南阳宛(今河南南阳)人，汉大将军何进之孙，曹操为司空时收纳其母尹氏，何晏也就被"拖油瓶"地成了曹操的养子。《夙慧》篇载：

何晏七岁，明慧若神，魏武奇爱之，因晏在宫内，欲以为子。晏乃画地令方，自处其中。人问其故，答曰："何氏之庐也。"魏武知之，即遣还。(《夙慧》2)

七岁的小男孩居然"划地为庐"，不愿意"认贼作父"，真也不易。

或以为何晏有"俄狄浦斯情结",也可聊备一说[1]。史载,曹丕对何晏很不待见,不呼其名字,动辄称其为"假子"[2]。"假子"本有"养子""配偶的前妻或前夫之子"二义,但在曹丕嘴里,怎么听怎么像是"假儿子"!我猜想,这里面未尝没有遗传学方面的妒忌,因为曹操形貌矮丑,曹丕大概也不会帅到哪儿去,而何晏却是当时数一数二的美男!

美貌的人往往极端自恋,何晏就是好例。刘注引《魏略》说:"晏性自喜,动静粉帛不去手,行步顾影。"刘孝标注称:"按此言,则晏之妖丽,本资外饰。且晏养自宫中,与帝相长,岂复疑其形姿,待验而明也。"如果说"美姿仪,面至白"是何晏的"天生丽质",那么,"动静粉帛不去手,行步顾影"就是他的"外饰",魏明帝曹叡(一说魏文帝曹丕)怀疑他的"面至白"乃"傅粉"所致,也就顺理成章了。于是给他热汤饼吃,何晏吃完以后,大汗淋漓,就用"朱衣"[3]的衣袖擦了擦脸,没想到,面色居然变得更加皎洁明亮了!这和《魏略》的记载颇矛盾,似乎"傅粉何郎"完全是个冤假错案,故学者多以为此事不可尽信。其实,《世说》从来不在乎可信不可信,关键是好玩不好玩。要我说,面至白而好涂脂抹粉的大有人在,因为自古迄今,黄皮肤的中国人原本就有一个千古不易的美的标准,那就是——白!

何晏这个人,因为在齐王曹芳正始时期依附曹爽,后被司马懿所杀,所以在随后的历史书写中被严重"妖魔化"了。用我们现在的眼光看,何晏应该是曹魏时期不可多得的第一流人物,在他和天才玄学家王弼的共同努力下,开启了令后世向往不已的"正始之音",其玄学

1　何满子先生说:"据弗洛伊特的'奥狄普斯情结'说,儿子对母亲怀有特殊的潜在性爱。他画地为'何氏之庐',正是对占有其母亲的曹操的反抗,一种所爱者被夺取了的本能的嫉妒,或至少有这种潜意识的成分在内。"参见《何晏与奥狄普斯情结》,载《中古文人文采》,上海古籍出版社,1993年版,第73页。

2　《三国志·何晏传》裴松之注引鱼豢《魏略》:"太祖为司空时,纳晏母,并收养晏……文帝特憎之,每不呼其姓名,尝谓之为假子。"又,刘注引《魏略》也说:"晏父蚤亡,太祖为司空时纳晏母。其时秦宜禄、阿鳜亦随母在宫,并宠如子,常谓晏为'假子'也。"

3　"朱衣"这个细节也很可注意。《晋书·五行志》称:"尚书何晏,好服妇人之服。傅玄曰:'此服妖也。'"莫非,何晏此日所穿"朱衣"即"妇人之服"?

造诣和清谈水平之高,可以想见。而且,由于出身和门第的关系,加上不可思议的美貌,使何晏成了当时贵族士大夫阶层的"时尚先锋"和"大众偶像"。这个我们后面还会再谈。

二

魏晋男性美的标准,除了"白",还有"高"。

和今天一样,"形貌短小"者简直就是"二等残废",像刘伶那样"不满六尺""貌甚丑悴"的就只好"土木形骸"。自汉代以来,史书中描写人物,身高就是重要的一项。如《史记·孔子世家》:"孔子长九尺有六寸,人皆谓之'长人'而异之。"《后汉书·郭泰传》:"身长八尺,容貌魁伟。"《后汉书·赵壹传》:"体貌魁梧,身长九尺,美须豪眉,望之甚伟。"《三国志·诸葛亮传》:"身高八尺,犹如松柏。"等等,不胜枚举。

到了魏晋,对身高的描写开始和优美的自然物结合在一起,形成了许多美丽的词语。在《世说·容止》篇中,就有不少玉树临风的"伟丈夫":

> 魏明帝使后弟毛曾与夏侯玄共坐,时人谓"蒹葭倚玉树"。

(《容止》3)

《世说》中到处是"人比人,气死人"的故事,魏明帝曹叡的小舅子毛曾真是"没头脑",你长得歪瓜裂枣不要紧,可干吗非要凑到大帅哥夏侯玄身边去呢?结果给人"抓拍"到了这样一个比例严重失调的"快照",且美其名曰"蒹葭依玉树"。古书中的"时人"或"好事者",有时真比现在到处挖人隐私、报人糗事的"狗仔队"还可恶几分哩!

夏侯玄被称为"玉树",因其几乎把帅哥的两大标准都占了——白,而且高。紧接着的一条说:

> 时人目夏侯太初"朗朗如日月之入怀",李安国"颓唐如玉山之将崩"。(《容止》4)

夏侯玄被比作"日月"而且"朗朗",足证其白;而把李丰比作"玉山",则是白且高的另一个比喻。可惜的是,这样一对美男竟一同惨死在司马氏的屠刀之下!

至于阳刚美男的代表嵇康,更有一则经典的描写:

> 嵇康身长七尺八寸,风姿特秀。见者叹曰:"萧萧肃肃,爽朗清举。"或云:"肃肃如松下风,高而徐引。"山公曰:"嵇叔夜之为人也,岩岩若孤松之独立;其醉也,傀俄若玉山之将崩。"(《容止》5)

对这段描写的解说参见本书"人物篇"之嵇康部分,这里不赘。还有一个名士叫裴楷的,也是个著名的帅哥。

> 裴令公有俊容仪,脱冠冕,粗服乱头皆好,时人以为"玉人"。见者曰:"见裴叔则,如玉山上行,光映照人。"(《容止》12)

裴楷和"土木形骸"而"龙章风姿"的嵇康一样,都是不加修饰也很好看的,即便"粗服乱头",也被称为"玉人"或"玉山"。

至于西晋清谈宗主王衍,只要看看他那双和玉柄麈尾"都无分别"的手,便知道其人有多么白了:

> 王夷甫容貌整丽,妙于谈玄,恒捉玉柄麈尾,与手都无分别。

（《容止》8）

两个"玉人"在一块儿又怎样呢？且看下面一条：

潘安仁(岳)、夏侯湛并有美容，喜同行，时人谓之"连璧"。
（《容止》9）

想想看，"连璧"——连在一起的白璧，那该是怎样的光彩照人呢！卫
玠的舅舅、"俊爽有风姿"的王武子，一见到美男外甥就感叹："珠玉在
侧，觉我形秽。"（《容止》14）不用说，他是在赞美卫玠的"美白"效果比
自己好。

为什么古人总爱把人与玉联系起来？因为先秦时即有"君子比
德"的传统，其中最为人喜闻乐见的就是"君子比德于玉"。而把人与
自然物联系在一起，在美学上也有个说法，叫"人的自然化"。想想也
真有意思，在魏晋六朝，男人的美是可以被欣赏、被"消费"的，那些和
"玉"有关的好词都纷纷用在男人身上，而现在倒好，"玉"成了一个阴
性的前缀，"玉人""玉貌""玉体"等词几乎被女性霸占了！这说明，
现代人的想象力和审美能力已经随着社会的发展"与时俱退"了。近
年来的大众娱乐文化，出现了"中性化"的潮流，像"好男儿"等娱乐节
目的出现，表明男性美的消费浪潮又席卷而来，我想，这和女性地位的
提高是有关系的，不是什么新鲜事，也谈不上"人心不古，世风日下"！

三

如果说，白、高是描绘其外在之"形"，那么，内在之"神"靠什么显
示呢？

首先便是"眸子"，或者说"目睛"，俗称"眼"。孟子早就发现"眸子"是了解人的关键，他说："存乎人者，莫良于眸子。眸子，不能掩其恶。胸中正，则眸子瞭焉；胸中不正，则眸子眊焉。听其言也，观其眸子，人焉廋哉?"(《孟子·离娄上》)蒋济甚至曾写过一篇《眸子论》，专论眼睛的功用，认为"观其眸子，足以知人"(《三国志·钟会传》)。眼睛是心灵的窗户，心明才能眼亮，而眼亮，是一个人内在精神和生命活力的体现。所以，我们在《容止》篇中，可以找到好几双咄咄逼人的"电眼"：

裴令公(楷)目王安丰(戎)："眼烂烂如岩下电。"(《容止》6)

裴楷说王戎眼亮如山岩下的闪电，他自己也是如此：

裴令公有俊容姿，一旦有疾至困，惠帝使王夷甫往看。裴方向壁卧，闻王使至，强回视之。王出，语人曰："双眸闪闪若岩下电，精神挺动，体中故小恶。"(《容止》10)

又是一个"电眼"帅哥！裴楷夸王戎眼亮，怎么看都像是在"表扬和自我表扬"！

再看下面一则：

王右军(羲之)见杜弘治，叹曰："面如凝脂，眼如点漆，此神仙中人。"时人有称王长史形者，蔡公曰："恨诸人不见杜弘治耳!"(《容止》26)

"面如凝脂，眼如点漆"，即肤色白和眼睛亮居然成为"神仙中人"的重要条件！刘注引《江左名士传》说："永和中，刘真长、谢仁祖共商略中朝人士。或曰：'杜弘治清标令上，为后来之美，又面如凝脂，眼如点漆,粗可得方诸卫玠。'"能和卫玠相媲美,这位杜弘治简直堪称江左第一美男了。

如果一个人容貌一般,甚至很丑陋,只要有一双明亮的眸子,也能凸显其风神气度!

> 谢公云:"见林公双眼黯黯明黑。"孙兴公"见林公棱棱露其爽"。(《容止》37)

支道林的相貌丑异是出了名的,但凭着这双黑白分明的眼睛,照样让人刮目相看。

西晋时,最有名的美男莫过于潘岳。《潘岳别传》说:"岳姿容甚美,风仪闲畅。"他和夏侯湛在一起时被人们称为"连璧",珠联璧合,相映生辉。这是正面衬托。也有"反衬"的例子:

> 潘岳妙有姿容,好神情。少时挟弹出洛阳道,妇人遇者,莫不连手共萦之。左太冲(左思)绝丑,亦复效岳游遨,于是群妪齐共乱唾之,委顿而返。(《容止》7)

左思才华横溢,但貌丑口吃,也算是天公不作美。这个故事除了表明古代的追星族绝不比今天逊色,附带也说明了另一个道理,即女人也并不比男人更不"好色"。只要看看那些大姑娘小媳妇是如何对待潘帅哥的,就可推知,"看杀卫玠"的故事虽然有些"八卦",却属于"源于生活,高于生活"的"艺术真实"。此条刘注引《语林》,则讲了一个"掷果潘安"的典故:

> 安仁(潘岳)至美,每行,老妪以果掷之,满车。张孟阳(张载)至丑,每行,小儿以瓦石投之,亦满车。

张孟阳就是西晋著名文学家张载，他和毛曾、左思一样，都是缺乏自知之明，毛曾还好，只是被人当作蒹葭倚落一番，左思和张载则一个被"吐口水"，一个被"拍板砖"，"身心"均受到巨大伤害，要多倒霉有多倒霉！要我说，这真是"粉丝的暴政"了。从来的粉丝都是"好恶大于是非"的，他们崇拜一个人，便不许别人亵渎或影响这种崇拜，而不管他们崇拜的对象事实上是否值得崇拜。

四

值得注意的是，潘岳不仅貌美，而且有"好神情"，形神兼美，这大概也是他受到女士追捧的重要原因。而在名士圈中，风神之美、才情之美受重视的程度，甚至还在外形和仪态之上，这也就是所谓"神超形越"。"神"是不可捉摸的抽象存在，所以，在方法论上仍不得不诉诸形象的譬喻。比如：

> 林公(支遁)道王长史(濛)："敛衿作一来，何其轩轩韶举！"
> (《容止》29)

东晋的清谈大师王濛也是帅哥且十分自恋，刘注引《语林》说："王仲祖有好仪形，每览镜自照，曰：'王文开那生如馨儿！'时人谓之达也。"男人照镜子原也稀松平常，可是一边照，一边臭美，甚至提着父亲的名字赞叹遗传基因发生了"突变"，这不是极端的自恋是什么？支道林大概很羡慕这位王帅哥，说："看他敛衿作态的样子，多么轩昂而又美好！"真是举手投足间，尽显风流本色！还有一个故事说：

> 王长史为中书郎，往敬和(王洽)许。尔时积雪，长史从门外下

车,步入尚书省。敬和遥望,叹曰:"此不复似世中人!"（《容止》33)

面对美丽的事物,人们常常会觉得语言的苍白,当王导的儿子王洽远远看见雪中走来的王濛时,叹为观止,思维一下子发生了"短路",只好说了一句:"这简直不是尘世中人!"言下之意,王真是"神仙中人"了。南宋刘辰翁评此条说:"雪中宜尔。"发现外部环境对人物神韵的烘托作用,可谓独具只眼。

无独有偶,《企羡》篇也有一则完全可以放到《容止》篇中的故事说:

> 孟昶未达时,家在京口。尝见王恭乘高舆,被鹤氅裘。于时微雪,昶于篱间窥之,叹曰:"此真神仙中人!"（《企羡》6)

这个王恭(?—398),大概是东晋末年最后一位美男,"身无长物"的典故就与他有关[1]。这又是一个找不到言辞而只好求助"神仙"的赞叹,而且,又是以洁白的微雪作为背景的。试想,在"白茫茫大地一片真干净"的背景之下,蓦然看到一个"乘高舆,被鹤氅裘"的翩翩美男,可不就是恍如仙境?! 再看下面一则:

> 有人叹王恭形茂者,云:"濯濯如春月柳。"（《容止》39)

也不知道谁这么会欣赏人,他看见姿容美好的王恭,竟然把他比作春天新绿的柳树,"濯"本是动词,洗涤之意,"濯濯"则是形容词,非常贴切地表达出了王恭给人的那种明净清新的阳光感觉。这固然是

---

1 《德行》44 载:"王恭从会稽还,王大(王忱)看之。见其坐六尺簟,因语恭:'卿东来,故应有此物,可以一领及我。'恭无言。大去后,即举所坐者送之。既无余席,便坐荐上。后大闻之,甚惊,曰:'吾本谓卿多,故求耳。'对曰:'丈人不悉恭,恭作人无长物。'"

口头即兴的感叹,却又何尝不是在作诗!

> 时人目王右军:"飘如游云,矫若惊龙。"(《容止》30)

这是赞美王羲之的风度,说他如浮云一样飘逸,又如惊龙一样矫健。《晋书》本传把这个比喻用来形容王羲之的书法神韵,也是别开生面,境界全出! 再看对简文帝司马昱的神姿风采的描绘:

> 海西时,诸公每朝,朝堂犹暗;唯会稽王来,轩轩如朝霞举。
> (《容止》35)

一个被比作"朝霞"的大男人,该是何等让人觉得亲切而又温暖,简文帝是个连老鼠都舍不得加害的"心太软"的男人[1],这样的男人不是也自有一种妩媚吗?

当然,美好的形貌还必须和相应的才情相得益彰,才会文质兼美,如果徒有其表,那也如"绣花枕头一包草",让人徒唤奈何!

> 王敬豫(恬)有美形,问讯王公。王公(导)抚其肩曰:"阿奴,恨才不称!"(《容止》25)

王导对"有美形"的儿子王恬不无遗憾地说:"可惜的是你才华与美貌不相称啊!"王导的感叹,是对魏晋美容之风的一个精彩的注脚,说明在当时,对形貌美的追求是与对内在精神气质和才情风度的重视互为表里的。

1　《德行》37 载:"晋简文为抚军时,所坐床上,尘不听拂,见鼠行迹,视以为佳。有参军见鼠白日行,以手板批杀之,抚军意色不悦。门下起弹,教曰:'鼠被害,尚不能忘怀,今复以鼠损人,无乃不可乎?'"

然而,这种男士美容止的风气到了南朝便走向极端,成了单纯的"以貌取人"了。《颜氏家训·勉学》篇就说:"梁朝全盛之时,贵游子弟无不熏衣剃面,傅粉施朱,驾长檐车,跟高齿屐,坐棋子方褥,凭斑丝隐囊,从容出入,望若神仙。"南朝的史书,到处都充满了诸如"白皙美容貌"(何炯)、"洁白美容仪"(王茂)、"眉目如点,白皙美须髯"(到溉)、"方颐丰下,须鬓如画,直发委地,双眉翠色"(梁简文帝)、"白皙美须眉"(何敬容)之类的外貌描写。这种崇尚"小白脸儿"的风气虽然来自魏晋,但其实质又大不相同。魏晋时,有雄武之貌者,如曹操、王敦、桓温;有落拓之表者,如刘伶、庚子嵩、周伯仁、韩康伯诸人,照样会被欣赏,而到了齐梁年间,一个人长得太对不起观众几乎就成了一场灾难,有人就因为形短貌丑一直不被重用,这和"小白脸儿"的左右逢源恰成鲜明对照!

　　因为对人物的形神之美如此重视和欣赏,所以汉末直到魏晋,人物识鉴、品藻和赏誉的风气也就大行其道,一系列被我称为"人物美学"的概念、范畴、方法和体系应运而生,并对文学、艺术的赏鉴和理论产生重要的影响。宗白华先生说:"中国美学竟是出发于'人物品藻'之美学。美的概念、范畴、形容词,发源于人格美的评赏。"(《论〈世说〉和晋人的美》)从这个角度上说,这股美容之风其意义真是非同小可! 这是一场追求"神超形越"的千秋大梦,不仅晋人沉迷于此梦,千年之后的我们又何尝不是如此?

服药之风：无"毒"不丈夫

一

和美容之风有关而又自成气候的，就是服药之风。服药，也叫服食，俗称吃药。吃的什么药？是一种名叫"五石散"的名贵散药。这种风气的始作俑者又是那位美男子何晏。鲁迅说他是"吃药的祖师"（《魏晋风度及文章与药及酒之关系》，下引同此），一点都不夸张。《世说·言语》篇载：

> 何平叔云："服五石散，非唯治病，亦觉神明开朗。"（《言语》14）

这一条在文化史上很有名，值得好好解读一番。

先说这种药为什么叫"五石散"？据孙思邈《千金翼方》记载，"五石散"主要是由紫石英、白石英、赤石脂、石钟乳、石硫磺等五种矿石配制而成，美其名曰"五石更生散"，或"五石护命散"。不过在我看来,什么"更生"啊、"护命"啊,都是说反话。俗话说,是药三分毒。"五石散"这种药至少也有七分毒!和众所周知的鸦片、大麻、白粉之类的毒品相似,"五石散"可以说是中国古代最著名的毒品,从魏晋到隋唐,不知多少人被此药所毒杀!

既然有剧毒,为什么还有那么多人服食呢?问得好!但又几乎可以不必答。大家都知道海洛因有毒,可全世界还是有那么多人在服用;每盒香烟的包装纸都注明"吸烟有害健康",可世界上还是有数量可观的烟民!一句话,牵涉人类嗜好的事情,是没有道理可讲的。何况,就"五石散"而言,它还有一些附加的"功效"和"价值",足以使追逐时尚的上层贵族趋之若鹜。

先说"功效"。何晏已经说了:"服五石散,非唯治病,亦觉神明开朗。"由此可知,"五石散"虽然是一种毒药,但毕竟也还是药,治病的功能还是第一位的。治的什么病?我们先来看刘注引《魏略》的一段材料:

> 何晏字平叔,南阳宛人,汉大将军进孙也。或云何苗孙也。尚主,又好色,故黄初时无所仕。正始中,曹爽用为中书,主选举,宿旧者多得济拔。为司马宣王所诛。

在这则何晏的"个人简历"中,别的都没什么好说,只有"尚主,又好色"一句大可注意。何晏的确是娶了曹操的女儿金乡公主,但他为人"好色",纵欲无度,以至引起公主的不满。史载"晏妇金乡公主,即晏同母妹。公主贤,谓其母沛王太妃曰:'晏为恶日甚,将何保身?'母笑曰:'汝得无妒晏邪!'"(《三国志·诸夏侯曹传》裴松之注引《魏末传》)这段记载其实有问题,既说何晏娶了同母妹,又说公主的母亲是沛王太妃,其中必有一误,因为何晏的母亲是尹夫人,而沛王太妃则是沛王曹林之母杜夫人。不用说,如此编排就是要用"乱伦"的丑闻来搞臭何晏。但何晏的确也有各种各样的"性丑闻",金乡公主看不过去才向母亲告状,杜夫人是曹操的众多夫人之一,她对女婿的行为大概见怪不怪了吧,就笑着讽刺女儿说:"你恐怕是因为何晏的行为而嫉妒吧?"

那么,何晏的好色与服药有关系吗? 当然有。晋皇甫谧《寒食散论》说:"寒食药者……近世尚书何晏,耽声好色,始服此药。心加开朗,体力转强。京师翕然,传以相授……晏死之后,服者弥繁,于时不辍。"(隋巢元方《诸病源候论》卷六《寒食散发候》引)这里,比较明确地将服药与好色联系在了一起。余嘉锡先生也在《寒食散考》中说:"夫因病服药,人之常情,士安(皇甫谧)之谓耽情声色,何也? 盖晏非有他病,正坐酒色过度耳。故晏所服之五石更生散,医家以治五劳七伤。劳伤之病,虽不尽关于酒色,而酒色可以致劳伤。观张仲景所举七伤中有房室伤,可以见矣。"

所以,"五石散"这种药,具有滋阴壮阳、增强性欲的功效是无可怀疑了。要说治病,我想不过是治肾虚、阳痿、不孕、体弱等病症吧。何晏整日花天酒地,精力严重透支,大概需要以五石散这种"猛药"来增强体力,故唐代孙思邈《备急千金要方》开篇就说:"有贪饵五石,以求房中之乐。"苏轼《东坡志林》卷五也说:"世有食钟乳、乌喙而纵酒色以求长年者,盖始于何晏。晏少而富贵,故服寒食散以济其欲,无足怪者。"

其实,"求长年"恐怕是痴人说梦,因为服食此药者没几个长寿的,致残或暴死的倒是不计其数。《古诗十九首·驱车上东门》说得好:"服食求神仙,多为药所误。"所以,"济其欲"的说法可能更可靠些。难怪喜欢"与道士许迈共修服食,采药石不远千里,遍游东中诸郡,穷诸名山,泛沧海"的王羲之要感叹说:"我卒当以乐死。"(《晋书·王羲之传》)王瑶先生也指出:"服五石散后得到的刺激性,有助于房中术,有助于他们性生活的享受。"(《中古文人生活·文人与药》)这是服此药的第一个"功效"。

二

第二个功效是什么呢？刘孝标注引秦丞相（当为祖）《寒食散论》说：

> 寒食散之方虽出汉代，而用之者寡，靡有传焉。魏尚书何晏首获神效，由是大行于世，服者相寻也。

这个材料说明，寒食散之方出自汉代——据说就是名医张仲景的发明[1]——而何晏是"首获神效"的服食者，特别是他的这句"服五石散，非唯治病，亦觉神明开朗"，作为广告词实在太有煽动力了，于是"大行于世，服者相寻"。如果说，何晏说此药能治病，也许一般的公子哥儿未必注意，但他紧接又说"神明开朗"，这就很"吸引眼球"了。"神明开朗"有两个方面的含义：一是精神舒畅爽朗，一是容光焕发，风神美好。这就说到服食此药的第二个"功效"——美容。

我们已经说过，魏晋时代是重视男性之美的时代，也可以说是个"好色"的时代，不管男色女色，那时都是受欢迎的[2]。"五石散"这种药，既然能够济"好色"之欲，又能使人变得更有"美色"，那它的消费群体必定是迅速"飙升"的。"京师翕然，传以相授"，"大行于世，服者相寻"云云，说的正是当时盛况。前面讲过的魏晋的许多美男帅哥如何晏、夏侯玄、嵇康、王恭等人，几乎都是服食的。而且，我疑心服食这药会使人变得更白，只要看看五石散的"形象代言人"何晏就是

1　按，东汉张仲景（150?—219）《金匮要略方论》中有《伤寒杂病论》一篇，其中提到"宜冷食"的"侯氏黑散"和"紫石寒食散"。隋代巢元方《诸病源候论》里引晋名医皇甫谧语称："寒食、草石二方出自仲景"。

2　对女色的推崇最著名者如三国的名士荀粲。据《惑溺》2载："荀奉倩与妇至笃，冬月妇病热，乃出中庭自取冷，还以身熨之。妇亡，奉倩后少时亦卒。以是获讥于世。奉倩曰：'妇人德不足称，当以色为主。'裴令闻之，曰：'此乃是兴到之事，非盛德言，冀后人未昧此语。'"荀粲公然向儒家传统中的"妇德"发起挑战，且身体力行，甚至为情而死，真可以说是"古今第一情种"了。

一个"面至白"的美男,而后来的服食者也个个都是"玉树""玉人""玉山",就可揣测到。故余嘉锡先生又说:"晏虽自觉神明开朗,然药性酷热,服者辄发背解体,虽亦幸而仅免耳。管辂曰:'何之视候,魂不守宅,血不华色,精爽烟浮,容若槁木,谓之鬼幽,鬼幽者为火所烧。'据其所言,晏之形状,乃与今之吸毒药者等,岂非精华竭于内,故憔悴形于外欤?"由此可知,何晏的美貌也和后来的卫玠一样,是贫血而又病态的。

以上所谈是"五石散"的特殊功效。那么,其附加的"价值"又是什么呢?我以为,就是一种名士的尊贵身份和风雅派头。由于五石散的配制工艺颇复杂高端,所以它和现在的毒品一样,成本很高,价格也就十分昂贵。何晏贵为驸马,虽然在曹丕和曹叡统治下的前半生,政治上没有什么发展,但物质生活应该是相当优裕的,再名贵的药他也吃得起。加上曹爽执政后,何晏当了吏部尚书,在政坛、学界、名士圈中的声望和地位如日中天,他的好尚自然引起天下追捧。于是,服药成为一种显示身份和品位的象征。估计就像广告词中所说的那样,当时的名士见了面也许会问:"今天你吃了没有?"如果你不屑回答,至少也要用"肢体语言"表明:今天你不仅吃药了,而且吃得很多!

什么样的"肢体语言"呢?说起来倒真不少。比如"五石散"还有一个更知名的别称——寒食散。为什么叫"寒食散"?孙思邈的解释是:"凡是五石散,先名寒食散者,言此散宜寒食,冷水洗取寒,惟酒欲清,热饮之,不尔即百病生焉。服寒食散,但冷将息,即是解药热。"还有一种解释说:"凡诸寒食草石药,皆有热性,发动则令人热,便冷饮食,冷将息,故称寒食散。"(许孝崇《医心方》)鲁迅的解释是:"普通发冷宜多穿衣,吃热的东西。但吃药后的发冷刚刚要相反:衣少,冷食,以冷水浇身。倘穿衣多而食热物,那就非死不可。因此五石散一名寒食散。"也就是说,这种药有剧毒,热力很大,所以吃的时候要冷服。服用后五内如焚,毒火攻心,热力开始发散,叫作"散发"。"散发"后必须多吃冷饭以散热降温,有时一天竟要吃七八次冷饭!

"散发"也叫"石发"。说到"石发",隋朝侯白的《启颜录》载有一个很好笑的故事:"后魏孝文帝时,诸王及贵臣多服石药,皆称'石发'。乃有热者,非富贵者,亦云服石发热,时人多嫌其诈作富贵体。有一人于市门前卧,宛转称热,要人竞看,同伴怪之,报曰:'我石发。'同伴人曰:'君何时服石,今得石发?'曰:'我昨市米中有石,食之今发。'众人大笑。自后少有人称患石发者。"这个附庸风雅的人,压根不知道"石发"为何物,却要当场"秀"给别人看,可见服食之风已经"普及"到了何种程度!所谓"诈作富贵体",正是服食五石散带来的"附加值"。

三

服食"五石散"以后,还要多外出散步或运动,以便促进药力散发,称为"散动"或"行散"。"行散"也叫"行药"。如晋人皇甫谧云:"服药后宜烦劳。若羸着床,不能行者,扶起行之,亦谓之行药。"(隋巢元方《诸病源候论》六《寒食散发候》篇引)可见吃完药的人不能静坐不动,必须让身体"烦劳"。有人以为竹林名士嵇康的"柳下锻铁",就是一种特殊的"行散"方式,虽不可尽信[1],亦可聊备一说。《世说》中也记有名士"行散"的例子,且看关于王恭的两个故事:

> 王孝伯(王恭)在京,行散至其弟王睹(王爽)户前,问:"古诗中

---

[1] 因为行散的方法很多,如散步或冲凉都行,何必要去干这"杭育杭育派"的重体力活呢?也许,《晋书·嵇康传》的记载最接近事实:"初,康居贫,常与向秀共锻于大树之下,以自赡给。"家里这么穷,哪里有钱吃名贵的"五石散"?"以自赡给"说明嵇康打铁主要是为了贴补家用。我以为,笃信道教的嵇康所服食的可能更多的属于山中所采的中草药,所谓"上药"。史料亦有记载,这里不赘。

何句为最?"睹思未答。孝伯咏:"'所遇无故物,焉得不速老?'此
句为佳。"(《文学》101)

　　王恭始与王建武(王忱)甚有情,后遇袁悦之间,遂至疑隙。
然每至兴会,故有相思。时恭尝行散至京口射堂,于时清露晨
流,新桐初引,恭目之曰:"王大故自濯濯。"(《赏誉》153)

这两个记载中,美男子王恭服药之后,出门"行散",一次是和弟弟王
爽谈论《古诗》"何句为最",话题甚高雅;一次是对早已结成冤家的族
叔王大(王忱小字)赞不绝口,心情颇舒畅;这两件事发生在同一人身
上,足以证明何晏"神明开朗"之说不虚。

　　还有人竟然在"行散"途中,突然幡然醒悟,弃官不做的例子:

　　初,桓南郡(桓玄)、杨广共说殷荆州(殷仲堪),宜夺殷觊南蛮以
自树。觊亦即晓其旨。尝因行散,率尔去下舍,便不复还,内外无
预知者。意色萧然,远同斗生之无愠。时论以此多之。(《德行》41)

桓玄是桓温的小儿子,他有篡位之念,欲联合荆州刺史殷仲堪(?—
399)一同起兵,殷仲堪便邀请他的堂兄殷觊(?—398)加入,后者不同
意。桓玄便和另一同盟杨广游说殷仲堪夺去殷觊的南蛮校尉一职而
自代。殷觊知道了他们的意图,就趁一次服药后行散的机会,率性而
为地离开了所住的官舍,再也没有回来,事先里里外外无人知晓。当
时舆论因此赞美殷觊,说他意趣神色潇洒自得,和《论语》中"三仕为
令尹,无喜色;三已之,无愠色"的令尹子文(姓斗氏),差可同调! 刘辰
翁评此条云:"如此去官,亦大善。"这是服药后的一个非常极端的例
子,足以说明人在服药之后,身心俱轻,陶然忘我,什么名缰利锁之类
的劳什子,统统可以抛在脑后了!

　　除了吃冷食、行散,服药后的"将息"(调理)之道还包括洗冷水澡、

喝热酒等。但是"将息"并不容易，如果将息不当，后果也很可怕，轻者致残，重者丧命！如西晋名士裴秀就是因为"服寒食散，当饮热酒而饮冷酒"，竟然四十八岁便一命呜呼！（《晋书·裴秀传》）

说到饮热酒，《世说》中还有一个故事说：

> 桓南郡(玄)被召作太子洗马，船泊荻渚。王大(忱)服散后，已小醉，往看桓。桓为设酒，不能冷饮，频语左右："令温酒来！"桓乃流涕呜咽，王便欲去。桓以手巾掩泪，因谓王曰："犯我家讳，何预卿事！"王叹曰："灵宝(桓玄小字)故自达。"（《任诞》50）

王忱也真是可爱，服散之后，估计已经喝了温酒，醉醺醺地去看桓玄。桓玄用冷酒招待他，他就开始发飙，嚷着要身边的人"快去拿温酒来"！这话里何尝没有一种服散者的自我炫耀呢？桓玄是个孝子，因为王忱触犯了自己去世多年的父亲桓温的名讳，居然哭起鼻子来。晋人尊严家讳之风气，于此可见。王忱尴尬地想走，这时桓玄更可爱地说了一句："我因犯了家讳而哭，与你何干呢？"这显然是执意留客了。王忱不禁感叹："灵宝真是旷达啊！"

四

任何药久服之后难免会有"并发症"或"后遗症"，"五石散"亦不例外。不过，世界上恐怕没有一种毒药的后遗症，会像"五石散"那样充满文化气息和人格魅力。

先说"生理并发症"。

> 殷觊病困，看人政见半面。殷荆州兴晋阳之甲，往与觊别，

涕零，属以消息所患。觊答曰："我病自当差，正忧汝患耳！"（《规
箴》23）

还是那位借"行散"之名离职而去的殷觊，此人想必是五石散的"老用
户"，这里说他"病困，看人政见半面"——看人只能看见半边脸，其实
就是服散后的"并发症"。余嘉锡先生说："此即皇甫谧所谓服药失节
度，则目瞑无所见。《医心方》卷二十引《释慧义》云：'散发后热气冲
目，漠漠无所见。'"（《寒食散考》）又说："殷觊之病困，正坐因小病而误
服寒食散至热之药，又违失节度，饮食起居，未能如法，以致诸病发
动，至于困剧耳。凡散发之病，巢氏所引皇甫谧语列举诸症，多至五
十余条。今虽不知觊病为何等，而其看人政见半面，明系热气冲肝，
上奔两眼，晕眩之极，遂尔瞑瞑漠漠，目光欲散，视瞻无准，精候不与
人相当也。散发至此，病已沈重。甚者用冷水百余石不解。晋司空
裴秀即以此死。觊既病困，益以忧惧，固宜其死耳。"（《世说新语笺疏》）
鲁迅先生也说："晋名人皇甫谧作一书曰《高士传》，我们以为他很高
超。但他是服散的，曾有一篇文章，自说吃散之苦。因为药性一发，
稍不留心，即会丧命，至少也会受非常的苦痛，或要发狂；本来聪明的
人，因此也会变成痴呆。所以非深知药性，会解救，而且家里的人多
深知药性不可。"

可见，这种毒品的危害实在比它的功效更大！难怪孙思邈要说：
"五石散大猛毒。宁食野葛，不服五石。遇此方即须焚之，勿为含生
之害。"（《备急千金要方》）

再看又有哪些"文化后遗症"。表现在服饰上，就是喜欢穿宽大
舒适的衣服，所谓"宽衣博带"。为什么呢？鲁迅分析说："因为皮肉
发烧之故，不能穿窄衣。为预防皮肤被衣服擦伤，就非穿宽大的衣服
不可。现在有许多人以为晋人轻裘缓带、宽衣，在当时是人们高逸的
表现，其实不知他们是吃药的缘故。一班名人都吃药，穿的衣都宽

大,于是不吃药的也跟着名人,把衣服宽大起来了!"

不仅如此,甚至人们也不喜欢穿新衣或者章服,而喜欢穿旧衣服。如《贤媛》篇的一个故事说:

> 桓车骑(桓冲)不好著新衣,浴后,妇故送新衣与。车骑大怒,催使持去。妇更持还,传语云:"衣不经新,何由而故?"桓公大笑,著之。(《贤媛》24)

桓冲爱穿旧衣大概也与服药有关。鲁迅继续说:"更因皮肤易破,不能穿新的而宜于穿旧的,衣服便不能常洗。因不洗,便多虱。所以在文章上,虱子的地位很高,'扪虱而谈',当时竟传为美事。"虱子成为雅物,这在《世说》中也有好例:

> 顾和始为扬州从事,月旦当朝,未入,顷停车州门外。周侯诣丞相,历和车边,和觅虱,夷然不动。周既过,反还,指顾心曰:"此中何所有?"顾搏虱如故,徐应曰:"此中最是难测地。"周侯既入,语丞相曰:"卿州吏中有一令仆才。"(《雅量》22)

顾和因为"觅虱""搏虱"时波澜不惊的神态,竟然赢得周伯仁的好感,马上向王导夸奖不已。虱子在魏晋名士身上,真是"身价倍增"了!连大帅哥嵇康身上也是养虱子的,他说自己"性复多虱,把搔无已",而做了官就"当裹以章服,揖拜上官,三不堪也",所以拒绝山涛的举荐(《与山巨源绝交书》)。

此外,魏晋名士爱穿高高的木屐,也和服药有关。鲁迅不无同情地说:"吃药之后,因皮肤易于磨破,穿鞋也不方便,故不穿鞋袜而穿屐。所以我们看晋人的画像和那时的文章,见他衣服宽大,不鞋而屐,以为他一定是很舒服,很飘逸的了,其实他心里都是很苦的。"

至于魏晋名士性情上忿狷易怒，个性鲜明，如王羲之、王述等，以及居丧期间不遵礼节，狂饮大嚼，如阮籍、谢尚，按鲁迅的说法，也是和吃药有关的[1]。我们再把"王蓝田食鸡子"的故事拿来做例子：

> 王蓝田(王述)性急。尝食鸡子，以箸刺之，不得，便大怒，举以掷地。鸡子于地圆转未止，仍下地以屐齿碾之，又不得，瞋甚，复于地取内口中，啮破即吐之。(《忿狷》2)

试想，如果没有这些我们今天看来匪夷所思的名士做派，没有这股我们现在看来很怪异的风气，所谓"魏晋风度""名士风流"岂不要损失大半？就服药而言，还真应了一句老话了——无"毒"不丈夫！

1　鲁迅说："晋朝人多是脾气很坏，高傲、发狂、性暴如火的，大约便是服药的缘故。比方有苍蝇扰他，竟至拔剑追赶；就是说话，也要胡胡涂涂地才好，有时简直是近于发疯。但在晋朝更有以痴为好的，这大概也是服药的缘故。"又说："又因'散发'之时，不能肚饿，所以吃冷物，而且要赶快吃，不论时候，一日数次也不可定。因此影响到晋时'居丧无礼'。……晋礼居丧之时，也要瘦，不多吃饭，不准喝酒。但在吃药之后，为生命计，不能管得许多，只好大嚼，就变成'居丧无礼'了。居丧之际，饮酒食肉，由阔人名流倡之，万民皆为之，因为这个缘故，社会上遂尊称这样的人叫作名士派。"参《魏晋风度及文章与药及酒之关系》。

饮酒之风：存在与虚无

一

比服药之风更源远流长、更让人喜闻乐见、更能彰显魏晋风度的，当然就是饮酒之风了。这种风气至今仍在神州大地上流行，就酒的品牌之多、产量之富、消费群体之密集而言，今天的饮酒之风可能比古代更甚。但，同是饮酒，今人对酒文化的贡献实在乏善可陈，除了假酒层出不穷以外，我们表现在酒文化上的创造精神的确是每况愈下了，每年照样有不少人死于饮酒过量，但没有一个人说得出刘伶那句"死便掘地以埋"的豪言壮语。总之，酒的销量在大幅度攀升，而饮酒一事所承载的文化含量、所彰显的人格魅力、所迸发的生命激情、所凝结的哲学深度，却无处寻觅了。

我无酒瘾，但酒量尚可，贪杯之时，常冀一醉。不醉，怎知酒的妙处？又怎知酒的害处！不醉的人，千万不要说自己会喝酒，懂得酒！每一个酒醉的夜晚，耿耿难眠之时，我总是看着头顶的那一片虚空，寻觅消失在时间黑洞中的魏晋名士的身影。谢安评价他的堂叔谢鲲说:"若遇七贤,必自把臂入林。"(《赏誉》97)如果我有幸在时光隧道中遇到七贤,我不知道,他们是否有兴趣和我盘桓,也许,阮籍会用他讽刺王戎的话说我:"俗物已复来败人意!"(《排调》4)

酒,这水与火的综合物,当它倾泻在杯中的时候,它是五谷之水,当它顺着咽喉奔腾到胃肠的时候,它就是生命之火! 酒,它是"存在",而醄畅之后,酒,更指向"虚无"! 喝酒、醉酒的整个过程,人生的各种况味仿佛都一一尝尽了。有人说,麻将如人生,其实,麻将桌上,心机重重,红眼相看,从来到不了精神的极峰。倒是酒桌上,杯盏间,千古悲欢,一己怅恨,都可一饮而尽,回味无穷!

喝酒而不醉的人,此篇可以不看——袖手旁观可也,废书他顾亦可也。"酒逢知己千杯少,话不投机半句多。"正此意也。

《世说》有《任诞》一篇,其实也是魏晋风度的一个重要侧面,而最能显示"任诞之风"的莫过于饮酒。所以《世说》正文中"酒"字共出现 103 次,其中《任诞》篇就有 43 次,占了将近一半!《任诞》篇共 54 条,提到饮酒的就有 29 条,更占了一大半! 这个数据很能说明,酒在魏晋名士生活,甚至生命中所占的重要地位。而将酒文化的规模、深度推向极致的,莫过于"竹林七贤"了。如果说以何晏、王弼、夏侯玄为代表的"正始名士"是一群服药成风的名士,那么,以阮籍、嵇康、刘伶为代表的"竹林名士",则是一群喝酒成风的名士了。

二

魏晋名士为什么喜欢饮酒? 理由可以举出 N 种,但我想,首要的一个理由是——为了找乐子,所谓"及时行乐"。美学家李泽厚先生有个观点,他认为汉末魏晋时期随着自我意识和生命意识的觉醒,

"人的主题"被提上日程,"人的觉醒"终于"千呼万唤始出来"(《美的历程》)。而我以为,自我意识和生命意识的觉醒,必然带来人对快乐的追逐。《古诗十九首》中就出现了很多表达"及时行乐"主题的诗句,如:

> 人生忽如寄,寿无金石固。万岁更相送,贤圣莫能度。服食求神仙,多为药所误。不如饮美酒,被服纨与素。(《驱车上东门》)
> 生年不满百,常怀千岁忧。昼短苦夜长,何不秉烛游?为乐当及时,何能待来兹?愚者爱惜费,但为后世嗤。仙人王子乔,难可与等期。(《生年不满百》)

因为人生苦短,转瞬即逝,所以要及时行乐;又因为人是忧患的动物,要对抗这忧患,更要及时行乐。白天太短,夜晚太长,那就"秉烛夜游",当蜡烛的光芒照亮了无边的黑夜,不就等于延长了白昼吗?而白昼,是人的生命密度最高、生命体验最多、最易感受到快乐、最不会被虚掷的时间。现在有了电灯,人们的"夜生活"丰富多彩,反而很难理解古人为什么要"及时行乐"了。在古人看来,人生在世,真正可以享受的时光太短,功名利禄这些身外之物,又阻碍了人们去追求生命本该有的快乐,真是何苦来哉!《世说·任诞》篇中,张翰和毕卓的酒后真言便表达了这层意思:

> 张季鹰(张翰)纵任不拘,时人号为"江东步兵"。或谓之曰:"卿乃可纵适一时,独不为身后名邪?"答曰:"使我有身后名,不如即时一杯酒!"(《任诞》20)

张季鹰就是那个见秋风起,便想起家乡的菰菜、莼羹、鲈鱼脍,然后辞官归乡的那位江南名士张翰,为人旷达而好饮酒,人称"江东步兵"——步兵是阮籍做过的官，犹言"江东阮籍"。有人问他："你固然可以纵情享乐一时，难道就不为身后的名声考虑吗？"当我们奉劝一个顽劣无度、不求上进的人时，也会这么苦口婆心的。但张翰的回答不仅颠覆了一般常理世故的正当性，而且将其中的荒谬性也揭示出来了。他说："让我有身后的好名声，还不如眼前的一杯酒呢！"

顺便说一句，存在主义哲学认为"存在先于本质"。如果说，你"是什么"是"存在"，那么，你"想成为什么"则构成你的本质。而使"存在"能够抵达"本质"的必由之路，就是人的"自由选择"。从这个角度上说，没有囿于儒家礼教的藩篱，而是从这藩篱中突围出去，尽情宣泄生命的激情、展示自我的风采、颠覆名教秩序的魏晋名士们，倒真是实现了个人的"自由选择"。他们也许不是传统意义上的所谓"君子"，但也绝不是如墙头草一样随风起伏的毫无个人自由意志的"小人"。你看，在张翰眼里，酒，才是真正的"存在"，而名声则是世俗附加的身外之物，其实质不过是——"虚无"。

毕卓也是东晋著名的狂士和酒徒。太兴(318—321)年间，他曾做吏部郎，却因为饮酒太过而被废职。有个故事说：邻居家的小伙子刚刚酿好酒，毕卓便趁着喝醉的工夫，夜里跑到人家里，直接就在酒瓮里取酒而饮。主人还以为是盗贼，便把他抓住绑了起来，后来发现竟是隔壁的吏部郎大人，这才为他松了绑。可是这个"疑似小偷"不仅不走，竟又拉着主人在酒瓮旁一同酣畅，直到酩酊大醉才回去(刘注引《晋中兴书》)。毕卓的豪言壮语是：

> 一手持蟹螯，一手持酒杯，拍浮酒池中，便足了一生。(《任诞》21)

这几乎是一首即兴而作的五言诗，虽有些"打油"的味道，但其中传达的那种狂放和达观，真是惊世骇俗，咄咄逼人，震铄千古！再看《赏誉》篇的一条记载：

> 刘尹云："见何次道(何充)饮酒，使人欲倾家酿。"(《赏誉》130)

刘惔这话真像是现在好客的主人，不把客人灌醉总觉过意不去，而何充的表现简直就是最佳客人的代表了。"使人欲倾家酿"一句真是很妙，除了表明何充酒量很大[1]以外，还让我们想象其喝酒的神态举止，一定是很有感染力和观赏价值的，让人忍不住想把家里所有的美酒都倒出来，好把这潇洒美妙的一刻延长、留住！这时的刘惔，大概是在心里呼喊那句我们都知道的名言吧——时间啊，慢慢走！欣赏啊，这妙人！

三

魏晋时期，酒与诗还经常联系在一起，成为文学创作的触媒和高雅游戏的道具。曹丕《与吴质书》说："昔日游处，行则连舆，止则接席，何曾须臾相失。每至觞酌流行，丝竹并奏，酒酣耳热，仰而赋诗，当此之时，忽然不自知乐也。"这是先喝酒再作诗。而在著名的金谷诗会中，则是先作诗，再喝酒。当时名流"遂各赋诗，以叙中怀。或不能者，罚酒三斗"(石崇《金谷诗叙》)。王羲之在《兰亭序》里说得更明白："又有清流激湍，映带左右，引以为流觞曲水，列坐其次。虽无丝竹管弦之盛，一觞一咏，亦足以畅叙幽情。"后来，"曲水流觞"就成了一个脍炙人口的风雅典故。这，大概就是我们通常所说的"诗酒人生"吧！

1　《晋书·何充传》载："充能饮酒，雅为刘惔所贵。"

而和饮酒意思相同而更富雅趣的"酣畅"一词,则从另一个角度表达了饮酒的快乐:

> 陈留阮籍、谯国嵇康、河内山涛三人年皆相比,康年少亚之。预此契者,沛国刘伶、陈留阮咸、河内向秀、琅邪王戎。七人常集于竹林之下,肆意酣畅,故世谓"竹林七贤"。(《任诞》1)
>
> 阮宣子(阮修)常步行,以百钱挂杖头,至酒店,便独酣畅。虽当世贵盛,不肯诣也。(《任诞》18)
>
> 山季伦(山简)为荆州,时出酣畅。人为之歌曰:"山公时一醉,径造高阳池,日莫倒载归,酩酊无所知。复能乘骏马,倒着白接篱,举手问葛强,何如并州儿?"高阳池在襄阳。强是其爱将,并州人也。(《任诞》19)
>
> 子敬与子猷书,道:"兄伯萧索寡会,遇酒则酣畅忘反,乃自可矜。"(《赏誉》151)

"酣"是一个会意字,从酉,从甘,"酉"表意也表形,"甘"则表声。《说文》释"酣"云:"酒乐也。"《广雅》则说:"酣,乐也。"翻译成大白话就是:酒喝得很畅快。"酒酣耳热"之时,才能达到一种乐而忘忧的境界。

这就说到喝酒的第二个原因——"解忧"了。以酒解忧,古已有之。《诗经·卷耳》中就有"陟彼高冈,我马玄黄,我姑酌彼兕觥,维以不永伤"的诗句,可见酒能解忧在先秦时代就已是常识。还有一个很神奇的故事说:汉武帝驾临甘泉宫,在驰道中发现一种红色小虫,五官分明,大家都不认识。武帝就让素有博学多闻之名的东方朔去看看。东方朔看后说:"这虫名叫'怪哉'。当年秦朝法令严酷,抓捕无辜,众庶愁怨,都仰首感叹说:'怪哉怪哉!'这虫子就是感动上天所生,所以名叫'怪哉'。这里一定是秦朝监狱所在之处。"当即按察地

图,果然是秦朝的监狱所在地。武帝问:"怎么才能把这虫子消掉呢?"东方朔说:"凡忧者得酒而解,以酒灌之当消。"(《殷芸小说》)于是叫人把虫子放进酒中,须臾,虫子果糜散。东方朔"凡忧者得酒而解"的说法真是很妙,一不小心竟使那杯中物成为天下第一解忧灵药。所以,以酒解忧的"发明专利权",应该属于汉代大名鼎鼎的东方朔。

后来曹操也在《短歌行》中写道:"慨当以慷,忧思难忘。何以解忧,唯有杜康。"不管酒能不能解忧,有忧愁的时候来个酩酊大醉,至少可以暂时忘掉眼前的烦恼吧。酒的解忧作用,《任诞》篇中也有一个极好的例子:

> 王孝伯问王大:"阮籍何如司马相如?"王大曰:"阮籍胸中垒块,故须酒浇之。"(《任诞》51)

刘孝标注称:"言阮皆同相如,而饮酒异耳。"我不太同意这个说法。与其说阮籍比司马相如更好饮酒,不如说阮籍比相如怀有更多无从排遣和消磨的忧患!"胸中垒块",正是指积郁在心中的忧患和痛苦,就像巨大的结石,又如癌变的肿瘤,所以要烈酒来消毒、来融化!阮籍的好酒实有其不得已之处,他和陶渊明的好酒有着本质的区别:阮籍喝酒是为了麻醉自己,以求全身远祸,那大醉六十天的记录,那居丧豪饮的狂放里面,包含着多少难言的苦楚!所以阮籍的八

十二首《咏怀诗》，只有两处提到酒。而陶渊明的好酒则带有享乐性质，他在《杂诗》中写道："得欢当作乐，斗酒聚比邻。盛年不重来，一日难再晨。及时当勉励，岁月不待人。"这是典型的及时行乐的饮酒观。后来金代文学家元好问在《论诗绝句》中赞阮籍云：

　　　　纵横诗笔见高情，何物能浇块垒平。
　　　　老阮不狂谁会得？出门一笑大江横。

　　其实，阮籍何时像李白那样"仰天大笑出门去"过呢？他只有在穷途末路之时，大放悲声，"恸哭而反"的份儿！

四

　　魏晋名士好酒，还有精神上追求超越、肉体上放浪形骸的原因。如东晋名士王忱就说：

　　　　"三日不饮酒，觉形神不复相亲。"(《任诞》52)

　　"形神"是魏晋时非常重要的一个哲学和美学概念。"形"指外在形骨体貌，"神"则指内在精神气质。嵇康有个重要的养生观点，"形恃神以立，神须形以存"；认为"呼吸吐纳，服食养身，便形神相亲，表里俱济"（《养生论》）。而王忱则把饮酒也归入道教的养生系列中，并且说："三天不喝酒，便感觉形体与神明不再相亲。"这无意中道出了酒的一大功效，即酒的麻醉作用可以使人短暂地进入"灵肉合一"的境界，飘然若仙，陶然忘忧，反过来，如果不喝酒，人岂不就像行尸走肉一样，缺乏通常所说的"精气神"吗？

值得一提的是，王忱大概是历史上有明确记载的一位"醉死"的名士[1]。史载他"少慕达，好酒，在荆州转甚，一饮或至连日不醒，遂以此死"（刘注引《晋安帝纪》）。神超而形越，醉生而梦死，这真是实现了尼采所谓的"酒神精神"[2]了！

和王忱观点相似的也大有人在，例如：

> 王光禄（王蕴）云："酒，正使人人自远。"（《任诞》35）

王光禄就是王濛的儿子王蕴，和王忱一样，王蕴也是个恨不得在酒缸里过活的酒徒。《晋阳秋》说："蕴素嗜酒，末年尤甚。及在会稽，略少醒日。"王蕴这话的意思是：酒这东西，好就好在能使人远离自己的凡俗，进入一种混沌邈远之境。看来，他和一般的酒鬼不一样，他能从实践中总结出理论来，从肉体的放纵中体验到精神上的某种升华，也算对得起那杯中物了。再看下一则：

> 王卫军（王荟）云："酒正引人著胜地。"（《任诞》48）

1　《任诞》5 注引戴逵《竹林七贤论》云："籍与伶共饮步兵厨中，并醉而死。"但刘孝标马上反驳说："此好事者为之言。籍景元中卒，而刘伶太始中犹在。"故阮、刘二人不得称"醉死"。
2　按：德国哲学家尼采在其名著《悲剧的诞生》里，将希腊神话中的酒神狄奥尼索斯视为迷狂、纵欲、非理性、情感的恣意发泄、对规律与法则的蔑视以及形式的破坏的象征，认为酒神精神是人在醉与梦的状态中表现出来的自我否定的死的本能冲动。酒神精神毋宁说是一种"狂欢"的精神。

王卫军是王导的儿子王荟。他一不小心为后世贡献了一个脍炙人口的成语——引人入胜。我们常说一篇文章能够"引人入胜",却不知最早是用来形容酒的妙处的!俗话说:"酒要微醺,花要半开。"喝过酒的人大概都有这种体会,在没有醉得一塌糊涂的时候,是感觉最美妙的时候,不管别人如何看你,你自己会在那微醺的状态中,视接千载,心游万仞,意气风发,产生一种"我不上天堂,谁上天堂"的飘飘欲仙之感!难怪,像周伯仁这样的豪放名士,晚年时竟也"但愿长醉不复醒"了:

> 周伯仁风德雅重,深达危乱。过江积年,恒大饮酒,尝经三日不醒。时人谓之"三日仆射"。(《任诞》28)

周伯仁早年是"风德雅重"的朝廷重臣,后来因为嗜酒成性,居丧期间也喝得大醉,他姐姐死,他醉了三天;他姑姑死,他又醉了两天,每次喝醉,朝中大臣都要共同守候照顾他,因此"大损资望"(《语林》)。

还有一个原因,就是对名士做派的追求,王恭的自白最具代表性:

> 王孝伯言:"名士不必须奇才,但使常得无事,痛饮酒,熟读《离骚》,便可称名士。"(《任诞》53)

可见,王恭是个对"名士做派"很有研究的人,他的观点如"熟读《离骚》"虽然显得很不专业[1],但他对饮酒的推重还是真实情况的反映,"饮酒"还不够,还要加上一"痛"字,这也是"酒神精神"的题中应有之义。

1　如余嘉锡就说:"《赏誉》篇云:'王恭有清辞简旨,而读书少。'此言不必须奇才,但读《离骚》,皆所以自饰其短也。恭之败,正坐不读书。故虽有忧国之心,而卒为祸国之首,由其不学无术也。自恭有此说,而世之轻薄少年,略识之无,附庸风雅者,皆高自位置,纷纷自称名士。政使此辈车载斗量,亦复何益于天下哉?"(《世说新语笺疏》)

当饮酒成为名士的身份证明和醒目招牌的时候,饮酒的哲学深度也就被消解大半了。

<h1 style="text-align:center">五</h1>

其实,在魏晋人看来,喝酒简直就用不着找什么原因和理由,用流行的句式套一下,可以说:因为爱喝酒,所以爱喝酒。而且,有美酒在前,和什么人喝都是次要的了,有个故事说:

> 刘公荣(昶)与人饮酒,杂秽非类。人或讥之,答曰:"胜公荣者,不可不与饮;不如公荣者,亦不可不与饮;是公荣辈者,又不可不与饮。故终日共饮而醉。"(《任诞》4)

这个叫刘公荣的家伙也是放达好酒之辈。不管三教九流,上不上台面的人,他都一块喝酒。人家笑他,他说:"比我强的,不能不跟他喝;比我差的,也不能不跟他喝;跟我差不多的,更不能不与他喝。所以我每天都是醉着的!"孔子说过"有教无类"的话,刘公荣简直可以说是"有酒无类"!但你说他可爱不?要我说,真可爱!难怪明代文人袁中道评点说:"慧人。"

竹林七贤中还有一位以喝酒著名的,就是阮籍的侄子阮咸。阮咸字仲容,魏武都太守阮熙之子,阮瞻(千里)、阮孚(遥集)之父。晋时曾做过始平太守。阮咸不仅是当时著名的音乐家,善弹琵琶,而且也是"任诞"之风的典型代表。《任诞》篇记载了一个好玩的故事:

> 阮仲容(阮咸)步兵居道南,诸阮居道北。北阮皆富,南阮贫。七月七日,北阮盛晒衣,皆纱罗锦绮。仲容以竿挂大布犊鼻裈于

中庭。人或怪之，答曰："未能免俗，聊复尔耳。"（《任诞》10）

以大裤衩 PK 绫罗绸缎本就不够"厚道"，可阮咸还要说"未能免俗，姑且如此"，真是便宜都让他给占了！还有个"人猪共饮"的故事说：

> 诸阮皆能饮酒，仲容至宗人间共集，不复用常杯斟酌，以大瓮盛酒，围坐，相向大酌。时有群猪来饮，直接去上，便共饮之。（《任诞》12）

喝酒喝到这个份上，真是物我合一，宠辱偕忘！而且，不太为人注意的是，"人猪共饮"的行为，其实包含了对人的高贵性的颠覆，这种"狂欢"式的豪饮，既是对礼教规定的"人"的一种反动，也是对人的世界本质上的荒谬性的揭露。仿佛在说：在动物性的口腹之欲上，人类和猪并没有两样！就像穿绫罗绸缎的富人并不比穿大裤衩的穷人更高贵一样，在自然面前，在天地之间，在所谓文明和礼法的约制之外，人类也并不比猪更高贵！必须指出，魏晋风度正是在这一点上偏离了人类文明既有的伦理秩序，堕入了一种"虚无的狂欢"。

魏晋风度张扬了人的个性，却从来没有贬低过自然万物，庄子说："物物而不物于物，则胡可得而累邪？"（《庄子·山木》）意思是：利用支配外物而不为外物所利用支配，又怎么会受到牵制和拖累呢？这个外物，不是指自然万物，而是指社会生活中约束人的种种虚伪教条和名缰利锁。有人怀疑此事的真实性，甚至从语言文字上找根据，不过是想为人类挽回面子，我只能说，这是因为没有读懂《世说》，不了解"魏晋风度"的缘故，更不知道这是阮咸式的"黑色幽默"！[1]

---

[1] 阮咸时的黑色幽默在《任诞》15 表现得更充分："阮仲容先幸姑家鲜卑婢。及居母丧，姑当远移，初云当留婢，既发，定将去。仲容借客驴，著重服自追之，累骑而返，曰：'人种不可失！'即遥集之母也。"

当然,这种"肆意酣畅""醉生梦死"的虚无的狂欢,也曾遭到当时来自权威的挑战:

> 鸿胪卿孔群好饮酒,王丞相语云:"卿何为恒饮酒? 不见酒家覆瓿布,日月糜烂?"群曰:"不尔,不见糟肉,乃更堪久?"(《任诞》24)

王导劝孔群节制饮酒,说话很委婉,用了一个比喻说:"你没看见酒店盖酒坛子的布,天长日久就会因腐蚀而糜烂吗?"孔群很聪明,马上说:"不是这样。您没看见用酒或酒糟腌制过的糟肉,更加经久不坏吗?"言下之意,您这个比方也太烂了,我顶多是块酒糟肉,总比盖酒坛的布更耐久吧? 总之,喝酒的理由有千千万,戒酒的理由却是一个没有!

顺便说一句,"居丧无礼"大概是由阮籍开始的,曾引起社会的极大争议和震动,后来,王戎母亲去世,他也照样饮酒吃肉,还有很多人,在葬礼上或弹琴,或驴鸣,无不显得放达不羁。但是,我要说,这一条已经完全被今天的人超越了,君不见如今的婚丧嫁娶、红白喜事,豪饮狂欢的场景比比皆是吗? 从这个角度上讲,魏晋风度总算在酒桌上被我们发扬光大了。

清谈之风：道可道，非常道

一

清谈之风，是魏晋名士圈里最具特色的一种风气，和美容、服药、饮酒一样，这种风气也绵延了数百年，使整个魏晋南北朝被一种玄学气氛笼罩，清谈精神也就成为这一时代的主导精神了。在前面的解读中，清谈一词不时出现，但对一般读者而言，清谈到底是什么？恐怕还是不甚了了。这一讲，我们就结合《世说》等文献的记载，简单回答一下关于清谈的几个问题。

第一个问题：什么是清谈？清谈，又叫"清言""玄谈""玄言""口谈""剧谈""微言""言咏"等，因为主要流行于魏晋，故而常称作"魏晋清谈"。根据唐翼明先生的定义：所谓"魏晋清谈"，"指的是魏晋时代的贵族和知识分子，以探讨人生、社会、宇宙的哲理为主要内容，以讲究修辞技巧的谈说论辩为基本方式而进行的一种学术社交活动。"[1]这个定义的好处在于,既没有采用清谈的广义的用法,即将魏晋清谈作为魏晋思潮的代名词,又排除了具体的"政治批评"("清议")和"人物品题"("品藻")的含义,从而将清谈的内涵和外延凸显出来了。一句话,清谈是魏晋名士追求老庄哲理的阐发、自我精神的超越以及语言修辞的审美享受而进行的一种高雅的学术活动和语言游戏。

第二个问题:清谈为什么会在魏晋之际产生呢?这就牵涉"清议"与"清谈"的关系问题。有人说,清谈就是清议。我是不敢苟同的。清议是汉末以陈蕃、李膺等党锢名士(所谓"清流")为首发起的一场政治批评运动,主要内容包括"政治批评"和"人物品题"。"清议"之风随着两次党锢之祸的打压而最终消歇,这固然是魏晋清谈产生的背景和原因,但不能把"因"和"果"看作同一个东西,正如不能把花朵看作果实一样。尽管在汉末魏晋的文献中,的确有"清谈"和"清议"互称的情况,但基本是在"正论"——符合儒家礼教的严正的议论——这一意义上才适用,我们要说的"清谈",主要是指魏晋时代兴起的"抽象玄理之讨论",而不是汉末兴起的、在每个朝代都普遍存在的"政治批评"和"人物品题"。一个最突出的例证是,即使在魏晋南北朝这整个所谓"清谈时代","清议"一词也是随处可见的。这足以说明"清谈"和"清议"在本质上不是一回事。陈寅恪先生称:"大抵清谈之兴起由于东汉末世党锢诸名士遭政治暴力之摧压,一变其指实之人物品题,而为抽象玄理之讨论,起自郭林宗,而成于阮嗣宗,皆避祸远嫌,消极不与其时政治当局合作者也。"(《陶渊明之思想与清谈之关系》)。这就把清谈与清议的本质不同以及清谈何以产生在魏晋这两个问题,基本解答清楚了。

不过,这只是一个与政治和社会状况有关的外部原因。还有一

1　唐翼明:《魏晋清谈》,台北东大图书股份有限公司,1992年版,第43页。

个内部原因,就是在汉代末年的大动乱中,绵延几百年的经学体系日渐僵化和腐朽,终于陷入全面的崩溃,所谓"礼崩乐坏"。这时候,佛教东渐,道教产生,老庄哲学开始抬头,学术思想内部再没有定于一尊的主流价值和意识形态,故而迫切需要建立一种适应时代变迁的新的理论体系——当儒家构建的"有"的礼法秩序崩溃之时,佛道思想中的"空"和"无"便作为一种乱世的"镇静剂",被用来缓解现实的紧张,安慰内心的痛苦。于是,在精英阶层,谈空说无的玄学风气盛行起来,成为主导魏晋南北朝三百年乱世的一种学术潮流。如果说,汉代经学偏重于对儒家经典的文字阐释,那么,魏晋清谈则渐渐偏重于对老庄哲学和佛学的口头论辩。这种"空谈"的风气,正是从三国时开始的。

二

接下来,我们要谈一个有趣的话题:清谈的祖师爷是谁呢?关于这个问题,学术界有多种说法。最有影响的一种是"何王说",就是认为,何晏、王弼是清谈的祖师。晋唐之际的史学家、清代学者赵翼、近代学者钱穆及鲁迅等就持这种观点[1]。第二种是"郭阮说",代表人物是史学大师陈寅恪,他认为清谈之风"起自郭林宗,而成于阮嗣宗"

---

1 这方面的材料很多,如《世说·文学》注引檀道鸾《续晋阳秋》:"正始中,王弼、何晏好《庄》《老》玄胜之谈,而世遂贵焉。至江左李充尤盛。故郭璞五言始会合道家之言而韵之。询及太原孙绰转相祖尚,又加以三世之辞,而《诗》《骚》之体尽矣。"刘勰《文心雕龙·论说》篇:"迄至正始,务于守文;何晏之徒,始盛玄论。"《明诗》篇:"及正始明道,诗杂仙心。何晏之徒,率多浮浅。"又唐修《晋书·王衍传》:"魏正始中,何晏、王弼等祖述老子,立论以'天地万物,皆以无为本'。"《三国志·钟会传》裴注引何劭《王弼传》:"何晏以为圣人无喜怒哀乐,其论甚精,钟会等述之。"赵翼《廿二史劄记·六朝清谈之习》:"清谈起于魏正始中,何晏、王弼祖述老、庄,谓天地万物皆以无为本,无也者,开物成务,无往不存者也。"钱穆《国学概论》第六章《魏晋清谈》:"至于魏世,遂有'清谈'之目。及正始之际,而蔚成风尚。何晏、王弼为时宗师,竹林诸贤,闻声继起。"鲁迅《魏晋风度及文章与药及酒之关系》:"但何晏有两件事我们是知道的。第一,他喜欢空谈,是空谈的祖师;第二,他喜欢吃药,是吃药的祖师。"

（引见前）。第三种是"傅荀说"，认为魏明帝太和年间（227—233）的傅嘏、荀粲便已开清谈之风[1]。第四种是"曹丕说"，把崇尚黄老之学、"慕通达"的魏文帝曹丕当作清谈的开风气者[2]。第五种是"王充说"，认为王充的《论衡》已开玄学清谈之先河[3]。此外，还有汉末马融说、西汉扬雄说[4]，这里不再赘举。

将这些观点总结一下，我以为，作为一种学术思潮的玄学和作为一种文化现象的清谈，可以看作根和叶的关系，玄学思潮在汉末已经肇端，王充《论衡》可以作为奠基；而清谈现象则自三国魏正始年间兴起，何晏、王弼的确堪为清谈宗师。从这个角度上说，我赞成"何王说"。因为清谈之风气不光有理论的研讨，还有身体力行的实践活动相伴随，而这两方面，何晏、王弼都是当仁不让的玄学理论家和清谈实干家。尤其是何晏，不仅"少有异才，善谈《易》《老》"（《魏氏春秋》），而且正始之后，随着地位的提高，迅速成为学界领袖，清谈宗主。如《文章叙录》就说："晏能清言，而当时权势，天下谈士，多宗尚之。"

何晏在学术上颇有雅量，他和天才玄学家王弼的故事就很能说明问题：

何晏为吏部尚书，有位望，时谈客盈坐。王弼未弱冠，往见

1　罗宗强《玄学与魏晋士人心态》认为："谈玄不始自正始"，从太和时荀粲开始谈玄了。《世说·文学》9载："傅嘏善言虚胜，荀粲谈尚玄远。"注引《荀粲别传》又云："粲太和初到京邑，与傅嘏谈，嘏善名理，而粲尚玄远。"《三国志·魏书·荀彧传》引亦同。
2　刘永济《文心雕龙校释·论说第十八》认为："魏晋之际，世极乱离，学靡宗主，俗好臧否，人竞唇舌，而论著之风郁然兴起。于是周成、汉昭之优劣，共论于庙堂；圣人喜怒之有无，竞辨于闲燕。文帝兄弟倡其始，钟、傅、王、何继其踪。追风会既成，论题弥广。"这说法大概源自晋初文学家傅玄。《晋书》本传载其《举清远疏》有一段有名的话："近者魏武好法术，而天下贵刑名；魏文慕通达，而天下贱守节。其后纲维不摄，而虚无放诞之论，盈于朝野，使天下无复清议，而亡秦之病，复发于外矣。""无复清议"，正是清谈肇始的另一种表达。
3　孙道昇《清谈起源考》（1946）一文认为，"王充的哲学思想是魏晋清谈家之思想的唯一源泉，魏晋清谈家之思想，滥觞于王充，导源于王充之《论衡》"。
4　贺昌群《清谈之起源》（1943）一文认为汉末大儒马融乃清谈"一启蒙人物"。杜国庠《魏晋清谈及其影响》（1948）一文认为，"清谈的滥觞也不能限自正始"，在东汉一些经学大师，如贾逵、许慎、卢植、郑玄、马融的身上，"已或多或少地表现出了清谈的作风和因素"。范子烨《中古文人生活研究》（2001）一书提出清谈"由西汉时代著名学者和作家扬雄开其先河"的观点。

之。晏闻弼名，因条向者胜理语弼曰："此理，仆以为理极，可得复难不？"弼便作难，一坐人便以为屈。于是弼自为客主数番，皆一坐所不及。(《文学》6)

王弼(226—249)，字辅嗣，山阳高平(今属山东)人。王弼也是出身名门，其外祖父是汉末大名鼎鼎的荆州牧刘表(142—208)，其父王业过继给"建安七子"的王粲为嗣，王弼也就成了王粲的继孙。王弼的玄学才华从哪里来呢？这又说来话长。据说汉末大儒蔡邕、就是给郭泰写"无愧碑"的那位，第一次见到十四岁的王粲就大为欣赏，一高兴就把家藏书籍文章万卷送给了王粲。这些装载数车的书籍，后来全为王弼的父亲王业所有。而这些书中，据说就有蔡邕辗转得到并且叹为观止的王充的《论衡》！可以说，王弼后来之所以能成为首屈一指的玄学家，完全是拜其家学所赐。从上引这条故事可以看出：何晏府上经常召集清谈辩论会，是当时的清谈领袖。王弼不仅玄学造诣高，清谈的论辩水平也是"超一流"的，"自为客主数番"，就是说同一个辩题，他可以既作"正方"又作"反方"，而且辩才无碍，所向披靡。

紧接着的一条说：

何平叔注《老子》，始成，诣王辅嗣，见王注精奇，乃神伏，曰："若斯人，可与论天人之际矣！"因以所注为《道》《德》二论。(《文学》7)[1]

和后来的口头清谈家不同，何晏、王弼不仅会谈，而且能写，是真正的玄学思想家和哲学家。《魏氏春秋》说："弼论道约美不如晏，然自然

---

1 《文学》10载："何晏注《老子》未毕，见王弼自说注《老子》旨，何意多所短，不复得作声，但应之，遂不复注，因作《道德论》。"此条与《文学》篇第7条大同小异，故凌濛初评云："此与前一条同，不足复出。"

出拔过之。"可以说两人在学问上各有千秋,各擅胜场。何晏对年少才高的王弼不仅没有嫉贤妒能,反而不吝赞美,提携呵护,不遗余力。两人共同开启了经典阐释与清谈辩论相得益彰的"正始之音"。遗憾的是,玄学天才王弼最终死于疠疾(一种流行传染病),年仅二十四岁。

第三个问题是:清谈的内容有哪些?一言以蔽之,就是所谓"三玄"。"三玄"指的是《老子》《庄子》《周易》这三部涉及抽象思辨的先秦经典。"三玄"之名出自《颜氏家训·勉学》篇,其文说:"何晏、王弼,祖述玄宗。……直取其清谈雅论,剖玄析微,宾主往复,娱心悦耳,非济世成俗之要也。……《庄》《老》《周易》,总谓三玄。"前面我们说到清谈祖师的问题,比较赞同"何王说"原因也在于此。因为何晏善谈《易》《老》,王弼则善谈《庄》《老》,合起来正好就是"三玄"。"三玄"是"正始之音"的玄学盛宴中不可替代的"玄学大餐"。

"三玄"之外,还有很多"言家口实"[1],如本末有无之辨、才性四本之论、自然名教之辨、言意之辨、圣人有情无情之辨、佛经佛理、养生论、声无哀乐论、形神之辨以及鬼神有无论等。这里不再一一介绍。

三

第四个问题:清谈的程式、规则、术语是怎样的?

清谈作为一种贵族沙龙式的高雅活动,它的程式和规则大概是从汉代经生讲经的模式中脱胎而来,同时也吸收了佛教讲经的模式。只不过讲经更像是独角戏、一言堂,像我们今天的学者讲座,当然也会有讨论;而清谈则是辩论会、群言堂,而且角色分工十分细明。清谈的场合,要么是在某个名士的家里,要么是在寺院,有时候干脆就

---

[1] 按:《南齐书·王僧虔传》说:"……《才性四本》《声无哀乐》,皆言家口实。如客至之有设也。"

在朝堂之上、山水之间。一般说来,清谈往往有一个谈论的中心议题,犹如我们现在的辩题。例如《文学》篇第55条记支道林、许询和谢安在王濛的那场清谈,主题就是《庄子》的《渔父》篇。有时清谈也以"问答"的形式展开,谈论的也是比较玄妙高深的话题,如我们前面讲过的乐广的"梦的解析"就是。

清谈有主、客之分,好比论辩的正方和反方。

> 支道林(遁)、许掾(询)诸人共在会稽王(司马昱)斋头,支为法师,许为都讲。支通一义,四坐莫不厌心;许送一难,众人莫不抃舞。但共嗟咏二家之美,不辩其理之所在。(《文学》40)

从这条故事可以看出,"法师"是"主","都讲"是"客","法师"提出论题,阐述义理,也叫"条理"或"唱理";"都讲"则一边负责"唱经",一边负责问难;众人则是辩论的观众和裁判。值得注意的是这次清谈的效果:众人莫不拍手而舞,说明清谈的气氛是热烈的,带给人的是一种很高级的精神享受。但是后一句则点出了清谈的一个特点,或者说是一个问题,大家尽管都感叹二人清谈语言修辞之美,却说不出其中哪一个更有道理,道理究竟何在? 这就是所谓的"辞过其理"。老子说:"道可道,非常道。"真正的"道"是无法言说的,能被言说出来的"道",也就不是那个恒常不变的"道"了。从这个角度上讲,清谈论辩更注重的是义理的融洽、修辞的精巧、辞藻的华美(所谓"花烂映发""辞条丰蔚")、音调的悦耳("韶音令辞"),以及在论辩的过程中所展示出来的人格风神之美。

当然,清谈辩论也不是不在乎输赢,所有的游戏如果没有胜负的设置和追求,其中的快乐和紧张便要缩水。清谈是高雅的智力游戏和语言游戏,有时候,对"真理"的执着也会演变成对"胜利"的渴望。比如我们曾讲过的一个故事:

> 裴成公(頠)作《崇有论》,时人攻难之,莫能折,唯王夷甫(衍)来,如小屈。时人即以王理难裴,理还复申。(《文学》12)

裴頠对自己的《崇有论》胸有成竹,论辩起来所向无敌,但碰到"信口雌黄"的王衍,便处于下风,"屈"也是清谈术语,犹言挫败。但是别人再用王衍的理论驳难他,他又能鼓起勇气,取得论辩的胜利。"申"同"伸",相当于占据优势,稳操胜券。

说到清谈处于下风即"屈"的狼狈,有一条堪为好例:

> 范玄平(范汪)在简文(司马昱)坐,谈欲屈,引王长史(王濛)曰:"卿助我!"王曰:"此非拔山力所能助!"(《排调》34)

王濛的意思是说,清谈是君子"动口不动手"的,靠的是智慧和口才,我纵有项羽拔山之力,只怕也是爱莫能助啊!

这就说到第五个问题了:清谈到底有多激烈?

我们先来打个比方。清谈活动很像体育运动中的乒乓球运动:论辩双方就是参赛选手,发起者就是裁判,其他人则做观众或啦啦队员,有发球权的一方是"主",接发球反击的一方是"客",攻守随时发生转换;发球是"通"或者"道",接发球是"问"或者"难",一个回合叫作一"番"或一"交",多个回合叫作"往返";发了一个好球或进攻得分叫"名通"[1]或"名论",回了一个好球或防守得分叫"名对",打得不好叫作"乱"或"受困",打得好就叫"可通",打输了就叫"屈";打得好,"四座莫不厌心","众人莫不抃舞",气氛达到了高潮。这样一比方,你就会明白,清谈论辩其实也是一场关乎荣誉的战斗,对于主客双方来讲,要调动极大的智力和体能才能应战,对于旁观者而言,只

---

[1] 《文学》46 载:"殷中军问:'自然无心于禀受,何以正善人少,恶人多?'诸人莫有言者。刘尹答曰:'譬如泻水著地,正自纵横流漫,略无正方圆者。'一时绝叹,以为名通。"

要你进入情境，并带有一定的倾向性，那也一定是心跳加快，手舞足蹈，狂热无比的。所以，我们在清谈的记载中，经常会看到一些军事术语，如：

> 殷中军虽思虑通长，然于"才性"偏精。忽言及《四本》，便若汤池铁城，无可攻之势。（《文学》34）

殷浩最擅长的就是"才性四本论"[1]，只要一谈及这个论题，大有"天下英雄尽入彀中"之势。"汤池铁城"犹言固若金汤，坚不可摧。由此看来，殷浩在清谈中十分"好斗"，绝不给对手留下任何机会。有一次：

> 刘真长与殷渊源谈，刘理如小屈，殷曰："恶卿不欲作将善云梯仰攻？"（《文学》26）

殷浩清谈常常是咄咄逼人，他让刘"仰攻"，一副居高临下的样子，显然是占据了这次清谈的优势。不过，清谈大师刘惔岂是等闲之辈，很快就找机会还以颜色。

> 殷中军尝至刘尹所清言。良久，殷理小屈，游辞不已，刘亦不复答。殷去后，乃云："田舍儿，强学人作尔馨语！"（《文学》33）

这一次，刘惔利用"主场"优势取得胜利，便对殷浩大加奚落。

当时能和殷浩对抗的还有一人，就是孙盛。孙盛（约302—374），字安国，太原中都（今山西平遥）人。西晋名士孙楚的孙子。《续晋阳秋》

1 　《文学》5刘注引《魏志》称："（钟）会论才性同异，传于世。四本者：言才性同，才性异，才性合，才性离也。尚书傅嘏论同，中书令李丰论异，侍郎钟会论合，屯骑校尉王广论离。"

说："孙盛善理义。时中军将军殷浩擅名一时,能与剧谈相抗者,唯盛而已。"二人的清谈大战成为清谈文献中最著名的故事:

> 孙安国往殷中军许共论,往反精苦,客主无间。左右进食,冷而复暖者数四。彼我奋掷麈尾,悉脱落,满餐饭中。宾主遂至莫忘食。殷乃语孙曰:"卿莫作强口马,我当穿卿鼻!"孙曰:"卿不见决牛鼻,人当穿卿颊!"(《文学》31)

这一次,殷浩是"主场",孙盛是"客场",辩论非常激烈,"往返精苦,客主无间",是说二人唇枪舌剑,互不相让,早已分不清主客、攻守的界限,呈现"胶着"状态。两人是在筵席上发生的遭遇战,激战正酣,完全忘记了吃饭,饭菜冷了被人拿去热好再端上来,如此反复多次。更好笑的是,两人竟把清谈的风流道具麈尾当作"助攻"的武器,而且不是潇洒地挥舞,而是"彼我奋掷",弄得麈尾毛都脱落在杯盘之中,就像是乒乓比赛中的"对攻"战,高雅的清谈论辩由"君子动口不动手",终于进入短兵相接、赤膊上阵的"白热化"阶段。当然嘴巴也没闲着,到了最后,简直是大打口水仗,搞起"人身攻击"了。殷浩说:"你不要做强口马,小心我穿你的鼻子!"孙盛回答得更妙:"穿鼻子算什么? 难道你没见过挣脱鼻环逃跑的牛吗? 对你这号人,要穿就穿你的脸颊,让你挣都挣不脱!"——这是多么可爱的一对妙人!

四

在上述故事中,已经出现了清谈的著名道具——麈尾。麈(zhǔ),古书上指鹿一类的动物,其尾可做拂尘。因古代传说麈迁徙时,以前麈之尾为方向标志,故称麈尾。麈尾的实用功能,是古人用以驱虫、掸尘的一种工具。其形制是在细长的轴杆两边上端插设麈鹿的尾毛，下端与把柄相连接，长度大约一尺有余，做工十分精美。根据范子烨先生的研究，麈尾主要有黑、白两种，有竹柄的、玉柄的、犀柄的、木柄的、金属柄的，不一而足（《中古文人生活研究》）。但麈尾既不是羽扇，也不是拂尘，尽管在实用功能上它们有相似之处。

说到麈尾的实用功能，大家也许还记得王丞相情急之下，竟用长柄麈尾驱赶牛车的轶事（见本书第三卷《人物》篇王导部分）。王导作为清谈名士，当朝丞相，竟把麈尾当作赶牛的工具，实在有暴珍天物之嫌，他引起蔡谟的嘲笑也就难免了。为什么呢？因为在魏晋名士心目中，麈尾更多地不是为了实用，而是用来审美，用来展示名士风度的，当时的名士清谈时必执麈尾，相沿成习，使麈尾成为一种清谈盛会上的风流雅器。在清谈过程中，名士们挥麈谈玄，是一种与清谈相配合的"肢体语言"，其主要作用就是为了展示潇洒的仪态，从容的气度，营造自由宽松的氛围，当然有时候也会用来"挥斥方遒"，增强论辩的气势，像孙盛和殷浩干脆用麈尾做武器，毕竟是很少见的场景。

当然，麈尾在清谈中，并不全是为了审美，有时候，它也发挥实际的功用，例如：

> 客问乐令"旨不至"者，乐亦不复剖析文句，直以麈尾柄确几曰："至不？"客曰："至。"乐因又举麈尾曰："若至者，那得去？"于是客乃悟服。乐辞约而旨达，皆此类。（《文学》16）

《庄子·天下》篇说："指不至，至不绝。"意思是：指事的概念不能达到所指事物的实际，即使达到也不能绝对地穷尽。"指"同"旨"，指事物的概念，也可以理解为用语言给事物命名的"名"，"旨不至"的意思就是"名"与"实"永远难以完全契合无间。有客人问乐令（乐广）"旨不至"的意思。乐广觉得文句的剖析太抽象，就用动作来演示，他先用麈尾敲敲身边的几案,问:"达到了没有?"客人说:"到了。"乐广于是举起麈尾说:"如果到了,又怎么会离开?"言下之意,达到是相对的、暂时的,而达不到则是绝对的、永久的。客人立即领悟了。乐广这种言简意赅说明问题的方式,很像后来的禅宗公案。你看,这个故事中的麈尾,就起到了一种清谈指挥棒的重要作用。

有时候,麈尾甚至被当作"人"的象征物,充满无尽的意味:

> 王长史病笃,寝卧灯下,转麈尾视之,叹曰:"如此人,曾不得四十!"及亡,刘尹临殡,以犀柄麈尾著柩中,因恸绝。(《伤逝》10)

这一幕十分感人,奄奄一息的王濛于弥留之际,竟然在灯下对着麈尾看个不停,并且感叹说:"像我这样一个人,竟然连四十岁都活不到!"这时,那麈尾就成了他的风流一生的缩影。王濛死的时候,只有三十九岁。刘惔与王濛至交而齐名,情同手足,临出殡的时候,他把一把犀牛角作柄的麈尾放在王的棺材里,作为陪葬品,自己竟因极度的悲痛昏倒了。这把犀柄麈尾,我猜应该是刘惔的,他的这种行为,何尝不是将麈尾当作自己的化身呢?

关于清谈之风的影响和评价,是一个聚讼纷纭,至今仍然莫衷一是的学术话题,我曾写过《魏晋清谈研究的历史回顾》[1]一文,可以参看。这里我想说,一方面,"清谈误国"的说法在特定的历史时期十分流行,并非全无道理,在儒家的家国理想和天下关怀的照射下,谈空说无、不切实际的清谈派如果占据政治制高点,的确容易带来灾难性后果,如王衍就是好例。但另一方面,清谈作为一种学术思潮和文化现象,又确实是中国文化中十分具有人类学价值和高贵精神品格的一份文化遗产,清谈不仅推动了中国古代哲学由重道德、重伦理、重

---

1 刘强:《从"清谈误国"到"文化研究"——魏晋清谈研究的历史回顾》,《学术月刊》2005年第10期。

政治向重思辨、重逻辑、重审美的方向发展，而且，由清谈之风催生出的一种清谈精神和玄学人格，也成为中国人精神史和心灵史上一道十分悦目的风景。别的不说，如果没有玄学思潮与清谈风气，魏晋风度和名士风流肯定会成为无源之水、无本之木了。

汰侈之风：暴发户与败家子

一

　　《世说》第三十篇名为《汰侈》。汰侈，也可以理解为豪奢，即过分骄纵奢侈之意。这两个字，正好是对魏晋上层贵族骄奢淫逸之风的一种精准概括。这种风气的形成，也是上行下效的结果。

　　其实，这股奢侈风气自魏明帝曹睿时便已开始，史载，魏明帝大兴土木，登基没几年，就"大治洛阳宫，起昭阳、太极殿，筑总章观。百姓失农时，直臣杨阜、高堂隆等各数切谏，虽不能听，常优容之"。(《三国志·魏书·明帝纪》)曹爽辅政时，也是奢靡浮华，结党营私，聚敛无度，最后落得个身败名裂，不得好死，是个标准的"暴发户"和"败家子"。

　　西晋立国后，晋武帝司马炎一度抑制浮华，发展经济，国力空前强盛，最终统一了天下。以至太康年间，天下太平，政通人和，颇有几分盛世气象。但好景不长，经济的发展导致贫富差距拉大，豪门大族垄断资源，富可敌国，于是乎豪奢汰侈之风甚嚣尘上，争豪斗富，炫财摆阔,成为许多贵族的一种变态爱好。这方面,司马炎可以说带了一个坏头。史载他"平吴之后,天下又安,遂怠于政术,耽于游宴,宠爱后党,亲贵当权,旧臣不得专任,彝章紊废,请谒行矣"(《晋书·武帝纪》)。

在历史上的皇帝中,司马炎的好色是出了名的。有一年,为了挑选美女,他竟然荒唐到禁止全国公卿以下家庭的子女结婚,等他挑选之后,认为不合格的,才准嫁人。平吴之后,又将孙皓后宫的五千名宫女照单全收,使他的后宫人数达到万人的规模。有个"后宫羊车"的典故说,因为后宫人数太多,司马炎每天选择到哪里去就寝成为一件头疼的事,于是他想了个办法,每天乘坐羊车在后宫内逶巡,任其所之,羊车停在哪个嫔妃门前,便前往临幸。宫女们为求得到皇帝临幸,便在住处门前洒盐巴、插竹叶,引诱羊车过来。

皇帝尚且如此荒淫,朝中大臣就更不用说了。这一时期,浮华成风,出现了许多"暴发户"与"败家子"。

西晋开国功臣何曾(199—278)是个"礼法之士""道德先生"。史载他"性至孝,闺门整肃,自少及长,无声乐嬖幸之好。年老之后,与妻相见,皆正衣冠,相待如宾。己南向,妻北面,再拜上酒,酬酢既毕便出。一岁如此者不过再三焉"(《晋书·何曾传》)。和老婆见面都搞得如此煞有介事,可见礼法早已渗透其骨髓血液。

但是,史书上紧接宕开一笔,说:"然性奢豪,务在华侈。帷帐车服,穷极绮丽,厨膳滋味,过于王者。每燕见,不食太官所设,帝辄命取其食。蒸饼上不坼作十字不食。食日万钱,犹曰无下箸处。"吃穿用度,比帝王还要奢侈排场,每天在吃上就要用掉万钱,仍然埋怨说没有下筷子的地方!这样的忠臣孝子,可见也是巨贪巨蠹!有人向晋武帝司马炎弹劾何曾"侈忕无度",司马炎因其人乃朝廷重臣,竟然眼睁眼闭,一无所问。这不是纵容是什么?

大概这种奢靡浮华的作风也会遗传,何曾的儿子何劭和何遵也都是有名的"败家子"。何劭(?—301),字敬祖,西晋文士,传记作家,所撰《荀粲传》《王弼传》等并行于世。史载何劭"少与武帝同年,有总角之好",且"博学,善属文,陈说近代事,若指诸掌",才华是很好的。但其人"骄奢简贵,亦有父风。衣裘服玩,新故巨积。食必尽四方珍异,一日之供,以钱二万为限。时论以为太官御膳,无以加之"(《晋书·何劭传》)。比之父亲何曾,何劭奢靡的程度有过之而无不及。何曾的庶子何遵和他的几个儿子,也是个个奢侈过度,对物质的追求几近变态。

二

朝廷重臣之后尚且如此,其他权贵更不必论。我们且讲几个人物的故事。

先说西晋的富豪石崇——不敢说他就是首富,但他的泼天富贵连皇帝都侧目倒是事实。石崇(249—300),字季伦。渤海南皮(今属河北),生于青州,小名齐奴。石崇是个标准的"暴发户",而且致富的途径是令人发指的,史载,此人"任侠无行检",在他任荆州刺史时,竟然"劫远使商客,致富不赀"。[1] 俗话说:"马无夜草不肥,人无横财不富。"石崇就是靠着打家劫舍、杀人越货而大发横财、迅速暴富的,可以说,他既是高官,也是巨盗,而且黑白两道通吃!

顺便说一句,我们非常熟悉的"闻鸡起舞""击楫中流"的那位名将祖逖,也曾干过打家劫舍的勾当[2],说明当时对官员的管理十分成问题,甚至有点"黑猫白猫,抓住老鼠就是好猫"的意思。像石崇这样

---

[1] 《汰侈》1 注引王隐《晋书》:"石崇为荆州刺史,劫夺杀人,以致巨富。"
[2] 《任诞》23 载:"祖车骑过江时,公私俭薄,无好服玩。王、庾诸公共就祖,忽见裘袍重叠,珍饰盈列。诸公怪问之,祖曰:'昨复南塘一出。'祖于时恒自使健儿鼓行劫钞,在事之人,亦容而不问。"刘注引《晋阳秋》曰:"逖性通济,不拘小节。又宾从多是桀黠勇士,逖待之皆如子弟。永嘉中,流民以万数,扬土大饥,宾客攻剽,逖辄拥护全卫,谈者以此少之,故久不得调。"

富比王侯的富豪，在当时竟然很受推重，他依附权臣贾谧，和潘岳一样望尘而拜，成为贾谧的"二十四友"之一，著名的金谷雅集，就是石崇发起的，而且受到东晋名士王羲之、谢安的"企羡"[1]。这股汰侈之风，真是相当了得！

石崇和王敦关系很好，有一次两人到太学里去游玩，看到颜回、原宪的画像，石崇就感叹道："如果和他们一起做了孔门的学生，我们也不会比他们差的！"颜回和原宪都是孔子门下出身贫贱而德行高尚的弟子，颜回是"一箪食，一瓢饮，在陋巷，人不堪其忧，回也不改其乐"，原宪是蓬户瓮牖而安贫乐道。王敦对石崇的话表示了异议，他说："不知别人怎么样，子贡倒是和你很相似。"子贡是孔子门下最有才干也最富有的弟子，王敦的话颇有些讽刺意味，言下之意：你在德行上比颜回、原宪差远了，也就可以和孔门首富子贡比比谁更有钱！石崇一听，正色说道："士当令身名俱泰，何至以瓮牖语人！"（《汰侈》10)意思是：读书人本来就应当让自己利禄亨通，功名显耀，怎么能把原宪那样蓬户瓮牖的穷酸样儿四处宣扬呢！一句"身名俱泰"，将石崇的"土豪"心态暴露无遗。

石崇可以说是魏晋汰侈之风的首席代表，《汰侈》篇共 12 条，其中 5 条是关于石崇的。开篇第 1 条说：

> 石崇每要客燕集，常令美人行酒；客饮酒不尽者，使黄门交斩美人。王丞相与大将军尝共诣崇。丞相素不能饮，辄自勉强，至于沉醉。每至大将军，固不饮以观其变，已斩三人，颜色如故，尚不肯饮。丞相让之，大将军曰："自杀伊家人，何预卿事！"（《汰侈》1)

在讲王敦的时候，已经提到这个"斩美劝酒"的故事，借以说明王敦其

1　如《企羡》3 载："王右军得人以《兰亭集序》方《金谷诗序》，又以己敌石崇，甚有欣色。"又《品藻》57 载："谢公云：'金谷中苏绍最胜。'绍是石崇姊夫，苏则孙，愉子也。"

人的残忍。但如果将目光聚焦在石崇身上，又会有新的发现。我以前一直不明白，这么一个有点像恐怖小说的故事，为什么会放在《汰侈》篇？杀人和"汰侈"有什么关系呢？后来我想通了，因为汰侈含有豪奢骄汰之意，换言之，在这些富豪的眼里，美人也属于私有财产，而且是"性价比"最高的财产，如果让美人劝酒不算豪奢，那么用杀美人来劝酒，就显得豪气冲天，不同凡响了！

无独有偶。此条刘注引《王丞相德音记》也记载了一个类似的故事，不过主人公换成了王恺："丞相素为诸父所重，王君夫问王敦：'闻君从弟佳人，又解音律，欲一作妓，可与共来。'遂往。吹笛人有小忘，君夫闻，使黄门阶下打杀之，颜色不变。丞相还，曰：'恐此君处世，当有如此事。'"从这两个故事可以看出：一个被金钱和权位腐蚀到极致的人，其自我可以膨胀到什么程度，其心灵世界可以扭曲变态到什么程度！

再看第二条：

> 石崇厕常有十余婢侍列，皆丽服藻饰，置甲煎粉、沈香汁之属，无不毕备。又与新衣著令出。客多羞不能如厕。王大将军往，脱故衣，著新衣，神色傲然。群婢相谓曰："此客必能作贼！"
>
> （《汰侈》2）

这个故事单独看，好像是写王敦的豪爽，但如果和"汰侈"这个门类的主旨结合起来看，就会发现，真正的主人公是石崇。如果给这个故事一个标题，可以叫作"石崇家厕"。他家的厕所豪华到什么程度呢？我们先来看"硬件"。据史书记载，崇尚节俭的官员刘寔有一次到石崇家做客，"如厕，见有绛纹帐，裀褥甚丽，两婢持香囊。寔便退，笑谓崇曰：'误入卿内。'崇曰：'是厕耳。'寔曰：'贫士未尝得此。'乃更如他厕。"（《晋书·刘寔传》）石崇家的厕所，竟然有豪华床帐，以至让没见过世面的刘寔误以为闯进了石崇的内室,这厕所的"硬件"实在奢侈得离谱。

再看"软件":刘寔那次如厕,看见"两婢持香囊"在里边侍立,这还不算排场,王敦这次如厕竟然看到有十来个衣着华丽的婢女列队伺候,而且,石崇家的厕所还有个"更衣"的程序——脱掉自己身上的衣服,方便完毕,还要由这些婢女们伺候着穿上新衣方可出去。这种"服务"简直让今天五星级宾馆的总统套房也自叹不如!但我估计,这厕所的使用价值并不高,不仅刘寔不敢进,一般客人也不敢进,如果石崇家旁边有公厕的话,生意肯定更好——本来大家就是为了"方便"的,如此豪华讲究,岂不让人顿生"不方便"之感?

王敦在《世说》中共有两次上厕所的经历:一次是到石崇家,尽显豪爽本色;一次是在宫廷里,则暴露出了没见过世面的"田舍"嘴脸。《纰漏》篇第一条说:"王敦初尚主[1],如厕,见漆箱盛干枣,本以塞鼻,王谓厕上亦下果,食遂至尽。既还,婢擎金澡盘盛水,琉璃碗盛澡豆,因倒著水中而饮之,谓是干饭。群婢莫不掩口而笑之。"我们且不管驸马郎王敦如何丢人现眼,只要看看公主家的厕所居然有塞鼻子用的干枣,还有洗手用的澡豆,便知道西晋皇室物质生活上的极端奢靡!

三

如果仅仅是奢侈浮华,"没事偷着乐",倒也可算是"富而无骄",可是西晋的这些暴发户们,似乎唯恐天下不乱,非要显山露水,争豪斗富,弄得如山呼海啸般,耸人听闻,惊世骇俗。史载,石崇"财产丰

---

[1]　刘注称:"敦尚武帝女舞阳公主,字修祎。"

积,室宇宏丽。后房百数,皆曳纨绣,珥金翠。丝竹尽当时之选,庖膳穷水陆之珍。与贵戚王恺、羊琇之徒以奢靡相尚"(《晋书·石崇传》)。"奢靡相尚"就是进行奢侈浪费的竞赛,争先恐后,互不相让。石崇的主要竞争对手是外戚王恺[1]。

王恺,字君夫,晋武帝司马炎的舅舅。此人生性豪奢而好斗,非要和石崇争夺"败家子"的头把交椅,处处和石崇作对。石崇在王敦、王导兄弟跟前来个"斩美劝酒",王恺也如法炮制,等王氏兄弟到自己家时,也来个"打杀吹笛人"!《世说·汰侈》篇记载二人争豪斗富的故事有三条,读之触目惊心:

> 王君夫以饴糒澳釜,石季伦用蜡烛作炊。君夫作紫丝布步障碧绫里四十里,石崇作锦步障五十里以敌之。石以椒为泥,王以赤石脂泥壁。(《汰侈》4)

第一条说,王恺用饴糖和干饭刷锅,石崇后来居上,竟用蜡烛做饭。王恺在自己的庄园里做了一条四十里长的紫丝布步障,里子用的是名贵的碧绫,石崇就做了条五十里长的锦缎步障来和他抗衡。石崇家里搞装修,用花椒涂墙,王君夫就用更稀有的赤石脂涂墙,寸步不让。

这是三次小型竞赛。接下来还有三次中等竞赛:

> 石崇为客作豆粥,咄嗟便办。恒冬天得韭蓱(萍)齑。又牛形状气力不胜王恺牛,而与恺出游,极晚发,争入洛城,崇牛数十步后迅若飞禽,恺牛绝走不能及。每以此三事搤腕,乃密货崇帐下

---

1 《晋书·羊琇》:"琇性豪侈,费用无复齐限,而屑炭和作兽形以温酒,洛下豪贵咸竞效之。又喜游燕,以夜续昼,中外五亲无男女之别,时人讥之。"羊琇是皇室外戚,其奢侈比王恺的争豪斗富尚显斯文。

都督及御车人,问所以。都督曰:"豆至难煮,唯豫作熟末,客至,作白粥以投之。韭蓱齑是捣韭根,杂以麦苗尔。"复问驭人牛所以驶,驭人云:"牛本不迟,由将车人不及制之尔。急时听偏辕,则驶矣。"恺悉从之,遂争长。石崇后闻,皆杀告者。(《汰侈》5)

故事说,石崇家里有三件事让王恺愤愤不平:一是为客人准备豆粥,一会儿就可以端上来。二是在他家里就是大冬天,也总能吃到韭蓱做的咸菜。这两件事很可以作为文化学的研究材料,说明石崇庄园的"菜篮子工程"搞得不错,而且很可能掌握了蔬菜和食物的保鲜技术。第三件,是石崇家的牛外形体力都不及王恺的牛,可是他和王恺一起出游,常常后发先至,两人比试谁能抢先进入洛阳城时,石崇的牛在几十步后竟能像飞鸟一样,迅速超过王恺的牛,王恺的牛拼尽全力也追赶不上! 王恺实在忍无可忍,就暗地里收买了石崇家的管家和车夫,询问其中的奥秘。管家说:"豆子非常难煮,只要先把豆子煮熟,做成碎末,客人到了,熬粥时把它加进去就行了。韭蓱咸菜是捣好的韭菜根,里面掺杂着麦苗而已。"又问车夫驾驭牛的窍门,车夫说:"牛原本跑得不慢,只是因为驾车的人不会控制罢了。紧急时候让车的重心偏向一边,这样跑得就快了。"王恺全部照做,果然就战胜了石崇。石崇后来听说此事,就把这两个吃里扒外的王恺的"卧底"全杀了!

　　由此可见,"汰侈"之风里有一个很变态的趣味,就是所谓"拜金主义"或者"拜物教",为了物质竞赛中的胜利,人的生命变得轻于鸿毛,贱如草芥!"人为物役"的结果,最终成了"人不如物"。读《汰侈》一篇,如只看到富豪的挥金如土,锦衣玉食,不能读出其中的"残忍"和"变态",不能算是得其三昧。

　　第三个故事更有名,一般选本都冠以"石王争豪"的标题:

　　　　石崇与王恺争豪,并穷绮丽以饰舆服。武帝,恺之甥也,每助恺。尝以一珊瑚树高二尺许赐恺,枝柯扶疏,世罕其比。恺以示崇,崇视讫,以铁如意击之,应手而碎。恺既惋惜,又以为疾己之宝,声色甚厉。崇曰:"不足恨,今还卿。"乃命左右悉取珊瑚树,有三尺、四尺,条干绝世,光彩溢目者六七枚,如恺许比甚众。恺惘然自失。(《汰侈》8)

这个叙事艺术很高的故事说,石崇和王恺斗富,无所不用其极。晋武帝司马炎是王恺的外甥,他常常帮助王恺,成了王恺的"后援团"。有一次他送给王恺一株二尺多高的珊瑚树,枝条扶疏,世间少有。王恺兴冲冲地拿给石崇看,石崇看罢,举起手中的铁如意向珊瑚树砸去,只见这株上好的珊瑚树应声而碎。王恺非常惋惜,还以为石崇妒忌自己的珍宝,就声色俱厉地指责石崇。石崇说:"这不值得遗憾,我今天就赔给你。"于是命令手下把珊瑚树都拿了出来,光是三尺、四尺那么高、枝条极其漂亮、光彩夺目的,就有六七株之多,和王恺那株一样的就更多了。王恺一看,顿时像只斗败的公鸡,惘然若失了好半天。

四

在石、王争豪的同时,还有一位富豪异军突起,大有后来居上之势,这个人就是王济:

武帝尝降王武子(王济)家,武子供馔,并用琉璃器。婢子百余人,皆绫罗绔袴,以手擎饮食。蒸豚肥美,异于常味。帝怪而问之。答曰:"以人乳饮豚。"帝甚不平,食未毕,便去。王、石所未知作。(《汰侈》3)

在西晋贵族的争豪斗富的赛场上，晋武帝司马炎经常充当裁判、观众、支持者的角色，基本上属于"坐山观虎斗"，但这一次，王济泼天的富贵让司马炎也坐不住了！如果说王济家吃饭的排场，诸如用的都是名贵的琉璃器皿，侍候的婢女有一百多人，穿的都是绫罗绸缎，阵容相当豪华，等等，这些都还可以忍受的话，那么，王济家蒸的味道鲜美的乳猪竟然是用人奶喂大的，这就有点"是可忍，孰不可忍"了！只要想想，用人奶喂养小猪，需要多少哺乳期的妇女，又有多少嗷嗷待哺的婴儿可能要和小猪争奶喝，就知道这个王济丧心病狂到了何种地步！司马炎听后很气愤，饭没吃完就走了。作者还补充一句说："王恺、石崇两家都不知道这种做法。"说明王济在这次无形的竞赛中，终于凭借其变态的"创新精神"占了上风。

事实证明，王济还真有些"败家子"的天分。即使在仕途失意，遭贬之后，他也不忘摆阔。他把家搬迁到京城东北角的北邙山下，当时人口众多，地价很贵，王济为了满足自己骑马射箭的爱好，就买下一大块地作为骑射场地，并且搞起"圈地运动"，筑起一道矮墙作为界限。这倒也罢了，他还把钱串起来，绕着矮墙缠了一圈。当时人们称此为"金沟"（《汰侈》9）。这真是有钱不知道怎么花了，又像是"穷得只剩下钱"了！

不知是不是在金沟里练成了神射手，有一次，王济开始向王恺挑战了：

> 王君夫有牛名八百里驳，常莹其蹄角。王武子语君夫："我射不如卿，今指赌卿牛，以千万对之。"君夫既恃手快，且谓骏物无有杀理，便相然可，令武子先射。武子一起便破的，却据胡床，叱左右速探牛心来。须臾，炙至，一脔便去。（《汰侈》6）

王恺有一头牛名叫"八百里驳"，他经常用珠宝装饰牛的蹄角，非常喜爱。王济就对王恺说:"我射箭的技术不如你,今天就赌你的牛,我拿千万钱作赌注。"王恺自恃射术高明,并且觉得自己的牛那么好,不会被杀,就答应了,让王武子先射。这正中王济下怀,他一箭射出,正中靶心。接下来的事就让人不忍再看了:只见王济退回来靠着胡床,神气活现地命令左右速把牛心掏出来。不一会儿,烤好的牛心热腾腾地端了上来,王武子只吃了一块就走了。可见他不是好吃牛心,杀牛取心的把戏,就是为了让对手难堪!

不知道为什么,《汰侈》篇里竟写到两次杀牛、两次吃牛心的情景。美男名士王衍也有一次与彭城王司马权赌射杀牛的故事[1],司马权输了后,愿以二十头肥牛换他那头心爱的快牛,可王衍还是一不做二不休,把牛给杀了。这真是典型的"成人之恶"!忍辱负重的牛,成了这些富豪们展示"为富不仁"的最佳道具。更莫名其妙的是,一次王羲之在周伯仁的宴席上,本来是叨陪末座的,周伯仁割了一块牛心肉给他吃,一座客人顿时对年少的王羲之刮目相看(《汰侈》12)。

如果说《世说》中有哪一门让我读了不是滋味,那一定是《汰侈》。每次读到《汰侈》中的这些故事,总会感到一股变态味和血腥气扑面而来,尽管故事写得很具视觉冲击力,但仔细想想,这么一种骄奢淫逸的社会风气,恐怕远比清谈带来的危害更大,更致命!明代王世懋评"斩美劝酒"的故事说:"无论处仲忍人,观此事,晋那得不乱?"诚哉是言也!

---

1 《汰侈》11 载:"彭城王有快牛,至爱惜之。王太尉与射,赌得之。彭城王曰:'君欲自乘,则不论;若欲啖者,当以二十肥者代之。既不废啖,又存所爱。'王遂杀啖。"

嘲戏之风：语不"损"人死不休

一

比起汰侈之风的狞厉怪诞，魏晋大行一时的嘲戏之风应该是个让人轻松愉快的话题。

先来解释什么是"嘲戏"。嘲戏，指调笑戏谑的行为或言辞，如晋葛洪《抱朴子·疾谬》篇说："嘲戏之谈，或上及祖考，或下逮妇女。"又如曹丕《典论·论文》称："孔融体气高妙，有过人者；然不能持论，理不胜词，以至乎杂以嘲戏。"用现在的话说，嘲戏就是开玩笑，只不过是有点修辞性和幽默感的玩笑。《世说》有一个门类叫作《排调》。排调，同俳调，即戏弄调笑之意。这个门类，就是专门记载魏晋名士的嘲戏言行的，共有65条，在《世说》中占有较大的比例。

其实，嘲戏之风古已有之。有人说，中国人没有幽默感，这话真是大错特错。中国人不仅富有幽默感，而且充满乐观精神和喜剧精神。早期的儒家致力于建立社会秩序，表现出一种"任重而道远""知其不可而为之"的忧患意识和使命感,但在这种忧患意识的背后,还有一种"德不孤,必有邻"的自信,一种"虽千万人,吾往矣"的勇敢,以及"饭蔬食,饮水,曲肱而枕之,乐亦在其中矣"的豁达与乐观。《周易·系辞上》有言:"乐天知命,故不忧。"乐观向上,这是儒家留给后人的精神遗产。

如果说,儒家充满"建构"的豪情,那么道家则饱含"解构"的智慧。在老庄的思想里,名教的世界,甚至概念的世界常常会显出其原本的荒谬性,于是,一种与乐观精神相辅相成的喜剧精神诞生了。我们在《庄子》这部书里,除了感受到一种漫无涯际的智慧,同时也感受到一种入木三分的幽默,那些精彩绝伦的寓言故事,为我们打开了生命的另一扇门,使中国人的心灵世界和思维方式发生了极大改变。庄子嘲笑一切权威,包括圣人;庄子解构一切价值,包括仁义道德。总之,庄子其人堪称中国嘲戏精神的远祖,《庄子》其书,也可说是中国幽默文学之滥觞。

司马迁大概也注意到了这种嘲戏精神,在《史记·滑稽列传》中,他为许多地位虽不高却能以嘲戏精神、诙谐手法劝谏君主、展示才华的滑稽高手树碑立传。不过,通观《史记·滑稽列传》所写的淳于髡、优孟、优旃、郭舍人、东方朔等人,给我的印象是:这些人物如果放在《世说》中,大多只能入《规箴》,而不能入《排调》。这就牵涉对"滑稽"一词的解释。根据《史记索隐》的说法:"滑,乱也;稽,同也。言辨捷之人言非若是,说是若非,言能乱异同也。"司马迁则以为滑稽的功用在于:"谈言微中,亦可以解纷。"[1] 也就是说,这些能言善辩的滑稽诙谐之人,最适宜在皇帝或君主身边充当言官或谏臣,在关系国家存亡或个人生死的关键时刻,他们常常能够用"三寸不烂之舌",颠倒乾

1 　关于"滑稽"的解释,另有崔浩云:"滑音骨。滑稽,流酒器也。转注吐酒,终日不已。言出口成章,词不穷竭,若滑稽之吐酒。故扬雄酒赋云'鸱夷滑稽,腹大如壶,尽日盛酒,人复藉沽'是也。"又姚察云:"滑稽犹俳谐也。滑读如字,稽音计也。言谐语滑利,其知计疾出,故云滑稽。"亦可参看。

坤,力挽狂澜。

事实证明,这个推断是有道理的,《世说》就提供了一个很好的证据:

> 汉武帝乳母尝于外犯事,帝欲申宪,乳母求救东方朔。朔曰:"此非唇舌所争,尔必望济者,将去时,但当屡顾帝,慎勿言!此或可万一冀耳。"乳母既至,朔亦侍侧,因谓曰:"汝痴耳!帝岂复忆汝乳哺时恩邪!"帝虽才雄心忍,亦深有情恋,乃凄然愍之,即敕免罪。(《规箴》1)

但这个记载是有问题的。根据《史记·滑稽列传》,此事应是郭舍人所为,而非东方朔。为什么要张冠李戴呢?王世懋认为:"本郭舍人事,附会东方生以为奇。"一句话,因为东方朔比郭舍人名气更大!但无论是郭舍人,还是东方朔,故事的内核没有改变,而这两个滑稽人物在《世说》中却被放进了《规箴》篇。

这说明,"滑稽"和"嘲戏"有着本质上的不同,"滑稽"一般带有"解纷""劝善"或"规箴"的功利目的,而"嘲戏"和"排调"则显然充满了自得其乐的娱乐精神,从"滑稽"到"嘲戏",体现了从秦汉到魏晋士人的群体人格,发生了从附庸人格到独立人格的转变。不过,在现代汉语的体系中,滑稽渐渐成为嘲戏和搞笑的同义词了。

二

为什么嘲戏的精神会在魏晋大行其道?一言以蔽之,盖因儒家经学在汉末遭遇崩溃,以道家老庄精神为旨归的玄学思潮风起云涌之故。日益僵化的经学让人们逐渐"审美疲劳",儒家宣扬的仁义忠孝之道也在魏晋充满血腥的政权争夺中暴露出了其易被篡改和绑架的一面,在已经看透世界荒诞性的魏晋名士眼里,一本正经的"建构"早已显得十分可笑,而超然物外的"解构"却变得聪明而又时髦。特别是,当《老》《庄》之学成为知识界、文化圈趋之若鹜的"圣经"之时,庄子的喜剧精神便渗透进士人的心灵深处了。所以我们看到,魏晋名士无不具有喜剧表演的天赋和欲望,但凡有机会展示自己的幽默感和搞笑水平,无不跃跃欲试,以求一逞口舌之快。

在嘲戏、排调的语言盛宴中,名士们奉行的是"语不损人死不休"的原则。在这一游戏规则之下,其他一切都可忽略不计,甚至包括"三纲五常"。即使君臣或上下级之间,也常常用言语戏谑调笑,甚至不惜拿父亲的名讳开玩笑:

> 晋文帝与二陈共车,过唤钟会同载,即驱车委去。比出,已远。既至,因嘲之曰:"与人期行,何以迟迟?望卿遥遥不至。"会答曰:"矫然懿实,何必同群。"帝复问会:"皋繇何如人?"答曰:"上不及尧、舜,下不逮周、孔,亦一时之懿士。"(《排调》2)

一次,司马昭和陈骞(211—292)、陈泰(约200—260)同乘一辆车子,路过钟会门前时,就叫着要钟会同行,喊完就丢下他驾车跑了。等钟会出来时,车子已经走远。钟会赶到后,他们嘲笑钟会说:"和人约好了出行,为何那么慢哪?遥遥地看见你,就是追不上来。"请注意,这话已经不仅是"倒打一耙"了,而且触犯了钟会的父亲钟繇的名讳——"繇"与"遥"古音相同。钟会何等聪明,马上反唇相讥:"我矫然出众,懿美丰盈,何必要和你们同群。"这句话可以说是一石三鸟:分别触犯了陈骞的父亲陈矫、司马昭的父亲司马懿、陈泰的父亲陈群的名讳。司马昭不甘示弱,又不怀好意地问道:"皋繇是什么样的人?"皋繇,是古代的贤臣,但这个"繇"字再次拿钟会的父亲钟繇开涮。钟会应声答道:"他上不如尧、舜,下不及周、孔,不过也是一时的懿德之士。"这个回答不仅赞美了父亲,而且再次提到司马懿,更是一箭双雕的妙对!这时,君臣上下之礼完全被抛在脑后,大家只沉浸在语言带来的快感之中了。

下面一条更出格:

> 元帝(司马睿)皇子生,普赐群臣。殷洪乔(殷羡)谢曰:"皇子诞育,普天同庆。臣无勋焉,而猥颁厚赉。"中宗笑曰:"此事岂可使卿有勋邪?"(《排调》11)

晋元帝(司马睿)的儿子诞生后,遍赏群臣。殷洪乔(殷羡)谢恩道:"皇子诞生,普天同庆。臣无功勋,却得厚赏。"司马睿笑着说:"生儿子这样的事怎么能让你立功呢?"这对君臣,真是一对活宝了。

不仅君臣之间不拘小节,同僚或好友之间更是"损之又损"。王导和周伯仁是一对经常开玩笑的老朋友,可谓亲密无间,无话不谈。有一次,大概是在酒席上,王导枕着周伯仁的膝上,指其腹曰:"卿此中何所有?"周知道他要说什么,就反唇相讥:"此中空洞无物,然容卿辈数百人。"(《排调》18)周伯仁一不小心,就说出一个成语,同时也把王导纳入自己腹中,十分机智诙谐。

还有一次,王导和许多官员一起喝酒,举着琉璃碗时,灵感又来了,就对周伯仁说:"这只碗腹中空空,却被称为宝器,为什么呢?"这是戏称周伯仁无能。周伯仁是言语谈辩的高手,应声答道:"此碗虽空,却是精美超群,清澈无瑕,所以是不可多得的宝贝。"(《排调》14)

另有一次,司马绍问周伯仁:"刘真长(刘惔)是个怎样的人?"周答曰:"故是千斤犗特。"犗(jiè)特,指阉割过的公牛,有讥讽真长外强中干之意。王导听了就笑他这个比喻不够雅驯。没想到周伯仁马上把矛头指向王导,说:"不如卷角牸,有盘辟之好。"(《排调》17)卷角牸

(zì)，指年老的母牛，犄角蜷曲；盘辟，是盘旋从容，进退皆如骑者之意。暗指王导就像犄角蜷曲的老母牛，性情温和，虽然年老体衰，但盘旋进退皆能让人称心如意。以牛喻人，是一种善意而促狭的调侃，但非常生动，不是非常熟悉的老朋友只怕说不出这么绝妙的话来。

王导和诸葛恢的一次口角更为风趣：

> 诸葛令、王丞相共争姓族先后。王曰："何不言葛、王，而云王、葛？"令曰："譬言驴马，不言马驴，驴宁胜马邪？"（《排调》12）

诸葛恢（265—326），字道明，琅琊阳都人。弱冠知名，在过江的北方大族中，名声仅次于王导、庾亮。诸葛恢做临沂令时，王导曾对他说："明府当为黑头公。"[1]意为年纪轻轻便可位至三公。大概因为是同乡且年龄相仿，两人的关系非常亲近，所以才有共争家族先后的戏剧性场面。王导显然认为自己门第既悠久又高贵，但他的理论根据却站不住脚，竟然说："否则，人们为什么不说葛、王，而说王、葛？"言下之意，孰先孰后不是明摆着吗？诸葛恢非常机智善辩，马上反驳道："人们也从不说马驴，而说驴马，难道驴子就胜过马吗？"故事到这里就结束了，可以想象的是，王导这时一定是理屈词穷，瞠目结舌，而诸葛恢一定是得意洋洋，幸灾乐祸，因为他的回答等于把王导骂成了驴子，真是捡了个大便宜！其实，在汉语中，不同姓氏并称并不具有高下先后之分，而是习惯上"平声居先，仄声在后"[2]，如此而已。

上述故事都有一个共同的特点，就是王导在和别人开玩笑、打嘴

1　事见《识鉴》11："诸葛道明初过江左，自名道明，名亚王、庾之下。先为临沂令，丞相谓曰：'明府当为黑头公。'"刘注引《语林》曰：丞相拜司空，诸葛道明在公坐，指冠冕曰："君当复著此。"

2　此意余嘉锡先生论之甚详，他说："凡以二名同言者，如其字平仄不同，而非有一定之先后，如夏商、孔颜之类，则必以平声居先，仄声居后，此乃顺乎声音之自然，在未有四声之前，固已如此。故言王葛、驴马，不言葛王、马驴，本不以先后为胜负也。如公谷、苏李、嵇阮、潘陆、邢魏、徐庾、燕许、王孟、韩柳、元白、温李之属皆然。"见《世说新语笺疏》，第791—792页。

仗的时候，常常是率先发难，最后却被别人后发制人，自己往往占不到便宜。这和王导的平易厚道、不愿恶言伤人有关系，尽管如此，他还是乐此不疲，哪怕被别人调侃戏弄也在所不惜，这是很需要几分"娱乐精神"的。所以我说，爱开玩笑的王导是个充满喜剧精神的幽默家。

<h1 style="text-align:center">三</h1>

和我们今天的人喜欢拿别人的相貌和生理特点开玩笑一样，魏晋名士也经常拿相貌说事，以为笑乐。有一次，王导取笑西域僧人康僧渊，因为其人"目深而鼻高"，僧渊也是名僧名士得兼的人物，当即答道："鼻者，面之山；目者，面之渊。山不高则不灵，渊不深则不清。"（《排调》21）不卑不亢，机智诙谐！再看下面一则：

> 张吴兴（玄之）年八岁，亏齿，先达知其不常，故戏之曰："君口中何为开狗窦？"张应声答曰："正使君辈从此中出入！"（《排调》30）

我老家有句俗语："七岁七，掉门鼻；八岁八，掉狗牙。"张玄之八岁时，掉了几颗牙齿，大人们知道这孩子不寻常，就故意逗他："你嘴里怎么开了狗洞了？"张玄之马上还以颜色："正是为了让你们从这里出入呢！"成语"狗窦大开"即由此而来。

> 桓豹奴（桓嗣）是王丹阳（王混）外生，形似其舅，桓甚讳之。宣武（桓温）云："不恒相似，时似耳。恒似是形，时似是神。"桓逾不说。（《排调》42）

桓豹奴是桓冲的儿子桓嗣，长得很像他舅舅丹阳尹王混，估计王混长相不雅,桓嗣很忌讳这件事。有一次,伯父桓温对他说:"你们也不是经常相似的,不过有时相似罢了。"这话很像是善意的安慰,可桓温马上又说:"经常相似的是外形,有时相似的是神情。"这等于说,桓嗣简直和舅舅形神皆似了! 桓嗣听了越发不高兴。据我考证,中国古代美学中的两大概念"形似"和"神似"就是从这条不起眼的记载开始进入人们的视野的。

桓温的儿子桓玄也喜欢开玩笑。他手下有个叫祖广的参军经常缩着头。有一次他来拜访桓玄,刚下车,桓玄看他缩头缩脑的样子就说:"天气非常晴朗,祖参军却好像刚从漏雨的屋里出来似的!"(《排调》64)仔细联想一下,桓玄的调侃真是很妙!

更让人同情的还是名僧支道林。他因为长相怪异,竟成为大家调侃打趣的"活宝":

> 王子猷诣谢万,林公先在坐,瞻瞩甚高。王曰:"若林公须发并全,神情当复胜此不?"谢曰:"唇齿相须,不可以偏亡。须发何关于神明!"林公意甚恶,曰:"七尺之躯,今日委君二贤。"
>
> (《排调》43)

王子猷拜访谢万,支道林也在座,举止顾盼之间,显得十分高傲。王子猷是何等人物? 当然不肯示弱,马上就拿支道林的光头开涮了:"要是林公胡须头发都很齐全的话,神情气度应该比现在这样子好些吧?"谢万作为主人,马上打圆场:"唇亡齿寒,所以唇与齿缺一不可;但是头发胡须和神明又有什么关系呢?"这话看似同情,其实还是就着王子猷的话题往下说,而这话题是"聪明绝顶"的支道林不堪忍受的。林公脸色很难看地说:"我这一百多斤,今天就交给二位糟践吧!"其实也怪不得别人,谁让你一开始太"牛"了呢?

有时候,先发难的人未必讨得了便宜:

> 王、刘每不重蔡公(蔡谟)。二人尝诣蔡,语良久,乃问蔡曰:
> "公自言何如夷甫(王衍)?"答曰:"身不如夷甫。"王、刘相目而笑
> 曰:"公何处不如?"答曰:"夷甫无君辈客。"(《排调》29)

王濛、刘惔总看不起蔡谟。有一次两人去蔡谟那里,谈了很长时间,问蔡谟说:"您觉得你和王夷甫相比怎么样?"蔡谟答道:"我不如王夷甫。"王、刘自以为得计,相对而笑,说:"您哪里不如王夷甫?"蔡谟却说:"王夷甫没有你们这样的客人。"

有时候,相同的语境,两个人半斤八两、旗鼓相当:

> 王文度(坦之)、范荣期(启)俱为简文所要。范年大而位小,
> 王年小而位大。将前,更相推在前,既移久,王遂在范后。王因
> 谓曰:"簸之扬之,糠秕在前。"范曰:"洮之汰之,砂砾在后。"(《排
> 调》46)

不仅地位相同的同僚和亲密无间的朋友口无遮拦,夫妻之间也常常插科打诨,开一些无伤大雅的私密玩笑。我们讲过的王戎和夫人"卿卿我我"的故事就是一例。不过,比起下面这条故事,王戎的老婆还算是客气的:

> 王浑与妇钟氏共坐,见武子(王济)从庭过,浑欣然谓妇曰:
> "生儿如此,足慰人意。"妇笑曰:"若使新妇得配参军,生儿故可
> 不啻如此!"(《排调》8)

王浑和妻子钟氏一起坐着闲聊,看见武子(王济)从院子经过,王浑高兴地对妻子说:"我们生了这样一个儿子,也该知足了。"那是对自己的"作品"沾沾自喜的意思。没想到妻子却笑着说:"如果我能嫁给你

弟弟王沦,生的儿子可就不止这样了!"你看,王浑的妻子钟氏居然有暗恋小叔子之嫌!王浑的弟弟王沦"醇粹简远,贵老、庄之学,用心淡如也",做过大将军参军,故称王参军。但是不幸在二十五岁就一命呜呼。钟氏此言,大概也有怀念之意,故丈夫也不以为忤。但这样的放浪之言,连后世风流文人都觉得过分,如明人王世懋就说:"此岂妇人所宜言?宁不启疑?恐《贤媛》不宜有此。"袁中道也说:"太戏。"这说明,魏晋风度不仅表现在名士的身上,女性的言行之间也颇有"林下风气"!

夫妻开玩笑如此,父子之间也常常没大没小:

> 张苍梧(张镇)是张凭之祖,尝语凭父曰:"我不如汝。"凭父未解所以,苍梧曰:"汝有佳儿。"凭时年数岁,敛手曰:"阿翁,讵宜以子戏父?"(《排调》40)

这个故事的内核是:爷爷喜欢孙子,就对儿子说:"我比不上你啊!"儿子不解。爷爷就说:"你有一个好儿子。"这分明是拐着弯地骂儿子"不肖"。没想到孙子不乐意了,拱手施礼说:"爷爷啊,您怎么可以用儿子戏弄父亲呢?"这样的祖孙三代,真是其乐融融!

四

魏晋名士的辩才来自他们丰厚的文化素养,引经据典信手拈来,风生水起不留痕迹,而又沉着痛快,令人解颐。

> 习凿齿、孙兴公(孙绰)未相识,同在桓公(桓温)坐。桓语孙:"可与习参军共语。"孙云:"'蠢尔蛮荆',敢与'大邦为仇'!"习

云:"'薄伐猃狁,至于太原'。"(《排调》41)

这一次则是拿对方籍贯开玩笑了。习凿齿是襄阳人,所以孙绰就引用《诗经·小雅·采芑》"蠢尔蛮荆,大邦为仇"之句说:"你这个愚蠢的荆蛮子,竟敢做我大国的死对头!"习凿齿就在这个语境上和他舌战,他知道孙绰是太原人,便引用《诗经·小雅·六月》"薄伐猃狁,至于大原"的句子回击道:"我正要狠狠地讨伐你这猃狁,直捣你的老巢太原城!"在日常口语中引用《诗经》原典,并且结合具体的人物背景,竟能如此迅捷而又精妙,真是谈何容易!

有时候,甚至说错了,名士们也能将错就错,点铁成金:

> 孙子荆(孙楚)年少时欲隐,语王武子(王济)"当枕石漱流",误曰"漱石枕流"。王曰:"流可枕,石可漱乎?"孙曰:"所以枕流,欲洗其耳;所以漱石,欲砺其齿。"(《排调》6)

枕石漱流,语出曹操乐府诗《秋胡行》之一:"遨游八极,枕石漱流饮泉。"又《三国志·蜀志·彭羕传》:"枕石漱流,吟咏缊袍。"即枕山石、漱涧流之意,喻指隐居山林的生活。孙楚一不小心说成了"漱石枕流",结果被王济抓住了把柄,马上问:"流水可以枕,石头能漱口吗?"孙子荆急中生智,应声答道:"枕流,是为了洗耳朵;漱石,是为了磨砺牙齿。""洗耳"一句,正好引用了上古隐士许由临流洗耳的典故,恰情恰景,和王献之落笔画牛的典故[1]颇有异曲同工之妙。

在文学创作活动中,有时也会有好笑的场景:

> 郝隆为桓公南蛮参军。三月三日会,作诗。不能者,罚酒三

---

[1] 《晋书·王献之传》:"桓温尝使书扇,笔误落,因画作乌驳牸牛,甚妙。"

斗。隆初以不能受罚，既饮，揽笔便作一句云："娵隅跃清池。"桓
问："娵隅是何物？"答曰："蛮名鱼为娵隅。"桓公曰："作诗何以
作蛮语？"隆曰："千里投公，始得蛮府参军，那得不作蛮语也？"
（《排调》35）

娵(jū)隅，是古代南方少数民族称鱼的说法，桓温听不懂，就对南
蛮参军郝隆说："作诗何以作蛮语？"这话其实包含着当时的诗歌创作
观念，诗歌属于雅文学，是不宜用俗字方言入诗的。面对诘问，一向
诙谐的郝隆说："我千里迢迢来投奔您，仅仅做了个蛮府参军，怎么能
不做蛮语呢？"以嘲戏的方式，微妙地表达了对桓温的抱怨与牢骚。

当时名士还喜欢做联句的游戏，如《排调》第61条载：

> 桓南郡(桓玄)与殷荆州(殷仲堪)语次，因共作"了"语。顾恺
> 之曰："火烧平原无遗燎。"桓曰："白布缠棺竖旒旐。"殷曰："投
> 鱼深渊放飞鸟。"次复作"危"语。桓曰："矛头淅米剑头炊。"殷
> 曰："百岁老翁攀枯枝。"顾曰："井上辘轳卧婴儿。"殷有一参军在
> 坐，云："盲人骑瞎马，夜半临深池。"殷曰："咄咄逼人！"仲堪眇目
> 故也。（《排调》61）

桓玄、殷仲堪、顾恺之三人一起做隐语联句的游戏。先做"了语"。所
谓"了语"，就是以完了、终结之意为题所作的联句游戏。"火烧平原
无遗燎""白布缠棺竖旒旐(liúzhào)""投鱼深渊放飞鸟"三句都含有
终了之意，而且合辙押韵，十分精彩。接下来的"危语"，指用极危险
的事情为题材赋诗做隐语。桓玄说："矛头淅米剑头炊。"余嘉锡先生
解释说："此不过言于战场中造饭，死生呼吸，所以为危也。"殷仲堪
说："百岁老翁攀枯枝。"更加危险。顾恺之接着说："井上辘辘卧婴
儿。"也是令人心惊胆战。但这些还都不算"排调"，接下来，殷仲堪有

个参军插嘴说:"盲人骑瞎马,夜半临深池。"这就含有嘲戏的意味了,因为殷仲堪恰好有一只眼睛是瞎了的![1] 所以殷十分生气地说:"简直是咄咄逼人!"

总之,嘲戏之风和其他魏晋风俗是相辅相成的,没有玄学思潮的兴起,没有个性才情的解放,没有"越名教而任自然"的独立人格,没有王羲之所谓"卒当以乐死"的游戏精神,没有清谈所培养的高超的语言修辞技巧,上述这些类似幽默文学段子的故事恐怕是很难发生的。在波诡云谲的乱世中,嘲戏之风不啻是一帖慰藉心灵、缓解压力、展示才情的良药,不管是多么臭名昭著的人,在这种语言的"损人自损"过程中,都显出了有趣而又可爱的一面。不禁想起那位患有"笑疾"的陆云来,一个人若真能从世界中不断发现可笑的人与事,并报以开心一笑,怕也是一种求之不得的福分吧!

1　此条注引《中兴书》:"仲堪父尝疾患经时,仲堪衣不解带数年。自分剂汤药,误以药手拭泪,遂眇一目。"

艺术之风:"传神阿堵"分外明

一

美学家宗白华先生说:"汉末魏晋六朝是中国政治上最混乱、社会上最苦痛的时代,然而却是精神史上极自由、极解放、最富于智慧、最浓于热情的一个时代。因此也就是最富有艺术精神的一个时代。"(《论〈世说新语〉和晋人的美》)这段话屡为学者所称引,就因为它用看似矛盾实则统一的语言,揭示了魏晋这样一个特殊时代的特殊精神——艺术精神。

"艺术"这个词,在魏晋六朝渐渐成为一个流光溢彩的关键词,艺术家开始从文人学士中区别出来,成为单独被欣赏、被推重的一种文化人,琴棋书画、音乐舞蹈、建筑雕塑等艺术门类方兴未艾,人才辈出,以至有人把这一时代称作中国古代史上,继先秦诸子百家争鸣之后的又一个思想文化的黄金时代,是中国的"文艺复兴"。打开任何一种版本的思想史、文化史、艺术史和美学史,魏晋南北朝都是举足轻重、不可忽视的一个重要部分。讲魏晋风俗，如果不讲魏晋艺术之风，怕也说不过去。

"艺术"这一概念，在中国古代有特定的解释。《后汉书·伏无忌传》注称："艺谓书、数、射、御；术谓医、方、卜、筮。"说明"艺"和"术"各有所指。我们现在说的"艺术"相当于英语中的 art，而在中国古代，"艺术"这个概念有时甚至等同"方术""巫术""方技"，相当于英文中的 witchery（巫术）[1]。因为在古代，受巫、史文化的影响，巫医方士的地位无论在官方还是民间都是很高的，而艺术家常常和"百工""匠人"一样处于社会底层。所以，在汉以前，艺术家很少留下自己的名字，而在魏晋以后，随着士人地位的提高，文人群体的形成，以及自上而下的对于文学艺术的提倡和爱好，琴棋书画等艺术样式开始进入贵族的雅文化谱系之中，艺术家常常就是达官显宦、风流名士，这样上下相扇，艺术的地位自然也就水涨船高，艺术之风遂成为弥漫朝野、人人竞趋的一种时代风气了。

我以为，在区分"艺术"和"方技"这两个概念的过程中，《世说》起到了至关重要的作用。《世说》中设有《巧艺》和《术解》二门，前者主要记录琴棋书画等艺术家创作的奇闻轶事，后者主要记载方术、医术或特异功能之类带有神秘色彩的奇人奇事。用现在的眼光看，《巧艺》门的设立，正是对艺术和艺术家的一次"正名"。刘义庆把这两个门类放在一起而又井河不犯，反映了他试图把纯审美的"艺术"从实用性的"方术"中独立出来的一种努力。刘义庆的确不是一般文人，他有着十分强烈的文化抱负和非常敏感细腻的文体意识，比如，在《世说·文学》门里，他就把"学术"（儒道玄佛）和"纯文学"（诗文辞赋）进行了明确的区分；在小说创作中，他不仅著有《世说》这样的志人小

---

[1]　如在古代史书分类中就是如此。诸如《史记·日者传》与《龟策传》《后汉书·方术传》《魏志·方技传》《晋书·艺术传》《北魏书·术艺传》《北齐书·方技传》《周书·艺术传》《隋书·艺术传》《旧唐书·方技传》《新唐书·方技传》《宋史·方技传》《辽史·方技传》《金史·方技传》《明史·方技传》等，就是把"方技""巫术"和"艺术"等量齐观了。

说,还编撰了志怪小说《幽明录》,从而在实践上将"志人"和"志怪"做了明确的区分。这都是非常了不起的创见,对于中国文学的独立和丰富可以说功莫大焉。

下面,我们就围绕《巧艺》篇展开解读,看看魏晋艺术之风究竟如何。

二

《巧艺》门共有 14 则故事,分别涉及了弹棋、建筑、书法、绘画、围棋等内容,我们且选择几则讲一讲:

> 弹棋始自魏宫内,用妆奁戏。文帝于此戏特妙,用手巾角拂之,无不中。有客自云能,帝使为之。客著葛巾角,低头拂棋,妙逾于帝。(《巧艺》1)

故事说,弹棋这种游戏源自曹魏时宫内的梳妆匣游戏。不过也有文献说,弹棋其实是汉武帝时候就发明出来了[1]。这是学术话题,姑且不论。弹棋怎么玩不是很清楚,估计是在固定的棋盘中,用棋杆撞击棋子,使其命中目标为胜。魏文帝曹丕多才多艺,弹棋玩得非常好,好到不用棋杆或其他工具,只用手巾角一扫,也能百发百中。不过强中自有强中手,有个客人自称他也会,文帝就让他玩。没想到客人竟然戴着葛布头巾,低下头来,用头巾就能扫棋命中,比曹丕技高一筹。(《巧艺》1)这说明什么呢? 说明很多文化艺术样式,最初都与游戏有

---

1 如凌濛初评云:"《艺经》曰:'弹棋二人对局,先列棋相当,上呼下击之。'《弹棋经后序》曰:'弹棋者,雅戏也。澹薄自如,盖道家所为导引之法耳。'"又云:"《西京杂记》曰:汉武好蹴踘,有进弹棋者以代之,帝赐以青羔裘。后汉蔡邕已有《弹棋赋》。注驳起魏世不及此,何也?"参拙著《世说新语会评》,第 405 页。

关,与最高统治者的爱好和提倡有关。

接下来是关于建筑的一条记载：

> 陵云台楼观精巧，先称平众木轻重，然后造构，乃无锱铢相
> 负揭。台虽高峻，常随风摇动，而终无倾倒之理。魏明帝登台，
> 惧其势危，别以大材扶持之，楼即颓坏。论者谓轻重力偏故也。
> （《巧艺》2）

魏明帝下令建造的陵云台结构精巧，工艺高超，因为先行称好所用木料的重量，然后再建造，所以不会出现丝毫的差池。据刘注引《洛阳宫殿簿》："陵云台上壁方十三丈，高九尺。楼方四丈，高五丈。栋去地十三丈五尺七寸五分也。"可知此楼十分高峻，甚至常常随风摇摆，却从来不会倾倒。魏明帝曹叡曾登上楼台，他害怕楼台摇摆会有危险，就命令再用大木头支撑它，结果楼就倒了。有人认为这是重心倾斜的缘故。这也应了一句话："大厦将倾，独木难支。"那根木头简直成了"压垮骆驼的最后一根稻草"。对于曹魏政权来讲，这也真是个不祥的预兆。

弹棋、建筑之后，紧接着就是书法。我们知道，先秦贵族子弟接受的教育是"六艺"，即礼、乐、射、御、书、数这六种修养和技能。这里的"书"，一般都解释为"书法"，但事实上，"书"更多还是书写之意。真正意义上的"书法"艺术，是在"书体"由繁到简的演变过程中，逐渐成熟的。书法艺术离不开自由的心境和鲜明的个性，魏晋之际形成的宽松、自由、多元的学术风气为书法艺术的发展提供了非常适宜的土壤。这一时期，出现了许多书法世家和书法巨匠。三国时的韦诞就是一个代表。

> 韦仲将能书。魏明帝起殿，欲安榜，使仲将登梯题之。既

下,头鬓皓然,因敕儿孙:"勿复学书!"(《巧艺》3)

韦诞(179—253),字仲将,京兆杜陵(今陕西西安)人,是当时著名的书法家。刘注引卫恒《四体书势》称:"诞善楷书,魏宫观多诞所题。明帝立陵霄观,误先钉榜,乃笼盛诞,辘轳长絙(gēng)引上,使就题之。去地二十五丈,诞甚危惧。乃戒子孙,绝此楷法,著之《家令》。"从这个故事可以看出,书法家在当时受重视的程度,韦诞因为楷书写得好,竟被皇帝逼着去"玩杂技",大概韦诞本人有严重的"恐高症",爬到半空中去题字时,胆战心惊,等他写好下来,竟然须发皓然,仿佛头发里的"黑色素"都随着墨汁挥洒到了半空中了! 于是,这个一流的书法家痛定思痛,遂在《家令》之中告诫儿孙:"千万不要再学什么书法了!"你们不会玩这门技艺,也就不会被人逼着去"玩命"!

据说韦诞的书法是从东汉名士蔡邕那里学的,另一位书法家钟繇(151—230)曾向韦诞苦求蔡邕笔法,韦诞不给,等到韦诞死后,钟繇竟然盗其墓而得之。如此事属实,那么钟繇当涉嫌盗墓和侵权二罪,其书法路数应该与蔡邕、韦诞一脉相承。他的儿子钟会幼承家学,书法造诣也很高,尤其擅长模仿他人笔迹[1],可惜这个本事他没用在正道上,下面的故事就是证明:

钟会是荀济北(荀勖)从舅,二人情好不协。荀有宝剑,可直百万,常在母钟夫人许。会善书,学荀手迹,作书与母取剑,仍窃去不还。荀勖知是钟而无由得也,思所以报之。后钟兄弟以千万起一宅,始成,甚精丽,未得移住。荀极善画,乃潜往画钟门堂,作太傅形象,衣冠状貌如平生。二钟入门,便大感恸,宅遂空废。(《巧艺》4)

---

[1] 此条刘注引《世语》:"会善学人书,伐蜀之役,于剑阁要邓艾章表,皆约其言。令词旨倨傲,多自矜伐。艾由此被收也。"

故事说：钟会是荀勖（？—289）的堂舅，两人感情不和。荀勖有一把宝剑，价值百万，经常放在她母亲钟夫人那里。钟会擅长书法，他就模仿荀勖的笔迹，写信给荀母，也就是他的堂姐妹索要宝剑，钟会骗走宝剑后竟再也不还。荀勖明知是钟会干的却束手无策，就琢磨报复他的办法。后来钟会兄弟盖了一所价值千万的宅子，竣工以后，非常精致漂亮，只是尚未乔迁。荀勖十分擅长绘画，于是晚上偷偷潜入这所宅子，在门堂上画了钟会已故父亲、太傅钟繇的画像，衣冠相貌，栩栩如生。第二天钟氏兄弟一进门，看到父亲画像，不禁悲从中来，大哭不已，不敢入住，这所宅子就此荒废了。本来颍川的钟氏和荀氏在汉代都是声望很高的世家大族，但是到了钟会和荀勖这一代，已经有点"一蟹不如一蟹"的味道了。二人都有高才，一个善书，一个善画，但都没把才华用在正道上，这和魏晋之时礼崩乐坏、士无特操的大背景是有关系的。可以说，书画在他们手里，还没有真正成为一种高雅的艺术，不过是一种巧取豪夺的伎俩而已。

即使到了东晋，书画艺术在儒家学者看来，也还有些旁门左道。例如：

> 戴安道就范宣学，视范所为，范读书亦读书，范抄书亦抄书。唯独好画，范以为无用，不宜劳思于此。戴乃画《南都赋图》，范看毕咨嗟，甚以为有益，始重画。（《巧艺》6）

戴逵（？—396）起初到当时的大儒范宣那里求学，看范宣干什么他就干什么，范宣读书他也读书，范宣抄书他也抄书。唯独戴逵喜欢的画画，范宣认为没用，觉得不该在这方面劳费心思。戴逵就画了一幅《南都赋图》，范宣看罢赞赏不已，认为大有益处，自此开始重视绘画了。范宣是当时著名的"道德先生"，八岁时就因引用《孝经》之言博得大名，长大后"洁行廉约"，素有美名[1]。范宣对绘画态度的转变是很有象征意义的，说明在东晋时，丝竹丹青之类的艺术样式，在人们心目中，已经渐渐从"无用"变成了"有益"，儒家的功利实用的价值观，渐渐地融入了道家的审美超越的价值观。"用"和"益"，虽然只是一字之差，其中所包含的价值判断的重心转移可以说是"划时代"的。所以，我们看到，在杰出的人物画大师顾恺之那里，绘画也和书法一样，完成了从"技术"到"艺术"、从业余爱好到专精之业的转变。

三

顾恺之（348—409），字长康，小字虎头，晋陵无锡（今属江苏）人。在《世说》中，顾恺之也是个光彩照人的人物，《巧艺》一篇共14条，他一人就占了6条。事实上，顾恺之的才华绝不仅限于绘画，他在诗赋、书法等方面均有不俗表现。所以当时人称其有"三绝"：才绝、画绝、痴绝（《晋书·顾恺之》）[2]。

所谓才绝，主要指其文才和口才。

> 或问顾长康："君《筝赋》何如嵇康《琴赋》？"顾曰："不赏者，作后出相遗。深识者，亦以高奇见贵。"（《文学》98）

说明顾恺之对自己的文才颇为自负。再看口才之例：

1　《德行》38载："范宣年八岁，后园挑菜，误伤指，大啼。人问：'痛邪？'答曰：'非为痛，身体发肤，不敢毁伤，是以啼耳。'宣洁行廉约，韩豫章遗绢百匹，不受；减五十匹，复不受。如是减半，遂至一匹，既终不受。韩后与范同载，就车中裂二丈与范，云：'人宁可使妇无裈邪？'范笑而受之。"

2　据《文学》98注引宋明帝《文章志》："桓温云：'顾长康体中痴黠各半，合而论之，正平平耳。'世云有三绝：画绝、文绝、痴绝。"

> 顾长康从会稽还，人问山川之美，顾云："千岩竞秀，万壑争流，草木蒙笼其上，若云兴霞蔚。"（《文学》88）

这段话虽短，却是字字珠玑，如诗如画。王世懋评云："便是虎头画思。"良有以也。再看下面一则：

> 桓征西（温）治江陵城甚丽，会宾僚出江津望之，云："若能目此城者，有赏。"顾长康时为客，在坐，目曰："遥望层城，丹楼如霞。"桓即赏以二婢。（《言语》85）

这八个字文采斐然，色彩鲜丽，真是脱口锦绣！

顾恺之的"痴"又有哪些表现呢？史载顾恺之"好谐谑，人多爱狎之"。有一次他在月下独咏诗歌，感觉非常好，隔壁的谢瞻听了不断叫好，顾恺之很高兴，吟咏得更加卖力。夜深了，谢瞻想要睡觉，就叫替自己捶腿的仆人代自己赞叹，顾恺之不觉有异，竟一直兴致勃勃地吟咏到天亮！

还有一则说顾恺之："曾以一厨画寄桓玄，皆其绝者，深所珍惜，悉糊题其前。桓乃发厨后取之，好加理复。恺之见封题如初，而画并不存，直云：'妙画通灵，变化而去，如人之登仙矣。'"（《续晋阳秋》）自己的画被人偷走，却以为"妙画通灵"，不翼而飞，真是"痴"到家了！
还有一个"渐入佳境"的典故说：

> 顾长康啖甘蔗，先食尾。问所以，云："渐至佳境。"（《排调》59）

不过，也只有这种"痴"气才成就了一位大画家。在《巧艺》篇中，顾恺之刚一出场，就被权威人士谢安"盖棺论定"——

谢太傅云："顾长康画,有苍生来所无。"(《巧艺》7)

谢安的眼光何其高迈,但他竟然说:"顾恺之的画,是有人类以来从没有过的。"言下之意,顾恺之的画达到了"前无古人"的境界!至于是否"后无来者",谁也不好说。这句话和曹丕的"文章乃经国之大业,不朽之盛事"(《典论·论文》)差可仿佛。如果说曹丕的时代是"文学的自觉"的时代,顾恺之的时代就是"艺术的自觉"的时代。绘画,乃至所有艺术样式,所能带给人的自由超越之境,以及类似于"诗意栖居"的那种审美经验,在东晋的精英阶层中间,已经达成了一种"共识"。所以,谢安看到顾恺之的画,很自然地把他放在整个人类精神超越的高度加以欣赏和判断,这种摆脱事功的审美判断,充分体现了谢安的慧眼卓识,也是魏晋"艺术精神"深入人心的最有力的证明。

顾恺之可以说是个全能型的画家,凡人物、佛像、禽兽、山水等无一不能。史载其师法卫贤,行笔细劲连绵,如春蚕吐丝,行云流水,出之自然。但他最擅长的还是人物画。不仅善画,而且善论,著有《论画》《魏晋胜流画赞》《画云台山记》等。他提出的"迁想妙得""以形写神"等著名论点,成为人物画的重要技法,对中国绘画的发展影响深远。可以说,中国真正意义上的绘画理论,就是从顾恺之开始的。

四

人物画在魏晋蔚成大观,大概是受到汉末以来的人物品评风气和魏晋玄学清谈思潮影响的产物。如果说,品藻人物是用语言文字为人物"立此存照",那么,人物画就是用构图、色彩、线条为人物"品藻"。而且,在人物品藻中的概念,如"形"与"神"等,也都渗入人物画的认识论和方法论体系之中。所以,当时的人物画,不仅求形似,

更追求"神明"的展现,这也就是顾恺之所说的"传神写照":

> 顾长康画人,或数年不点目精。人问其故,顾曰:"四体妍
> 蚩,本无关于妙处,传神写照,正在阿堵中。"(《巧艺》13)

"目精",即眼睛。顾恺之画人物肖像,有时几年都不画眼睛。有
人问他原因,顾恺之说:"四肢的美丑,本来就和精神并没有什么关
系,最能够传神的,就在这眼睛当中。"这个记载,应该是"画龙点睛"
典故的源头[1]。可以说,这是顾恺之绘画理论中的"眸子论"。说明人
物画的妙处在于"传神",而"传神"的最佳途径在于"点睛"。从此,
"传神写照"就作为人物画的一个目的论被接受下来。甚至碰到极端
的情况,顾恺之仍然有办法解决:

> 顾长康好写起人形。欲图殷荆州(殷仲堪),殷曰:"我形恶,
> 不烦耳。"顾曰:"明府正为眼尔。但明点童子,飞白拂其上,使如
> 轻云之蔽日。"(《巧艺》11)

这是一个"以形写神"的典型例子,甚至连具体的手法都交代详
尽。故事说,顾恺之喜欢画人物像,要给殷仲堪画像时,殷说:"我长
得不好,就不麻烦你了。"这是因为殷仲堪盲了一只眼睛的缘故。顾
恺之却说:"你只是一只眼睛不好而已。只要把瞳子画得明亮一点,
然后用飞白掠过,这样看起来就像轻云蔽日一样了。"这大概是"飞
白"手法的最早出处,我估计殷仲堪的那只眼睛很可能被顾恺之画得
神采奕奕!这从一个侧面说明了形式与内容相反相成、水乳交融的
密切关系。事实上,在匠心独运的大艺术家那里,没有什么外在的形

1　唐张彦远《历代名画记·张僧繇》:"金陵安乐寺四白龙不点眼睛,每曰:'点睛即飞去。'
人以为妄诞,固请点之。须臾,雷电破壁,两龙乘云腾去上天,二龙未点眼者见在。"

式是真正多余的,只要需要,一样可以"点铁成金"。

那么,除了点睛之外,还有什么"传神写照"的方法呢? 且看下面一条:

> 顾长康画裴叔则(楷),颊上益三毛。人问其故,顾曰:"裴楷俊朗有识具,正此是其识具。"看画者寻之,定觉益三毛如有神明,殊胜未安时。恺之历画古贤,皆为之赞也。(《巧艺》9)

这个叫作"颊上三毛"的典故说:顾恺之给名士裴楷画像,在他面颊上添了三根胡须。有人问他为何这样,顾恺之说:"裴楷英俊爽朗,有见识才具,这三根胡须正是他的见识才具。"看画的人玩味他的话,也觉得增加三根胡须就添了神韵,比没有时强多了。这也是"以形写神"的绝佳例证。这里的"识具"好比可见之"形",它对于"神明"的表现未必是唯一的,却是十分重要的。

所谓"形",还有第二层含义,即指与人物精神气质相近的背景环境,因为任何一个人,都不是孤零零的存在,他必然与周围环境或事物发生关系,在绘画中合理地安排环境和场景对于表现人物的精神气质至关重要:

> 顾长康画谢幼舆(鲲)在岩石里。人问其所以,顾曰:"谢(幼舆)云:'一丘一壑,自谓过之。'此子宜置丘壑中。"(《巧艺》12)

(元)赵孟頫《谢幼舆丘壑图》

谢幼舆，即谢鲲。这里，把谢鲲置于丘壑之中就是非写实但又合乎人物风神气韵的"置陈布势"（顾恺之《论画》）；因为谢鲲说过自己和庾亮相比，自己在纵情山水、"一丘一壑"方面要更高一筹。可见，要想画好一个人物的"神明"，还必须对其人来一个"知人论世"。这与在裴楷颊上"益三毛"一样，都是顾恺之"迁想妙得"和"以形写神"的美学理念的具体运用，体现了艺术家不拘格套、锐意创新的精神和妙得于神的高超画艺。

但是，绘画作为一种特殊的语言形式，同样面临"言不尽意"或"形难传神"的问题。顾恺之在根据《赠秀才入军》的四言诗为嵇康画像时，就感到了"以形写神"的困境：

顾长康道："画'手挥五弦'易，'目送归鸿'难。"（《巧艺》14）

嵇康《赠秀才入军》第十四首云："目送归鸿，手挥五弦。俯仰自得，游心太玄。"这里，"手挥五弦"涉及不关乎"神明"的手，因而容易描画；而"目送归鸿"则直接与"传神阿堵"相联，故而极难摹写。顾恺之的这句话可以当作"画谱"来看，意思就是——"画形容易传神难"！

除了书法、建筑、绘画，音乐在魏晋也是颇受士大夫喜爱的艺术样式。像嵇康、阮籍、阮咸、荀勖、谢鲲、张翰、顾荣、谢尚、谢安、戴逵、桓伊等人，都是著名的音乐家。还有被称为"手谈"和"坐隐"的围棋，更是名士们乐此不疲的雅好。古语云："人无癖不可以为人。"魏晋名士大多有自己的奇癖雅嗜，像王敦那样在晋武帝召开的宴会上没有才艺可展示，是十分令人沮丧的。可以说，对艺术的爱好已经成为魏晋名士的一种生命存在方式和身份证明，这一切，都跟艺术之风的影响有着不可分割的关系。

列夫·托尔斯泰说："艺术不是技艺，它是艺术家体验了的感情的传达。"罗曼·罗兰则说："艺术是发扬生命的，死神所在的地方就没有艺术。"可以说,艺术就是人类的"传神阿堵",没有艺术的世界,是蒙昧而灰暗的世界,而艺术勃兴的时代,无论多么动荡,都会给后人留下足资缅怀的心灵慰藉。顾恺之的《洛神赋图》和王羲之的《兰亭序》,正是那个时代的"传神阿堵",它们的存在,使一个早已消失的世界在时间的深处明灭可见,熠熠生辉。

隐逸之风:"人间蒸发"为哪般

一

在汉末魏晋六朝,还有一种十分流行的风气不得不说,那就是隐逸之风。隐逸可以拆开来解释:隐者,藏也;逸者,逃也。隐逸,也叫"隐遁""肥遁""归隐""栖隐""拂衣""嘉遁"等。这是一种典型的逃避心态和行为,是人物主动选择的一种生活方式,有点像是今天所谓"人间蒸发"。《世说》有一个门类叫作《栖逸》,就是专门记载魏晋"隐逸"之风的。为什么要"隐逸"?从汉代到东晋,隐逸文化的内涵和形式经历了怎样的变迁?这是我们试图回答的问题。

中国古代的隐逸文化源远流长,成为传统文化中最具传奇性、超越性和浪漫气质的一种文化现象。看起来,隐逸文化和主流意识形态格格不入,似乎处于社会文化生态的边缘地带,但是,在传统士大夫的心灵世界中,隐逸却有着远比出仕为官更高的精神品性。有人说,隐逸思想肇端于道家,其实不然,儒、道、释三家都有隐逸的思想,毋宁说，"隐"的思想正是从"仕"的思想中脱胎而来。孔子就曾多次表达过对"隐士"的同情和钦羡。他说：

> "贤者辟(避)世，其次辟地，其次辟色，其次辟言……作者七人矣。"(《论语·宪问》)

这里，孔子是把隐者与"贤者"等量齐观的。伯夷、叔齐是一对著名的隐士，他们反对周武王"以暴易暴"的伐纣行为，坚决"不食周粟"，最终饿死在首阳山上。孔子却对伯夷、叔齐给予了很高的礼赞：

> "伯夷、叔齐不念旧恶，怨是用希。"(《论语·公冶长》)
>
> (子贡)曰："伯夷、叔齐何人也？"(子)曰："古之贤人也。"曰："怨乎？"曰："求仁而得仁，又何怨！"……(《论语·述而》)
>
> 子曰："……不降其志，不辱其身，伯夷、叔齐与！"(《论语·微子》)

孔子还曾对懂得自处之道的宁武子、蘧伯玉表示过赞美：

> "宁武子邦有道则知，邦无道则愚。其知可及也，其愚不可及也。"(《论语·公冶长》)
>
> "……君子哉蘧伯玉！邦有道，则仕；邦无道，则可卷而怀之。"(《论语·卫灵公》)

孔子欣赏颜回，对他说："用之则行，舍之则藏，惟我与尔有是夫！"(《论语·述而》)弟子中有个叫南容的，能够做到"邦有道，不废；邦无道，免于刑戮"，孔子干脆把侄女嫁给了他(《论语·公冶长》)。弟子曾点说自己的志向就是"莫春者，春服既成；冠者五六人，童子六七人，

（元）佚名《东山丝竹图》

浴乎沂，风乎舞雩，咏而归"。很有点田园牧歌的情调，夫子竟喟然叹曰："吾与点也。"（《论语·先进》）孔子还说："笃信好学，守死善道。危邦不入，乱邦不居。天下有道则见，无道则隐。邦有道，贫且贱焉，耻也。邦无道，富且贵焉，耻也。"（《论语·泰伯》）又说："隐居以求其志，行义以达其道。"（《论语·季氏》）这些都说明，自称"无可无不可"的孔子内心深处是怀有隐逸情结的。

一个人一旦走上隐居之路，似乎便与道家的无为逍遥之旨更相契合。因为老子、庄子都是亲身体验隐居生活的，故司马迁说："老子，隐君子也。"（《史记·老子韩非列传》）《庄子·缮性》亦云："隐，故不自隐。古之所谓隐士者，非伏其身而弗见也，非闭其言而不出也，非藏其知而不发也，时命大谬也。当时命而大行乎天下，则反一无迹；不当时命而大穷乎天下，则深根宁极而待：此存身之道也。"在老庄看来，"隐"，其实是乱世中非常实用的一种"存身之道"。

至于隐居的理由，应该有很多。早期的隐逸行为，甚至和天下"有道""无道"无关。比如，最负盛名的隐士许由拒绝尧的"天下之让"，原因就不是当时"天下无道"，而是不愿为"名"所累[1]。后来许由隐居在颍水之阳的箕山之下。尧又召许由作九州长，许由不愿闻，遂洗耳于颍水之滨。许由和另一位隐士巢父是好朋友[2]，传说许由洗耳时，巢父正好牵着一头小牛到这里饮水，问明缘由后，巢父的反应更激烈，为了不让许由洗耳所用之水沾染牛嘴，巢父竟牵着牛到上游去饮水了。这两个顶真的隐士后来竟成了隐士的代名词，合称"巢

1　《庄子·逍遥游》："尧让天下于许由，曰：'日月出矣而爝火不息，其于光也，不亦难乎！时雨降矣而犹浸灌，其于泽也，不亦劳乎！夫子立而天下治，而我犹尸之，吾自视缺然。请致天下。'许由曰：'子治天下，天下既已治也，而我犹代子，吾将为名乎？名者，实之宾也。吾将为宾乎？鹪鹩巢于深林，不过一枝；偃鼠饮河，不过满腹。归休乎君，予无所用天下为！庖人虽不治庖，尸祝不越樽俎而代之矣。'"

2　关于巢父，汉王符《潜夫论·交际》载："巢父木栖而自愿。"晋皇甫谧《高士传·巢父》："巢父者，尧时隐人也，山居不营世利，年老以树为巢而寝其上，故时人号曰巢父。"

许""巢由",隐居之志后来也叫"箕山之志"[1]。

许由不为求名,却最终成就了大名,得以不朽,这就造成了一个巨大的"势能",后世隐士层出不穷,大概就很难摆脱的求名的心理了。不过隐居的原因还是很复杂,不可执一而论,范晔《后汉书·逸民列传》就列举了六条:"或隐居以求其志,或回避以全其道,或静己以镇其躁,或去危以图其安,或垢俗以动其概,或疵物以激其清。"并且说:"彼虽砭砭有类沽名者,然而蝉蜕嚣埃之中,自致寰区之外,异夫饰智巧以逐浮利者乎!荀卿有言曰,'志意修则骄富贵,道义重则轻王公'也。"所以,我们对那些隐逸之士当报以"了解之同情"。

二

大致说来,汉代的隐逸文化,更多以儒家"隐居以求其志"为尚,《后汉书·逸民列传》中的隐士如向子平、严子陵、台孝威等人,都有些"不事王侯,高尚其事"的狷介味道。《世说》中出现的如黄叔度、徐孺子、管宁等人亦属同调。汉代的隐士虽然生活贫寒,但一般情况下,不仅不会受到当局的打压,反而受到官方甚至皇帝的礼遇。这时的隐士,用鲁迅的话说,是"和官僚最接近的,那时很有被聘的希望。一被聘,即谓之征君"(《集外集拾遗·帮忙文学与帮闲文学》)。

降及三国,情况就大不相同,这时"天下多故,名士少有全者"(《晋书·阮籍传》),隐逸遂成为不得已而为之的全身远祸之道。由于受到汉末兴起的道教的影响,这时的隐士往往与道士合流,变得岩居

---

1 《世说·言语》1注引皇甫谧《高士传》:"(许)由字武仲,阳城槐里人也。尧舜皆师而学事焉,后隐于沛泽之中,尧乃致天下而让焉。由为人据义履方,邪席不坐,邪膳不食,闻尧让而去。其友巢父闻由为尧所让,以为污己,乃临池洗耳。池主怒曰:'何以污我水?'由于是遁耕于中岳颖水之阳,箕山之下,终身无经天下色。死葬箕山之巅,在阳城之南十里。尧因就其墓,号曰箕山公神,以配食五岳,世世奉祀,至今不绝也。"传闻异辞,可以并参。

穴处，不食人间烟火，《世说·栖逸》篇前两条所载的苏门先生和孙登就是典型的代表。他们和当时一流的才俊阮籍和嵇康有过接触，但自始至终三缄其口，"沉默是金"[1]。司马氏的高压统治使许多士人无法施展才能，遂"隐居以存其身"，阮籍、嵇康等人便是代表。但在当时连"隐居"都不得自由，做官与否成了一种政治上的"表态"，于是阮籍只好来个"仕隐双修"，而嵇康拒不做官，将隐居进行到底，竟招来杀身之祸！

　　山公将去选曹，欲举嵇康；康与书告绝。(《栖逸》3)

　　嵇喜所撰的《嵇康别传》说："山巨源为吏部郎，迁散骑常侍，举康，康辞之，并与山绝。岂不识山之不以一官遇己情邪？亦欲标不屈之节，以杜举者之口耳！乃答涛书，自说不堪流俗，而非薄汤武。大将军闻而恶之。""闻而恶之"，正是屠杀的信号！可以说，隐居从来没有像嵇康及其所处的时代这么艰难和痛苦。可见"天下无道"之时，"箕山之志"竟变得十分奢侈，嵇康死后，其挚交好友向秀面临的就是一个两难选择：

　　嵇中散(康)既被诛，向子期(秀)举郡计入洛，文王引进，问曰："闻君有箕山之志，何以在此？"对曰："巢、许狷介之士，不足多慕。"(《言语》18)

　　刘辰翁评此条云："向之此语，如负叔夜。"但我们实在也不必对

1　《栖逸》1载："阮步兵啸，闻数百步。苏门山中，忽有真人，樵伐者咸共传说。阮籍往观，见其人拥膝岩侧，籍登岭就之，箕踞相对。籍商略终古，上陈黄、农玄寂之道，下考三代盛德之美以问之，仡然不应。复叙有为之教、栖神道气之术以观之，彼犹如前，凝瞩不转。籍因对之长啸。良久，乃笑曰：'可更作。'籍复啸。意尽，退，还半岭许，闻上啗然有声，如数部鼓吹，林谷传响，顾看，乃向人啸也。"又《栖逸》2："嵇康游于汲郡山中，遇道士孙登，遂与之游。康临去，登曰：'君才则高矣，保身之道不足。'"

向秀求全责备,试想如果他生在一个能够"免于恐惧"的时代,又怎会慌不择路,怅然失图? 后来向秀所写怀念嵇康的《思旧赋》,情调何其凄美悲凉,无奈"刚开头却又煞了尾"(鲁迅《南腔北调集·为了忘却的记念》)。不用说,还是因为恐惧。从这个角度上说,一个欲隐居而不得的时代,一定是一个白色恐怖的时代。

到了西晋建立,天下一统之后,隐逸之风稍歇,当时如左思之辈,虽也在仕途多舛之时,写过《招隐诗》,但整个时代的急功近利使得隐居之志被遗忘了,当时园林的建造很盛,达官贵人可在庄园中过一过"朝隐"的瘾,故《世说》中关于西晋名士的"汰侈"故事所在多有,而"隐逸"故事则付诸阙如。倒是左思的诗句"非必丝与竹,山水有清音"(《招隐诗》其一),为东晋一朝风靡朝野的隐逸之风奏响了序曲。

三

宗白华先生说:"晋人向外发现了自然,向内发现了自己的深情。"(《〈世说新语〉和晋人的美》)这里的晋人,恐怕更多的是指东晋士人。比之以往,东晋士人的隐逸之志"好像简直与现实无关"(王瑶《中古文学论集》),对老庄无为之道的向往,对自然山水的热爱,成为隐居的最佳理由。所以,东晋的隐逸之风,就好比一股山水旅游的风气,当时的隐士与其说是"隐居以求其志",不如说是"隐居以求其乐"。这个乐,当然就是庄子的濠濮之乐、山水之乐!

江浙一带本多佳山秀水,尤其会稽山水,更是冠绝天下,自古以来就是隐居胜地。这使偏安江南的东晋士大夫陶然忘忧,乐不思蜀。这一时期的名士无不喜爱登山临水,如西晋名士孙楚的孙子孙统,就是典型的例子。刘注引《中兴书》说:"承公少诞任不羁,家于会稽,性好山水。及求鄞县,遗心细务,纵意游肆,名阜盛川,靡不历览。"

> 刘尹云:"孙承公(统)狂士,每至一处,赏玩累日,或回至半路
> 却返。"(《任诞》36)

我们说一个地方好,常说"流连忘返",可孙统却经常在"返"回去的路
上,来个"半路却返",他对山水的爱,真是如痴如狂!

士人们不仅登山临水,而且还模山范水,用语言和诗赋表达山水
之爱。如顾恺之对会稽"山川之美",就用"千岩竞秀,万壑争流,草木
蒙笼其上,若云兴霞蔚"加以描绘。又如:

> 王子敬云:"从山阴道上行,山川自相映发,使人应接不暇。
> 若秋冬之际,尤难为怀。"(《言语》91)

子敬素以书法著称于世,但仅凭这几句山水心得,便可跻身一流的山
水文学而无愧!

浙江东阳的长山"山靡迤而长"(《会稽土地志》),名僧支道林一见
之下,脱口而出:"何其坦迤!"(《言语》87)作为东晋玄言诗的代表人
物,孙绰(314—371)并不讨人喜欢,但当他纵情山水时,却表现出了赤
子般的童心。《晋书·孙绰传》说:"少与高阳许询俱有高尚之志,居
于会稽,游放山水,十有余年。"他曾写过著名的《游天台赋》,写完以
后交给名士范启(字荣期)看,非常自豪地说:"卿试掷地,要作金石
声!"(《文学》86)成语"掷地有声"盖由此而来。不仅如此,孙绰还把山
水和"作文"联系起来:

> 孙兴公(绰)为庾公(亮)参军,共游白石山,卫君长(永)在坐。
> 孙曰:"此子神情都不关山水,而能作文。"庾公曰:"卫风韵虽不

及卿,诸人倾倒处亦不近。"孙遂沐浴此言。(《赏誉》107)

这里,孙绰竟然把"神情关乎山水"当作可以"作文"的必要条件,真是以山水的知音自居了。庾亮的话也很可玩味:"诸人倾倒处亦不近","不近"也就是"远",意为卫永"令人倾倒的地方也不浅近而很深远"。听了这话,孙绰竟然"沐浴此言",陶醉其间,回味无穷。说明孙绰对于玄远之境有着常人没有的敏感。唯其如此,他才能在《庾亮碑文》中说出"以玄对山水"的名言,并且在玄言诗的创作中融入山水意趣,为谢灵运的山水诗导夫先路。

和孙绰齐名的玄言诗人许询简直是位登山健儿:

> 许掾好游山水,而体便登陟。时人云:"许非徒有胜情,实有济胜之具。"(《栖逸》16)

这里的"胜情"就是指纵情山水的情趣,"济胜之具"则是指许询天生一副能够成就山水之乐的好身体! 不仅上层贵族是如此,连皇帝都是隐逸爱好者:

> 简文(司马昱)入华林园,顾谓左右曰:"会心处不必在远,翳然林水,便自有濠、濮间想也,不觉鸟兽禽鱼自来亲人。"(《言语》61)

简文帝司马昱是东晋皇帝中唯一一位清谈家,他和当时的名士、名僧、隐士都保持着友好关系,他进入三国时吴国兴建的大型园林华林园时,看到"翳然林水",不禁心旷神怡,竟然口吐莲花,妙语如珠。"会心处不必在远"一句,几乎和"移天缩地在君怀"一样,可以作为对中国古代园林艺术的经典表述。"濠濮间想",表达的也正是对庄子所演绎的山水隐逸之乐的热爱;而"鸟兽禽鱼自来亲人"一句,更让人想起庄子"子非我，安知我不知鱼之乐"的智慧话语，真是物我齐一、其乐融融！

当时的佛道人物也都是隐逸生活的践行者。古语说：天下名山僧占多。东晋僧人竺法济写有一部记载隐逸高僧的传记，名为《高逸沙门传》，"沙门"即和尚，说明在"出家"的僧人中，亦有"出世"的高蹈之人。像支道林、竺法深、于法开、康僧渊等名僧都是和尚中的隐士。这些僧人常常游走于"朱门"和"蓬户"之间，如鱼得水：

> 竺法深在简文坐，刘尹问："道人何以游朱门？"答曰："君自见朱门，贫道如游蓬户。"（《言语》48）

竺法深和刘惔的对话除了表明语言上的机智外，还附带告诉我们，当时的僧道和隐士，常常是最高权力者的座上宾，生活状况要远比汉魏时期的隐士为好。像支道林甚至还"常养数匹马"，有人说："道人养马，说起来不够雅致。"支道林则说："贫道看重的正是马的神情骏逸，不同凡俗。"（《言语》63）就是这个自称"贫道"的和尚，居然要"买山而隐"：

> 支道林因人就深公（竺法深）买印山，深公答曰："未闻巢、由买山而隐。"（《排调》28）

竺法深对支道林的讽刺可谓入木三分。但反过来说，视"朱门"如"蓬户"的深公，竟然让人想从他手里"买山"，他岂不也成了"靠山吃山"的"山大王"！再看那个因为高鼻深目被王导调笑的胡僧康僧渊：

> 康僧渊在豫章，去郭数十里立精舍，旁连岭，带长川，芳林列于轩亭，清流激于堂宇。乃闲居研讲，希心理味。庾公诸人多往

看之。观其运用吐纳，风流转佳，加处之怡然，亦有以自得，声名乃兴。后不堪，遂出。（《栖逸》11）

你看，《世说》的作者何其刁钻，他为我们描述了隐居在山间豪华别墅中的一代名僧之后，又轻描淡写地加上一笔："后不堪，遂出。"——后来他不堪忍受这种寂寞，终于出山了！这简直是神来之笔！东晋名僧的所谓隐逸，于此可见一斑。

四

僧人隐居都可以如此雍容洒脱，名士更不用说。有一个关于许询的故事说：

> 许玄度隐在永兴南幽穴中，每致四方诸侯之遗。或谓许曰："尝闻箕山人似不尔耳。"许曰："筐篚芭苴，故当轻于天下之宝耳！"（《栖逸》13）

故事说，许询隐居在永兴县南部的深山洞穴中时，经常有各地的官员赠送物品给他。有人就讽刺他说："听说在箕山隐居的许由好像不这样。"意思是，哪有你这么没有操守的隐士呢？可许询却振振有词地说："接受点装在竹筐草包里的东西，实在比天子之位轻多了！"把许询这句话和向秀的"巢由狷介之士，不足多慕"一比较，便可知道，东晋名士似乎已达到"跳出三界外，不在五行中"的逍遥境界，以往士人们执着的价值在他们看来，根本不值一晒。至少，东晋的隐士已经获得了"免于恐惧的自由"。这也是道家之隐和儒家之隐大相径庭的地方。

相比之下,嵇康的老乡戴逵还算是个真正"隐居以求其志"的隐君子。《续晋阳秋》说:"逵不乐当世,以琴书自娱,隐会稽剡山,国子博士征,不就。"有个故事说:

> 戴安道既厉操东山,而其兄欲建式遏之功。谢太傅曰:"卿兄弟志业,何其太殊?"戴曰:"下官'不堪其忧',家弟'不改其乐'。"(《栖逸》12)

戴逵的兄长名叫戴逯,二人志向不同,一仕一隐。谢安就问戴逯说:"你们哥儿俩志向行迹,何以如此悬殊?"戴逯就引用《论语·雍也》篇里,孔子夸颜回"一箪食,一瓢饮,在陋巷,人不堪其忧,回也不改其乐"的话说:"下官不能忍受隐居的忧苦,而家弟则不改其隐居的乐趣。"这个哥哥也真是弟弟的知音了。史载:"(戴)逵后徙居会稽之剡县。性高洁,常以礼度自处,深以放达为非道。"(《晋书·戴逵传》)这说明,戴逵在当时的隐士中,颇类于儒家之隐,在东晋逍遥无为的隐逸风气中,反而显得有些"另类"了。

有道是"大千世界,无奇不有"。当时不仅隐士如云,而且还有人充当隐士的经济后盾。最著名的莫过于桓温的高级参谋郗超(字嘉宾)了。郗超家资殷富,出手豪阔,大概他相信"无恒产则无恒心",所以自己虽不隐居,但看到别人隐居却喜出望外,恨不得倾囊相助。史载,郗超"性好闻人栖遁,有能辞荣拂衣者,超为之起屋宇,作器服,畜仆竖,费百金而不吝"(《晋书·郗超传》)。有个很好玩的故事说:

> 郗超每闻欲高尚隐退者,辄为办百万资,并为造立居宇。在剡,为戴公起宅,甚精整。戴始往旧居,与所亲书曰:"近至剡,如官舍。"郗为傅约亦办百万资,傅隐事差互,故不果遗。(《栖逸》15)

这个郗超实在太可爱了,只要一听到有人隐居,他便出资百万为其建造别墅,简直可以说是隐士的"发烧友"兼"经纪人"!戴逵是著名隐士,郗超便为他造了一座豪华别墅以资鼓励。而另一位名叫傅约的名士扬言要隐居,郗超也为他准备了百万巨资,但傅约隐居是"雷声大雨点小",最后竟不了了之;郗超也是"不见兔子不撒鹰",你不隐居,我的"赞助费"当然就此"冻结"!

不仅如此,郗超还在舆论上为隐士们张目造势:

> 郗尚书(超)与谢居士(敷)善,常称:"谢庆绪识见虽不绝人,可以累心处都尽。"(《栖逸》17)

谢居士即谢敷,字庆绪,信奉佛教,隐居修道不仕,人称谢居士。郗超和谢敷关系很好,常称赞谢:虽然见识不一定胜过别人,但可以做到把世俗烦恼统统抛在脑后,这就了不起!

对于那些不专心致志隐居的人,郗超甚至还出言讥刺:

> 郗嘉宾(超)书与袁虎(宏),道戴安道(逵)、谢居士(敷)云:"恒任之风,当有所弘耳。"以袁无恒,故以此激之。(《排调》49)

大概当时的文学天才袁宏也曾流露过归隐之意,但又迟迟不能付诸行动,郗超便写信给他,赞美戴逵和谢敷,然后话里有话地说:"持之以恒和负责到底的作风,应该有所弘扬啊!"这个故事被放在《排调》篇,是因为郗超话里有个"弘"字,恰与袁宏的名字同音,一语双关,言下之意,你虽然名叫宏,可该弘扬的东西却没有弘扬啊!

上述故事无不说明,在东晋一朝,隐逸之风已经和安贫乐道无关,和全身保命无缘,反而成了一种让人趋之若鹜的时尚了。这是东晋名士才能享受的盛宴,降及隋唐,以隐求仕,或者"隐而优则仕"的

"终南捷径",便把隐逸和隐士的名字给抹杀了！难怪鲁迅要在《隐士》一文中出言讥讽,说:"隐士,历来算是一个美名,但有时也当作一个笑柄。"

不按常理出牌的晋人啊,当我们对着他们特立独行甚至突梯滑稽的举动忍俊不禁的时候,难道我们真的可以自以为高明吗？当田园牧歌式的时代已成过去,当自然山水已成旅游业的聚宝盆,当无孔不入的现代科技已渗透到我们的大脑皮层,裹挟着每一个个体奔向未知的未来,特别是,当我们早已不知"隐逸"为何物的时候……难道,我们就不应该对自己的生存状况和精神症候有所警醒吗？

隐居,不仅是中国古人的一个梦,也是我个人的一个梦,然而环顾周遭:剡溪何在？安道何在？子猷何在？嘉宾何在？所以,我只能用下面这句话来结束"风俗篇"的讲述了——"虽不能至,心向往之"。

卷　三

人
物
篇

卷三人物篇将解读汉末至东晋的十位名士，他们是：郭泰、阮籍、嵇康、王衍、陆机、王敦、王导、庾亮、桓温、谢安。透过这十位汉晋之际最具代表性的人物，可对汉魏风骨—魏晋风度—江左风流的肇端、发展、兴盛、演变之轨迹，沿波观澜，一目了然。特别是通过对这些关键人物的解读，可以牵一发而动全身，帮助读者更好地完成对《世说》以及"魏晋风度"较为全面而深入的理解。

　　作为一部展现魏晋名士风流的志人小说，《世说》颇像是一部被打散的众多历史人物的"列传"，打散的标准就是"以类相从""分门隶事"。鲁迅评价《儒林外史》的结构时说："惟全书无主干，仅驱使各种人物，行列而来，事与其来俱起，亦与其去俱讫，虽云长篇，颇同短制。"(《中国小说史略》第二十三篇《清之讽刺小说》)此言用于表达对《世说》的阅读感受，也很合适。衡量读者对《世说》的理解和熟悉程度，常有一个重要标准，就是看你能否将这些被打散之后"并置"于各个门类的"列传素材"，进行符合历史进程和逻辑顺序的"还原"和"再现"。

　　本书的"人物篇"，毋宁说，就是给这些性情各异的风流名士重新立传——当然是带有个人价值判断和逻辑重组的新的"人物志"和"名士传"。

郭泰:"第三种人"与"第三条路"

魏晋士风的形成,离不开东汉业已生成的社会文化环境。顾炎武在《日知录》中说:"三代以下,风俗之美,无尚于东京者。"东京,即指东汉。其实,这里的"风俗之美"也可以理解为"人物之美",人物是皮,风俗是毛——"皮之不存,毛将焉附"?

汉末人物风俗,正是魏晋士风的渊源所自。《世说》的编者刘义庆显然早有此一高见,他编撰魏晋名士的言行录,展现清谈时代的人物风俗之美,却从汉末清议时代的名士"开宗明义",大概正是为了揭示汉末魏晋这三百年间,大体上处于源流承传的同一个历史文化阶段。

《世说·德行》篇开篇前三条,分别写了三个汉末人物:陈蕃、黄宪、郭泰。不太为人注意的是,这三个人物,鼎足而三,实际上分别代表了汉末乱世,士人立身处世的三个方向、三种立场。陈、黄二位我们已在"典故篇"中介绍,这一章,我们要说地位虽不显赫,却对魏晋风气影响深远的清流人物——郭泰。

郭泰其人，可以说是汉末首屈一指的人物品评大师和"意见领袖"，聚焦在他身上的，早已不是个人的得失升降、荣辱悲欢，而是汉魏之际士风转变、士人群体人格形成，以及生逢乱世的士人应当何去何从等一系列时代大命题和人生大拷问。

正是这个人，把一个时代的颜色改变了，也把儒与道、礼与玄、朝与野、生与死的边际弥合了，抹平了。这个人，是历史的一个入口——敞亮而又悲伤的入口。走近这个人，也许就是走近了那个波诡云谲的时代。

大梦谁先觉

郭泰(127—169)，字林宗，太原界休(今属山西)人。家世贫贱，早孤，事母至孝。史载郭泰少时，其母想让他到县廷做吏，他说了一句很豪壮的话："大丈夫焉能处斗筲之役乎?"遂辞。"斗筲"一词，出自《论语》[1]，斗和筲都是容量不大的容器，比喻器量狭小或才识短浅。"斗筲之役"，犹言没有器量和前途的差役小吏。由此可见，郭泰和想要"扫除天下"的陈仲举一样，也是一位志存高远的大丈夫。

既然不屑仕途，唯有一心向学。郭泰二十岁时，曾向成皋(今属河南)的屈伯彦学习。屈伯彦何许人? 文献无考。我推测，郭泰向他学习的除了儒道经典，很可能还有相面预测之术，所以才有了他对政局的准确预判和对人才的精准识鉴。求学期间，郭泰十分刻苦，缺吃少穿，而不改其乐(《世说》刘注引《续汉书》)。三年后毕业，"博通坟籍"，学

---

1 《论语·子路》：子贡问曰："何如斯可谓之士矣?"子曰："行己有耻，使于四方，不辱君命，可谓士矣。"曰："敢问其次。"曰："宗族称孝焉，乡党称弟焉。"曰："敢问其次。"曰："言必信，行必果，硜硜然小人哉! 抑亦可以为次矣。"曰："今之从政者何如?"曰："噫! 斗筲之人，何足算也!"

识渊博，"善谈论，美音制"，就是善于谈论，声音抑扬顿挫，优美动听。这为他后来的成名奠定了基础。

古人求学，很重视交游，所谓"独学而无友，则孤陋而寡闻"。估计正是此时，郭林宗开始周游郡县，拜师访友，访贤问道。谢承《后汉书》载：

> （郭太）故适陈留则友符伟明（融），游太学则师仇季智（览），之陈国则亲魏德公（昭），入汝南则交黄叔度（宪）。初，太始至南州，过袁奉高，不宿而去；从黄叔度，累日不去。或以问太。太曰："奉高之器，譬之泛滥，虽清而易挹。叔度之器，汪汪若千顷之陂，澄之不清，扰之不浊，不可量也。"已而果然。太以是名闻天下。

这一记载与《世说·德行》篇"叔度汪汪"的典故属于"传闻异词"。说明对黄叔度的赏识和品评，也为郭泰的人才识鉴事业带来了质的飞跃。

随后，郭泰又到洛阳游学，入太学，进而成为太学生的领袖。在洛阳时，经另一位名士符融的引荐，结识了时任河南尹的清议名士李膺。李膺一见郭泰，当即赞道："我见士多矣，未有如郭林宗者也。"（《续汉书》）"大奇之，遂相友善，于是名震京师"（《后汉书·郭泰传》）。后来郭泰归乡，京师洛阳的衣冠诸儒、风流名士纷纷前来送行，一直送到黄河岸边，车子绵延不绝，竟有数千辆！"林宗唯与李膺同舟共济，众宾望之，以为神仙焉。"成语"同舟共济"盖源于此。洛阳游学的经历，成了郭泰人生的一个辉煌顶点。

后来，郭泰被察举为"有道"一科，故又称"郭有道"[1]。汉代选拔官吏的制度盖有两个途径：一是公府征辟，一是地方察举。征辟，就是指征召布衣出仕。朝廷召之称"征"，三公以下召之称"辟"。察举，

---

[1] 《后汉书》本传载："司徒黄琼辟，太常赵典举有道。或劝林宗仕进者，对曰：'吾夜观乾象，昼察人事，天之所废，不可支也。'遂并不应。"

是汉代重要的选官制度,始于汉武帝时。士人由丞相、列侯、刺史、守相等推举,经过考核合格即任以官职,主要科目有:孝廉、贤良文学、秀才等。察举是士大夫仕进的主要途径。"有道"一科,始设于东汉。是在汉初诏举贤良、方正,州郡察孝廉、秀才基础上,增补的察举选士的一个科目。同时增补的还有:敦朴、贤能、直言、独行、高节、质直、清白、敦厚等科。被察举为"有道"一科,说明郭泰在时人心目中属于德行完善的一类人。

按当时制度,士人一旦获得察举,便是有了进身之阶。但郭泰却无意仕进。有人劝他,他说:"我夜观天象,昼察人事,天之所废,不可支也。"言下之意,大汉王朝气数已尽,已经进入今天所谓的"倒计时"了,出仕何为?

郭泰此说与当时著名的隐士徐孺子(97—168)不谋而合。据《后汉书·徐稚传》载:

> (徐)稚尝为太尉黄琼所辟,不就。及琼卒归葬,稚乃负粮徒步到江夏赴之,设鸡酒薄祭,哭毕而去,不告姓名。时会者四方名士郭林宗等数十人,闻之,疑其稚也,乃选能言语生茅容轻骑追之。及于涂,容为设饭,共言稼穑之事。临诀去,谓容曰:"为我谢郭林宗,大树将颠,非一绳所维,何为栖栖不遑宁处?"

黄琼于 164 年去世,是年郭泰 37 岁,徐孺子 67 岁。他们都去为曾经的"举主"(举荐过自己的人)黄琼吊孝,报答知遇之恩,而徐孺子只带了"只鸡絮酒",以为薄祭,哭过之后,不通姓名而去。郭泰听说后,怀疑此人就是徐孺子,便派一能说会道的门生茅容骑马追赶。茅容追上徐孺子后,为他做了一顿饭,两人聊了关于耕种稼穑方面的话题,临别,徐孺子请茅容转告郭泰,说:"大树将颠,非一绳所维,何为栖栖不遑宁处?"言下之意,大汉王朝好比将要轰然倒地的大树,不是一条绳子所能维系的,你干吗还要奔走折腾、不老老实实待着呢?

可见,对于汉末的政治局势,郭泰和徐孺子可谓"英雄所见略同"。

太学领袖

郭泰敏锐地洞察到东汉王朝大厦将倾、独木难支的命运,故对朝廷的征召,一概不应。不做官,干什么呢? 他学孔老夫子,兴办私学,在乡间聚徒授书,门徒达数千人。此正诸葛亮《出师表》所谓"苟全性命于乱世,不求闻达于诸侯"。然而,郭泰并非一个安于寂寞的隐士。时风相扇,"善谈论,美音制"的他岂肯枯守一隅、心斋坐忘? 他虽然不愿做官,却被中国历史上最为强劲的民主清议之风裹挟着,走上了时代的风口浪尖。史载,当时有太学生三万余人,郭林宗、贾伟节(贾彪)为其冠,和当时清议名士李膺、陈蕃、王畅同气连枝,更相褒重,"学中语曰:天下楷模李元礼(膺),不畏强御陈仲举(蕃),天下俊秀王叔茂(畅)。……并危言深论,不隐豪强。自公卿以下,莫不畏其贬议,屣履到门"(《后汉书·党锢列传》)。

不过,这则史料中的"并危言深论"(并,共同之意),其实并不确切。至少,郭林宗就应该排除在外。《后汉书·郭泰传》说得明白:"林宗虽善人伦,而不为危言核论,故宦官擅政而不能伤也。及党事起,知名之士多被其害,唯林宗及汝南袁闳(疑为袁阆)得免焉。"这里的"危言核论",即正直而翔实的言论,其实就是"危言深论"的翻版,但"并"却换成了"不为"。这就说明,和其他清议名士不同,郭泰十分注意言论的"尺度",以求避免不该有的安全隐患。

问题是,"不为危言核论"的郭林宗凭什么赢得士林的爱戴,甚至成为太学生的精神领袖呢? 概括起来,原因有三:

首先,是容止俊美。史载郭林宗"身长八尺,容貌魁伟,褒衣博带，周游郡国"。汉末的人物品评，已开魏晋重风度、美容止的风气，郭林宗的俊朗外貌和潇洒风神，自然玉成其为天下人望。上述"同舟共济"的记载就是一例。好友宋子俊甚至称赞他："自汉元以来，未有林宗之匹。"（《世说·赏誉》13 刘注）

人们对郭林宗的崇拜几乎到了痴迷的地步。有一次，他在路上遇雨，无从躲避，所戴方巾的一角被雨淋湿而下坠，没想到竟引起天下效尤，"时人乃故折巾一角，以为'林宗巾'"！此前之世风流俗，多属"上行下效"，故有"赵王好大眉，人间半额；楚王好广领，国人没颈；齐王好细腰，后宫有饿死者"（应劭《风俗通义》）之说，而郭泰以一介布衣竟能领导时尚潮流，足见其无与伦比的人格魅力。

其次，善于品鉴人物，奖掖后进。史载郭泰"性明知人，好奖训士类"，"其奖拔人士，皆如所鉴"。谢承《后汉书》也说"（郭）太之所名，人品乃定，先言后验，众皆服之"。郭泰一生"题品海内之士，或在幼童，或在里肆，后皆成英彦，六十余人。自著书一卷，论取士之本"（《世说·政事》刘注引《郭泰别传》）。也就是说，郭泰品评人物，不仅有实践，还总结出一套理论来。又据说，郭泰的人伦识鉴之书乃是后之好事者"附益增张"而成，"故多华辞不经，又类卜相之书"云云。这里的"又类卜相之书"（《后汉书》本传），说明汉末颇重形骨性命的人物品评之学，盖由原始相面测命之术脱胎而来，只不过进行了适合当代政治思潮和审美风气的改造而已。由此可见，郭林宗实为我国古代最早的人才学大师，他和汝南的另一位人物品评大家许劭合称"许、郭"，共同引领了汉末人物品评的一代风气。

据《后汉书》记载，经郭泰品鉴而或成或败一如其言的名士，比较著名的有：左原、茅容、孟敏、庾乘、宋果、贾淑、史叔宾、黄允、谢甄、王柔等。这些人物在《郭泰传》中都附有一个"小传"，如前面说的茅容：

　　茅容字季伟，陈留人也。年四十余，耕于野，时与等辈避雨树下，众皆夷踞相对，容独危坐愈恭。林宗行见之而奇其异，遂与共言，因请寓宿。旦日，容杀鸡为馔，林宗谓为己设，既而以供其母，自以草蔬与客同饭。林宗起拜之曰："卿贤乎哉！"因劝令学，卒以成德。

茅容避雨危坐和杀鸡奉母、草蔬待宾的故事一时传为佳话。宋人徐钧有赞《茅容》诗云：

> 一鸡供母不供宾，主亦无惭宾不嗔。
> 礼遇何须分厚薄，论交只是贵清真。

还有一个孟敏，也很著名：

> 孟敏字叔达，巨鹿杨氏人也。客居太原。荷甑堕地，不顾而去。林宗见而问其意。对曰："甑（zèng）以破矣，视之何益？"林宗以此异之，因劝令游学。十年知名，三公俱辟，并不屈云。

孟敏曾扛着一只大甑赶路，不小心把甑摔落在地。甑是古代一种瓦制炊器，摔在地上肯定是响声很大的，孟敏不可能听不见，但他头也不回，继续赶路。郭泰碰巧看见，大感惊诧，就上前问他。孟敏说："既然瓦甑已破，再看它又有什么用？""堕甑不顾"的典故由此产生。茅容和孟敏都在郭泰的知遇之下，奋发向学，终于成就了美名。

这是正面"劝学"的例子，还有反面"劝善"的，比如左原和贾淑：

> 左原者，陈留人也，为郡学生，犯法见斥。林宗尝遇诸路，为设酒肴以慰之。谓曰："昔颜涿聚梁甫之巨盗，段干木晋国之大驵（zǎng），卒为齐之忠臣，魏之名贤。蘧瑗、颜回尚不能无过，况

其余乎？慎勿恚恨，责躬而已。"原纳其言而去。或有讥林宗不绝恶人者。对曰："人而不仁，疾之以（已）甚，乱也。"原后忽更怀忿，结客欲报诸生。其日林宗在学，原愧负前言，因遂罢去。后事露，众人咸谢服焉。

郭泰对左原的劝谏和礼遇，使这个喜欢和同学打群架的学生知错而退，可见郭泰的知人之智与先见之明。"人而不仁，疾之已甚，乱也。"出自《论语·泰伯》，是说对待那些不仁德的人，如果疾之如仇，恨之入骨，只会带来更大的祸乱。

贾淑是郭泰的老乡，为人恶劣，乃当地一霸。郭泰母亲死后，他来吊丧，郭泰以礼相待，不久巨鹿人孙威直也来了，对郭泰"贤而受恶人吊"很看不惯，不吊而去。郭泰追上去，跟他说："贾子厚诚实凶德，然洗心向善。仲尼不逆互乡[1]，故吾许其进也。"贾淑听到这番话，大为感动，后来改过自新，成了一位颇具"公益"之心的"慈善家"[2]。

由于品鉴水准极高，郭泰在士林中享有崇高威望，所享受的"话语权"实不亚于当朝政要，甚至到了一言九鼎的地步。

> 陈元方遭父丧，哭泣哀恸，躯体骨立。其母愍之，窃以锦被蒙上。郭林宗吊而见之，谓曰："卿海内之俊才，四方是则，如何当丧，锦被蒙上？孔子曰：'衣夫锦也，食夫稻也，于汝安乎？'吾不取也！"奋衣而去。自后宾客绝百所日。（《规箴》3）

陈元方即汉末大名士陈寔的长子，素有清名令誉，被郭泰一番指责后

---

[1] "仲尼不逆互乡"，事见《论语·述而》："互乡难与言，童子见，门人惑。子曰：'与其进也，不与其退也，唯何甚？人洁己以进，与其洁也，不保其往也。'"
[2] 事见《后汉书·郭泰传》："贾淑字子厚，林宗乡人也。虽世有冠冕，而性险害，邑里患之。林宗遭母忧。淑来修吊，既而巨鹿孙威直亦至。威直以林宗贤而受恶人吊，心怪之，不进而去。林宗追而谢之曰：'贾子厚诚实凶德，然洗心向善。仲尼不逆互乡，故吾许其进也。'淑闻之，改过自厉，终成善士。乡里有忧患者，淑辄倾身营救，为州闾所称。"

竟至声名扫地，一百多天"门前冷落鞍马稀"，名士尚且如此，其他人更可想而知。鲁迅所谓"汉末士流，已重品目，声名成毁，决于片言"的议论，用在郭泰身上真是恰如其分。

最后，郭泰有着超人的亲和力和生存智慧。他在太学中曾被列为"八顾"之首，"顾"者，"言能以德行引人者也"。当时有谣谚说："天下和雍郭林宗。""和雍"，即温和雍容之意，最能见出郭泰虚怀若谷、有容乃大的性情。他对当时一些高才异能之士，均能报以礼敬欣赏态度，结交奖掖甚至"不绝恶人"，如前面所举左原、贾淑二例就是。郭泰的"不为危言核论"，本身就有性格宽厚、襟怀坦荡的因素，并非全为身家性命考虑，其赢得士林豪杰的一致拥戴也就毫不奇怪了。

有人问汝南名士、后遭党锢之祸慷慨就义的范滂（137—169）："郭林宗是个怎样的人？"范滂回答说："隐不违亲，贞不绝俗，天子不得臣，诸侯不得友，吾不知其他。"这一评价连用四个"不"字，且出自一位蹈死不顾的义士之口，足见郭林宗超尘拔俗的人格及其无与伦比的影响力。

如上所述，郭林宗是一位容止俊美、学识及智慧超群、提携后进不遗余力的儒雅清通之士，这使他很快成为深受爱戴的士林领袖。《后汉书》本传云："庄周有言，人情险于山川，以其动静可识，而沉阻难征。故深厚之性，诡于情貌；则哲[1]之鉴，惟帝所难。而林宗雅俗无所失，将其明性特有主乎？然而逊言危行，终享时晦，恂恂善导，使士慕成名，虽墨、孟之徒，不能绝也。"

"无愧碑"

建宁二年（169），郭泰卒于家中，时年四十二岁。这一年，正是历

1　《尚书·皋陶谟》："知人则哲，能官人。"后以"则哲"谓知人。

史上著名的"党锢之祸"最惨烈的多事之秋,许多名士如李膺、杜密、陈蕃、窦武、范滂等均于此年前后死于非命,而郭泰却因"不为危言核论"而免遭横祸。不过,前辈时贤的纷纷凋零,对郭泰的打击很大,《后汉书》本传云:

> 林宗虽善人伦,而不为危言核论,故宦官擅政而不能伤也。乃党事起,知名之士多被其害,唯林宗及汝南袁闳得免焉。遂闭门教授,弟子以千数。建宁元年(168),太傅陈蕃、大将军窦武为阉人所害,林宗哭之于野,恸。既而叹曰:"'人之云亡,邦国殄瘁'。'瞻乌爰止,不知于谁之屋'[1]耳。"

可见,郭泰其实是以"党人"自居的,党锢名士的死亡让他如丧考妣,悲不自胜。就像嵇康被杀不久,阮籍也郁郁而终一样,我们也可以这样说,正是和清议名士的同气连枝导致了郭泰的英年早逝。史载林宗死后,"自弘农函谷关以西,河内汤阴以北,两千里负笈荷担弥路,柴车苇装塞涂,盖有万数来赴"(谢承《后汉书》),哀荣之盛,当世无两。同志好友为他刻石立碑,一生给很多人写过悼词碑铭的名儒、大学士蔡邕(133—192)亲为撰写碑文,写完后对涿郡的卢植(?—192)说:"吾为碑铭多矣,皆有惭德,唯郭有道无愧色耳。"(《后汉书》本传)蔡邕是写墓志铭的大师,深谙碑铭写作文过饰非、涂脂抹粉之道,他的感叹当属知深爱重之言无疑。于是后人称此碑为"无愧碑"[2]。《太平寰宇》载:"周武帝时除天下碑,唯郭林宗碑诏特留。"

我曾试图从汉末士大夫群体的角度,对郭泰这样的名士进行归类,却发现并不容易。如果说"仕"与"隐",分别代表了当时士人的两

1　按:"人之云亡,邦国殄瘁"出自《诗经·大雅·瞻卬》。"瞻乌爰止,不知于谁之屋"出自《诗经·小雅·正月》,原文作"瞻乌爰止,于谁之屋"。
2　按:《文选》卷五十八有蔡邕《郭有道碑文并序》,文长不录。

大选择和阵营的话，郭泰则显然是介于二者之间。他既不像陈蕃、李膺那样有澄清天下之志，也不像徐孺子、黄叔度、管宁那样"隐居以求其志"。谓之儒家固是，谓之道家亦可。总之，在郭泰的身上，我们看到了汉末士人在"人格选项"上"两者得兼"的可能性。

窃以为，郭泰本质上还是一个儒家，从他的事母至孝，从他奖掖后进、批评时贤时经常援引儒家经典，从他在太学这一学术机构的巨大影响力，从他兴办私学、聚徒授书等行为，皆可看出，其一直都在以布衣身份行卿相之责，在庙堂之外的学府和民间，推行儒家的礼义仁孝之道。他的"不为危言核论"，奉行的正是孔子所谓"邦有道，危言危行；邦无道，危行言孙（逊）"（《论语·宪问》）的出处之道。

可以说，郭泰是汉代末年的"第三种人"[1]，他为生逢乱世的知识人提供了"仕"与"隐"之外的"第三条路"。这条路在汉末也许并非康庄大道，但其独立的人格和超脱的意志无疑已经赢得了当时人的尊敬。而且，作为一种具有"生存有效性"的人格类型和处世之道，郭林宗对于魏晋以后的士人心态确有不可估量的影响。别的不说，他的"不为危言核论"，就深深影响了"竹林名士"阮籍的言行。

所以，从某种意义上说，郭泰是个开风气的人物。他是在乱世的政治高压下，士人从清议向清谈转变过程中的关键一环，史学大师陈寅恪先生说清谈"起自郭林宗，而成于阮嗣宗"[2]，良有以也！

---

[1] 按："第三种人"是现代文学史上的一个概念，指 19 世纪 30 年代初的"文艺自由论"者苏汶。苏汶（1907—1964），原名戴克崇，笔名杜衡，浙江杭县（今余杭）人。文艺理论家。参加过中国左翼作家联盟。1932 年因在《现代》杂志上发表《"第三种人"的出路》等文章，自称为"第三种人"，提倡"文艺自由论"，受到瞿秋白、鲁迅等作家的批评。通过论辩，左联也暴露了理论上和策略上"左"的错误。现在看来，苏汶的观点自有其可取之处，不可因人废言。

[2] 陈寅恪先生称："大抵清谈之兴起由于东汉末世党锢诸名士遭政治暴力之摧压，一变其指实之人物品题，而为抽象玄理之讨论，起自郭林宗，而成于阮嗣宗，皆避祸远嫌，消极不与其时政治当局合作者也。"参见《金明馆丛稿初编·陶渊明之思想与清谈之关系》。

阮籍：我活过，我爱过，我写过

阮籍（210—263），字嗣宗，陈留尉氏（今属河南）人，"竹林七贤"的领袖人物，与嵇康并称"嵇阮"。因曾任步兵校尉，故又称"阮步兵"。

关于阮籍的故事很多，这里只能选取一个最具特色的角度来谈，比如阮籍对礼法（或曰名教）的蔑视、超越和反叛，就很具研究价值和观赏性。作为当时的名教罪人、礼法叛逆，阮籍用他张扬而又痛苦的一生，实践了司汤达的那句名言："我活过，我爱过，我写过。"

玄远至慎

阮籍的出身虽非豪门望族，也绝非下里巴人。其父乃是"建安七子"之一的阮瑀（165?—212）。阮瑀年轻时曾受学于汉末大儒蔡邕，蔡邕称他为"奇才"，后又被曹操礼遇，和陈琳同为司空军谋祭酒，掌管记室，撰写章表书记。曹操做丞相后，阮瑀任仓曹掾。建安十七年

(212),阮瑀病死,当时阮籍还不满三岁。曹丕曾写过一首《寡妇诗》,对阮瑀身后的孤儿寡母表示同情。

从出身背景来看,阮籍显然与曹魏集团更近。这就给他在司马氏专权之下度过的大半生,出了一道难题,也造成了其人格的复杂性和矛盾性,他用生命和血泪撰写的八十二首咏怀诗,成了诗歌史上最晦涩难懂的一组诗。南朝诗歌评论家钟嵘称阮籍诗:"言在耳目之内,情寄八荒之表。"(《诗品》)唐朝李善也说:"嗣宗身仕乱朝,常恐罹谤遇祸,因兹发咏,故每有忧生之嗟。虽志在刺讥,而文多隐避,百代之下,难以情测。"(《昭明文选》注)

其实,阮籍年轻时也有"济世志"。史载他曾登上广武山,俯瞰楚汉战争时的古战场,发出一句感慨:"时无英雄,使竖子成名!"竖子,是对人的蔑称,犹言小子。"竖子"到底指谁? 有两种说法:一种认为是指楚汉战争时期的刘邦和项羽,如李白《登广武古战场怀古》诗云:"沈湎呼竖子,狂言非至公。抚掌黄河曲,嗤嗤阮嗣宗。"另一种观点认为,"竖子"是指魏晋之际的人,如苏东坡就说:"伤时无刘、项也,竖子指魏、晋间人耳。"(《东坡志林》卷一)无论孰是孰非,阮籍这话都堪称掷地有声的豪言壮语。再看《咏怀诗》第三十九首:

> 壮士何慷慨,志欲威八荒。驱车远行役,受命念自忘。良弓挟乌号,明甲有精光。临难不顾生,身死魂飞扬。岂为全躯士,效命争战场。忠为百世荣,义使令名彰。垂声谢后世,气节故有常。

阮籍此诗,很有"建安风骨"的况味,和曹植的《白马》篇风格相近,也是阮籍早年慷慨多气的写照。

然而,阮籍空有一身抱负,却毫无用武之地。正始年间(240—249)的政局实在太过险恶,大势所趋,但凡有些思想的人,无不活在司马氏嗜血的屠刀边缘。史载："籍本有济世志，属魏、晋之际，天下多故，名士少有全者，籍由是不与世事，遂酣饮为常。"（《晋书·阮籍传》）从此，阮籍就陷入了"终身履薄冰，谁知我心焦"（《咏怀三十三》）的痛苦境地，不得不采取各种不得已的策略保全性命，躲避政治的"高压线"，所以他说："愁苦在一时，高行伤微身。曲直何所为？龙蛇为我邻。"（《咏怀三十四》）

比之郭泰，阮籍出身的特殊性使他不可能与政治绝缘，故而不得不为自己准备一种更为安全——尽管违背本性——的"保护色"。这层"保护色"，连司马昭都看出来了，那就是"玄远至慎"：

> 晋文王称："阮嗣宗至慎，每与之言，言皆玄远，未尝臧否人物。"（《德行》15）

这里的"言皆玄远"，比郭泰的"不为危言核论"更进一步：郭泰是尽量不说与己不利的话，阮籍则是说归说，却说得云遮雾障，玄虚缥缈，让人摸不着头脑。此条刘孝标注引《魏氏春秋》称："阮籍……宏达不羁，不拘礼俗。兖州刺史王昶请与相见，终日不得与言，昶愧叹之，自以不能测也。口不论事，自然高达。"这大概是阮籍 20 岁时的事，年纪轻轻就懂得韬晦默存之道，可见其见识非同一般。

阮籍不仅把对时事人物的评价"雪藏"起来，奉行"沉默是金"，甚至还在日常生活中掩藏自己的真实情感，让人莫测高深。《晋书》本传说阮籍"容貌瑰杰，志气宏放，傲然独得，任性不羁，而喜怒不形于色"。在那个时代，"傲然独得，任性不羁"属于"自己跟自己玩"，离政治高压线较远；如果"喜怒形于色"，就是和别人有关系的举动，难免不授人以柄。

当然，阮籍也不是从来没说过出格的话。《晋书》本传载，其任司马昭从事中郎时，有一次：

有司言有子杀母者，籍曰："嘻！杀父乃可，至杀母乎！"坐者怪其失言。帝（司马昭）曰："杀父，天下之极恶，而以为可乎？"籍曰："禽兽知母而不知父，杀父，禽兽之类也。杀母，禽兽之不若。"众乃悦服。

由此可见，阮籍对于什么话不该说、什么话可以说、怎么说才能既骇人听闻又不至祸从口出，是有过精密研究的，分寸、火候把握得非常到位！

顺便说一句，在专制独裁者面前，先知先觉者常常倍感痛苦。阮籍就是这样的知识人，他什么都明白，但又不得不装聋作哑，忍气吞声。现代著名经济学家、《资本论》的翻译者王亚南先生曾经说："专制制度下只有两种人：一种是哑子，一种是骗子。我看今天的中国就是少数骗子在统治多数哑子。"著名学者雷海宗也说："中国知识分子一言不发的本领在全世界的历史上，可以考第一名。"为什么？因为中国几千年的历史，常常就是骗子在统治哑子。

美国总统罗斯福认为：民主社会，有四种自由是不能被剥夺的，即言论的自由、信仰的自由、免于匮乏的自由、免于恐惧的自由。前两种自由可以视为"积极自由"，后两者则属于"消极自由"。而通常的情况是，在专制独裁时代，人们不仅无法享有积极自由，甚至连消极自由也给剥夺了！在恐惧和匮乏中，人，与其说是有尊严的人，不如说是没有生命保障的人质！

阮籍所处的正是这样一种虽然尚可"免于匮乏"，却绝对不能"免于恐惧"的时代，所以他只好选择"沉默是金"。我们固然可以说，这是中国知识分子修炼的一种高级的智慧。但仔细想想，这样的高级智慧凝结着的何尝不是无边的恐惧和耻辱！

阮籍的这一招，连嵇康都很羡慕，在《与山巨源绝交书》中，嵇康说："阮嗣宗口不论人过，吾每师之，而未能及。"可见阮籍的"口不论人过"，和郭泰的"不为危言核论"一样，真是说时容易做时难。首要一点,就是能"忍"。在阮籍看来,大到江山易主,小到鸡毛蒜皮,不过"愁苦在一时",很快都会过去,"曲直何所为"——争个是非曲直又有什么用? 如果阮籍的这种"玄远至慎"的生存策略发展到极致,即既无政治立场和人格操守,也无人的真性情,那就很容易沦为"犬儒"或"乡愿",如果真是那样,阮籍也就不是阮籍了,至少,嵇康不会和他结成莫逆之交。这就牵涉阮籍的另一面——

至性佯狂

如果说"玄远至慎"是阮籍的"保护色","与物无伤"的结果是"与己无害",那也不过是阮籍的一个侧面,事实上,阮籍是个立场、爱憎均很分明的人,否则他不会被"礼法之士"疾之如仇。因为轻易不臧否人物,阮籍甚至还练就了一个"特异功能"——"青白眼",即见到凡俗之士,就"以白眼对之"。人常说"君子动口不动手",可阮籍偏偏是"君子瞪眼不动口"。史载阮籍丧母,嵇康的兄长嵇喜前来吊丧,嵇喜当时已经投靠司马氏,阮籍不喜欢他,就冲他大翻白眼儿。嵇喜郁闷而回,并将此事告诉嵇康。嵇康二话不说,便拿着酒、挟着琴去拜访阮籍。阮籍一见嵇康,乃青眼有加,转怒为喜。

嵇康评价阮籍说:"至性过人,与物无伤,唯饮酒过差耳。至为礼法之士所绳,疾之如仇,幸赖大将军保持之耳。"(《与山巨源绝交书》)上述"青白眼"的故事,正可看出阮籍"至性过人"之处。正因有此一种真性情,阮籍才赢得了士林的美誉,从而也令其经常陷于政治是非的漩涡中不能自拔。所以,阮籍不得不采取另外的保身之道,那就是饮酒酣畅,佯狂慢世。有人说:"阮籍胸中垒块,故须酒浇之。"(《任诞》51)这"垒块",正是积郁于胸中无处排遣的那一团不平之气!

阮籍的喝酒和刘伶不同,刘伶是真正沉浸在酒中自得其乐的"酒仙"，阮籍则是用喝酒来做政治上的"烟幕弹""避雷针"和"挡箭牌"，犹如蜗牛蜷缩在贝壳里，蛇蚁屈身在泥洞中，借此躲避政治寒流的侵袭，摆脱生命的大痛苦和大孤独。所以，刘伶能写出《酒德颂》，而阮籍的八十二首咏怀诗，竟然只有两处提到酒[1]！冥冥之中，阮籍不仅不爱酒，甚至还有些恨酒，或者是又爱又恨，因为一看到酒，就会想到太多伤心的往事。

比如有一次，司马昭派人来提亲，阮籍不敢硬抗，又不愿就范，竟然大醉六十日以求脱身。这恐怕可以打破古今中外醉酒时间的"吉尼斯纪录"了！同是喝酒，别人是推杯换盏、浅斟低唱地喝，阮籍却是玩命地喝，没日没夜地喝，不顾死活地喝，直到让前来提亲的人知趣地闭嘴为止，只要自己的名节还能保全，暂时委屈一下自己的"酒精胃"又算得了什么呢？

史载，司马氏手下的鹰犬钟会常到阮籍家，"数以时事问之，欲因其可否而致之罪，皆因酣醉获免"。对待这样一个"思想警察""言论杀手"，阮籍还是以不变应万变，除了喝醉还是喝醉！好在阮籍的酒量好，胃的功能也好，那时的酒也不像现在这么"假"，阮籍愣是没喝死！阮籍这代人不可能再像汉末清议名士那样"婞直"，那样顶真了，因为中间横亘着让人不寒而栗的党锢之祸！阮籍们已经喊不出"士可杀不可辱"的豪言壮语，历史留给他们的作业是，彻底地超脱人生的有限，把人类在高压政治下所能产生的智慧和生命能量尽可能地释放出来。每一次从危险中逃脱的阮籍，一定是一边冷笑，一边醉醺醺地昏睡过去了，尽管笑容中常常含着咸涩的泪！

阮籍经常一个人驾着车出门，"不由径路"，任凭车马狂奔，直到穷途之处、末路之时，才放声恸哭一场，然后调转车头回去[2]。这个故

1　分别是《咏怀三十四》："对酒不能言，凄怆怀酸辛。"《六十八》："堂上置玄酒，室中盛稻粱。"
2　《世说·栖逸》1 刘孝标注引《魏氏春秋》曰："阮籍常率意独驾，不由径路，车迹所穷，辄恸哭而反。"《晋书》本传本此。

事很有象征意味,它正好印证了阮籍在那样一个时代"无路可走"的悲剧性命运。阮籍的孤独和悲凉是具有时代精神的,也具有人类存在困境的终极价值,他的"穷途之哭"不是一般的减压方式,而是找寻自我存在价值、补充生命能量的一种方式,犹如古希腊神话中那位不断把石头推上山的西西弗斯,阮籍的无路可走的宿命性悲剧不仅是时代的缩影,也是对人类困境的生动隐喻。从阮籍身上,我们看到了西方存在主义哲学的一个命题,即世界常常是荒谬的,而人生则充满了痛苦。

阮籍的"穷途之哭",难道不也和我们初生时的无助哭喊遥相呼应吗?

仕隐双修

尽管如此,阮籍仍不能高枕无忧。有道是树大招风,阮籍这样的人即使不愿做官,官位也会找上门来。为此,他不得不开辟和郭泰的"非仕非隐"的"第三条路"不同的另外一条全身远祸之路——"仕隐双修"。有人说,阮籍一生只做过十几天的官,其他时间都在竹林隐居,饮酒酣畅。此说并不确切。事实上,阮籍不仅大半生都在做官,而且做的都是当轴政要的属官,一直位于权力中心。根据《晋书》本传及陈伯君先生所撰《阮籍年表》(《阮籍集校注》,中华书局,1987 年版),可将阮籍仕宦生涯胪列如下:

> 魏正始三年(242),33 岁,任太尉蒋济属吏,后以疾辞。这是第一次做官。
> 同年前后,复任尚书郎,不久,又以病免。
> 正始八年(247),38 岁,曹爽辅政,召阮籍为参军,阮因疾辞归。

嘉平元年(249),40 岁,司马懿执政,阮籍出任司马懿的从事中郎。

嘉平三年(251),42 岁,司马师执政,阮籍出任司马师的大司马从事中郎。

高贵乡公正元元年(254),45 岁,司马师废曹芳,改立曹髦为帝,阮籍封关内侯,升任散骑常侍,在曹髦身边任职。

正元二年(255),46 岁,司马昭掌权,拜阮籍为东平相。"籍乘驴到郡,坏府舍屏障,使内外相望。法令清简,旬日而还。"司马昭引为大将军从事中郎。

景元三年(262),53 岁,自请做步兵校尉,因为步兵营厨里"有贮酒三百斛"。

次年(263),死于步兵校尉任上。故时人称之为"阮步兵"。

然而,我们又不能据此以说阮籍是个贪恋权位的"官迷",于阮籍而言,做官也好,辞官也罢,都是不得已而为之的权宜之计。正始三年,刚刚升任太尉的蒋济(188?—249)听说阮籍的大名,招他出来做官,阮籍却在都亭(都邑中的传舍)中写了一封表明心志的奏记,引用子夏和邹衍的典故,说自己无德无能,加上有病,不堪重任,只想躬耕东皋,隐居终老[1]。这份奏记很能说明,阮籍在接到第一张"委任状"的时候,就表达了自己的隐居之志。蒋济开始还担心阮籍不来,收到他的奏记以后很高兴,以为这是通常文人常用的外交辞令,就派遣吏卒前去都亭迎接,想不到阮籍早已走了。蒋济大怒。于是"乡亲共喻之",阮籍无奈之下,只好就任蒋济的属吏。不久又以生病为由辞官归里。

---

[1] 阮籍的奏记原文如下:"伏惟明公以含一之德,据上台之位,英豪翘首,俊贤抗足。开府之日,人人自以为掾属;辟书始下,而下走为首。昔子夏在于西河之上,而文侯拥篲;邹子处于黍谷之阴,而昭王陪乘。夫布衣韦带之士,孤居特立,王公大人所以礼下之者,为道存也。今籍无邹、卜之道,而有其陋,猥见采择,无以称当。方将耕于东皋之阳,输黍稷之余税。负薪疲病,足力不强,补吏之召,非所克堪。乞回谬恩,以光清举。"

此后阮籍又先后做过曹爽的参军,司马懿、司马师、司马昭父子三人的从事中郎,担任的都是装点门面的闲职,"三天打鱼两天晒网",而且经常托病辞官,很难看到他有什么政治热情,基本上处于"在其位不谋其政"的"行政不作为"状态。

> 陈留阮籍、谯国嵇康、河内山涛三人年皆相比,康年少亚之。预此契者,沛国刘伶、陈留阮咸、河内向秀、琅邪王戎。七人常集于竹林之下,肆意酣畅,故世谓"竹林七贤"。(《任诞》1)

一般都以为"竹林七贤"是一个隐士群体,其实不然,竹林名士中真正没有官职的几乎没有,都曾或仕魏,或仕晋,吃过皇粮。这也正是《世说》的编者没有把这一条置于《栖逸》而放在《任诞》门的原因。窃以为,以阮籍、嵇康为代表的"竹林七贤",所开启的乃是一种放达自然的风气,而不仅是隐逸避世。他们或饮酒酣畅,或挥麈谈玄,或赋诗弹琴,把乱世中的人生苦闷尽情宣泄,形成了一个让后人向往不已的文人沙龙。事实上,真正的竹林之游时间并不长,可能也就在曹爽辅政到高平陵之变的两三年(247—249),此后,阮籍和山涛便被司马氏招去做了官。

阮籍当官纯属"帮闲"性质,并无政绩。唯一做过的实事就是在东平太守任上的那十来天。据《文士传》载:"籍放诞有傲世情,不乐仕宦。晋文帝亲爱籍,恒与谈戏,任其所欲,不迫以职事。籍常从容曰:'平生曾游东平,乐其土风,愿得为东平太守。'文帝说(悦),从其意。籍便骑驴径到郡,皆坏府舍诸壁障,使内外相望,然后教令清宁。十余日,便复骑驴去。"这件事总算显示出阮籍的政治才干,故唐代大诗人李白《赠闾丘宿松》诗云:

> 阮籍为太守,乘驴上东平。剖竹十日间,一朝风化清。偶来

拂衣去,谁测主人情? ……

后来阮籍"闻步兵厨中有酒三百石,忻然求为校尉。于是入府舍,与刘伶酣饮"。这两件事,都发生在司马昭掌权时期。所谓"司马昭之心,路人皆知",阮籍不可能不知,他求做外职,或许正是出于远离是非、摆脱司马昭势力笼罩的考虑。司马昭欣赏阮籍,并不难为他,允许他在政治上做一个"撒娇派"。这就好比玉皇大帝对孙悟空的心理:只要别太过分,且由着他闹,越是这样闹,越能够装点繁华,粉饰太平,何乐而不为?

靠着这种与时俯仰、和光同尘、仕隐双修的"骑墙"策略,阮籍总算得以寿终。

礼岂为我辈设?

然而,阮籍也并不是毫无立场和尊严的软骨头。政治上的韬晦策略实在是出于保命的需要,这对于阮籍人格的扭曲和挤压当然是很大的,他必须寻找一个突破口来发泄。既然不能公然表示"不同政见",那就做一个"礼法叛徒",换言之,阮籍虽不对当权者的合法性提出公开质疑,但也绝不放弃对当权者所宣传的意识形态的虚伪性的批判。这是阮籍高明的地方,也是他让人尊敬的地方。他用这种方式"赎回"了自己的人格。

魏晋之际,汉代的经学体系瓦解,老庄思想抬头,"名教与自然之辨"遂成为当时学术讨论中的一个重要命题。阮籍是老庄哲学的信徒,在他眼里,多行不义、倒行逆施的司马氏偏偏要宣扬所谓礼法和名教,真是"是可忍,孰不可忍"!尽管以王弼、何晏、夏侯玄为代表的"正始名士",试图弥合"情"与"礼"、"自然"与"名教"的理论分歧和现实裂缝,但在那样一个礼崩乐坏、阳奉阴违、作奸犯科的时代,当礼法和名教成了权势者手中的意识形态道具和"君人南面之术"时,真正的志士仁人,只有和这样的礼法和名教决裂,回归自然一途,这也就是嵇康所倡导的"越名教而任自然"(《释私论》)。

"阮籍丧母"是个在当时引起轰动的事件,留下了许多记载。如《任诞》篇载:

> 阮籍当葬母,蒸一肥豚,饮酒二斗,然后临诀,直言:"穷矣!"都得一号,因吐血,废顿良久。(《任诞》9)

此条刘孝标注引邓粲《晋纪》说得更离奇:

> 籍母将死,与人围棋如故,对者求止,籍不肯,留与决赌。既而饮酒三斗,举声一号,呕血数升,废顿久之。

这就牵涉对"孝"的理解问题。在阮籍看来,亲情乃人伦至情,本乎自然,不须繁文缛节来证明,居丧无礼,不等于不孝;反之,礼数周到,也未必就是真孝。这和孔子所谓"礼,与其奢也,宁俭;丧,与其易也,宁戚"(《论语·八佾》)的思想是一脉相承的。所以阮籍虽然饮酒食肉,但紧接着又吐血数升,元气大伤,可见他对很早就守寡、含辛茹苦把他抚养成人的母亲感情很深。所以《魏氏春秋》说:"籍性至孝,居丧虽不率常礼,而毁几灭性。"

阮籍的这种真性情在当时虽然有些出格,但也不是没有知音。

> 阮步兵丧母,裴令公(楷)往吊之。阮方醉,散发坐床,箕踞不哭。裴至,下席于地,哭,吊唁毕便去。或问裴:"凡吊,主人哭,客乃为礼。阮既不哭,君何为哭?"裴曰:"阮方外之人,故不崇礼制。

我辈俗中人，故以仪轨自居。"时人叹为两得其中。(《任诞》11)

裴令公即裴楷(237—291)，当时只有二十岁，他来吊丧时，阮籍散发箕踞，完全不修丧礼。裴楷哭过之后，按照礼节，作为孝子的阮籍应该哭几声表示感谢，可是阮籍当时悲痛万分，哪里去管这些礼节？裴楷很能理解阮籍，说他是"方外之人"，——方外即世外，指言行超脱于世俗礼教之外的人，后指僧道。——可以不尊崇礼制，而自己是"俗中人"，所以要遵守世俗的礼仪规范。于是时人称之为"两得其中"，不妨也可以理解为"两全其美"。裴楷哭过之后，扬长而去，不以阮籍之"非礼"为意，倒真像是阮籍的"同道中人"。

不过，裴楷这样的雅量之士毕竟不多，像司隶校尉何曾(199—278)那样的"礼法之士"，就对阮籍"疾之如仇"：

> 阮籍遭母丧，在晋文王坐，进酒肉。司隶何曾亦在坐，曰："明公方以孝治天下，而阮籍以重丧显于公坐饮酒食肉，宜流之海外，以正风教。"文王曰："嗣宗毁顿如此，君不能共忧之，何谓？且有疾而饮酒食肉，固丧礼也！"籍饮啖不辍，神色自若。(《任诞》2)

阮籍对于名教和礼法全然采取蔑视的态度，居丧期间照样饮酒吃肉，而且是当着司马昭的面大饮大嚼，礼法之士如何曾之流非常反感，拿出"以孝治天下"的伦理大棒挥舞起来，要把阮籍流放海外，以正风教。幸好司马昭看好阮籍，为他打圆场，说阮籍是"有疾而饮酒食肉"，这也符合丧礼。阮籍呢，旁若无人，照样大吃大喝。什么叫"有恃无恐"？这就是了。《晋书·何曾传》记载此事，司马昭对何曾说的话更显恳切："此子(指阮籍)羸病若此，君不能为吾忍邪！"种种迹象表明，阮籍和司马昭的关系非同一般，两人年龄相当，常相过从。事实上，司马昭也的确需要阮籍这样的名士显示自己的"礼贤下士"，所以他经常充当阮籍的"保护伞"，阮籍呢，似乎也坦然享受着别人享受不到的"优待"和"礼遇"。

> 晋文王功德盛大，坐席严敬，拟于王者。唯阮籍在坐，箕踞啸歌，酣放自若。(《简傲》1)

除了"居丧无礼"，阮籍还对"男女授受不亲"的儒家礼教发起大胆挑战。著名的"阮籍别嫂"的故事说：

> 阮籍嫂尝回家，籍见与别。或讥之。籍曰："礼岂为我辈设也？"(《任诞》7)

要知道，《礼记·曲礼》明文规定："男女不杂坐"，"叔嫂不通问"。阮籍偏不管这一套，嫂子回娘家，他偏要赶去道别，估计还来个十里相送。有人讥讽他，他说了一句脍炙人口的反礼教宣言："礼法这劳什子，难道是为我这样的人设计的吗？"其实，这正是以"方外之人"自居，也和后来王戎的"情钟我辈"之说遥相呼应。

不仅对嫂子如此，对其他女性阮籍也同样不拘礼法，率性以待：

> 阮公邻家妇，有美色，当垆酤酒。阮与王安丰常从妇饮酒。阮醉，便眠其妇侧。夫始殊疑之，伺察，终无他意。(《任诞》8)

阮籍喝醉了便睡在老板娘旁边，未尝不是"精心策划"的行动，但又能通过老板的"伺察"，显得一派纯真浪漫。古语说："君子好色而不淫。"阮籍的这种"发乎情"而不拘于礼，最终又能"止乎礼"的举动，很有些柏拉图"精神恋爱"的意味，故而传为佳话。该条刘孝标注引王隐《晋书》云：

籍邻家处子有才色，未嫁而卒。籍与无亲，生不相识，往哭，尽哀而去。其达而无检，皆此类也。

这又是阮籍和"邻家女孩"的故事。这"有才色"的女孩红颜薄命，"未嫁而卒"，阮籍和这户人家没有任何关系，与这女孩也不认识，居然跑到人家丧礼上大哭一场，尽哀而去。这种"冒天下之大不韪"的举动，既是阮籍"达而无检"的地方，也是阮籍最具性情、最自然可爱的地方。故《晋书》本传称其"外坦荡而内淳至"[1]。这女孩的夭折，有如一朵鲜花未及绽放，即告凋零，怎不让人唏嘘感叹、黯然伤怀？阮籍是为一个美丽生命的消亡而悲痛，这一刻，一切繁文缛节都显得虚伪造作，阮籍在痛哭中升华到了佛陀悲天悯人的境界。

上述几个故事很能看出阮籍对女性的态度。儒家的伦理体系中，女性大体处于弱势的一方，而在阮籍心目中，女性却是值得亲近和崇拜的。阮籍对女性的这种态度不能简单地理解为男性的女性之爱，而是融合了更高境界的对礼教纲常的反驳，以及对弱势群体的同情和呵护。这是一份超越了纲常礼教和个人私欲的人间大爱。这种女性崇拜，其实质乃是一种人道主义精神，虽历经千年而未得彰显，直到曹雪芹在《红楼梦》中以他的如椽大笔，塑造了女性的知音贾宝玉这一形象，才又得到更为深刻的阐释和弘扬。而据其他学者的研究，曹雪芹最为欣赏的古代人物就是竹林七贤中的阮籍，他甚至给自己取字"梦阮"。他笔下的贾宝玉，对大观园中那些纯洁少女怀有的近乎痴迷而并不带占有欲望的爱（所谓"意淫"），特别是他为晴雯、鸳鸯、金钏儿等女子的悲惨死亡感到痛不欲生，不是和阮籍很相似吗？

阮籍的眼泪，是男人的眼泪，不仅洗涤了自己的灵魂，也让我们看到了乱世中一抹夕阳晚霞般的人间真情。

---

1 此事《晋书》本传作："兵家女有才色，未嫁而死。籍不识其父兄，径往哭之，尽哀而还。其外坦荡而内淳至，皆此类也。"

活着才是硬道理

对于阮籍这样的人，切不可用贴标签的方式去理解和评判。以往我在谈到阮籍的时候，喜欢说他"晚节不保"，也就是说，至慎玄远也好，佯狂醉酒也好，仕隐双修也好，蔑视礼法也好，最终都未能阻止他从"帮闲"到"帮忙"的转化。因为，当上述全身远祸的智谋的作用发挥到极限之时，这样的"非暴力不合作"的政治立场已经不能满足司马昭不断膨胀的政治需要，特别是，当屠刀多次扬起之后，像阮籍这样的重量级文人的"表态"和"归队"，对于觊觎皇帝宝座的司马昭就显得极为重要。于是，在一次醉酒无效之后，阮籍万般无奈，挥笔写下了那篇享有"神笔"之誉的"劝进文"：

> 魏朝封晋文王为公，备礼九锡，文王固让不受。公卿将校当诣府敦喻。司空郑冲驰遣信就阮籍求文。籍时在袁孝尼家，宿醉扶起，书札为之，无所点定，乃写付使。时人以为"神笔"。(《文学》67)

故事的时间主要有两种说法，一种是在甘露五年(260)曹髦被杀之后，一种说在景元四年(263)稽康被杀之后，总之是一个血腥的年份。迫于司马氏的淫威，魏朝不得不答应封晋文王司马昭为公，并准备了"九锡"之礼[1]。司马昭照旧模仿当年的曹丕，假意坚辞不受。按照心知肚明的"游戏规则"，其手下党羽、文武官员要到他的府上敦促劝喻，把戏做足之后，时任司空的郑冲(？—274)便急忙派信使到阮籍那里，让他写一篇劝进文。当时阮籍在袁孝尼(就是曾向稽康求学《广陵

1　按："九锡"是天子赐给诸侯、大臣有殊勋者的九种礼器，是最高礼遇的表示。锡，在古代通"赐"字。九种特赐用物分别是：车马、衣服、乐、朱户、纳陛、虎贲、斧钺、弓矢、秬鬯。古时人臣欲篡君位，常以暗示或胁迫天子备"九锡"之礼，作为"禅位"的前奏。

散》的袁准）家，宿醉未醒。阮籍是不是想故伎重演，借醉酒躲过这个为虎作伥的苦差事？我们不得而知。总之，这一次他没有推托，被人扶起之后，提笔就写，一气呵成，写完后丝毫不作修改便给了信使。此文文气纵横，就劝进的主旨来说，可说是一招一式，恰到好处，故时人谓之"神笔"[1]。我很怀疑这篇文章是阮籍的"夙构"（事先拟就或备好）之作[2]，不到万不得已，他是宁愿把文章烂在肚子里的！但他的运气实在不好，作为当时的名士兼文豪，为司马昭撰文劝进、摇旗呐喊的"光荣任务"他想躲都躲不掉！

正是这篇劝进文，让阮籍陷入了道义的泥潭，成为广受后世文人诟病的政治污点。如宋人叶梦得云："阮籍不肯为东平相，而为晋文帝从事中郎，后卒为公卿，作《劝进表》。若论于嵇康前，自宜杖死。"（《避暑录话》卷一）近人余嘉锡也说："嗣宗阳狂玩世，志求苟免，知括囊之无咎，故纵酒以自全。然不免草劝进之文词，为马昭之狎客，智虽足多，行固无取。宜其慕浮诞者，奉为宗主；而重名教者，谓之罪人矣。"（《世说新语笺疏》）这等于说，阮籍就是不折不扣的"名教罪人"！

然而，后人对阮籍也许太过苛刻了，或者说，我们总以为阮籍的这一举动意味着对曹魏的背叛。当我们这样想的时候，也许忘记了曹魏政权的获得也有不可告人之处，司马氏不过是如法炮制而已。看穿了这一点的阮籍，对政治和权术本质上的非正义性洞若观火，所以在他眼里，曹魏也好，司马氏也好，全是一丘之貉！自己不过是这出闹剧中的一个角色而已。他既然历任司马氏父子三人的从事中郎，又与司马昭又私交笃厚，实质上已是司马氏阵营中的一员，写一篇劝进文似乎也是分内之事，特别是在不写的"后果很严重"的时候。

所以，我们无权苛责阮籍，当我们用所谓忠臣孝子之类的眼光看

1　按：《文选》卷四十收有此文，题为《为郑冲劝晋王笺》。
2　按：《晋书·阮籍传》云："会帝让九锡，公卿将劝进，使籍为其辞，籍沉醉忘作。临诣府，使取之。见籍方据案醉眠，使者以告，籍便书案，使写之，无所改窜，辞甚清壮，为时所重。"

待他的时候,立足点本质上也不过就是"名教"。而"名教"在阮籍看来,远不如生命的保全更接近"自然"和"本真"。王隐《晋书》就说:"魏末,阮籍有才而嗜酒荒放,露头散发,裸袒箕踞。作二千石,不治官事,日与伶等共饮酒歌呼。时人或以籍生在魏晋之交,欲佯狂避时,不知籍本性自然也。"(《太平御览》卷四百九十八引)陈寅恪先生也以为:"夫自然之旨既在养生遂性,则嗣宗之苟全性命仍是自然而非名教。"[1]我在一篇文章中这样写道:

> 如果一个人选择了在刀尖上活下去,那就只能把沉重的肉身变"轻",把坚硬的人格变"软",把明确的立场变得"飘忽",把清醒的大脑变得"糊涂",于是,阮籍生活上选择了药与酒,艺术上选择了琴与诗,语言上选择了"发言玄远,口不臧否人物",政治上选择了"非暴力不合作",一切的妥协只为了一个目标——活着!潜水一般的活着!实验一般地活着!看看自己在刀尖上、火山口、陷阱中、射程内……怎么才能活下去?又能活多久?(《诗意回响·刀尖上的人生观》)

可以说,在"但恐须臾间,魂气随风飘"的阮籍眼里,生命的保全超越了一切道德和价值,对阮籍而言,活着才是硬道理!年轻的时候,我曾对一句俗话嗤之以鼻——"好死不如赖活着"。等到年齿渐长,便对下里巴人或芸芸众生的求生本能多了几许同情。蝼蚁尚且贪生,何况人乎?所以,我对那些大手一挥便"鼓励"甚至"怂恿"别人去"舍生取义"的人——不管你是垄断了权力还是垄断了真理——心怀警惕甚至厌恶。阮籍的贪生畏死或许显得不那么高尚,但我们谁都无权去用一个自己认可的崇高价值去"严以律人,宽以待己"。子

---

1 陈寅恪:《金明馆丛稿初编·陶渊明之思想与清谈之关系》,生活·读书·新知三联书店,2001年6月版,第207—208页。

夏说:"大德不逾闲(限),小德出入可也。"(《论语·子张》)设身处地为阮籍想一想,我要说,他是"晚节可议,大德不亏"!没准儿他正是要用这样一种自暴自弃的行为,来表达他对整个一套矫揉造作的纲常礼教的轻蔑和厌弃——谁知道呢?

所以,在阮籍的人格悲剧里面,含有深刻的喜剧性成分,甚至喜剧性都不足以概括,因为它可以让我联想到,人生这出大戏骨子里的闹剧乃至荒诞剧的本质!

阮籍对于魏晋士风的影响是怎么估计也不过分的。犹如服药经由何晏成为一种时尚一样,阮籍也被视为纵酒、裸袒、佯狂等名士行为的始作俑者。"嗜酒荒放,露头散发,裸袒箕踞",后来竟成为魏晋名士显示放达的招牌行为,只不过世易时移,阮籍任诞放达行为的自然性、深刻性和悲剧性反而被消解了 [1]。

——这是历史的吊诡处,也是世俗的可爱处。

1　《世说·任诞》23:"王平子、胡毋彦国诸人,皆以任放为达,或有裸体者。乐广笑曰:'名教中自有乐地,何为乃尔也?'"刘孝标注引王隐《晋书》曰:"魏末阮籍,嗜酒荒放,露头散发,裸袒箕踞。其后贵游子弟阮瞻、王澄、谢鲲、胡毋辅之徒,皆祖述于籍,谓得大道之本。故去巾帻,脱衣服,露丑恶,同禽兽。甚者名之为通,次者名之为达也。"

嵇康（上）：龙性谁能驯

在魏晋名士的群像中，嵇康无疑是"海拔"最高的：他的才华最全面，风骨最刚劲，人格最完美，结局也最悲壮，没有他，所谓"魏晋风度"只怕要塌下半边天！

身世迷离

嵇康（224—263）字叔夜，谯国铚（今安徽濉溪）人。嵇康的身世可谓扑朔迷离，其姓氏就是一大悬案。在此之前，嵇姓几乎不存在，嵇康的出现使这一姓氏有了较高的知名度。至今有人写嵇康之名，还常常误作"稽康"。其实也不算大谬，因为嵇康的姓氏原本就与会稽（今浙江绍兴）有关。根据东晋史学家虞预和王隐的两部《晋书》，嵇康的身世可以梳理如下：

嵇康祖上本姓奚，会稽人，因避怨迁到谯国的铚县，改姓为嵇。

改姓的原因,一说是为纪念出自会稽,一说是因为在铚县嵇山之侧安家的缘故[1]。但我以为,改姓还有一个原因,就是为了避免仇家的寻衅,即通常所谓"隐姓埋名"。

关于嵇康的身世,值得注意的有三点:

其一,谯国也是曹操的家乡,嵇康家族和曹氏家族属于"乡党"。

其二,不仅属于乡党,在政治上也有同盟关系。嵇康虽"家世儒学"(嵇喜《嵇康别传》),但也并非名门望族。嵇康的父亲嵇昭(字子远)曾经做过曹操军中的"督军粮治书侍御史",属于曹魏集团的亲信,可以说,嵇氏与曹家的关系从嵇昭这一辈就已开始了。尽管嵇康幼年便失去了父亲,但这种关系仍在延续。

其三,黄初元年(220),曹丕称帝伊始,便下令把谯国与长安、许昌、邺、洛阳等重要城市一起,合称"五郡",后又将弟弟沛穆王曹林进爵为公,再由公进封为谯王。《晋书·嵇康传》说:"(嵇康)与魏宗室婚,拜中散大夫。"这个"宗室",指的正是曹林,嵇康后来娶了他的女儿(一说孙女)长乐亭主[2]。这个背景对于理解嵇康的政治处境和立场非常重要。

也就是说,嵇康和曹魏的关系,比阮籍更深一层,不仅是政治同盟,还有姻亲关系。我们固然不能说嵇康的反对司马氏,完全是出于婚宦同盟的关系,但家族婚姻背景所导致的政治立场的不同,至少是一个非常重要的原因。有人出于对嵇康的敬仰,片面拔高嵇康反对司马氏就是为了反对暴政,而与曹魏无关,感情固然可以理解,却不

---

1 《世说·德行》注引虞预《晋书》云:"康家本姓奚,会稽人。先自会稽迁于谯之铚县,改为嵇氏。取稽字之上山从为姓,盖从志其本也。一曰,铚有嵇山,家于其侧,遂氏焉(《三国志》卷二十一注引)。"王隐《晋书》称:"嵇本姓奚,其先避怨徙上虞移谯国铚县。以出自会稽,取国一支音同本奚焉。"
2 按:《世说·德行》注引《文章叙录》:"康以魏长乐亭主婿,迁郎中,拜中散大夫。"还有一种说法认为嵇康是曹林的孙女婿,也即是曹操的曾孙女婿。又《三国志·沛穆王林传》:"沛穆王林,建安十六年封饶阳侯,二十二年徙封谯。黄初二年,进爵为公。三年为谯王。五年改封谯县。七年徙封鄄城。太和六年改封沛。景初、正元、景元中,累增邑,并前四千七百户。林薨,子纬嗣。"注:"案《嵇氏谱》,嵇康妻,林子之女也。"曹林,曹操杜夫人出,故嵇康为杜夫人之曾孙女婿。不过根据各人的年龄,似乎应以孙女婿可能较大。

是审慎严谨的态度。嵇康再伟岸，毕竟不是"外星人"，盘根错节的人事关系不可能不对他的政治立场产生影响。

龙章凤姿

嵇康长大后，风神潇洒，玉树临风，成为魏晋时最著名的美男之一。顺便说一句，中国古典美学盖有三大系统：自然美学、文艺美学和人物美学。宗白华先生曾说："中国美学竟是出发于'人物品藻'之美学。"（《〈世说〉与晋人的美》）这个"人物品藻之美学"就是我所谓的"人物美学"。魏晋六朝可以说是中国"人物美学"的成熟期，其中一个最典型的特点就是对于男性美的欣赏（详见《风俗篇·美容之风》）。当时男性美的标准有很多：比如，人的身材要高，皮肤要白，眼睛要亮，服饰要美，风度神韵要潇洒飘逸，等等。但总的说来也不过两大类：或阴柔，或阳刚。像何晏、卫玠、王衍等人，就代表了当时男性美中偏于阴柔的一面，而嵇康、夏侯玄等人，则代表了比较阳刚的一面。

关于嵇康的美，有许多文献记载。如《晋书》本传说：

> 康早孤，有奇才，远迈不群。身长七尺八寸，美词气，有风仪，而土木形骸，不自藻饰，人以为龙章凤姿，天质自然。

七尺八寸，相当于现在的一米八八，故见者叹曰：

> 萧萧肃肃，爽朗清举。

魏晋人喜欢用一些只可意会、难以言传的词语评价人的风神气度，"萧萧"和"肃肃"在这里意思相近，很难直接翻译，大概可以解释成潇洒、幽远、清寂、沉静的样子,"爽朗清举"则是一种光明坦荡、清峻超拔之气。

高大伟岸,容仪俊美,这只是嵇康阳刚之美的"表"。"里"是什么呢?"里"就是他对自己的形貌的态度及处理方式。通常的情况是,一个貌美的人难免会以美貌自矜甚至"自恋",如何晏就很"自恋",史载他"性自喜","行步顾影","动静粉白不离手",十分注意自己的仪表。貌丑的人未必不自恋,但也很容易自暴自弃,不修边幅,"土木形骸",如身长不满六尺、"貌甚丑悴"的刘伶就是好例。而嵇康作为一代"型男",却对自己的外表毫不在意,具体说就是——"土木形骸,不自藻饰"。这就有些与众不同。在《与山巨源绝交书》里,嵇康多少有些夸张地说自己经常在一月之内,十五天不洗脸;如果身体不是特别闷痒,就不愿意洗澡。这表明,他对何晏们所"苦心经营"的容貌,不仅看不上眼,而且是故意唐突甚至破坏的,这就让人叹为观止了。"天生丽质偏自弃",嵇康的这种通脱率性、顺其自然的态度反而成就了他的超凡脱俗的美,所以史载他"龙章凤姿,天质自然","正尔在群形之中,便自知非常之器"。

因为"天质自然",人们对他容貌的赞美当然也就"自然化"了,比如有人说他:

肃肃如松下风,高而徐引。

这是采用比喻的手法赞美嵇康的风度。而且,把嵇康比作松树下的风,是个比较形象同时又有点抽象的比喻,容易激发人的想象和联想。从美学上来说,这叫"人的自然化",就是把人格风度之类不易捉摸的东西自然化、形象化,这是一种诗意的人物审美方式。这里的"肃肃"既有清幽、高远之意,同时又可当作一个拟声词,形容风声和松树交互作用发出的那种"松涛"。"高而徐引"既和嵇康的挺拔形象

有关,也是对其高峻脱俗气质的形象化联想。嵇康的好朋友山涛说他:

> 嵇叔夜之为人也,岩岩若孤松之独立;其醉也,傀俄若玉山
> 之将崩。(《容止》5)

　　还是采用比喻的形式,"孤松"是赞其高,"玉山"是赞其既高且白,静态和动态相结合,说嵇叔夜这个人,高大挺拔如山崖间傲然独立的青松;就连他醉倒的时候,也是风光无限,宛如一座巍峨的玉山将要坍塌了一样。真是醒时也美,醉时也美,怎一个"美"字了得!

　　据《晋书·嵇康传》记载,一次,嵇康去山上采药,在密林岩泉之间流连忘返。这时,恰有一樵夫荷薪而归。在黄昏的氤氲光线中,樵夫抬眼望见山崖间的嵇康,衣袂飘飘,气度非凡,一个愣神儿,还以为遇见了神仙,连忙抛柴弃担,长揖不止。

　　还有一个故事也从侧面反映了嵇康在人们心目中的形象。据说嵇康唯一的儿子、后来做了晋朝忠臣烈士的嵇绍(字延祖),也是一个美男子。嵇康死后二十年,嵇绍在山涛的举荐下赴洛阳为官。有一次,有人在王戎面前赞美嵇绍说:"嵇延祖真是天姿卓著,在众人之间就像野鹤在鸡群中一样!"王戎听了,不以为然地说:"君未见其父耳。"(《容止》11)言下之意,儿子虽然美,但比他老子差远啦!嵇康的绝尘拔俗之美,由此可见一斑。

才高性峻

　　不仅长得俊美,而且多才多艺。嵇康是魏晋时少有的通才型人物:他不仅是当时第一流的文学家,四言诗写得很好,散文的成就更高;还是著名的玄学家,其玄学论文《养生论》《声无哀乐论》在东晋竟

成为清谈家的理论话题[1]。嵇康的音乐水平更是首屈一指,是当时最著名的音乐理论家、作曲家和古琴演奏家。他的书法成就也很高,唐代张彦远编撰的《书法会要》,竟把嵇康的草书排在张芝之后,位居第二,大名鼎鼎的"二王"还在其后[2]。嵇康还擅长丹青,唐朝时尚有《巢由洗耳图》《狮子击象图》传世。更令人惊叹的是,嵇康还是个打铁的高手。史载嵇康"性绝巧而好锻",在河内山阳(今河南省修武县)隐居时,经常和向秀一起打铁,二人所使用的冶铁工具可以说代表了当时的"先进生产力"。

总之,嵇康是个难得的"全才型"人物,似乎上帝把所有美好的禀赋都给了他。他的风度和才华受到当时士林的拥戴和追捧。有个叫赵至的少年,是嵇康的"铁杆粉丝",他第一次在太学见到嵇康,便为之倾倒,以致于后来竟相思成狂,自残自虐,辗转求索,最终得以追随在嵇康左右[3]。这说明,狂热的"追星族"古已有之。

嵇康的性格是很矛盾的,可以说是儒道兼修,温厉并存。这种矛盾性跟那个时代的政治状况有关。嵇康是曹魏宗室的女婿,又任中散大夫这个闲职,在正始年间曹爽集团和司马氏争权达到白热化程度时,他便陷入了政治的漩涡之中。他不得不掩藏自己的真实心境以求免祸。嵇康一家很早就搬到了河内山阳居住,这里山清水秀,又有茂林修竹,很适合隐居。也正是在这里,他认识了山涛、阮籍、向秀、王戎、吕安等名士,形成了一个以山阳为中心的文人交游圈。嵇

1　《文学》21 载:"旧云,王丞相过江左,止道《声无哀乐》《养生》《言尽意》三理而已,然宛转关生,无所不入。"
2　这个代表张彦远个人倾向的"草书榜单"如下:伯英(张芝)第一、叔夜(嵇康)第二、子敬(王献之)第三、处仲(王敦)第四、世将(王廙)第五、仲将(韦诞)第六、士季(钟会)第七、逸少(王羲之)第八。又,清余萧客《文选纪闻》卷二十四:"(张)怀瓘曰:因得叔夜草he交书一纸,有人以逸少草书两纸易之,惜而不与。后于李造处见嵇全书,方知嵇公生平气宇,若与面焉。(宋释适之《金壶记下》)"
3　按:《世说·识鉴》刘注引嵇绍《赵至叙》云:"(赵)至年十五,佯病,数数狂走五里三里,为家追得,又炙身体十数处。年十六,遂亡命,径至洛阳,求索先君不得。至邺,沛国史仲和是魏领军史涣孙也,至便依之,遂名翼,字阳和。先君到邺,至具道太学中事,便逐先君归山阳经年。"

康还是个虔诚的道教徒,认为神仙之事是可能的,服食养生,导引节欲成了他的日常生活方式。种种迹象表明,他是打定主意要远离政治,追求老庄的无为逍遥之道的。

不唯如此,嵇康在生活中还十分注意自己的言行。他欣赏阮籍的玄远至慎,并努力向他学习。在《与山巨源绝交书》中,嵇康说:"阮嗣宗口不论人过,吾每师之,而未能及。"王戎也说:"与嵇康居二十年,未尝见其喜愠之色。"(《德行》16)嵇康的哥哥嵇喜所撰《嵇康别传》称:"康性含垢藏瑕,爱恶不争于怀,喜怒不寄于颜。所知王濬冲在襄城,面数百,未尝见其疾声朱颜。此亦方中之美范,人伦之胜业也。"这些记载,除了王戎所说在时间上略有出入外[1],其他应该是可信的。

大概在嘉平年间(249—254),嵇康还曾深入汲郡山中,拜当时的神秘道士孙登[2]为师,向他求道历三年。嵇康临走时,孙登说了一句"临别赠言":"君才则高矣,保身之道不足。"《文士传》记此语略有不同:"今子才多识寡,难乎免于今之世矣!子无多求!"又《嵇康别传》载:"孙登谓康曰:'君性烈而才俊,其能免乎?'"没想到这话竟然不幸言中,未及十年,嵇康果然为司马昭所杀。故嵇康在狱中作《幽愤诗》云:"昔惭下惠,今愧孙登。"颇有自责尤悔之意,所指即为此事。

还有一个故事说,嵇康曾和另一位有名的隐士王烈相遇,两人一见如故,遂一起入山修道。有一次,王烈得到一种石髓,犹如饴糖一般软滑可食,王烈就先吃了一半,把剩下的一半给了嵇康,没想到这些石髓到了嵇康手里,瞬间便凝固成了石头!又有一次,王烈在一个石室中发现一卷"素书",即求仙问道之类的书,连忙招呼嵇康来取,

---

1　按:王戎233年出生,15岁即247年前后由阮籍引荐加入竹林之游,而嵇康263年前后被司马昭杀害,以此倒推二十年,当在243年,此时王戎仅10岁,尚未与嵇康相识,故王戎所言"与嵇康居二十年",乃不可信。

2　据刘孝标注引《康集序》:"孙登者,不知何许人。无家,于汲郡北山土窟住。夏则编草为裳,冬则披发自覆。好读易,鼓一弦琴,见者皆亲乐之。"又《魏氏春秋》曰:"登性无喜怒,或没诸水,出而观之,登复大笑。时时出入人间,所经家设衣食者,一无所辞,去皆舍去。"

结果转瞬之间素书就不翼而飞。王烈于是感叹说："叔夜的志趣虽然非同一般，却交不上好运，这大概就是命吧！"这个故事未必可信，但其暗示意味是很强的，那就是嵇康之所以在求仙问道方面屡屡受挫，或许是他命中注定会因为才高性峻而死非其命！

嵇康性格的矛盾性在他的《家诫》一文中表现得尤为突出。此文是他在狱中写给儿子的，所谈都是谨言慎行的君子之道，谆谆教诲，循循善诱，面面俱到，无所不至，似乎要把儿子教育成一个言寡尤、行寡悔、明哲保身之人。连鲁迅都说，现实中的嵇康和《家诫》里那个婆婆妈妈、谨小慎微的父亲"宛然是两个人"！鲁迅说："嵇康是那样高傲的人，而他教子就要他这样庸碌。因此我们知道，嵇康自己对于他自己的举动也是不满足的。……这是因为他们生于乱世，不得已，才有这样的行为，并非他们的本态。但又于此可见魏晋的破坏礼教者，实在是相信礼教到固执之极的。"（《魏晋风度及文章与药及酒之关系》）仔细想想，似乎又不矛盾，嵇康的前半生可以说正是按照他《家诫》中的原则立身处世的，只是他身处政治漩涡的中心，无法彻底地奉行自己所追求的无为守真之道罢了。

其实，嵇康对自己的性格是最了解的。在《与山巨源绝交书》中，他对山涛说："吾直性狭中，多所不堪。"又说："吾不如嗣宗之资，而有慢弛之阙；又不识人情，暗于机宜；无万石之慎，而有好尽之累。久与事接，疵衅日兴，虽欲无患，其可得乎？"在列举了自己不愿做官的"七不堪""二不可"的九大理由后，嵇康说："刚肠疾恶，轻肆直言，遇事便发，此甚不可二也。以促中小心之性，统此九患，不有外难，当有内病，宁可久处人间邪？"可见嵇康并非没有识见，也并非不懂得"保身之道"，但关键时刻，他又不愿委曲求全，放弃自己的人格尊严和自由意志。

若干年后，东晋皇帝简文帝司马昱评价何晏和嵇康的悲剧时说："何平叔巧累于理，嵇叔夜俊伤其道。"（《品藻》31）刘孝标注称："理本真率,巧则乖其致;道唯虚澹,俊则违其宗。所以二子不免也。"值得注意的是,何晏和嵇康都是曹魏的女婿,嵇康的岳父就是何晏的大舅子沛穆王曹林[1]。两人都是死于司马氏之手,既有政治的原因,也未尝没有性格的原因。而嵇康之死,历来都是一个众说纷纭的话题。我以为,至少有三个原因直接导致了嵇康的被害:第一是构怨钟会,埋下了小人陷害的祸根;第二是绝交山涛,言论放肆令司马昭怀恨在心;第三是吕安事件,为政敌们除去心腹之患提供了一个绝佳借口。以下依次述之。

构怨钟会

如果人一生总会遇到小人,那么钟会就是嵇康的小人,而且是足以致命的小人。

钟会(225—263)字士季,颍川长社(今河南长葛)人。他家世代书香,父亲钟繇不仅位至三公,是曹丕时期重要的政治家,还是我国历史上最早可称专业的书法家之一。出生于这样的家庭,钟会自然有一种天生的优越感。钟会小时候就颇有异才。据说他五岁时,与父亲一道见太尉蒋济,蒋济一看他的眼睛,便大吃一惊,说:"非常人也!"后来司马师甚至称钟会:"此真王佐才也。"

有这么一个故事:

> 钟毓兄弟小时,值父昼寝,因共偷服药酒。其父时觉,且托寐以观之。毓拜而后饮,会饮而不拜。既而,问毓:"何以拜?"毓曰:"酒以成礼,不敢不拜。"又问会:"何以不拜?"会曰:"偷本非

1　卫绍生:《嵇康研究中的几个问题》,《中国古典文学与文献学研究》第一辑,学苑出版社,2002 年版。

礼,所以不拜。"(《言语》12)

可见,钟会小时候便颇有心计。两兄弟长到 13 岁,魏文帝曹丕听说他们的名声,对他父亲钟繇说:"可以令你的两个儿子过来见我。"两兄弟来见曹丕时,钟毓很紧张,脸上渗出汗来,曹丕问:"卿脸上怎么出汗了?"钟毓回答说:"战战惶惶,汗出如浆。"又问钟会:"卿何以不汗?"钟会说:"战战栗栗,汗不敢出。"(《言语》11)其实哪里是"汗不敢出"呢?是钟会天生胆大,那样的场面压根儿吓不住他!明明不害怕,偏偏说"汗不敢出",又有溜须拍马之嫌。钟会的古灵精怪,巧舌如簧,于此可见一斑。

钟会的母亲张氏,是个贤淑有德、教子有方的女子。在她的教导下,钟会博学赅通,未成年便已把诸子百家的经典融会贯通,这为他后来精练名理,成为当时重要的玄学家打下了扎实的基础。不过说到底,在钟会身上,政客的成分远比文人的色彩更浓重。还不是一般的政客,而是一个头脑精明、为人狡诈、一肚子阴谋诡计的政客。名士裴楷就说他:"钟会如观武库森森,但见矛戟在前。"正因如此,钟会二十出头便已在朝廷中出任要职,先是做曹爽的官,再是做司马氏的官,可谓八面玲珑,左右逢源,是个政治上的"不倒翁"和"风派人物"。要不是他灭蜀之后,野心勃勃地要做皇帝,结果引火烧身、死于非命的话,也许,他会爬上更高的位置。不过这都是后话。

嘉平年间,嵇康成为京师学术界众望所归的领军人物,比嵇康小一岁的钟会也已官至中书侍郎,少年得志,目空一切。作为一名玄学家,钟会主张学术与现实政治相融合,这自然与嵇康"越名教而任自然"的思想格格不入。嵇康在学术上的成就和影响,使钟会很想引起他的注意,甚至他还痴心妄想与嵇康成为朋友。

嘉平五年(253),钟会总结傅嘏、王广等人的玄学思想中有关"才性同异"方面的资料,编成《四本论》("四本"即才性同、才性异、才性离、才性合)一书。他很想请嵇康看看,就把《四本论》揣进怀里,一个人偷偷来到嵇康的住所。可是走到门口,又自惭形秽,怕嵇康当面驳难。于是遛到窗外,还不敢靠近窗口,只远远地把《四本论》手稿从窗口扔进室内,然后掉头就跑(《文学》5)。自知不如人,却又不愿面对现实,想与别人交朋友,却又不愿放下架子、坦诚相见,钟会的自负、自卑和虚荣,在这件事上立竿见影。

这年夏天,钟会又一次拜访嵇康在洛阳郊外的住所。那天,嵇康和向秀(字子期)正在门前打铁。嵇康光着膀子,散着头发,正有节奏地挥舞铁锤。向秀则箕踞坐在地上,一下一下地拉着风箱,"相对欣然,旁若无人"[1]。正当嵇、向二人干得热火朝天时,钟会翩翩而至。这位公子哥儿带了一大帮京城的名流阔少,乘肥衣轻,浩浩荡荡,耀武扬威地簇拥而来。嵇康、向秀听到人声马嘶,并没停下手中的活计。嵇康依旧扬锤而锻,旁若无人,半天不发一言。

钟会立马站在那儿,尴尬不已。正当钟会一伙掉转马头,准备离开时,打铁声戛然而止。嵇康转过身,朗声说道:"何所闻而来,何所见而去?"这话是包含讽刺意味的,言下之意,你们此来,不是想要行使"间谍"的任务,刺探我在干什么吗,你们现在究竟看到了什么,又听到了什么呢?要是换了旁人,肯定噎得他半天说不出话,但是钟会何等聪明机变,当即答道:"闻所闻而来,见所见而去!"(《简傲》3)意思是说,我听见了我听见的,看见了我看见的,收获很大。至于以后——咱们骑驴看唱本,走着瞧!说完,钟会一伙悻悻而去。

这次交锋使钟会威风扫地。但嵇康也为此付出了更为惨痛的代价。懂得养生之道的他却无法控制自己嫉恶如仇的性格和"轻肆直言"的嘴巴。嵇康性格的矛盾性在这一件事中尽显无遗。但话又说回来,如果让嵇康虚与委蛇,与钟会之流称兄道弟,那嵇康也便不是嵇康了。

1　《世说·言语》注引《向秀别传》:"常与嵇康偶锻于洛邑,与吕安灌园于山阳。"又《晋书·向秀传》:"康善锻,秀为之佐,相对欣然,旁若无人。"

放论管、蔡

嘉平二年(250)，魏帝曹芳的帝位第一次遭到直接的否定与动摇。不过，这一次的肇事者并非司马氏，而是新任太尉王凌(171—251)。王凌是后汉司徒王允(就是他巧施"连环计"使吕布杀了董卓)的侄子，也是魏国的三朝元老。王凌升任太尉后，为达到制衡司马懿的目的，便与他的外甥令狐愚密谋废掉昏庸无能的曹芳，迎立楚王曹彪为帝。不料他的计划竟被"自己人"泄露给司马懿。嘉平三年，司马懿兴兵征讨王凌。王凌无力抵抗，兵败自杀；楚王曹彪被"赐死"。凡与此事有关的人都被诛夷三族。嗣后，司马懿仍不解恨，又把王凌、令狐愚二人的尸体从坟中挖出，在附近的闹市示众了三天。

嘉平六年(254)，曹芳的岳父张缉和李丰、苏铄、乐敦等忠于曹魏的大臣密谋，欲以威望较高的夏侯玄(209—254)取代越来越飞扬跋扈的司马师(208—255)。不料事情败露。司马师恼羞成怒，遂将夏侯玄、李丰等人"皆夷三族"，名士群体又一次遭到巨大摧残。是年九月，司马师又将怒火发泄到越来越看不上眼的皇帝身上，竟矫太后诏令，以"耽溺内宠"、不贤不孝的罪名废掉了曹芳，迎立曹丕另一个孙子、东海王曹霖之子高贵乡公曹髦(241—260)为帝，改年号嘉平为正元。至此，曹魏政权已完全被司马氏玩弄于股掌之中。

正元二年(255)正月，与夏侯玄、李丰等人亲善的镇东将军毋丘俭(？—255)、扬州刺史文钦等因不满司马师悖越纲常的行径，在淮南联合发动反司马师的军事行动。但这次军事行动最终也被司马氏兄弟扑灭，毋丘俭兵败被杀、文钦畏罪投奔吴国。

这三件事，也就是所谓"淮南三叛"。毋丘俭、文钦事败后，司马昭的极权统治更为变本加厉，士人队伍也日渐分化。阮籍本在俭、钦事变时辞去散骑常侍一职，玩了一个"金蝉脱壳"；司马昭一上任，他见来者不善，便主动要求出任东平相一职。十几天后，司马昭召阮籍回京,把他"钉"在大将军府从事中郎的位置上。山涛则做上了骠骑将军王昶的从事中郎。王戎、裴楷等人也经钟会拉拢、引荐,投靠了司马昭[1]。

相比之下,嵇康则属于"不同政见者",走的是一条与他的朋友们截然不同的路。据《三国志》注引《魏氏春秋》记载:"大将军尝欲辟康,康既有绝世之言,又从子不善,避之河东,或云避地。"这说明,嵇康在政治上是拒绝与司马氏合作的。随着局势的进一步恶化,这种"不合作"甚至差一点酿成了鱼死网破的"暴力反抗"。史载:"毌丘俭反,(嵇)康有力,且欲起兵应之,以问山涛,涛曰:'不可。'俭亦已败。"(《三国志·王粲传》注引《世语》)这一记载虽然没有更多的材料佐证,但也绝非捕风捉影。《三国志·王粲传》说:"谯郡嵇康,文辞壮丽,好言老庄,而尚奇任侠。"这个"尚奇任侠",显然是与爱好老庄之道不同的性格特征。大概是曹魏忠臣的多次"勤王"行动,刺激了嵇康的男儿血性,使他忍不住孤注一掷。虽然在山涛的劝告下,终未铤而走险,但"曾经沧海难为水",有了这次经历,嵇康骨子里的英雄气概被大大激发出来,不与司马氏合作的政治立场更为鲜明和坚定了。

嵇康雅好文章,曾写过不少论文,时常发出"不平之鸣":

矜尚不存乎心,故能越名教而任自然。(《释私论》)

凭尊恃势,不友不师。宰割天下,以奉其私。……刑本惩暴,今以胁贤,昔为天下,今为一身。下疾其上,君猜其臣。(《太师箴》)

轻贱唐虞而笑大禹。(《卜疑》)

最具"爆炸力"的还是那篇《管蔡论》,嵇康借古讽今,对司马氏的倒行

1　《赏誉》5载:"钟士季目王安丰:'阿戎了了解人意。'谓裴公之谈,经日不竭。吏部郎阙,文帝问其人于钟会,会曰:'裴楷清通,王戎简要,皆其选也。'于是用裴。"

逆施进行了有力的控诉。

那是甘露元年(256)四月,年满16岁的皇帝曹髦去太学问学。在谈到周公杀管叔、蔡叔这个与时政有关的敏感话题时,仰人鼻息的太学博士庾峻避不敢谈。曹髦很生气,说:"周公、管、蔡之事,皆《尚书》所载,是博士应该精通的。"言下之意:你连这个都不懂,怎么配当博士呢?消息很快传到嵇康的耳朵里,他便写下了一篇词锋锐利、志深笔长的传世名文——《管蔡论》。

周公诛放管、蔡二叔的事件是历史上的一桩公案。历来的"官方话语"中,管叔和蔡叔皆被指为犯上作乱、理当受诛的"历史罪人"。管、蔡二人,本名姬鲜、姬度,和周公姬旦皆为周文王姬昌之子、武王姬发之弟。按年龄排行,管叔姬鲜是周公的哥哥,蔡叔姬度是周公的弟弟。武王灭掉殷朝之后,曾大封功臣和兄弟,姬鲜封于管,姬度封于蔡;武王死后,成王即位,他们自然就成了"皇叔",被称为管叔、蔡叔。但成王登基时,尚未成年,姬旦德高望重,就担当起"摄政"的重任,成为历史上和文王、武王并称的"三圣"之一的"周公"。周公"摄政"之后,管、蔡二叔曾在全国放出流言,说"(周)公将不利于孺子(幼帝)",遂挟商纣王之子武庚发动叛乱。周公为此大军东征,历时三年,平定了叛乱,杀掉武庚和管叔,同时将蔡叔流放。

这么一桩历史上已经盖棺论定的"公案",怎么会引起曹髦的重视呢?联系当时的政局便不难找到答案。当初明帝曹叡死后,即位的曹芳只有八岁;曹芳之后,重立的曹髦也不过十来岁,与成王幼年为帝的情形何其相似!而曹爽死后,司马氏专权独断,又与周公"摄政"遥相呼应。更耐人寻味的是,司马氏也颇懂得"拉大旗作虎皮"的手段,竟然自比周公,欺世盗名。曹髦为何不早不晚,偏在这时候对管叔、蔡叔表示同情?原因无他,就因为前不久发生的毌丘俭、文钦"叛乱"一事及其结果,太像当年的管叔、蔡叔了!

太学博士庾峻不敢正面回答曹髦的问题,并非他对此事完全没有自己的看法,而是怕得罪以周公自居的司马氏。但庾峻这种腐儒害怕司马氏,嵇康却不怕。他的这篇《管蔡论》,就是要冒天下之大不韪,公开为管叔、蔡叔"翻案"! 文中写道:

> 管蔡皆服教殉义,忠诚自然……卒遇大变,不能自通,忠于乃心,思在王室,遂乃抗言率众,欲除国患,翼存天子,甘心毁旦。斯乃愚诚愤发,所以侥祸也。

嵇康认为,管叔、蔡叔原本都是忠良,因此文王才"立而显之",武王才"举而任之";后来之所以起兵作乱,是由于他们远离京城,不知道周公摄政乃权宜之计,以为周公有意篡权,这才兴兵讨伐。周公东征,大义灭亲,固然是圣人之举,但管、蔡二人也是"怀忠抱诚",其出发点是为了"翼存天子",根本不是通常所认为的"凶逆""顽恶"之辈!

虽然嵇康用了"曲笔",没有大张旗鼓地否定周公,但他对管、蔡二人大加称赞,其借古讽今的用意却是再明白不过了。明代文学家张采评论说:"周公摄政,管、蔡流言;司马执政,淮南三叛;其事正对。叔夜盛称管、蔡,所以讥切司马也。"(《汉魏别解》)可以说,到了写《管蔡论》时,嵇康与司马氏的冲突已经白热化。这时候,山涛再一次伸出友谊之手,希望能够缓和嵇康与司马氏的关系。没想到,这个忙不仅没帮上,反而把嵇康往深渊又推了一把。

嵇康（下）：不自由，毋宁死

壮词绝交

早在甘露四年(259)，从河东回山阳的嵇康便从同乡公孙崇、好友吕安的口中，得知山涛要推荐他做官之事，最终被他断然拒绝。景元二年(261)，司马昭的大网越收越紧，嵇康的处境更加险恶。出于对好朋友的关切，可能也有司马昭的授意，时任吏部郎的山涛在转升散骑侍郎前，又一次向嵇康表达了推荐他自代的意思。事情很明白，这是司马氏通过山涛向嵇康下达的"最后通牒"，如果嵇康再"敬酒不吃吃罚酒"，那么，急着要做皇帝的司马昭势必会失去耐心，"图穷匕见"了。

作为一个正直善良的文人，嵇康尚未意识到问题的严重性。他一直用理想的眼光看待这个世界，无论是直接还是间接，他都耻于接受司马氏的政治贿赂。于是他写下了一篇千古奇文——《与山巨源绝交书》，作为对山涛，更主要是对司马昭的答复。

在这封绝交信中，嵇康一方面讽刺山涛就像厨子一样，自己弄得一身膻腥，还要拉别人一块沾污染秽的无聊行为；另一方面尽情描述自己傲世避俗、养素全真、崇尚自由的生活态度。他以犀利的文笔无情地嘲讽官场上的繁文缛礼，宣称自己不愿出仕的原因有"必不堪者七，甚不可者二"。诸如：喜欢睡懒觉，但做官以后，守门的差役很早就要催人起床，实在难以忍受；平日喜欢抱着琴行吟漫步，或在郊野垂钓游弋，但做官以后，出入皆有吏卒跟随，令人不堪忍受；此外，自己身上虱子多，搔起痒来没完没了，却要穿上官服去拜见上司；不喜欢吊丧，却又不得不去；不喜欢俗人，做官后却又不得不和他们共事；官场臭腐，案牍劳形，压得人喘不过气来……凡此种种都让他难以忍受。再加上本人喜欢"非汤、武而薄周、孔"，又"刚肠疾恶"，有"轻肆直言，遇事便发"的毛病，这样的人怎么能去做官呢？他还表示自己"志气所托，不可夺也"，好比野性难驯的麋鹿，"长而见羁，则狂顾顿缨，赴汤蹈火，虽饰以金镳，飨以嘉肴，愈思长林而志在丰草也"。又说自己"但愿守陋巷，教养子孙，时与亲旧叙离阔，陈说平生，浊酒一杯，弹琴一曲，志愿毕矣"。如果你硬要逼迫，我一定会发疯的，咱们又没有多大的仇恨，你不至于会害我吧？……全文嬉笑怒骂，挥洒自如，庄谐齐举，文情并茂，读来如见其人，如闻其声，真是痛快淋漓！在这封信里，那个学习阮籍"口不论人过"的嵇康，那个王戎"未尝见其喜愠之色"的嵇康不见了，取而代之的是"直性狭中"的嵇康，是"金刚怒目"的嵇康，是将生死置之度外的嵇康！

这篇绝交书是嵇康人生观、政治观的"自白"，它不仅是与山涛断绝私交的声明，更是与司马氏淫威笼罩之下的整个政坛划清界限的"自由宣言"。嵇康的自由精神、伟岸人格和不屈个性在这篇文章中得到了最充分的展现，也从而奠定了他在我国散文史上的重要地位。

然而，正是这封绝交书，使司马昭怀恨在心，并最终给嵇康带来了杀身之祸。前引《魏氏春秋》紧接着说："及山涛为选曹郎，举康自代，康答书拒绝，因自说不堪流俗，而非薄汤、武。大将军闻而怒焉。"

好心的山涛办了一件坏事。他对嵇康的性格中那种刚烈不屈的一面知之甚少，他原以为，自己的安排可能会拯救嵇康于水火之中，没想到，他的如意算盘却玷污了嵇康原本高洁的灵魂。嵇康本是人中龙凤，你却用引诱蚯蚓麻雀的东西去逗引他，使他受到比死亡本身更难忍受的伤害和侮辱，他怎么会不虎啸龙吟、赴汤蹈火呢？嵇康写这封信的意思再明白不过，那就是告诉山涛以及暴政魁首司马昭："我就是我，我只能做我，我的名字叫——嵇康！"

作为杰出知识分子的代表，嵇康对司马氏的倒行逆施洞若观火，恨之入骨，所以，他成了率先表示"不能容忍"的一个。

在那样一个万马齐喑的时代，刚肠疾恶的嵇康如飞蛾扑火般地扑向了暴政的杀人机器，成了司马昭屠刀之下的牺牲品。

吕安事件

也许真有所谓命运——历史仿佛处心积虑地创造一个伟大的人物，然后又为安排他的死亡煞费苦心。得罪了钟会，绝交了山涛，触怒了司马昭，这还都不足以置嵇康于死地。思想和言论的"异端"固然是嵇康之死的根本原因，但司马昭尚且不至于愚蠢到、残暴到或者丧心病狂到把思想和言论作为杀人的名目。他在等待机会，而对于极权暴政的屠夫来讲，只要愿意杀人，机会总是有的。嵇康身边所有的人，甚至他自己的一言一行，都在为营造这个机会添砖加瓦。

如果说构怨钟会是埋下了一个炸弹，绝交山涛等于被司马氏列入了"黑名单"，那么，吕安事件就是一根引爆炸弹的导火索。

一个真正具有人格魅力的人，就像一个巨大的磁场，永远不会缺少追随者。随着政治环境的恶化，竹林中的大部分名士都风流云散，各奔前程去了，经常和嵇康交游往来的除了向秀，就是东平的才子吕安。嵇康和吕安虽非同年同月同日生,却实现了同年同月同日死,这样的缘分实在非同小可。

吕安,字仲悌,小名阿都,东平(今属山东)人。镇北将军、冀州牧吕昭次子。吕安自幼便有拔俗之气、凌云之志,喜欢结交俊才高士,而不屑与俗人为伍。他有一个同父异母的哥哥,名吕巽,字长悌;因为吕巽的关系,吕安才得以结识嵇康。想不到二人一见如故,言语欢洽,竟成莫逆之交。吕安更是为嵇康的风神远志所倾倒,将其视为知音和榜样。两人的友谊山高水长,竟为人类的情感词典创造了一个熠熠生辉的成语——"千里命驾":

> 嵇康与吕安善,每一相思,千里命驾。安后来,值康不在,(嵇)喜出户延之,不入。题门上作"凤"字而去。喜不觉,犹以为欣,故作。"凤"字,凡鸟也。(《简傲》4)

在这个故事中,嵇康的哥哥嵇喜又一次充当了一个反衬,同样是对他的轻蔑,阮籍的白眼令他不堪,而吕安的"题凤"反而令其欣然,果然不愧"凡鸟"之喻。而吕安的高傲脱俗也就呼之欲出了。

景元三年(262),一场无妄之灾降临在嵇康的头顶。灾难之火首先在吕安的家里点燃,接着迅速烧到他最好的朋友身上。这场灾难,又一次检验了嵇康的善良、正直和百折不挠的节操。

事情是这样的:吕安的同父异母的哥哥吕巽,虽然颇喜结交名流以附庸风雅,但骨子里却心术不正。他一向嫉妒弟弟吕安的才华及人品,处处刁难吕安。吕安敬他是兄长,每每息事宁人,但求相安无事而已。但他万万没有想到,身为兄长的吕巽竟会垂涎他的妻子徐氏的美貌,趁他外出之际,灌醉弟媳并将其诱奸!吕安得知后忍无可忍,打算将此事告官。出于对好友家庭声誉和个人名节的关心和维护,嵇康劝吕安暂且隐忍不发,待他居中调停后再作计较。吕巽做贼心虚,便作痛心疾首状苦苦相求,并答应从今以后同弟弟亲善和睦。吕安见他态度还好,便答应暂不告发,以观后效。事后嵇康还不放心,又单独找到吕巽,要他痛改前非,承诺不要再起事端。吕巽当然又是信誓旦旦。

谁知没过多久,竟传来吕安被捕的消息。原来吕巽当初答应嵇康不过是"缓兵"之计,他这时已爬上"相国掾"的位置,是司马昭手下的得力干将,怎甘心授人以柄?于是他便恶人先告状,诬告吕安殴打母亲,诽谤兄长,想以"不孝"定吕安之罪。在魏晋之际,"不孝"之罪非同小可,轻者发配,重者杀头。司马氏一向标榜"以孝治天下",吕巽的状自然是一告就准。就这样,无辜的吕安被判了流放到边疆地区的徒刑。

听到这个消息,嵇康犹如五雷轰顶。对吕安的不幸遭遇,他十分内疚,要不是他出面劝说、调停,吕安就不会放过吕巽,给他以可乘之机,吕安本人也就不会反受其祸,含冤受辱。同时,吕巽的卑鄙行径又使他愤怒到了极点,他写下了平生第二篇绝交信——《与吕长悌绝交书》。在这篇不足三百字的短文中,嵇康以十分冷峻、决绝的语气回顾了与吕巽相交和此事前后自己的心迹,活画了吕巽出尔反尔、包藏祸心的丑恶嘴脸,最后说:

> 都(吕安)之含忍足下,实由吾言。今都获罪,吾为负之。吾之负都,由足下之负吾也。怅然失图,复何言哉!若此,无心复与足下交矣。古之君子,绝交不出丑言,从此别矣,临别恨恨。嵇康白。

这封"临别恨恨"的绝交书不仅又得罪了一个小人吕巽,同时也向其主子司马昭再次亮明了绝不合作的严正立场。

随后,义愤填膺的嵇康不顾凶险,只身前往洛阳,为吕安辩护、作证[1]。殊不知这样一来，正好掉进了奸人预设的陷阱。犹如一条伺机已久的毒蛇，钟会终于抓住了这个置嵇康于死地的绝佳机会。根据《世说·雅量》篇第 6 条注引《文士传》：

> 吕安雁事，康诣狱以明之。(司隶校尉)钟会廷论康曰："今皇道开明，四海风靡，边鄙无诡随之民，街巷无异口之议。而康上不臣天子，下不事王侯，轻时傲世，不为物用，无益于今，有败于俗。昔太公诛华士，孔子戮少正卯，以其负才乱群惑众也。今不诛康，无以清洁王道。"于是录康闭狱。

别的不说，单是"上不臣天子，下不事王侯"一句，便可将嵇康置于死地。《晋书·嵇康传》记此事，罗织了更为可怕的罪名：

> 及是，(钟会)言于文帝(司马昭)曰："嵇康，卧龙也，不可起。公无忧天下，顾以康为虑耳。"因谮"康欲助毌丘俭，赖山涛不听。昔齐戮华士，鲁诛少正卯，诚以害时乱教，故圣贤去之。康、安等言论放荡，非毁典谟，帝王者所不宜容。宜因衅除之，以淳风俗"。帝既昵听信会，遂并害之。

钟会真是"有钢都用在了刀刃上"，他先是把嵇康比作"卧龙"，实为落井下石，司马昭想做真龙天子，岂容卧龙在侧？然后是诬告"康欲助毌丘俭，赖山涛不听"，这又是谋反之罪。最后说嵇康"言论放荡，非毁典谟"，又搬出圣贤诛戮不肖的古例为之张目，似乎是铁证如山，非杀不可了。司马昭也把嵇康视作篡逆路上的绊脚石、拦路虎，

1　《三国志》注引《魏氏春秋》："初，康与东平吕昭子巽及巽弟安亲善。会巽淫安妻徐氏，而诬安不孝，囚之。安引康为证，康义不负心，保明其事，安亦至烈，有济世志力。钟会劝大将军因此除之，遂杀安及康。……及遭吕安事，为诗自责曰：'欲寡其过，谤议沸腾。性不伤物，频致怨憎。昔惭柳下。今愧孙登。内负宿心，外赧良朋。'"

早已磨刀霍霍,机会一来,怎肯放过?嵇康和吕安,就这样不明不白被推上洛阳东市的刑场。

广陵绝唱

景元三年(262)秋,嵇康坐吕安事被杀。

嵇康入狱后,发生了一件很轰动的事。据王隐《晋书》记载:"康之下狱,太学生数千人请之,于时豪俊皆随康入狱,悉解喻,一时散遣。康竟与安同诛。"这其实是一次类似于汉末党锢之祸的学生运动。说明嵇康的冤狱,早引起当时豪俊之士及太学生的不满,大家用"有难同当、有牢同坐"的态度表示对精神领袖嵇康的声援。但是,声援被宣布无效,嵇康也就认命,在狱中,他写下了一首四言《幽愤诗》[1],其中有这么几句:"欲寡其过,谤议沸腾,性不伤物,频致怨憎。昔惭柳惠,今愧孙登,内负宿心,外恶良朋。"说自己一向都想学习蘧伯玉减少自己的过错,本性也不愿意伤害别人,却被小人怨憎诽谤,不遗余力,思前想后,愧对古圣今贤,也辜负了本心良朋。又说:"匪降自天,实由顽疏,理弊患结,卒致囹圄。对答鄙讯,縶此幽阻,实耻讼冤,时不我与。"认为这次牢狱之灾,实与自己性格有关,面对狱吏粗野的审讯,实在耻于为自己鸣冤叫屈,即便来日无多,也只能默默

1　嵇康《幽愤诗》云:"嗟余薄祜,少遭不造,哀茕靡识,越在襁褓。母兄鞠育,有慈无威,恃受肆姐,不训不师。爰及冠带,凭宠自放,抗心希古,任其所尚。托好《庄》《老》,贱物贵身,志在守朴,养素全真。曰予不敏,好善暗人,子玉之败,屡增惟尘。大人含弘,藏垢怀耻。人之多僻,政不由己。惟此褊心,显明臧否;感悟思愆,怛若创痏。欲寡其过,谤议沸腾,性不伤物,频致怨憎。昔惭柳惠,今愧孙登,内负宿心,外恶良朋。仰慕严郑,乐道闲居,与世无营,神气晏如。咨予不淑,婴累多虞。匪降自天,实由顽疏,理弊患结,卒致囹圄。对答鄙讯,縶此幽阻,实耻讼冤,时不我与。虽曰义直,神辱志沮,澡身沧浪,曷云能补。雍雍鸣雁,厉翼北游,顺时而动,得意忘忧。嗟我愤叹,曾莫能畴。事与愿违,遭兹淹留,穷达有命,亦有何求?古人有言,善莫近名。奉时恭默,咎悔不生。万石周慎,安亲保荣。世务纷纭,祗搅余情,安乐必诫,乃终利贞。煌煌灵芝,一年三秀;予独何为,有志不就。惩难思复,心焉内疚,庶勖将来,无馨无臭。采薇山阿,散发岩岫,永啸长吟,颐神养寿。"

接受。情辞凄恻，格调高古，披肝沥胆，感人至深。

《家诫》一文也是写于狱中，对孩子的牵挂，对生命的留恋，对世道人心的洞察，无不流泻于字里行间。狱中的自省荡涤了嵇康心中的不平、愤怒、遗憾和屈辱，临刑的日子终于到了，"龙性难驯"的嵇康，用他的侠骨柔肠、剑胆琴心，成就了一个中国历史上最凄美、最壮烈、最富诗意的死亡。嵇康用他的死，谱写了一曲"独立之精神，自由之思想"的不朽乐章，完成了中国古代知识分子最具警世价值和唯美色彩的"天鹅之死"。

这一天，又发生了一次大规模的学生请愿活动。史载："康将刑东市，太学生三千人请以为师，弗许。"(《晋书·嵇康传》)这是在行刑之前发生的事，是三千太学生所代表的"民意"的最后一次伸张。"公道自在人心"。这次请愿可能会使刽子手的屠刀磨得更快，但也给了即将就义的嵇康与吕安莫大的安慰。关于嵇康临刑的情景，《世说》里有一段可作诗歌读的文字：

> 嵇中散临刑东市，神气不变。索琴弹之，奏《广陵散》。曲终，曰："袁孝尼尝请学此散，吾靳固不与，《广陵散》于今绝矣！"太学生三千人上书，请以为师，不许。文王亦寻悔焉。(《雅量》2)

在赴死的这一天，嵇康让所有人见识了他那足以惊天地、泣鬼神的浩浩"雅量"！这个"神气不变"，让我们想起几年前，可能就在同样的地方——洛阳东市，正始名士夏侯玄被杀的情景。《世说·方正》篇记载：

> 夏侯玄既被桎梏，时钟毓为廷尉，钟会先不与玄相知，因便狎之。玄曰："虽复刑余之人，未敢闻命。"考掠初无一言，临刑东市，颜色不异。(《方正》6)

夏侯玄也是阳刚美男的代表，面临死亡，他交出了和阴柔美男何晏、王衍之流不同的答卷。现在，这答卷又轮到嵇康来完成了。相比之下，嵇康做得更漂亮！不仅"神色不变"，而且"索琴弹之"。这一刻，让我们想起了他写给嵇喜的那首脍炙人口的四言诗："目送归鸿，手挥五弦。俯仰自得，游心太玄。"（《赠兄秀才入军·十四》）我们还想到了顾恺之据此诗作画的一句感叹："画'手挥五弦'易，'目送归鸿'难！"（《巧艺》14）《晋书·嵇康传》记载这个场景，说："康顾视日影，索琴弹之。"一句"顾视日影"，气韵生动，力贯千钧，令人想见其人！

嵇康所弹的曲子就是著名的《广陵散》（又名《太平引》）——或者说，就是因嵇康而著名的《广陵散》。《广陵散》描述的是聂政刺杀韩相侠累的故事，可想而知，那音乐一定是大气磅礴、雄浑壮烈的。关于这首琴曲，还流传着一个有些神话色彩的传说。说嵇康有一次出门远行，夜里在一个亭子里休息弹琴，与死去的古人相遇，对方教他这首"独家原创"的《广陵散》，并约定"不得教人"云云[1]。故事当是好事者附会而成，不可尽信。其主要目的是为嵇康的临终感叹"打圆场"，也就是解答后人的疑问：为什么这首琴曲只有嵇康会弹？为什么嵇康不愿意教别人？《晋书》本传把这个传说采之入史，其实是个败笔，难免受人诟病。

且说嵇康弹完此曲，没有为自己生命的终结而悲伤，反而感叹地说："当年好朋友袁孝尼（名袁准）请学此曲，我拒绝了他，现在《广陵散》就要成为绝唱了！"这就是魏晋风度中最高妙的境界！一个临死

---

[1] 《太平广记》卷三一七引东晋荀氏《灵鬼志》："（嵇康）尝行，去路数十里，有亭名月华。投此亭，由来杀人。中散心神萧散，了无惧意。至一更，操弦先作诸弄，雅声逸奏，空中称善。中散抚琴而呼之：'君是何人？'答云：'身是故人，幽没于此。闻君弹琴，音由清和，昔所好，故来听耳。身不幸非理就终，形体残毁，不宜接见君子。然爱君之琴，要当相见，君勿怪恶之。君可更作数曲。'中散复为抚琴，击节，曰：'夜已久，何不来也？形骸之间，复何足计。'乃手擎其头曰：'闻君奏琴，不觉心开神悟，恍若暂生。'遂与共论音声之趣，辞甚清辩，谓中散曰：'君试以琴见与。'乃弹《广陵散》。便从受之，果悉得。中散先所受引，殊不及。与中散誓：不得教人。"《晋书》本传："初，康尝游于洛西，暮宿华阳亭，引琴而弹。夜分，忽有客诣之，称是古人，与康共谈音律，辞致清辩，因索琴弹之，而为《广陵散》，声调绝伦，遂以授康，仍誓不传人，亦不言其姓字。"

的人,竟然为一首琴曲的失传耿耿于怀,喟然长叹,这是怎样美丽的心灵,这是怎样超越的生命!嵇康曾经说过:"形恃神以立,神须形以存。"(《养生论》)这一刻,他用自己的行为突破了这一通常的生命存在方式:在形而下的肉体行将消亡之时,另一种形而上的精神生命诞生了,并且永垂不朽!

记得美国电影《勇敢的心》的末尾,梅尔·吉普森主演的苏格兰民族英雄威廉·华莱士在行刑前夜,曾在牢狱中因恐惧而祈祷,但第二天,在遭受惨绝人寰的酷刑之后,在他的生命将要游离出肉体之前,他仍然拼出全身力气,对着天空和大地,对着刽子手和看客,发出了一声惊天动地的呐喊:"自由!……"每次观看到这一情节,我便会想起刑场上的嵇康。喋血琴弦的嵇康,不是也用他的生命唱出了一曲"自由颂"吗?

庄子说:"方生方死,方死方生。"这样的死亡,真好比凤凰浴火而涅槃,本身就是生命在非肉体意义上的"重生"。在喋血三尺的一刹那,刽子手的屠刀似乎只有一个作用,就是向一颗"勇敢的心"致敬,为一个上帝的伟大造物送行!任何一个心怀慈悲的人读到这里,除了扼腕叹息,一掬同情之泪,应该还会感到一种振奋吧——那是伟大的生命赐给所有生者的尊严感和自豪感。

其实,《广陵散》并没有就此绝响[1],而像嵇康这样最能弹奏出此曲神韵的人却的确无从寻觅了,这也即是王子猷所谓的"人琴俱亡"。嵇康的死亡,是魏晋易代之际十分重大的政治事件,它宣告了一个时代的终结。从此以后,汉末党锢名士所开辟的处士横议、裁量执政的清议之风彻底消歇,历史进入了"后清议时代",或者说进入了名士们

---

1 按:《文选·嵇康〈琴赋〉》李善注:"《广陵》等曲,今并犹存。"余嘉锡《世说新语笺疏》中称《广陵散》:"弹之者不一其人,而非嵇康所独得。康死之后,其曲仍流传不辍,未尝因死而便至绝响也。《世说》及《魏志注》所引《康别传》,载康临终之言,盖康自以为妙绝时人,不同凡响,平生过自珍贵,不肯教人。及将死之时,遂发此叹,以为从此以后,无复能继己者耳。后人耳食相传,误以为能弹此曲者,惟叔夜一人。"

展示风流而缺乏风骨的"清谈时代",这个时代,尽管也是尽态极妍,精彩纷呈,但像嵇康那样宁为玉碎、不求瓦全的铮铮铁骨的名士再未出现。故南朝颜延之《五君咏·嵇中散》诗云:

> 中散不偶世,本自餐霞人。形解验默仙,吐论知凝神。
>
> 立俗迕流议,寻山洽隐沦。鸾翮有时铩,龙性谁能驯!

余嘉锡先生说:"竹林诸人,在当时齐名并品,自无高下。若知人论世,考厥生平,则其优劣,亦有可言。叔夜人中卧龙,如孤松之独立。乃心魏室,菲薄权奸,卒以伉直不容,死非其罪。际正始风流之会,有东京节义之遗。虽保身之术疏,而高世之行著。七子之中,其最优乎!"(《世说新语笺疏》)

一千六百多年后,嵇康的隔代知音鲁迅分析其死因时说:"嵇康的见杀,是因为他的朋友吕安不孝,连及嵇康,罪案和曹操的杀孔融差不多。魏晋,是以孝治天下的,不孝,故不能不杀。为什么要以孝治天下呢? 因为天位从禅让,即巧取豪夺而来,若主张以忠治天下,他们的立脚点便不稳,办事便棘手,立论也难了,所以一定要以孝治天下。但倘只是实行不孝,其实那时倒不很要紧的,嵇康的害处是在发议论;阮籍不同,不大说关于伦理上的话,所以结局也不同。"(《魏晋风度及文章与药及酒之关系》)

鲁迅非常喜爱嵇康,曾花几年工夫编订《嵇康集》,而鲁迅本人在当时那样一个乱世的思想和行为,其实是和嵇康一脉相承的。嵇康犯的不是不孝之罪,而是莫须有的思想罪和言论罪。嵇康何尝不热爱生命呢? 但他是个"龙性难驯"、宁折不弯的人,他在委曲求全和为自由和真理而死之间,毅然选择了后者。

终生信奉"非暴力不合作"的圣雄甘地说过:"当我绝望时,我会想起,在历史上,只有真理和爱能得胜,历史上有很多暴君和凶手,在短期内或许是所向无敌的,但是终究总是会失败,好好想一想,永远都是这样。"

在和司马氏暴政集团的较量中,嵇康失去的是生命,是枷锁,但他获得了在"真理和爱"的评判中永久的胜利。

"不自由,毋宁死。"可以说,嵇康是一位中国古代的"自由知识分子",他为一个长期专制的国度谱写了一曲自由精神的招魂曲。其追求自由、反抗强权的精神遗产足够专制制度下的"吾国吾民"永远继承和发现。

王衍：谁料清谈竟误国

关于西晋一朝的风流宗主王衍，可以作为重要谈资的莫过于"清谈误国"论。清谈误国，既是别人对王衍的预测和判断，也是王衍临终的良心发现，后人说起西晋覆亡，也总是把"祖尚浮虚"的王衍作为罪魁祸首，钉在历史的耻辱柱上。

西晋统一全国之后，有过十几年的承平岁月，尤其是太康年间（280—289），西晋政坛相对比较平稳，人民生活也较安定。但由于西晋和曹魏的政权皆由篡夺而来，两家只好宣布"以孝治天下"，不敢言"忠"，致使儒家名教成了一块虚伪的"遮羞布"，道家的玄虚无为遂成为名士群体逃避责任、追求享乐的"保护伞"。整个社会的价值观也呈现出一种从没有过的无序和混乱状态，表面的繁华之中酝酿着崩解的风暴。武帝一死，贾后乱政，导致八王之乱，五胡又趁势而入，终于使刚刚统一的天下，陷入长达近三百年分崩离析的乱局。钱穆先生在谈到两汉、魏晋之际的学术政治大势时说：

西汉初年，由黄、老清静变而为申、韩刑法。再由申、韩刑法变而为经学儒术。一步踏实一步，亦是一步积极一步。现在是从儒术转而为法家，再由法家转而为道家，正是一番倒卷，思想逐步狭窄，逐步消沉，恰与世运升降成为正比。在此时期，似乎找不出光明来，长期的分崩祸乱，终于不可避免。[1]

这个分析堪称目光如炬。

在西晋上层贵族中间，有两个方面的表现值得注意：一是物质生活上追求奢侈浮华，甚至到了草菅人命的地步，这是末世的乱象之一。二是文化生活中，精神的虚无与肉体的放纵成为时尚。名士群体分作两派，一派属于正始名士何晏、王弼的追随者，终日谈玄说无，而无学理；另一派则是竹林名士的"发烧友"，他们纷纷效法阮籍、刘伶等人的纵酒裸裎，以此为通达，而无深度。

这两派人物的代表，就是王衍和他的弟弟王澄。

"宁馨儿"

王衍(256—311)，字夷甫，琅琊临沂人。平北将军王乂之子。他是"竹林七贤"王戎的从弟，也是西晋著名的美男子。关于他的美貌，文献记载很多。以下是《世说》中的相关记载：

> 王夷甫容貌整丽，妙于谈玄，恒捉玉柄麈尾，与手都无分别。
（《容止》8）
> 王大将军(敦)称太尉："处众人中，似珠玉在瓦石间。"(《容

1　钱穆：《国史大纲》修订本，上册，商务印书馆，1996 年修订第 3 版，第 225 页。

止》17)

这些记载无不突出王衍的俊美外貌，可以说，他是卫玠之前西晋第一美男。他的美貌甚至让人感到担心和恐惧，使人想起"红颜祸水"之类的不祥之物，"宁馨儿"的典故便道出了此中消息：

（衍）神情明秀，风姿详雅。总角尝造山涛，涛嗟叹良久，既去，目而送之曰："何物老妪，生宁馨儿！然误天下苍生者，未必非此人也。"（《晋书·王衍传》）

山涛很有人伦鉴识，看人的眼光也很"毒"，他第一次见到小时候的王衍，竟然大为感叹，百感交集，先是惊叹其姿容出众，从遗传学上大加赞美（"宁馨儿"犹言"这样的孩子"，后来成了一个成语），后又从政治学和社会学角度质疑，预测此人长大之后，有可能误尽苍生，倾覆天下！

和山涛英雄所见略同的还有德高望重的西晋名臣羊祜（221—278）。王衍是羊祜的堂外甥，他十四岁时，曾在京师洛阳拜访过羊祜，"申陈事状，辞甚清辩。祜名德贵重，而衍幼年无屈下之色，众咸异之"（《晋书·王衍传》）。这是王衍第一次见羊祜，第二次是十七岁。据《晋阳秋》记载："夷甫父乂，有简书，将免官，夷甫年十七，见所继从舅羊祜，申陈事状，辞甚俊伟。祜不然之，夷甫拂衣而起。祜顾谓宾客曰：'此人必将以盛名处当世大位，然败俗伤化者，必此人也！'"

应该说，羊祜的眼光更犀利，山涛还被王衍的外貌所吸引，大加赞叹，羊祜却从王衍的"巧言令色"中"嗅"到了更加危险的气息，断定这个"宁馨儿"必将"败俗伤化"，祸国殃民。此事在《世说》中也有反映：

王夷甫父乂为平北将军，有公事，使行人论，不得。时夷甫在京师，命驾见仆射羊祜、尚书山涛。夷甫时总角，姿才秀异，叙致既快,事加有理,涛甚奇之。既退,看之不辍,乃叹曰:"生儿不当如王夷甫邪?"羊祜曰:"乱天下者,必此子也!"(《识鉴》5)

出于突出人物"识鉴"能力的需要,《世说》的编者显然把不同时间、地点的事情"拼凑"到一块了。

因为羊祜对年少轻狂的王衍没有好印象,又因为在和东吴的一次战斗中,羊祜想要对犯有渎职错误的王戎按军法问斩,虽然没有执行,但这两件事使王戎、王衍兄弟对羊祜怀恨在心,他们后来显达后,经常诋毁压制羊祜,以至当时流传着这样一句谚语:"二王当国,羊公无德。"[1] 根据王衍兄弟的行径,我甚至怀疑,也许山涛压根没说过"误天下苍生"那句话,否则后来王衍不会对山涛评价那么高[2]。

事实证明,琅琊王氏对羊祜的这种不满甚至"遗传"到了子孙后辈身上,王献之(子敬)后来就曾对王孝伯说:"羊叔子(祜)自复佳耳,然亦何与人事? 故不如铜雀台上妓。"(《言语》86)把羊祜的功德和铜雀台上的歌妓舞女相比本身已经不伦,又加上"故不如"三字,真是轻薄到了极点。这恐怕也是从其祖宗那里继承下来的"精神遗产"吧。

一世龙门

王衍出身高贵,加之貌美多才,自然极其傲慢。他非常善于"炒作"自己,竟自比孔子最有才华的学生子贡,不把一般人放在眼里。有个显著的例子就是,当时外戚、晋武帝岳父、临晋侯杨骏想要把女

1　《晋书·羊祜传》记载:"从甥王衍尝诣祜陈事,辞甚俊辨,祜不然之,衍拂衣而起。祜顾谓宾客曰:'王夷甫方以盛名处大位,然败俗伤化,必此人也。'步阐之役,祜以军法将斩王戎,故戎、衍并憾之,每言论多毁祜。时人为之语曰:'二王当国,羊公无德。'"
2　《赏誉》21 载:"人问王夷甫:'山巨源义理何如? 是谁辈?'王曰:'此人初不肯以谈自居,然不读《老》《庄》,时闻其咏,往往与其旨合。'"

儿嫁给王衍，王衍竟以之为耻，"遂阳狂自免"，就是采用装疯卖傻的办法才搪塞过去。这事惊动了晋武帝司马炎，大概司马炎想不通：难道和当朝皇帝做连襟的事你都不干吗？就问王衍的堂兄王戎："当今之世，谁可以和你堂弟王夷甫相提并论？"王戎何等聪明，趁机为他的堂弟鼓吹，说："未见其比，当从古人中求之。"把牛皮都吹到天上了。

王衍后来官至太尉，声名日隆，成为士林偶像级人物，人称"一世龙门"。可以说，"王与马，共天下"的局面在西晋已经大体形成，只可惜王衍的政治才干与后来支撑东晋政局的王导不可同日而语，现在看来，王导后来的"兴国"似乎是为王衍当年的"误国"还债买单。

由于门第高贵，王氏兄弟十分"抱团儿"，常常互相标榜，且看：

王戎云："太尉神姿高彻，如瑶林琼树，自然是风尘外物。"（《赏誉》16）

王公（导）目太尉："岩岩清峙，壁立千仞。"（《赏誉》37）

王丞相（导）云："顷下论以我比安期（王承）、千里（阮瞻）。亦推此二人；唯共推太尉，此君特秀。"（《品藻》20）

刘注引《晋诸公赞》称："夷甫性矜峻，少为同志所推。"这里的"同志"，还是王家兄弟居多。当然也有外人为王家兄弟做"广告"的：

有人诣王太尉，遇安丰（王戎）、大将军（王敦）、丞相（王导）在坐。往别屋，见季胤（王诩）、平子（王澄）。还，语人曰："今日之行，触目见琳琅珠玉。"（《容止》15）

"琳琅满目"的成语盖由此而来。这说明，即使在外人眼里，王家兄弟也的确是芝兰玉树，出类拔萃。

王衍对他的弟弟王澄也是十分推重。王澄，字平子。说到王澄，这里讲一个跟王衍的妻子郭氏有关的故事。郭氏是郭豫(字太宁)之女,贾充之妻、贾后之母郭槐的娘家人。郭槐是个非常好妒而残忍的女人,曾因妒忌而杀害自己儿子的乳母[1]。王衍拒绝了外戚杨骏的婚姻,却娶了郭槐的亲戚郭氏,真是所娶非人。大概是家族门风的熏陶所致,这个郭氏也是个贪鄙、吝啬、暴戾的女人。有一次,她想要让婢女路上担粪。大概粪担子很重,当时年仅十四岁的王澄看了不忍心,就劝谏郭氏不要这样。没想到郭氏大怒,瞪着眼睛对她的小叔子说:"当年老夫人临终的时候,是把你托付给我,不是把我托付给你的!"说时迟那时快,这个"母夜叉"突然抓住王澄的衣襟,拿起棍子就要打,幸亏王澄年轻力壮,挣脱出来,跳上窗子逃跑了。此事记载在《世说·规箴》篇中,《规箴》篇记载的规劝故事一般都能有个好的结果,唯独这一条,好心劝善的王澄差点儿挨揍!

从这个故事可以看出,嫂子虽然强梁霸道,小叔子也不是好惹的,王澄那动如脱兔、跳窗而逃的敏捷身手告诉我们,这家伙也绝非儒雅之辈!果然,等他长大之后,就和他哥哥王衍判然有别。打个不恰当的比方,王衍好比戏曲中的"花旦",王澄则是"武生"兼"小丑"。哥俩儿对此也非常清楚。

> 王平子目太尉:"阿兄形似道,而神锋太俊。"太尉答曰:"诚不如卿落落穆穆。"(《赏誉》27)

"落落穆穆",犹言不拘小节,疏放自如。王澄的"落落穆穆"发展到后来,就变得无所顾忌,狂放任性,纵酒裸裎,肆无忌惮,成了西晋放达之风的代表人物。例如:

1　《世说·惑溺》3:"贾公闾后妻郭氏酷妒。有男儿名黎民,生载周,充自外还,乳母抱儿在中庭,儿见充喜踊,充就乳母手中呜之。郭遥望见,谓充爱乳母,即杀之。儿悲思啼泣,不饮它乳,遂死。郭后终无子。"

王平子、胡毋彦国(辅之)诸人,皆以任放为达,或有裸体者。

乐广笑曰:"名教中自有乐地,何为乃尔也?"(《德行》23)

刘注引王隐《晋书》称:"魏末阮籍,嗜酒荒放,露头散发,裸袒箕踞。其后贵游子弟阮瞻、王澄、谢鲲、胡毋辅之之徒,皆祖述于籍,谓得大道之本。故去巾帻,脱衣服,露丑恶,同禽兽。甚者名之为通,次者名之为达也。"王澄之流看似竹林七贤的后继者,但难免流于东施效颦、邯郸学步之境,引起乐广的讥笑自是情理之中了。

尽管王澄是个顽劣无度的公子哥儿,但出于同胞手足之情,以及家族门户的考虑,王衍还是极力为之鼓吹延誉。《晋书·王澄传》载:

衍有重名于世,时人许以人伦之鉴。尤重澄及王敦、庾敳,尝为天下人士目曰:"阿平(王澄)第一,子嵩(庾敳)第二,处仲(王敦)第三。"

不仅如此,王衍还对当时的清谈名士乐广说:"名士无多人,故当容平子知。"(《赏誉》31)天下名士如果经王澄品题评价过,王衍和王戎兄弟也就不再品评,理由是"已经平子",言下之意,此人阿平已经评价过了,他的意见就是我们的意见。王衍对王澄的偏袒,甚至连自己的儿子王眉子都看不过去。有一次,王衍问眉子:"你叔叔可是个名士啊,你为什么不推重他呢?"眉子反驳说:"何有名士终日妄语?"(《轻诋》1)真是一针见血!

晋惠帝末年,时任太尉的王衍出于巩固家族地位的需要,推荐弟弟王澄任荆州刺史、堂弟王敦任青州刺史,自己坐镇京师,形成"狡兔三窟"之势。王澄、王敦来辞行时,王衍对他们说:"荆州有江、汉之固,青州有负海之险,卿二人在外,而吾留此,足以为三窟矣。"对王衍这种假公济私的行为,有识之士都很鄙视。没想到,王澄临行时,又表演了一次"放达真人秀"：

> 王平子出为荆州，王太尉及时贤送者倾路。时庭中有大树，上有鹊巢，平子脱衣巾，径上树取鹊子，凉衣拘阂树枝，便复脱去。得鹊子还下，弄，神色自若，傍若无人。(《简傲》6)

这样一个声势浩大的送行场面，王澄全不顾忌，竟脱掉外衣巾帽，施展身手，爬上大树掏鸟窝！这倒也罢了，衣服被树枝挂住时，他不做任何补救措施，干脆连内衣也脱掉，赤膊上阵，抓住鸟雀下来，还不停地逗弄，旁若无人！

王澄到任后，不理政务，每日投壶博戏，纵酒狂欢，弄得怨声载道。他赴任之时，西晋名将刘琨(271—318)就曾提醒他："卿形虽散朗，而内实劲狭，以此处世，难得其死！"后来王澄果然因为骄横傲慢触怒堂兄王敦，被其所杀。[1]

祖尚浮虚

王衍还是西晋数一数二的清谈高手，为一世所宗。他的理论武器就是《老》《庄》玄虚无为之道，具体说，就是正始年间何晏、王弼主张的"贵无论"。何、王以为："天地万物皆以无为本。无也者，开物成务，无往不存者也。阴阳恃以化生，万物恃以成形，贤者恃以成德，不肖恃以免身。故无之为用，无爵而贵矣。"王衍对此非常推崇，"于是口不论世事，唯雅咏玄虚而已"(《晋书》本传)。由于王衍地位高，才貌佳，自然大受追捧。《晋书》本传说：

1　参见《世说·谗险》注引邓粲《晋纪》。

衍既有盛才美貌，明悟若神，常自比子贡。兼声名藉甚，倾动当世。妙善玄言，唯谈《老》《庄》为事。每捉玉柄麈尾，与手同色。义理有所不安，随即改更，世号"口中雌黄"。朝野翕然，谓之"一世龙门"矣。累居显职，后进之士，莫不景慕放效。选举登朝，皆以为称首。矜高浮诞，遂成风俗焉。

其实，王衍在玄学的义理上，和何晏、王弼相去甚远。但他有他的本事，每当自己的言论"义理有所不安"时，他便"随即改更"，人们称其为"口中雌黄"。"雌黄"本是一种矿物，橙黄色，可做颜料，古时用来涂改文字。这个典故包含了对王衍的讽刺，也就是说，王衍虽然文辞华丽，但往往辞胜于理，逻辑上缺乏前后照应，义理上也不够贯通周延，所以只好强不知以为知，信口开河，文过饰非，学风十分恶劣。但因为王衍"巧言令色"，说话滔滔不绝，自以为真理在握，相貌又让人喜闻乐见，所以，广大"受众"自然也就被他"忽悠"住了，成了他的忠实拥趸和铁杆粉丝。

还有一个故事可证王衍的玄谈并不高深：

> 诸葛玄年少不肯学问，始与王夷甫谈，便已超诣。王叹曰："卿天才卓出，若复小加研寻，一无所愧。"玄后看《庄》《老》，更与王语，便足相抗衡。（《文学》13）

此条刘注引王隐《晋书》说："（诸葛）玄字茂远，琅琊人，魏雍州刺史绪之子。有逸才，仕至司空主簿。"作为晚辈后学，诸葛玄不学无术，但很有天分，稍微"恶补"一下《老》《庄》，便可以与王衍抗衡。王衍清谈的"虎皮羊质"，外强中干，于此可见一斑。尽管如此，王衍仍然执当时清谈界之牛耳，他的祖尚浮虚，引领着当时思想界的时尚潮流。

当时，能够和王衍一决高下的清谈家只有两人：一个是乐广，一个是裴颜。

乐广(？—304)字彦辅,南阳清阳人,曾出补元城令,故人称乐令。乐广很擅长清谈,以"言约而旨达"著称[1]。有一次,王夷甫叹道:"我与乐令谈,未尝不觉我言为烦。"(《赏誉》25)话虽这么说,王衍对口若悬河的人还是特别欣赏,比如他评价当时的玄学家郭象(252?—312),就说:"郭子玄(象)语议,如悬河泄水,注而不竭。"(《赏誉》32)由此可见,王衍的清谈是以辞藻华美、滔滔不绝为特色的,他对乐广的禅宗一般的清谈方式,是"心向往之"而"实不能至"。

裴颜(267—300)字逸民,河东闻喜(今属山西)人。王衍和裴颜的第一面就有些微妙,《世说·雅量》篇载:

> 王夷甫长裴公四岁,不与相知。时共集一处,皆当时名士,谓王曰:"裴令令望何足计!"王便"卿"裴,裴曰:"自可全君雅志。"(《雅量》12)

裴颜虽比王衍小四岁,辈分却要低一辈,因为裴颜是王戎的女婿,所以第一次见面王衍没把他放在眼里,以"卿"称之原也正常。王衍碰到比自己大几岁的庾敳(261—311),就只好被后者"卿之不置"了[2]。裴颜说"自可全君雅致",不是他有雅量,而是没奈何——毕竟人家是长辈嘛!后来两人关系还算融洽,经常一起清谈。王衍对裴颜也很看重,有例为证:

> 中朝时,有怀道之流,有诣王夷甫咨疑者。值王昨已语多,小极,不复相酬答,乃谓客曰:"身今少恶,裴逸民亦近在此,君可

---

[1] 《文学》16:"客问乐令'旨不至'者,乐亦不复剖析文句,直以麈尾柄确几曰:'至不?'客曰:'至。'乐因又举麈尾曰:'若至者,那得去?'于是客乃悟服。乐辞约而旨达,皆此类。"
[2] 《方正》20载:"王太尉不与庾子嵩交,王夷甫、庾敳。旦卿之不置。王曰:'君不得为尔。'庾曰:'卿自卿我,我自卿卿;我自用我法,卿自用卿法。'"

往问。"(《文学》11)

此条刘注引《晋诸公赞》说:"裴颜谈理,与王夷甫不相推下。"可见在清谈玄理方面两人不相上下。王衍谈累了,还让裴颜代替自己答人疑问。

然而,二人的学术观点和清谈风格并不一样,甚至针锋相对。裴颜对于当时盛行的虚无玄虚之理很反感,认为何晏、王弼的"贵无"之道于世道人心无益,于是写了一篇《崇有论》加以批驳[1]。应该说此文深中时弊,"才博喻广,学者不能究"。有一次,乐广与裴颜在一起探讨名理,裴颜便阐发自己的"崇有论","辞喻丰博,(乐)广自以体虚无,笑而不复言"(《文学》注引《晋诸公赞》)。乐广的"笑而不复言",可能是被击中要害,无法辩驳之意。毕竟乐广还是认为"名教中自有乐地"的,他虽然"体虚无",但对"崇有"说未尝没有同情。所以时人称裴颜为"言谈之林薮"(《赏誉》18)。

有趣的是,同样是这个观点,裴颜一遇到王衍,便有些招架不住:

> 裴成公作《崇有论》,时人攻难之,莫能折,唯王夷甫来,如小屈。时人即以王理难裴,理还复申。(《文学》12)

这个记载很有意思,裴颜本来辩才无碍,高举"崇有论"的大旗,义正词严,所向披靡,可是王衍一来,和他论辩,便"小屈",遭到挫折,而其他人再用王衍的理论和裴颜辩论,裴颜又占据了上风。这说明,王衍战胜裴颜靠的并不是义理本身,而是自己身上的得天独厚的优势,诸如貌美、位高、言辞华美、咄咄逼人,甚至还有辈分高(可以倚老卖

1　《晋书·裴颜传》称:"颜深患时俗放荡,不尊儒术,何晏、阮籍素有高名于世,口谈浮虚,不遵礼法,尸禄耽宠,仕不事事;至王衍之徒,声誉太盛,位高势重,不以物务自婴,遂相放效,风教陵迟,乃著《崇有》之论以释其蔽。"其文从略。

老),以及"信口雌黄"、强词夺理,等等,正是这些"优势"使辩论的形势发生"一边倒"的"大逆转"。说穿了,这是"功夫在理外",难免胜之不武。

但无论如何,这场辩论在形式上还是王衍占了上风。最终,裴頠的"崇有论"未能在西晋学术思想界占据优势,以王衍为代表的"虚无"之风仍然甚嚣尘上,名士们不以国事为重,一方面口属玄虚,以无为为雅志;另一方面像王澄之流,放达不羁,将虚无的狂欢进行到底。这也就是所谓"大势所趋"。

王衍的祖尚浮虚,表现在行动上也有许多趣事。一个很有名的故事说:

> 王夷甫雅尚玄远,常嫉其妇贪浊,口未尝言"钱"字。妇欲试之,令婢以钱绕床,不得行。夷甫晨起,见钱阂行,呼婢曰:"举却阿堵物!"(《规箴》9)

因为追求玄远之道,王衍对"钱"一类的俗物也视而不见,甚至连"钱"字都不屑出口。有道是"知夫莫若妻",他妻子郭氏是很贪婪好财的,偏不相信王衍的德行有多么高,就想了个"以钱绕床"的办法试探他。故事的末尾,王衍终于没有说"钱"字,而是用了个指代词——"阿堵物"。这个故事放在《规箴》篇里,显然也是把王衍的这种做派当作"矫情"的。刘注引王隐《晋书》就说:"夷甫求富贵得富贵,资财山积,用不能消,安须问钱乎?而世以不问为高,不亦惑乎?"真是一语中的。

王衍在政治上没有什么建树,倒是留下一些风流雅事。如"三语掾"的典故说,阮修(字宣子)有令闻。太尉王夷甫见而问曰:"老庄与圣教同异?"阮回答说:"将无同?"——大概是相同的吧?太尉善其言,辟之为掾。世谓"三语掾"(《文学》18)。还有一个故事说,王衍曾托一族人办事,对方拖了好久都没办。有一次聚会宴饮,王衍就问族人:"近来托您办的事,怎么还没有办?"那族人大怒,举起樏(一种盛食物的盘子)就掷到他脸上。王衍一句话都没说,把脸洗干净,牵着族弟王导的胳膊,一起乘车而去。在车中,王衍拿出镜子自照,对王导说:"你看我的眼光,乃在牛背之上。"(《雅量》8)牛背是着鞭之处,意思是说,你还在惦记我挨打受辱的事呢,我早把它忘记了!

墙倒众人推

有一种说法认为,王戎"情钟我辈"的典故应该是王衍的事,如《晋书·王衍传》就做了这种处理。但我以为,王衍不太像是个很重感情的人。有三个例子为证。

一是王衍女儿的婚事。王衍有个女儿嫁给了愍怀太子司马遹(278—300),司马遹并非贾后所生,而是司马炎的才人谢玖和司马衷所生,因此遭到贾后的嫉恨。在此之前,贾南风不满意外戚杨骏操纵朝政,便联络汝南王司马亮、楚王司马玮杀死杨骏,接着,她又先后杀死了司马亮和司马玮。一时朝野上下,血雨腥风。元康九年(299),贾后设计诬陷司马遹谋反,废掉太子位,第二年又将其杀害。赵王司马伦借口此事,带兵进京,捕杀了贾皇后,废黜了晋惠帝,自立为帝。由此引发了"八王之乱"。在贾后废太子这件事上,很多大臣知道有诈,却又无可奈何。身为太子岳父的王衍却看风使舵,上书请让小女儿与太子离婚。史载,太子妃王惠风号哭着回家,路上的行人都为之流涕。后来太子被平反,王衍则受到弹劾和指责。如果王衍重情,何至于此!

还有一个例子。王衍素轻赵王司马伦的为人。司马伦篡位后,他唯恐遭到对方报复,竟然又一次佯狂以求自免,不过这一次他扮演的是"变态杀人狂",竟疯狂地砍杀自己的婢女！躲过这一劫后，赵王司马伦也被诛杀，他很快又巴结上政治新贵成都王司马颖，累迁尚书仆射，领吏部，后拜尚书令、司空、司徒，官做得越来越大。《晋书》本传说王衍"虽居宰辅之重，不以经国为念，而思自全之计"，真是一点都没冤枉他！

更有甚者，这样一个尸位素餐的清谈家，在外敌入侵时毫无匡立之志，多次推卸责任。等到司马颖死后，勉强做了三军统帅，却又不思进取，束手无策。很快石勒率领的匈奴大军便攻克洛阳，史书写道：

> （石）勒呼王公，与之相见，问（王）衍以晋故。衍为陈祸败之由，云计不在己。勒甚悦之，与语移日。衍自说少不豫事，欲求自免，因劝勒称尊号。勒怒曰："君名盖四海，身居重任，少壮登朝，至于白首，何得言不豫世事邪！破坏天下，正是君罪！"使左右扶出。谓其党孔苌曰："吾行天下多矣，未尝见如此人，当可活不？"苌曰："彼晋之三公，必不为我尽力，又何足贵乎！"勒曰："要不可加以锋刃也。"使人夜排墙填杀之。

王衍为了保住小命，竟然劝石勒"称尊号"，自己不忠，还要陷别人于不义，难怪石勒要大发雷霆，说："破坏天下，正是君罪！"可以说，石勒这句话不仅是对羊祜当年预言的呼应，也振起了"清谈误国"论的先声。不过石勒对王衍的外貌还是心有好感，不忍心以刀剑锋刃加之，来了个"墙倒众人推"，敲响了王衍的丧钟。史书接着写道：

> 衍将死，顾而言曰："呜呼！吾曹虽不如古人，向若不祖尚浮虚，勠力以匡天下，犹可不至今日！"时年五十六。

有道是"人之将死，其言也善"，王衍在最后的关头总算为自己做

了一个"盖棺论定"。数十年后,东晋枭雄桓温再次将西晋山河破碎的罪责算到了王衍头上:

> 桓公入洛,过淮、泗,践北境,与诸僚属登平乘楼,眺瞩中原,慨然曰:"遂使神州陆沈,百年丘墟,王夷甫诸人,不得不任其责!"……(《轻诋》11)

此条刘注引《八王故事》说:"夷甫虽居台司,不以事物自婴,当世化之,羞言名教。自台郎以下,皆雅崇拱默,以遗事为高。四海尚宁,而识者知其将乱。"王羲之也说过"虚谈废务,浮文妨要,恐非当今所宜"[1]的话,王羲之是王衍家族的后人,他的话还算委婉,但足以说明王衍之流所倡导的玄虚之风,在舆论中的确已成为"误国"的罪魁。想想也是,对于那些没有掌握大权的士人来讲,他就是想"误国"也没那么容易吧。同理,如今的"愤怒青年"动辄把别人定在"卖国"的耻辱柱上,怕也是高射炮打蚊子——大材小用了。

---

[1] 《言语》70 载:"王右军与谢太傅共登冶城,谢悠然远想,有高世之志。王谓谢曰:'夏禹勤王,手足胼胝;文王旰食,日不暇给。今四郊多垒,宜人人自效;而虚谈废务,浮文妨要,恐非当今所宜。'谢答曰:'秦任商鞅,二世而亡,岂清言致患邪?'"

陆机：华亭鹤唳岂得闻

说起陆机，总让人不胜唏嘘感叹。西晋太康末年，江南才子陆机、陆云兄弟的北上入洛，成为西晋统一后的一个重大事件。然而，二陆在这一事件之后的不幸遭遇，总让我想起两个俗语：一是"明珠暗投"，一是"虎落平阳遭犬欺"。东晋名士袁宏(字彦伯)所撰《名士传》，为魏晋名士树碑立传，开具了一个十八人组成的"大名单"：

> 正始名士：夏侯太初(玄)、何平叔(晏)、王辅嗣(弼)；
> 竹林名士：阮嗣宗(籍)、嵇叔夜(康)、山巨源(涛)、向子期(秀)、刘伯伦(伶)、阮仲容(咸)、王濬冲(戎)；
> 中朝名士：裴叔则(楷)、乐彦辅(广)、王夷甫(衍)、庾子嵩(敳)、王安期(承)、阮千里(瞻)、卫叔宝(玠)、谢幼舆(鲲)。(《文学》94注引)

这份"大名单"中没有陆机，因为这里的"名士"更多与玄学和清谈有关,文学史上著名的"三张二陆两潘一左"则属于另一个文士系统。故陆机虽然没上这个名单,不等于他的影响就不大,名气就不响。事实上,陆机对于中国文化的贡献实在上述大部分名士之上。他的诗歌、文论、书法都是中国文化史上的上乘之作,为后世所重。

(晋)陆机《平复帖》

将门英才

陆机(261—303),字士衡,吴郡吴县华亭(今上海市松江)人。陆氏是"吴郡四姓"(顾、陆、朱、张)之一,是著名的儒学世家,在江东各大族中人才最盛,堪称江东第一豪门。陆机的祖父陆逊(183—245),东吴丞相,父亲陆抗(226—274),东吴大司马,都是江南一时之选。

孙皓问丞相陆凯曰:"卿一宗在朝有几人?"陆曰:"二相、五侯、将军十余人。"皓曰:"盛哉!"陆曰:"君贤臣忠,国之盛也;父慈子孝,家之盛也。今政荒民弊,覆亡是惧,臣何敢言盛!"(《规箴》5)

孙皓（242—284），字元宗，东吴的最后一位皇帝。陆凯字敬风，是陆逊的族子，时任丞相，乃东吴重臣，陆凯的回答义正词严，饱含对暴虐昏庸的后主孙皓的辛辣讽刺。孙皓对经常直言强谏的陆凯一直不敢加害，正是忌惮陆氏家族的强盛。

陆机出身名门，才华横溢，为江左之冠，《晋书》本传称："机身长七尺，其声如钟。少有异才，文章冠世，伏膺儒术，非礼不动。"寥寥几笔，才情风度便呼之欲出。陆机二十岁时，东吴为晋军所灭，后主孙皓出降，被司马炎封为归命侯。亡国之君自然备受欺辱，令人不齿，不过孙皓颇有些小聪明，在一次宴会上，竟然当众奚落了司马炎一次：

> 晋武帝问孙皓："闻南人好作《尔汝歌》，颇能为不？"皓正饮酒，因举觞劝帝而言曰："昔与汝为邻，今与汝为臣。上汝一杯酒，令汝寿万春！"帝悔之。（《排调》5）

"尔汝歌"是魏晋时南方流行的民歌。"尔""汝"是人称代词，古代用于尊长称呼卑幼，平辈之间用已显得不客气，更何况用于君臣之间？司马炎本想嘲弄一下孙皓，不想偷鸡不成蚀把米，孙皓治国安邦不行，摆弄民歌小调却很擅长，一句一个"汝"字，把司马炎弄得尴尬不已，悔之不迭。

这是亡国之君的表现。对于陆机这样的"亡国之余"（当时北方世族对东吴士人的轻侮说法），又该何去何从呢？陆机选择了"退居旧里，闭门勤学"，而且"积有十年"。不但如此，他还总结东吴孙权所以得、孙皓所以亡的教训，"述其祖父功业"，写成著名的《辩亡论》二篇。历史真是十分吊诡：如果东吴没有亡国，陆机应该会有出将入相的机会，事实上陆抗死后，陆机已经接管父亲的军队，任牙门将，因此他对东吴的灭亡耿耿于怀，十年隐居就成了最好的自我排遣之道。

虎落平阳

太康(280—289)末年,年届而立的陆机携同其弟陆云,怀着一腔政治抱负和生命激情,从江南出发,经过长途跋涉,辗转来到京师洛阳。在路上,陆机写下了著名的《赴洛道中作》二首,其一云:

> 远游越山川,山川修且广。振策陟崇丘,安辔遵平莽。夕息抱影寐,朝徂衔思往。顿辔倚高岩,侧听悲风响。清露坠素辉,明月一何朗。抚枕不能寐,振衣独长想。

这首诗十分细腻地传达了由南入北的陆氏兄弟一路上的患得患失、矛盾复杂的心情。前途未卜、吉凶难测,难免令人忧心忡忡。"侧听悲风响"一句,简直是一种不祥的预兆,为二陆后来的死非其命埋下了伏笔。

二人来到洛阳,最先拜访的是名士张华。张华(232—300),字茂先,范阳方城(今河北固安县)人。曾与羊祜策划平吴之策,为西晋统一立下大功。当时张华任太常,是个学识渊博、从善如流的人,对二陆的到来非常欢迎,一见如故,竟说:"平吴之利,在获二俊。"——灭掉东吴最大的收获,就是得到你们兄弟两位贤才啊!

说到二陆与张华的交往,就不得不介绍一下陆云。陆云(262—303),字士龙,少与其兄陆机齐名,号曰"二陆"。陆云有个毛病,遇事总爱笑,一笑便不可止。陆机第一次拜访张华是一个人去的,张华就问陆云何在。陆机说:"陆云有笑疾,未敢自见。"过了一会陆云来了。他见张华长得一表人才,而且喜欢打扮,连胡须都用帛绳缠绕着,不禁哈哈大笑,一发不可收拾。陆云这个毛病小时候就有,有一次,大概是父亲去世之后,陆云穿着孝服上船,在水中看见自己的影子,不禁大笑起来,竟不慎落入水中,幸亏被人救起才没淹死。可见,陆云真是个快乐少年，仿佛天下万事万物，无不可笑好玩。

陆云生性滑稽，喜欢与人嘲戏，一次在张华家里，陆云见到了荀隐（字鸣鹤），二人素未相识，张华就说："今日相遇，可勿为常谈。""勿为常谈"，大概是不要谈一本正经、司空见惯的东西，放开来想谈什么就谈什么、怎么开心就怎么谈的意思。陆云当即举手道："云间陆士龙。"荀隐应声回答："日下荀鸣鹤。"这是自报家门。陆云接着又说："既开青云睹白雉，何不张尔弓，挟尔矢？"这是自比云间白雉，讽刺对方为何不张弓射箭、快人快语。荀鸣鹤则说："本谓是云龙騤騤，乃是山鹿野麋，兽微弩强，是以发迟。"言下之意，本以为你是云中蛟龙，现在才发现不过是山野麋鹿，我有心奋力一箭，只怕你要招架不住啊！张华坐山观虎斗，看二人唇枪舌剑，不禁拍手大笑。二人的应对成为当时的文坛佳话，今上海松江的别名"云间"即从陆云口中而来。

且说陆机兄弟由南入北之后，生活虽然比较艰苦，但志气不改。《世说》载："蔡司徒（谟）在洛，见陆机兄弟在参佐廧中，三间瓦屋，士龙住东头，士衡住西头。士龙为人文弱可爱，士衡长七尺余，声作钟声，言多慷慨。"（《赏誉》39）三间瓦屋，而能安之若素，足见其人志气非凡。

让二陆兄弟不能忍受的是北方大族的轻视和冷落。这种轻视和冷落，一方面跟东吴被西晋所灭有关，所谓"败军之将，不得言勇"；另一方面，也跟风土人情和学术风气有关，南方偏重儒学，北方已被玄学清谈的风气所笼罩，想要建功立业的陆氏兄弟一进入北方世族的圈子，难免"水土不服"。在张华的引荐斡旋之下，陆机兄弟开始和北方的名士相识交往。

有一次，陆机去见王济。王济（246—291），字武子，太原晋阳（今山西太原）人，西晋大将军王浑次子。此人才俊名高，气盖一时，被晋武帝司马炎选为女婿，配常山公主。王济为人轻慢倨傲，生活极尽奢侈。陆机去见王济，王济在酒席上摆上好几斛羊奶酪，自以为是难得的好东西，就指着羊奶酪对陆机说："卿江东何以敌此？"——你们江南有什么东西可以与此相比？陆机不卑不亢地说："有千里莼羹，但未下盐豉耳。"——有千里莼菜羹，不放盐豉时便可匹敌，如果放了盐豉味道就更鲜美了！（《言语》26）当时人们都以为陆机的回答非常绝妙，堪称名对。

还有一次，范阳（今河北省涿州市）的豪族卢志竟然在大庭广众之下对陆机兄弟出言侮辱：

> 卢志于众坐问陆士衡："陆逊、陆抗是君何物？"答曰："如卿于卢毓、卢珽。"士龙失色，既出户，谓兄曰："何至如此，彼容不相知也？"士衡正色曰："我父、祖名播海内，宁有不知，鬼子敢尔！"议者疑二陆优劣，谢公以此定之。（《方正》18）

魏晋士人对家讳非常重视，言谈之间最忌讳提到别人的父祖名讳，卢志当众说陆逊、陆抗是你什么人（何物，犹言何人），这已不是言语不慎的问题，而是公然的侮辱和挑衅。陆机马上还以颜色，说我们的关系和你与卢毓、卢珽（卢志的祖、父）的关系一个样！以牙还牙，毫不示弱。这是陆机性情所在——宁愿得罪地头蛇，也不能丢掉人格尊严。相比之下，陆云就显得温良恭俭让，出门以后，他还为对方打圆场，说也许人家真不知道呢？陆机更豪壮地说："我们父祖名扬天下，怎么可能不知道？龟儿子胆敢如此无礼！"陆机骨子里的英雄气概，于此可见一斑。

不幸的是，就是这一次交锋，为陆机兄弟埋下了死亡的阴影。作为深受儒学熏陶的江南士子，陆机对于北方大族的那种欺生排外，以及"饱食终日，无所事事"的做派很是看不惯。

> 陆士衡初入洛，咨张公（张华）所宜诣；刘道真是其一。陆既

往,刘尚在哀制中。性嗜酒,礼毕,初无他言,唯问:"东吴有长柄壶卢,卿得种来不?"陆兄弟殊失望,乃悔往。(《简傲》5)

刘道真名刘宝(?—301),高平(今属山西)人,也是一位放达名士。陆机去见他时,正逢他居丧,可他照样喝酒,见礼完毕,没有多余的话,上来就醉醺醺地问:"东吴有一种长柄壶卢,你带种子过来没有?"这就是北方世族给陆机的印象。南北士人由于风尚不同,互相轻视,陆机兄弟由南入北,对此感受最深。《晋书·张华传》载:"初,陆机兄弟志气高爽,自以吴之名家,初入洛,不推中国人士。"不推,也就是不推许,不认同。《晋书·左思传》也说:思欲作《三都赋》,"陆机入洛,欲为此赋,闻思作之,抚掌而笑,与弟云书曰:'此间有伧父,欲作《三都赋》,须其成,当以覆酒瓮。'"伧父,是南人对北人的蔑称。

尽管如此,"二陆"入洛,对江东士人影响还是很大,自太康末至太安年间,不少人相继入洛,形成了一个南人北上求仕的高潮,吴郡的陆、顾、张,会稽的贺、虞等大姓,以及纪、褚、朱、周、孙诸姓也都先后应召入北。《晋书·薛兼传》载:薛兼与纪瞻、闵鸿、顾荣、贺循齐名,号为"五俊"。"初入洛,司空张华见而奇之,曰:'皆南金也。'"

作为江东士人的领袖,陆机、陆云兄弟也把帮助南士在北方谋求发展当作自己义不容辞的责任,加上张华的胸襟和雅量,许多江南士人很快融入西晋政坛,发挥着他们的作用。

> 张华见褚陶,语陆平原曰:"君兄弟龙跃云津,顾彦先凤鸣朝阳。谓东南之宝已尽,不意复见褚生。"陆曰:"公未睹不鸣不跃者耳。"(《赏誉》19)

褚陶,字季雅,吴郡钱塘(今浙江杭州)人;顾彦先名顾荣(?—312),吴国吴郡吴县(今江苏苏州)人;二人均有大才,陆机谈起他们也是一脸得意。

《世说》又有《自新》一篇，专记"浪子回头"的故事，是全书条目最少的一门，仅2则，且都与陆机兄弟有关，其一云：

> 周处年少时，凶强侠气，为乡里所患。又义兴水中有蛟，山中有邅迹虎，并皆暴犯百姓，义兴人谓为"三横"，而处尤剧。或说处杀虎斩蛟，实冀"三横"唯余其一。处即刺杀虎，又入水击蛟，蛟或浮或没，行数十里，处与之俱，经三日三夜，乡里皆谓已死，更相庆。竟杀蛟而出。闻里人相庆，始知为人情所患，有自改意。乃入吴寻二陆，平原(陆机)不在，正见清河(陆云)，具以情告，并云："欲自修改而年已蹉跎，终无所成。"清河曰："古人贵朝闻夕死，况君前途尚可。且人患志之不立，亦何忧令名不彰邪？"处遂改励，终为忠臣孝子。(《自新》1)

周处(236—297)，字子隐，吴郡阳羡(今江苏宜兴)人。父周鲂，吴鄱阳太守。周处很小就失去父亲，顽劣无度，为当地一害。后经陆云点拨，遂改过自新，成为西晋忠臣。这个故事当发生在陆机兄弟入洛之前，是否真实姑且不论[1]，至少说明二人在南方士子中的地位。

> 戴渊少时，游侠不治行检。尝在江淮间攻掠商旅。陆机赴假还洛，辎重甚盛。渊使少年掠劫，渊在岸上，据胡床指麾左右，皆得其宜。渊既神姿峰颖，虽处鄙事，神气犹异。机于船屋上遥谓之曰："卿才如此，亦复作劫邪？"渊便泣涕，投剑归机，辞厉非常。机弥重之，定交，作笔荐焉。过江，仕至征西将军。(《自新》2)

戴渊(？—322)，字若思。年少时喜好游侠，不重礼节，经常率众在

1　按：清劳格《读书杂识五·晋书校勘记》对此有考证，云"处弱冠之年，陆机尚未生也。此云入吴寻二陆，未免近诬"。见余嘉锡《世说新语笺疏》，此不赘。

江淮间攻掠来往商旅。陆机坐船去洛阳时，行李很多，戴渊便指使一帮人前来抢劫，自己则在岸上指挥若定，把打劫之事安排得井井有条。戴渊本来就长得神姿秀异，虽做盗贼之事，而神气非凡。陆机在船上看见，大为欣赏，便对戴渊说："你有这样的才能，为何偏做强盗？"戴渊闻听后，十分震动，流泪悔过，意欲自新。陆机见他情真意切，便写了封推荐信。根据虞预《晋书》，陆机"作笔谏渊"的对象是赵王司马伦，后来司马伦果然征辟戴渊出来做官。渡江之后，也就是在东晋时，戴渊一直做到征西将军。《世说》的编者为陆机兄弟的这两个故事单独开设一门，表彰其奖掖后进的义举，足可见出二陆在当时及对后世影响之深远。

《晋书》本传对陆机赞誉有加，但也指出了他的缺点——"然好游权门，与贾谧亲善，以进趣获讥。"这让人想起《晋书·潘岳传》对潘岳的评价："岳性轻躁，趋世利，与石崇等谄事贾谧，每候其出，与崇辄望尘而拜。构愍怀之文，岳之辞也。谧二十四友，岳为其首。""二十四友"都有谁呢？据《晋书·贾谧传》记载，则有"渤海石崇欧阳建、荥阳潘岳、吴国陆机陆云、兰陵缪征、京兆杜斌挚虞、琅琊诸葛诠、弘农王粹、襄城杜育、南阳邹捷、齐国左思、清河崔基、沛国刘瑰、汝南和郁周恢、安平牵秀、颍川陈胗、太原郭彰、高阳许猛、彭城刘讷、中山刘舆刘琨"等共二十四人。不用说，陆机的才华显然是最高的，《晋书》本传称：

> 机天才秀逸，辞藻宏丽，张华尝谓之曰："人之为文，常恨才少，而子更患其多。"弟云尝与书曰："君苗见兄文，辄欲烧其笔砚。"后葛洪著书，称"机文犹玄圃之积玉，无非夜光焉，五河之吐流，泉源如一焉。其弘丽妍赡，英锐漂逸，亦一代之绝乎！"其为人所推服如此。

后世文论家如钟嵘对陆机更是推崇备至，誉为"太康之英"，说他

"才高词赡,举体华美"(《诗品》),而且总要将陆机和潘岳相提并论,言辞之间,以为陆胜于潘:

> 其(潘岳)源出于仲宣。《翰林》叹其翩翩然如翔禽之有羽毛,衣服之有绡縠,犹浅于陆机。谢混云:"潘诗烂若舒锦,无处不佳;陆文如披沙简金,往往见宝。"嵘谓益寿轻华,故以潘为胜;《翰林》笃论,故叹陆为深。余常言陆才如海,潘才如江。(《诗品·上品·晋黄门郎潘岳》)

一般而言,才华极高的人,总想追求生命价值的最大化。陆机是一个继承了家族英雄气质和建安风骨的精英文士,代表了与"祖尚浮虚"的西晋清流派截然不同的价值追求,为了建功立业,他不得不寻找各种机会,依傍当世权贵。他的悲剧也正在这里。孔子说:"危邦不入,乱邦不居。"在当时那样一个乱世,"好游权门"是风险极大的"政治投资"(也可说是投机),因为你看准的靠山,或许过不了多久便沦为阶下之囚或刀下之鬼!

小人不可得罪

陆机的仕途生涯可谓一波三折,险象环生,一直活在屠刀边缘。先是被太傅杨骏辟为祭酒。元康元年(291),杨骏被贾后所杀,引发长达16年的"八王之乱"。陆机因为和贾后外甥贾谧的关系,又累迁太子洗马、著作郎。这是第一次化险为夷。后来吴孝王司马晏出镇淮南,任命陆机为郎中令,迁尚书中兵郎,转殿中郎。对于陆机的一生来说,这几年还算平静。

永康元年(300),愍怀太子司马遹被贾南风杀害,赵王司马伦以此为名杀了贾后，自己辅政，引陆机为相国参军。史书记载，陆机"豫诛贾谧功，赐爵关中侯。伦将篡位，以为中书郎"。说明此时陆机已从贾谧阵营"反水"脱身，成为司马伦的亲信。

永宁元年(301)正月赵王伦篡帝位，改元建始。由此"八王之乱"进入白热化。齐王司马冏、成都王司马颖和河间王司马颙等共同起兵讨伐司马伦，联军数十万进攻洛阳，司马伦战败被杀，惠帝复位，由司马冏专权辅政。司马伦被杀后，齐王司马冏怀疑陆机职在中书，参与了九锡文及禅让诏书的起草，便逮捕陆机等九人交付廷尉审理。幸好成都王司马颖、吴王司马晏联合起来为他求情，才被判"减死徙边"，后又遇赦而止。这是陆机政治生涯中的第二次化险为夷。

政治上的挫折激起了陆机的乡关之思。有个"黄犬传书"的故事很能看出陆机此时的心境。《晋书》本传载，陆机本来养有一只"骏犬"，名叫黄耳，陆机非常喜爱它，就把它从吴中带到洛阳。因为客居京师，很久没有家中消息，陆机就开玩笑地对爱犬黄耳说："我家里久无音讯，你能为我传书报信吗?"没想到黄耳竟然摇摇尾巴，汪汪几声表示答应。于是陆机真的写了一封信，装进竹筒里，系在黄耳的脖子上打发它上路了。黄耳果然聪明，长途跋涉，不远千里寻到吴中陆机的老家，又带回音讯回到洛阳，十分出色地完成了信使的任务。这个故事给陆机刀光剑影的政治生涯抹上了一笔温馨的暖色。

不仅陆机思乡情切，当时许多南来的名士都很想家。有一个著名的故事说：

> 张季鹰(翰)辟齐王东曹掾，在洛，见秋风起，因思吴中菰菜羹、鲈鱼脍，曰："人生贵得适意尔，何能羁宦数千里以要名爵?"遂命驾便归。俄而齐王败，时人皆谓见机。(《识鉴》10)

张翰，字季鹰，吴郡吴县(今江苏苏州)人。性格放纵不拘，时人比之为阮籍，号"江东步兵"（《任诞》20）。张翰也是江东才俊，时任齐王司马冏的东曹掾。张翰是个十分具有政治敏锐性的人，他看到齐王现在虽然得势，但作威作福，臣民失望，加上司马家族个个觊觎皇位，大的动乱还在后头，所以就来个急流勇退，称病辞官南归，而想念家乡的"菰菜羹、鲈鱼脍"，恐怕只是一个风雅的借口而已。走之前，张翰对同郡的顾荣说："天下纷纷未已，夫有四海之名者，求退良难。吾本山林间人，无望于时久矣。子善以明防前，以智虑后。"顾荣捉住他的手，怆然说："吾亦与子采南山蕨，饮三江水尔！"（《文士传》）没过多久，永宁二年（302）十二月，长沙王司马乂带兵围攻洛阳，司马冏大败，被擒斩首，暴尸三日，同党皆夷三族，死者两千余人。时人都称赞张翰为"见机"——有先见之明也。

顾荣是陆机的同乡好友，和二陆兄弟合称"三俊"。大概正在这时，顾荣曾劝政治处境非常凶险的陆机回乡。《晋书·陆机传》载："时中国多难，顾荣、戴若思（渊）等咸劝机还吴，机负其才望，而志匡世难，故不从。冏既矜功自伐，受爵不让，机恶之，作《豪士赋》以刺焉。"然而，陆机却不死心，他还有更大的抱负，他还在等待时机。他怎知道，自己的生命已经进入"倒计时"了呢？名为陆机而不能"见机"，实在是这位绝世奇才留给后人的巨大遗憾！

陆机对自己的眼光很自信。他看到当时成都王司马颖推功不居，劳谦下士，认为司马颖一定能够拨乱反正，康隆晋室，加上感激于他的"全济之恩"，"遂委身焉"。司马颖对陆机也委以重任，以陆机参大将军军事，表为平原内史，因此陆机又称"陆平原"。

但是好景不长，太安二年（303）八月，司马颙与司马颖因不满长沙王司马乂专权，借口其"论功不平"，联军进攻洛阳。这一次，司马颖任命陆机为后将军、河北大都督，督管北中郎将王粹、冠军牵秀等诸军二十余万人。王粹、牵秀都是北方士人，也是贾谧"二十四友"中的人物，对陆机的才华及职务均怀嫉恨。有道是"木秀于林，风必摧之",这使陆机政治上陷于孤立无援的境地。

加上这时担任司马颖左长史的偏偏是陆机曾经得罪过的卢志,陆机的败亡可说是一触即发。卢志果然在背后对司马颖构陷陆机,说陆机自比管仲、乐毅,不把君主放在眼里,而且还说了一句后来应验的话:"自古命将遣师,未有臣陵其君而可以济事者也。"司马颖嘴上不说,心里已有猜忌。河桥之役,陆机还没上战场,便发生牙旗折断的不祥之兆。后来,陆机果然一败涂地。这时候,陆机真是"人为刀俎,我为鱼肉"了!

不仅如此,陆机千不该万不该,不该得罪另一个小人——深受司马颖宠信的宦官孟玖之弟孟超。此人在临阵之前,公然与陆机作对,不听将令,且对陆机挑衅说:"貉奴能作督不?"貉奴,又是北人对南人的蔑称。陆机的司马孙拯劝陆机杀掉孟超,陆机毕竟是文人,不忍杀人。没想到孟超却反咬一口,大肆宣扬说:"陆机将反。"后来孟超不听指挥,铤而走险,孤军深入敌后,不知所终,生死未卜。他哥哥孟玖怀疑陆机杀了他,于是在司马颖跟前大进谗言,说陆机早有"异志"。又拉上包括牵秀在内的一帮人共同作证,形成"三人成虎""众口铄金"之势。这一下,本来就志大才疏、耳根子软的司马颖终于忍无可忍,当即下令,派牵秀秘密逮捕陆机。

这天晚上,陆机梦见黑幔绕车,伸手怎么拨都拨不开,这个不祥的预兆让陆机心中大恶。第二天天亮,牵秀果然带兵搜捕。陆机心知性命不保,仍表现出难能可贵的从容和儒雅风度,《晋书》本传这样写道:

> (陆机)释戎服,著白帢,与秀相见,神色自若,谓秀曰:"自吴朝倾覆,吾兄弟宗族蒙国重恩,入侍帷幄,出剖符竹。成都命吾以重任,辞不获已。今日受诛,岂非命也!"

而在《世说》中,对陆机之死的记载更是简洁而富有韵味:

陆平原沙桥败，为卢志所谮，被诛。临刑叹曰："欲闻华亭鹤唳，可复得乎！"（《尤悔》3）

华亭，正是当年陆机兄弟隐居读书之地，当地有清泉茂林，也有鹤鸣声声。刘注引《语林》载："机为河北都督，闻警角之声，谓孙丞曰：'闻此不如华亭鹤唳。'故临刑而有此叹。"

死亡是对人的最大考验。面对死亡，人的优劣、雅俗、高下、勇怯一概无处遁形。可以说，陆机之死是他平生写得最好的一篇文章。陆机被杀时，年仅四十三岁，其弟陆云、陆耽、两个儿子及亲族全部遇害。史载："机既死非其罪，士卒痛之，莫不流涕。是日昏雾昼合，大风折木，平地尺雪，议者以为陆氏之冤。"（《晋书》本传）陆机的"华亭鹤唳"之叹，从此成为古代文人死亡故事中又一个令人凄恻低回的典故。

据说《晋书·陆机传赞》是唐太宗亲笔御撰，其中提到陆机兄弟致命的弱点就是"智不逮言"，"不知世属未通，运钟方否，进不能辟昏匡乱，退不能屏迹全身，而奋力危邦，竭心庸主，忠抱实而不谅，谤缘虚而见疑，生在己而难长，死因人而易促。上蔡之犬，不诫于前，华亭之鹤，方悔于后。卒令覆宗绝祀，良可悲夫！"

可以说，陆机既是残酷的时代政治斗争的替罪羊，也是南北士族各自的"地方保护主义"的牺牲品。陆机的悲剧，是在一个错误的时间、错误的地点，做了一些在其性格及抱负驱使下不得不做的事，最后带来的，却是灭顶甚至灭门之灾。其才华可谓当世无两，但他的运气实在是糟透了！

然而，无论如何，一代旷世奇才的凋落还是不免让人扼腕痛心。隔着时空的迷雾，我们即使不能一掬同情之泪，至少也不要站着说话不腰疼，对着那死去的亡魂显示我们的高明吧。

王敦：一不做，二不休

　　把王敦作为一个重要人物解读曾引起我片刻的迟疑。他的堂兄王衍虽然戴上了"清谈误国"的帽子，但毕竟是不可或缺的"中朝名士"，而王敦其人，乃一逆子贰臣，凭什么被我们挂在嘴边，津津乐道呢？

　　不过这种迟疑也只是"片刻"，便被自己说服。《世说》的编者将全书分为36门，对书中人物无论贤愚忠奸，均抱持一种动态而非静止的诠解方式，以及一种审美而非道德的包容心态，绝不"以言废人"或"因人废言"，充分相信读者的良知和判断，相信褒贬不出于口，公道自在人心，从而成就了《世说》长盛不衰的艺术魅力。难不成一千六百年后，我们反倒心胸狭窄到只追求"政治正确"，而不懂"了解之同情"了吗？戴着那样的有色眼镜看人，只怕朗朗乾坤，再无一个真人，更无一个完人，而《世说》以及"魏晋风度"的人类学意义、人性价值和生命浓度，恐怕也要被我们日渐僵化的头脑视若无睹，糟蹋殆尽了！

所以，我们要解读王敦这个人，不仅王敦，我们后面还要说说和王敦惺惺相惜的东晋枭雄——桓温。解读王敦和桓温，是为了告诉读者，"魏晋风度"并非"政治正确"和"道德完善"的样板，而是魏晋时代风云际会、应运而生的一种丰富多样的人格状态和生命存在方式，仅此而已。同样，本书也绝非标准单一而虚伪的"光荣榜"，而毋宁说是一部多元并包、穷形尽相的"人物志"。

田舍忍人

王敦（266—324），字处仲，小字阿黑，王导从兄，因东晋时官拜大将军，故又称王大将军。由于门第的关系，王敦西晋时已踏上仕途，并且尚（娶）晋武帝之女襄城公主，是西晋开国皇帝司马炎的乘龙快婿。《世说》有《豪爽》一门，可以说是为王敦"量身定做"的，开篇第一条就是王敦的一则"豪爽"趣事：

> 王大将军年少时，旧有田舍名，语音亦楚。武帝唤时贤共言伎艺事，人皆多有所知，唯王都无所关，意色殊恶，自言知打鼓吹，帝即令取鼓与之。于坐振袖而起，扬槌奋击，音节谐捷，神气豪上，傍若无人，举坐叹其雄爽。（《豪爽》1）

故事说，王敦年轻时就有"田舍名"，田舍犹言"田舍儿"，也就是说王敦给人的印象很土气，有乡巴佬的名声，而且他操着一口楚地的方言，口音很重而不够雅正。有一次，司马炎召集当时贤达一起谈论才艺之事，大家都有心得体会，只有王敦因为从未涉猎过，脸色很难看。一般人碰到这样的场合，干脆做个"热心观众"得了，可王敦偏不——他不甘示弱地说，自己懂得打鼓，老丈人司马炎就命人拿鼓给他,估计心里也为他捏把汗。没想到王敦还真是打鼓的好手,只见他从座位上振袖而起,挥臂扬槌,奋力击鼓,音节和谐迅捷,神情豪迈,旁若无人,愣是将击鼓这种很有阳刚气概的"打击乐"玩得惊天动地!大家看了,都不禁赞叹其雄武豪爽。

这个故事颇能看出王敦的性格,就是无论在什么场合、什么事情上,他都不甘居人后。不仅如此,他还能够"旁若无人"!"旁若无人"现在可能被贬义化了,但仔细想想,能够在大庭广众之中、众目睽睽之下旁若无人,谈何容易!那该是一种多么生猛、张扬和阔大的生命状态和人格境界!在王敦的字典里,似乎根本没有"温良恭俭让"一类词汇,更不知"敬畏""怯懦"为何物。而且,王敦并非不学无术之人,他出身于山东琅琊王氏,教养自然非比寻常。史载王敦"眉目疏朗,性简脱,有鉴裁,学通《左氏》,口不言财利,尤好清谈,时人莫知,惟族兄戎异之"(《晋书·王敦传》)。这些记载恐怕绝非空穴来风。

有意味的是,王敦的才学最终被他的豪爽所遮蔽。所以当我们猜想王敦其人的面目时,眼前总会闪现出一个五大三粗的赳赳武夫形象。这一点甚至被他宠幸的女人所指认。王敦曾有一个姬妾,名叫宋祎,传说是石崇(249—300)的宠妾绿珠的妹妹,是当时很有名的美女,她后来又委身于谢鲲的儿子谢尚(308—356)。有一次谢尚问宋祎:"我和王敦相比怎么样?"宋当即答曰:"王敦比起您来,一个是田舍,一个是贵人。"言下之意,他和您相比,差远了!《世说》的编者认为,宋祎之所以有这样厚此薄彼的评价,完全是因为谢尚容止俊美、风流妖冶的缘故(《品藻》21)。

王敦之所以给人一种"田舍"的印象,恐怕正在于其豪爽通脱的个性,也就是说,在文人和武夫之间,他更具武夫的特性,因而看起来像个"粗人"。不过,被女人说成"田舍"之人倒也罢了,总胜过晋惠帝的羊皇后,竟对自己的匈奴新夫刘曜说,自己的前夫司马衷不是个男人[1]！这真是"人质爱上绑匪"[2]的活教材！

除了"田舍"的名声，王敦还有"忍人"之目。潘岳的侄子潘尼（250—311?）之子潘滔（字阳仲）见到小时候的王敦，就对他说："君蜂目已露，但豺声未振耳。必能食人，亦当为人所食。"（《识鉴》6）根据刘注引《春秋传》："蜂目而豺声，忍人也。"忍人，也就是残忍之人。所以，当王衍向东海王司马越推荐王敦去做扬州刺史时，潘滔就对司马越说："王处仲蜂目已露，豺声未发，今树之江外，肆其豪强之心，是贼之也。"可以说，潘滔很早就预判出王敦将来一定会做"叛臣贼子"。

不独潘滔有此预见能力，就连第一次见到王敦的石崇的婢女，都发出同样的感叹。石崇乃西晋汰侈之风的魁首，富可敌国，穷奢极欲，他家的厕所有十来个衣着华丽的婢女列队伺候，豪华到别人不敢冒进，而且还有个"更衣"的程序——脱掉自己身上的衣服，方便完毕，还要由这些婢女们伺候着穿上新衣方可离去。一般客人看到那么多婢女在那儿，大都不好意思如厕，唯有王敦大摇大摆进去，脱旧衣，穿新衣，神色傲然。等他出门以后，那些婢女都说："此客必能作贼！"（《汰侈》2）——这个客人将来一定能造反作乱！

还有一个"斩美劝酒"的故事说，石崇每次请客燕集，常令美人劝酒。客人如果有饮酒不尽者，便把美人交给内侍拉出去杀掉。有一次，王导和王敦一起来石崇家做客。年轻的王导见这阵势，虽然不胜酒力，还是勉强自己一杯一杯喝下去，不一会儿就酩酊大醉。可是轮到王敦，他偏偏坚辞不饮，以观其变，结果外面已经斩了三个美人，他

1　《晋书·后妃传·惠羊皇后传》载："洛阳败，（羊后）没于刘曜。曜僭位，以为皇后。因问曰：'吾何如司马家儿?'后曰：'胡可并言? 陛下开基之圣主，彼亡国之暗夫，有一妇一子及身三耳，不能庇之，贵为帝王，而妻子辱于凡庶之手。遣妾尔时实不思生，何图复有今日。妾生于高门，常谓世间男子皆然。自奉巾栉以来，始知天下有丈夫耳。'曜甚爱宠之，生曜二子而死，伪谥献文皇后。"

2　这种心态在心理学上又叫"斯德哥尔摩综合征"或"斯德哥尔摩情结"，又有称为人质情结或人质综合征者。是指犯罪的被害者对于犯罪者产生情感，甚至反过来帮助犯罪者的一种情结，俗称"人质爱上绑匪"。因与1973年8月23日发生在瑞典首都斯德哥尔摩的一起银行抢劫案有关，故被称为"斯德哥尔摩情结"。

还是不肯喝,脸上神色如故。王导看不过去,就出言责备,没想到王敦却说:"他杀他自己家里的人,关你什么事!"(《汰侈》1)由此可以看出,王敦真是一个虎狼之人,并无半点孟子所谓的"恻隐之心"。

就是这个王敦,竟然也喜欢清谈,和王衍(夷甫)、王澄(平子)、庾敳(子嵩)、胡毋彦国(辅之)相友,号称"四友"。邓粲《晋纪》说:"敦性简脱,口不言财,其存尚如此。"这和王衍的"口不言钱""举却阿堵物"颇有异曲同工之妙。不过,和王衍的"祖尚浮虚"不同,王敦更多的是追慕放达之风,和那些裸裎纵酒的"通达之士"更接近。但王澄、庾敳之流大多可归入"任诞"一门,独有王敦,竟然开启了一个时代的"豪爽"风气。《世说·豪爽》篇共 13 则,其中 5 则与王敦有关。还有一个故事说:

> 王处仲,世许高尚之目。尝荒恣于色,体为之弊,左右谏之,处仲曰:"吾乃不觉尔。如此者甚易耳!"乃开后阁,驱诸婢妾数十人出路,任其所之,时人叹焉。(《豪爽》2)

这个"开阁驱婢"的典故,就与一般任诞名士大异其趣,说明王敦立身行事,我行我素,确有过人之处。也许前面所说的宋祎,正是这次被王敦打发掉的。宋人刘辰翁于此条后批云:"自是可传,传此者恨少。"清人方苞也说:"开后阁,驱婢妾,非豪爽者不能。"[1]

还有一则更有名:

> 王处仲每酒后,辄咏"老骥伏枥,志在千里。烈士暮年,壮心不已"。以如意[2]打唾壶,壶口尽缺。(《豪爽》4)

---

[1] 参拙著《世说新语会评》,凤凰出版传媒集团,2007 年版,第 347 页。

[2] 按:如意,乃一种象征祥瑞的器物,用金、玉、竹、骨等制作,头灵芝形或云形,柄微曲,供指划用或玩赏。据故宫博物院资料,如意的起源与我们日常生活中俗称"不求"的搔背工具有关。最早的如意,柄端作手指之形,以示手所不能至,搔之可如意,故称如意,俗叫"不求人"。清《事物异名录》云:"如意者,古之爪杖也。"魏晋南北朝时,如意成为贵族阶层手中爱赏之物。

这个"如意唾壶"的典故，大概是王敦晚年之事，当时他手握重兵，野心勃勃，常以曹操自比，其酒后所歌乃曹操乐府诗《龟虽寿》中的名句，其中所传达的政治抱负不难想见。而追溯起来，"豪爽"人格还的确与曹操之类的枭雄人物大有关系。王敦之后，桓温、桓玄亦有"豪爽"之举，这一线索在魏晋风度中自成一脉，十分值得注意。

"王与马，共天下"

和陆机等江东士人在西晋平吴后纷纷由南入北不同，王敦及其同时代的北方大族，在西晋灭亡前夕的永嘉年间（307—313），经历的恰恰是一次大规模的反向迁徙，史称"永嘉南渡"[1]。这两次"对流"，相差不过十几年，心境却大不相同。陆机等人的北上入洛，尽管前途难料，毕竟还是踌躇满志；而永嘉南渡的北方士族，则难免惶惶如丧家之犬，成了真正的"逃亡"。南人入北，备遭冷眼，政治上被蔑称为"亡国之余"，世俗生活中又被骂为"貉子"；反过来，北人南渡，国破家亡，寄人篱下，被南人排挤，指为"伧父"（亦作"伧夫"，意为粗陋鄙贱之人），心情更为复杂难堪。《世说》对此有十分细腻的反映，这里举两个关于晋元帝司马睿的例子。

司马睿（276—322）是东晋的开国皇帝，字景文，司马懿曾孙，司马觐之子。他十五岁嗣琅琊王位。"八王之乱"后，匈奴刘渊举兵入侵，中原局势恶化，司马睿乃采用王导的建议，请求移镇建邺（今江苏南京）。朝廷答应了他的请求，于永嘉元年（307）任命他为安东将军、都督扬州诸军事，同年九月南下建邺。在王导、王敦的辅佐下，安抚当地士族，压平叛乱，惨淡经营，司马睿终于在江南站稳脚跟。《晋书·

1　《晋书·王导传》："洛阳倾覆，中州士女避乱江左者十六七。"

王敦传》说:"帝初镇江东,威名未著,敦与从弟导等同心翼戴,以隆中兴,时人为之语曰:'王与马,共天下。'"

建兴四年(316),刘曜攻陷长安,俘虏晋愍帝,西晋灭亡。次年三月,司马睿即晋王位,始建国,改元建武。318年,司马睿即皇帝位,改元太兴,据有长江中下游以及淮河、珠江流域地区,史称东晋,司马睿即晋元帝。

必须指出,司马睿虽是西晋宗室,却从没想过能做皇帝,甚至刚刚过江时,他还十分惶窘惭愧:

> 元帝始过江,谓顾骠骑(荣)曰:"寄人国土,心常怀惭。"荣跪对曰:"臣闻王者以天下为家,是以耿、亳无定处,九鼎迁洛邑[1],愿陛下勿以迁都为念。"(《言语》29)

从他对顾荣所说的这句话来看,司马睿还是很有自知之明的,而顾荣以"迁都"一词为司马睿解纷,也可谓善解人意。不仅"寄人国土"让司马睿"心常怀惭",就是做皇帝也让他觉得受之有愧。

> 元帝正会,引王丞相登御床,王公固辞,中宗引之弥苦。王公曰:"使太阳与万物同晖,臣下何以瞻仰?"(《宠礼》1)

在登基典礼这样庄严的场合,皇帝竟要拉着大臣同登御座,而且"引之弥苦",若不是内心觉得受之有愧,是很难想象的。这两件事足以说明司马睿的柔弱个性及其偏安江南时的复杂心情,也从一个侧面

1　按:耿、亳无定处,是指商王祖乙继其父河亶甲为帝,商衰,任巫贤为相,迁都于耿(今河南温县),商朝复兴。商王十九盘庚因王室衰乱,曾五迁而建都于亳(今河南安阳),改国号殷,商道复兴。"九鼎迁洛邑",指周武王灭商,迁都洛邑(今河南洛阳)。九鼎:古代传说夏禹铸了九个鼎,象征冀州、兖州、青州、徐州、扬州、荆州、豫州、梁州、雍州等"九州",成为夏、商、周三代传国的宝物。

证明，"王与马，共天下"的局面绝非故作夸张，而是确凿无疑的史实。

还有一个例子：

> 晋明帝年数岁，坐元帝膝上。有人从长安来，元帝问洛下（洛阳）消息，潸然流涕。明帝问："何以致泣？"具以东渡意告之。因问明帝："汝意谓长安何如日远？"答曰："日远。不闻人从日边来，居然可知。"元帝异之。明日，集群臣宴会，告以此意；更重问之。乃答曰："日近。"元帝失色，曰："尔何故异昨日之言邪？"答曰："举目见日，不见长安。"（《夙慧》3）

每读此则，常觉悲恻。故事的主人公是孩提时的晋明帝司马绍（299—325），其灵心妙对固然令人低回，而元帝司马睿的"潸然流涕"也让人印象深刻。司马绍可称是两晋皇帝中最具才华的一个，他的两次截然不同的回答十分契合那个时代民族的深层心理，因而成为千古名对。对"长安"的猜想其实凝结着南渡士族对失去的故国的深长思念，而对于劫后余生的司马家族来讲，"举目见日，不见长安"八字，更可说是字字血泪！

东晋初年，丞相王导、大将军王敦分别把持着政治和军事大权，形成中国历史上少有的"门阀政治"。史载王敦"手控强兵，群从贵显，威权莫贰，遂欲专制朝廷，有问鼎之心"（《晋书·王敦传》）。本来就心虚的司马睿对大权旁落渐渐不满，遂任用刘隗、刁协、戴渊等为心腹，各据一方，企图排斥王氏势力[1]。这可以说是一个虚弱皇帝的本能反应。然而这样一来，便激起了王氏家族的强烈反弹，特别是拥兵自重的王敦，反而找到了一个小试牛刀的绝佳借口。

1　《晋书·王敦传》云："帝畏而恶之，遂引刘隗、刁协等以为心膂。敦益不能平，于是嫌隙始构矣。""时刘隗用事，颇疏间王氏，导甚不平之。"又云："敦复上表陈古今忠臣见疑于君，而苍蝇之人交构其间，欲以感动天子。帝愈忌惮。俄加敦羽葆鼓吹，增从事中郎、掾属、舍人各二人。帝以刘隗为镇北将军，戴若思为征西将军，悉发扬州奴为兵，外以讨胡，实御敦也。"

永昌元年(322)，王敦便以"清君侧"、诛刘隗为名，在武昌起兵，直扑石头城(即建康)。王导对刘隗、刁协、戴渊等人捍卫皇权、排抑大族也甚为不满，曾讥讽地品评三人："刁玄亮(协)之察察，戴若思(渊)之岩岩，卞望之(壶)之峰距。"(《赏誉》54)是说这三人为人处世都有些刻薄寡恩，过于严峻苛刻了。为保全王氏家族利益，王导暗中帮助王敦，其他大族出于保护"既得利益"的考虑，对于刘隗、刁协的"察察之政"也心存不满，这样，形势就变得对王敦颇为有利。王敦这次举兵，可谓势如破竹，很快就攻入建康，杀了戴渊、周颉(yǐ)等人，刘隗则干脆投奔了匈奴的石勒。

史载王敦兵临城下，司马睿脱去戎衣，穿上朝服，顾而言曰："想要坐我的位置，应该早点说！何至害民如此！"又派遣使者对王敦说："公若不忘本朝，于此息兵，则天下尚可共安也。如其不然，朕当归琅琊，以避贤路。"(《晋书·元帝纪》)意思是：如你眼里没有我这个皇帝，那我就避位让贤！话都说到这个份儿上，足见皇帝已成门阀大族操控的提线木偶，毫无权威可言。这次军事行动的结果是，朝廷任命王敦为丞相、江州牧，进爵武昌郡公，还屯武昌。王敦在京城横冲直撞了一番，末了，竟连皇帝都未曾朝见，便领兵而去。同年闰十一月，有名无实的东晋开国皇帝司马睿在忧愤中病卒。

平心而论，也不能全怪王敦有不臣之心。公元322年，刚登基的晋明帝司马绍，对司马氏所以得天下的历史因由产生了浓厚的兴趣，《世说》对此亦有生动描绘：

> 王导、温峤俱见明帝(司马绍)，帝问温前世所以得天下之由。温未答。顷，王曰："温峤年少未谙，臣为陛下陈之。"王乃具叙宣王(司马懿)创业之始，诛夷名族，宠树同己。及文王之末，高贵乡公事。明帝闻之，覆面著床曰："若如公言，祚安得长！"(《尤悔》7)

值得注意的是,司马绍先问温峤,而温峤不答。为什么不答?当然并非如王导所说"年少未谙",而是有所顾虑。温峤(288—329)字太真,太原祁县(今属山西)人,西晋末年曾在并州跟随刘琨征讨石勒、刘聪。建武元年(317)南下,虽任侍中、中书令等官,参与朝廷机密,但相比王氏家族,他的根基尚浅,资格也嫩,故而只能默然不语。这时,王导则当仁不让,将司马家族如何发家的历史一五一十娓娓道来,给刚登基的年轻皇帝上了一堂"历史课",听得年方二十出头的司马绍冷汗直冒,遮着龙颜,拍着御座,竟说出一句不吉利的话来:"如果真如王公所言,那我司马家的国运怎能长久?!"

这个王导,曾让司马睿拉着他同升御座,现在又让司马睿的儿子感到龙床不稳,不是有恃无恐是什么?王导还算有伦理底线的大臣,换了"田舍忍人"王敦,该作如何想,何劳辞费?他大概会想,"皇帝轮流做,明年到我家",你司马家族本就是靠篡夺得了天下,已经名不正言不顺了,你司马睿又属于皇族旁支,无德无能,要不是我王家兄弟辅佐成全,想做皇帝,真是门儿都没有!

西晋立国,司马炎出于心虚,在意识形态上主张"以孝治天下",而不敢言"忠",因为"若主张以忠治天下,他们的立脚点便不稳,办事便棘手,立论也难了"(鲁迅《魏晋风度及文章与药及酒之关系》)。这导致世家大族"止知有家,不知有国"(余嘉锡《世说新语笺疏》),心里只有"门户大计",而没有对国家皇室的所谓忠诚。所以,王敦的不臣之心也未尝没有时代精神和社会心理作为基础。他不仅不把司马睿放在眼里,对司马绍更不待见,径自称他"黄须鲜卑奴"(《假谲》6)。永昌元年(322)王敦攻破石头城后,甚至想废掉当时的太子司马绍,幸亏温峤为太子打掩护才作罢:

> 王敦既下,住船石头,欲有废明帝意。宾客盈坐,敦知帝聪明,欲以不孝废之。每言帝不孝之状,而皆云:"温太真所说。温

尝为东宫率,后为吾司马,甚悉之。"须臾,温来,敦便奋其威容,问温曰:"皇太子作人何似?"温曰:"小人无以测君子。"敦声色并厉,欲以威力使从己,乃重问温:"太子何以称佳?"温曰:"钩深致远,盖非浅识所测。然以礼侍亲,可称为孝。"(《方正》32)

王敦欲废司马绍,找不到其他理由,只好说其"不孝"。可是,当王敦把球踢给温峤——因为温峤曾任太子中庶子,与太子司马绍关系亲密,有"布衣之好"——时,温峤偏偏不合作,说皇太子是否有钩深致远之才,不是我这样的浅识之辈所能测度的,但他能够以礼事亲,当然可以称为孝子了。由此可见,所谓"王与马,共天下",王氏家族恐怕更占优势。此后我们将看到,王敦进一步专擅朝政,根本不把明帝放在眼里,终于再度铤而走险,犯上作乱。

狼抗刚愎

王敦的一生,大抵经历了由名士向逆臣的转变,作为名士他是"豪爽"的,颇有可观之处;而作为逆臣,则显得"狼抗刚愎",目空一切。"狼抗"亦作"狼伉""狼亢",乃傲慢、骄横、暴戾、强梁之意。这是一种典型的枭雄性格,一旦得势必然会演变为六亲不认,犯上作乱。这一判断最早出自东晋名臣周𫖮之口,而王敦和周𫖮的关系也颇能见出此中奥秘。

周𫖮(269—322),字伯仁,晋安城(今河南省汝南县东南,一说平舆县西南)人。西晋时,周伯仁和王敦、王导兄弟关系很亲密,大概因为周伯仁比较刚直,一般人不敢在他跟前造次[1],王敦见他甚至都有些怕,每

---

[1] 《晋阳秋》称:"𫖮有风流才气,少知名,正体嶷然,侪辈不敢媟也。"

次遇见周颛,都面热耳赤,即使是在寒冬腊月,也要用手作扇,扇风不止。但是渡江以后,周颛任荆州刺史,官至尚书左仆射,王敦此时位高权重,见他便不再忌惮。这样的转变让王敦沾沾自喜,竟自我感觉甚好地感叹:"不知是我进步了呢,还是伯仁退步了?"(《品藻》12)其实,周伯仁当然没有退步,只是王敦随着权位的提升气焰更加嚣张罢了。

事实证明,周颛对王敦的性格拿捏得非常准确。

> 王大将军当下,时咸谓无缘尔。伯仁曰:"今主非尧、舜,何能无过?且人臣安得称兵以向朝廷?处仲狼抗刚愎,王平子何在?"(《方正》31)

当时王敦将要起兵顺江而下,朝中大臣都说,王敦没有道理这样做。言下之意,天子圣明,没有过错。这时周伯仁却说:"当今皇上并非尧舜之君,怎能没有过错?但是即便如此,臣下又怎么能举兵攻打朝廷呢?"不过说到这里,周伯仁话锋一转,又说:"王敦乃是狼抗残忍、刚愎自用之人,否则,王平子(澄)现在何处?"王平子就是被王敦杀掉的王澄,周的意思是说,王敦连他的堂弟王澄都杀掉了,什么事做不出来?!

后来的事态果然按照周颛的预计发展。公元322年,王敦于武昌起兵,攻打石头城,作为叛臣从弟的王导慌忙诣台待罪。这时朝中有两派意见:一派以刘隗为代表,力劝元帝诛灭王家;另一派则以周伯仁为代表,他一面率军抵抗,一面为王导求情,求元帝不要杀掉王导家族。吊诡的是,周伯仁生性豪爽任气,明明是暗中相救,他偏要作"幸灾乐祸"状,竟当着王导说:"今年把这些反贼都杀了,我就可以授更大的金印、做更大的官了!"弄得王导以为他巴不得自己早死,正是这个本不该有的误会,导致了周伯仁的被杀:

王大将军起事,丞相兄弟诣阙谢。周侯深忧诸王,始入,甚有忧色。丞相呼周侯曰:"百口委卿!"周直过不应。既入,苦相存救。既释,周大说,饮酒。及出,诸王故在门。周曰:"今年杀诸贼奴,当取金印如斗大系肘后!"大将军至石头,问丞相曰:"周侯可为三公不?"丞相不答。又问:"可为尚书令不?"又不应。因云:"如此,唯当杀之耳!"复默然。逮周侯被害,丞相后知周侯救己,叹曰:"我不杀周侯,周侯由我而死。幽冥中负此人!"（《尤悔》6）

可见,周伯仁被王敦所杀是得到王导默许的,王导的"不答""不应""默然",事实上等于说,这个周老匹夫,已经不是咱们的朋友了,留他何用!当王导重新掌权之后,浏览以前的宫中奏折,看到了周颉营救自己的折子,言辞恳切,殷勤备至,不由得失声痛哭。回来之后他对儿子们说:"吾虽不杀伯仁,伯仁由我而死。幽冥之中,负此良友!"（《晋书·周颉传》）后来人们遂以"伯仁"指代亡友。"我不杀伯仁,伯仁由我死"也就成了一个创巨痛深的典故。

尽管周伯仁过江以后,纵酒无度,有"三日仆射"之目,但毕竟做到了"临大节而不可夺",仍然不失为一代名臣。下面这则故事颇能看出周伯仁的正直与风骨:

王大将军既反,至石头,周伯仁往见之。谓周曰:"卿何以相负?"对曰:"公戎车犯正,下官忝率六军,而王师不振,以此负公。"（《方正》33）

此条刘注引《晋阳秋》记载得更详细:"王敦既下,六军败绩。颉长史郝嘏及左右文武劝颉避难,颉曰:'吾备位大臣,朝廷倾挠,岂可草间求活,投身胡虏邪?'乃与朝士诣敦,敦曰:'近日战有余力不?'对曰:

'恨力不足,岂有余邪?'"周颛被捕后,路过太庙,大声说道:"天地先帝之灵,贼臣王敦倾覆社稷,枉杀忠臣,凌虐天下,神祇有灵,当速杀敦,无令纵毒,以倾王室!"话音未落,左右差役便用戟戳其口,血流满地而周颛面不改色,遂被杀,时年五十四岁。

周伯仁的遇害让朝野人士无不寒心,王敦的族弟王彬(字世儒)为此差点跟王敦翻脸。据刘注引《王彬别传》记载,王彬与周颛关系很好,周被害后,王彬抚尸恸哭,悲不自胜。哭完后跑去见王敦,王敦见他一脸悲痛,问他缘故。王彬说:"我刚才哭过周伯仁,情不能已。"王敦说:"伯仁的死是他自找的,你何必这么难过?"王彬说:"伯仁乃清誉之士,所犯何罪,而遭屠戮?"越说越生气,竟当面斥骂王敦"抗旌犯上,杀戮忠良",言辞慷慨,声泪俱下。王敦恼羞成怒,意欲动武。当时王导也在座,就为王彬打圆场,并要王彬拜谢赔罪。王彬很有气节,说:"我有足疾。近来朝见天子尚不能拜,凭什么跪他?"王敦一听,威胁道:"脚疾何如颈疾?"意思是说,脚上生病跟脖子上挨一刀,哪个更厉害?因为大家都是同宗兄弟,王敦最后也没把王彬怎样,但这件事又可以作为王敦"狼抗刚愎"性格的一个好例。

事实上,王敦对周颛这位从小就"一面披衿"(邓粲《晋纪》)的老朋友死在自己手里,也是追悔莫及,甚至流下悲痛的泪水:

> 王大将军于众坐中曰:"诸周由来未有作三公者。"有人答曰:"唯周侯邑(已)五马领头而不克。"大将军曰:"我与周,洛下相遇,一面顿尽。值世纷纭,遂至于此!"因为流涕。(《尤悔》8)

"五马领头"是赌博游戏中的术语,意思是博局已经达到决胜的一步,就是说,以周伯仁的位望,差一点就做上了三公,却不幸被杀。这正戳到了王敦的痛处,因为渡江之前,王敦的确曾经承诺过自己一旦将来发达,一定要让周伯仁官至三公,此时听到有人为伯仁惋惜,难免心生愧疚懊悔之情。这时的王敦,想必已经知道周伯仁为救王导一家付出的努力,所以,他的眼泪应该是真实情感的流露,不能武断地视为虚伪。

要说明王敦的狠抗刚愎,还有一个人物不能不提,那就是曾经被王敦引为长史的谢鲲。

谢鲲(280—323),字幼舆,陈国阳夏(今河南太康)人。就是卫玠过江以后,一见如故,"遂达旦微言",让王敦"永夕不得豫"的那位清谈名士。谢鲲属于名士中的"放达派",与王澄等人很要好,"慕竹林诸人,散首披发,裸袒箕踞,谓之八达"(邓粲《晋纪》)。后来他的族子谢安就说,谢鲲"若遇七贤,必自把臂入林"(《赏誉》97)。这是把谢鲲与风流放达的"竹林七贤"相提并论了。史载谢鲲邻家有一女子,应该有些姿色,有一次谢鲲竟去人家家里挑逗,那女子正在织布,便就地取材,拿起梭子向谢鲲砸去,竟然打断了他的两颗牙齿!谢鲲也不以为意,回到家里,竟然豁着牙、吹着口哨说:"犹不废我啸歌。"(《江左名士传》)于是坊间便流传着这么一句谣谚:"任达不已,幼舆折齿。"

尽管如此,谢鲲仍不失为一个有操守的名士。当时王敦要起兵顺流而下,逼着时任豫章太守的谢鲲与自己同行。攻入石头城后,王敦对谢鲲说:"事已至此,我不能再做辅佐王室的盛德之事了!"谢鲲说:"怎么能这样说呢? 只要从今以后,君臣尽释前嫌,日复一日过去,大家也就会忘记这不愉快的往事了。"可见谢鲲有意挽救朝廷的危难,平抑王敦的反心。王敦做贼心虚,在京城的日子,一直称病不朝,根本无视皇帝存在。谢鲲就劝他说:"近来您的举动,虽然是想拯救国家,但四海之内,大家确实并不能理解。如果您屈身朝见天子,使群臣放下心来,万民才能心悦诚服。如果您能顺应民心,尽力谦冲退让,您的功勋一定能像管仲一样伟大,您的美名也一定能够传之千古啊!"王敦说:"你能保证我入朝之后,不会有变吗?"谢鲲便为之担保,并愿随从前往。没想到王敦勃然变色说:"我就是要杀掉几百个像你这样的人,对于当今之世又有什么损害呢!"(《规箴》12)最终,王敦还是没有朝见天子,不久就率兵还镇武昌了。

不得其死

这么一个狠抗刚愎的大将军,结局又如何呢?事实上,王敦的堂弟王导早为他做了预判,《晋书·王敦传》记载"斩美劝酒"一事后(按:《晋书》将石崇改作王恺),史臣补叙一笔说:"导还,叹曰:'处仲若当世,心怀刚忍,非令终也。'""刚忍",也即"狠抗刚愎"的另一种说法,"非令终",也就是俗话所说的"不得好死"。

公元 322 年之乱,王敦可谓"豺声已振",其狼子野心朝野尽知。王敦欲废而不得的晋明帝司马绍对他更是恨之入骨。324 年,王敦移师镇守姑孰(今安徽当涂)时,司马绍曾乔装打扮潜入王敦军营中刺探军情,差一点被活捉[1]。但是以司马绍的才干魄力,要想消灭羽翼丰满的王敦,谈何容易。关键时刻,还是足智多谋的温峤力挽狂澜,最终平定了叛乱。

事实上,王敦早就知道温峤是个人才,又是朝廷的骨鲠之臣,对他很是忌惮。所以他一进石头城,想要找借口废掉皇太子司马绍时,就把温峤拿来说事儿。没想到温峤并不买账,废太子之事遂告流产。大概正因如此,王敦又表请温峤做自己的左司马,其实是做人质。温峤无奈,只好答应。在王敦称病不朝时,温峤多次劝他觐见元帝,王敦固辞不从。等到王敦带兵还镇武昌,温峤左右无援,只好假装与王

---

1 《假谲》6 载:"王大将军既为逆,顿军姑孰。晋明帝以英武之才,犹相猜惮,乃著戎服,骑巴賨马,赉一金马鞭,阴察军形势。未至十余里,有一客姥,居店卖食,帝过愒之,谓姥曰:'王敦举兵图逆,猜害忠良,朝廷骇惧,社稷是忧。故劬劳晨夕,用相觇察。恐行迹危露,或致狼狈。追迫之日,姥其匿之。'便与客姥马鞭而去,行敦营匝而出。军士觉,曰:'此非常人!'敦卧心动,曰:'此必黄须鲜卑奴来!'命骑追之。已觉多许里,追士因问向姥:'不见一黄须人骑马度此邪?'姥曰:'去已久矣,不可复及。'于是骑人息意而反。"

敦合作,并与王敦手下的参军钱凤结交,骗取了二人信任。后来丹阳尹一职空缺,温峤故意推荐钱凤,王敦见他颇有效忠之意,便让他去任丹阳尹。这正是温峤的"金蝉脱壳"之计。温峤的确是东晋难得的将相之才,他用自己的智慧瓦解了王敦的"统一战线"。钱行宴上,温峤假装醉酒,借故斥骂钱凤,而与王敦分别时,又依依不舍,痛哭流涕,把王敦感动得一塌糊涂。等温峤出发后,钱凤再进谗言,说温峤之言不可信,这时王敦却说:"人家昨天喝醉了,对你稍加声色,你怎么可以因为这点小事就在背后捣鬼呢?"温峤回到京都,马上将王敦谋逆之事上报朝廷,请明帝做好防范准备。(《晋书·温峤传》)

王敦闻讯,怒火中烧,索性一不做,二不休,再度铤而走险,扯起造反的大旗。他在写给王导的信中说:"太真别来几日,作如此事!"忿恨之情,溢于言表。嗣后王敦又一次上表,请诛奸臣,而在奸臣的"黑名单"上,温峤高居榜首。王敦还恶狠狠地说,如果把温峤生擒活捉,一定让他"自拔其舌"! 大概正是因为受了这场温峤"反水"的羞辱,王敦竟在举兵起事时病倒了。万般无奈之下,只好让投奔自己的兄长王含任元帅,后者于太宁二年(324)七月,率领钱凤、周抚、邓岳等领兵五万进逼京师。

这一次大兵压境,又多亏了温峤才得以化解。且说钱凤率军攻到建康城下时,温峤果断地下令,烧毁秦淮河上的浮桥"朱雀桁",以挫其锋。当时明帝司马绍不明就里,很是生气,温峤却说:"今宿卫寡弱,征兵未至,若贼豕突,危及社稷,陛下何惜一桥!"王含军队果然不得渡河,温峤趁热打铁,亲自率兵与叛军夹水而战,王含大败而逃。

当战败的消息传来,躺在病床上的王敦怒道:"我兄老婢耳,门户衰矣!"还想乘势而起,结果因体力不支再次卧倒。王敦死到临头,还在想着他的千秋大业,他对身边的人说:"我死后,儿子王应即位,先立朝廷百官,再考虑我的丧葬之事。"不久王敦病卒,年在五十九岁。王应其实是王含之子,过继给了无子的王敦。王含兵败后,与亲生儿子王应投奔同族的荆州刺史王舒,没想到父子俩竟被王舒沉入江底(《识鉴》15)。山东琅琊王氏的王敦一支遂告绝嗣。

王敦虽然是病死的,但死后却不得安宁。由于他的叛乱朝野共怒,所以其尸骨未寒,便被朝廷下令开棺戮尸,"焚其衣冠,踞而刑之"。也就是烧掉他的寿衣寿帽,把尸体跪在地上砍了头。这还不算,又把王敦的尚未腐烂的首级悬挂于南桁,史书写到这里,特意补叙一笔——"观者莫不称庆"。用现在的话说,这个不可一世的豪爽将军,最后"死得很难看"!

不过,如果我们撇开"三纲五常"的视角看王敦,还是可以发现他的许多率真的地方,至少,这位豪爽将军不是"伪君子",也不是"假名士",他甚至也不能算是"小人",而是一个"真贰臣"——因为这个"真",在魏晋人物的群像中,他便具有了"只此一家,别无分店"的观赏价值。魏晋时代是不以成败论英雄的,故王敦死后,"田舍忍人"成为历史陈迹,而又多了一个"可儿"的美誉,"可儿"犹言"可人",是另一位枭雄桓温对王敦的赏誉[1]。这说明,王敦死后,他的道德上的污点被时间稀释了,而人格上的可爱之处被发掘出来,成了一道别样的风景。

---

[1] 事见《赏誉》79:"桓温行经王敦墓边过,望之云:'可儿! 可儿!'"刘注引孙绰《与庾亮笺》曰:"王敦可人之目,数十年间也。"

王导：江左管仲知是谁

在魏晋名士群像中，东晋宰相、有"江左管仲"之誉的王导值得大书特书。在前面的章节中，王导已经多次出场，虽是配角，却也足够醒目，这一次，让我们把舞台的追光打到这位中国历史上著名的贤相身上，看看他把人生这出戏唱得怎么样。

王导(276—339)，字茂弘，琅琊临沂(今山东临沂)人，王览孙，王裁子，王衍、王敦族弟。东晋时官至丞相，辅佐元帝(睿)、明帝(绍)、成帝(衍)三朝，故在《世说》一书中，"丞相"成为王导的专称。用今天的眼光看，王导不仅是一位天生的政治家，还是一位杰出的清谈家和可爱的幽默家。特别值得注意的是，和汉末"清议时代"以陈蕃、李膺为代表的国家柱石之臣相比，在王导身上，集中体现了"清谈时代"对于政治家的人格影响，这种影响在王导身上完成，又在紧随其后的谢安身上得到了更进一步的发扬。如果说，"清议时代"的政治家更多是"可敬"与"可畏"，那么，"清谈时代"的政治家则让人觉得"可爱"又"可亲"。

天生的政治家

王导是个天生的政治家，正如他的族兄王衍是个天生的清谈家，王敦是个天生的野心家。史载王导十四岁时，陈留高士张公见而奇之，对其堂兄王敦说："此儿容貌志气，将相之器也。"所以，王衍、王敦对他都很赏识，经常带他一起出行。王敦和他赴石崇宴会之事前面已经讲过，而王衍带王导出行的例子则不妨一说：

> 王夷甫尝属族人事，经时未行。遇于一处饮燕，因语之曰："近属尊事，那得不行？"族人大怒，便举樏掷其面。夷甫都无言，盥洗毕，牵王丞相臂，与共载去。在车中照镜，语丞相曰："汝看我眼光，乃出牛背上。"（《雅量》8）

此条主要体现王衍的"雅量"，但后一句很费解，"牛背"乃着鞭之处，是否可以理解为，年轻的王导很为王衍挨了那一计感到担心和气愤，所以目光中难免流露出来，王衍从镜子中看到了，就打趣地说："你看我的眼光，好像是在被鞭子抽打的牛背上一样。"言下之意，兄弟不必担心，权当他打在牛背上好了。故刘孝标解释说："王夷甫盖自谓风神英俊，不至与人校（较）。"

这个故事对于我们理解王导和王衍的关系很重要。由此可以看出，像王衍这样的清谈政治家，看待世界的方式已经与汉末的清议政治家迥然不同。王衍官至太尉，却不以国事为念，并不纯然是没心没肺，而是精神上"祖尚浮虚"的必然反应。他不仅对国家大事采取一种超然的态度，对世俗生活中的人事纠纷，也能淡然处之。作为一位政治家，王衍是彻头彻尾的失败了，西晋覆灭有他一份不容推卸的责任。但是，很少为人注意的是，王衍对于东晋的建立实际上却有间接之功。王衍为保存门户，曾设"狡兔三窟"之计，请求将王敦、王澄派到青州、荆州任刺史，和在洛阳的自己鼎足而成"三窟"。事实上，还应该补充一窟，那就是王衍敏锐地看出从弟王导的才干，在大乱将起之时，向东海王司马越建议，将王导安排在琅琊王、安东将军司马睿的幕府中做安东司马，实事求是地说，若无此一"顶层设计"，便无东晋一朝的百年基业。尽管王衍是出于门户私心，但从效果上来看，却不乏可取之处。

王导对王衍是非常仰慕的，王导赞美王衍"岩岩清峙，壁立千仞"（《赏誉》37），还说："顷下（一作洛下）以我比安期（王承）、千里（阮瞻），亦推此二人；唯共推太尉，此君特秀。"（《品藻》20）后来的事实证明，王导充分吸取了王衍的教训，在政治上扬其长，避其短，既矫正了王衍"不以物务自婴"的过分超脱的弊端，勠力国事，同时，又保留了王衍作为清谈家的通脱与超然，故能周旋于各种复杂的政治斗争和家族矛盾之中，从善如流，而不为苛切细碎的"察察之政"，最终完成了东晋的建国大业，以过人的才干和智慧，稳定了东晋初年的政局，真正达到了"名教"与"自然"——"将无同"的境界！

说王导是天生的政治家还有一个原因，就是王导很早就和当时的琅琊王，即后来的晋元帝司马睿（276—322）建立了良好的关系，两人同年出生，"素相亲善"，情同好友。俗话说："近水楼台先得月。"王导的政治智慧和他的人脉资源都是别人无法企及的，所以他要是成不了政治家反倒怪了。史载，"导知天下已乱，遂倾心推奉，潜有兴复之志。帝亦雅相器重，契同友执。帝之在洛阳也，导每劝令之国。会帝出镇下邳，请导为安东司马，军谋密策，知无不为"（《晋书·王导传》）。可以说，二人早就结成了政治上的"攻守同盟"关系。正是王导的审时度势和精心谋划，才使司马睿得以偏安江左，坐上皇帝的宝座。

王导为司马睿下的第一步好棋就是"移镇建邺"，提前"突围"。这是非常具有先见之明的一招妙棋，使得司马氏家族危在旦夕之时，保存了皇室命脉，于公于私、于国于家，都是"双赢"之举。永嘉元年

（307）九月，司马睿在王导的陪同下渡江来到建邺（后改称建康），紧接着就面临如何在人地生疏的江南站稳脚跟的问题。史载"及徙镇建康，吴人不附，居月余，士庶莫有至者，导患之"。王导就和从兄王敦商量，为司马睿导演了一出树立声威、收复人心的好戏。第二年三月上巳节，司马睿亲自观看百姓的祓禊活动，"乘肩舆，具威仪，敦、导及诸名胜皆骑从。吴人纪瞻、顾荣，皆江南之望，窃窥之，见其如此，咸惊惧，乃相率拜于道左"。嗣后，司马睿采纳了王导的建议，礼贤下士，让王导拜访邀请顾荣、贺循等南方大族出来辅政，"二人皆应命而至，由是吴会风靡，百姓归心焉。自此之后，渐相崇奉，君臣之礼始定"（《晋书·王导传》）。

然而好景不长，很快洛阳就被匈奴攻占，大批中原士族和百姓南渡避难，面对这样一个乱局，王导采取"务在清静"的为政原则，尽心辅佐，安邦定国，度过了这段人心惶惶的日子。当时北来士族寄人篱下，情绪低落，王导无形之中成了稳定人心、鼓舞士气的精神领袖：

> 过江诸人，每至美日，辄相邀新亭，藉卉饮宴。周侯（颛）中坐而叹曰："风景不殊，正自有山河之异！"皆相视流泪。唯王丞相愀然变色曰："当共勠力王室，克复神州，何至作楚囚相对！"（《言语》31）

这就是著名的"新亭对泣"的故事。当这些北方的士大夫，经历了山河破碎、颠沛流离的悲惨生活后，来到烟柳繁华、山清水秀的江南，真可谓劫后余生，家国之痛、黍离之悲就如瘟疫一般在士人心中蔓延恣肆，以至于触景生情，相对流泪。王导何尝没有同样的悲哀呢？但他能克制住个人的伤感，以大局为重，试图把低迷、涣散的人心士气收拾起来，短短三句话，其实是一篇极精短的政治纲领，包含了近期目标——"勠力王室"（齐心协力帮助琅琊王司马睿在江南坐稳江山），长期目标——"克复神州"（积蓄力量在合适的时候收复失地实现统一），以及对当前精神状态的批评——"何至作楚囚相对"，就是说，与其这样作"楚囚相对"[1]、楚楚可怜状，还不如重整旗鼓，放开手脚干一番收拾山河的伟大事业！

可想而知，"愀然变色"的王导说出的这番"豪言壮语"一定是感动了在座的每一个人。从此，王导的威信越来越高，以至于朝野倾心，号为"仲父"。"仲父"这一称呼大有来历，春秋时管仲辅佐齐桓公成就霸业，齐桓公就尊管仲为"仲父"；吕不韦相秦国，也被嬴政尊为"仲父"；人臣能够从君主那里获得的尊崇，莫过于此。平心而论，王导的确具有管仲之才，因此，连自视甚高的温峤一见之下，也心悦诚服地称他为"江左夷吾"：

> 温峤初为刘琨使，来过江。于时，江左营建始尔，纲纪未举。温新至，深有诸虑。既诣王丞相，陈主上幽越、社稷焚灭、山陵夷毁之酷，有黍离之痛。温忠慨深烈，言与泗俱；丞相亦与之对泣。叙情既毕，便深自陈结，丞相亦厚相酬纳。既出，欢然言曰："江左自有管夷吾，此复何忧！"（《言语》36）

温峤是 317 年过江的，初来乍到，对江东形势很担忧，他去见王导，说到家国之痛，声泪俱下，这一次连王导也忍不住和他相对流泪。但经过一番深入交谈之后，温峤遂转忧为喜，对未来充满信心，因为他从王导身上，看到春秋时辅佐齐桓公"九合诸侯，一匡天下"的贤相管仲（字夷吾）的影子，所以称王导为"江左夷吾"。

和温峤所见略同的还有桓彝。桓彝（276—328），字茂伦，谯国龙亢（今属安徽怀远）人，乃一代枭雄、东晋大司马桓温的父亲。史载："桓彝

1 　楚囚：《左传·成公九年》载，楚人钟仪被晋俘虏，晋人称他为"楚囚"。后用以指被囚禁或处境窘迫的人。楚囚相对，是形容人们遭遇国难或其他变故，相对无策，徒然悲伤。

初过江,见朝廷微弱,谓周颛曰:'我以中州多故,来此欲求全活,而寡弱如此,将何以济!'忧惧不乐。往见导,极谈世事,还,谓颛曰:'向见管夷吾,无复忧矣。'"(《晋书·王导传》)

还有一个"企羡"的故事:"王丞相拜司空,桓廷尉作两髻,葛裙、策杖,路边窥之,叹曰:'人言阿龙超,阿龙故自超!'不觉至台门。"(《企羡》1)桓廷尉就是桓彝;阿龙,是王导的小名赤龙的昵称。王导拜司空是太兴四年(321),这时江东已定,桓彝对王导由衷钦佩,因此说他"故自超"(确实高超卓越)。这些事例,都是王导作为杰出政治家所具有的人格魅力的佐证。

那么,王导在政治上到底采取何种策略呢?除了上文说过的"务在清静",再就是宽简平易,不行苛政,甚至"睁一只眼闭一只眼",尽量维持南北、朝野、汉胡、士庶、门阀和皇室等各种复杂关系的均势和平衡。这种看似没有原则和立场的行政方略常常受到诟病,殊不知,如果没有这种以静制动、以柔克刚、看似无为而实则有为的政治智慧,东晋恐怕根本不可能存在一百余年。有一个"网漏吞舟"的典故十分形象地说明了这一点:

> 王丞相为扬州,遣八部从事之职。顾和时为下传还,同时俱见。诸从事各奏二千石官长得失,至和独无言。王问顾曰:"卿何所闻?"答曰:"明公作辅,宁使网漏吞舟,何缘采听风闻,以为察察之政?"丞相咨嗟称佳,诸从事自视缺然也。(《规箴》15)

顾和(288—351)字君孝,吴郡吴人。王导做扬州刺史,新官上任三把火,很想整顿吏治,惩治腐败,来一番"廉政风暴"。此事如放在今天毫无疑问是应该受到赞许的,但在两晋之交,中原板荡,江南根基未稳,特别是南北矛盾异常尖锐的特殊历史时期,王导所代表的北方士族本来就有"鸠占鹊巢"之嫌,如此行政就难免给人一种得寸进尺的不良印象。当奉命到各郡督察的按察官员们回来向王导汇报工作,揭发各郡长官得失的时候,唯独顾和一言不发。王导问他,他说了一句很实在的话:"您做宰辅治理一方,宁可让法网宽大,让那些吞舟之鱼得以逃脱,怎么能够让手下人到处捕风捉影,实行刻薄寡恩的察察之政呢?"顾和其实是代表南方士族发言的,言下之意,"水至清则无鱼,人至察则无徒",如果你初来乍到,就用一套严刑峻法制裁各郡长官,逼得他们狗急跳墙,"过犹不及",这对东晋的大局有何好处呢?王导对顾和的话连连称赞,并及时矫正了自己的执政方针。故《晋书·庾亮传》说:"时王导辅政,主幼时艰,务存大纲,不拘细目。"

事实证明,非常时期采取的非常之政对于稳定江左、收拢人心大有好处。也许正因如此,王导、王敦家族的势力越来越大,以至权倾朝野、功高盖主,这自然引起了皇帝司马睿的不满。司马睿遂任用刘隗、刁协、戴渊、卞壶等人为心腹,实行与王导不同的苛切细碎的"察察之政",借以削弱南北大族的势力,尤其是王氏家族的利益,一时怨声载道。王导说"刁玄亮(协)之察察,戴若思(渊)之岩岩,卞望之(壶)之峰距"(《赏誉》54),表达的正是对他们奉行"察察之政"的不满。所以,当公元322年王敦以"清君侧"的名义起兵,王导和其他南北士族是默许的,甚至暗中相助,最终摧毁了刘隗、刁协之流在朝廷的势力,既保存了门户,又使在政治上更为合理有效的宽厚清静之政得以延续。

不能不说,在处理王敦第一次叛乱的过程中,王导是圆滑自私的,但我们又不得不对他的这种圆滑和自私报以理解。门阀政治的一个本质特征是,"诸门第只为保全家门而拥戴中央,并不肯为服从中央而牺牲门第"[1]。当王导带着自己一家数十口"旦旦到公车,泥首谢罪",并对周伯仁说"百口委卿"之时,正是"公私兼顾"的权宜之

1　钱穆:《国史大纲》,商务印书馆,1996年版,第241页。

计。他冒着被灭门的危险,只请罪不拒敌,正是一种类似于"走钢丝"的政治博弈。当时情况十分危急,刘隗劝司马睿杀掉王导一家,却最终因为周伯仁的据理力争而作罢。这一步险棋王导又走对了。等王敦带兵攻进京城,既杀掉了政敌,又保存了门户,王导的政治生涯继续顺风顺水。

但是,王导并不是王敦,他并无不臣之心。两年之后(324),当王敦、王含再次兴兵作乱,狼子野心已经昭然若揭之时,王导则坚定地站在维护皇室、保存社稷的立场上。他在给王含的信中说:"你今天这番举动,恰似王敦当年所为。但形势已完全不同:那年是因为有佞臣乱朝,人心不定,就是我自己也想外离以求自济;可是现在,先帝虽然去世,还有遗爱在民,当今圣主聪明,并无失德之处。如果你们竟妄萌逆念,反叛朝廷,作为人臣,谁不愤慨?"他甚至表示"宁为忠臣而死,不为无赖而生"(《晋书·王敦传》)。史载王敦生病后,"导便率子弟发哀,众闻,谓敦死,咸有奋志"(《晋书·王导传》)。这套"攻心战术"很管用,也表明王导这时已经决定放弃王敦,"舍车保帅",这个"帅"既可以说是年轻的皇帝司马绍,也可以说是王导家族。当初王敦第一次作乱,曾对王导说:"不从吾言,几致覆族。"谁承想,时隔两年,倒是王导先行为王敦办了"丧事"。两相比较,到底还是王导更高明,他敏锐地意识到,"王与马共天下"是最好的选择,"专天下"的买卖不过是剃头的挑子——一头热,活得好好的,干吗要去找死?!

王敦乱平之后,公元 325 年,司马绍病死,不到五岁的司马衍(321—342)即位,是为晋成帝。当时王导、庾亮、温峤等为顾命大臣,庾亮一度专擅朝政,而对王导构成威胁。但王导对庾亮还是报以宽厚之心,显得很有风度,下面这个故事便是好例:

有往来者云:"庾公有东下意。"或谓王公:"可潜稍严,以备不虞。"王公曰:"我与元规虽俱王臣,本怀布衣之好。若其欲来,

吾角巾径还乌衣，何所稍严！"(《雅量》13)

庾亮(289—340)，字元规，也是东晋三朝元老，其妹为晋明帝司马绍皇后，元帝即位后，庾亮以帝舅之尊与王导等共同辅政，总揽朝政，咸和九年(334)镇守武昌，大有取代王导之势。故《轻诋》4记载：

庾公权重，足倾王公。庾在石头，王在冶城坐，大风扬尘，王以扇拂尘曰："元规尘污人！"

这个故事颇有趣，当时不过是自然界的大风扬起沙尘，迎面扑来，王导坐在冶城，就顺势做出了"以扇拂尘"的动作，并且说："这是庾元规扬起的尘土来弄脏别人了。"真是触景生情，言为心声。当时庾亮在政治上的咄咄逼人之势，可不就像"大风起兮尘飞扬"，让一向温和冲退的王导"艰于呼吸视听"吗？两相比照，有人说庾亮有东下、取王导相位之意，让他略作戒备，以防不测，恐怕也不是子虚乌有，捕风捉影。王导何尝没有这种担心呢？但他十分坦然地说："我和元规虽然都是朝廷大臣，本来就有布衣之交，要是他来，我就穿上便服、戴上方巾，退休回乌衣巷做老百姓去，有什么可戒备的？"这固然是王导缓解紧张关系的一种策略，但如果真的发生此事，我相信他是能说到做到的。

对待政敌如此，对待下属亦然。《雅量》篇的一个记载让人读了很感动：

王丞相主簿欲检校帐下，公语主簿："欲与主簿周旋，无为知人几案间事。"(《雅量》14)

王导手下的主簿想要对丞相幕府中的各级办公人员来个"突击检查"，对于这个颇有"克格勃"嫌疑的提议，王导不以为然，但他很委婉地对主簿说："我想和你商量一下，请尽量不要窥探、干预人家案牍间的事务。"言下之意，每个人都有点隐私，这样盯着别人不太好。这种充分尊重下属人格，"用人不疑"的雅量和胸襟，真是难能可贵！

到了晚年，王导为政更加简易宽恕，有个故事说：

> 丞相末年，略不复省事，正封箓，诺之。自叹曰："人言我愦愦，后人当思此愦愦。"（《政事》15）

晚年的王导几乎不怎么料理政务，只签署文件画诺，也就是只写上"同意"之类的批示，给人一种"愦愦"（犹言糊涂）之感，用现在的话说，简直是在"捣糨糊"！但他心里十分清楚，非常时期不得不如此，所以自信地说："人说我糊涂，后人应该会思念我这种糊涂啊！"

有一次，王导大热天跑到庾亮的弟弟庾冰（296—344）的官府看他，见庾冰正在忙着料理事务，就说："大热天的，你可以稍微减省些事务嘛！"庾冰当即答道："您的减省宽容的为政方针，天下人也未必以为妥当啊！"（《政事》14）

可见，王导的宽简之政是一以贯之的，而且引起了当时一些人的非议。但王导"后人当思我愦愦"的话还真的应验了，他死后，由庾冰代理丞相，网密刑峻。有个叫殷羡的名士出行，甚至碰上收捕的官吏拦住盘问。殷羡就找了个机会对庾冰说："你现在固然法网严密，但都是小道小善罢了，不如当年王丞相，能行无为无理之政。"（刘注引《殷羡言行》）对此，史学大师陈寅恪先生评云："导自言'后人当思此愦愦'，实有深意。江左之所以能立国历五朝之久，内安外攘者，即由于此。故若仅就斯言立论，导自可称为民族之大功臣，其子孙亦得与东晋南朝三百年之世局同其兴废。岂偶然哉！"[1]

1　陈寅恪：《述东晋王导之功业》，《金明馆丛稿初编》，生活·读书·新知三联书店，2001年，第61页。

王导是个天生的政治家,还表现在他杰出的"公关"才能上,有一个"弹指兰阇"的故事说:

> 王丞相拜扬州,宾客数百人并加沾接,人人有悦色。唯有临海一客姓任及数胡人为未洽。公因便还到,过任边,云:"君出,临海便无复人。"任大喜悦。因过胡人前,弹指云:"兰阇,兰阇。"群胡同笑,四坐并欢。(《政事》12)

据此可知,王导非常善于察言观色,揣摩人意,能在数百人的大型宴会上,从容应酬,左右逢源,而使宾主尽欢。当他看到临海的一位任姓客人和几个胡人因尚未照顾到而闷闷不乐,便马上找个机会过来打招呼,对任姓客人说:"你一出来,你们临海地方可就没人了。"又对几个胡人弹着手指行礼,念念有词地说:"兰阇!兰阇!"兰阇即胡语,有称赞之意。寥寥数语,便把被冷落的客人弄得如坐春风,皆大欢喜。

王导的这种平易近人、与各种阶层的人都能打成一片的素质,与其说是政治生涯中历练出来的,不如说是天生的。此条刘注引《晋阳秋》称:"王导接诱应会,少有违者。虽疏交常宾,一见多输写款诚,自谓为导所遇,同之旧昵。"这和时下一些领导高高在上,只会在摄像机和闪光灯前"联系群众",岂可同日而语? 故明人李贽评点说:"第一美政,只少人解。"

还有一个故事说:

> 刘真长始见王丞相,时盛暑之月,丞相以腹熨弹棋局,曰:"何乃渹?"刘既出,人问王公云何,刘曰:"未见他异,唯闻作吴语耳。"(《排调》13)

刘真长,即当时著名的清谈家刘惔(314?—349)。他大热天去拜见王导，看见王导把肚子贴在弹棋的棋盘上，用吴地的方言说："怎么这么凉？"刘孝标解释说："吴人以冷为淘（qìng）。"刘真长是北方士族（沛国萧人，今属安徽），对此很看不惯，人家问他王丞相如何，他不以为然地说："也没什么与众不同之处，只是听到他讲吴语，如此而已。"

这个故事说明，王导的吴语说得不错，习惯成自然，以至在北方人面前也一不小心说漏了嘴（或是为了调节气氛亦未可知），结果授人以柄。但仔细想想，作为当朝宰辅的王导，之所以要学习"十里不同音"、相当佶屈聱牙甚至被北方士族看不起的吴地方言，其实并非对方言有多大兴趣，而是出于政治上的需要，他这么入乡随俗，不过是为了笼络江东人心，增强亲和力和凝聚力而已。故陈寅恪先生说："吴语者当时统治阶级之北人及江左吴人士族所同羞用之方言，王导乃不惜屈尊为之，故宜为北人名士所笑，而导之苦心可以推见矣。"[1]

不仅如此，为了和江东士族搞好关系，王导甚至向江左陆氏家族的陆玩请求联姻。陆玩（278—341），字士瑶，吴（今江苏苏州）人，陆机从弟，是江东大族的代表，其官职虽在王导之下，门第自豪感却很强。面对王导的求婚之举，陆玩慷慨对曰："培塿无松柏，熏莸不同器。玩虽不才，义不为乱伦之始。"（《方正》24）意思是：小山包上长不出高大的松柏，香草和臭草不能放在同一个容器里。我陆玩虽然不才，但也决不会开这个败坏人伦的先例。把和顶头上司王导联姻说成"乱伦"，这个玩笑开得实在有点大，可是王导竟然不以为忤，听之任之。

如果说王导宰辅三朝，全靠这么"和稀泥""捣糨糊"恐怕也不符合事实。有的人是媚上欺下，见风使舵，王导则不然，他是对下宽容，对上严敬，碰到原则问题，甚至会犯颜直谏，绝不姑息纵容。如《世说·规箴》11 载：

1　陈寅恪：《述东晋王导之功业》，《金明馆丛稿初编》，第 62 页。

> 元帝过江犹好酒,王茂弘与帝有旧,常流涕谏,帝许之,命酌酒,一酣,从是遂断。

对于司马睿贪杯好酒的毛病,王导绝不妥协,竟然流涕劝谏,司马睿倒也乖巧,他学刘伶,以酒戒酒,来了个"过把瘾就戒"。这还是生活小节,仗着和皇帝的关系劝谏一下也没什么大不了,下面一件事牵涉到皇储的废立,就有些"兹事体大"了,但王导当机立断,决不手软,再次体现了一个政治家的韬略和手段:

> 元皇帝既登祚,以郑后之宠,欲舍明帝而立简文。时议者咸谓:"舍长立少,既于理非伦,且明帝以聪亮英断,益宜为储副。"周、王诸公并苦争恳切,唯刁玄亮独欲奉少主以阿帝旨。元帝便欲施行,虑诸公不奉诏,于是先唤周侯、丞相入,然后欲出诏付刁。周、王既入,始至阶头,帝逆遣传诏,遏使就东厢。周侯未悟,即却略下阶。丞相披拨传诏,径至御床前,曰:"不审陛下何以见臣?"帝默然无言,乃探怀中黄纸诏裂掷之。由此皇储始定。周侯方慨然愧叹曰:"我常自言胜茂弘,今始知不如也!"(《方正》23)

此事大概在公元 318 年之后。本来司马绍是司马睿的嫡长子,又聪明英武,是法定的皇位继承人,太子之位非他莫属。但由于爱妃郑阿春大吹"枕头风",司马睿耳根子太软,就想放弃司马绍,立郑妃之子司马昱(即后来的简文帝)为太子。废长立幼历来是王朝大乱之源,所以周伯仁、王导等大臣都不同意,极力阻止。只有尚书令刁协(?—322)一人想尊奉少主以讨好皇帝。无奈之下,司马睿想了个"调虎离山"之计,先传周伯仁、王导两位德高望重的大臣入宫,然后准备把诏书交给刁协。周、王入宫后,刚走上几级台阶,司马睿就让传诏官阻止他们上殿并引到东厢配殿待命。周伯仁还没明白过来,就退后几步下了台阶,说时迟那时快,王导却拨开传诏官,径直入殿来到皇帝御座前,说:"不知道陛下为什么事召见微臣?"这话语带双关,还有一层意思是:陛下这么做以后还怎么面对大臣?司马睿默然不语,从怀中取出黄纸诏书撕碎了摔在地上。从此皇储之位才确定下来。试想,如果王导反应慢一点,动作晚一步,司马睿就有可能把诏书交给刁协当众宣布,那时再阻止就来不及了。难怪周伯仁要感叹:"我常认为自己比王导强,现在才知道自己不如他啊!"

在阻止元帝改立皇储这件事上,王导又一次表现了政治家的胆识与魄力。此外,在兴办学校、发展经济、阻止迁都等重要事件中,王导的表现均可圈可点,限于篇幅,恕不赘述。

作为政治家,如果说王导有什么遗憾和瑕疵,那就是自己出于私心和成见,以默认的态度导致了曾经并肩战斗的好友周伯仁的被害。在那一刻,王导暴露了自己狭隘自私的一面,相比之下,周伯仁明明救了王导却不以恩人自居,甚至都不愿说出实情,正是心胸宽广、光明磊落的表现。尽管周伯仁晚年任放不羁,甚至做过"有伤风化"的不雅之事[1],但和王导的这人生的最后一场"较量",他是最终的赢家。王导得知真相后,痛哭流涕,说出"我不杀伯仁,伯仁由我而死"的愧悔之言,真足以惊天地泣鬼神,千年之后思之,尤使人生戒惧之感!

开风气的清谈家

因为政治上的成就太过显赫,人们很容易忽略王导的清谈家身份,事实上,王导不仅在东晋政坛能够呼风唤雨,而且是清谈沙龙中

---

1 《任诞》25载:"有人讥周仆射:'与亲友言戏秽杂无检节。'周曰:'吾若万里长江,何能不千里一曲!'"刘注引邓粲《晋纪》曰:"王导与周颉及朝士诣尚书纪瞻观伎。瞻有爱妾,能为新声。颉于众中欲通其妾,露其丑秽,颜无怍色。有司奏免颉官,诏特原之。"

的当然领袖和清谈发展史上的重要理论家。可以说,没有作为清谈家的王导,也就没有奉行清静宽简之政的政治家王导。从这个意义上说,我们可以给王导、谢安这样的政治家冠以"清谈政治家"的雅号,他们和汉末陈蕃、李膺等"清议政治家"是衢路分明、判然有别的。

两晋时期的清谈政治家,也和传统的"礼法之士"大不一样,他们虽不能完全以"方外之人"自居,但在"名教"和"自然"之间,至少获得了某种可供转圜的空间和余裕。对待人生,他们固然不能完全摆脱道德功利的视角,但毕竟又多了一重超功利的参照系,这种参照系经由王衍传递了王导,再由王导传递给谢安,终于形成了"纵情肆志,不受外物屈抑"的"玄学人格"和"清谈精神"(钱穆《国史大纲》)。所以,到了东晋中后期,我们才在王子猷、桓子野等名士身上,领略到了那种介乎道家和禅宗之间的审美式的生命存在方式,这些清谈名士,我们固然可以批评他们"居官无官官之事,处事无事事之心"(《晋书·刘惔传》),毫无家国天下之念,但我们又不得不承认,一个真正能够超越家国、超越事功,只在自然和艺术中自由遨游的生命和灵魂是令人羡慕的。我们批评他们,往往是"执着"于某种先验的理念和价值,而这种理念和价值却被他们"放逐"了,"取消"了,甚至"删除"了,从更大、更广的视角来看,有所执着的人生并不见得比无所执着的人生更高明,更纯粹,更自由。我们批评他们,未尝没有艳羡嫉妒的成分在吧!

为什么说王导是个开风气的清谈家呢? 让我们从以下一条记载说起:

> 旧云,王丞相过江左,止道《声无哀乐》《养生》《言尽意》三理而已,然宛转关生,无所不入。(《文学》21)

"旧云"二字显然是作者追叙之词,这在"纂辑旧文,非由自造"的《世说》中，显得比较特别，说明这种说法一度相当盛行，很有"立此存照"的必要。这里的所谓"三理"，指的是嵇康的《声无哀乐论》《养生论》以及欧阳建(字坚石,?—300)的《言尽意论》三篇玄学论文。王导过江以后，"止道"这"三理"包含以下两层意思：

其一，说明王导在西晋就擅长清谈，而且他谈的内容很广泛，清谈家的必修课，如著名的"三玄"(《老》《庄》《易》)他应该都有所涉猎，所谈论的至少"不止"这"三理"。有例为证：

> 王丞相过江，自说昔在洛水边，数与裴成公(颜)、阮千里(瞻)诸贤共谈道。羊曼曰："人久以此许君，何须复尔？"王曰："亦不言我须此，但欲尔时不可得耳！"(《企羡》2)

裴成公即西晋名士、作《崇有论》的裴颜，阮千里则是"竹林七贤"之一阮咸的儿子阮瞻，袁宏《名士传》将其列于"中朝名士"榜中，裴、阮二人都是西晋一流的清谈高手。西晋时，洛水之滨常常是名士雅集、坐而论道的地方，王导那时不过二十出头，躬逢其盛，自然终身诵之。羊曼，字延祖，泰山(今属山东)人，东晋名士。他的话也很有意思，用大白话说就是："人们早就知道您的这些光荣历史了，何必老是喋喋不休、津津乐道呢？"这话其实不无嫉妒的成分在。而王导则意味深长地说："也不是我要自我标榜，只是再想回到当时的盛况已经不可能罢了！"王导的话既是慨然怀旧，同时也隐含了对过江以后清谈水平下滑的委婉批评。这说明，当时的王导可以说是清谈界硕果仅存的元老级人物，自以为承担着在玄学理论上存亡继绝、发扬潜德的光荣使命。

其二，"三理"在过江以后，成为王导清谈话题中的"最爱"，专门研究和阐发，以至于独擅胜场，无出其右者。"宛转关生，无所不入"八字，是对王导清谈水平的评价，也就是说，在谈及这"三理"时，王导能够做到触类旁通,左右逢源,关联派生,无所不包,几乎将万事万物之理阐发殆尽。更值得注意的是,以往的玄学家或者通过注疏经典而立论,如何晏、王弼、向秀、郭象等;或者如嵇康、阮籍"师心以遣论"[1],能够写出非常优秀的长篇论文;再或者如王衍、乐广阐释《老》《庄》之微言大义,口吐莲花而不立文字。而到了王导这里,情况发生了变化,他开始对前辈玄学家在专题论文中提出的玄学命题进行深入、细致的辨析,并和其他玄学义理相联系,这很像是今天所谓"研究之研究",具有学术史研究的特点和意味,显得更加深刻、丰富、精密,也更具前沿性和时代感。事实证明,王导的这种更具"专业"色彩的清谈模式开启了东晋清谈的一代风气。当时年轻一辈的清谈家,如殷浩善谈《四本论》、名僧支遁(字道林)善谈庄子《逍遥》篇、阮裕善谈《白马论》、谢安善谈《庄子·渔父》等,各擅胜场,各有"绝活儿",大概就是这一风气影响下的产物。

王导不仅在玄学理论上勇于创新,率先垂范,而且是清谈沙龙活动的组织者和领导者。他的府第,常常是高朋满座,名流如云。王导和这些清谈名士保持着非常友好的关系:

> 何次道(充)往丞相许,丞相以麈尾指坐,呼何共坐曰:"来,来,此是君坐!"(《赏誉》59)

何充(292—346),字次道,庐江人。此人思韵淹通,有文义才情,加上是王导的内甥,故而很受王导器重,是王导清谈沙龙中的常客。从王导以麈尾指着自己的座位,要何充过来一起坐的细节可以看出,王导对何充的欣赏,以及清谈聚会中不拘尊卑之礼、其乐融融的自由氛围。

经常来清谈的还有谢尚:

---

1 语出刘勰《文心雕龙·才略》:"嵇康师心以遣论,阮籍使气以命诗。"这两句在修辞上属于互文见义,即指出嵇、阮论文的共同特色是"师心"与"使气"。

王丞相云:"见谢仁祖,恒令人得上。"与何次道语,唯举手指地曰:"正自尔馨。"(《品藻》26)

谢仁祖就是谢尚(308—356),中朝名士谢鲲之子,谢安从兄,因曾为镇西将军,故又称谢镇西。前面说过被王敦婢赞为"贵人"、风流而"妖冶"的就是他。谢尚少有高名,通音乐,善舞蹈[1],又是清谈高手。所以王导说,每次见到谢尚,总让人有所启迪,精神上得以提升。而每次和何充清谈,只有举手指地,感叹"正是如此"的份儿。此条刘孝标注称:"前篇及诸书皆云王公重何充,谓必代己相。而此章以手指地,意如轻诋。或清言析理,何不逮谢故邪?"刘辰翁也评云:"有尊谢卑何之意。"其实,王导不过是客观比较谢、何二人清谈风格的不同:谢尚能把人导入更高的形上之境,就如他弹琵琶时,能让人"作天际真人想"(《容止》32);何充呢? 则和自己观点大多相合,是难得的知己,所以听他说就好像在听自己说,只有唯唯诺诺,表示赞同罢了,并无褒此贬彼之意。

还有一次,王导和祖约清谈,以至通宵不寐。关于祖约,有个非常有名的故事见于《世说·雅量》篇:

祖士少好财,阮遥集好屐,并恒自经营。同是一累,而未判其得失。人有诣祖,见料视财物。客至,屏当未尽,余两小簏,著背后,倾身障之,意未能平。或有诣阮,见自吹火蜡屐,因叹曰:"未知一生当着几量屐!"神色闲畅。于是胜负始分。(《雅量》15)

祖约(?—330),字士少,东晋范阳遒县(今河北涞水)人,东晋名将祖逖(266—321)之弟。阮孚,字遥集,陈留人,阮咸第二子,阮瞻之弟。两人

---

[1] 《任诞》32:"王长史、谢仁祖同为王公掾。长史云:'谢掾能作异舞。'谢便起舞,神意甚暇。王公熟视,谓客曰:'使人思安丰。'"

并有高名,一个好财,一个好屐,用现在的话说,一个是"拜金主义",一个是"拜物教",都属于"恋物癖"患者,所以说"同是一累"。但这种私密的爱好被外人看见之时,两人的表现却大不相同,祖约是"倾身障之",神色很不平静,好像生怕别人知道自己有这么一个不雅的嗜好,又好像唯恐别人来分享他的那些"收藏",总之显得为物所累,不够超脱。而阮孚则表现得很潇洒,不仅发自内心地感叹人生苦短,实在穿不了几双鞋子,而且"神色闲畅",表现出一种对于个人癖好的局限性的哲学思考和审美超越。晋人论人高下优劣,最注重的就是这种对于"有限"的超越,对于执着之物能"拿得起放得下",也即庄子所谓"物物而不物于物"(《庄子·山木》),方可称名士,如果拘囿其间,作茧自缚,难以自拔,品格上便等而下之了。

尽管祖约和阮孚相比输了一招,毕竟也是清谈高手,王导约他夜里来清谈,竟至通宵达旦:

> 王丞相召祖约夜语,至晓不眠。明旦有客,公头鬓未理,亦小倦。客曰:"公昨如是,似失眠。"公曰:"昨与士少语,遂使人忘疲。"(《赏誉》57)

这次清谈大概在祖约随祖逖过江之时,时间应在永嘉五年(311)之后。两人谈了一个通宵,足见祖约清谈水平非同一般。第二天王导还要见客,蓬头垢面,显得很疲惫。面对客人的疑问,他说:"昨夜和祖约谈话,使人忘记了疲倦。"可见,王导真是个清谈的"发烧友",常常为此牺牲睡眠也在所不惜。

还须指出的是,王导对于清谈不是一般的爱好,而是将其作为一种生活方式和感悟生命的形而上的精神享受。他不仅组织清谈,而且发掘清谈的后起之秀,对他们的清谈风格进行点评。经过二十余年的努力,清谈活动蔚然成风,名家新秀络绎不绝,终于形成了所谓

"江左风流"。以至于谈到入港处,王导竟会觉得时光倒流,似乎又听到了当年何晏、王弼开启的"正始之音":

> 殷中军(浩)为庾公(亮)长史,下都,王丞相为之集,桓公(温)、王长史(濛)、王蓝田(述)、谢镇西(尚)并在。丞相自起解帐带麈尾,语殷曰:"身今日当与君共谈析理。"既共清言,遂达三更。丞相与殷共相往反,其余诸贤略无所关。既彼我相尽,丞相乃叹曰:"向来语,乃竟未知理源所归。至于辞喻不相负,正始之音,正当尔耳。"明旦,桓宣武语人曰:"昨夜听殷、王清言,甚佳,仁祖亦不寂寞,我亦时复造心;顾看两王掾,辄翣如生母狗馨。"(《文学》22)

这是一次由王导发起的清谈盛宴,时间大概在咸和九年(334)。躬逢其盛者皆一时之选,从年辈来讲,殷浩(?—356)、桓温(312—373)、王濛(309—347)、王述(303—368)、谢尚(308—356)诸人都是王导的晚辈,谢尚、王濛、王述还是王导的下属官员,大部分只有二十多岁。殷浩是当时崭露头角的青年玄学家,尤其擅长谈论"四本"(才性离合同异之论)[1],而且他是从王导的政敌庾亮那里来京的,无形之中成了清谈中的"客",王导作为东道主自然当仁不让。你看他"自起解帐带麈尾"的动作,何其从容潇洒,再看他对殷浩说"身今日当与君共谈析理",又是多么豪爽自信!这时候,清谈弥合了君臣、上下、尊卑、客主的世俗距离,彼此进入一种无拘无束、畅所欲言的高雅脱俗之境,观点的碰撞,擦出思想的火花;语言的飞舞,张扬出生命的激情,想来真是令人神往复神旺!这一晚的清谈聚会,王导和殷浩是主角,其余名士是

---

1 《世说·文学》34 载:"殷中军虽思虑通长,然于才性偏精。忽言及《四本》,便若汤池铁城,无可攻之势。"又同篇 51:"支道林、殷渊源俱在相王(简文帝司马昱)许。相王谓二人:'可试一交言。而才性殆是渊源崤、函之固,君其慎焉!'支初作,改辙远之;数四交,不觉入其玄中。相王抚肩笑曰:'此自是其胜场,安可争锋!'"皆为其证。

听众和看客，大家乐此不疲，不知东方之既白。年近耳顺之年的王导大概自过江以后，从未享受过如此的清谈妙境，总结时他不禁感叹："刚才我们所谈，竟然分不清各自义理的源流归属，但言辞譬喻不相背负，各臻其妙，传说中的'正始之音'，大概正该如此罢！"

可知在这次清谈中，大家都沉浸在花团锦簇的语言和玄理的盛宴之中，陶然忘机，至于逻辑是否周延，以及胜负输赢都已经不重要了。这次清谈给人无穷的回味，从桓温第二天的话里可以看出。虽然他们这些年轻人只有做听众的份，但谢尚一点也不感到"寂寞"，桓温自己也不时有"造心"（会心）之感，王濛、王述就更可爱了，在桓温眼里，他们完全都听呆了，就像两只活泼可爱的小母狗！

醉心思辨，嘎嘎独造，锦心绣口，一往情深！当是之时，过程远远比结果更值得追求和享受，玄心、洞见、妙赏、深情，这名士风流必备之四大雅质，无一缺位，清谈时代所养成的那种超越功利的唯美精神在此络绎奔放，呼之欲出！

可爱的幽默家

在《世说》中，关于王导的记载随处可见，无论作为政治家还是清谈家，王导都堪称杰出。清谈人生对王导的政治生涯影响巨大，所以，我们看到的王导绝不是一个爱好权谋、机心重重、冷酷无情的政客，而是一位宅心仁厚、可敬可亲、从善如流的谦谦君子。做他的同僚或下属几乎可以用"幸福"来形容，即便出言不逊，也不必担心会遭到打击报复：

王蓝田（述）为人晚成，时人乃谓之痴。王丞相以其东海（王承）子，辟为掾。常集聚，王公每发言，众人竞赞之。述于末坐曰：

"主非尧、舜,何得事事皆是?"丞相甚相叹赏。(《赏誉》62)

王蓝田即王述,字怀祖,太原晋阳(今山西太原市)人。"为人晚成"即不通人情世故之意,故人们称其"痴"。王述是王承(字安期,官东海太守,故称王东海)的儿子,而王导很欣赏王东海,就招王述做了自己幕府的掾属。王导常召集大家聚会,每次王导发言,大家都竞相称赞。王述大概刚来,坐在末座,对此很看不惯,就愣头愣脑地说了一句:"主君又不是尧舜,怎么能事事都正确呢?"王导听了,不仅不生气,反而大加赞赏。

王导的从善如流对后来者产生了"润物细无声"的影响。谢安小时候,第一次在殿廷之上看见王导,便被其风度所吸引,竟产生崇拜之情,后来他回想起来不禁感叹道:"小时在殿廷会见丞相,便觉清风来拂人。"(《容止》25刘注引《语林》)"清风来拂人",这是多么温馨愉悦的感受啊!

王导还喜欢与名僧交往,这也开了一时风气。《世说·简傲》7载:

> 高坐道人于丞相坐,恒偃卧其侧。见卞令,肃然改容云:"彼是礼法人。"

高坐道人胡名尸黎密,西域人,是当时名僧,入中土而不愿学汉语,简文帝司马昱问他何故,他答道:"以简应对之烦。"(《言语》39)高坐和王导关系很好,不拘俗礼,从其俯卧在王导身边的放松姿态便可看出。但他一见到尚书令卞壶(281—328),便马上正襟危坐,神色庄重地说:"他是礼法中人。"很显然,王导虽贵为宰辅,但在"方外之人"高坐眼里,却是可以推心置腹的亲密朋友。而卞壶那样拿腔拿调的官僚,则只有以其人之道还治其人之身了。高坐道人这样做,未尝没有讽刺卞壶的意思。

生活中的王导还是一个十足的幽默家,在《世说》的《言语》《排调》《轻诋》等篇中,几乎王导的每次出场,都能令人披襟解颐,忍俊不禁。有时候,他是搞笑故事的主角,有时候他又充当触媒,犹如球场上的"助攻",穿针引线,旁敲侧击。可以说,王导这个人,亦庄亦谐,大雅大俗,非常符合《世说》的主编刘义庆对人生、世界以及生活的理解和趣味。关于王导的幽默故事,可参考本书第二卷《风俗篇·嘲戏之风》中的解读。

和许多魏晋名士一样,王导也爱下棋。范汪的《棋品》一书为当时棋手划分品第,江虨与王恬等人是第一品,相当于现在的专业九段高手,王导排在第五品,相当于专业五段。在这样一个背景下来看下面两条故事就有趣了:

> 江仆射(江虨)年少,王丞相呼与共棋。王手尝不如两道许,而欲敌道戏,试以观之。江不即下。王曰:"君何以不行?"江曰:"恐不得尔。"傍有客曰:"此年少戏乃不恶。"王徐举首曰:"此年少,非唯围棋见胜。"(《方正》42)

刘注引徐广《晋纪》称:"江虨字思玄,陈留人。博学知名,兼善弈,为中兴之冠。"王导请这么一个全国围棋冠军和自己下棋,却不愿意让对方让子,非要下对手棋,这就有些倚老卖老兼耍赖的味道了,"试以观之"四字活画出王导"老顽童"的可爱形象。江虨虽然年轻,毕竟是第一高手,自然不愿在这种不明不白的情况下与之对弈——免得"胜之不武"。王导明知故问:"你怎么不下啊?"江说:"恐怕不能这么下。"这时旁边观棋的客人插话说:"这个少年,下棋的水平很不错!"意思说你恐怕不是他的对手,就别这么要面子了。王导这才慢慢抬起头来(估计一脸微笑)说:"这个年轻人,看来不仅以围棋见长啊。"言下之意,这股子当仁不让的霸气也很了不得!

下面一个故事更有趣：

> 王长豫幼便和令，丞相爱恣甚笃。每共围棋，丞相欲举行，长豫按指不听。丞相笑曰："讵得尔？相与似有瓜葛。"（《排调》16）

王长豫，即王导的长子王悦。王导非常喜欢这个大儿子，《德行》篇 29 说："王长豫为人谨顺，事亲尽色养之孝。丞相见长豫辄喜，见敬豫辄嗔。"敬豫就是王导的次子王恬，"少卓荦不羁，疾学尚武，不为导所重"（《文字志》）。王恬也是一位九段棋手，他的哥哥王悦想来棋力也不差，不然不可能逼得王导"欲举行"（也即俗称"悔棋"）。王悦很受王导宠爱，就不顾儿子的礼节，愣是按住父亲的手指不让。这时王导又笑了——王导的笑容似乎总是挂在脸上的——竟然说："怎么可以这样呢？我与你好像还有些瓜葛吧？"这话就更是"为老不尊"，仿佛是说：你就让我一次又如何呢？别忘了我是你老爸啊！你看，王导在棋枰之间，完全怀着一颗天真烂漫的赤子之心，举手投足，一言一行，无不可爱而令人发噱！

《俭啬》篇本是带有讽刺意味的一个篇目，如王戎的吝啬故事就是。但王导出现在《俭啬》篇里，却别有意味：

> 王丞相俭节，帐下甘果盈溢不散。涉春烂败，都督白之，公令舍去，曰："慎不可令大郎知。"（《俭啬》7）

大郎，即王导长子王悦。这个故事固然可以看出王导的节俭已经成了一种"病态"，但"慎不可令大郎知"一句，也让我们看到了"父子情深"的一面。王导爱这个儿子，又怕这个儿子，因为王悦是个大孝子，对父母关怀呵护无微不至。前引《德行》29 还记载："长豫（王悦）与丞相语，恒以慎密为端。丞相还台，及行，未尝不送至车后。恒与曹夫人并当箱箧。长豫亡后,丞相还台,登车后,哭至台门;曹夫人作箧,封而不忍开。"这样一个儿子真是打着灯笼也难找,所以,王悦死后,王导非常伤心,每次去官署上班,坐在车上,想到当初儿子送自己上车的情景,就会忍不住老泪纵横。王导的微笑和眼泪,两者都是那么鲜明而动人!

因为"爱",所以"怕"

如果说仁爱、宽厚、风趣,是王导作为公众人物的自我形象的话,那么私人生活中的王导又如何呢?《世说》中有几条记载可以让我们看到王导的"另一面"。这另一面,体现的正是一个幽默家的"爱"与"怕"。不妨一言以蔽之吧——"爱"的是生活,"怕"的是老婆。

说来也奇怪,琅琊王氏自王祥的父亲娶了后母以后,似乎代代都有怕老婆的案例:王戎的老婆对他"卿卿我我",让他无可奈何;王衍的老婆郭氏既贪且妒,暴戾无常,连小叔子都敢打,是个十足的"母夜叉";王敦尚公主,公主是君,自己是臣,想不怕都不行,后来王敦翅膀硬了,便把公主给抛弃在路上,不知所终;现在轮到王导,他的老婆是彭城曹夫人,原本还算贤惠,但生性好妒猜忌,弄得王导"乾纲不振",只敢在外面偷偷摸摸。特别是,王导的这些"绯闻"总是被一姓蔡的"道德先生"拿来说事,弄得王导灰头土脸,有时候不得不发一通"不平之鸣"。于是我们看到,王丞相身上的幽默元素更加丰富多彩了。

《世说》有一门专记男女之情,名曰《惑溺》。惑溺者,沉溺于声色、执迷不悟之意。有一条就是关于王导的:

> 王丞相有幸妾姓雷,颇预政事纳货。蔡公谓之"雷尚书"。

(《惑溺》7)

此条刘注引《语林》称："雷有宠，生洽、恬。"这个雷氏显然是王导明媒正娶的小妾，生了王洽、王恬两个名士儿子，又深得王导宠爱，自然恃宠而骄，经常干预王导的政务，更有甚者，竟充当"幕后黑手"，收受贿赂。王导本非贪腐之人，但由于家族遗传、根深蒂固的"惧内"性格，只好听之任之。蔡公即蔡谟(281—356)，字道明，陈留考城(今河南民权)人，后官至司徒。蔡谟抓住王导这个把柄，大加奚落，称雷氏为"雷尚书"，其实就是批评王导管教不严，纵容爱妾揽权干政。故事的叙述看似平静，但内含讥刺，很是耐人寻味。

王导还爱好音乐，甚至自己养了女戏班子，那些唱歌舞蹈的女子一般被称作"女伎"。还是这个蔡谟，又一次用行动表示了自己的不满：

> 王丞相作女伎，施设床席。蔡公先在坐，不悦而去，王亦不留。(《方正》40)

细审文意，大概是王导邀请一些客人来欣赏歌舞，蔡谟也来了，但演出过程中，王导又命令"施设床席"，似有留宿过夜之意，蔡谟是个很端方古板的士大夫，见此情景，很不高兴，拂袖而去，王导任他离去，也不挽留。

因为有了这些"过节"，一向温柔敦厚的王导终于有了一个"对头"，就是蔡谟：

> 王丞相轻蔡公，曰："我与安期、千里共游洛水边，何处闻有蔡充儿？"(《轻诋》6)

翻遍《世说》，这大概是王导说的最不厚道的一句话，而且又一次提起自己当年与西晋名士王承、阮瞻交游共处的光荣历史，以此来贬低蔡谟其人不知天高地厚。蔡充(一作蔡克),字子尼,陈留雍丘人,是汉末名士蔡邕的曾孙,可以说是名门之后,而且"体貌尊严,莫有媟慢于其前者"(刘注引《充别传》)。"蔡充儿"就是"蔡充的儿子",言下之意,要不是你蔡谟有个名人老爸,谁知道你是哪根儿葱呢?

那么,到底是什么让王导对蔡谟如此生气呢?原来其背后还有一个很好笑的故事。刘孝标注引《妒记》记载:

> 丞相曹夫人性甚忌,禁制丞相,不得有侍御,乃至左右小人,亦被检简,时有妍妙,皆加诮责。王公不能久堪,乃密营别馆,众妾罗列,儿女成行。后元会日,夫人于青疏台中,望见两三儿骑羊,皆端正可念。夫人遥见,甚怜爱之。语婢:"汝出问,是谁家儿?"给使不达旨,乃答云:"是第四、五等诸郎。"曹氏闻,惊愕大恚。命车驾,将黄门及婢二十人,人持食刀,自出寻讨。王公亦遽命驾,飞辔出门,犹患牛迟。乃以左手攀车栏,右手捉麈尾,以柄助御者打牛,狼狈奔驰,劣得先至。蔡司徒闻而笑之,乃故诣王公,谓曰:"朝廷欲加公九锡,公知不?"王谓信然,自叙谦志。蔡曰:"不闻余物,唯闻有短辕犊车,长柄麈尾。"王大愧。后贬蔡曰:"吾与安期、千里,共在洛水集处,不闻天下有蔡充儿!"正忿蔡前戏言耳。

这个故事真是不可多得的小说精品,曹夫人生有一子,就是王悦,"雷尚书"生有二子,即王洽、王恬。突然冷不丁地看到"第四、五等诸郎"不知何时已经"茁壮成长",怎不令曹夫人"惊愕大恚"?接下来我们看到的是一部名叫"生死时速"的"动作片"——这边厢,是曹夫人带着一帮内侍婢女,手拿菜刀,气势汹汹地出门,要去"斩草除根";那边厢,我们的丞相得到消息,早吓得魂不附体,立马命驾,"飞辔出门",牛车已经跑得很快,丞相尤嫌太慢,坐在车里的他,完全不顾自己的形象了,左手攀住车栏杆,右手不知何时竟多出一只长柄的麈尾——那可是清谈时挥斥方遒的风流雅器啊——并用其柄帮助驾车的车夫敲打着牛屁股,慌不择路,狼狈奔驰,总算抢在那帮穷凶极恶的"杀手"之前,赶到他秘密建造的"别馆行宫"!想必又是一番好说歹说,总算没有酿成大祸。

不晓得这个"家丑"怎么被蔡谟那厮知道了,又一次出言嘲讽,先说朝廷要赐你"九赐之礼"——古代天子赐给诸侯、大臣的九种器物,是一种最高礼遇。——把王导"忽悠"得信以为真,难免谦虚一番。等到耍弄够了,蔡谟才翻出底牌:"也没听说有其他东西,据说只有短辕犊车、长柄麈尾。"王导这才知道中计,一时怒火攻心,情绪一下子失控,多年修炼的涵养风流云散,于是才破口骂出上面的话来。不过也不能全怪王导。试想,身边有一个像蔡谟这样的"道德警察"和"风化顾问",时时处处监视你的私生活,并出言讥讽,极尽"报料"之能事,换了谁都会觉得"是可忍,孰不可忍"。何况是从来不愿干涉下属"几案间事"的王导呢?

温柔敦厚、雅量超群的王导终于"爆发"了,能够"爆发",这正是真性情的流露,我们从这个故事里,又读到了几分生活的幽默。所以,这个有"爱"又有"怕",而且能够发脾气的王导仍旧是可爱的。子夏说过:"大德不逾闲(限),小德出入可也。"(《论语·子张》)瑕不掩瑜,眚不掩德,不是完人,却是真人,不是道德模范,却是性情中人,他就是历史留给我们的礼物——王导。当然,这不过是我眼中的王导。放在蔡谟们眼里,王导也许会是另一番光景吧。这又有什么关系呢?难道我们真想在这个世界上见到所谓的"完人"吗?

庾亮：我是矛，也是盾

如今，知道庾亮的人也许不多。但庾亮在东晋一朝，可是个让人肃然起敬的名字。更有意味的是，不仅在《世说》中，即便在具体的历史环境中，庾亮都是作为王导的一个对立面而存在的，无论家族地位，还是处事风格，也无论政治主张，还是私人生活，两个人都有许多可比性。而且，庾亮家族在东晋执政十余年，是王导家族之后的又一个豪门大族，在东晋门阀政治中占有重要地位，庾亮其人虽与王导政见不同，但亦雍容雅贵，自成一种名士风格，是另一种类型的清谈政治家。所以，认识一下庾亮，也就显得不无必要了。

"丰年玉"

《世说》有一门叫《赏誉》，专门记载对别人的称赏赞誉之词，其中关于庾亮的一条说：

世称"庾文康为丰年玉,稚恭为荒年谷"。(《赏誉》69)

庾文康就是庾亮,因其死后谥号文康,故称。稚恭是指庾亮的弟弟庾翼(305—345)。此条刘注解释说:"谓亮有廊庙之器,翼有匡世之才,各有用也。""丰年玉"是指丰收之年的美玉,有锦上添花之意。说明庾亮在世人心目中,不仅"美姿容"(《晋书·庾亮传》),而且是个不可多得的安邦定国之器。

庾亮(289—340),字元规,颍川鄢陵(河南鄢陵西北)人。晋明帝穆皇后之兄,晋成帝司马衍之舅,死后追赠太尉,又称庾太尉。鄢陵庾氏世修儒学,自汉代以来就以德行著称。后经乱世,人口凋残,直到曹魏时,庾亮的祖辈庾峻(就是曾被曹髦提问管蔡之事的那位太学博士)这一代,才又有了家族复兴之象。西晋时,庾氏家族中最有名的人物大概非庾峻之子、庾亮的堂叔庾敳莫属。而要了解庾亮,就必须先认识一下他的这个堂叔。

庾敳(261—311),字子嵩,庾峻第三子,又称庾中郎。大概是受到玄学风气的影响,庾氏家族到了庾子嵩这里,已经由儒入玄,成为当时清谈名士放达派的代表人物。《容止》18 说:

> 庾子嵩长不满七尺,腰带十围,颓然自放。

庾敳个头不高,身材宽大,不加藻饰,顺其自然,给人以落拓不羁的印象。还有个记载说:

> 庾子嵩读《庄子》,开卷一尺便放去,曰:"了不异人意。"(《文学》15)

庾敳说,《庄子》的宗旨和自己心中所想没有什么不同,完全契合,也是牛气十足的一种说法。故时人将庾敳和王澄相提并论，称"庾中郎与王平子雁行"(《品藻》11)。

庾敳是个不拘小节的人。起初，太尉王衍不愿与庾敳交往，庾敳见了他，却"卿之不置"，就是用"卿"来称呼王衍，以示亲切。王衍说："君不得为耳。"——你不能这样叫我。庾敳可不管这一套，有些耍无赖地说："卿自君我，我自卿卿。我自用我家法，卿自用卿家法。"(《方正》20)王衍只好与他交往，最终成了好朋友。另据《晋阳秋》记载："初，王澄有通朗称，而轻薄无行。兄夷甫有盛名，时人许以人伦鉴识。常为天下士目曰：'阿平第一，子嵩第二，处仲第三。'敳以澄、敦莫己若也。及澄丧，敦败，敳世誉如初。"你听王衍的口气，显然是把庾敳当成"自家人"了。而庾敳却自以为比王澄、王敦兄弟强得多。可惜的是，匈奴攻陷洛阳之后，两人同被石勒杀害，这一年庾敳刚满五十。

关于庾敳，还有个很有名的故事，可以看出他"善于托大，长于自藏"(《赏誉》44)的个性和才具：

> 刘庆孙在太傅府，于时人士多为所构，唯庾子嵩纵心事外，无迹可间。后以其性俭家富，说太傅令换千万，冀其有吝，于此可乘。太傅于众坐中问庾，庾时颓然已醉，帻堕几上，以头就穿取。徐答云："下官家故可有两娑(三)千万，随公所取。"于是乃服。后有人向庾道此，庾曰："可谓以小人之虑，度君子之心。"
> (《雅量》10)

刘舆是刘琨之兄，字庆孙，中山人。太傅，指的是东海王司马越。当时司马越辅政，任太傅，网罗了不少人才，刘舆、庾敳等皆在太傅幕府中任职。刘舆虽然有文笔之才，但为人谗险，经常罗织别人的黑材料，背后搞阴谋诡计，落井下石。所以有人说："舆犹腻也，近则污人。"——这个人就像一团油垢，靠近他就会被他污染。一些名士就是因为他的构陷而被司马越杀掉的。只有庾子嵩纵心事外，如闲云野鹤般独来独往，让刘舆抓不到把柄。后来刘舆打听到庾家很富有，便设计陷害，怂恿司马越向庾借钱，如果庾敳吝啬不借，他便有机可乘。没想到庾敳并非浪得虚名，醉酒的时候也心明眼亮，他一边用头去酒桌上戴掉落的头巾，一边慷慨地说："我家里还有两三千万，随您去取！"刘舆这才心悦诚服。庾敳末了说的那句话，本自《左传·昭公二十八年》"愿以小人之腹，为君子之心"一句，是成语"以小人之心度君子之腹"的另一个出处。

可以说，庾敳扬弃家族门风，由儒入玄的转变，也是顺应时势、不得已而为之的自处之道。而这一转变，酿成了庾氏家族的"丰年玉"——庾亮成长的土壤。

> 庾子嵩作《意赋》成，从子文康见，问曰："若有意邪，非赋之所尽；若无意邪，复何所赋？"答曰："正在有意无意之间。"（《文学》75）

此条刘注引《晋阳秋》称："敳永嘉中为石勒所害。先是敳见王室多难，知终婴其祸，乃作《意赋》以寄怀。"其中有这么几句："天地短于朝生兮，亿代促于始旦。顾瞻宇宙微细兮，眇若豪锋之半。飘摇玄旷之域兮，深漠畅而靡玩。兀与自然并体兮，融液忽而四散。"颇有刘伶《酒德颂》的味道。庾亮当时不过十五六岁[1]，读了之后问道："如果真有所谓'意'，不是一篇赋所能穷尽的；如果并没有'意'，又何必做这篇《意赋》呢？"这个问题其实与玄学思辨中的"言意之辨"有关，庾亮显然认为"言不尽意"，也即俗话所谓"可意会不可言传"；但他走向了一个极端，即彻底否定"言"（这里指"赋"）在表达"意"方面的价值和作用。对于这个问题，庾敳回答得很巧妙："（赋或者言所能达到的境界），

---

[1] 《晋书·庾亮传》载："年十六，东海王越辟为掾，不就，随父在会稽，嶷然自守。时人皆惮其方俨，莫敢造之。"

恰好在有意和无意之间啊!"你看,叔侄之间的这种玄理探讨,真是玄之又玄,其实也是"可意会不可言传"的。

庾亮对他的这个堂叔非常佩服,曾赞叹说:"家从谈谈之许。"(《赏誉》41)大意是,我家堂叔向来以思想深刻言论精深而被赞许。又评价庾敳说:"神气融散,差如得上。"(《赏誉》42)说他神态气韵豁达散放,能够超拔向上。庾敳对这个侄子也是关怀备至,有一个故事说:

> 庾太尉在洛下,问讯中郎,庾中郎(敳)留之云:"诸人当来。"寻温元甫、刘王乔、裴叔则俱至,酬酢终日。庾公犹忆刘、裴之才俊,元甫之清中。(《赏誉》38)

这是在洛阳时,一次,少年庾亮有问题请教庾敳,完事后庾亮要告辞,却被堂叔挽留,理由是:"待会儿各位名士都会过来。"这些名士都是谁呢? 一个是太原温几(字元甫),一个是彭城刘畴(字王乔),还有一个更有名,就是河东闻喜人、与王戎齐名的名士裴楷(字叔则)。尽管这个记载可能有误——如裴楷死于291年,时年庾亮只有三岁,不可能会被庾敳如此重视,很可能前来会谈的是其他裴姓名士——但故事本身传达的意思应该是可信的,那就是通过堂叔庾敳的引荐,少年庾亮得以结识许多名流,增长了阅历和才干,为他以后投身政治奠定了基础。

礼玄双修

所谓礼玄双修,也可以理解为儒道兼容,这在汉末尚不明朗,尤其不易在一人身上兼而有之。比如《世说·德行》所载:"华歆遇子弟甚整,虽闲室之内,俨若朝典。陈元方兄弟恣柔爱之道,而二门之里,两不失雍熙之轨焉。"(《德行》10)华、陈二家的"齐家"之道看似有异,其实本质还是相同的,奉行的都是儒家的礼法仁义之道。降及魏晋,随着道家思想的抬头,特别是《老》《庄》《易》玄学思辨的盛行,"名教"与"自然"的关系问题成为一个重要玄学命题。以何晏、王弼、夏侯玄为首的正始名士虽然号称"贵无"派,但由于他们皆为当轴政要,故主张"名教本于自然",如夏侯玄就说:"君亲自然,匪由名教。敬爱既同,情礼兼到。"[1] 而嵇康、阮籍等竹林名士则将两者截然对立,主张"越名教而任自然"。

然而,在"竹林名士"内部,随着政治环境的改变,便出现了将老庄自然之道与儒家名教合流的趋势,如山涛、王戎、向秀等皆是。到了西晋后期,以王衍、乐广为首的许多名士更是在儒道、礼玄之间依违穿梭,要么是"祖尚浮虚",主张名教与自然"将无同"(大概是相同的吧);要么居中调停,说"名教中自有乐地",早已没有嵇康、阮籍、向秀那般"人格分裂"的剧痛了。流风所及,遂使江左名士纵心事外者多,礼法自居者少,以至出现了一批如王导、庾亮、谢安这样家国并重、礼玄双修的"清谈政治家"。

不过,凡事都有左、中、右。同是礼玄双修,王导偏向玄,故不为察察之政;庾亮则偏向礼,故主张纲纪严明。可以说,在清谈政治家中,王导属于"右派",庾亮属于"左派"。而周伯仁、郗鉴、温峤、何充等人就属于"中间派"了。后来的事态表明,正是这些中间派,调和着左、右双边的矛盾,三派互相制衡,这才维持了东晋的政权风雨飘摇百年而不倒。

庾亮虽然深受其堂叔庾敳的影响,但终究没有亦步亦趋,过江以后,他一步步踏上仕途,家族传统中的儒学基因开始复苏,使他成为和王导不一样的清谈政治家。史载:"亮美姿容,善谈论,性好《庄》

1　袁宏:《三国名臣序赞》,《文选》卷四七。

《老》，风格峻整，动由礼节，闺门之内，不肃而成，时人或以为夏侯太初、陈长文之伦也。年十六，东海王越辟为掾，不就，随父在会稽，嶷（nì）然自守。时人皆惮其方俨，莫敢造之。"（《晋书》本传）

这一材料表明，在庾亮身上，已经完成了前辈们未竟的事业，就是将老庄之道和礼法规范陶铸于一身，"性好《庄》《老》"而又"风格峻整"，两者都很鲜明，这是一种典型的"人格分裂"症状，自相矛盾，难免令人怀疑其中有"诈"。

> 庾太尉风仪伟长，不轻举止，时人皆以为假。亮有大儿数岁，雅重之质，便自如此，人知是天性。温太真尝隐幔怛之，此儿神色恬然，乃徐跪曰："君侯何以为此？"论者谓不减亮。苏峻时遇害。或云："见阿恭，知元规非假。"（《雅量》17）

故事说，庾亮仪容俊美，风度潇洒，却举止端庄，当时人都以为他是在作秀装假。他有个大儿子名叫庾会，小名阿恭，年方几岁，端庄持重的样子就跟他老爹一个样儿，人们知道这是天性使然。温峤是庾亮的好朋友，是个很豪爽粗犷、不拘小节的人，偏偏不信这个邪。有一次，他躲在帐幔之后，故意恐吓庾会，没想到这孩子不惊不慌，神色安然，并且慢慢跪下来问道："君侯为何要这样？"真是"有其父必有其子"！于是大家都相信，庾亮举止端庄并不是装假。

不仅举止合乎礼度，庾亮在德行方面也的确有过人之处。

> 庾公乘马有的卢，或语令卖去，庾云："卖之必有买者，即当害其主，宁可不安己而移于他人哉？昔孙叔敖杀两头蛇以为后人，古之美谈。效之，不亦达乎？"（《德行》31）

"的卢"，据《伯乐相马经》，乃是一种"凶马"，"奴乘客死，主乘弃市"，性情狂暴,很不吉利。庾亮碰巧有这么一匹凶马,他手下的人(《语林》以为是殷浩)就劝他把这匹马卖掉。庾亮说:"卖了它一定会有人买,那它肯定会害别人,怎么能把危害自己安全的东西转移给别人呢?从前孙叔敖为了别人的安危,就杀死了传说中只要看见就会死的两头蛇,这是古代相传的美谈。我效仿他,不也算是通达事理吗?"这里,庾亮的所作所为,奉行的正是孔子所谓的"己所不欲,勿施于人"之道。

从此,庾亮俨然成了东晋士大夫的道德楷模。有一次,晋明帝问谢鲲:"君自谓何如庾亮?"答曰:"端委庙堂,使百僚准则,臣不如亮;一丘一壑,自谓过之。"(《品藻》17)"端委庙堂,使百僚准则",说的正是"礼",而"一丘一壑",指的正是"玄"。谢鲲是个清谈名士中的"放达"派,在他眼里,庾亮骨子里是一"礼法之士",他的"性好《老》《庄》"不过纸上谈兵,不像我辈纵意丘壑之间,玩的是真潇洒!

当时著名的高僧竺法深也看出了这一点,他不以为然地说:"人谓庾元规名士,胸中柴棘三斗许。"(《轻诋》3)柴棘,指荆棘,引申为心机,言下之意,庾亮可不像他看起来那么潇洒坦荡,他的心胸狭窄,其中隐藏着太多的心机和挂碍。就像高坐道人一见卞壶便指出他是"礼法人"一样,深公作为"方外之人",自然也能"透过现象看本质"。史载"先是,王导辅政,以宽和得众,亮任法裁物,颇以此失人心"(《晋书·庾亮传》),恐怕也是这种"本质"显现造成的结果。

不过,庾亮并非纯然就是"礼法之士",和王导一样,他也是周旋于"礼法之士"和"方外之人"之间的"清谈政治家",只是他更偏向前者,王导更偏向后者而已。有例为证:

> 温公喜慢语,卞令礼法自居。至庾公许,大相剖击,温发口鄙秽,庾公徐曰:"太真终日无鄙言。"(《任诞》27)

温公就是温峤,他这人是个大嘴巴,说话不讲分寸,不分场合,十分随便。卞壶则以礼法自居,谨言慎行。刘注引《卞壶别传》说:"壶正色立朝,百寮严惮,贵游子弟,莫不祗肃。"有一次卞壶跑到庾亮家,对温峤大加抨击,说他开口尽是污言秽语,让人忍无可忍。这时庾亮慢吞吞地说了一句:"据我所知,太真终日并没有粗俗的话。"刘注称:"重其达也。"这显然是为温峤抱不平了。可见庾亮也自有豁达随性的一面,就此而言,他还算得上是个清谈家,尽管从清谈的水平和影响来看,他比王导、谢安要差一大截。

《世说》中,关于庾亮清谈的记载很少,涉及义理的几乎没有,仅有的几条都是关于人物品藻的。例如:

> 刘遵祖少为殷中军所知,称之于庾公。庾公甚忻然,便取为佐。既见,坐之独榻上与语。刘尔日殊不称,庾小失望,遂名之为"羊公鹤"。昔羊叔子有鹤善舞,尝向客称之,客试使驱来,氄毻而不肯舞,故称比之。(《排调》47)

刘注引徐广《晋纪》说:"刘爱之字遵祖,沛郡人。少有才学,能言理。历中书郎、宣城太守。"殷浩向庾亮称赞刘爱之人才了得,是个清谈高手。庾亮很高兴,就请刘做自己的僚属。见面之后,让他坐在贵宾坐的独榻上,和他谈论。谁知这天刘爱之不知怎么,大概有些受宠若惊吧,表现得很一般,庾亮颇觉失望,就给刘起了绰号叫"羊公鹤"。羊公就是西晋名臣羊祜,据说他以前养了一只鹤,很会跳舞,曾经向客人夸赞它,客人就让人把那只鹤驱赶过来,结果那鹤却耷拉着羽毛不肯跳舞。庾亮起此绰号,是为了取笑刘爱之名不副实。

庾亮和名僧也有交往。《言语》52载:"康法畅造庾太尉,握麈尾至佳。公曰:'此至佳,那得在?'法畅曰:'廉者不求,贪者不与,故得在耳。'"说明庾亮对于清谈时的道具麈尾十分关注。他和王导、周伯仁等名士都有交情,所以王导才会说两人有"布衣之交"。相比之下,庾亮和周伯仁的关系更好些,相互之间经常开些无伤大雅的玩笑。如《言语》30载:"庾公造周伯仁,伯仁曰:'君何所欣悦而忽肥?'庾曰:'君复何所忧惨而忽瘦?'伯仁曰:'吾无所忧,直是清虚日来,滓秽日去耳。'"

还有一次,庾亮对周伯仁说:"大家都把你和一个姓乐的相比。"周伯仁很感兴趣地问:"哪个姓乐的? 是乐毅吗?"乐毅是战国名将,看来周伯仁自我感觉甚好。可是庾亮却说:"不是乐毅,是乐令。"乐令,即中朝名士乐广。周伯仁一听,很不以为然地说:"何乃刻画无盐,以唐突西子也?"(《轻诋》2)无盐是古时的丑女,西子即西施,伯仁言下之意,我哪能和乐广相比呢?

还有一条记载也可看出庾亮是清谈中人:

> 王子敬问谢公:"林公何如庾公?"谢殊不受,答曰:"先辈初无论,庾公自足没林公。"(《品藻》70)

林公,即当时名僧支遁(314—366),东晋中后期佛教清谈界代表人物,《世说》记载了他的不少故事。王献之(344—386)问谢安(320—385),估计是庾亮死后多年、支遁刚死不久之事,这时谢安已是清谈领袖,起初他不愿回答,后来只好说:"先辈们对此从来没有议论过,庾公本来足以盖过林公吧。"此条注引《殷羡言行》称:"时有人称庾太尉理者。(殷)羡曰:'此公好举宗本槌人。'"意思是,庾亮喜欢拿自己本宗先辈(如堂叔庾中郎)说事,以此盛气凌人。其实,谢安此言未必出自真心。因为他对支道林一向评价很高,甚至认为支道林的清谈水平不亚于嵇康,和殷浩各有短长[1]。但庾亮毕竟是前朝宰辅,庾氏家族在政治上影响甚大,而支道林乃一介沙门(僧人),无职无权,又无门第,权衡

---

[1] 《品藻》67载:"郗嘉宾问谢太傅曰:'林公谈何如嵇公?'谢云:'嵇公勤箸脚,裁可得去耳。'又问:'殷何如支?'谢曰:'正尔有超拔,支乃过殷;然懔懔论辩,恐□(当作殷)欲制支。'"

利弊,谢安当然不便发表对庾亮不利的言论。

从谢安的为人来看,如果庾亮在清谈中表现平平,他是绝不会对其过分拔高的。有例为证:

> 庾太尉在武昌,秋夜,气佳景清,佐吏殷浩、王胡之之徒登南楼理咏,音调始遒,闻函道中有屐声甚厉,定是庾公。俄而率左右十许人步来,诸贤欲起避之,公徐云:"诸君少住,老子于此处兴复不浅。"因便据胡床,与诸人咏谑,竟坐甚得任乐。后王逸少下,与丞相言及此事,丞相曰:"元规尔时风范,不得不小颓。"右军答曰:"唯丘壑独存。"(《容止》24)

王胡之(?—349)字修龄,琅琊临沂人,王廙次子,王导从侄。他和殷浩都在庾亮幕府中做幕僚,在一个秋夜,以两人为首的一帮名士在南楼谈玄说理,吟咏戏谑,谈得正高兴时,忽然听到函道(楼梯)上有急促的木屐声,大家知道这一定是庾亮来了。一会儿庾亮果然率领十余人走来。这时大家的表现很可玩味——"诸贤欲起避之",说明庾亮平时"不轻举止",善治威仪,大家对他有点"敬而远之"。这天庾亮心情不错,慢慢地说:"诸位请留步,老夫对此事兴致也不浅!"于是就靠着坐榻和大家讽咏戏谑,满座皆大欢喜。王羲之也在场,后来他回到京城,对丞相王导谈起此事,王导说:"元规当时的风度恐怕不得不有所减损。"盖王导认为,此时的庾亮虽然位高权重,但文采风流恐怕不及当年了。王羲之却说:"庾公胸中的山林丘壑之趣还是存在的。"从此,武昌的南楼,又被称为"庾楼",成了令人向往的一个风雅所在。如杜甫《秋日寄题郑监湖上亭》诗里就有"池要山简马,月净庾公楼"的句子。

总之,上述故事很能见出庾亮的为人。他在"礼"与"玄"之间往来穿梭,人不堪其忧,他却不改其乐。在东晋清谈名士中,庾亮的确是个比较特别的人物,他既有"端委庙堂"的威重,又有玄远超迈的山林丘壑之想,故孙绰所撰《庾亮碑文》称:"公雅好所托,常在尘垢之外。虽柔心应世,蠖屈其迹,而方寸湛然,固以玄对山水。"孙绰其人,个人品行素为士大夫所不齿,但这些评价并非都是阿谀奉承,空穴来风。

值得警醒的是,这种严重的"人格分裂"倾向长期附丽在一个人身上,难免会有"走火入魔"的时候,后来我们将会看到,庾亮差点为此误了卿卿性命!

美貌无罪

东晋前期,共有三次大的叛乱,前两次是王敦发起的,前面已经说过,后一次则是晋成帝咸和二年(327)的苏峻之乱。这年十一月,苏峻联合豫州刺史祖约,以讨伐庾亮为名,渡江进攻建康。次年初,攻破建康,放火焚烧,"台省及诸营寺署一时荡尽",又"纵兵大掠"(《晋书·苏峻传》)。情急之下,庾亮只好仓皇逃往寻阳,投奔好友温峤。

苏峻为何要讨伐庾亮?祖约为何与苏峻一拍即合?这真是说来话长。苏峻(?—328)字子高,掖县(今属山东)人,本为士族,仕郡为主簿。永嘉之乱时,他率所部数百家泛海南渡,至于广陵(今江苏扬州),元帝任为鹰扬将军。苏峻和祖约一样,既是朝廷命官,又是各自所统流民之帅。后来苏峻因为破王敦有功,进使持节、冠军将军、历阳内史,有锐卒万人。明帝司马绍驾崩后,成帝司马衍年仅五岁,庾太后临朝,政事决断于国舅庾亮。因为当初明帝在遗诏中褒奖顾命大臣,没有提到陶侃、祖约等流民帅,陶、祖二人便怀疑是庾亮暗中将其名字删除,早已怀恨在心。所以苏峻起兵,祖约自然响应。可以说,苏峻之乱是成帝遗留问题和矛盾的一次总爆发。这一点,刘注引《晋阳秋》言之甚明：

> 是时成帝在襁褓，太后临朝，中书令庾亮以元舅辅政，欲以风轨格政，绳御四海。而峻拥兵近甸，为逋逃薮。亮图召峻，王导、卞壶并不欲。亮曰："苏峻豺狼，终为祸乱，晁错所谓削亦反，不削亦反。"遂下优诏，以大司农征之。峻怒曰："庾亮欲诱杀我也。"遂克京邑。平南温峤闻乱，号泣登舟，遣参军王愆期推征西陶侃为盟主，俱赴京师。时亮败绩奔峤，人皆尤而少之。峤愈相崇重，分兵以配给之。

很显然，庾亮引起苏峻的嫉恨正是他以国舅之尊，行使"风轨格政，绳御四海"的苛严之政的结果。而且他一走就走到极端，以致"礼法之士"的代表卞壶和宽简之政的代表王导都认为他对苏峻的态度会激化矛盾，纷纷反对。但此时的庾亮是顾命大臣之一，又贵为国舅，已听不进不同意见，非要把苏峻视为"假想敌"，欲削夺其兵权以正视听。这样一来，苏峻便骑虎难下，只好发动兵变，血洗建康。

事变发生时，江州刺史温峤曾要求带兵勤王，庾亮刚愎自用，坚决不许，并且下令说："妄起兵者诛！"庾亮一错再错，遂使京城失守，邦国殄瘁。苏峻之乱给东晋政治经济和人民生活带来了很大灾难，朝野都认为责任在庾亮，甚至有杀了庾亮才能平息叛乱的看法。庾亮诚惶诚恐，狼狈逃出都城，向温峤求救，一路上发生的诸多故事皆见于《世说》。其中，侍中钟雅的表现堪称可圈可点。

> 苏峻既至石头，百僚奔散，唯侍中钟雅独在帝侧。或谓钟曰："见可而进，知难而退，古之道也。君性亮直，必不容于寇仇，何不用随时之宜、而坐待其弊邪？"钟曰："国乱不能匡，君危不能济，而各逊遁以求免，吾惧董狐将执简而进矣！"（《方正》34）

庾公临去，顾语钟后事，深以相委。钟曰："栋折榱崩，谁之责邪？"庾曰："今日之事，不容复言，卿当期克复之效耳！"钟曰："想阁下不愧荀林父耳。"（《方正》35）

前一条可见苏峻入京前，百官纷纷逃散的乱局，只有侍中钟雅不顾个人安危，保护幼主。当别人劝他不要坐以待毙时，他义正词严地说："国家丧乱而不能匡正，国君危难而不能救援，争先恐后各自逃命，我恐怕董狐要手执简册向我走来！"董狐是春秋时晋国史官，敢于秉笔直书，有"良史"之称。

后一条则说明，在这些逃亡的官员中，就有此次灾难的肇事者庾亮。庾亮临走前，把国家大事都交付给钟雅，钟雅很生气，厉声责问："国家倾覆，是谁的责任呢？"庾亮说："事已至此，不要再多说了，你会看到平定叛乱的那一天的！"钟雅也就以春秋时有功于晋国的荀林父期许于庾亮。

其实，庾亮并非没有率军抵抗，只是苏峻的军队骁勇善战，庾亮的军事才能也有限，所以败绩。逃亡过程中，还有一件事可以看出庾亮的过人之处：

庾太尉与苏峻战，败，率左右十余人乘小船西奔，乱兵相剥掠，射，误中柁工，应弦而倒，举船上咸失色分散。亮不动容，徐曰："此手那可使著贼！"众乃安。（《雅量》23）

这则故事虽然短小，倒也堪称惊心动魄。庾亮带领十余人坐船西逃，混乱中，有人射箭，竟然误中自己船上的舵工，舵工应声而倒，全船的人都大惊失色，只有庾亮不动声色，慢慢说了一句："这样的射技岂能让他射中贼兵！"言下之意，如果这一箭射在贼兵身上，恐怕对方也要应弦而倒，一命呜呼了！这是一句危急关头中的玩笑话，此言一出，倒把紧张恐惧的气氛一扫而空,大家都安定下来,最终化险为夷。

庾亮刚逃出虎口,又遇险滩。虽然温峤接纳了他,但荆州刺史陶侃那一关却不好过。陶侃(259—334),字士行,江西鄱阳人,是东晋大诗人陶渊明的曾祖父。陶侃出身微贱,陶母"剪发待宾"的故事广为流传[1]。陶侃初为县吏,后至郡守。永嘉五年(311),任武昌太守。建兴元年(313),任荆州刺史。后任荆、江二州刺史,都督八州诸军事。他严以律己,克勤克俭,不喜饮酒赌博,为人称道。因为明帝遗诏中顾命大臣没有自己的名字,陶侃对庾亮本就有怀疑和不满,这一次庾亮又把国家弄得混乱不堪,旧怨未了,又添新恨,陶侃遂带兵顺江东下,扬言必欲诛杀庾亮以谢天下。其势汹汹,其言凿凿,庾亮遭此巨变,惶愧无地,已如丧家之犬,眼看就要死无葬身之地了!

谁承想,这么一种泰山压顶般不可阻挡之大势,竟再一次被温峤巧妙化解了。

俗话说:爱美之心,人皆有之。温峤也没有什么锦囊妙计,他之所以成功,不过就是因为他对人性弱点的深刻洞悉和准确把握。当然,如果不是庾亮而是另一个人,恐怕也是在劫难逃。不妨说得更直白些吧——救庾亮的其实不是温峤,而是他自己。使他能够活着走出陶侃的营帐的,不是他的才干和智慧,而是天生的风流和美貌!有人说:美貌有罪,红颜祸水,可是这话偏偏被庾亮推翻了,他的确当过"祸水",但美貌却最终救了自己的命!

关于庾亮的风度,我们前面已经谈及,诸如"美姿容""风仪伟长"之类。需要特别指出的是,如果庾亮没有这样的天赋美貌,他绝不可能爬上现在的高位。在那样一个重视容止风神之美的时代,以貌取

1　事见《贤媛》19:"陶公少有大志,家酷贫,与母湛氏同居。同郡范逵素知名,举孝廉,投侃宿。于时冰雪积日,侃室如悬磬,而逵马仆甚多。侃母湛氏语侃曰:'汝但出外留客,吾自为计。'湛头发委地,下为二髲。卖得数斛米,斫诸屋柱,悉割半为薪,锉诸荐以为马草。日夕,遂设精食,从者无所乏。逵既叹其才辩,又深愧其厚意。明旦去,侃追送不已,且百里许。逵曰:'路已远,君宜还。'侃犹不返。逵曰:'卿可去矣。至洛阳,当相为美谈。'侃乃返。逵及洛,遂称之于羊晫、顾荣诸人,大获美誉。"

人的事不胜枚举,庾亮堪为典型代表。可以说,正是美貌帮了庾亮的大忙:首先是帮助他走上仕途,得以跻身豪门,成为皇亲国戚。史载"元帝为镇东时,闻其名,辟西曹掾。及引见,风情都雅,过于所望,甚器重之,由是聘亮妹为皇太子妃"(《晋书·庾亮传》)。庾亮属于那种"百闻不如一见"的人物,司马睿第一次见他即为之倾倒,不仅许以高官厚禄,而且把庾亮的妹妹娶回家来做太子妃,使庾亮一步登天而终于一手遮天。

再就是,美貌帮助他在生死存亡的危难之时,博得政敌的好感,以至转危为安。且看下面这个著名的故事:

> 石头事故,朝廷倾覆。温忠武(峤)与庾文康(亮)投陶公(侃)求救,陶公云:"肃祖顾命不见及。且苏峻作乱,衅由诸庾,诛其兄弟,不足以谢天下。"于时庾在温船后,闻之,忧怖无计。别日,温劝庾见陶,庾犹豫未能往。温曰:"溪狗我所悉,卿但见之,必无忧也。"庾风姿神貌,陶一见便改观,谈宴竟日,爱重顿至。(《容止》23)

"石头事故"指的就是苏峻之乱。当时朝廷倾覆,庾亮投奔温峤,温峤遂和他一起去见陶侃。在旁人甚至庾亮自己看来,这无异于自投罗网。温峤一见陶侃,陶侃就说出除掉庾亮的两大理由:第一是明帝(即肃祖)驾崩时,遗诏中的"顾命大臣"中没有我陶侃,这与他姓庾的大有关系;第二是苏峻的这场叛乱,根子全在庾亮兄弟身上,不杀了他们不足以谢天下!所以,于公于私,庾亮必死无疑。当时庾亮就躲在温峤船后,听陶侃这么说,吓得六神无主。温峤劝他去见陶侃,他一时犹豫不决。温峤很有把握地说:"溪狗(对江西人的戏称,指陶侃)我了解,你只管去见他,一定没事的!"庾亮一咬牙,决定铤而走险,去见陶侃。陶侃是个粗犷率真的人,一见庾亮的"风姿神貌",便"改观"——

改变了当初的态度，宾主宴饮畅谈了一整天，陶侃对庾亮一见如故，"爱重顿至"。

读到这里，我们不免会感叹：现实生活中竟也有这样"无巧不巧"的事，试想，如果陶侃以前就见过庾亮，这次再见已经"审美疲劳"，那他庾亮岂不要"在劫难逃"？我推测，大概在陶侃见庾亮之前，本以为此人已是"刀下之鬼"，不曾想一见之下竟是这么一个儒雅风流的"玉人"，难免要生出恻隐之心来。温峤所以敢打这个保票，正是抓住了"百闻"和"一见"之间的巨大心理落差，这才使庾亮绝处逢生，逢凶化吉。

由此看来，美貌的作用真是巨大，太平年代它是你的一张金字招牌，无论求职、升迁、交友都能无往而不利；危急关头它又是你的一个"护身符"，能够让穷凶极恶的敌人"放下屠刀，立地成佛"！

《假谲》篇第8条亦载此事，只是描写更为细腻，说温峤为庾亮出的主意是："卿但遥拜，必无他，我为卿保之。"一见面，庾亮纳头便拜，陶侃一看，气早就消了一半，起来阻止他，说："庾元规何缘拜陶士衡？"意思说你本是我的上级，哪有上级拜下级之理？ 见礼完毕，庾亮又自降身份到下位落座，"陶又自要其同坐。坐定，庾乃引咎责躬，深相逊谢，陶不觉释然"。这个故事被记在《假谲》篇，显然是把这次见面当作温峤导演、庾亮主演的一出好戏。它附带告诉我们：一个美貌而又谦卑的人，等于给自己买了双份"保险"，就像传说中的猫一样，拥有足够自己挥霍的"九条命"！

埋玉之恨

庾亮赢得陶侃的"爱重"，除了貌美、谦恭，还有一个原因，就是投其所好。陶侃出身贫寒，是个很节俭的人，《世说·政事》篇"竹头木屑"的典故就与陶侃有关：

> 陶公性检厉，勤于事。作荆州时，敕船官悉录锯木屑，不限多少。咸不解此意。后正会，值积雪始晴，听事前除，雪后犹湿，于是悉用木屑覆之，都无所妨。官用竹，皆令录厚头，积之如山。后桓宣武伐蜀，装船，悉以作钉。又云，尝发所在竹篙，有一官长连根取之，仍当足。乃超两阶用之。（《政事》16）

用现在的话说，陶侃属于"节能型"政治家，不喜欢铺张浪费，还懂得"废物利用"。不知道庾亮是有心还是无意，在他和陶侃首次见面的宴会上，他不失时机地表现了自己和陶侃的"志同道合"。

> 苏峻之乱，庾太尉南奔见陶公。陶公雅相赏重。陶性俭吝。及食，啖薤，庾因留白。陶问："用此何为？"庾云："故可种。"于是大叹庾非唯风流，兼有治实。（《俭啬》8）

薤（xiè），是一种多年生草本植物，地下有鳞茎，鳞茎和嫩叶可食。庾亮当着陶侃的面吃薤，先把嫩叶吃掉，故意留下洁白的根茎。陶侃问他，他说："这东西留着还能再种！"一句话就把陶侃"忽悠"得犹如"他乡遇故知"，当即赞叹庾亮不仅人才风流，而且很务实。

应该说，庾亮在落魄之时，不仅能够放下身段，自贬自抑，而且善解人意，能屈能伸，能大能小，这样的人不做政治家实在有些可惜，人们说他是"丰年玉"并非没有道理。

如上所述，庾亮凭借其美貌、谦卑和善解人意逃过了一劫，但他最喜欢的儿子庾会却遭了难。

> 庾亮儿遭苏峻难，遇害。诸葛道明（恢）女为庾儿妇，既寡，将

改适,与亮书及之。亮答曰:"贤女尚少,故其宜也。感念亡儿,若在初没!"(《伤逝》8)

庾会死时年仅十九岁,他的妻子应该更年轻,所以岳父诸葛恢写信给亲家公庾亮,提到女儿改嫁的问题。庾亮当然不好拒绝,回信说:"贤女还年轻,改嫁是应该的。只是我每每思念死去的儿子,觉得他仿佛刚刚离去一样!"这话似乎隐含不满,言下之意,我失去爱子的悲痛尚且没有平复,你却又来怂恿我的儿媳妇改嫁了!

大概深知公公的痛苦,这个名叫诸葛文彪的儿媳妇在改嫁一事上表现得十分刚烈,虽然回了娘家,却发誓绝不再嫁。但他的父亲诸葛恢略施小计,终于把女儿"骗"到了新女婿家里。

> 诸葛令女,庾氏妇,既寡,誓云:"不复重出!"此女性甚正强,无有登车理。恢既许江思玄(彪)婚,乃移家近之。初诳女云:"宜徙。"于是家人一时去,独留女在后。比其觉,已不复得出。江郎暮来,女哭詈弥甚,积日渐歇。江彪瞑入宿,恒在对床上。后观其意转帖,彪乃诈厌,良久不悟,声气转急。女乃呼婢云:"唤江郎觉!"江于是跃来就之,曰:"我自是天下男子,厌,何预卿事而见唤邪?既尔相关,不得不与人语。"女默然而惭,情义遂笃。
>
> (《假谲》10)

且说诸葛恢共有三个女儿,大女儿文彪嫁给了庾亮的长子庾会,二女儿嫁给了羊忱的儿子羊楷,小女儿嫁给了谢裒的儿子谢石,都是当时的名门大族。不知道诸葛恢是不是特别擅长"女儿外交",总之庾亮的儿子庾会刚死不久,他便急吼吼地要让女儿改嫁。他新看中的女婿不是别人,正是前面提到的那位"围棋冠军"江彪,也是名门佳公子。为了达成这一目的,诸葛恢不惜哄骗女儿,以搬家为名把女儿送到了江家。当晚江彪进来就寝,文彪就大哭大闹,后来见他不来纠缠,便渐渐消停。江彪很有风度,晚间休息总是睡在对面的床上。后来见她心情平静了,有一晚江彪就假装梦魇,呼吸急促,怎么也醒不过来。文彪就叫来婢女,说:"快把江郎唤醒!"这个"江郎"叫得恰到好处,只见江彪一跃而起,跳到她身边来,笑说:"我本是天下一个陌生男子,梦魇与你有何相干,却要你来唤醒我?既然如此,就不能不和我说话!"文彪被他问得哑口无言,羞惭不已,从此两人成了情投意合的好夫妻。

庾亮一意孤行导致的灾难,竟让他赔了儿子,又搭上儿媳!"感念亡儿"之时,不知庾亮可曾引咎自责?

苏峻之乱被陶侃等平定之后,庾亮出为豫州刺史,镇芜湖,在政治上失去了优势,国政又由王导代理。史载:"时王导辅政,主幼时艰,务存大纲,不拘细目,委任赵胤、贾宁等诸将,并不奉法,大臣患之。陶侃尝欲起兵废导,而郗鉴不从,乃止。"(《晋书·庾亮传》)这时王导已到暮年,奉行的依旧是宽简无为之政,而且任用违法乱纪的赵胤、贾宁等人,引起朝中大臣的不满。陶侃当时手握重兵,想要起兵废黜王导,却被王导的姻亲、王羲之的岳父、时任司空的郗鉴制止。咸和九年(334),陶侃卒,庾亮乃以帝舅之尊,领江、荆、豫三州刺史,都督六州诸军事,镇武昌,再次登上权力顶峰。也就是这一时期,庾亮颇有废黜王导之心,王导调侃说"元规尘污人"并非空穴来风。史载庾亮"欲率众黜导,又以谘鉴,而鉴又不许"。亲家公郗鉴又一次帮了王导的忙。

平心而论,庾亮还是一位很想干大事的政治家,只不过他对时局和人心的判断常常出错,苏峻之乱就是最好的证明。咸康年间(335—342),庾亮又干了一件傻事,当时石勒已死,北方空虚,庾亮以为时机成熟,便派精兵万人驻守江北的邾城,希望以此作为进攻中原、收复失地的"据点"。不料咸康五年(339),后赵遣兵来攻,邾城孤立无援,终于兵败城陷，损失惨重，守将毛宝赴水而死。这次失利给了心比天高的庾亮一个沉重的打击。史载："亮自邾城陷没，忧慨发疾。会王导薨，征亮为司徒、扬州刺史、录尚书事，又固辞，帝许之。咸康六年薨，时年五十二。追赠太尉，谥曰文康。"

王导死于咸康五年(339)四月，八个多月后，也即咸康六年(340)正月，以他为"政敌"的庾亮也在忧闷病痛中死去。关于庾亮的死，有一个非常著名的典故，被称作"埋玉之恨"：

> 庾文康亡，何扬州(充)临葬，云："埋玉树著土中，使人情何能已已！"(《伤逝》9)

何扬州，就是前面提到的何充，他在庾亮的追悼会上说出的这句话，情辞哀婉，形象动人，成为伤逝悼亡的千古名言！宗白华先生说："《世说》中《伤逝》一篇记述颇为动人。庾亮死，何扬州临葬云：'埋玉树著土中，使人情何能已已！'伤逝中犹具悼惜美之幻灭的意思。"

这就是庾亮，一位有时是矛、有时是盾的东晋名臣。"丰年玉"就此沉埋在那亘古不变的黄土之中了，千年之后，我们读到何充的这句话，怕也难免会产生生死幻灭之感吧？

桓温:"流芳"还是"遗臭"

终于说到桓温了。不禁想起鲁迅的两句诗:"无情未必真豪杰,怜子如何不丈夫?"

桓温是一个豪杰,这一点毫无疑问,但他是否"有情"呢? 这就需要来一番"知人论世"了。

奇骨英物

桓温(312—373),字元子,东晋军事家,政治家,谯国龙亢(今安徽怀远)人。

汉晋之际的谯地(汉时属豫州沛国,称谯县,魏晋时称谯国),是个英才辈出的地方,曹操、夏侯玄、嵇康等都出生在这里。桓温的父亲桓彝(276—328),字茂伦,汉五更桓荣的九世孙,少孤贫,性通朗,有人伦识鉴,早获盛名。因避乱渡江,元帝司马睿即位,累迁中书郎、尚书吏部郎。桓彝和庾亮少有深交。有一个故事说：

> 庾公为护军，属桓廷尉（彝）觅一佳吏，乃经年。桓后遇见徐宁而知之，遂致于庾公，曰："人所应有，其不必有；人所应无，己不必无，真海岱清士。"（《赏誉》65）

庾亮让桓彝为自己找一个好的部下，桓彝终于不负所托，找到了颇有才干的徐宁。当时选拔人才，要有个口头或书面的鉴定，桓彝对徐宁的评价："人所应有的，他不一定有；人所应无的，自己不一定无，真是渤海、泰山一代的清廉之士！"本身就是韵味悠长、文采斐然的好文章，相比今天人事鉴定的空话、套话、假话，真有天壤之别。桓彝的人伦识鉴能力于此可见一斑。

> 桓茂伦云："褚季野（褚裒）皮里阳秋。"谓其裁中也。（《赏誉》66）

此条刘注引《晋阳秋》说："（褚）裒简穆有器识，故为彝所目也。"阳秋即《春秋》，指记载历史的书。晋简文帝司马昱的母亲叫郑阿春，为避讳，遂改"春秋"为"阳秋"。"皮里阳秋"，就是嘴上不说，心里早有判断之意。《晋书·褚裒传》引这则记载称："季野有皮里阳秋。言其外无臧否而内有褒贬也。"解释得很合理。这说明，桓彝十分精准地把握住了褚裒的这种"外无臧否，而内有褒贬"的个性，识鉴能力自是非同一般。

尤其值得一提的是，桓彝在苏峻之乱中，表现出了难得的忠肝义胆，当时叛军大兵压境，危在旦夕，但桓彝誓不投降，最后被苏峻部将韩晃所害，时年五十三。苏峻乱平，桓彝被朝廷追赠廷尉，谥曰简，咸安中又改赠太常。桓彝共有五个儿子，桓温是老大。作为名将忠臣之后，桓温政治上自然受到优待，得娶明帝女南康公主为妻便是明证。

史载，桓温甫降人世便不同凡响，生下来没多久，温峤见而奇之，道："此儿有奇骨，可试使啼。"等听到小东西的哭声，温峤更为感叹地说："真英物也！"因为从小就受到名士温峤的欣赏，桓彝便给这个儿子起名为"温"。温峤得知后，笑着说："果真如此，以后将会改变我的姓氏了！"

桓彝被韩晃所害的那一年，桓温刚好十五岁，已是一个血性儿郎。因为泾令江播参与了谋害桓彝之事，所以桓温每天都"枕戈泣血，志在复仇"。等到十八岁这年，正好江播已死，他的儿子江彪兄弟三人在居丧期间，都把刀杖等武器放好，严阵以待，随时防备桓温来复仇。接下来的事情就很有戏剧性了——"温诡称吊宾，得进，刃彪于庐中，并追二弟杀之，时人称焉。"史书上的描写虽然简略，但一个复仇少年的英武豪侠之气却跃然纸上！

可以说，桓温天生就是一个英雄的胚子。史载，"温豪爽有风概，姿貌甚伟，面有七星"。这"面有七星"的描写，和刘邦的"隆准而龙颜，美须髯，左股有七十二黑子"（《史记·高祖本纪》），差可同调。还有更细致的描绘：

> 刘尹道桓公："鬓如反猬皮，眉如紫石棱，自是孙仲谋、司马宣王一流人。"（《世说·容止》27）

刘尹即清谈名士刘惔（字真长），是桓温的少年好友，他对桓温的相貌观察得十分细致。《晋书》本传也说："（温）少与沛国刘惔善，惔尝称之曰：'温眼如紫石棱，须作猬毛磔，孙仲谋、晋宣王之流亚也。'"孙仲谋、司马宣王即孙权、司马懿。说明桓温相貌堂堂，威武逼人，让人想起历史上那些赫赫有名的英雄人物。

桓温也是豪爽性格的典型代表，所以常有人把他和王敦相比：

> 桓宣武平蜀，集参僚置酒于李势殿，巴蜀缙绅莫不来萃。桓

既素有雄情爽气,加尔日音调英发,叙古今成败由人,存亡系才,其状磊落,一坐赞赏。既散,诸人追味余言。于时寻阳周馥曰:"恨卿辈不见王大将军!"(《豪爽》8)

周馥,字湛隐,因为曾做过王敦的掾属,对王敦比较了解,当众人夸赞桓温的豪爽时,他敢于出口发难。但究其实,也不过显示自己见多识广而已。故南宋刘辰翁评云:"馥心不服桓,故优王以劣桓,然桓实胜王。"

不过,桓温和王敦还真的非常相似。一样的相貌英武,一样的不甘为臣,又是一样的娶了皇室公主。难怪后来晋孝武帝司马曜(362—396)为自己招女婿时,也把王敦和桓温相提并论:

> 孝武属王珣求女婿,曰:"王敦、桓温,磊砢之流,既不可复得;且小如意,亦好豫人家事,酷非所须。正如真长、子敬比,最佳。"珣举谢混。后袁山松欲拟谢婚,王曰:"卿莫近禁脔!"(《排调》60)

磊砢,指仪态豪放洒脱。司马曜对王珣说:"像王敦、桓温这样的人,都是有奇才异能之辈,已经不可再得;而且这种人稍一得意,便好干预别人的家事,实在不是我所需要的乘龙快婿。如能像刘真长、王子敬那样的,就最好不过了。"王珣后来向他推荐了谢混(?—412),说谢混"人才不及真长,不减子敬",司马曜说:"如此,便已足矣。"后来司马曜驾崩,另一位名士袁山松想把自己女儿嫁给谢混,王珣就说:"你不要靠近禁脔。"(《续晋阳秋》)说起禁脔,也是有典故的,当初元帝司马睿刚到江南,公私府库财政困难,"每得一独,以为珍膳,项上一脔尤美,辄以荐帝,群下未尝敢食,于时呼为'禁脔'"(《晋书·谢混传》)。这已是桓温死后二十多年的事,可见在当时人的心目中,同为驸马的桓温和王敦有着太多相似性，属于一类人。

那么，桓温对自己又有怎样的期许呢？且看《晋书·桓温传》的一段：

> 初，温自以雄姿风气是宣帝、刘琨之俦，有以其比王敦者，意甚不平。及是征还，于北方得一巧作老婢，访之，乃琨伎女也，一见温，便潸然而泣。温问其故，答曰："公甚似刘司空。"温大悦，出外整理衣冠，又呼婢问。婢云："面甚似，恨薄；眼甚似，恨小；须甚似，恨赤；形甚似，恨短；声甚似，恨雌。"温于是褫冠解带，昏然而睡，不怡者数日。

看来，桓温虽然称王敦为"可儿"，但并不认为王敦是自己心目中的大英雄。让他心仪的是司马懿、刘琨之类能够力挽狂澜的人物。所以刘琨的伎女说他"甚似"刘琨时，桓温很高兴，紧接着说他"面甚似，恨薄；眼甚似，恨小；须甚似，恨赤；形甚似，恨短；声甚似，恨雌"时，桓温便沮丧不堪，有些招架不住了。这是一个拥有雄心壮志的枭雄才会产生的自高自大和自暴自弃。

除了温峤，还有一人也堪称桓温的伯乐。此人就是庾亮的弟弟庾翼（字稚恭，305—345）。史载，庾翼风仪秀伟，少有经纶大略。京兆杜乂、陈郡殷浩并才名冠世，而翼弗之重也，每语人曰："此辈宜束之高阁，俟天下太平，然后议其任耳。"但是，他见到总角时的桓温，便刮目相看，后来桓温选尚明帝女南康长公主，拜驸马都尉，袭爵万宁男，除琅琊太守，累迁徐州刺史，成为政坛新锐后，庾翼又对成帝司马衍（321—342）说："桓温有英雄之才，愿陛下勿以常人遇之，常婿畜之，宜委以方邵[1]之任，必有弘济艰难之勋。"

1　方邵：也作方召。西周时助宣王中兴之贤臣方叔与召虎的并称。后借指国之重臣。

不过话虽这么说，永和元年(345)庾翼临终之前，还是起了私心，上表请求以他的儿子庾爱之接替自己的荆州刺史之位：

> 小庾(翼)临终，自表以子园客(庾爱之)为代。朝廷虑其不从命，未知所遣，乃共议用桓温。刘尹曰："使伊去，必能克定西楚，然恐不可复制。"(《识鉴》19)

但庾翼的这一行为受到何充等大臣的非议。当时任丞相的会稽王司马昱最终决定由桓温充任荆州刺史。从此，桓温便取代庾翼兵权，成为东晋举足轻重的实权人物。

赌徒与老兵

桓温是个非常富有观赏价值的人。犹如十分出色的演员，"浑身都是戏"。他不像我们一般人，终生活在外在的清规戒律和内在的自我约制之中，循规蹈矩，患得患失。他天生就是为了让人大吃一惊的，襁褓中的那声啼哭是如此，为父报仇、手刃三人的壮举是如此，面对人生这盘赌局，"一不做二不休""愿赌服输"的心态和做派，更是如此。

桓温是一个天生的赌徒，顺风顺水时他能做到"不见兔子不撒鹰"，反过来，输到万劫不复时他照样能"面不改色心不跳"。如果没有这种"赌性"，那个不可一世、屡建奇功的名将桓温是很难想象的。且看下面这则故事：

> 桓宣武(桓温)少家贫，戏大输，债主敦求甚切，思自振之方，莫知所出。陈郡袁耽俊迈多能。宣武欲求救于耽。耽时居艰，

恐致疑，试以告焉，应声便许，略无嫌恪。遂变服怀布帽随温去，与债主戏。耽素有艺名，债主就局，曰：“汝故当不办作袁彦道邪？”遂共戏。十万一掷，直上百万数，投马绝叫，傍若无人，探布帽掷对人曰：“汝竟识袁彦道不？”（《任诞》34）

故事说，桓温年少时家境贫寒，而喜好赌博，一次与人豪赌，输得很惨，根据刘注引《郭子》，这一次输掉了“数百斛米”。被逼无奈，只好向好友袁耽（字彦道）求救。这个袁耽，也是豪爽任侠之人，当时虽在服丧之中，一听朋友有难，二话不说便奔赴赌局，临走时脱掉丧服，把布帽揣在怀里。在赌博方面，袁耽名气很大，可以说是当时的“赌神”。债主一上赌桌，便自作聪明地说：“你当然不可能是袁彦道了！”言下之意，袁彦道目前正在服丧，不可能来赌博。于是一起游戏。由于“赌神”的加入，赌注很惊人，由十万一局，一直增加到百万一局，袁耽一边投掷赌具，一边大声喊叫，旁若无人。大概是赌赢之后，他从怀里掏出布帽扔向对方，说：“你究竟认识我袁彦道否？”

还有一次，桓温和袁彦道玩樗蒲[1]的游戏。“袁彦道齿不合，遂厉色掷去五木。”就是袁彦道的博齿总是不合，就恼羞成怒，竟把五个子全部扔了出去。当时温峤也在旁观看，见此情景，就说了一句：“见袁生迁怒，知颜子为贵。”（《忿狷》4）颜子即颜回。《论语·雍也》里说：“哀公问：‘弟子孰为好学？’孔子对曰：‘有颜回者好学，不迁怒，不贰过，不幸短命死矣，今也则亡，未闻好学者也。’”温峤引用此典，意在讽刺袁彦道的“迁怒”和“忿狷”。

袁耽有两个妹妹，一个嫁给了殷浩，一个嫁给了谢尚。有一次，袁耽对桓温说：“恨不得再有一个妹妹许配给你！”（《任诞》37）这一对赌友的关系真是让人绝倒！

---

1 樗蒲（chūpú）：古代博戏。博戏中用于掷采的投子最初是用樗木制成，故称樗蒲。又由于这种木制掷具系五枚一组，所以又叫五木之戏，或简称五木。类似于后代的掷色子。

大概正是这种少年时的赌徒生涯，练就了桓温对形势的观察力、判断力和毕其功于一役的绝杀力。这一点，他的少年好友刘惔看得最清楚：

> 桓公将伐蜀，在事诸贤咸以李势在蜀既久，承藉累叶，且形据上流，三峡未易可刬。唯刘尹云："伊必能克蜀。观其蒲博，不必得，则不为。"（《识鉴》20）

桓温伐蜀，时在永和二年（346），即桓温担任荆州刺史的第二年。他看到位于巴蜀的成汉政权内部极不稳定，便率军七千余人沿长江逆流而上，一举平定蜀地，汉王李势投降，拜征西大将军，封临贺郡公。而在此之前，朝野无不忧心。只有深知桓温其人的刘惔对伐蜀之举抱乐观态度。说来好笑，刘惔的理由竟是从赌局上找到的，因为他观察过桓温在赌局上的表现——"不必得，则不为"，是说桓温若无十成的把握，绝不轻易出手。此条刘注引《语林》曰："刘尹见桓公每嬉戏必取胜，谓曰：'卿乃尔好利，何不焦头？'"说明桓温在赌博上面虽比"赌神"袁耽略逊一筹，却也是个绝顶高手。在赌场上培养的综合素质用在军事上，遂使桓温成为当时首屈一指的战略家和军事家。他西征巴蜀，三次北伐，戎马一生，立下了赫赫战功，不能不说与少年时的赌徒经历大有关系。

下面我们来说说这个"老兵"的私事。

其实，在门阀政治时代，"老兵"这个出身是让人瞧不起的。且看下面一个故事：

> 王、刘与桓公共至覆舟山看。酒酣后，刘牵脚加桓公颈，桓公甚不堪，举手拨去。既还，王长史语刘曰："伊讵可以形色加人不？"（《方正》54）

王、刘即指王濛、刘惔，此二人均出身大族，又是当时一流的清谈名士，自然携门第以自重。本来刘惔抬脚放在桓温脖子上，已经够无礼的了，但酒后不拘礼节，也不是什么大事，桓温忍耐不住，举手把刘惔的臭脚拨开也很正常，至少，与他关系很铁的刘惔没有任何不满。倒是在旁的"目击证人"王濛看不过去了，回去的路上，竟然十分气愤地对刘惔说："他桓温难道也可以给人脸色看吗？"

其实，王濛真是"咸吃萝卜淡操心"，以桓温和刘惔的那种"发小"关系，什么话不可说，什么事不能做，吹胡子瞪眼又算得了什么？再看《排调》篇第 24 条：

> 桓大司马乘雪欲猎，先过王、刘诸人许。真长见其装束单急，问："老贼欲持此何作？"桓曰："我若不为此，卿辈亦那得坐谈？"

你看，刘惔竟敢直呼桓温"老贼"，而桓温权当没事，找到机会他也会挪揄一下这些"垂长衣，谈清言"[1]的公子哥儿，告诉他们：没我这个"老兵"提着脑袋卖命，你们的小命尚且不保，哪有可能在这里"坐谈"呢？

那么，"老兵"自己的婚姻生活又怎样呢？只要看看下面这条"方外司马"的故事便可知道：

> 桓宣武作徐州，时谢奕为晋陵。先粗经虚怀，而乃无异常。及桓迁荆州，将西之间，意气甚笃，奕弗之疑。唯谢虎子妇王悟其旨。每曰："桓荆州用意殊异，必与晋陵俱西矣。"俄而引奕为司马。奕既上，犹推布衣交。在温坐，岸帻啸咏，无异常日。宣武每曰："我方外司马。"遂因酒，转无朝夕礼。桓舍入内，奕辄复随去。后至奕醉，温往主许避之。主曰："君无狂司马，我何由得

1　此条刘注引《语林》说："宣武征还，刘尹数十里迎之，桓都不语，直云：'垂长衣，谈清言，竟是谁功？'刘答曰：'晋德灵长，功岂在尔？'"

相见?"(《简傲》8)

　　谢奕字无奕,陈郡阳夏人。谢衡孙,谢裒子,谢安兄。少有器鉴,辟太尉掾、剡令,累迁豫州刺史。谢虎子,谢据小字,谢奕弟,娶王氏为妻。这个故事大概发生在桓温任荆州刺史的永和元年(345)。故事说,桓温任徐州刺史时,谢奕任晋陵郡太守,起初两人在交往中略为留意谦虚退让,而没有不同寻常的交情。到桓温调任荆州刺史,将要西去赴任之际,桓温对谢奕的情意就特别深厚了,谢奕对此也没有什么猜疑。只有谢虎子的妻子王氏领会了桓温的意图,常常说:"桓荆州用意很特别,一定要和晋陵一起西行了。"不久桓温就任用谢奕做司马。谢奕到荆州以后,还很看重和桓温的老交情,到桓温那里做客,头巾戴得很随便,长啸吟唱,和往常没有什么不同。桓温常说:"这是我的方外司马。"于是谢奕就更加有恃无恐,因为好喝酒,越发违反上下之礼。桓温丢下他走进内室,谢奕总是跟进去。后来有一次谢奕喝醉时,桓温就到公主那里去躲开他。公主说:"您如果没有一个狂放不羁的司马,我怎么能见到您呢!"根据史书记载,此事后面还有一个很好玩的尾巴:"(谢)奕遂携酒就听事,引温一兵帅共饮,曰:'失一老兵,得一老兵,亦何所怪?'温不之责。"(《晋书·谢奕传》)

　　这个故事本是烘托谢奕狂放简傲的名士风度的,却也从一个侧面泄漏了桓温和南康长公主的夫妻关系已经濒临"警戒线"。大概像王敦、桓温这样不可一世的英雄豪杰,实在不甘心在女子跟前唯唯诺诺,但又碍于君臣之礼不得不如此,所以,对待已成妻室的公主,他只有采取"敬而远之"的策略,能不见就不见。此时桓温不过三十多岁,公主想必也正当青春,所以,当桓温为了躲避酒鬼下属谢奕的纠缠,不得不躲到公主的内室时,备受冷落、独守空房的公主倒是因祸得福,喜出望外!

　　因为夫妻关系不好,桓温西征巴蜀时便纳了李势的妹妹为妾,没想到竟引起一场"家庭内战",闹得图穷匕见:

桓宣武平蜀，以李势妹为妾，甚有宠，常著斋后。主始不知，既闻，与数十婢拔白刃袭之。正值李梳头，发委藉地，肤色玉曜，不为动容，徐曰："国破家亡，无心至此，今日若能见杀，乃是本怀。"主惭而退。(《贤媛》21)

刘注引《妒记》的描写更为生动：

温平蜀，以李势女为妾，郡主凶妒，不即知之。后知，乃拔刃往李所，因欲斫之。见李在窗梳头，姿貌端丽，徐徐结发，敛手向主，神色闲正，辞甚凄惋。主于是掷刀前抱之曰："阿子，我见汝亦怜，何况老奴。"遂善之。

这又是个"美貌无罪"的故事。魏晋乱世，美貌和谦卑真是具有无与伦比的魔力，不仅能使政敌"化干戈为玉帛"，还使情敌也能"放下屠刀，立地成佛"！

因为出身行伍，即便在桓温位极人臣之后，他的儿女婚事照样会遭遇"傲慢与偏见"，一个著名的故事十分生动地说明了这一点：

王文度为桓公长史时，桓为儿求王女，王许咨蓝田。既还，蓝田爱念文度，虽长大，犹抱著膝上。文度因言桓求己女婚。蓝田大怒，排文度下膝，曰："恶见文度已复痴，畏桓温面，兵，那可嫁女与之！"文度还报云："下官家中先得婚处。"桓公曰："吾知矣，此尊府君不肯耳。"后桓女遂嫁文度儿。(《方正》58)

王文度即王坦之(330—375)，太原晋阳(今太原)人，王述(蓝田)之子。因曾任北中郎将，故又称王中郎。王坦之是太原王氏最负盛名的人物，有"江东独步王文度"之说。后来他和谢安齐名，成为掣肘桓温的一支重要力量。此事发生在王坦之担任大司马桓温长史时，按说顶头上司桓温要和自己攀儿女亲家，那是求之不得之事。可王却说要先禀告父亲王蓝田，因为和"老兵"联姻非同儿戏，他一人做不了主。接下来的描写很好玩：已为人父的王坦之竟被父亲王蓝田抱坐在膝盖上，其溺爱程度可见一斑。坦之趁着老爷子高兴，便把桓温的意思如实禀告。没想到王蓝田大怒，把坦之从膝盖上推下来，说："怎么又看见文度发痴了！你是碍于桓温的面子吧，他不过一个兵，怎么可以把女儿嫁给他家！"坦之只好向桓温禀告说："下官的女儿已经找好婆家了。"桓温何等聪明，就说："我知道了，这是令尊大人不同意罢了。"后来，为了调节好这层关系，王坦之的儿子王恺就娶了桓温的女儿。在门阀时代，婚姻的规则除了通常所谓的门当户对，还有一个原则很重要，就是——男可以下娶，女不可下嫁，否则，家族的血统和门第会每况愈下。

是枭雄，也是名士

桓温算不算一个名士？我以为是算的。不仅因为他早年就是王导清谈盛宴中的青年才俊，还因为在他身上，有一股不达目的誓不罢休的果敢勇毅以及超越时间和空间限制的生命激情。有一个著名的典故，千载之下仍让人唏嘘动容：

> 桓公北征，经金城，见前为琅邪时种柳，皆已十围，慨然曰："木犹如此，人何以堪！"攀枝执条，泫然流泪。（《言语》55）

桓温共有三次北征，此次当指太和四年(369)伐燕之事。咸康七年(341)，桓温曾作琅琊内史，治所在金城(今江苏句容县北)。当时桓温曾在金城种有数株柳树,近三十年过去,树干都已有十围(一围约合五寸)粗了,而且婆娑苍劲,已显老态。桓温见此情景,不由得悲从中来,大为感慨地说:"树犹如此,人何以堪?"——柳树的变化尚且如此,人又怎么耐得住岁月的流逝呢!这是一个进入暮年的英雄面对他不能主宰的时光和命运,发出的生命咏叹!它让人想起孔子在川上说的那句千古名言:"逝者如斯夫!不舍昼夜。"这个典故因为把个人悲欢和时空喟叹深沉自然地融为一体,故而打动了后世无数读者的心。南宋刘辰翁说:"写得沈至,正在后八字耳。若止于桓大口语,安得如此凄怆?"明人王世懋说:"大都是王敦击唾壶意。"李贽亦云:"极感,极悲。"袁中道则说:"英雄分外多情。"南北朝时的大诗人庾信在《枯树赋》中化用此典写道:

> ……建章三月火,黄河万里槎(chá);若非金谷满园树,即是河阳一县花。桓大司马闻而叹曰:昔年种柳,依依汉南;今看摇落,凄怆江潭。树犹如此,人何以堪!

南宋词人辛弃疾亦有《水龙吟》词云:

> 可惜流年,忧愁风雨,树犹如此!倩何人,唤取红巾翠袖,揾英雄泪!

说实话,仅凭这个典故,在我心里,也早将桓大司马当作风流名士了。遗憾的是,此次北征伐燕,本来势如破竹,最后却在枋头(今河南汲县东北)遭前燕骑兵伏击,大败而归。

事实上,桓温是否名士,在当时本不是问题。

> 抚军(司马昱)问孙兴公(绰):"刘真长(惔)何如?"曰:"清蔚

简令。""王仲祖(濛)何如?"曰:"温润恬和。""桓温何如?"曰:
"高爽迈出。""谢仁祖(尚)何如?"曰:"清易令达。""阮思旷(裕)
何如?"曰:"弘润通长。""袁羊(乔)何如?"曰:"洮洮清便。""殷
洪远(融)何如?"曰:"远有致思。""卿自谓何如?"曰:"下官才能
所经,悉不如诸贤;至于斟酌时宜,笼罩当世,亦多所不及。然以
不才,时复托怀玄胜,远咏老、庄,萧条高寄,不与时务经怀,自谓
此心无所与让也。"(《品藻》36)

这条记载,几乎可以看作东晋中期的风流名士排行榜,刘注引徐
广《晋纪》说:"凡称风流者,皆举王、刘为宗焉。"刘惔、王濛排名靠前
是没有争议的,但紧接着第三位就是桓温。说明至少在简文帝司马
昱眼里,桓温是出类拔萃的名士,所以孙绰称之为"高爽迈出"。

　　　桓大司马下都,问真长曰:"闻会稽王语奇进,尔邪?"刘曰:
"极进,然故是第二流中人耳。"桓曰:"第一流复是谁?"刘曰:
"正是我辈耳!"(《品藻》37)

会稽王即简文帝司马昱。通过桓、刘二人的对答可知,刘惔是认
可桓温的"风流水准"的,"我辈"之中包括了桓温,却将玄学水平颇高
的简文帝排除在外。这让我们想起《世说》的另一条:

　　　世论温太真(峤)是过江第二流之高者。时名辈共说人物,第
一将尽之间,温常失色。(《品藻》25)

温峤是桓、刘诸人的前辈,东晋开国名臣,但在"过江诸人"中,却只能
屈居"第二流之高者",这让他患得患失,终生遗憾!作为得到过温峤
恩惠的桓温,却在已经掌握清谈话语权的好友刘惔口中,获得了"第

一流"的美誉,足见其"高爽迈出"的气度真有常人所不能及处!

说桓温是名士,还有一个非常重要的原因,就是桓温一生都爱士、好士、下士、养士。翻开《世说》,你会发现,东晋中后期许多大名鼎鼎的名士,都曾在桓温的幕府任过职,和他保持着非常亲密的关系。我们随便举几个人做例子。

东晋大书法家王珣就是深受桓温欣赏的幕僚。王珣(349—400),字元琳,幼时小字法护,为王导孙,王洽子,王羲之侄。大司马桓温辟其为主簿,从讨袁真,封交趾望海县东亭侯,故又称王东亭。《世说》有一门类叫《宠礼》,宠幸礼遇之意。其中一条说:

> 王珣、郗超并有奇才,为大司马所眷拔。珣为主簿,超为记室参军。超为人多髯,珣行状短小,于时荆州为之语曰:"髯参军,短主簿,能令公喜,能令公怒。"(《宠礼》3)

此条刘注引《续晋阳秋》说:"超有才能,珣有器望,并为温所昵。""能令公喜,能令公怒",可见桓温对王、郗二人的爱重程度。

有一次,桓温还和王珣开了个无伤大雅的玩笑。当时王刚到桓温幕府,已经等候在官署大厅前,桓温为了试探王珣的文才,便令人偷走了他的白事文本(即呈交上级的书面报告),王发现后,立即在前厅重新改作,结果没有一个字和原来的白事文本重复!(《文学》95)

如果说这次试探是探其"才",下面这次试探则是测其"量"。

> 王东亭为桓宣武主簿,既承藉有美誉,公甚欲其人地为一府之望。初,见谢失仪,而神色自若。坐上宾客即相贬笑,公曰:"不然。观其情貌,必自不凡,吾当试之。"后因月朝阁下伏,公于内走马直出突之,左右皆宕仆,而王不动。名价于是大重,咸云:"是公辅器也。"(《雅量》39)

两次试探都由桓温发起，一次请人偷走白事，一次自己骑马冲撞，自有一种落拓不羁的名士风范。

桓温手下还有一位文才盖世的写手，就是袁宏。袁宏（328?—376?），字彦伯，小字虎，陈郡阳夏（今河南太康）人。曾作大司马桓温府记室，因文笔典雅，才思敏捷，深受桓温器重。下面是两则关于袁宏的故事：

> 桓宣武命袁彦伯作《北征赋》，既成，公与时贤共看，咸嗟叹之。时王珣在坐，云："恨少一句。得'写'字足韵，当佳。"袁即于坐揽笔益云："感不绝于余心，溯流风而独写。"公谓王曰："当今不得不以此事推袁。"（《文学》92）

> 桓宣武北征，袁虎时从，被责免官。会须露布文，唤袁倚马前令作。手不辍笔，俄得七纸，绝可观。东亭在侧，极叹其才。袁虎云："当令齿舌间得利。"（《文学》96）

看了这两则故事，我们总算知道了什么叫"文不加点"，什么叫"倚马可待"！

东晋大画家顾恺之（348—409）也做过桓温的参军，甚被亲昵，桓温死后，顾恺之如丧考妣：

> 顾长康拜桓宣武墓，作诗云："山崩溟海竭，鱼鸟将何依！"人问之曰："卿凭重桓乃尔，哭之状其可见乎？"顾曰："鼻如广莫长风，眼如悬河决溜。"或曰："声如震雷破山，泪如倾河注海。"（《言语》95）

陶渊明的外祖父孟嘉（字万年）也做过桓温的参军，史载："温甚重之。九月九日，温燕龙山，僚佐毕集。时佐吏并著戎服，有风至，吹嘉帽堕落，嘉不之觉。温使左右勿言，欲观其举止。嘉良久如厕，温令取还之,命孙盛作文嘲嘉,著嘉坐处。嘉还见,即答之,其文甚美,四坐嗟叹。"又说:"(孟)嘉好酣饮,愈多不乱。温问嘉:'酒有何好?而卿嗜之?'嘉曰:'公未得酒中趣耳。'又问:'听妓,丝不如竹,竹不如肉,何谓也?'嘉答曰:'渐近使之然。'[1]一坐咨嗟。"(《晋书·孟嘉传》)

谢安也曾在桓温幕府任职,几乎可以说是桓温最欣赏的人。

> 谢太傅为桓公司马。桓诣谢,值谢梳头,遽取衣帻。桓公云:"何烦此?"因下共语至暝。既去,谓左右曰:"颇曾见如此人不?"(《赏誉》101)

这是谢安刚任桓温司马的时候,两人还不是很熟稔,当谢安要穿衣戴帽以示礼敬时,桓温作为上级却说:"何必这么麻烦?"谈过之后,又对身边的人说:"可曾见过这样的人吗?"欣赏企羡之情,溢于言表。还有一次:

> 桓大司马病。谢公往省病,从东门入。桓公遥望,叹曰:"吾门中久不见如此人!"(《赏誉》105)

桓温当时坐镇在姑孰,谢安也已经不在幕府中,但他对谢安的欣赏仍未稍减,所以远远地看见谢安的身影,便感叹不已。

多情应笑我

桓温的名士风度还表现在他对政事及下属的态度上。尽管桓温的确有杀伐决断的一面,但他绝不是一个像王敦那样刚愎自用、残忍

---

[1] 按:据刘注引《孟嘉别传》及陶潜《晋故征西大将军长史孟府君传》,"渐近使之然",当作"渐近自然"。

狠毒之人,很多时候,他有着一种侠骨柔情,好似风暴中心,有时往往显出一派水光潋滟来。据刘注引《温别传》:"温以永和元年自徐州迁荆州刺史,在州宽和,百姓安之。"《世说》中有个故事可以为证:

> 桓公在荆州,全欲以德被江、汉,耻以威刑肃物。令史受杖,正从朱衣上过。桓式年少,从外来,云:"向从阁下过,见令史受杖,上捎云根,下拂地足。"意讥不著。桓公云:"我犹患其重。"(《政事》19)

桓式,即桓温第三子桓歆的小字。他看到桓温惩罚一个犯错误的令史,虽用杖刑,却如蜻蜓点水,根本没有打到身上,就出言讥讽。没想到桓温却说:"即便如此,我仍担心打得太重了。"故明人凌濛初评云:"每见桓公有仁厚之处,愈觉阿黑(指王敦)之狠。"

再看以下两则:

> 桓公入蜀,至三峡中,部伍中有得猿子者。其母缘岸哀号,行百余里不去,遂跳上船,至便即绝。破视其腹中,肠皆寸寸断。公闻之怒,命黜其人。(《黜免》2)
> 桓公坐有参军椅蒸薤不时解;共食者又不助,而椅终不放。举坐皆笑。桓公曰:"同盘尚不相助,况复危难乎?"敕令免官。(《黜免》4)

这两则黜免故事除了可以用赏罚分明来概括,同时,也让我们看到一代枭雄身上的侠骨柔情。还有两个故事,可以看出桓温对下属的理解和包容。

> 刘简作桓宣武别驾,后为东曹参军,颇以刚直见疏。尝听

讯,简都无言。宣武问:"刘东曹何以不下意?"答曰:"会不能用。"宣武亦无怪色。(《方正》50)

尽管刘简最终"颇以刚直见疏",但如故事中所写的这种"冲突",桓温一般都能听之任之,而非睚眦必报。

> 罗君章(含)为桓宣武从事,谢镇西(尚)作江夏,往检校之。罗既至,初不问郡事,径就谢数日,饮酒而还。桓公问有何事?君章云:"不审公谓谢尚是何似人?"桓公曰:"仁祖是胜我许人。"君章云:"岂有胜公人而行非者,故一无所问。"桓公奇其意而不责也。(《规箴》19)

罗君章也是个很有个性的人,一次他到别人家里做客,主人让他与同来的客人说说话,认识一下,他却说:"相识已多,不烦复尔。"(《方正》56)桓温让他去视察一下谢尚的工作,他却和谢尚喝了几天酒回来了。桓温问他有事否,他却反问:"您以为谢尚是个怎样的人?"桓老老实实地说:"仁祖是胜过我的人。"罗君章马上说:"难道有胜过您的人而行为不端的吗?所以我什么都没问。"这话别有深意,看似恭维,其实隐含着微妙的讽刺。桓温也不以为意。

还有个叫罗友的落拓名士,是个专门喜欢讨饭吃的"美食家"(或者饕餮之徒),经常喜欢"蹭"别人家的饭吃而不以为耻。有一次桓温就对他说:"你也太不像话了,想吃东西找我就是,何至于此?"罗友傲然不屑,答道:"就公乞食,今乃可得,明日已复无。"(《任诞》41刘注引《晋阳秋》)意思是找你要吃的,是吃了上顿没下顿。桓温一听,哈哈大笑。

还是这个罗友,在一次桓温召集的宴会上,大吃一顿后便告辞而去。桓温问他:"卿向欲咨事,何以便去?"答曰:"友闻白羊肉美,一生未曾得吃,故冒求前耳,无事可咨。今已饱,不复须驻。"了无惭色。

（《任诞》44）另有一事更有意思：

> 有人问谢安石、王坦之优劣于桓公。桓公停欲言，中悔，曰：
> "卿喜传人语，不能复语卿。"（《品藻》52）

王、谢当时齐名，未分优劣，对此一问题的回答就分外敏感。桓温本来是个大嘴巴，此时竟也欲言又止，因为作为上级，对两个优秀的下属的评判事关重大，不能信口开河，影响人心向背。所以桓温欲言又止，并且说了一句很家常、很调皮、很可爱的话："你喜欢做小广播，我不能告诉你。"真是憨态可掬，令人忍俊不禁。

> 卫君长（永）为温公长史，温公甚善之。每率尔提酒脯就卫，
> 箕踞相对弥日；卫往温许亦尔。（《任诞》29）

卫君长即卫永，也是一位放达名士。桓温和他虽是上下级关系，却经常一起喝酒，"箕踞相对弥日"，就是叉开腿席地而坐，畅饮整天而不倦。你看，做桓温的下属虽不如做王导的下属那么幸福，至少也是沉着痛快的吧！

桓温也可算是一个"礼玄双修"的人，有个故事最能看出这一点：

> 刘尹与桓宣武共听讲《礼记》。桓云："时有入心处，便觉咫
> 尺玄门。"刘曰："此未关至极，自是金华殿之语。"（《言语》64）

非常富有意味的是，在听讲儒家经典《礼记》时，桓温居然说："不时有入心合意的地方，便觉得玄门竟然近在咫尺！"这和西晋名士乐广的"名教中自有乐地"，何其相似乃尔！这表现出了桓温与一般清谈家不同的气质，那就是，他觉得在儒家的入世思想中，同样有超凡脱俗

的地方。他的好友刘惔便不这么想，他是那种"居官无官官之事，处事无事事之心"（《晋书·刘惔传》）的逍遥名士，当然觉得《礼记》的思想终究"未关至极"——未能涉及道家形上哲学的终极之境，不过是金华殿上的老生常谈罢了。

大概桓温也很想弥补自己在玄学义理上的缺陷，他甚至郑重其事地召集过清谈集会，研讨《周易》，可惜因为"程序"太过小儿科，反被人嘲笑：

> 宣武集诸名胜讲《易》，日说一卦。简文欲听，闻此便还，曰："义自当有难易，其以一卦为限邪？"（《文学》29）

《周易》属儒家六经之一，也是"三玄"（《老》《庄》《易》）之一，但《周易》的义理博大精深，气脉贯通，而桓温却把这次学术研讨会的日程安排成"日说一卦"，自然引起简文帝司马昱的轻蔑了。这说明，桓温虽好清谈，但清谈的专业程度并不高。他后来走到清谈名士的对立面，对西晋名士王衍的清谈误国进行"问责"，并非偶然：

> 桓公入洛，过淮、泗，践北境，与诸僚属登平乘楼，眺瞩中原，慨然曰："遂使神州陆沈，百年丘墟，王夷甫诸人，不得不任其责！"袁虎（宏）率尔对曰："运自有废兴，岂必诸人之过？"桓公凛然作色，顾谓四坐曰："诸君颇闻刘景升（表）不？有大牛重千斤，啖刍豆十倍于常牛，负重致远，曾不若一羸犊。魏武入荆州，烹以飨士卒，于时莫不称快。"意以况袁。四坐既骇，袁亦失色。（《轻诋》11）

时在太和四年（369），桓温已入暮年，壮志难酬之际，不免兴发怨天尤人之叹。和王敦的只想做皇帝不一样，桓温是个胸有复国大志的人,其一生报复就在于恢复国土,建立不世的功勋。如果说他有不臣之心,也是事实,但桓温是想通过统一天下积累政治资本,从而可以问心无愧地成就帝业的,换言之,他是想通过"打江山"而"坐江山",无论如何,这并不比那些不思进取、坐享其成的风流雅士们更值得诟病。桓温看似批评死去的王衍等人,其实也含有对当朝王公名流的不满。袁宏对清谈名士素怀好感,甚至写过《名士传》为他们鼓吹,当他不知轻重地为清谈名士们辩护时,自然引起桓温的强烈反弹。余嘉锡先生说:"温虽颇慕风流,而其人有雄姿大略,志在功名,故能矫王衍等之失。英雄识见,固自不同。"(《世说新语笺疏》)诚哉斯言也!

伴君如伴鼠

桓温的故事实在太多,如果把《世说》中关于他的故事一一道来,不是本书的篇幅所能允许的。下面姑且就桓温与简文帝的关系,谈谈桓温的结局。

东晋国运不过百余年,但皇帝却走马灯似的更换。公元 325 年,晋明帝司马绍(301—325)死,其子司马衍(321—342)即位,是为晋成帝。342 年,成帝死,其弟司马岳(322—344)即位,是为晋康帝。康帝在位两年,于 344 年驾崩,其子司马聃(343—361)即位,年仅二岁,是为穆帝。穆帝在位 17 年,361 年病死,终年十九岁。成帝长子司马丕(341—365)即位,是为哀帝。365 年,哀帝死,成帝子司马奕(342—386)即位,在位 6 年,371 年 11 月为桓温所废。

只要看看这样一个名单,就知道东晋皇权是多么孱弱不堪!到废海西公的这一年,桓温已经历仕成帝、康帝、哀帝、废帝共四朝,如果他辅佐的是英明的君主,那还可以"鞠躬尽瘁,死而后已",但这几位皇帝可以说是"一蟹不如一蟹",连寿命都短得让人可怜!这让雄才大略的桓温怎么忍受得了？且看这位枭雄的感叹：

> 桓公卧语曰："作此寂寂，将为文、景所笑！"既而屈起坐曰："既不能流芳后世，亦不足复遗臭万载邪？"（《尤悔》13）

刘注引《续晋阳秋》亦载："桓温既以雄武专朝，任兼将相，其不臣之心，形于音迹。曾卧对亲僚，抚枕而起曰：'为尔寂寂，为文、景所笑！'众莫敢对。"文、景，即司马昭、司马师兄弟，为什么怕被他们所笑？因为司马师、司马昭两兄弟都干过别人不敢干也干不了的大事——司马师废掉曹芳，立高贵乡公曹髦为帝；司马昭做得更绝，他是杀了皇帝曹髦，立曹奂为帝，最终为取代曹魏扫除了障碍。桓温言下之意，目前的司马氏远比当时的曹魏更脆弱，我代晋自立的条件更成熟，再这么干耗着，岂不要被九泉之下那如狼似虎的两兄弟所耻笑？他接下来说的那句话更有震撼力："既然不能流芳后世，难道也不值得遗臭万载吗？"

迂腐的书生可能要以此为口实，对桓温口诛笔伐，但英雄终究是英雄，谁都不能否认，这番话充满了一个强大生命的无穷热力和蓬勃激情，足以使其人不朽于人间！史上的英雄豪杰，哪个没有几句惊世骇俗的豪言壮语？从陈胜的"王侯将相，宁有种乎"到项羽的"彼可取而代也"；从刘邦的"大丈夫当如此也"到曹操的"设使国家无有孤，不知当几人称帝，几人称王"……桓温的这番野心勃勃的话，一下子就使一具肉体凡胎，飞升到了"天人之际"！如果说"流芳后世"流露的是一种深沉的历史感，那么"遗臭万载"则宣泄了一种"愿赌服输"的宿命思想和赌徒心态，千载之后读之，犹感惊魂动魄！故明人王世贞评云："至今为书生骂端，然直是大英雄语。"其弟王世懋也说："曲尽奸雄语态，然自非常人语。"袁中道亦云："英雄语，自当骇世。"

史载，桓温曾经经过王敦的墓址，望之曰："可人，可人！"（《晋书·

桓温传》)或许,正是司马氏的暗弱无能激发了桓温的不臣之心,使他对前朝叛臣王敦产生惺惺相惜之感。试想,秦始皇如此文韬武略,刘邦、项羽看了尚且想取而代之,面对这么一班不成器的小皇帝,雄才盖世的桓温凭什么要俯首称臣?陈胜、吴广出身垄亩,尚且大声疾呼:"王侯将相,宁有种乎?"手握重兵、重权的桓温,为什么就不能觊觎一下皇帝的宝座?桓温历来受到诟病,难道不是我们自觉不自觉地把自己当作司马氏乃至一切皇帝老儿的臣民之故吗?试问历朝历代,哪一个开国皇帝不是靠着不臣之心登上皇位的呢?如果桓温一不做二不休,真的做了皇帝,历史又该如何来评价他呢?根据今人最为熟稔的"成王败寇"的历史观,至少,逆子贰臣的帽子他是可以免戴的。

但历史不容假设。事实是,桓温第三次北伐以失败告终后,便废司马奕为海西公,立元帝后郑阿春之子司马昱为帝,是为简文帝。为什么偏偏立司马昱?这也说来话长。

简文帝司马昱(320—372),字道万,元帝少子,初封琅琊王,后封会稽王。永和元年(345),进位抚军大将军;二年(346),专总万机,宰辅朝政。太和元年(366),进位丞相。故《世说》中"抚军""相王""会稽王""简文"等异称,皆指司马昱。也就是说,司马昱在穆帝、哀帝、废帝三朝,一直居于宰辅之位,与掌握军权的桓温形成制衡关系。《世说》记录了许多有关这位清谈皇帝的故事,我们先说他的一件"糗事":

> 简文见田稻不识,问是何草?左右答是稻。简文还,三日不出,云:"宁有赖其末,而不识其本?"(《尤悔》15)

大概因为这个丑闻,谢安对这位简文帝很有些轻蔑,以为他是"惠帝之流,清谈差胜耳"(《晋书·简文帝纪》)。其实不认识田稻也不算什么,更何况,司马昱还是很有良知的,竟为这样一个纰漏羞愧得"三日不出"!

简文帝还是个很有玄学修养的人,对老庄之道与自然山水情有独钟。史载他"清虚寡欲,尤善玄言"(《晋书·简文帝纪》)。有一次,他进入华林园游玩,兴之所至,便对身边的人说:"会心处不必在远,翳然林水,便自有濠、濮间想也,不觉鸟兽禽鱼自来亲人。"(《言语》61)一句"会心处不必在远",真把山水之趣和园林之美囊括殆尽了!

就是这样一位风流儒雅的清谈皇帝,却和桓温曲意周旋,斗智斗勇,支撑着东晋皇室的命脉数十年。宋明帝《文章志》载,庾翼临死前,曾"表其子代任,朝廷畏惮之,议者欲以授桓温。时简文辅政,然之。刘惔曰:'温去必能定西楚,然恐不能复制。愿大王自镇上流,惔请为从军司马。'简文不许。温后果如惔所算也。"(《识鉴》19注引)也就是说,庾翼本要儿子接替自己,而司马昱却提拔了桓温。刘惔为了遏制桓温,提出了由司马昱自镇荆州的建议,但缺乏政治斗争经验的司马昱不听。后来果如刘惔所料,桓温担任荆州刺史后,如虎添翼,西征北伐,所向披靡。从此,继琅琊王氏、颍川庾氏之后,谯国桓氏成了与东晋皇室分庭抗礼的门阀大族:

> 简文作抚军时,尝与桓宣武俱入朝,更相让在前,宣武不得已而先之,因曰:"伯也执殳,为王前驱。"简文曰:"所谓'无小无大,从公于迈'。"(《言语》56)

由这个故事可以看出,至少在司马昱做抚军将军时,他和桓温还保持着比较友好的关系。而且,桓温很快就发现,司马昱是司马氏家族的优秀人物:

> 宣武与简文、太宰共载,密令人在舆前后鸣鼓大叫。卤簿中惊扰,太宰惶怖,求下舆,顾看简文,穆然清恬。宣武语人曰:"朝廷间故复有此贤。"(《雅量》25)

太宰即武陵王司马晞。卤簿,指古代帝王驾出时扈从的仪仗队。这又是桓温的一次恶作剧般的试探,结果他发现:司马昱有一种处变不惊、临危不乱的过人器量,让他不得不佩服。

桓温西征胜利后,势头强劲,多次请求北伐而未获准。这时,皇族特别需要一位能够和桓温抗衡的人物。左挑右选,他们选择了殷浩。殷浩(?—356),字渊源,陈郡长平人。我们在讲王导和庾亮时,已对此人有所了解。殷浩是东晋著名的清谈家,名气大得吓人。先做庾亮记室参军,后为庾翼司马。后隐居不仕近十年。当时人都把他和管仲、诸葛亮相比,以至有人竟然说:"渊源不起,当如苍生何?"——殷浩要是不出来,天下百姓可怎么办呢?可以说是众望所归的人物。后来在司马昱的多次邀请下,殷浩终于出山。这使桓温与司马昱的关系变得很微妙。《晋书·殷浩传》载:"时桓温既灭蜀,威势转振,朝廷惮之。简文以浩有盛名,朝野推伏,故引为心膂,以抗于温,于是与温颇相疑贰。"

永和五年(349)四月,后赵主石虎死,北方再度陷入混乱,桓温多次请求北伐未果。永和六年(350),朝廷以殷浩为中军将军,挥师北伐,以此抗衡桓温。结果殷浩出师不利,大败而回。桓温于是上疏,奏请废殷浩为庶人,从此桓温遂将大权控于掌中。关于殷浩被废后的心境,《世说》中也有两条生动的记载:

> 殷中军(浩)被废,在信安,终日恒书空作字。扬州吏民寻义逐之,窃视,唯作"咄咄怪事"四字而已。(《黜免》3)
>
> 殷中军废后,恨简文曰:"上人著百尺楼上,儋梯将去。"(《黜免》5)

殷浩的失败被黜,使桓温成为最大的赢家。当初,"桓公少与殷侯齐名,常有竞心。桓问殷:'卿何如我?'殷云:'我与我周旋久,宁作我。'"(《品藻》35)殷浩的回答不卑不亢,遂成千古名对。但时势造英雄,殷浩在清谈方面可能远胜桓温,但在政治及军事方面,实在相差太远。桓温对此有充分的自信:

> 殷侯既废,桓公语诸人曰:"少时与渊源共骑竹马,我弃去,己辄取之,故当出我下。"(《品藻》38)

这当然有调侃的成分,下面一条则道出了实情:

> 桓公语嘉宾(郗超):"阿源(殷浩)有德有言,向使作令仆,足以仪刑百揆。朝廷用违其才耳。"(《赏誉》117)

可以说,殷浩在军事上的失败,也是以司马昱为代表的皇族在政治上的挫败。从此,在与门阀如桓温的较量中,简文帝司马昱一直处于劣势:

> 简文为相,事动经年,然后得过。桓公甚患其迟,常加劝勉。太宗曰:"一日万机,那得速!"(《政事》20)

桓温时常对简文处理政事的效率表示不满,司马昱则说:"日理万机,哪能那么快呢?"

但在皇室人物中,司马昱的形象和号召力仍旧是最佳的:

> 海西时,诸公每朝,朝堂犹暗;唯会稽王来,轩轩如朝霞举。

(《容止》35)

这朝堂上一明一暗的光线变化,也是人心向背的心理变化的投影,从这个角度上说,桓温废掉海西公,立司马昱,虽然怀有"以雪枋头之耻"的私心,但总体来说是合乎民意的。但司马昱的皇帝做得并不踏实,史载"温既仗文武之任,屡建大功,加以废立,威振内外。帝虽处尊位,拱默守道而已,常惧废黜"(《晋书·简文帝纪》)。而且,"怕神就偏有鬼",紧接着发生的一件事几乎让司马昱精神崩溃:

> 初,荧惑入太微,寻废海西,简文登祚,复入太微,帝恶之。时郗超为中书,在直。引超入曰:"天命修短,故非所计。政当无复近日事否?"超曰:"大司马方将外固封疆,内镇社稷,必无若此之虑。臣为陛下以百口保之。"帝因诵庾仲初诗(庾阐《从征诗》)曰:"志士痛朝危,忠臣哀主辱。"声甚凄厉。郗受假还东,帝曰:"致意尊公,家国之事,遂至于此。由是身不能以道匡卫,思患预防。愧叹之深,言何能喻?"因泣下流襟。(《言语》59)

荧惑,即火星。太微,星座名,位于北斗之南,共有十星,是五帝星座,代表天子。古代星相学认为,火星侵入太微,对天子来说是不祥之兆。公元371年前后,火星两入太微,一次海西公被废,这第二次,当然让刚刚做上皇帝的司马昱忐忑不安。他对郗超说:"应该不会再发生不久前的事吧?"由此可知,司马昱虽在龙椅上坐着,却噤若寒蝉。而郗超正是桓温废海西公的心腹主谋,为安定君心,当即拍着胸脯担保桓温绝不会再兴废立之事。接下来,司马昱吟诵庾阐的诗,并托郗超给他父亲郗愔带话,也是大有深意的,那就是向这位与桓温不合的朝廷老臣表达内心的无奈、恐惧和痛楚。这时的司马昱,内外交困,精神高度紧张而几近崩溃,真是老鼠钻进风箱里——两头受气了!《续晋阳秋》说:"帝外厌强臣,忧愤不得志,在位二年而崩。"其实,司马昱当皇帝的时间满打满算,也不过八个多月!

然而,桓温虽然玩皇帝于股掌之间,但皇帝毕竟是皇帝,他想做点什么事也不能不按"程序"来,这就叫"投鼠忌器"。

> 桓宣武对简文帝,不甚得语。废海西后,宜自申叙,乃豫撰
> 数百语,陈废立之意。既见简文,简文便泣下数十行。宣武矜
> 愧,不得一言。(《尤悔》12)

"不甚得语",其实是口头上不能理直气壮,于是只好把废海西公的必
要性写成书面报告呈报,但是简文帝一见面,就哭得稀里哗啦,这无
声的泪水顿时把桓温的心理防线冲到崩溃。

> 桓宣武既废太宰父子,仍上表曰:"应割近情,以存远计。若
> 除太宰父子,可无后忧。"简文手答表曰:"所不忍言,况过于言?"
> 宣武又重表,辞转苦切。简文更答曰:"若晋室灵长,明公便宜奉
> 行此诏;如大运去矣,请避贤路!"桓公读诏,手战流汗,于此乃
> 止。太宰父子,远徙新安。(《黜免》7)

司马昱登基后,武陵王司马晞发动叛乱,被桓温镇压。按理杀掉
司马晞父子顺理成章,可碍于司马昱的"龙颜",桓温也只能作罢。你
看司马昱"大运去矣,请避贤路"的话,和当初元帝司马睿对王敦说的
话,何其相似乃尔!幸好桓温不是杀人不眨眼、不按牌理出牌的王
敦,否则,历史可能就在此处改写了。

> 简文在暗室中坐,召宣武,宣武至,问:"上何在?"简文曰:
> "某在斯。"世人以为能。(《言语》60)

这是登上宝座的司马昱和桓温相处的一个动人场景。"某在
斯",是《论语》中孔子为盲人乐师冕"导盲"时所说的话,犹如"某人

在这里"，"某人在那里"。简文帝用这句话很有意味，意思是："我在这里。"那潜台词似乎是，无论你眼里是否有我，我得告诉你我的存在。从修辞效果上看，也是非常绝妙的，所以人们以为司马昱"能"——不仅能言，而且能干。

其实，简文帝根本谈不上"能干"，他只是"能忍""能拖""能装糊涂"。公元372年7月，司马昱病危，他顶着极大的压力，宣布立儿子司马昌明为太子，并在一天一夜之内，连发四道诏书，请求以大司马镇姑孰(今安徽省当涂县)的桓温入京辅政。史载："帝崩，遗诏家国事一禀之于公，如诸葛武侯、王丞相故事。温初望简文临终禅位于己，不尔便为周公居摄。事既不副所望，故甚愤怨，与弟冲书曰：'遗诏使吾依武侯、王公故事耳。'"(《晋书·桓温传》)

而据《晋书·王坦之传》载："简文帝临崩，诏大司马温依周公居摄故事。坦之自持诏入，于帝前毁之。帝曰：'天下，傥来之运，卿何所嫌！'坦之曰：'天下，宣、元之天下，陛下何得专之！'帝乃使坦之改诏焉。"可知简文帝临终前曾有意让桓温摄政，后经王坦之力谏面诤，才将遗诏改为后来的样子。

通常都以为，简文帝名为皇帝，实为傀儡，一切都要听命于桓温。从实际的情形看，尽管桓温立简文是为了搞"和平演变"，让简文禅位于己，但简文帝却最终成了掣肘桓温的最大力量，当初郭璞给简文帝算卦，说："兴晋祚者，必此人也。"(《晋书·简文帝纪》)真是不无道理。可以说，正是司马昱给了桓温一种"疑似禅位"的假象，才稳住了桓温，使他没有铤而走险，这样一来，东晋的国运又延续了数十年。所以，桓温的废立之举，反倒帮了司马氏皇族一个大忙，使这个奄奄一息的政权又得以苟延残喘。

公元372年7月，年仅11岁的孝武帝司马曜(字昌明，361—396)登基。小皇帝虽对桓温崇礼有加，但桓温心有未甘，在入京祭拜山陵归镇姑孰后，遂一病不起。虽多次催促朝廷加己九锡之礼——这是禅位的前奏,但谢安、王坦之闻其病笃,便暗中拖延其事,使得锡文未及成而桓温即一命呜呼。

我们不能说桓温是个只有野心而没有历史感的人。其实,他和当年的曹操一样,内心尚且对天地鬼神及社稷之礼,怀有足够的敬畏。但他的运气没有曹操那么好,他的儿子桓玄(369—404)虽然也像曹丕一样篡夺了帝位,建立了桓楚帝国,但不到两年,便以贰臣的名义被诛灭。从此,在中国古代的奸雄人物谱系中,便多了这对姓桓的父子。

俗话说:画虎不成反类犬。看来到底"流芳"还是"遗臭",还真是一个令人头疼的问题。

谢安(上)：从隐士到贤相

谢安终于出场了。谢安应该能使我们绷紧的神经放松一些。因为这个人心理素质太好，如果他活在今天，应该对这个日新月异的世界有所教益吧。宋代文学家苏洵在《心术》一文中说："为将之道，当先治心。泰山崩于前而色不变，麋鹿兴于左而目不瞬，然后可以制利害，可以待敌。"谢安应该就是善治心的人，所以他最终成为能够运筹帷幄之中、决胜千里之外的一代名相，而且还要冠以"风流"二字。

"新出门户"

谢安(320—385)，字安石，号东山，陈郡阳夏(今河南省太康)人。在《世说》中，谢安有几个异称：谢太傅、谢安石、谢相、谢公。

陈郡谢氏也是永嘉年间避乱过江的北方侨姓士族，但在东晋初年

（明）沈周《临戴文进谢安东山图》

尚不显赫。当时谢氏家族最有盛名的就是谢鲲（280—322）。谢鲲在西晋即知名，与王澄、胡毋辅之等人追慕竹林名士，纵酒任诞，号为"八达"。谢安对这位族叔也很欣赏，曾说："豫章（谢鲲）若遇七贤，必自把臂入林。"（《赏誉》97）过江以后，先为王敦长史，后任豫章太守，与庾亮齐名。谢鲲与谢安的父亲谢裒（282—346）为堂兄弟，同属于陈郡谢氏过江以后的第一代。

谢鲲的儿子谢尚也是江左风流名士。谢尚（308—356），字仁祖，为谢安从兄。仕至镇西将军、豫州刺史，又称谢镇西。谢尚幼时聪慧异常，有个故事说：

> 谢仁祖年八岁，谢豫章将送客。尔时语已神悟，自参上流。诸人咸共叹之，曰："年少，一坐之颜回。"仁祖曰："坐无尼父，焉别颜回？"（《言语》46）

可见谢尚是个夙慧早熟的人。不仅如此，谢尚还颇有才艺，善音乐，工舞蹈，他的舞蹈曾博得丞相王导的欣赏赞叹：

> 王长史、谢仁祖同为王公掾。长史云："谢掾能作异舞。"谢便起舞，神意甚暇。王公熟视，谓客曰："使人思安丰（王戎）。"（《任诞》32）

谢尚跳的是什么"异舞"呢？据刘注引《语林》："谢镇西酒后，于盘案间，为洛市肆上鸲鹆舞，甚佳。"鸲鹆，俗称八哥儿。大概就是"鸲鹆舞"吧。谢尚继承了其父谢鲲的放达之风，率性而为，即使居丧期间也照样饮酒：

> 王（濛）、刘（惔）共在杭南，酣宴于桓子野（桓伊）家。谢镇西往

尚书(谢哀)墓还，葬后三日反哭。诸人欲要之，初遣一信，犹未许，然已停车；重要，便回驾。诸人门外迎之，把臂便下。裁得脱帻著帽。酣宴半坐，乃觉未脱衰(cuī)。(《任诞》33)

这是公元346年的事。当时谢尚的堂叔、谢安的父亲谢哀新葬，而王濛、刘惔都到桓伊家喝酒，想起谢尚来，便邀他来畅饮。谢尚还在丧服之中，依礼不便饮酒，但经不起朋友的三邀四请，便掉转车头来赴宴了。喝酒前匆忙脱掉丧帽，喝到半途，才发现丧服还穿在身上！

谢尚还喜欢清谈，有一次他去拜访清谈大师殷浩，却被殷浩"动心骇听"的谈辨弄得"流汗交面"(《文学》28)。但是，谢尚弹琵琶的水平却是当世一流，连桓温都说："仁祖企脚北窗下弹琵琶，故自有天际真人想。"(《容止》32)王敦的女伎宋祎跟了谢尚后，觉得王敦和风流才子谢尚比，简直是"田舍"和"贵人"的差距了——"镇西妖冶故也"(《品藻》21)。

说来也算家族门风，自谢鲲以来，似乎陈郡谢氏的子弟都颇有些粗憨无礼的秉性。比如，前面讲过的桓温的"狂司马"、谢安的兄长谢奕，就几乎是个"愣头青"，连性格猖急的王蓝田也让他三分。有例为证：

谢无奕性粗强，以事不相得，自往数王蓝田，肆言极骂。王正色面壁不敢动。半日谢去，良久，转头问左右小吏曰："去未？"答云："已去。"然后复坐。时人叹其性急而能有所容。(《忿狷》5)

你看，王蓝田碰到连桓温都拿他没辙的谢奕，惹不起，只好躲！

为什么说陈郡谢氏是"新出门户"呢？有一则有趣的故事：

谢万在兄前，欲起索便器。于时阮思旷在坐，曰："新出门

户，笃而无礼。"（《简傲》9）

谢万（321—361），字万石，谢安的弟弟，又称中郎。阮思旷即阮裕，阮籍族弟，曾被征为金紫光禄大夫，故又称阮光禄。阮裕以德行著称，如著名的"阮裕焚车"的故事：

　　阮光禄在剡，曾有好车，借者无不皆给。有人葬母，意欲借而不敢言。阮后闻之，叹曰："吾有车，而使人不敢借，何以车为？"遂焚之。（《德行》32）

其实，阮裕焚车的行为很有点作秀的味道，似乎被人误解为不够慷慨也算是一种耻辱，但那时的人就"吃"这一套，加上阮氏又是北方大族，阮裕的名气就叫得很响。当他看到谢万在他兄长（估计可能是谢安）跟前，旁若无人地起身索要小便用的尿壶，就忍不住骂开了："新出的门户，实在无礼！"

谢万颠顶无礼的事情绝不止这一件。

　　谢万北征，常以啸咏自高，未尝抚慰众士。谢公甚器爱万，而审其必败，乃俱行，从容谓万曰："汝为元帅，宜数唤诸将宴会，以悦众心。"万从之。因召集诸将，都无所说，直以如意指四坐云："诸君皆是劲卒！"诸将甚愤恨之。谢公欲深著恩信，自队主将帅以下，无不身造，厚相逊谢。及万事败，军中因欲除之。复云："当为隐士。"故幸而得免。（《简傲》14）

时在升平二年，即公元359年，时任西中郎将，监司、豫、冀、并四州诸军事，兼任豫州刺史的谢万受命北征前燕。谢安非常喜欢这个弟弟，又知道以谢万骄纵自大的性格，此战必定失败，就和他一起行军，并且趁方便的时候对他说:"你是元帅,应该经常召集诸将宴会,从而使大家心悦诚服。"谢万答应了。于是召集诸位将领,什么话都没说,只是用如意指着四座说:"诸位都是精锐的兵士啊!"众将非常恼恨他。谢安只好暗中拉拢将士,军中大小将帅,无不亲自登门看望,诚恳地表示歉意。等到谢万果然兵败之后,军中人士就想杀掉他,但想起谢安的谦恭下士,便说:"应当为隐士的面子饶了他。"谢万这才幸免一死。

> 桓公问桓子野:"谢安石料万石必败,何以不谏?"子野答曰:"故当出于难犯耳。"桓作色曰:"万石挠弱凡才,有何严颜难犯!"
>
> (《方正》55)

桓温对谢安、谢万兄弟的看法是非常精准的,他早就看出谢安乃将相之才,而谢万不过是挠弱平庸之辈罢了。所以,当桓温的时代过去,继之而起的便是"风流宰相"谢安的时代,这个"后出门户"中的隐士一出山,便让历史的面貌为之一新,也让陈郡谢氏从此在东晋的政治舞台上呼风唤雨,显赫一时。

后生可畏

谢安属于天纵之才,注定会干出一番惊天动地的事业。早在谢安四岁时,桓温的父亲桓彝第一次见到他,便赞叹说:"此儿风神秀彻,后当不减王东海。"王东海就是王蓝田的父亲王承(字安期),太原晋阳人,曾任东海郡守,为政宽厚,颇有美名,袁宏《名士传》以王承为"中朝名士"。桓彝善于识鉴人物,他对谢安的评价后来果然得到印证。

除了桓彝,当时著名的清谈家王濛对年轻时的谢安也很欣赏:

> 谢太傅未冠，始出西，诣王长史(王濛)，清言良久。去后，苟
> 子(王修)问曰："向客何如尊？"长史曰："向客亹亹，为来逼人。"
>
> (《赏誉》76)

苟子，是王濛的儿子王修的小名。他在父亲和谢安清谈之后，问了个很刁钻的问题："刚才来的客人和您相比怎么样？"从这话里可以看出，不到二十岁的谢安和清谈大家王濛在清谈过程中谈锋刚健，当仁不让。王濛回答说："刚才这位客人娓娓而谈，滔滔不绝，气势逼人啊！"不用说，王濛从年轻的谢安身上感到了"后生可畏"！加上王导也很器重谢安，故谢安年少时即享有重名。

谢安七八岁时，就显露出了宅心仁厚、体察人情的一面：

> 谢奕作剡令，有一老翁犯法，谢以醇酒罚之，乃至过醉，而尤
> 未已。太傅时年七八岁，著青布绔，在兄膝边坐，谏曰："阿兄，老
> 翁可念，何可作此！"奕于是改容曰："阿奴欲放去邪？"遂遣之。
>
> (《德行》33)

谢氏兄弟的不同性格在这则故事中显露无遗。谢奕是个粗人，惩罚犯法的老翁，竟是逼人喝酒！小谢安的一句"老翁可念"真是非有大慈悲者莫能道，读之让人感佩不已。谢奕在这位小兄弟跟前，似乎也"良心发现"，于是便把那老翁放了。

可以说，谢安的出现，使陈郡谢氏血脉中那种放达不羁的性格基因得到很好的矫正，后来谢安能够出将入相，指点江山，与他小时候的这份颖悟和慈悲是分不开的。

谢安后来的执政方针和王导一脉相承，也以宽简绥靖为上：

> 谢公时，兵厮逋亡，多近窜南塘，下诸舫中。或欲求一时搜

索,谢公不许,云:"若不容置此辈,何以为京都?"(《政事》23)

这条记载涉及对散布在京城的"盲流"的处理问题。刘注引《续晋阳秋》说:"自中原丧乱,民离本域,江左造创,豪族并兼,或客寓流离,名籍不立。太元中,外御强氏,蒐(搜)简民实,三吴颇加澄检,正其里伍。其中时有山湖遁逸,往来都邑者。后将军安方接客,时人有于坐言:宜纠舍藏之失者。安每以厚德化物,去其烦细。又以强寇入境,不宜加动人情。乃答之云:'卿所忧,在于客耳!然不尔,何以为京都?'言者有惭色。"我在拙著《世说新语会评》中曾于此条后加一按语,云:"谢安此言,可为今之药石。收容制度,合当取缔也。"如今的城市管理者难道不该从谢安这里得到有益的启示吗?

东山高卧

谢安的前半生,一直过着闲云野鹤般的隐居生活,"天子不得臣,诸侯不得友",好不自在逍遥。而且,谢安的隐居,并非寻求所谓"终南捷径",他追求的是道家的清虚无为,山水的自然之趣,《续晋阳秋》说:"初,安家于会稽上虞县,优游山林,六七年间,征召不至,虽弹奏相属,继以禁锢,而晏然不屑也。"《晋书·谢安传》也有一段令人神往的描述:

> 初辟司徒府,除佐著作郎,并以疾辞。寓居会稽,与王羲之及高阳许询、桑门支遁游处,出则渔弋山水,入则言咏属文,无处世意。扬州刺史庾冰以安有重名,必欲致之,累下郡县敦逼,不得已赴召,月余告归。复除尚书郎、琅邪王友,并不起。吏部尚书范汪举安为吏部郎,安以书距绝之。有司奏安被召,历年不

至,禁锢终身,遂栖迟东土。尝往临安山中,坐石室,临浚谷,悠然叹曰:"此去伯夷何远!"

然而,谢安的隐居,于家于国都是莫大的损失,以至于当时流行着这么一句话:"安石不出,将如苍生何?"这话也曾用在殷浩身上,但殷浩出山后,人生急转直下,爬得高摔得狠;谢安出山后,却是扶摇直上,平步青云,迎来了人生中的大辉煌。事实上,当时名流早已在策划推举谢安的大事:

> 王右军语刘尹:"故当共推安石。"刘尹曰:"若安石东山志立,当与天下共推之。"(《赏誉》77)

王羲之对刘惔说:"我们应当一起推举谢安。"刘惔回答说:"假若安石隐居东山的决心已定,应当与全国人一起推举他。"可以说,谢安在桓温当权的东晋中期,虽然无意仕进,却是朝野人士心目中一个众望所归的人物。谢安对此也不是不知道:

> 初,谢安在东山居,布衣,时兄弟已有富贵者,集聚家门,倾动人物。刘夫人戏谓安曰:"大丈夫不当如此乎?"谢乃捉鼻曰:"但恐不免耳。"(《排调》27)

谢安的妻子刘夫人是晋陵太守、沛国刘耽之女,刘惔的妹妹。她看到谢氏其他兄弟如谢奕、谢万等人已经显贵,家里动辄门庭若市,未尝没有艳羡之意,于是便戏问丈夫:"大丈夫不应当如此吗?"谢安大概患有鼻炎,就抚弄着鼻子,鼻音很重地说:"只怕将来免不了也要如此啊。"

史载:"安先居会稽,与支道林、王羲之、许询共游处。出则渔弋

山水,入则谈说属文,未尝有处世意也。"(刘注引《中兴书》)这期间,发生了一件事,更显示出谢安"足以镇安朝野"的雅量来:

> 谢太傅盘桓东山时,与孙兴公(孙绰)诸人泛海戏。风起浪涌,孙、王(羲之)诸人色并遽,便唱使还。太傅神情方王,吟啸不言。舟人以公貌闲意说,犹去不止。既风转急,浪猛,诸人皆喧动不坐。公徐云:"如此,将无归!"众人即承响而回。于是审其量,足以镇安朝野。(《雅量》28)

按说王羲之够有雅量的吧? 可在这次乘船游海中,"风起浪涌"之时,他便和孙绰之流一般惊恐变色了,叫着要回去。相比之下,谢安反倒"神情方王(旺),吟啸不言"。船夫见谢安"貌闲意说(悦)",继续向深海前进。后来风更急、浪更猛了,大家都惊恐喧叫、手舞足蹈,坐都坐不住了,这时,谢安才说了一句:"既然这样,是不是就回去?"言下之意,要不是你们受不了,本来还可以再玩一会儿的。这是怎样渊雅的风度和超拔的人格啊! 故宗白华先生评此条说:"美之极,即雄强之极。……淝水的大捷植根于谢安这美的人格和风度中。谢灵运泛海诗'溟涨无端倪,虚舟有超越',可以借来体会谢公此时的境界和胸襟。"(《论〈世说新语〉和晋人的美》)

"远志"与"小草"

谢安的隐居和出仕本是个人选择,但渐渐地与家族和国家命运联系在一起。家族方面,是公元359年,谢万北征的失败被废,陈郡谢氏也因此失去了苦心经营十四年的地盘——豫州。史载,"及万黜废,安始有仕进志,时年已四十余矣"(《晋书·谢安传》)。国家方面,是幼主孱弱，桓温豪强，简文帝司马昱当时担任丞相，十分希望朝廷中能有一个深孚众望的人物以牵制桓温。他看中了谢安，并认为高卧东山的谢安一定会"东山再起"：

> 谢公在东山畜妓，简文曰："安石必出，既与人同乐，亦不得不与人同忧。"（《识鉴》21）

畜妓作乐是谢安的业余爱好。宋明帝《文章志》说："安纵心事外，疏略常节，每畜女妓，携持游肆也。"正是根据这个爱好，简文帝料定谢安一定会出山，因为他尚未完全摆脱世俗的享乐，"既与人同乐，亦不得不与人同忧"。

无独有偶。当初舆论对于殷浩隐居一事，也有相同的情景和话语：

> 王仲祖、谢仁祖、刘真长俱至丹阳墓所省殷扬州，绝有确然之志。既反，王、谢相谓曰："渊源不起，当如苍生何？"深为忧叹。刘曰："卿诸人真忧渊源不起邪？"（《识鉴》18）

南宋刘辰翁评此条云："此语别见发微者也，与真长说殷浩同。"李贽也说："安石真率外见，故简文见其真；渊源矫情为高，故真长识其假。"

后来谢安果然不负众望，为家国命运毅然出山，却又因为出山而遭人奚落：

> 谢公在东山，朝命屡降而不动。后出为桓宣武司马，将发新亭，朝士咸出瞻送。高灵时为中丞，亦往相祖。先时，多少饮酒，因倚如醉，戏曰："卿屡违朝旨，高卧东山，诸人每相与言：'安石不肯出，将如苍生何！'今亦苍生将如卿何？"谢笑而不答。（《排调》26）

高灵的意思是，以前大家都说："安石不肯出，将把天下苍生怎么办呢？"现在的情况是，天下的苍生该把你这个出尔反尔的人怎么办哪！这当然是酒后调侃之言，并无恶意，谢安也就来个"笑而不答"。还有一个"远志小草"的典故：

> 谢公始有东山之志，后严命屡臻，势不获已，始就桓公司马。于时人有饷桓公药草，中有"远志"。公取以问谢："此药又名'小草'，何一物而有二称？"谢未即答。时郝隆在坐，应声答曰："此甚易解：处则为远志，出则为小草。"谢甚有愧色。桓公目谢而笑曰："郝参军此过乃不恶，亦极有会。"（《排调》32）

大概相信"最危险的地方最安全"吧，谢安出山的第一任就是桓温的司马。迫于桓温的威权，谢安其他人的面子可以不给，却不能不给桓温面子。桓温对谢安十分欣赏，我们前面已经说过。但当桓温问谢安"远志"这种药草"何一物而有二称"的时候，未必就是真心求教，而是话里有话的。根据《本草》，远志，一名棘菀，其叶名"小草"，其根名"远志"。桓温的南蛮参军郝隆是个很聪明也颇有幽默感的人，他曾在七月七日这天"出日中仰卧"，人问其故，答曰："我晒书。"（《排调》31）这时，他不假思索地说："处（隐居）则为远志，出（出仕）则为小草。"正如余嘉锡先生所言："郝隆之答，谓出与处异名，亦是分根与叶言之。根埋土中为处，叶生地上为出。既协物情，又因以讥谢公，语意双关，故为妙对也。"谢安被人说中隐衷，不免羞愧难当，桓温却开始对郝隆大加表扬。明人袁中道评云："谢公为一出，受许多苦。"正此意也。

不过，从后来陈郡谢氏的家族发展以及东晋国势弱而复强的情况来看，谢安受的这些风言风语的苦，还是值得的。

芝兰玉树

谢安其人,值得说道的东西太多。他不仅是清谈家、政治家、书法家、音乐家,还是不折不扣的教育家。在中国古代教育史上,谢安是值得大书特书的人物,他对家族子女的教育理念和方式方法,至今仍具有现实意义和操作价值。

> 谢公夫人教儿,问太傅:"那得初不见君教儿?"答曰:"我常自教儿。"(《德行》36)

谢安的夫人刘氏大概感觉自己为教育孩子付出得太多了——这在今天也是家庭常态——就多少有些抱怨地问谢安:"怎么从不见你教育孩子啊?"谢安的回答很巧妙:"我经常在教育孩子的。"常自,即常常,可连读。亦可拆开来解,"我常自教儿",犹言:"我经常以自身教育孩子。"由此可见,和刘夫人的"言传"不同,谢安更注重"身教",他是用自己的言语行动来潜移默化地熏陶孩子、感染孩子的,所以"润物细无声",不易被人察觉。

> 谢太傅绝重褚公,常称"褚季野(褚裒)虽不言,而四时之气亦备"。(《德行》34)

谢安对褚季野的赞赏,也可以用来说明谢安本人的教育理念,也就是所谓"不言之教"。有时候,这种"不言之教",反而能收到"言教"达不到的效果。而这种理念的形成,大概跟谢安是一个儒道兼修的人有关。孔子教育弟子,最重身教,曾说:"予欲无言。……天何言哉?四时行焉,百物生焉。"有学生以为孔子有所隐瞒,孔子则说:"吾无隐乎尔。吾无行而不与二三子者,是丘也。"言下之意,我每天都与你们在一起，你们为何只会"听其言"而不知"观其行"呢？老子《道德经》亦云："圣人处无为之事，行不言之教。"可知这种教育理念应是儒道思想双重影响下的产物。魏晋之际，清谈家虽然必须要用语言来阐发义理，但并不认为语言能够穷尽义理，所以，像乐广那样"辞约而旨达""言近旨远"的清谈家，便很受推重。在谢安看来，"虽不言，而四时之气亦备"，乃是一种很高妙的境界。就教育子女而言，"沉默是金"的言传身教，远比喋喋不休的唠叨更让人喜闻乐见，效果也堪称事半功倍。

谢安对侄子谢玄的教育就是很好的例证。谢安经常和谢家子侄辈一同谈论，举凡儒道玄佛、诗赋文义、名流高下等，无所不包。以今天的眼光看，谢安简直是一个杰出的家庭教育家，他的教育方式多采用"问答式"和"启发式"，类似于孔子的"不愤不启，不悱不发"。而谢玄常常是这种教育模式的最佳受益者。

谢玄（343—388），字幼度，小名谢遏，谢奕第三子，谢安侄，东晋名将，死后赠车骑将军，又称谢车骑。谢玄年少才高，富有应对之智，《世说》中关于他和谢安的对答往往十分精彩。

> 晋武帝每饷山涛恒少，谢太傅（谢安）以问子弟，车骑（谢玄）答曰："当由欲者不多，而使与者忘少。"（《言语》78）

晋武帝司马炎每次赏赐给山涛的东西总是很少，这是前朝旧事，谢安也拿来问他的子弟，大有"事事留心皆学问"的家庭教育氛围。谢玄应声回答："大概是因为山涛的要求不多，而使得给予的人忘记了给的太少。"这一回答，既赞美了山涛的清廉，同时也揭示了人际关系的微妙之处和人性本身的复杂丰富，是非常隽永深刻的。

《世说·言语》篇有个"芝兰玉树"的典故，用于对谢安家族文化教育成果的概括，真是恰如其分。这个典故也是谢玄的"发明"：

谢太傅问诸子侄:"子弟亦何预人事,而正欲使其佳?"诸人莫有言者,车骑(谢玄)答曰:"譬如芝兰玉树,欲使其生于阶庭耳。"(《言语》92)

有一次,谢安问谢家子侄:"孩子们和自己又有什么相干呢,为什么做父母的却总想让他们出人头地?"此问因与每人都有切身关系,故颇不易答,大家都不说话,只有谢玄回答说:"这就好比传说中的芝兰玉树,人人都希望它们能生长在自家的庭前阶下,如此而已。"这回答实在是很妙,妙就妙在谢玄能够在一刹那间将此问题的世俗性和功利性全部取消,而代之以审美性和形而上的比喻和玄想,到头来,回答本身已不重要,反倒是它带给人的精神品位和审美享受颇有"得意忘言"之妙,让人为之流连。少年谢玄的才华于此可见一斑。还有一例:

谢公因子弟集聚,问:"《毛诗》何句最佳?"遏(谢玄)称曰:"'昔我往矣,杨柳依依;今我来思,雨雪霏霏。'"公曰:"'吁谟定命,远猷辰告。'"谓此句偏有雅人深致。(《文学》52)

应该说,谢玄以《诗经·小雅·采薇》中"昔我往矣,杨柳依依;今我来思,雨雪霏霏"的名句作答,从文学的表达效果来讲是非常精准的。王夫之《姜斋诗话》评此句云:"以乐景写哀,以哀景写乐,一倍增其哀乐。"清人刘熙载《艺概》也说此句"雅人深致,正在借景言情"。但是,所谓"最佳",既可以从文学角度言,也可以从社会角度言。当谢安看到谢玄对《毛诗》的理解,更多偏重在"小我"的风花雪月之时,他就有意将注意力转向对国家大事的关注上来。"吁谟定命,远猷辰告"是《诗经·大雅·抑》中的诗句,意思是:用大的谋划来确定政令,以远大计谋来确定诏诰,说的本是安邦定国的大计。故王夫之说:"谢太傅于《毛诗》取'吁谟定命,远猷辰告',以此八字如一串珠,将大臣经营国事之心曲，写出次第；故与'昔我往矣，杨柳依依；今我来思，雨雪霏霏'同一达情之妙。"(《姜斋诗话》卷下)这是谢安的用心良苦处，但他不作过多的教条阐释，而只说此句"偏有雅人深致"，点到为止，这又是谢安的细腻高明处。

宽松有效的教育环境不仅能促进孩子的学养，更能增强他们的独立思考的能力和判断力。

> 谢太傅谓子侄曰："中郎始是独有千载！"车骑曰："中郎衿抱未虚，复那得独有？"(《轻诋》23)

中郎，即谢万。出于对这个弟弟的偏爱，谢安在子侄跟前对其大加赞美："中郎(谢万)才是千百年来独一无二的！"这时谢玄不乐意了，反驳说："中郎襟怀傲慢，不能虚心待人，又怎么能算是独一无二？"这真是"当仁不让于师"的真知灼见，谢安的人格教育已收到立竿见影之效了。

谢安对孩子的毛病和缺点又是如何对待的呢？一般情况下，他不直接指出，而是采用既不伤孩子自尊又能让对方接受的方式委婉规劝：

> 谢遏年少时，好著紫罗香囊，垂覆手，太傅患之，而不欲伤其意。乃谲与赌，得即烧之。(《假谲》14)

紫罗香囊和覆手(一说是手巾之类)是当时贵族子弟喜欢佩戴的饰物，谢玄也喜欢赶这个时髦，谢安对这个侄子寄予厚望，所以很担心，但又不愿伤害其感情，就想了个办法，假装和谢玄玩赌博的游戏，赌注就是这些东西，结果谢安赢了以后就把这些东西烧掉了。谢玄看了自然就明白叔父是怕自己玩物丧志，从此不再佩戴。宗白华评此条说："这态度多么慈祥，而用意又何其严格！谢玄为东晋立大功，救国家于垂危，足见这教育精神和方法的成绩。"

还有一个关于"德教"的故事：

> 谢虎子(谢据)尝上屋熏鼠，胡儿(谢朗)既无由知父为此事。闻人道"痴人有作此者"，戏笑之。时道此非复一过。太傅既了己之不知，因其言次，语胡儿曰："世人以此谤中郎，亦言我共作此。"胡儿懊热，一月日闭斋不出。太傅虚托引己之过，以相开悟，可谓德教。(《纰漏》5)

谢虎子，是谢安的二哥谢据的小名，此人三十三岁就不幸死了。谢据年轻时曾经做过爬上房顶熏老鼠的傻事，他的儿子谢朗不知道，后来听人说有个傻瓜做了这样的事时，便也跟着一起取笑，当时人们拿此事取笑还不止一次。谢安知道谢朗并不知情，就找了机会看似不经意地对他说："社会上的人都拿上房熏鼠这件事诽谤你的父亲中郎，还说是我和他一块干的呢！"古人讲求孝道，谢朗明白真相后懊恼羞愧不已，一整月都闭门不出。谢安假托这事自己也有份，以此来开导启发谢朗，使他"灵魂深处爆发革命"，知道自己在外面跟人家一起嘲笑父亲很不应该，这真是难能可贵的"德教"！

有时候，谢安还和孩子们开玩笑：

> 谢遏夏月尝仰卧，谢公清晨卒(通猝)来，不暇著衣，跣出屋外，方蹑履问讯。公曰："汝可谓'前倨而后恭'。"(《排调》55)

夏天某日，谢玄正仰卧而睡，谢安一大早突然来到，谢玄来不及穿衣服，为了表示礼敬，他光着脚跑到屋外来，穿上鞋子后才施礼问候。这一幕本来就有些滑稽，谢安便引用《战国策》里苏秦讽刺他那嫌贫爱富的嫂子说过的"前倨后恭"一语，来调侃这位可爱的侄子。可见谢安和他的子侄们在一起既有长者的威严和宽厚，又有名士的潇洒和幽默。谢玄对他这位叔父也是非常崇拜的：

> 谢车骑(谢玄)道谢公："游肆复无乃高唱，但恭坐捻鼻顾睐，便自有寝处山泽间仪。"(《容止》36)

谢安大概患有严重的鼻窦炎，说话语声重浊，故善为洛阳书生咏，而且经常不经意地"捻鼻"又"捉鼻"，没想到这竟成了他的招牌式动作，引得大家纷纷效仿。所以，在谢玄眼里，谢安的举手投足，俯仰顾盼，都给人一种超尘脱俗的潇洒仪态和自然风神，令人向往不已。对谢玄这样有个性的青年来说，这种敬仰显然不属于"盲目崇拜"，而是包含了一个学生对老师的那种精神上的由衷仰慕。

在谢安家族中，还出了一位大名鼎鼎的才女谢道蕴，这和谢安的悉心教导也分不开。著名的"谢女咏絮"的典故这样说：

> 谢太傅寒雪日内集，与儿女讲论文义，俄而雪骤，公欣然曰："白雪纷纷何所似？"兄子胡儿曰："撒盐空中差可拟。"兄女曰："未若柳絮因风起。"公大笑乐。即公大兄无奕女，左将军王凝之妻也。(《言语》71)

这真是一幅引人入胜的"家庭诗教图"。胡儿，即谢朗。《续晋阳秋》说："朗字长度，安次兄据之长子。安甚知之。文义艳发，名亚于玄，仕至东阳太守。"可知谢朗也是谢安子侄辈中的佼佼者。但在这个谢安发起的"联句咏雪"的高雅游戏中，他还是要比谢道蕴稍逊一筹。有学者考证说，那天大概下的不是鹅毛大雪，而是霰雪，俗称"米雪"[1]，

---

[1] 如陈善《扪虱新话》卷三云："撒盐空中，此米雪也。柳絮因风起，此鹅毛雪也。然当时但以道蕴之语为工。予谓诗云：'相彼雨雪，先集维霰。'霰即今所谓米雪耳。乃知谢氏二句，当各有谓，固未可优劣论也。"

所以"撒盐空中差可拟"也可能是"实况转播"。但我以为,从谢安的"白雪纷纷何所似"一句来看,那天下的即使不是鹅毛大雪,也不会是霰雪,至少应是飘飘扬扬的中雪,所以谢朗说完,谢道韫才会说"未若柳絮因风起",而听完这个侄女的比喻,谢安才会"大笑乐"。故刘辰翁评云:"有女子风致,愈觉撒盐之俗。"陈梦槐则云:"太傅闲怀远韵,晋人中第一品流。当其燕居,问子弟欲佳,车骑答甚雅隽。问白雪何似,道韫对更娟美。士女风流作家庭笑乐,千载艳人也。"余嘉锡也说:"二句虽各有谓,而风调自以道韫为优。"

这个故事除了说明谢道韫的才华,也让我们感受到谢安在家庭教育中的男女平等。

> 王江州夫人(谢道韫)语谢遏(谢玄)曰:"汝何以都不复进?为是尘务经心,天分有限?"(《贤媛》28)

王江州即王凝之,其夫人就是谢道韫。她对弟弟谢玄的批评甚至比谢安还要严厉,而谢玄对这个姐姐也是非常敬重:

> 谢遏绝重其姊,张玄常称其妹,欲以敌之。有济尼者,并游张、谢二家,人问其优劣,答曰:"王夫人神情散朗,故有林下风气;顾家妇清心玉映,自是闺房之秀。"(《贤媛》30)

谢道韫嫁给了王羲之的儿子王凝之,故称王夫人;张玄(即张玄之,字祖希,与谢玄齐名)的妹妹嫁给了顾氏,故称顾家妇。关于这一条,余嘉锡先生说:"林下,谓竹林名士也。《赏誉》篇曰'林下诸贤,各有俊才子'是其证。此言王夫人虽巾帼,而有名士之风,言顾不如王。……道韫以一女子而有林下风气,足见其为女中名士。至称顾家妇为闺房之秀,不过妇人中之秀出者而已。不言其优劣,而高下自见,此晋人措

词妙处。"(《世说新语笺疏》)

试想，如果谢安不是本着"有教无类"的原则，而是重男轻女，怎么可能培养出这样一位才女来呢？甚至这位才女的婚姻大事很可能也是叔父谢安操办的，所以才有下面这个"天壤王郎"的著名典故：

> 王凝之谢夫人既往王氏，大薄凝之。既还谢家，意大不悦。太傅慰释之曰："王郎，逸少之子，人身亦不恶，汝何以恨乃尔？"答曰："一门叔父，则有阿大、中郎；群从兄弟，则有封、胡、遏、末。不意天壤之中，乃有王郎！"(《贤媛》26)

王凝之(？—399)，字叔平，王羲之次子，历任江州刺史、左将军、会稽内史。刘注引《晋安帝纪》说："凝之事五斗米道。孙恩之攻会稽，凝之谓民吏曰：'不须备防，吾已请大道，许遣鬼兵相助，贼自破矣。'既不设备，遂为恩所害。"据此可知，王凝之是个迂阔偏执的公子哥儿，没有什么实际的才干。谢道蕴一嫁给他，便觉"所嫁非人"，回到娘家大发牢骚。谢安大概是这门婚事的决策者，便对侄女好言安慰，说："王郎是王羲之的儿子，人才也不差，你怎么怨恨到这种程度呢？"道蕴说："我们谢家，叔父辈的有阿大(谢安)、中郎(谢万)；众多的堂兄弟中，则有封(谢韶)、胡(谢朗)、遏(谢玄)、末(谢渊)这等人物。谁承想天地之间，竟有王郎这样不成器的人呢！"

我们透过这个故事，以及前面讲到的王羲之"东床坦腹"的典故可知，当时王、谢二家，谢家正处于上升势头，王羲之家对谢氏非常重视，谢家来人，总是"倾筐倒庋"，而对门第较低的郗家却不怎么待见(《贤媛》25)。因为就王羲之和谢安来讲，还算旗鼓相当，而到了晚辈那里，王氏已有危机感。你看，连谢家嫁过来的儿媳妇谢道蕴都那么优秀，竟然可以"大薄"自己的丈夫了！

谢道蕴这样的才女，也真是目空一切，在家教训弟弟谢玄，出嫁看不起丈夫,难怪袁中道评云:"眼空两家之妇,太难相。"李贽云:"此妇嫌夫,真非偶也。"刘应登则说:"此二则皆妇人薄忿夫家之事,不当并列《贤媛》中。"凌濛初也说:"'忿狷'为是。"意思是应该以此条入《忿狷》。但《世说》偏把此条放在《贤媛》篇里予以表彰,刘义庆的"超前"目光,与后世男性批评家们摆出的"卫道"面孔相比,也真有"天壤"之别了!

试想,如果没有谢安的这种高雅、宽松、温和、慈爱、智慧的家庭教育理念和方式,谢家子弟又怎能成为"芝兰玉树"呢?

谢安(下)：是真名士自风流

镇安朝野

谢安的前半生是隐居东山，"东山再起"的后半生又可以桓温生前、死后而分为两段。前一段是与桓温周旋，才华未能尽展；后一段则是宰辅天下，终成风流宗主，雅量高标，宰相楷模，人伦懿范。和王导一样，谢安也是《世说》的作者刘义庆极其爱赏的人物。根据余嘉锡《世说笺疏》附录《世说人名索引》的统计，魏晋名士在《世说》正文及刘注中出现的频率依次如下：

谢安 125 次、桓温 113 次、王导 99 次、庾亮 72 次、刘惔 79 次、司马昱 69 次、王敦 59 次、王濛 57 次、殷浩 55 次、支遁 53 次、王羲之 52 次、王衍 48 次、王戎 44 次、桓玄 41 次、司马炎 40 次、孙绰 39 次、王恭 36 次、周伯仁 35 次、司马昭 32 次、嵇康 31 次、王坦之 31 次、曹操 30 次、司马睿 30 次、谢尚 30 次、谢玄 29 次、王献之 29 次、阮籍 28 次、郗超 28 次，王珣 26 次、殷仲堪 26 次、温峤 24

次、裴楷 23 次、山涛 22 次、谢万 22 次、乐广 21 次、许询 21 次、顾恺之 20 次、袁宏 20 次，王胡之 19 次、王子猷 19 次、王济 19 次、庾敳 18 次……

只要看看这个"排行榜"，就知道谢安在《世说》和"魏晋风度"中的地位和分量！如果把《世说》比作一场"乱纷纷你方唱罢我登场"的大戏，谢安无疑是当之无愧的"男一号"！

这样的人物，甚至连他的政敌都喜欢，《晋书·谢安传》写谢安出任桓温司马时说：

> 既到，温甚喜，言生平，欢笑竟日。既出，温问左右："颇尝见我有如此客不？"温后诣安，值其理发。安性迟缓，久而方罢，使取帻。温见，留之曰："令司马著帽进。"其见重如此。温当北征，会万病卒，安投笺求归。寻除吴兴太守。在官无当时誉，去后为人所思。顷之征拜侍中，迁吏部尚书、中护军。

谢万是 361 年病卒的，如果说谢安四十岁(360)出任桓温司马，到他离开桓温幕府，其实也不过两年时间。但这两年对谢安实在很重要，一方面让天下人(特别是桓温本人)感到自己是桓温的人，得到一个"安全保险"；另一方面又很快结束幕僚身份，"全身而退"，从此正式走上政坛。

说到谢安和桓温的关系，不能不提另外一个人物——郗超。郗超(336—378)，字景兴，一字嘉宾，高平金乡(今山东)人，郗鉴孙，郗愔长子。此人自幼"卓荦不羁，有旷世之度，交游士林，每存胜拔，善谈论，义理精微"(《晋书》本传)，是个很有才华的人物。年轻时与王坦之齐名，谚曰："扬州独步王文度，后来出人郗嘉宾。"[1](《赏誉》126)谢安对

1　按：此谚语《晋书·王坦之传》作："盛德绝伦郗嘉宾，江东独步王文度。"

他非常欣赏,有个故事说:

> 谢公云:"贤圣去人,其间亦迩。"子侄未之许,公叹曰:"若郗
> 超闻此语,必不至河汉。"(《言语》75)

谢安说:"圣贤和一般人,距离也不是那么远。"子侄都不同意。这跟谢安以儒家之道教育子女,自己却暗怀道家之远志有关。但他知道郗超是深通义理的,故而感叹说:"如果郗超听到我这话,一定不至于认为不着边际。"可见在谢安心目中,似乎自己的子侄辈没有人在学术义理上超过郗超的。

谢安离开桓温幕府后,兴宁元年(363),桓温为大司马,郗超也被升为大司马参军,与王珣深受桓温器重,有"髯参军,短主簿,能令公喜,能令公怒"之说(《宠礼》3)。但郗超的父亲、镇守京口(今江苏镇江)的北府都将郗愔(313—384)却是桓温的对立面,桓温对郗愔手握北府重兵也颇为忌惮。下面这个堪称"惊险"的故事说:

> 郗司空(郗愔)在北府,桓宣武恶其居兵权。郗于事机素暗,遣笺诣桓:"方欲共奖王室,修复园陵。"世子嘉宾(郗超)出行,于道上闻信至,急取笺,视竟,寸寸毁裂,便回。还更作笺,自陈老病,不堪人间,欲乞闲地自养。宣武得笺大喜,即诏转公督五郡,会稽太守。(《捷悟》6)

此事大概发生在简文登基(371)后。郗超是桓温的死党,为其谋主,废海西公、立简文帝的主意便是郗超策划的,他对桓温的野心自然心知肚明,看到父亲郗愔给桓温的信中,竟然说什么"共奖王室,修复园陵"的话,正犯桓温大忌,如何不着急? 他马上将父亲原信撕毁,又以郗愔的口气重写一封,"自陈老病,不堪人间",只想找个地方安

度晚年。这才打消了桓温的疑忌,郗愔最后能活到七十二岁,寿终正寝,全赖他有像郗超这样足智多谋、善于应变的儿子! 还有一个"入幕宾"的故事说:

> 桓宣武与郗超议芟(shān)夷朝臣,条牒既定,其夜同宿。明晨起,呼谢安、王坦之入,掷疏示之。郗犹在帐内。谢都无言,王直掷还,云:"多!"宣武取笔欲除,郗不觉窃从帐中与宣武言。谢含笑曰:"郗生可谓入幕宾也。"(《雅量》27)

史载:"简文帝疾笃,温上疏荐安宜受顾命。"(《晋书·谢安传》)此事应该发生在简文帝病重之时,桓温和郗超商量该除掉哪些大臣,甚至列了一份"黑名单"。两人讨论到深夜,便同帐而眠。第二天早上,桓温召见谢安、王坦之,把"黑名单"扔给他们看,这时郗超还在帐中呢。谢安看了没吱声,王坦之看了直接扔回去,说:"多了。"桓温也很老实,拿起笔来就要删除,郗超大概不同意,就从帐子里偷偷和桓温说话。这时就显出谢安的风度来了,在这万分紧张的时刻,他竟然笑着调侃说:"郗生真可以说是入幕宾了。""入幕宾"三字,既是讽刺郗超作为幕僚,竟然受宠到直接进入主子的床帐帷幕中去了,同时又照应郗超的小字嘉宾,含沙射影,一语双关,真是妙到毫巅! 郗超如果还有些良知,一定要羞得无地自容了!

谢安的斗争方式往往是不卑不亢的,有时甚至搞些讽刺幽默的把戏让政敌难堪:

> 桓公既废海西,立简文。侍中谢公见桓公,拜,桓惊笑曰:"安石,卿何事至尔?"谢曰:"未有君拜于前,臣立于后!"(《排调》38)

但在你死我活的政治斗争中,谢安的头脑还是清醒的,有时甚至还能忍气吞声：

> 谢太傅与王文度共诣郗超，日旰未得前。王便欲去，谢曰：
> "不能为性命忍俄顷？"（《雅量》30）

王坦之是个很有气节的人，不能忍受郗超的慢待，谢安则说："难道不能为性命忍耐片刻吗？"表面看起来，似乎谢安要比王坦之更圆滑、更软弱，其实不然。在下面这个故事中，谢安的超人胆识和雅量便呼之欲出：

> 桓公伏甲设馔，广延朝士，因此欲诛谢安、王坦之。王甚遽，问谢曰："当作何计？"谢神意不变，谓文度曰："晋阼存亡，在此一行。"相与俱前。王之恐状，转见于色。谢之宽容，愈表于貌。望阶趋席，方作洛生咏，讽"浩浩洪流"。桓惮其旷远，乃趣解兵。王、谢旧齐名，于此始判优劣。（《雅量》29）

故事发生在 372 年简文帝司马昱驾崩之后。当时司马昱遗诏桓温，依诸葛亮、王导故事辅佐幼主，桓温大怒，以为这是要废黜其权，怀疑是当时朝廷重臣谢安、王坦之的主意。于是带兵进京，以拜赴山陵的名义，驻扎于新亭，大摆筵席，暗中却埋伏武装兵士，随时待命。文武百官都被请来赴宴，大家拜伏在路旁，诚惶诚恐。有人传出话来，说这是要诛杀谢安和王坦之的一场鸿门宴。所以当桓温召王、谢二人入见的时候，气氛分外紧张恐怖，可以说是死生俄顷，危在旦夕。关键时刻，王坦之终于招架不住，举动失措，"倒执手版，汗流沾衣"（刘注引宋明帝《文章志》），忙不迭地问谢安："该怎么办哪？"谢安则表现出不可思议的冷静，神色不变，对王说："东晋存亡，在此一行。"然后一起前行。王坦之这时越发害怕，脸上惊恐万状。再看谢安，则如有神助，举手投足间更显从容镇定。只见他拾级而上，快步入席，还仿效洛阳书生重浊的声调[1]，吟诵嵇康那首著名的四言诗"浩浩洪流"[2]。

桓温被他那旷达高迈的气度所震慑，连忙撤走了伏兵。宋明帝《文章志》记载得更详尽，说谢安"举目遍历温左右卫士，谓温曰：'安闻诸侯有道，守在四邻。明公何有壁间著阿堵辈？'温笑曰：'正自不能不尔。'于是矜庄之心顿尽。命却左右，促燕行觞，笑语移日"。这真是"谈笑间，樯橹灰飞烟灭"！《世说》特意于此补叙一笔，说王坦之、谢安一向齐名，于此方才分出高下优劣。明人李贽评此条云："谢固旷远，桓亦惜才。"要我看，也不是桓温不敢杀谢安，而是桓温"英雄惜英雄"，实在舍不得加害这旷古少有的风流人物！

桓温的确爱谢安之才，就在这次鸿门宴差不多的时候，桓温看见谢安所写的《简文谥议》，还"掷与坐上诸客曰：'此是安石碎金。'"（《文学》87）人要真是欣赏另一个人，有时真是不可理喻的，如果这次"鸿门宴"桓温不感情用事，把王谢二人咬牙杀掉，那么后来他要加九锡之礼，甚至孤注一掷篡夺皇位，也就没人有胆识来拖延其事，致使桓温功亏一篑了[3]！从这个角度上说，历史——不管是文字的还是实际的历史——还真都是人写的！

清谈宗主

桓温公元373年死后，谢安任尚书仆射（相当于宰相），领吏部，加后将军，成了朝廷的股肱之臣。东晋门阀政治经过琅琊王氏、颍川庾

---

1 《轻诋》26载："人问顾长康：'何以不作洛生咏？'答曰：'何至作老婢声！'"刘注称："洛下书生咏，音重浊，故云老婢声。"
2 此诗为嵇康《四言赠秀才入军十八首》其十三，全诗为："浩浩洪流，带我邦畿。萋萋绿林，奋荣扬晖。鱼龙瀺灂，山鸟群飞。驾言出游，日夕忘归。思我良朋，如渴如饥。愿言不获，怆矣其悲。"
3 《晋书·谢安传》："及（桓）温病笃，讽朝廷加九锡，使袁宏具草。（谢）安见，辄改之，由是历旬不就。会温薨，锡命遂寝。"

氏、谯国桓氏三个阶段之后,接力棒传到了陈郡谢氏手上。从此,历史进入了将近二十年的谢安时代。《晋书·谢安传》对这个时代的描述如下:

> (谢)安义存辅导,虽会稽王道子亦赖弼谐之益。时强敌寇境,边书续至,梁益不守,樊邓陷没,安每镇以和靖,御以长算。德政既行,文武用命,不存小察,弘以大纲,威怀外著,人皆比之王导,谓文雅过之。

这段不足百字的文字,表达的应该是这样一个"史实",即王导和谢安这一对本就一脉相承的清谈政治家,隔着三十年的时空,在国家政治的核心部分,实现了值得庆幸的呼应、遇合和传承。数百年后,南宋思想家陈亮(1143—1194)也将王导、谢安并提,指出:"导、安相望于数十年间,其端静宽简,弥缝辅赞,如出一人,江左百年之业实赖焉。"

史书上说,比之王导,谢安"文雅过之",绝非空穴来风。作为清谈政治家,谢安以他无与伦比的人格魅力和雅量高迈的淑世情怀,引领着一个时代的思想、政治和文化潮流。他对清谈的态度在下面这个故事中袒露无遗:

> 王右军与谢太傅共登冶城,谢悠然远想,有高世之志。王谓谢曰:"夏禹勤王,手足胼胝;文王旰食,日不暇给。今四郊多垒,宜人人自效;而虚谈废务,浮文妨要,恐非当今所宜。"谢答曰:"秦任商鞅,二世而亡,岂清言致患邪?"(《言语》70)

王羲之与谢安一起登上冶城,谢悠然遐想,大有超脱世俗之志。王羲之对谢安说:"夏禹勤勉国事,手脚长满老茧;周文王政务繁忙,很难按时吃饭,时间总不够用。如今国家处于内忧外患之中,每个人都应该为国效力。而不切实际的清谈会废弛政务,华而不实的文章会妨害大事,这在当前恐怕是不适宜的。"谢安回答说:"秦国任用商鞅,仅两代国家就灭亡了,难道也是清谈导致的祸患吗?"

这是关于"清谈误国"的一次重要论辩。和桓温对王衍的"问责"不一样,王羲之作为王衍、王导等清谈家的后人,能够对祖辈崇尚的清谈进行批判,这种自省精神和批判意识还是难能可贵的,其目的在于匡救时弊,经世致用。但是,谢安的回答从逻辑上更是无懈可击。"秦任商鞅,二世而亡,岂清言致患邪?"这句反诘,有力地批驳了"清谈误国"论的简单化倾向,把对亡国原因的探究进一步推向深入。也就是说,清谈绝不是亡国的充分必要条件,不能把学术思潮问题作为政治腐败、国家沦陷的替罪羊。事实证明,谢安的思考堪称高瞻远瞩,振聋发聩。故李贽评此条云:"东山片言折狱。"袁中道也说:"二公俱有经济,但大、小乘耳,谢大王小。"

一千六百年后,近代两位大学者刘师培和章太炎分别为魏晋六朝的学风正名,前者说:"以高隐为贵,则躁进之风衰;以相忘为高,则猜忌之心泯;以清言相尚,则尘俗之念不生;以游览歌咏相矜,则贪残之风自革。故托身虽鄙,立志则高。被以一言,则魏晋六朝之学,不域于卑近者也,魏晋六朝之臣,不染于污时者也。"(《论古今学风变迁与政俗之关系》)后者则说:"五朝所以不竟,由任世贵,又以言貌举人,不在玄学。"(《五朝学》)

可以说,身临其境的谢安,其思想的深邃,目光的高远,言论的平允,早已超越整个时代之上。或者说,能够理直气壮地为清谈辩护而不授人以柄的,也就只有一个谢安!因为恰恰是这样一个雅好清谈的风流宰相,成为朝廷的中流砥柱,外御强敌,内振朝纲,使风雨飘摇的东晋王朝出现了短暂的"中兴"气象。

那么,作为清谈宗主的谢安都有哪些表现呢?首先,是和王导一样,组织、参加清谈的聚会。

支道林（支遁）、许（许询）、谢（谢安）盛德，共集王（王濛）家，谢顾诸人曰："今日可谓彦会，时既不可留，此集固亦难常，当共言咏，以写其怀。"许便问主人："有《庄子》不？"正得《渔父》一篇。谢看题，便各使四坐通。支道林先通，作七百许语，叙致精丽，才藻奇拔，众咸称善。于是四坐各言怀毕。谢问曰："卿等尽不？"皆曰："今日之言，少不自竭。"谢后粗难，因自叙其意，作万余语，才峰秀逸。既自难干，加意气凝托，萧然自得，四坐莫不厌心。支谓谢曰："君一往奔诣，故复自佳耳。"（《文学》55）

支遁（314—366），东晋名僧，号道林，俗姓关，陈留人，相貌怪异而擅长清谈[1]，是当时僧人清谈家的代表，曾让本来瞧不起他的王羲之"披襟解带，流连不能已"[2]。许询，字玄度，高阳人，有才藻，善属文，与孙绰并称为一时文宗。简文称许掾云："玄度五言诗，可谓妙绝时人。"（《文学》85）谢安和他们一起相聚于清谈大师王濛家里，率先提议"当共言咏，以写其怀"。他的理由是"时间既然不可挽留"，"这样的集会也难得经常"，何不通过一起畅谈"来宣泄抒发各自的情怀"呢？这就把清谈与人生短暂、时空无常等生命感喟联系起来，从而将清谈很可能带有的造作和功利因素涤除净尽。这是谢安的清谈功能论和目的论。他们找到《庄子》中的《渔父》一篇，支遁先谈，接着其他人再谈，最后谢安总结说："今天的谈论，无不倾尽胸怀。"然后他对各人的论点稍加点评驳难，并因此进一步阐述自己的见解，做了一万余言的即兴演讲，他的观点已经让人难以企及，加上他举手投足，风度潇洒自

---

[1] 《容止》31载："王长史尝病，亲疏不通。林公来，守门人遽启之曰：'一异人在门，不敢不启。'王笑曰：'此必林公。'"刘孝标注称："按《语林》曰：诸人尝要阮光禄共诣林公。阮曰：'欲闻其言，恶见其面。'此则林公之形，信当丑异。"同篇37："谢公云：'见林公双眼黯黯明黑。'孙兴公云：'见林公棱棱露其爽。'"

[2] 《文学》36载："王逸少作会稽，初至，支道林在焉。孙兴公谓王曰：'支道林拔新领异，胸怀所及乃自佳，卿欲见不？'王本自有一往隽气，殊自轻之。后孙与支共载往王许，王都领域，不与交言。须臾支退。后正值王当行，车已在门，支语王曰：'君未可去，贫道与君小语。'因论《庄子·逍遥游》。支作数千言，才藻新奇，花烂映发。王遂披襟解带，流连不能已。"

得,四座无不心悦诚服。末了,连刚才发挥最好的支道林都说:"您的言谈径直奔向高妙深远之境,确实妙不可言啊!"

受清谈风气的影响,当时朝野上下无不研习经典,公府私庭皆有不定期的学术研讨会。甚至连十几岁的孝武帝司马曜都曾在宁康三年(375)九月九日,公开讲论《孝经》:

> 孝武将讲《孝经》,谢公兄弟与诸人私庭讲习。车武子(车胤)难苦问谢,谓袁羊曰:"不问则德音有遗,多问则重劳二谢。"袁曰:"必无此嫌。"车曰:"何以知尔?"袁曰:"何尝见明镜疲于屡照,清流惮于惠风?"(《言语》90)

这里,袁羊(即袁乔)把谢安兄弟比作"明镜"和"清流",赞美他们在讲论经典文义方面孜孜不倦,从不懈怠,这也可以从一个侧面看出谢安的"文雅"确实非同凡响。

谢安对文学也有精深理解,每一发言,总能切中要害,并对文坛产生不可低估的影响。

> 庾仲初(庾阐)作《扬都赋》成,以呈庾亮。亮以亲族之怀,大为其名价云:"可三《二京》、四《三都》。"于此人人竞写,都下纸为之贵。谢太傅云:"不得尔,此是屋下架屋耳,事事拟学,而不免俭狭。"(《文学》79)

"屋下架屋"本是古人对扬雄模仿周易所著《太玄经》的评价[1],但经谢安引用后便成为一个成语,"事事拟学,而不免俭狭",正是对于魏晋以来模拟之风的批评,非常具有现实针对性。故凌濛初评此条云:

---

[1] 此条刘注云:"王隐论扬雄《太玄经》曰:玄经虽妙,非益也。是以古人谓其屋下架屋。"

"太傅阳秋，纸当减价。"

再看下面一个故事：

> 袁彦伯(宏)作《名士传》成，宏以夏侯太初、何平叔、王辅嗣
> 为正始名士，阮嗣宗、嵇叔夜、山巨源、向子期、刘伯伦、阮仲容、
> 王濬冲为竹林名士，裴叔则、乐彦辅、王夷甫、庾子嵩、王安期、阮
> 千里、卫叔宝、谢幼舆为中朝名士。见谢公，公笑曰："我尝与诸
> 人道江北事，特作狡狯耳，彦伯遂以著书。"(《文学》94)

袁宏的《名士传》三卷是研究魏晋名士的一部非常重要的文献，诸如
至今学术界仍在使用的"正始名士""竹林名士"和"中朝名士"等概
念，都是从此书肇端的。"狡狯"(jiǎo kuài)一词，周一良先生解释
说："狡狯，犹今玩皮、捣乱、开玩笑之类，为六代习语。"(《世说札记》)
谢安的话很值得注意。他说："我曾经和众人谈论江北名士们的风流
往事，特意用来开玩笑助谈兴的，没想到彦伯你竟把这些东西写成了
书！"这话不仅讽刺了当时的文学奇才袁宏著书不过道听途说、拾人
牙慧，而且透露了一个信息，即袁宏《名士传》里所采用的名士分类
法，极有可能是谢安的"发明"。而这一发明，对研究魏晋玄学及清
谈，真是功莫大焉！凌濛初评此条云："作《世说》亦然。"意思是：刘
义庆作《世说》，正与袁宏作《名士传》，有异曲同工之妙！如果说刘义
庆著《世说》是纸上事业，那么，"特作狡狯"的谢安，岂不就是口头表
达的刘义庆？

再看谢安指导侄子谢朗写《王堪传》的情景：

> 谢胡儿(谢朗)作著作郎，尝作《王堪传》。不谙堪是何似人，
> 咨谢公。谢公答曰："世胄(王堪字)亦被遇。堪，烈之子。阮千里
> (阮瞻)姨兄弟，潘安仁(潘岳)中外。安仁诗所谓'子亲伊姑，我父

唯舅'。是许允婿。"（《赏誉》139）

读了这条故事，我们终于明白，谢安所谓的"特作狡狯"，也许不过是一种自谦之词，你看，他对当时名流的出身履历、姻亲关系，简直达到了有问必答、如数家珍的程度！

谢安对裴启《语林》的评价也是一桩著名的"公案"：

> 庾道季(庾龢)诒谢公曰："裴郎(裴启)云：'谢安谓裴郎乃可不恶，何得为复饮酒？'裴郎又云：'谢安目支道林如九方皋之相马，略其玄黄，取其俊逸。'"谢公云："都无此二语，裴自为此辞耳！"庾意甚不以为好，因陈东亭(王珣)《经酒垆下赋》。读毕，都不下赏裁，直云："君乃复作裴氏学！"于此《语林》遂废。今时有者，皆是先写，无复谢语。（《轻诋》24）

庾龢，字道季，庾亮之子。故事说：有一次，庾龢诒异地对谢公(谢安)说："裴郎(裴启)《语林》一书里写道：'谢安说裴郎确实不错，怎么又喝起酒了呢？'裴郎还写道：'谢安评价支道林就像九方皋相马，忽略马的颜色，注重它的神态。'"谢公说："这两句话都不是我说的，是裴启他自己说的。"庾道季心里很不高兴，就说起王东亭(王珣)的《经酒垆下赋》。读完后，谢公不作任何评价，只是说："你也做起裴氏的学问了！"从此《语林》就不再流传了。现在看到的，都是以前抄写的，没有谢安的话。

此条刘注引《续晋阳秋》说："晋隆和(362—363)中，河东裴启撰汉、魏以来迄于今时，言语应对之可称者，谓之《语林》。时人多好其事，文遂流行。后说太傅事不实，而有人于谢坐叙其黄公酒垆，司徒王珣为之赋，谢公加以与王不平，乃云：'君遂复作裴郎学。'自是众咸鄙其事矣。"

由此可知,谢安之所以不喜欢《语林》,是因为它的记载"不实",但这与谢安自己"特作狡狯"的性格是不符合的。窃以为,大概因为谢安不喜欢裴启的为人,故不愿被其利用以装潢门面,此其一。其二,庾龢提到王珣,也是"哪壶不开提哪壶",王珣本来是谢万的女婿,后来与谢家离了婚,谢安虽然对王珣也还是欣赏的,但这事不可能不影响到他的心情,所以,他对王珣的什么赋当然也没好气。其三,谢安对庾龢也有不满,因为他老是拿着别人的东西来说事,人云亦云,搬弄是非,所以谢安讽刺他也做起无中生有的"裴氏学"了!有这三个原因,谢安便留给后人一个把柄,即他以"不实"废《语林》,使这部《世说》多有借鉴的志人小说长期以来湮没无闻。《续晋阳秋》的作者檀道鸾接着又讲了一个故事证明谢安在当时的巨大影响力:

> (谢)安乡人有罢中宿县诣安者,安问其归资。答曰:"岭南凋弊,唯有五万蒲葵扇,又以非时为滞货。"安乃取其中者捉之,于是京师士庶竞慕而服焉。价增数倍,旬月无卖。

可以说,谢安就是当时人们心目中的"偶像级明星",他的一举一动、一言一行,都会引起天下"粉丝"争相模仿,趋之若鹜!史载"安本能为洛下书生咏,有鼻疾,故其音浊,名流爱其咏而弗能及,或手掩鼻以学之"(《晋书·谢安传》)。但是且慢,檀道鸾紧接着语重心长地发表了自己对于"名人效应"的深沉忧虑:

> 夫所好生羽毛,所恶成疮痏(wěi)。谢相一言,挫成美于千载;及其所与,崇虚价于百金。上之爱憎与夺,可不慎哉!

应该说,檀道鸾对谢安的批评还是有道理的。但孔子也曾说过:"唯仁者能好人,能恶人。"我们不能因为谢安的一句话导致《语林》的被"封杀"，就认为谢安不应该对人对事有个人的喜怒和爱憎。人类社会的一个现象是：精神品位越高的人，其眼光可能也就越高，眼光一高，难免流于简傲、苛刻甚至刻薄。当初，年少的谢安曾向名士阮裕请教：

> 谢安年少时，请阮光禄道《白马论》，为论以示谢。于时谢不即解阮语，重相咨尽。阮乃叹曰："非但能言人不可得，正索解人亦不可得！"（《文学》24）

阮裕字思旷，阮籍族弟，精于论难，以德业著名。《品藻》30 载："时人道阮思旷：'骨气不及右军，简秀不如真长，韶润不如仲祖，思致不如渊源，而兼有诸人之美。'"谢安年轻时向他求教《白马论》，孜孜不倦，态度非常勤勉谦恭，让阮裕大为感叹。但是时过境迁，又发生了下面的故事：

> 王右军与谢公诣阮公，至门，语谢："故当共推主人。"谢曰："推人正自难。"（《方正》61）

"推"，即推尊、推重之意。这时谢安应该学有所成，王羲之和他一起拜访前辈阮裕时，到了门口，王对谢说："见了面，咱们一定要共同推尊主人。"这是晚辈拜访前辈时常有的心理。没想到谢安却说："对我来说，推尊别人恰恰是很难的！"明人王世懋评此条云："意未肯降。"近人程炎震也说："王长于谢十七岁。阮以年少呼右军，亦当长十余岁，视谢更为宿齿矣。而谢不相推，岂亦如根矩之于康成耶？"说明这时的谢安通过"转益多师"，不断钻研，早已在学问见识上青出于蓝，因而有了充分的自信。

好在，谢安眼光虽高，却并不刻薄，不仅不刻薄，甚至十分懂得欣赏别人的长处，拥有一双"发现美的眼睛"。比如：

林道人(支遁)诣谢公，东阳(谢朗)时始总角，新病起，体未堪劳。与林公讲论，遂至相苦。母王夫人在壁后听之，再遣信令还，而太傅留之。王夫人因自出，云："新妇少遭家难，一生所寄，唯在此儿。"因流涕抱儿以归。谢公语同坐曰："家嫂辞情慷慨，致可传述，恨不使朝士见！"(《文学》39)

谢安让大病初愈的侄儿谢朗参加大人的清谈，并且被支道林逼得理屈词穷，谢朗的母亲、谢安的嫂子、谢据的妻子、寡居的王夫人很担心儿子的身体，就让人传话要儿子回去，谢安正在兴头上，便不让谢朗走。这时王夫人自己从内室走出来，说："新妇年纪轻轻就遭逢不幸，一生的寄托，就在这孩子身上！"说着流着泪把儿子抱走了。谢安不仅没有生气，而且大为感叹，对客人说："家嫂言辞慷慨，情绪激昂，很值得传扬，遗憾的是，不能让当朝文士见到这一幕！"

还有一个"雅量"故事说，有个叫谢奉(字安南)的名士被免官返乡，谢安当时刚好要出山去做桓温的司马，一个被贬东归，一个西出高就，两人相遇于破冈渎口。因为就要阔别，于是两人就在此盘桓了三天，说说心里话。谢安一直想安慰一下失官的谢奉，可谢奉总是"顾左右而言他"。直到两人分手，竟然没有谈到这件事。谢安深为自己的心意没有表达出来而遗憾，但他对谢奉的雅量由衷感佩，对同船的人说："谢奉故是奇士！"(《雅量》33)

无与伦比的人格魅力及政治学术上的卓越地位，使谢安成了当时一言九鼎的人物，享受着充分的"话语权"。《世说》中条目最多的是《赏誉》篇，凡156条，其中谢安品题人物的条目差不多占了十分之一，现择要抄录如下(限于篇幅，不再作解读)：

谢公称蓝田(王述)："掇皮皆真。"(《赏誉》78)
谢公道豫章(谢鲲)："若遇七贤，必自把臂入林。"(《赏誉》97)

谢公云：“刘尹语审细。”(《赏誉》116)

谢太傅称王修龄(王胡之)曰：“司州可与林泽游。”(《赏誉》125)

谢太傅道安北(王坦之)：“见之乃不使人厌，然出户去，不复使人思。”(《赏誉》128)

谢公云：“司州造胜遍决。”(《赏誉》129)

谢太傅语真长：“阿龄(王胡之)于此事故欲太厉。”刘曰：“亦名士之高操者。”(《赏誉》131)

谢公云：“长史(王濛)语甚不多，可谓有令音。”(《赏誉》133)

谢太傅重邓仆射(邓攸)，常言：“天地无知，使伯道无儿。”(《赏誉》140)

谢公与王右军书曰：“敬和(王洽)栖托好佳。”(《赏誉》141)

谢公语王孝伯(王恭)：“君家蓝田(王述)，举体无常人事。”(《赏誉》143)

谢车骑问谢公：“真长至峭，何足乃重？”答曰：“是不见耳！阿见子敬，尚使人不能已。”(《赏誉》146)

王子敬语谢公：“公故萧洒。”谢曰：“身不萧洒，君道身最得，身正自调畅。”(《赏誉》148)……

《品藻》篇是品评比较人物异同的，全篇凡88条，谢安所占比重更大，例如：

谢公与时贤共赏说，遏(谢玄)、胡儿(谢朗)并在坐，公问李弘度曰：“卿家平阳(李重)何如乐令(乐广)？”于是李潸然流涕曰：“赵王(司马伦)篡逆，乐令亲授玺绶。亡伯雅正，耻处乱朝，遂至仰药，恐难以相比！此自显于事实，非私亲之言。”谢公语胡儿曰：“有识者果不异人意。”(《品藻》46)

谢公云：“金谷中苏绍最胜。”绍是石崇姊夫，苏则孙，愉子

也。(《品藻》57)

或问林公:"司州(王胡之)何如二谢(谢安、谢万)?"林公曰:"故当攀安提万。"(《品藻》60)

郗嘉宾(郗超)道谢公:"造膝虽不深彻,而缠绵纶至。"又曰:"右军(王羲之)诣嘉宾。"嘉宾闻之云:"不得称诣,政得谓之朋耳。"谢公以嘉宾言为得。(《品藻》62)

郗嘉宾问谢太傅曰:"林公谈何如嵇公?"谢云:"嵇公勤著脚,裁可得去耳。"又问:"殷何如支?"谢曰:"正尔有超拔,支乃过殷;然萧萧论辩,恐□(殷)欲制支。"(《品藻》67)

卫君长(卫永)是萧祖周妇兄,谢公问孙僧奴(孙腾):"君家道卫君长云何?"孙曰:"云是世业人。"谢哀叹:"殊不尔,卫自是理义人。"于时以比殷洪远。(《品藻》69)

谢遏(谢玄)诸人共道"竹林"优劣,谢公曰:"先辈初不臧贬'七贤'。"(《品藻》71)

谢太傅谓王孝伯:"刘尹(刘惔)亦奇自知,然不言胜长史(王濛)。"(《品藻》73)

王黄门兄弟三人(王徽之、操之、献之)俱诣谢公,子猷、子重多说俗事,子敬寒温而已。既出,坐客问谢公:"向三贤孰愈?"谢公曰:"小者(献之)最胜。"客曰:"何以知之?"谢公曰:"吉人之辞寡,躁人之辞多。推此知之。"(《品藻》74)

谢公问子敬(王献之):"君书何如君家尊(王羲之)?"答曰:"固当不同。"公曰:"外人论殊不尔。"王曰:"外人那得知!"(《品藻》75)

王孝伯(王恭)问谢太傅:"林公(支道林)何如长史(王濛)?"太傅曰:"长史韶兴。"问:"何如刘尹?"谢曰:"噫!刘尹秀。"王曰:"若如公言,并不如此二人邪?"谢云:"身意正尔也。"(《品藻》76)

人有问太傅:"子敬可是先辈谁比?"谢曰:"阿敬近撮王(濛)、刘(惔)之标。"(《品藻》77)

谢公语孝伯:"君祖(王濛)比刘尹(刘惔),故为得逮。"孝伯云:"刘尹非不能逮,直不逮。"(《品藻》78)……

　　你看,如果我们用"咳唾珠玑"来形容谢安在清谈生活中表现出的精致和高雅,真率和潇洒,应该不算过分吧!

"小儿辈大破贼"

　　公元383年,是东晋王朝在死亡线上起死回生的一年,也是"风流宰相"谢安人生中一个辉煌的顶点。他用自己超人的智慧和雅量,运筹帷幄,决胜千里,举重若轻,指挥若定,终于赢得了淝水之战的胜利。从某种意义上说,这场战争是谢安一个人的战争;这次胜利,既是弱对强的胜利,柔对刚的胜利,也是轻对重的胜利,文对武的胜利,也可以说是一次真正的"精神的胜利"。千百年弹指一挥,战场上的刀光剑影早已灰飞烟灭,但那横亘古今的风流却并未被"雨打风吹去",谢安的形象早已凝固成了一座人格精神的丰碑,矗立在中国文化的高处,而他指挥的这场战役,也给民族的辞典贡献了这么几个成语:"投鞭断流""草木皆兵""风声鹤唳""围棋赌墅""儿辈破贼""折屐齿"。

　　当前秦皇帝苻坚(338—385)亲率90万大军从长安南下时,东晋朝臣无不震惊失色,谢安此时临危受命,任征讨大都督,相当于三军总司令。大敌当前,谢安从容镇定,胸有成竹。

　　苻坚游魂近境,谢太傅谓子敬曰:"可将当轴,了其此处。"(《雅量》37)

　　当时,敌寇不断侵扰东晋边境,谢安对王献之说:"可以先擒住他们的当权人物，了结此处的忧患。"[1]这话与"射人先射马，擒贼先擒王"意思差不多，而后来战况的发展，的确也是趁秦军尚未完成集结，便诱敌退后，然后东晋军队在谢玄率领下强渡淝水，乘胜追击，先结果了前锋统帅苻融，又射伤了苻坚，致使秦军土崩瓦解，一败涂地。与谢安的预期基本吻合。著名的"围棋赌墅"的故事说：

> 玄入问计，安夷然无惧色，答曰："已别有旨。"既而寂然。玄不敢复言，乃令张玄重请。安遂命驾出山墅，亲朋毕集，方与玄围棋赌别墅。安常棋劣于玄，是日玄惧，便为敌手而又不胜。安顾谓其甥羊昙曰："以墅乞汝。"(《晋书·谢安传》)

如果说，"围棋赌墅"只是谢安显示镇定、安抚众心的表演的话，那么，在最能看出心理素质的棋盘上，谢安居然战胜了平常下不过的谢玄，这就不是作秀了，而是真刀真枪、如假包换的谢安标志性的雅量和定力的显现！史书紧接着写道：

> 安遂游涉，至夜乃还，指授将帅，各当其任。

这里的"指授将帅，各当其任"，是指谢安力排众议，"举贤不避亲"，大胆起用弟弟谢石、侄儿谢玄为前敌总指挥和先锋，这在当时实在需要超人的胆识和魄力。因为朝野对这一决策存在极大争议。这时，和谢玄关系不好的郗超反而投了赞成票：

> 郗超与谢玄不善。苻坚将问晋鼎，既已狼噬梁、岐，又虎视

1　按：对谢安此话的理解，多有争议。刘辰翁以为："谓我在位时攻之。自任吞虏。"朱铸禹则以为："如刘(辰翁)所释，仍不甚晰，似谓可择有力者(当轴)为将，于近处消灭之。姑记此，以待宏博审释之。"我采用的是张万起、刘尚慈的《世说译注》的译文。

淮阴矣。于时朝议遣玄北讨，人间颇有异同之论。唯超曰："是必济事。吾昔尝与共在桓宣武府，见使才皆尽，虽履屐之间，亦得其任。以此推之，容必能立勋。"元功既举，时人咸叹超之先觉，又重其不以爱憎匿善。（《识鉴》22）

刘注引《中兴书》说："于时氐贼强盛，朝议求文武良将可镇靖北方者。卫大将军安曰：'唯兄子玄可任此事。'中书郎郗超闻而叹曰：'安违众举亲，明也。玄必不负其举。'"从郗超说谢安"违众举亲"可知，谢安当时面临着多么大的阻力和危机。但郗超在关键时刻能够尽弃前嫌，公开支持谢玄，也可看出此人果有见识才干，而不是浪得虚名。故李贽评云："知人。"又赞道："安、玄、超俱妙。"

无独有偶。当时的名士韩康伯虽然和谢玄关系一般，也对谢玄出征一事表示看好：

> 韩康伯与谢玄亦无深好。玄北征后，巷议疑其不振。康伯曰："此人好名，必能战。"玄闻之甚忿，常于众中厉色曰："丈夫提千兵入死地，以事君亲，故发，不得复云为名！"（《识鉴》23）

这个韩康伯，眼力虽然不错，但话说得实在难听，难怪谢玄要恼羞成怒了。

接下来我们就要讲到最具"看点"的故事了。《世说》的妙处在下面这条著名的故事中展现无遗：

> 谢公与人围棋，俄而谢玄淮上信至，看书竟，默然无言，徐向局。客问淮上利害，答曰："小儿辈大破贼。"意色举止，不异于常。（《雅量》35）

这又是一则以少胜多的文字，又是最能代表《世说》精神的一个传说。顺便说一句，在物质文化的进步上，我们东方可能不如西方，但在精神文化的精致、优雅、高妙上，在人格品位的追求和研寻的境界上，我们真的可以当仁不让！和之前讲过的"叔度汪汪""管宁割席""广陵散绝""东床坦腹""雪夜访戴"等典故一样，这则只有46个字的短小故事蕴含的东西，胜过千言万语！

战争，可能是人类自我生产的最恐怖的东西了，但正所谓无限风光在险峰，越是在极端危险、极端恐怖的战争中，人类越是能迸发出极其高贵、极其美丽的人性光辉来。《世说》正是重视并捕捉这种转瞬即逝的人性光辉的一部书，就这则故事而言，作者的伟大之处在于，他试图把我们的目光从嗜血的冷兵器、从血与火的古战场上引开，转而投射到战场之外的那一块棋枰之间。战场，是杀人的死亡之地，而棋盘，却是展现人的灵性和活力的生命舞台！琴棋书画从来是中国雅文化的代表，可是，把冷酷恐怖的战场和黑白分明的棋局联系在一起，并且展示出棋局对于战场的优越，人性对于动物性的优越，文化对于武力的优越，雅量对于恐怖的优越，而且展现得如此波澜不惊，如此言近旨远，古今中外，还能找到与此相似的例子吗？

所以我要说，刘义庆的眼光，不是历史家的眼光，而是诗人和哲人的眼光！

当然，谢安毕竟还是一个人，人的局限他也不能完全超脱，他可以轻描淡写地处理远方的捷报，却无法完全抑制内心的狂喜。史书上对这一事件还有另外一个"版本"：

> 玄等既破坚，有驿书至，安方对客围棋，看书既竟，便摄放床上，了无喜色，棋如故。客问之，徐答云："小儿辈遂已破贼。"既罢，还内，过户限，心喜甚，不觉屐齿之折。其矫情镇物如此。

（《晋书·谢安传》）

《晋书》的作者不知从哪里获得这一"独家新闻"的,竟"报料"说谢安在下完棋回家,经过门槛时,因为狂喜,屐齿折断了而浑然不觉!"矫情镇物"四字,似乎讽刺谢安是一个天生的演员。但在我看来,"折屐齿"的故事如果是真的,也丝毫不损谢安的雅量,谢安毕竟是人,不是神,如果他在折断屐齿后一个趔趄险些栽倒,岂不更有人情味和亲和力?魏晋名士的确有表演的欲望和天分,但他们不是表演给观众看的,而是表演给上帝看的,那似乎是代表人类向神证明:人,虽然卑微,却有飞翔的欲望和可能!

遗憾的是,当人类的科技不断发展,终于可以乘坐各种飞行器遨游碧空,甚至神游天外的今天,我们的精神领空反而日趋狭小逼仄,我们的灵魂再也飞不起来了!

相比之下,桓温的弟弟、时任荆州刺史的桓冲(328—384)就显得太过迂执。

> 桓车骑(桓冲)在上明畋猎。东信至,传淮上大捷。语左右云:"群谢年少,大破贼。"因发病薨。谈者以为此死,贤于让扬之荆。(《尤悔》16)

桓冲为什么会发病?因为羞愧而想不开。刘注引《续晋阳秋》说:"桓冲本以将相异宜,才用不同,忖己德量,不及谢安,故解扬州以让安。自谓少经军镇,及为荆州,闻苻坚自出淮、肥,深以根本为虑,遣其随身精兵三千人赴京师。时安已遣诸军,且欲外示闲暇,因令冲军还。冲大惊曰:'谢安乃有庙堂之量,不闲将略。吾量贼必破襄阳,而并力淮、肥。今大敌果至,方游谈示暇,遣诸不经事年少,而实寡弱,天下谁知?吾其左衽矣!'俄闻大勋克举,惭慨而薨。"作为一代名将,桓冲竟因"尤悔"而死,实在令人遗憾。

说到谢安的"雅量",时人甚至有一种误会,以为其人"常无嗔喜"。

谢太傅于东船行,小人引船,或迟或速,或停或待,又放船从横,撞人触岸。公初不呵谴。人谓公常无嗔喜。曾送兄征西(谢奕)葬还,日暮雨驶,小人皆醉,不可处分。公乃于车中,手取车柱撞驭人,声色甚厉。夫以水性沈柔,入隘奔激。方之人情,固知迫隘之地,无得保其夷粹。(《尤悔》14)

故事说谢安在会稽乘船而行,奴仆驾船,时慢时快,时停时待,甚至任其纵横穿梭,一会儿撞到人,一会儿又触到岸,谢安一点都不呵骂谴责。人们都以为谢安经常无嗔无喜。但是那次谢安为哥哥谢奕送葬回来,太阳落山时下起大雨,驾车的仆人都喝醉了,无法驾驭车马,谢安这时竟拿起车柱撞那个喝醉的车夫,声色俱厉。接下来,作者特为谢安发了一通《世说》中极少见的议论,说:"水的性质是沉静柔和的,进入狭隘的地段便奔流激荡,不可遏止,拿人的性情来比方也就知道,处于窘迫急难的境地时,人是很难保持通常那种平和纯粹的心境的。"这个故事被放在《尤悔》篇中,大概作者认为,一向镇定从容、不喜不惧的谢安,也有这么一次发脾气的过失吧。但我还是觉得,就像王导骂蔡谟一样,谢安的责骂车夫,发起雷霆之怒,也都是真性情的流露。

说到谢安的性情,不得不提他的一大爱好,那就是喜欢听伎。《晋书》本传说:"(安)性好音乐,自弟(谢)万丧,十年不听音乐。及登台辅,期丧不废乐。王坦之书喻之,不从,衣冠效之,遂以成俗。又于土山营墅,楼馆林竹甚盛,每携中外子侄往来游集,肴馔亦屡费百金,世颇以此讥焉,而安殊不以屑意。"谢万去世,十年不听音乐,这是性情;后来位极人臣,而不拘礼俗,丧葬期间不废音乐,同样也是性情。王坦之对他这种名士作风看不惯,曾经多次劝谏,谢安不听。大概因为这个缘故,谢安对王坦之颇有微词,说:"见之乃不使人厌,然出户去,不复使人思。"(《赏誉》128)

下面这个故事更好玩：

> 谢公夫人帏诸婢，使在前作伎，使太傅暂见，便下帏。太傅索更开，夫人云："恐伤盛德。"（《贤媛》23）

谢安的夫人刘氏把众婢女围在帏帐之中，叫她们在帐前歌舞，让谢安看了一会儿就把帏帐放下了。谢安很不高兴，要求再把帏帐打开，没想到刘夫人却说："恐怕会损害您的大德。"可见谢安喜欢听伎，已经到了让夫人"时刻警惕着"的地步。明人王世懋大概很同情谢安的遭遇吧，打抱不平说："此直妒耳，何足称贤？"——这刘夫人分明是醋坛子嘛，哪里能称得上"贤媛"？

总之，谢安不是那种大义凛然的道德先生，但他比道德先生更可亲，也更可爱。

长歌当哭

谢安忠耿一生，安邦定国，功莫大焉。但其晚年并不得志。据《晋书·谢安传》载："时会稽王道子专权，而奸谄颇相扇构，安出镇广陵之步丘，筑垒曰新城以避之。……安虽受朝寄，然东山之志始末不渝，每形于言色。及镇新城，尽室而行，造泛海之装，欲须经略粗定，自江道还东。雅志未就，遂遇疾笃。"会稽王司马道子（364—402），是简文帝的儿子、孝武帝的弟弟，此人少年得志，然心术不正，他和王坦之的儿子、谢安的女婿王国宝（?—397）沆瀣一气，狼狈为奸，在孝武帝和谢安之间，大构谗言，使谢安失去皇帝的信任。大概正是权奸当道，有志难伸，才让谢安再起"东山之志"的吧。

曾在淝水之战中立过军功的名将、著名音乐家桓伊对谢安的处境颇为同情,在一次孝武帝召集的宴会上,桓伊借表演节目的机会,抚筝而歌曹植的《怨诗》曰:"为君既不易,为臣良独难。忠信事不显,乃有见疑患。周旦佐文武,《金縢》功不刊。推心辅王政,二叔反流言。"声节慷慨,俯仰可观。谢安听罢,"泣下沾衿,乃越席而就之,捋其须曰:'使君于此不凡!'帝甚有愧色"。(《晋书·桓伊传》)我们从谢安的"泣下沾衿"可以看出,这位功臣贤相在流言蜚语中,忍受着怎样的屈辱和孤独!

公元 386 年,一代名相谢安郁郁而终,享年六十六岁。在谢安的葬礼上,发生了一个感人的故事,因为离婚而成仇隙的王珣竟然不计前嫌,"欲哭谢公"。

> 王东亭(王珣)与谢公交恶。王在东闻谢丧,便出都诣子敬道:"欲哭谢公。"子敬始卧,闻其言,便惊起曰:"所望于法护(王珣小字)。"王于是往哭。督帅刁约不听前,曰:"官平生在时,不见此客。"王亦不与语,直前哭,甚恸,不执末婢(谢琰)手而退。(《伤逝》15)

王谢家族的离婚事件在当时很轰动。《中兴书》说:"珣兄弟(王珣、王珉)皆婿谢氏,以猜嫌离婚。太傅既与珣绝婚,又离(珉)妻,由是二族遂成仇衅。"尽管如此,谢安仍然对王珣欣赏有加。《赏誉》147载:"谢公领中书监,王东亭有事应同上省。王后至,坐促,王、谢虽不通,太傅犹敛膝容之。王神意闲畅,谢公倾目。还谓刘夫人曰:'向见阿瓜(王珣另一小字),故自未易有。虽不相关,正自使人不能已已。"这是在两家断亲之后,谢安看到"神意闲畅"的王珣,仍然不由自主地"倾目"注视,回来后对刘夫人说:"刚才看到阿瓜,的确是不易多得的人物,尽管现在与他没有关系了,但真是让人难以割舍啊!"

不知谢安的感叹王珣是否知道,总之,当王珣听到谢安的死讯,竟然悲从中来，先到王子敬的家里说："我要去哭谢公。"子敬当时正躺着，一听此言，便惊起道："这正是我对你的希望。"王珣于是前往哭吊，却被谢家总管刁约拦住，说："我家大人生前，可没见过你这位客人！"王珣也不理他，径直向前吊丧，哭声甚为悲恸，哭完，也没按礼节握孝子谢琰的手，就退了出来。

长歌当哭，痛何如之！王珣一代名士，哪里在乎什么繁文缛节呢？刁约乃一凡夫俗子，岂能理解"人琴俱亡""哲人其萎"带给知音者的巨大哀痛?！

这就是谢安的魅力，能让他的政敌也敬仰，仇家也爱慕。当这位以高蹈超迈的雅量在天地之间写下一个大写的"人"字的风流宰相离开世界，魏晋名士上演的这一幕幕风流大戏，差不多也就到了曲终人散的时候。

后　记

正如天下无不散之宴席，每一本书，也都有收束完结的时候。近些年，随着文事渐多，撰写后记和序跋似乎成了一桩颇觉勉为其难的事。就本书而言，当我从"乱世风流"的时空和语境中走出，反观当下这个"人间世"的时候，常常有一种"欲言又止"甚至"无话可说"的无力感。

清人赵翼说："国家不幸诗家幸，赋到沧桑句便工。"如此说来，似乎"乱世"与"风流"倒是一对儿打不散的鸳鸯（今之所谓"标配"）；而"太平盛世"呢？反倒因为"天下英雄皆入彀中"，人人皆"无所逃于天地之间"，所以，虽然"风月"可能"无边"，"风流"恐怕只能"总被雨打风吹去"，而后"零落成泥碾作尘"了。

我曾在不同场合，多次引用过狄更斯的名著《双城记》开头的这段话：

　　　　这是最好的日子，也是最坏的日子；这是智慧的时代，也是愚蠢的时代;这是信仰的时期,也是怀疑的时期;这是光明的季节,也是黑暗的季节;这是希望的春天,也是绝望的冬天。我们面前好像样样都有,但又像一无所有;我们似乎立刻便要上天堂,但也有可能很快就要入地狱!

这段看似"暧昧"的话非常精准而犀利地揭开了时代和人类的精神共相。甚至可以这样说,"乱世"其实本无所谓"风流",如果乱世中的芸芸众生不能"我手写我口""我口道我心"的话。远的如春秋战国,中的如魏晋南北朝,近的如晚清民国——这三个我们公认的乱世,却不乏伟大的思想、杰出的创造和自由的心灵,为什么? 就是因为古典时代的乱世,依然有着精神突围的空间、思想放飞的渠道,以及舔舐伤口和诉说苦痛的私域。

我们看到,在手抄本时代,不仅左思的《三都赋》可以"洛阳纸贵",嵇康的《与山巨源绝交书》和《与吕长悌绝交书》也能"流芳千古"。在《世说新语》中,像"仲举礼贤""广陵绝唱""斩美劝酒""看杀卫玠""东床坦腹"这种大庭广众、众目睽睽之下的事件会有人笔之于书,而像"管宁割席""刘伶病酒""王蓝田食鸡子""雪夜访戴"这种并无太多观众瞩目的"私密事件",竟也有"好事者"如"狗仔队"般尾随跟踪,抓拍记录,"立此存照"。

所以,"乱世"并非"风流"的充分必要条件;反过来,倒是"风流"为我们成就了"乱世"。如果没有"风流","乱世"说不定还会包装成"盛世"。这也正是为什么会有"饥饿的盛世"一说。如果一个时代不能免于精神和物质的"双重匮乏",每个人都会汲汲于在鲁迅所谓"人肉的筵宴"上"多分一杯羹",这样的"盛世"又怎能产生真正拥有玄心、洞见、妙赏、深情的"风流人物"呢?

需要说明的是,本书是我 16 年前的作品,最初的书名是《一种风流吾最爱:〈世说新语〉今读》,并且分上、下两册(上册人物篇、下册典故风俗篇），由广西师范大学出版社 2009 年出版。2011 年，台湾麦田出版社出版了繁体竖排的单行本。2016 年，岳麓书社又以《世说三昧》为书名，出版了此书的修订版，与《论语新识》《古诗写意》《曾胡治兵语录导读》一起，归为"有竹居古典今读"系列。这一次，承蒙东方出版中心的厚爱，此书得以再度修订付梓，以《乱世风流》的名字与读者见面。虽然是旧书再版，但本书的面貌还是颇有改观：一是调整了全书的结构，根据阅读的由浅入深，将三卷顺序做了更新，依次为典故篇、风俗篇、人物篇。二是撤换了原来的序文《一部伟大的书可以怎样读》，代之以《〈世说新语〉是怎样炼成的》，后者是拙著《世说新语通识》的其中一章。之所以做这样的调整，目的只有一个，就是希望能给读者提供一个"舒适度"和"能见度"都相对较高的《世说新语》普及读物——即使您以"躺平"的姿势阅读，也一点都不"违和"。

最后，请允许我向业师曹旭先生、骆玉明先生表示感谢，这本书是我毕业之后"不务正业"的产物，自知难以博得二位老师的"青眼"。尤其本书的典故篇，因为 2008 年曾在安徽电视台《新安大讲堂》栏目讲过，口语化比较明显，这次再版虽有微调，但也不易做更大的修改，多少还是有些遗憾。说到这里，我还要向复旦大学的郜元宝教授表示感谢，他是第一个把我推荐给电视媒体的，第二位是鲍鹏山教授，这两个安徽人，多年来一直予我以无私的提携和帮助，此时此刻，又怎一个"谢"字了得！我还要感谢为本书做过推荐的胡晓明教授、宁稼雨教授、刘伟生教授，以及宝岛台湾的学者吴冠宏教授，作家吴岱颖先生、凌性杰先生——后两位先生，我至今未曾谋面，希望有机会能向他们当面致谢。本书能以这样一种富有"设计感"的面貌问世，离不开东方出版中心副总编辑刘佩英的大力支持，责任编辑冯媛女史的悉心编校，以及美编钟颖的辛勤付出，在此一并表示衷心感谢。

当然,还要感谢本书的读者朋友——从你打开此书的那一刻起,我提前发出的祝福应该已经送到了,不知你们收到了没有?

刘　强
2025 年 6 月 6 日写于守中斋